Karen Chance a vécu en France, au Royaume-Uni et à Hong-Kong, mais elle revient toujours aux États-Unis. Aujourd'hui, elle vit à Orlando, en Floride, la ville des illusions. Tout s'explique !

Du même auteur, chez Milady :

Cassandra Palmer :
1. *Le Seuil des ténèbres*
2. *L'Appel de l'ombre*

www.milady.fr

Karen Chance

L'Appel de l'ombre

Cassandra Palmer – 2

Traduit de l'anglais (États-Unis) par Marie-Aude Matignon

Milady

Milady est un label des éditions Bragelonne

Titre original : *Claimed by Shadow*

ISBN : 978-2-8112-0391-7

Bragelonne – Milady
35, rue de la Bienfaisance – 75008 Paris

E-mail : info@milady.fr
Site Internet : www.milady.fr

Remerciements

Je suis redevable à Marlin et Mary pour m'avoir – littéralement – abritée pendant l'orage. Katrina a été un enfer mais vous m'avez aidée à faire en sorte que cette année soit positive. Je tiens aussi à remercier tout particulièrement Anne Sowards, mon éditrice, qui a lu les nombreuses versions de ce livre avec une patience sans limites. Tu devrais être citée comme coauteur pour toutes tes bonnes idées mais, vu qu'ils refusent de mettre ton nom sur la couverture, moi, je vais le mettre ici.

Chapitre premier

Quand votre journée commence dans un bar rempli de démons, à l'étage d'un casino ayant pour thème les Enfers, vous êtes déjà mal barré. Mais sur le moment, ce qui me tracassait le plus, c'était l'ambiance. Carrément sinistre pour un bordel. Notamment quand il est réservé aux femmes et bondé de somptueux incubes ! C'était vraiment pathétique : les démons étaient affalés à leur table, la tête dans leurs mains, comme s'ils avaient la migraine. Et surtout, ils ignoraient superbement leurs compagnes. Même Casanova, pourtant confortablement assis en face de moi, avait l'air morose. Par réflexe, sa pose était langoureuse – l'habitude, j'imagine –, mais il avait l'air de tout sauf convivial. Soudain, un de ses éphèbes s'est mis à pleurer à chaudes larmes.

— OK, Cassie ! a aboyé Casanova. J'ai une boutique à faire tourner ! Dis-moi ce que tu veux et demande à tes copines de foutre le camp !

Il faisait allusion aux trois vieilles femmes juchées sur les tabourets de bar et qui s'étaient accoudées au comptoir. À cause d'elles, le serveur avait perdu ses moyens. Pourtant, les satyres ont la réputation d'être toujours au garde-à-vous. Mais ce n'était pas étonnant : aucune des trois vieilles n'avait moins de cent ans, et leur signe distinctif le plus évident était un enchevêtrement de boucles grasses, grises et pleines de nœuds, dégringolant par terre comme un amas de toiles d'araignées. La veille, j'avais essayé de laver les cheveux d'Ényo, dont le nom signifie plus ou moins « horreur », mais le shampoing de l'hôtel n'avait pas suffi. J'avais fini par laisser tomber, découragée par une chose ressemblant à un rat mort, ensevelie dans une touffe, derrière son oreille gauche.

Cela dit, leurs cheveux avaient au moins un avantage : ils détournaient l'attention de leurs visages. On ne remarquait pas tout de suite qu'elles se partageaient, à trois, un seul œil et une seule dent. D'ailleurs, Ényo était précisément occupée à reprendre l'œil collectif des mains de sa sœur Dino (« Effroi ») pour mieux jauger le serveur terrifié, tandis que Pemphrédo (« Frayeur ») essayait en vain de déchirer un sachet de cacahouètes avec leur dent. Excédée, elle a fini par enfourner le paquet en cellophane tout entier, pour le mâcher joyeusement.

Longtemps, j'ai été persuadée que les Grées n'étaient qu'un mythe issu de l'imagination débordante – et franchement dérangée – de Grecs désœuvrés. Après tout, la télévision ne serait inventée que plusieurs milliers d'années plus tard. Mais, apparemment, je m'étais trompée. J'avais récemment acquis – OK : volé – un certain nombre d'objets appartenant au Sénat, l'organisation contrôlant toutes les activités vampiriques d'Amérique du Nord, et j'avais essayé d'en percer le mystère. Le premier objet à avoir attiré mon attention était une petite sphère iridescente contenue dans un boîtier en bois noir. Au moment où je l'avais saisie, elle s'était mise à luire et, en un éclair, j'avais des invitées.

Je n'arrivais toujours pas à comprendre pourquoi on avait emprisonné le trio, surtout dans une prison aussi drastique que le saint des saints d'une forteresse vampirique. Certes, elles étaient ennuyeuses à mourir, mais elles n'avaient pas l'air spécialement dangereuses. Enfin, sauf pour ma note de nettoyage. J'emmenais toujours les filles avec moi dans mes déplacements : c'était plus sûr que de les laisser sans surveillance dans ma chambre d'hôtel. Elles avaient beaucoup d'énergie, pour des vieilles, et j'avais vraiment un mal de chien à les occuper !

Je les avais installées devant les machines à sous, le temps de régler mes petites affaires, mais bien entendu elles n'y étaient pas restées. Elles avaient la capacité de concentration de trois bambins attardés. Peu après mon départ, elles s'étaient mises à déambuler dans le bar, les bras chargés de souvenirs très certainement mal acquis. Dino, un petit diable en peluche sous le bras, m'avait gratifiée d'une boule à neige avant de se diriger vers le comptoir. La boule renfermait un casino miniature en plastique. La reproduction n'était pas entourée de fausse neige : quand on la secouait, c'étaient de petites flammes qui gigotaient de partout. Me faire prendre pour vol à l'étalage à cause d'un objet aussi kitsch, ç'aurait bien été ma veine !

Bref, ce n'était pas une sinécure de servir de nounou aux trois étranges sœurs. Mais quand j'ai vu le regard que Casanova leur jetait, je me suis dit qu'elles pourraient peut-être m'être utiles. J'ai souri tout en regardant les petites flammes dévorer le casino miniature.

— Si tu ne m'aides pas, il se pourrait que je les laisse ici. Après tout, elles auraient bien besoin de conseils beauté.

Je n'ai pas pris la peine de mentionner à quel point ça serait mauvais pour ses affaires. Casanova a tiqué et vidé son verre d'un coup, me donnant un aperçu de son cou musclé et bronzé sous le col lâche de sa chemise. Bien sûr, techniquement, il ne s'agissait pas du véritable Casanova. Un être humain possédé par un incube a tendance à vivre plus longtemps que la moyenne, mais pas à ce point. Le prêtre italien passé à la postérité pour ses succès inégalés auprès des femmes était mort des siècles plus tôt, mais la créature à l'origine de sa réputation lui avait survécu. Et sa nouvelle incarnation était particulièrement sublime : je devais constamment me rappeler que j'étais là pour affaires. Heureusement qu'il n'essayait pas de me faire du gringue…

— Je m'en fiche, de tes problèmes, m'a-t-il craché avec hargne. Combien tu veux pour les faire partir ?

— Ce n'est pas une question d'argent. Tu sais très bien ce que je veux.

Histoire d'être plus à l'aise, j'ai essayé de tirer discrètement sur le short moulant et satiné dont je m'étais attifée, mais je crois qu'il a remarqué. Pas évident d'intimider les gens dans un costume de diable pailleté, avec la queue pointue et tout ce qui va avec ! En plus, sa couleur rouge damnation jurait avec mes cheveux blond roux et mon teint de midinette. J'avais l'air d'un lapin de Pâques en train de jouer les caïds : pas étonnant qu'il ne se laisse pas impressionner. Mais quand j'avais réfléchi au meilleur moyen d'atteindre Casanova *incognito*, l'idée d'emprunter un costume dans le vestiaire des employés m'avait semblé bonne.

Casanova a allumé une fine cigarette avec son briquet doré tape-à-l'œil.

— Si tu tiens à mourir, c'est ton problème. Mais je ne tiens pas à me suicider en doublant Antonio. Ce type est un psychopathe de la vengeance. Tu es bien placée pour le savoir.

Je n'ai pas démenti. Tony, un maître vampire qui se trouve être mon ancien gardien, figurait en tête de liste des gens qui rêvaient de m'avoir sur leur cheminée, dans une urne funéraire. Mais je devais quand même le retrouver, lui et celle que je suspectais fortement d'être en sa compagnie. Sinon, pas besoin d'urne : il n'y aurait plus rien à brûler. Et puisque Casanova avait été le second de Tony, je pariais qu'il savait où se terrait ce vieux salopard machiavélique.

— Je crois que Myra est avec lui, ai-je simplement répliqué.

Casanova ne m'a pas demandé de détails. Ce n'était un secret pour personne : Myra était la dernière personne en date à avoir essayé de me faire passer l'arme à gauche. À l'origine, ça n'avait rien de personnel – on aurait presque pu considérer ça comme une stratégie d'avancement –, mais, maintenant que je lui avais perforé le buste, à plusieurs reprises, je pouvais raisonnablement penser que ça l'était devenu.

— Tout ce que je peux faire, c'est compatir, a marmonné Casanova. Je suis vraiment désolé, mais tu comprendras que ma marge de manœuvre est comme qui dirait… étroite.

C'était le moins qu'on puisse dire. Certes, Casanova avait occupé un poste haut placé au sein de l'organisation de Tony, mais c'était très inhabituel. Et c'est un euphémisme. Normalement, les vampires considèrent les démons comme des concurrents néfastes. Et les incubes ne sont pas vraiment en haut de l'échelle démoniaque : ils ont plutôt tendance à agacer leurs collègues. Mais Casanova n'était pas un incube comme les autres.

Quand il avait choisi d'élire domicile dans le corps d'un magnifique noble espagnol, il y avait plusieurs siècles de ça, il avait simplement pensé échanger un hôte vieillissant contre une version plus récente. Mais, au cours de la possession, il s'était rendu compte qu'il avait envahi un vampire nouveau-né, trop jeune pour savoir comment l'expulser. Et ils sont tombés sur un accord avant que le vamp trouve un moyen de le jeter dehors. Casanova, fort de quelques siècles d'expérience de séduction, faciliterait les chasses du vampire, tandis que le corps immortel de ce dernier représentait une aubaine pour l'incube. Et quand Tony s'était mis en tête de réorganiser les incubes des États-Unis pour en tirer profit, il avait tout naturellement choisi Casanova pour devenir leur chef de file.

Ses thermes, *Les Rêves Décadents*, sont situés dans un bâtiment outrancier accolé au casino de Tony à Las Vegas : le *Dante*. Pendant que les pères de famille en goguette dilapident l'argent du ménage à la roulette, leurs épouses négligées se consolent en se rendant aux thermes mitoyens, qui leur prodiguent toutes sortes de soins extravagants – entre autres choses. Tony s'enrichit ; les incubes engrangent une quantité de luxure indécente, même selon leurs critères ; et les dames sortent de là toutes rayonnantes, requinquées pour quelques jours. C'est presque le commerce le moins répréhensible de Tony. Le seul problème, c'est qu'il est illégal. Contrairement à ce que beaucoup de gens pensent, la prostitution n'est pas en odeur de sainteté auprès de la police de Las Vegas. Mais bon : les vamps se contrefichent de la justice humaine.

— C'est quoi, le châtiment encouru pour esclavage, ces temps-ci ? ai-je demandé, l'air de rien. Je parie qu'à côté, le suicide, c'est presque sympa.

Pour la première fois, Casanova a perdu son air suffisant. Sa cigarette lui a échappé des mains et les cendres chaudes ont laissé de petites traces de brûlures sur la soie de son costume avant qu'il ait le temps de les épousseter.

— Je n'ai rien à voir avec ça !

Sa réaction ne m'étonnait pas. En se mettant au trafic très profitable – mais ô combien périlleux ! – des utilisateurs de magie, Tony avait enfreint les lois humaines *et* vampiriques. Le Cercle d'argent – un conseil de mages doté du même pouvoir sur la communauté magique que le Sénat sur les vamps – y était fermement opposé, et avait signé un traité avec le Sénat pour le rendre illégal. Passer outre à ce traité, c'était risquer une guerre. Et le Sénat aurait volontiers empalé Tony pour cette seule raison… s'il n'en avait pas eu une tripotée d'autres.

— Si ton patron essaie de te faire porter le chapeau, tu auras du mal à convaincre le Sénat du contraire. (Casanova n'avait pas l'air d'écarter ce scénario. Il connaissait son employeur aussi bien que moi.) En revanche, si c'est moi qui le trouve en premier, Tony sera hors jeu et toi, tiré d'affaire. C'est dans ton intérêt de m'aider.

Je pensais que mon petit laïus allait marcher – d'habitude, pour obtenir la coopération d'un vamp, rien ne vaut la mise en avant de ses intérêts – mais Casanova s'est vite ressaisi. Il a allumé une autre cigarette. Ses doigts étaient plus assurés.

— Et qu'est-ce qui te fait croire que je sais où il se trouve ? Il ne me dit pas tout. Il a ce fameux Alphonse pour l'aider, maintenant.

Alphonse était le second de Tony, et son garde du corps personnel. C'était de loin le vamp le plus laid que j'avais jamais vu. Et il n'était pas plus beau à l'intérieur qu'à l'extérieur. Cela dit, je le préférais encore à son patron. Alphonse ne m'aimait pas spécialement, mais je ne pensais pas qu'il s'acharnerait à me traquer si Tony ne lui en donnait pas l'ordre.

— Tony a bien dû laisser les rênes à quelqu'un avant de disparaître. Et je parie que ce quelqu'un, c'est toi. Et je parie que tu sais où il se trouve.

Il m'a regardée un long moment à travers un voile de fumée.

— Je suis responsable de façon temporaire, a-t-il fini par avouer. Mais seulement à Las Vegas. Il faudrait que tu contactes Philadelphie.

J'ai secoué énergiquement la tête. Il n'en était pas question. Philadelphie était la base principale de Tony. La ville était blindée de gens qui ne me portaient pas dans leur cœur. Vraiment pas.

— Pas question. Ils me donneront peut-être quelque chose, mais certainement pas d'infos.

Les lèvres de Casanova ont frémi, et l'air amusé de ses yeux couleur whiskey était encore plus craquant que leur habituelle séduction larvée. J'ai dégluti en feignant l'indifférence. Ce qui m'a valu un vrai sourire, mais toujours pas de réponse.

— Tu sais aussi bien que moi que ce clan ne prend pas les actes de trahison à la légère, a-t-il chuchoté. C'est encore plus vrai quand on est une abomination mi-démon, mi-vamp. Et maintenant que j'ai temporairement pris le pouvoir sur cette côte, j'ai encore moins de copains qu'avant. Beaucoup attendent que je fasse un faux pas. Et, trahir le patron, c'est un faux pas de première.

Il m'a complètement prise au dépourvu : je ne pensais pas qu'il allait jouer la carte de l'honnêteté. Je l'ai dévisagé. Une vague de frayeur a pris naissance dans mon estomac et m'est remontée à la gorge. Je l'ai réprimée : je ne pouvais pas me permettre de manifester la moindre incertitude. Pas maintenant. Si je ne trouvais pas un moyen de lui faire cracher le morceau, Myra n'allait pas se gêner : elle allait tout me faire cracher. Littéralement. Avec un couteau.

Je me suis penchée sur la table et j'ai abattu ma meilleure carte.

— Je saisis très bien les valeurs du clan en matière de vengeance. Mais réfléchis deux secondes. Si Tony se fait embrocher, soit par moi, soit par le Sénat, tu serais dans une position idéale pour te faire la part du lion. Ça ne te plairait pas, d'être ton propre chef ?

Casanova a passé la main dans ses cheveux châtains, qui retombaient en vagues parfaites sur ses épaules sans aucun artifice visible. Il portait une chemise en soie brune, presque assortie à ses yeux. Je ne suis pas une experte en vêtements masculins, mais sa cravate safran avait l'air chère, tout comme sa montre en or et ses boutons de manchette assortis. Casanova avait des goûts de luxe, et je ne pensais pas que Tony le payait trop : la générosité n'était pas sa marque de fabrique.

Il a regardé autour de lui avec nostalgie.

— Qu'est-ce que je ne donnerais pas pour refaire la déco, a-t-il dit. Tu ne peux pas imaginer à quel point c'est difficile de faire oublier l'ambiance aux clientes. (Je voyais ce qu'il voulait dire. Le salon aux allures de fumoir à opium glauque et le comptoir à tête de dragon intégrale – y compris la fumée émanant par intermittence des narines sculptées – n'étaient pas d'un glamour démentiel.) Mes gars doivent bosser deux fois plus dur. Le mois dernier, j'ai provoqué une fuite d'eau pour foutre en l'air le vestibule, mais il y aurait tellement de choses à faire ! Et je ne te parle pas de l'entrée ! Ça effraie la moitié des clientes potentielles avant même qu'elles franchissent la porte.

— Alors aide-moi.

Il a secoué la tête avec regret, expulsant une fine fumerolle dans un soupir.

— Pas moyen, *chica*. Si Tony l'apprend, je suis foutu. Il va empaler ce corps et je devrai m'en trouver un autre. C'est que j'y suis attaché, maintenant.

Je comprenais que Casanova ne veuille pas prendre de risques. La tactique la plus pragmatique – et le pragmatisme est un des traits de caractère des vampires –, c'était de rester sur la ligne de touche et d'attendre l'issue du match. Malheureusement, je ne pouvais pas me le permettre.

J'avais récemment reçu un héritage inattendu : un oracle excentrique m'avait transmis le poste de Pythie. En d'autres termes, j'étais la plus puissante voyante du monde. Le petit cadeau d'Agnès allait de pair avec une quantité de pouvoir monstre que tout le monde s'échinait à monopoliser ou éradiquer et que j'étais obligée de me coltiner (pour le moment) parce que l'oracle en question était bêtement morte avant que je comprenne comment le lui rendre. J'espérais le transmettre à quelqu'un d'autre, à supposer que je vive assez longtemps pour ça, mais en attendant : Tony rêvait de me tuer ; le Sénat voulait faire de moi son petit chien ; et, en plus – j'avais presque oublié –, je m'étais débrouillée pour me mettre les mages à dos. Qu'est-ce que vous voulez… Je ne fais pas les choses à moitié.

— Tony ne va quand même pas combattre les six Sénats réunis, ai-je rétorqué, catégorique. Ils ont des accords de réciprocité : si l'un d'entre eux le traque, ils le traquent tous. Un jour ou l'autre, ils vont l'attraper. Et il se mettra à accuser la terre entière. Ils vont quand même l'empaler, mais je parie dix contre un qu'il réussira à te faire tomber avant. Et tu ne seras pas le seul. En revanche, si tu m'aides, je pourrai le dénicher avant.

Casanova m'a dévisagée tout en écrasant sa cigarette dans un cendrier en bois laqué noir. Ses yeux sombres ont parcouru mon costume et ses lèvres ont arboré un léger sourire.

— D'après ce qu'on dit, tu es la nouvelle Pythie, a-t-il fini par lancer en effleurant ma main du dos de la sienne, dotée de longs doigts fins. Tu ne pourrais pas utiliser tes pouvoirs pour résoudre ce petit problème ? Ça compterait beaucoup pour moi. (Ma peau, à l'endroit où il l'avait touchée, était plus chaude que d'habitude, et cette sensation s'est répandue le long de mon bras. Sa voix a perdu une octave et s'est faite plus rauque.) Je suis un ami de choix, Cassandra.

Il a soulevé ma main et l'a retournée pour passer son doigt au creux de ma paume. Je m'apprêtais à faire un commentaire sarcastique sur mes prétendus pouvoirs lorsqu'il a incliné la tête. Ses lèvres ont parcouru la ligne qu'il venait de tracer. Elles étaient douces comme de la soie et pourtant brûlantes comme un fer chaud. J'ai complètement oublié ce que je voulais dire. Il m'a regardée à travers ses cils sombres et j'ai eu l'impression de voir un étranger, un ténébreux et bel étranger au regard hypnotique. Je me suis rappelé ce que disait la rumeur. Il y avait une différence de taille entre les deux plus grands amants du monde : don Juan et Casanova. Les anciennes conquêtes de don Juan le haïssaient, tandis que Casanova continuait à être adulé. Je commençais à comprendre pourquoi.

J'ai arraché ma main des siennes avant d'être tentée de l'utiliser pour l'attirer violemment.

— Arrête ça tout de suite !

Il a cligné des yeux, surpris, mais il a repris ma main. Cette fois, lorsqu'il m'a touchée, la sensation de chaleur était plus forte. Des frissons ont parcouru ma peau et j'ai eu la vision soudaine d'une voluptueuse nuit espagnole. Une odeur de jasmin, une peau dorée glissant contre la mienne. J'ai fermé les yeux et dégluti pour essayer de réprimer cet afflux de sensations, mais ça n'a servi à rien : elles n'en sont devenues que plus réelles.

Quelqu'un m'a allongée sur un épais matelas en plumes d'oie, m'enfouissant presque dans ses replis moelleux. Je sentais, sous mes doigts, la douceur des draps. Une chevelure soyeuse est tombée autour de mon corps et des mains fermes ont parcouru frénétiquement mes flancs. J'avais à peine conscience de cette enivrante caresse, mais elle a infusé mon sang de chaleur.

Soudain, la sensation s'est transformée. Ce n'était plus une fièvre sensuelle, mais une chaleur accablante. L'espace d'un instant, j'ai cru que la caresse de Casanova allait littéralement me brûler, mais il a lâché ma main avant que la douleur devienne vraiment insupportable. J'ai ouvert les yeux. Nous étions toujours assis dans le bar. Il n'y avait plus aucun signe de ce qui venait de se passer, mis à part mon visage échauffé et mon pouls précipité.

Casanova s'est enfoncé dans son siège en soupirant.

— Je ne sais pas qui a posé ce *geis*, mais il connaissait son affaire, m'a-t-il dit tout en commandant un autre verre d'un signe de la main. Juste par curiosité : c'est qui ? Je pensais que je pouvais briser tous les *geis*.

— Je ne comprends rien à ce que tu racontes.

Tout en lui jetant un regard noir, je me suis frotté la main : j'avais l'impression qu'il y avait laissé l'empreinte de ses doigts. Je n'avais pas plus apprécié sa petite diversion – je n'étais pas son quatre-heures, mince ! – que sa conclusion abrupte.

— Le *geis*. Je ne savais pas que quelqu'un t'avait déjà revendiquée, sinon…

— C'est quoi, un gesh ?

Il m'a épelé le mot, mais ça ne m'a pas avancée. Un serveur nous a apporté deux verres et j'ai pris quelques gorgées du mien. Je commençais sérieusement à perdre ma bonne humeur.

— Arrête ton petit jeu, Cassie. Tu sais qui je suis : tu pensais vraiment que je n'allais m'apercevoir de rien ? a-t-il rétorqué avec impatience. (Mais quelque chose, dans mon expression, lui a fait écarquiller les yeux.) Tu n'es vraiment pas au courant, c'est ça ?

Je l'ai regardé, exaspérée. Comme si j'avais besoin d'un problème supplémentaire…

— Tu ne pourrais pas mettre le décodeur ?

— Quelqu'un t'a revendiquée, a-t-il répondu patiemment. Un utilisateur de magie très puissant ou un maître vampire. (Il a rectifié :) Non, ce n'est pas une revendication, c'est une énorme pancarte « ACCÈS INTERDIT » de deux mètres de haut.

Je me suis figée dans mon siège. Une nouvelle vague de chaleur est remontée le long de ma nuque. Je me rappelais une voix taquine et élégante me susurrer que je lui appartenais, que je lui avais toujours appartenu et que je lui appartiendrais toujours. J'allais le tuer.

— Et ça veut dire quoi, exactement ?

— Un *geis*, c'est un lien magique. En général, ça implique un tabou. Un interdit censurant le comportement de telle ou telle personne. (Il a vu que j'étais perdue.) Tu te souviens de l'histoire de Mélusine ?

Ce nom a fait resurgir un souvenir d'enfance. Un souvenir très vague.

— Un conte. Un conte français, je crois. L'histoire d'une demi-Fae qui se transforme en dragon, non ?

Devant tant d'ignorance, Casanova a secoué la tête en soupirant.

— Six jours par semaine, Mélusine était une femme sublime, mais le septième jour, une malédiction la transformait en une créature à moitié serpent. Elle a épousé Raymond de Lusignan à condition de lui imposer un *geis* l'interdisant de la voir le samedi. Et elle a refusé de lui dire pourquoi. Ils ont passé de nombreuses années de bonheur, jusqu'à ce que l'un des cousins de Raymond le convainque que sa femme passait tous ses samedis avec son amant. Il l'a donc espionnée et a découvert la vérité. Le *geis* s'est brisé et Mélusine a non seulement perdu

Raymond, l'amour de sa vie, mais elle s'est transformée en dragon pour de bon.

— Tu es en train de me dire que cette histoire est vraie ?

— Aucune idée. Je voulais juste t'expliquer le fonctionnement des *geis*. (Il a passé la main au-dessus de la mienne, sans essayer de la toucher, cette fois.) Celui-ci est un des plus puissants que j'ai jamais sentis. Et ça fait un certain temps qu'il est en place. Il est bien implanté.

— Ça signifie quoi, « un certain temps » ?

— Des années, a-t-il répondu en se concentrant. Une bonne décennie. Peut-être plus. Par décennie, je ne veux pas dire « dix ans » *stricto sensu*. Pour les besoins du sortilège, on mesure ça au prorata de ton âge. Tu as quoi ? Vingt ans et des poussières ?

— J'aurai vingt-quatre ans demain.

Il a haussé les épaules.

— Eh ben voilà. Tu as appartenu à quelqu'un pendant grosso modo la moitié de ta vie.

J'ai senti une nouvelle vague de sang irriguer mon visage.

— Je n'appartiens à personne, ai-je rétorqué sèchement. (Mais Casanova n'avait pas l'air impressionné.) Et qu'est-ce qu'il fait d'autre, ce *geis*, à part éloigner les gens ?

J'allais très vite regretter ma question.

— Le *dúthracht geis* est une connexion magique très puissante. L'une des plus puissantes, même. Au cours du Moyen Âge, il servait de ceinture de chasteté aux mages paranoïaques mariés à des non-mages. J'ai aussi entendu dire qu'on l'avait utilisé dans le cas de mariages arrangés, pour atténuer un peu le côté embarrassant des premiers jours. (Il a réfléchi un moment avant de reprendre.) Autant que je sache, ça permet à la personne qui le place de connaître tes émotions. Tes vraies émotions, celles que tu essaies de dissimuler. Ça lui donne aussi une idée approximative de l'endroit où tu te trouves à un moment donné. Elle ne peut pas te localiser avec précision, mais elle peut savoir dans quelle ville tu es. Voire dans quel quartier.

(Je me suis souvenue que ce salaud prétentieux m'avait dit qu'il m'avait retrouvée *via* les services secrets du Sénat. Peut-être. Mais pas seulement ! Combien de fois avait-il volontairement omis une partie de la vérité ?) Et j'ai gardé le meilleur pour la fin : le *geis* renforce votre attirance mutuelle. À chacune de vos rencontres, elle devient plus intense. Au bout d'un moment, tu n'auras plus du tout envie de le quitter.

D'un seul coup, j'étais complètement glacée.

— Alors, rien de tout ça n'était réel…

Je n'arrivais pas à croire qu'il s'était abaissé à faire une chose pareille. Il savait pertinemment ce que je pensais des gens qui manipulaient mes pensées ou mes émotions.

Le salaud en question s'appelait Mircea. Il était surtout connu pour être le frère aîné de Dracula. Mais c'était aussi mon premier béguin. À l'époque, ce qui m'intéressait, ce n'était pas le fait qu'il soit maître du premier niveau, ni membre du Sénat. C'était uniquement la façon dont ses yeux marron et pétillants se plissaient sur les côtés lorsqu'il riait ; la couleur acajou de ses cheveux, qu'il portait lâchés sur ses larges épaules ; et la perfection diabolique de sa bouche. Je n'en avais jamais vu de plus sensuelle. Parmi ses autres titres, Mircea était le vamp que Tony appelait « maître ». Ce détail aurait dû me faire douter plus tôt de la sincérité affichée par son visage splendide.

— Le *dúthracht* ne crée aucune émotion, a corrigé Casanova. Ce n'est pas un philtre d'amour. Il ne fait que renforcer l'existant. Donc c'est assez bizarre qu'on l'ait utilisé sur toi quand tu avais, quoi ? Onze ans ? Douze ans ?

J'ai hoché la tête, tétanisée. Moi, je ne trouvais pas du tout ça bizarre. Ma mère était l'héritière de la Pythie. Jusqu'à ce qu'elle s'enfuie avec mon père. Malheureusement, sa disgrâce n'avait rien changé à mes chances de lui succéder : ce n'est pas la vieille Pythie qui choisit la nouvelle. C'est le pouvoir inhérent à sa fonction qui fait la sélection finale. Dans la plupart des cas – il n'y avait eu qu'une poignée d'exceptions au cours des derniers millénaires –, le pouvoir choisit l'héritière désignée, la dauphine de la vieille Pythie. Mais Mircea avait parié que je serais l'une des exceptions, et il avait tout mis en œuvre pour que je sois éligible le moment venu.

Pour des raisons que je ne comprends pas vraiment, l'héritière doit rester chaste jusqu'au rituel de passation, et Mircea n'avait pas voulu risquer qu'une lubie d'adolescente me mette hors jeu. Alors il m'avait étiquetée « accès interdit » en me revendiquant pour lui-même. Salaud.

— Tu as bien dit que le *geis* renforce les émotions ? ai-je demandé en repensant à ma première rencontre avec Mircea, une fois devenue adulte. Tu veux dire : juste les miennes ?

Mircea ne m'avait pas semblé spécialement indifférent lors de notre dernière entrevue. Mais on ne pouvait jamais savoir. La plupart des vamps sont d'excellents menteurs. Et lui, c'est le champion en titre. Sûrement grâce à son boulot : c'est le diplomate en chef du Sénat. Le gars qu'on envoie quand la situation est délicate, et qui revient avec l'accord voulu en usant de persuasion, de séduction et de tromperie. Il connaît son affaire.

— Non. C'est une voie à double sens. D'ailleurs, c'est un des gros inconvénients de cette incantation. De l'avis de presque tout le monde. (Casanova s'est penché en avant. Il avait l'air d'adorer jouer au professeur.) Tu peux imaginer ça comme un ampli. À chaque rencontre, ça augmente d'un chouïa. Il faut lui donner un peu de jus au début, mais une fois le mécanisme lancé vous êtes bons pour être complètement obnubilés l'un par l'autre, que tu le veuilles ou non.

J'ai tourné la tête pour lui dissimuler mon expression, tout en essayant de ne pas tenir compte du nœud dans ma poitrine et de la douleur serrant ma gorge. Je ne savais pas pourquoi je me sentais tellement trahie. Ce n'était pas comme si j'avais eu une confiance aveugle en Mircea. Je savais très bien qu'il ne fallait pas ranger les maîtres vampires dans la catégorie « mecs sympas ». *A fortiori* quand ils étaient membres du Sénat. Ce n'était pas en faisant preuve de scrupules qu'il avait décroché ce poste. Mais quand même ! Je ne le pensais pas capable de manigancer une chose pareille. J'aurais parié ma chemise sur le contraire. Quelle imbécile ! Je ne m'étais jamais fait d'illusion sur Tony, mais j'aurais juré que son patron était différent. C'était pourtant Mircea qui l'avait formé ! J'avais vraiment cru au Père Noël...

J'ai baissé les yeux. Casanova faisait bien attention de ne manifester aucune émotion.

— Tu veux dire que c'est dangereux ?

— Tout ce qui est magique est dangereux, *chica*, m'a-t-il répondu avec douceur. Ça dépend du contexte.

— N'essaie pas d'éluder la question !

Je n'avais pas besoin qu'on épargne mes sentiments : j'avais besoin qu'on me réponde. N'importe quelle information m'aidant à me dépêtrer de cette histoire aurait été la bienvenue.

— Je n'élude rien du tout, a-t-il insisté. (Une femme a poussé un cri strident. Casanova a reporté son attention sur la scène se déroulant derrière mon dos.) Merde !

J'ai regardé par-dessus mon épaule. Mes trois colocataires avaient décidé de faire une partie de fléchettes... sans cible. Profitant de mon inattention, Dino s'était postée à un bout du comptoir et Pemphrédo à l'autre, tandis qu'Ényo, au milieu, crachait des cure-dents sur le malheureux barman. On n'a pas eu le temps d'intervenir : elle a projeté une autre poignée de ses minuscules projectiles sur le pauvre satyre, qui ressemblait déjà à un pique-aiguilles morose. Et lorsque la poitrine du serveur s'est parsemée de petits points rouges, la femme a crié de plus belle. Casanova a fait signe à son compagnon d'éloigner la cliente, avant de partir à la rescousse de son employé. Je lui ai emboîté le pas. Parfois, les filles m'écoutent – quand ça leur chante –, mais j'ai plutôt l'impression qu'elles me considèrent comme une rabat-joie.

Casanova a accordé à son barman tout tremblant une pause bien méritée, tandis que j'essayais de calmer les filles en extrayant quelques cartes de mon sac. C'était un jeu de tarot standard, que j'avais reçu il y a plusieurs années pour mon anniversaire. Il avait été enchanté et fonctionnait comme une bague d'humeur. Ses prédictions n'étaient pas très détaillées, mais ses réponses générales à une situation donnée se révélaient toujours d'une surprenante exactitude. Dès que j'ai touché la première carte, elle m'a mise de mauvaise humeur.

Contrairement à ce qu'on pourrait penser, « les Amants » sont rarement liés à l'apparition soudaine de l'âme sœur. Ni même à la perspective de prendre son pied. Si le deux de coupes indique toujours l'imminence d'une romance, la carte « les Amants » est plus complexe. Elle signifie qu'il y a un choix difficile à faire, impliquant tentation et douleur. Et, comme le motif représenté sur la carte de mon jeu – Adam et Ève chassés du paradis –, la décision finale a d'énormes conséquences sur la suite. Inutile de vous dire que ce n'est pas ma carte favorite.

Tandis que je confisquais les derniers cure-dents et que je donnais aux filles leur nouveau jeu, Casanova a fait venir un autre barman. Au bout d'un moment, on s'est rejoints à notre table.

— Ça dépend de quel point de vue tu te places, a-t-il repris, comme si de rien n'était. (J'imagine qu'au cours des siècles il avait dû avoir pire à gérer que trois mamies en mal de divertissement.) En soi, ce *geis* est parfaitement inoffensif. Mais bon : à la base, celui de Mélusine aussi... jusqu'à ce qu'on le brise. Ta version à toi se contente de provoquer une totale dévotion envers une personne. Si rien ne se met en travers de cette relation, vous vivrez tous les deux heureux jusqu'à la fin de vos jours.

Apparemment, ça ne lui faisait ni chaud ni froid que je refuse de vivre – heureuse ou pas – dans un état d'esprit créé de toutes pièces par un sortilège.

— Et si quelque chose se met en travers ?

Casanova avait l'air vaguement mal à l'aise.

— L'amour a beau être un sentiment merveilleux, je suis bien placé pour le savoir, il n'est pas dénué d'inconvénients... Si le *geis* sent que quelqu'un ou quelque chose menace le lien, il fait en sorte de l'éliminer. (Détectant mon impatience, il s'est empressé de développer.) Disons qu'une personne s'intéresse à toi, quelqu'un de non magique, bien entendu... Un norm' incapable de sentir le *geis* ne prêterait jamais attention à l'avertissement.

— Et il se passerait quoi ?

— Ça dépend. Si le lien est trop neuf, si vous ne vous fréquentez pas spécialement – si l'ampli est réglé sur « deux », si tu veux –, il ne se passerait peut-être rien. Mais plus tu augmentes le volume, plus le *geis* sent les interférences. Et au bout d'un moment, l'un d'entre vous – voire les deux – est contraint d'éliminer la menace.

— Éliminer ? Tu veux dire : tuer ?

J'étais complètement hébétée : Mircea était vraiment fou !

— Mais il y a peu de risque pour que vous en arriviez là, m'a rassurée Casanova. (J'ai senti mon estomac se desserrer un peu.) La plupart des prétendants abandonnent rapidement si tu te mets à crier « au viol » ou si ton amant commence à les menacer.

Génial, ai-je pensé tandis que mon estomac reprenait sa forme de nœud. Connaissant l'idée que Mircea se faisait du service après-vente, ça risquait de virer très vite au pugilat.

— Et qu'est-ce qui se passerait si la personne à l'origine du *geis* voulait que quelqu'un d'autre me séduise ?

Ce n'était pas une question théorique. Mircea avait envoyé un vampire appelé Tomas m'amadouer dès que les forces de la Pythie avaient commencé à s'étioler. Dame Phemonoe, la Pythie que je connaissais mieux sous le nom d'Agnès, avait senti qu'elle était mourante et avait commencé les rites permettant de transmettre le pouvoir à celle qui lui succèderait. Ce faisant, elle avait déclenché une véritable partie de ping-pong. Agnès pouvait initier l'ancien rituel, mais j'étais la seule à pouvoir l'achever… en perdant la virginité que Mircea avait couvée avec tant de soins. Il avait donc désigné Tomas pour s'occuper de cette menue besogne, histoire d'éviter de tomber dans son propre piège. Quand Mircea était né, ce n'était pas encore la mode que les femmes choisissent elles-mêmes leurs partenaires sexuels. Donc Tomas, qui était le serviteur d'un autre maître vampire, était censé obéir sagement. Bien évidemment, personne ne nous avait prévenus de quoi que ce soit !

Tomas faisait partie des rares vamps capables de faire semblant d'être humains. Et il était tellement doué qu'on avait vécu six mois ensemble, dans le même appartement, sans que je le démasque. On était devenus très proches, mais pas aussi proches que Mircea l'aurait voulu. Je ne voulais impliquer personne dans ma vie de dingue, et je pensais protéger Tomas en le gardant à distance. Avec pour seul résultat de forcer Mircea à achever le rituel à sa place.

Finalement, on avait été interrompus avant d'en arriver au clou du spectacle. *Dieu merci*. Après avoir repris mes esprits, j'avais réfléchi : si j'étais allée au bout du rituel, je serais devenue Pythie à vie. Une vie pas bien longue étant donné que ça faisait de moi une cible de choix. Mais bon, Pythie ou pas, mon espérance de vie n'était de toute manière pas très longue.

— La personne à l'origine du *geis* peut effectivement le lever, a confirmé Casanova. J'ai entendu dire que certains gardiens avaient utilisé ce sortilège sur les héritières dont ils avaient la charge, pour garantir leur chasteté jusqu'à la sélection du soupirant idéal. La dévotion générée par le sortilège est censée garantir qu'elles accepteront avec joie le prétendant qu'on leur choisira.

Je n'aimais pas l'expression de Casanova.

— Et qu'est-ce qui s'est passé ?

Il a sorti une autre cigarette de son étui doré. Avec maladresse. Étant donné la grâce dont ses gestes étaient empreints d'habitude, je savais que sa réponse n'allait pas me plaire.

— Si la mode du *geis* est un peu passée, c'est parce que les incantations avaient tendance à exploser à la figure de leur invocateur, a-t-il expliqué en allumant sa cigarette. Parfois, ça marchait très bien, mais dans certains cas les filles se suicidaient plutôt que d'épouser quelqu'un d'autre que leur gardien. (Devant mon visage stupéfait, il s'est empressé de préciser :) C'est un sortilège difficile à lancer, Cassie. La dévotion, ça peut vouloir dire plein de choses différentes. Le *geis* est censé garantir la loyauté d'une personne, mais combien connais-tu de sentiments humains n'ayant qu'une seule facette ? La loyauté peut facilement se transformer en admiration : après tout, pourquoi être loyal à quelqu'un qu'on n'admire pas, d'une façon ou d'une autre ? De l'admiration, on passe à l'attirance. L'attirance devient de l'amour et, en général, l'amour se traduit par le désir de posséder l'objet de ses pensées. Tu me suis ?

— Oui.

Apparemment, mon corps était un peu en avance sur mon cerveau : mes bras s'étaient déjà hérissés de chair de poule.

— Et qui dit possession dit souvent exclusivité : « Cette personne m'appartient, à moi et à personne d'autre. » « On est faits pour être ensemble… » Ce genre de bêtises. (Il a gesticulé. La fumée de sa cigarette s'est élevée au plafond en papillonnant. Je me sentais tout aussi chancelante. Mon cerveau vacillant essayait de mettre de l'ordre dans tout ce bazar et j'avais le cœur en vrac.) Ce qui peut mener à de la jalousie, se transformant elle-même en désespoir, voire en haine, une fois contrariée. Même s'il est jeté correctement, le sortilège cause souvent des problèmes aussi variés en nature et en nombre qu'il existe de personnalités connectées. Et il est tellement complexe qu'on peut facilement le détraquer. Bref : la plupart des mages n'essaient même plus. Ton admirateur est soit un très puissant faiseur de magie, soit une personne en connaissant un.

— Il peut se payer les meilleurs, ai-je dit d'un air absent.

C'était la solution rêvée ! Me confier à Tony – l'un de ses soi-disant loyaux serviteurs – et me soumettre à un *geis*, histoire de protéger ma vertu le temps que le pouvoir se décide. Impeccable, comme plan… à condition de mettre mes sentiments de côté. Et, bien sûr, il ne s'en était pas privé. Les maîtres vampires ont tendance à considérer leurs serviteurs comme les pions d'un échiquier : on peut les bouger comme on veut, sans s'inquiéter de choses triviales comme – au hasard – leurs états d'âme.

— Ça ne peut pas être Antonio, a fait remarquer Casanova, songeur, en me jetant un regard inquisiteur. Tu as passé des années à sa cour avant de t'enfuir. Le sortilège ne t'aurait jamais laissé partir. Tu n'aurais même pas dû avoir envie d'essayer.

J'ai eu un mouvement de recul. La simple pensée de baver devant Tony me donnait envie de vomir.

— Est-ce qu'on peut lever le sort ?

— La personne qui l'a lancé, certainement.

— Et sans cette personne ?

Casanova a secoué la tête.

— Même moi, j'en serais incapable. Et je suis plutôt doué, *chica*. (Il m'a gratifiée d'une œillade espiègle.) Bien sûr, si j'en savais un peu plus sur la personne dont on parle, ça pourrait aider. Peut-être qu'un de mes contacts…

Je n'avais pas envie de le lui dire. Son chef immédiat, c'était Tony, mais Mircea était le maître de Tony : il pouvait revendiquer toutes les possessions de ce dernier, y compris ses serviteurs. En temps normal, un maître supérieur devait la jouer fine pour s'accaparer les biens de l'un de ses sous-fifres, en tout cas lorsque le subordonné en question était un maître du troisième niveau, comme Tony. Mais puisque Tony était en disgrâce auprès du Sénat *et* de Mircea, tous ses biens revenaient de droit à son maître. En bref : Mircea était le maître de Casanova. C'était clair que l'incube n'allait jamais le défier. D'un autre côté, il n'allait pas pouvoir m'aider si je ne lui donnais pas plus d'infos.

J'ai soupiré. Je n'aimais pas être acculée comme ça, mais auprès de qui d'autre pouvais-je me renseigner ?

— Mircea, ai-je murmuré après avoir vérifié que personne n'écoutait aux portes.

Casanova est devenu livide. Il s'est levé brusquement de table, comme si ses chaussures étaient en feu.

— T'aurais dû le dire plus tôt, Cassie ! a-t-il sifflé, paniqué. Je n'ai pas prévu de finir écorché vif aujourd'hui, moi !

— Assieds-toi, lui ai-je répliqué, agacée. Dis-moi juste comment me débarrasser de ce truc.

— Tu ne te débarrasses pas de ce truc, a-t-il déclaré, grave. Si tu veux mon avis, *chica*, tu retournes voir le gentil maître vampire, tu le supplies de te pardonner pour tous les désagréments que tu lui as causés, et tu fais tout ce qu'il te dit de faire. Crois-moi : tu n'as pas envie que ce type s'énerve sur toi.

— J'ai déjà vu Mircea énervé, ai-je rétorqué. (C'était vrai. Mais, jusque-là, il ne s'en était jamais pris à moi. J'ai donné un petit coup de pied à la chaise de Casanova.) Et assieds-toi : tout le monde nous regarde.

— C'est vrai, a confirmé Casanova. C'est pour ça que je vais retourner au bureau, décrocher le téléphone et donner un coup de fil au grand patron. Si tu ne veux pas qu'il te trouve, je te suggère de profiter de ce répit pour te faire la belle. Même si ça ne t'avancera pas à grand-chose.

— Tu as peur de lui !

— Euh… Laisse-moi réfléchir, a-t-il répondu avec sarcasme. Oui ! Et toi aussi, tu devrais.

J'étais complètement abasourdie. Le vamp que je connaissais n'était pas quelqu'un à qui il fallait chercher des noises, mais je n'avais jamais été témoin du moindre épisode justifiant qu'un démon millénaire se mette à trembler dans ses chaussures de marque.

— Euh… On parle bien de Mircea, là ?

Casanova a balayé la salle d'un regard affolé, avant de s'asseoir à côté de moi. Il était si sérieux que c'en était presque comique.

— Écoute-moi bien, ma petite chérie. Fais attention à ce que je vais te dire, parce que je ne répéterai pas. Mircea est le manipulateur le plus rusé que je connaisse. Ce n'est pas pour rien qu'il s'est retrouvé négociateur en chef du Sénat : il arrive toujours à ses fins. Un conseil : sois sympa avec lui ; il sera peut-être sympa avec toi.

Je l'ai attrapé par la cravate pour l'empêcher de se ruer sur son téléphone, et j'ai tiré son visage vers moi sans ménagement. Habituellement, je ne suis pas du genre violent – j'ai vu trop de violence pendant mon enfance pour avoir envie de me joindre au club –, mais j'étais vraiment hors de moi.

— Je t'ai laissé bavasser. Maintenant, c'est à toi de m'écouter. La manipulation, je sais ce que c'est. Chaque jour que Dieu fait, quelqu'un s'amuse à tirer mes ficelles. Même cette histoire de Pythie, ce n'est pas moi qui en ai eu l'idée. Mais tu sais quoi ? Là, c'est la goutte d'eau qui fait déborder le vase. Mircea peut penser ce qu'il veut, je ne lui appartiens pas. Je n'appartiens à personne. Et, à partir de maintenant, les gens qui s'amuseront à la poupée avec moi vont vite comprendre qu'il vaut mieux m'avoir comme copine. Tu piges ?

Casanova a fait semblant de s'étouffer et je l'ai relâché. Il s'est affalé dans sa chaise, plus amusé que terrifié.

— Si tu es si puissante que ça, pourquoi as-tu besoin de mon aide ? m'a-t-il demandé, espiègle. Tu n'as qu'à lever ce *geis* toute seule et abattre ta colère sur Antonio dans la foulée.

— C'est pas comme ça que ça marche, ai-je répondu sèchement. Et qu'est-ce qui te fait rigoler ?

Le visage de Casanova s'est fendu d'un sourire qu'il s'était efforcé en vain de réprimer.

—C'est culturel, a-t-il gloussé. Il faut être un incube pour trouver ça drôle.

—Essaie la version « incube pour les nuls ».

Soudain, il avait l'air d'un petit garçon. Cette expression aurait dû détonner sur son visage de macho, mais elle passait très bien.

—C'est une sorte d'anticipation, si tu veux. Un peu comme quand on est excité à l'idée du prochain match de boxe dans la catégorie poids lourds. À ma gauche, a-t-il poursuivi en adoptant le rythme d'un commentateur sportif vieille école, le seigneur Mircea, champion en titre dans la catégorie « manipulations et truanderies politiciennes ». Aucune défaite en cinq cents ans. À ma droite, Cassandra, qui vient d'accéder au trône de Pythie. (Il a souri de plus belle.) Tu comprends, Cassie : pour un incube, c'est un peu le summum. Si je ne tenais pas autant à ce corps, je me bagarrerais pour décrocher une place au premier rang.

—Arrête de jacasser et raconte-moi un truc utile ! ai-je répliqué, exaspérée.

—Et si *toi*, tu me racontais un truc, pour changer ? a-t-il rétorqué. Qu'est-ce que tu penses faire, exactement, une fois que tu auras mis la main sur Tony ? Ça fait longtemps qu'il traîne ses basques. Il ne va pas se laisser tuer si facilement. Pourquoi tu ne te la coules pas douce en attendant que Mircea lui fasse la peau ? Tôt ou tard, il va le retrouver. Et, toi comme moi, on sera…

—Mircea ne peut pas s'occuper de Myra ! (Je n'arrivais pas à croire que Casanova soit bouché à ce point.) Il est peut-être capable de me protéger ici et maintenant, mais ce n'est pas le présent qui m'inquiète.

Myra avait été la dauphine de la Pythie, mais Agnès l'avait déshéritée à cause de ses mauvaises fréquentations. Malgré cette disgrâce, Myra avait gardé ses compétences, ce qui voulait dire qu'elle pouvait s'insinuer dans mon passé et m'attaquer bien avant que j'entende parler d'elle. Elle pouvait même tuer un de mes parents pour être sûre que je ne naisse jamais. Et Mircea ne pourrait absolument rien y faire.

— Mais si elle est sous la protection d'Antonio, comment penses-tu…

— Je lui réserve quelques petites surprises. Ce que j'attends de toi, c'est…

— … un truc qui va me coûter bonbon. Tu ne crois quand même pas… (En voyant mon expression, il s'est interrompu.) Qu'est-ce qu'il y a ?

J'ai bondi sur mes pieds, scrutant la silhouette qui venait de débarquer à l'entrée du bar.

Mon mage guerrier favori était en train de traverser le vestibule à toute vitesse. Ses cheveux blonds, très courts, avaient l'air coupés à coups de machette, et ses yeux verts et glacials étincelaient de fureur. Ce n'était pas une grande surprise : je ne l'avais jamais vu sourire. Une journée sans qu'il essaie de me tuer, c'était une bonne journée. Et, vu qu'il portait son manteau en cuir habituel, celui qui lui descendait jusqu'aux genoux et regorgeait d'armes secrètes, je me suis dit que c'était sûrement une *mauvaise* journée.

Chapitre 2

— C'est bien qui je pense ?

Casanova a jeté un coup d'œil paniqué au mage, dont le manteau venait de s'ouvrir d'un coup, dévoilant une puissance de feu capable de dégommer un peloton entier. Même les vamps se méfient des mages guerriers – des magiciens ou des sorcières du Cercle rompus aux techniques de combat tant humaines que magiques. Ils ont une mentalité très « je tire d'abord, je pose des questions après… si j'ai envie » que les forces publiques ont abandonnée à l'époque des cow-boys. Cela dit, les policiers ne sont pas souvent confrontés aux surprises qui font le quotidien des mages.

Ce spécimen-là, je l'avais déjà assez vu. Et Casanova avait l'air du même avis : sans attendre ma réponse, il a mis sa dignité au placard et s'est jeté sous la table. J'étais en train de me demander si ça valait la peine d'essayer de m'enfuir lorsque Ényo a bondi de son tabouret de bar et s'est approchée d'un pas rapide. Je ne sais pas comment j'ai deviné ses pensées – elle n'a pas dit un mot –, mais ça m'a semblé très clair. J'ai secoué énergiquement la tête. Non : je ne savais pas comment considérer ce mage, mais certainement pas comme un ami.

Ényo a fait volte-face pour toiser le guerrier, qui n'était plus qu'à quelques tables de moi. Il s'est arrêté net. Une seconde plus tard, j'ai compris pourquoi. Personne, quels que soient ses critères de beauté, ne pouvait trouver les trois sœurs jolies, mais elles avaient l'air plus ou moins inoffensives. D'habitude, Ényo, avec son visage ratatiné – si grevé de rides que l'absence d'yeux passait presque inaperçue –, sa bouche édentée et ses cheveux en bataille, ressemblait à une vieille clocharde particulièrement peu ragoûtante. Mais, d'un seul coup, son allure avait changé du tout au tout.

Mes connaissances en mythologie sont assez limitées. Il s'agit surtout de bribes de souvenirs remontant aux lointaines leçons d'Eugénie, mon ancienne gouvernante. Encore une fois, j'ai regretté de ne pas avoir été plus attentive. À la place de la petite vieille toute rabougrie se tenait une terrifiante Amazone n'ayant pour seul vêtement qu'une chevelure lui descendant jusqu'aux chevilles… et pleine de sang. Ényo s'était transformée à une telle vitesse que je ne l'avais pas vue changer. Mais j'ai deviné, à en juger par le visage livide et décomposé de Pritkin – sa tête habituelle lorsqu'il est vraiment terrifié – que j'avais raté un épisode. Et je n'étais pas sûre d'avoir envie qu'on me le résume.

Je ne suis pas quelqu'un de particulièrement héroïque. En plus, Casanova avait commencé à filer en douce, à quatre pattes, bien à couvert sous les tables. Et je ne savais toujours pas où se terrait Tony. Je me suis donc jetée par terre, bien décidée à suivre l'incube à la trace. Une seconde plus tard, on a entendu un vacarme épouvantable, comme si toutes les portes de l'enfer s'étaient ouvertes de concert. Mais je n'étais pas assez folle pour me retourner. J'avais une longue expérience en matière de fuite : le secret, c'est de rester concentré sur son objectif, en toute circonstance.

J'ai vu la moitié d'une chaise en bois laqué me passer au-dessus de la tête, mais je me suis contentée de me baisser un peu plus et de ramper plus vite. Casanova avait l'air de foncer sur un pan de mur vide, mais je n'étais pas dupe. Cet endroit appartenait à Tony : il ne construisait jamais rien sans y inclure une bonne dizaine d'issues de secours. J'étais sûre et certaine qu'il y avait une porte camouflée par un sortilège, dans le coin. Et quand le haut du corps de Casanova a disparu dans le papier peint chinois, ça ne m'a pas surprise. Je me suis accrochée à sa veste, j'ai plissé les paupières et je l'ai suivi. Lorsque j'ai rouvert les yeux, je me trouvais dans un couloir de service éclairé par des néons industriels.

Casanova a essayé de se dégager, mais je l'ai retenu de toutes mes forces. C'était loin d'être évident vu que ma petite culotte me rentrait dans les fesses du fait de cette escapade impromptue et que l'incube était plus fort que moi. Mais c'était le meilleur lien que j'avais avec Tony : je n'allais pas le laisser filer.

— OK, OK, a-t-il cédé en me hissant sur mes pieds. C'est par là !

On a franchi à toute vitesse une porte donnant sur un couloir beaucoup plus chic, avec une épaisse moquette rouge au sol. Le papier peint en imitation brocart exhibait une frise de gravures salaces et empestait le musc. J'ai manqué de m'étouffer, mais Casanova était trop occupé à appuyer vingt fois sur le bouton de l'ascenseur pour s'en apercevoir. J'étais presque en train de me dire que je ferais mieux d'arrêter de respirer lorsque l'ascenseur est arrivé. On a sauté à l'intérieur. Casanova a appuyé sur le cinquième étage et j'ai réussi à protester en crachotant :

— On ne devrait pas plutôt descendre ? Style : au parking ? Si on reste dans l'immeuble, il va nous trouver.

Il m'a décoché un coup d'œil furtif.

— Ah, parce que tu crois vraiment qu'il est venu tout seul ? (J'ai haussé les épaules. C'était plausible : je n'avais jamais vu Pritkin bosser avec d'autres mages. Il mettait déjà assez le foutoir tout seul.) Il a sûrement du renfort, a poursuivi Casanova en passant ses mains tremblantes le long de son costume légèrement froissé. Laissons les défenses intérieures les arrêter.

L'ascenseur s'est ouvert sur une pièce luxueuse ressemblant étrangement à un boudoir. Il y avait des miroirs et des gros fauteuils partout. Un bar presque aussi grand que celui d'en bas occupait l'un des murs. Un charmant assistant, qui n'allait probablement pas tarder à se faire recruter par les incubes, si ce n'était déjà fait, a essayé de nous proposer à boire, mais Casanova l'a remballé d'un geste de la main.

On a traversé une double porte à toute blinde, et on s'est retrouvés dans un petit bureau cossu.

Casanova a ignoré l'immense lit à baldaquin bizarrement disposé dans un coin et les deux femmes vêtues de lingerie affriolante étendues dessus. Il a traversé un tableau moderniste multicolore et je l'ai suivi, ignorant les regards courroucés que me jetaient les deux demoiselles. De l'autre côté, il y avait une petite pièce, sans aucun autre meuble qu'une chaise, une table et un miroir accroché au mur. Casanova a gesticulé en direction de ce dernier, et sa surface s'est immédiatement mise à chatoyer frénétiquement, comme un mirage dans le désert. C'était sans doute comme ça que Casanova surveillait ses employés...

J'avais déjà vu de tels dispositifs. Tony n'avait jamais été capable d'utiliser de caméras de sécurité : le matériel électrique faisait long feu à proximité des puissants talismans grouillant dans sa forteresse de Philadelphie. J'avais dû me familiariser avec son matériel de surveillance pour m'y soustraire, lorsque je m'étais mise à faire des choses que je ne préférais pas qu'il apprenne... comme fouiller ses papiers et le vendre aux fédéraux. Mes manigances ne s'étaient pas très bien finies, mais au moins je n'avais pas été prise la main dans le sac pendant les préliminaires. Bref : j'avais découvert que toutes les surfaces réfléchissantes pouvaient être enchantées de façon à servir de moniteur connecté à un autre revêtement brillant situé dans un rayon donné. Vu le nombre de glaces et de plaques de marbre poli dans les parages, Casanova devait probablement surveiller tout ce qui se passait dans ses thermes.

Il a murmuré une formule qui a fait apparaître le bar. Je me suis demandé pourquoi l'image était tordue, avant de me rendre compte qu'il utilisait, en guise de trou de serrure magique, le gong chinois placé derrière le comptoir. L'objet étant convexe, l'image qu'il reflétait l'était aussi. Elle avait également une légère teinte de bronze. J'ai vu trois personnes de dos. Je les ai immédiatement identifiées comme étant des mages guerriers, étant donné la quantité de quincaillerie qu'ils trimballaient. En revanche, je ne voyais pas Pritkin. Je commençais à avoir peur qu'Ényo l'ait dévoré.

Elle avait l'air d'en être on ne peut plus capable. La petite vieille avait cédé la place à une barbare couverte de sang, dont la tête flirtait avec les lampions qui pendouillaient du lustre central. Elle avait toujours les cheveux gris, mais son corps s'était nettement amélioré. Et elle avait tout ce qu'il fallait en termes de dents et d'yeux. Les premières étaient plus longues et acérées que celles d'un vamp. Les seconds étaient jaunes et fendus comme ceux d'un chat. Elle avait l'air furieuse. Le fait qu'elle soit prise au piège dans un filet magique – un petit cadeau des mages – devait y contribuer. Elle l'a entaillé d'un coup de griffes, sur dix centimètres de longueur, et il s'est déchiré comme du papier. Mais, avant qu'elle puisse faire un pas, les mailles souples se sont tricotées de nouveau, la restreignant de plus belle.

J'avais l'impression qu'elle était dans une impasse, et je me demandais pourquoi ses sœurs, qui traînaient toujours au bar, n'intervenaient pas. À peine avais-je eu cette pensée que Pemphrédo a regardé le gong. Comme c'était à son tour d'avoir droit à l'œil, elle m'a gratifiée d'une lorgnade. Et elle s'est lâchée…

Quand j'avais cherché des informations sur les trois sœurs, après leur apparition, j'avais appris que Pemphrédo était surnommée « la maîtresse des surprises démoniaques ». Je n'avais pas compris ce que ça voulait dire. Puisqu'on avait assigné à toutes les trois la mission de protéger les Gorgones, je m'étais dit qu'elles devaient avoir une compétence martiale particulière chacune. Mais, vu la façon dont Méduse avait fini, j'avais des doutes quant à leur efficacité.

Comme si elle m'avait entendue, Pemphrédo a brutalement reporté son attention sur le mage le plus proche, une Asiatique délicate. Cette dernière n'a pas eu le temps de crier qu'un imposant lustre en bois laqué s'est écrasé sur sa tête, projetant des gerbes de bouts de bois fendu. Bientôt, la femme était ensevelie sous un amas de lampions en soie rouge. Apparemment, les filles n'avaient pas perdu la main !

Quelques secondes plus tard, la mage a réussi à s'extraire du plafonnier. Elle était contusionnée et toute dégoulinante de sang, mais elle respirait encore. Pas au point de rejoindre la mêlée, cela dit. Et ses compagnons avaient du mal à contenir Ényo tout seuls. La Grée déchirait le filet presque plus vite que les mages le reformaient, et ça commençait à virer au jeu d'endurance. Ényo s'essoufflait-elle ? Aucune idée. En revanche, même si je les voyais de dos, je savais que les mages avaient du mal : leurs bras levés tremblaient sensiblement.

— On a un problème, a dit Casanova.

— Nan ! Tu crois ?

J'ai vu Pemphrédo décocher un coup d'œil à l'un des mages, qui s'est instantanément tiré une balle dans le pied. Quant à Dino, je n'avais vraiment pas envie de savoir quel était son talent spécial. Elle sirotait sa bière en essayant de draguer le nouveau barman, qui s'était accroupi derrière le bar, les bras sur la tête. Après cette nuit, Casanova allait sûrement crouler sous les revendications de primes de risque.

— Ce n'est pas ça, a insisté Casanova. Je veux dire qu'on a *vraiment* un problème.

Alarmé par le ton paniqué de sa voix, j'ai levé les yeux et j'ai aperçu un mage guerrier enragé dans l'encadrement de la porte. Son fusil à canon scié était braqué sur nous. J'ai soupiré.

— Salut, Pritkin.

— Rappelez vos harpies, si vous ne voulez pas que cette conversation finisse très vite.

J'ai poussé un autre soupir. Pritkin avait tendance à me faire cet effet.

—Ce ne sont pas des harpies, ce sont les Grées, des demi-déesses grecques ou un truc du style.

Pritkin m'a décoché un sourire méprisant. C'était ce qu'il savait faire de mieux, à part tuer des choses.

—Je vous fais confiance pour vous allier avec des monstres. Rappelez-les.

Ses paroles dégoulinaient d'une rage telle qu'elle risquait de prendre, d'un instant à l'autre, une forme beaucoup plus substantielle.

—Je ne peux pas.

C'était la vérité, mais ça ne m'a pas surprise que Pritkin ne me croie pas. De mémoire, Pritkin n'avait jamais cru un seul mot de ce que je lui avais dit. J'en arrivais à me demander pourquoi il perdait son temps à me parler. Cela dit, papoter avec moi n'était sans doute pas en haut de sa liste de choses à faire. Ça devait venir juste après me traîner devant le Cercle d'argent, me jeter dans un cachot vraiment très profond, et perdre la clé.

J'ai vite découvert le boucan que pouvait faire une carabine avec un double canon scié quand on la déchargeait dans une petite pièce.

—Fais ce qu'il te demande, Cassie, est intervenu Casanova. J'aime bien ce corps comme il est. Ça m'embêterait beaucoup qu'on le transperce.

—Ouais. Et c'est précisément ce qui nous préoccupe, tout de suite. (Ce commentaire provenait d'un fantôme venant tout juste de faire irruption du mur. Casanova a gesticulé dans sa direction, comme s'il avait voulu éloigner une mouche horripilante, mais il l'a raté.) Je croyais que les incubes étaient censés être charmants, a renchéri Billy en esquivant.

Casanova ne voyait pas Billy mais, apparemment, ses sens démoniaques pouvaient l'entendre. Son beau front s'est plissé, agacé, mais il n'a pas daigné répondre. Heureusement. Ça voulait dire que Pritkin ne pouvait pas être certain de la présence de Billy.

Billy, c'est tout ce qui reste d'un flambeur d'origine irlandaise épris de femmes, de chansons coquines et de triche. C'est à cause de ce dernier hobby qu'il avait rendu ses billes pour la dernière fois, à l'âge avancé de… vingt-neuf ans. Deux ou trois cow-boys n'avaient pas apprécié son petit accent, sa chemise chiffonnée, et le fait que les minettes du saloon le reluquaient beaucoup trop. Mais la goutte d'eau qui avait fait déborder le vase, c'était le nombre de parties qu'il avait gagnées… et l'as qu'il avait sorti de sa manche. On l'avait donc présenté à un charmant sac en jute, à qui on avait fait visiter les bas-fonds du Mississippi.

Ce qui aurait dû mettre fin à son existence, certes écourtée, mais haute en couleur. Toutefois, quelques semaines auparavant, Billy avait acquis un certain nombre de faveurs auprès d'une comtesse – en tout cas, il prétendait qu'elle portait un titre. Entre autres : un collier de rubis très laid doublé d'un talisman. Ce dernier aspirait l'énergie magique du monde naturel pour la transmettre à son propriétaire – en l'occurrence, au fantôme de son propriétaire. L'esprit de Billy avait donc habité ce collier, et il prenait la poussière chez un antiquaire lorsque je l'avais choisi comme cadeau pour ma gouvernante, particulièrement difficile. Toute ma vie, j'avais été capable de voir les fantômes. Pourtant, mon achat m'avait abasourdie.

On avait vite découvert que j'étais non seulement la première personne à voir Billy depuis bien longtemps, mais surtout la seule propriétaire du collier capable de lui transmettre de l'énergie, en plus de celle que le bijou lui fournissait déjà. Grâce à ces transfusions régulières, Billy était devenu beaucoup plus actif. En échange de quoi il m'aidait à résoudre mes différents problèmes. Enfin, en théorie.

Il scrutait ce qui ressemblait à une statue d'argile de taille humaine. La première fois que je l'avais vue, j'avais cru que c'en était une, mais il s'agissait d'un golem. D'après la légende, ils auraient été créés par des rabbins versés dans les arts kabbalistiques. Mais, de nos jours, ils sont plutôt prisés par les mages guerriers, qui s'en servent comme assistants. Sûrement parce qu'il était difficile de blesser une créature dépourvue d'organes internes.

J'ai passé en revue la gamme des stratégies possibles, mais aucune de mes défenses habituelles ne me semblait adéquate. J'avais un pentagramme tordu tatoué sur le dos. Un talisman forgé par le Cercle d'argent lui-même, capable de repousser la plupart des attaques magiques. Je l'avais vu faire des merveilles ! Malheureusement, je n'étais pas sûre qu'il soit à même de contrer une attaque non magique de ce calibre, et le moment me semblait assez mal choisi pour tenter l'expérience.

J'avais aussi un bracelet constitué de petites dagues entrelacées. Le bijou avait l'air d'aimer Pritkin encore moins que moi. Auparavant, il avait appartenu à un mage noir, qui s'en était servi principalement pour détruire des choses. Un être maléfique, en somme. Et j'étais persuadée que son arme l'était aussi. Malheureusement, je n'avais pas l'air d'être en mesure de m'en débarrasser. J'avais déjà essayé de l'enterrer, de le jeter dans les toilettes et de tirer la chasse, de l'enfourner dans un broyeur… Chou blanc. Quoi que je fasse, une seconde plus tard, le bracelet était de retour à mon bras, flambant neuf et en un seul morceau, trop étincelant pour être honnête. Parfois, il s'avérait assez pratique, et la plupart du temps il m'obéissait, mais il ne perdait jamais une occasion de revivre ses heures de gloire. La dernière fois que j'avais rencontré Pritkin, l'arme avait pris sur elle de le transpercer à coups de lame spectrale. J'avais donc fait attention à bien enfoncer ma main parée du bracelet au fond de ma poche : pas la peine d'envenimer la situation.

Heureusement, il me restait une possibilité.

—Hé, Billy! Tu crois que tu pourrais posséder un golem?

Pritkin n'a pas cillé, mais ses épaules ont sensiblement tressailli.

—Jamais essayé. (Billy s'est approché en voletant, tout en regardant le golem du coin de l'œil, peu emballé. Il déteste posséder les gens. Ça lui pompe son énergie et, bien souvent, ça ne fonctionne même pas. Un de ses tours favoris, c'est de les traverser subrepticement pour en extraire les pensées vagabondes, contre une ou deux de son cru. Mais, dans l'immédiat, ça n'allait pas beaucoup nous aider.) J'imagine qu'il n'y a qu'une seule façon de le savoir, a-t-il conclu dans sa barbe.

Dès que Billy a pénétré la créature, j'ai compris pourquoi on menait toujours les expériences dans un environnement sécurisé. Le golem s'est mis à tituber dans la partie publique du bureau, renversant les plantes en pot. Les filles se sont réfugiées en hurlant dans l'autre pièce. Soudain, la créature a changé d'itinéraire, percutant Pritkin de plein fouet, l'envoyant valdinguer par terre.

Je me suis dit que ça devait être voulu. Mais quand la créature s'est mise à ricocher contre les murs de notre minuscule box, telle une boule de flipper gavée d'amphétamines, j'ai eu comme un doute. Ensuite, le golem s'est dirigé vers la table et l'a tout bonnement fracassée. Dans son élan, il m'a heurtée de biais, et je me suis affalée maladroitement sur Pritkin. Je m'apprêtais à hurler à Billy de sortir de la créature mais le genou de Pritkin dans mon ventre m'a coupé le souffle quand je suis tombée sur lui. Pour être parfaitement honnête, mon talon aiguille venait de lui broyer les bijoux de famille, et ce n'était pas un accident. Son genou non plus, très certainement.

Luttant pour reprendre mon souffle, je m'apprêtais à lui passer un savon lorsqu'un sentiment familier et ô combien inopportun m'a envahie. La Pythie est censée contrôler le voyage temporel, pas l'inverse. Mais je me demandais si le pouvoir était au courant ! J'ai à peine eu le temps de penser « *Oh non ! Pas maintenant !* » avant de m'enfoncer dans la zone grisâtre partageant les époques.

Au terme d'une chute libre assez courte, le sol s'est précipité vers moi et je l'ai heurté la tête la première. Quand j'ai recouvré la vue, j'ai identifié la surface sur laquelle j'étais tombée : c'était un tapis très fin jeté sur le rude plancher. Il avait un motif oriental, rouge et noir, et l'espace d'un instant j'étais tellement sonnée que j'ai cru être de retour au bar. Mais j'ai remarqué les deux paires de pieds devant mes yeux : ils n'avaient pas l'air d'appartenir à des touristes.

La femme portait des talons hauts en satin noir, dotés de perles de jais tombant en cascades sur ses orteils. Les escarpins étaient assortis aux perles entrelacées aux mailles de sa robe de soirée noire sophistiquée, dont l'ourlet se trouvait à trente centimètres de mon visage. L'ornementation remontait le long du vêtement, jusqu'à hauteur de sa taille indécemment fine, où elle disparaissait. Sans doute pour ne pas voler la vedette à la petite fortune de diamants cascadant sur son cou très fin et rehaussant les boucles dorées de sa chevelure. J'ai examiné furtivement ses magnifiques yeux bleus, qui me toisaient avec mépris, avant de détourner le regard. Ce n'est jamais bon de scruter trop longtemps un vampire dans les yeux. Et il ne faisait aucun doute que c'en était une.

Après m'être laborieusement relevée, j'ai eu un deuxième choc. J'ai failli retomber – il n'y avait que Tony pour être sadique au point de faire porter des talons de dix centimètres à ses serveuses –, mais une main s'est tendue pour me retenir. Une main très familière.

Le compagnon de la jeune femme, tout comme elle, avait l'air vêtu pour l'opéra. Il portait une veste à queue-de-pie noire, sur un ensemble formé d'une chemise blanche, agrémentée d'un nœud papillon assorti, et d'un gilet. Ses chaussures exagérément polies étincelaient encore plus que ses bijoux, peu mis en valeur, consistant en une paire de boutons de manchette et une barrette dorée appareillés. Cette dernière, placée à la naissance de sa nuque, retenait ses cheveux en un catogan. La discrétion de ces accessoires ne m'étonnait pas : Mircea avait la vulgarité en horreur. Ce qui m'a surprise, c'est plutôt la sensation de bien-être instantanée et irrépressible qui s'est emparée de moi dès que j'ai croisé son regard.

J'ai été frappée par la virilité brute de sa beauté. Son corps était si parfait, tout en muscles longs et en lignes élégantes, que j'en avais le souffle coupé. Il ressemblait à un danseur. À un coureur de fond. Ou encore, à ce qu'il était : un pur produit d'une lignée noble sur des générations. Il n'y avait qu'un seul trait détonnant avec cette image : au lieu de la bouche fine et crispée des aristocrates, il avait les lèvres magnifiquement modelées d'un bon vivant.

Il y avait probablement plus de gènes de paysans dans l'ADN familial que le clan aurait voulu l'admettre. Et ces gens n'avaient peut-être pas les grands airs et la grâce de leurs seigneurs, mais ils savaient rire, danser et boire avec une passion que les aristocrates avaient perdue. C'était Dracula qui était censé être né d'une bohémienne rebelle. Mais parfois, je me demandais si les vieilles rumeurs ne s'étaient pas embrouillées, et si ce n'était pas Mircea qui avait du sang de Rom. Auquel cas, ça lui allait très bien.

Il avait posé la main sous mon coude. C'était totalement impersonnel, mais, pour une raison ou une autre, j'ai senti tout mon bras tressaillir. J'ai essayé de détecter le *geis* dont Casanova m'avait parlé, mais je n'ai rien senti. Si je n'avais pas été au courant, j'aurais été convaincue que mon émotion n'avait rien de magique.

J'ai vaguement pris conscience que mes mains avaient commencé à caresser la soie épaisse du gilet de Mircea. Il était pourpre, avec des dragons rouges brodés dessus. C'était un peu voyant pour lui, mais le ton sur ton rendait les motifs presque invisibles, sauf lorsque la lumière tombait directement dessus. La broderie était délicate sous mes doigts. Le motif était très beau, très complexe. Je pouvais même distinguer les minuscules écailles des dragons. Ensuite, mes mains vagabondes ont découvert quelque chose de beaucoup plus intéressant : la légère protubérance des tétons, à peine discernables à travers les différentes couches de vêtements.

Je les ai parcourus du bout des doigts. Tout mon corps a tressailli de plaisir à leur toucher. Près de Mircea, je ne ressentais aucun des effets abrutissants de la tentative de séduction de Casanova. Si j'avais voulu, j'aurais très bien pu sortir de ma torpeur. Mais je ne voulais pas. Pour rien au monde.

Mircea ne bougeait pas non plus. Il restait juste là, debout. Il avait l'air amusé mais sa main, enserrant mon bras, a commencé à m'attirer délicatement contre lui.

J'y suis allée de mon plein gré, perdue dans la contemplation des reflets de la lampe à gaz dans ses cheveux. Soudain, un flux palpitant d'énergie est remonté le long de mon bras et s'est répercuté contre mon épaule avant de jaillir de mes doigts, comme de l'électricité. Légèrement secoué par l'onde de choc, Mircea ne m'a pas lâchée pour autant. Et l'écho a continué ses va-et-vient, nous enveloppant dans un flot de sensations en boucle. Le duvet de mon bras s'est soulevé et mon corps s'est tendu.

Il m'a observée longuement, aussi minutieusement que je l'avais étudié. J'ai tremblé sous son regard. Mircea, surpris par ma réaction, a légèrement haussé un sourcil. Sa main a gagné le creux de mon dos, où elle n'a rencontré que l'armature rêche de mon bustier. Elle a donc glissé nonchalamment jusqu'aux courbes de mes hanches, et Mircea a déployé ses longs doigts sur le satin très fin de mon short, pour mieux me serrer contre lui.

J'ai inspiré profondément pour essayer de résister aux vagues d'émotions qui déferlaient sur moi, mais ça n'a servi à rien. Mircea ne m'a pas aidée : il m'a caressé tendrement la joue du bout des doigts. Une étincelle dorée a pris naissance dans ses pupilles. D'expérience, je savais ce que signifiait cette couleur : un sentiment exacerbé. Quand il était vraiment en colère, ou excité, ses yeux prenaient une couleur cannelle, une radiance surnaturelle qui en effrayait plus d'un mais que j'avais toujours trouvée magnifique.

Quelqu'un a poussé un toussotement rauque pour s'éclaircir la voix. Les paroles de Pritkin ont résonné derrière mon épaule.

— Mes sincères excuses, messieurs dames. J'ai bien peur que l'une de nos actrices soit indisposée. J'espère qu'elle ne vous a pas importunés ?

— Pas le moins du monde, a répondu Mircea, distrait.

Il n'a pas fait mine de me relâcher.

— Je vais la conduire jusqu'aux coulisses, où elle pourra prendre quelque repos.

Pritkin m'a agrippée par le bras. Il s'apprêtait à me dégager de l'étreinte de Mircea, mais le vampire a crispé la main sur ma hanche. Ses yeux s'étaient illuminés, et leurs taches vertes et marron clair avaient disparu, complètement occultées par un raz de marée rouge doré.

— Cette enfant n'a pas l'air bien, comte Basarab, a lâché la femelle vampire. (Elle a pris le bras de Mircea, imitant ainsi notre position à Pritkin et moi.) Ne la retenons pas.

Mircea l'a ignorée.

— Qui êtes-vous ? a-t-il demandé.

Je ne l'avais jamais entendu parler avec un accent si prononcé. Et, dans son intonation, je sentais la même perplexité que celle qui m'habitait.

J'ai dégluti et secoué la tête. Impossible de lui répondre sans courir de risque. Je ne connaissais ni le lieu ni l'époque où je me trouvais, mais puisque la vamp portait un discret corset, je devinais que je ne devais pas être en terrain connu.

Il y avait de fortes chances pour que je ne sois pas encore née, à cette époque.

— Personne, ai-je répondu dans un soupir.

La compagne de Mircea a émis un petit bruit qui aurait pu passer, chez quelqu'un de moins distingué, pour un reniflement.

— Nous allons rater l'ouverture, a-t-elle poursuivi en le tirant par la manche.

Après avoir longtemps hésité, Mircea m'a relâchée. À mesure que sa main s'éloignait, l'énergie qui vibrait entre nous s'étirait comme un faisceau de fils de réglisse. Il a laissé sa compagne le guider dans le couloir, non sans se retourner pour me regarder plusieurs fois, hébété. Le flux d'énergie nous liant ne s'est pas rompu. Comme si on était attachés l'un à l'autre par une corde invisible, indépendamment de la distance. Ensuite, le couple a disparu derrière une petite arche de laquelle pendaient des rideaux, dans ce qui ressemblait à une loge de théâtre.

Dès que les lourdes étoffes de velours se sont rabattues derrière eux, les dérobant à ma vue, le lien s'est brusquement rompu. Instantanément, j'ai été envahie par un sentiment de manque si impérieux que c'en était physiquement douloureux. Mon ventre s'est contracté, comme si quelqu'un m'avait envoyé un coup de poing en traître, et un mal de crâne palpitant s'est mis à poindre derrière mes yeux. Je me suis à peine rendu compte que Pritkin me tirait vers l'extrémité du couloir, en direction d'une volée de marches qui grimpaient probablement vers une autre rangée de loges. Un orchestre a commencé à entonner une symphonie. Le spectacle allait commencer. Ça expliquait pourquoi il n'y avait plus un chat.

L'escalier était éclairé par une série de petites appliques accrochées au mur, séparées par des zones parfaitement sombres. Ce n'était pas l'endroit rêvé pour une planque, mais bon… J'étais trop préoccupée pour m'en soucier. Mes mains tremblaient et mon visage était perlé de sueur. J'avais l'impression d'être une junkie à qui on avait montré une seringue mais refusé sa dose. C'était horrible.

— Qu'avez-vous fait ?

Pritkin me fusillait du regard. Ses cheveux blonds coupés court étaient dressés sur son crâne, en bataille, comme pour mieux exprimer sa colère. Il avait l'air hors de lui, mais j'avais l'habitude. Et, comparé à ce qui venait de se passer, je trouvais son expression presque insignifiante.

— J'étais sur le point de vous poser la même question, ai-je répliqué en me massant la nuque pour essayer de reprendre mes esprits.

De mon autre bras, je serrais mon ventre : j'avais l'impression que l'absence de Mircea m'avait creusé un trou à l'intérieur. Ça ne pouvait *pas* se produire. Je n'allais pas me laisser faire. Je n'allais pas passer le reste de ma vie à baver sur Mircea comme une pauvre ado sur une star de rock. Je n'étais pas une groupie, mince !

Pritkin m'a secouée. Je lui ai jeté un regard noir. Les rares fois où j'étais remontée dans le temps, la téléportation avait été provoquée par la proximité d'une personne dont le passé était menacé.

— Laissez-moi vous dire un truc, lui ai-je déclaré franchement. Si quelqu'un essaie d'empêcher votre conception, ou quoi que ce soit d'autre, je ne ressens pas le besoin urgent d'intervenir.

Son visage, déjà bien cramoisi d'habitude, a revêtu une teinte rouge plus sombre.

— Ramenez-nous à notre époque avant qu'on change quoi que ce soit ! a-t-il craché.

Je n'aimais pas qu'on me donne des ordres, mais, sur ce coup-là, il n'avait pas tort. Et le fait que je mourais d'envie de descendre l'escalier en courant pour me jeter dans les bras de Mircea me procurait une raison supplémentaire : on ne devait pas traîner.

J'ai fermé les yeux pour me concentrer sur le bureau de Casanova au *Dante*, mais j'avais beau le voir très clairement, je ne sentais aucune vague de pouvoir m'y emporter. J'ai essayé encore une fois : rien à faire. Apparemment, mes batteries avaient besoin qu'on les recharge.

— Il se pourrait qu'il y ait du retard sur ce vol, ai-je annoncé.

Je me sentais toute barbouillée. Des peurs de toutes sortes se sont mises à m'embrumer l'esprit. Et si la Pythie avait oublié de préciser qu'il y avait une date limite pour achever le rituel ? Et si je ne pouvais plus voyager dans le temps ? Point final ? Parce que le pouvoir en avait eu marre d'attendre que je scelle le pacte... Et s'il était passé à quelqu'un d'autre ? On était peut-être coincés à cette époque pour toujours !

— Quelles bêtises êtes-vous en train de débiter ? a demandé Pritkin. Ramenez-nous sur-le-champ !

— Je ne peux pas.

— Comment ça, « vous ne pouvez pas » ? Chaque instant que nous passons ici constitue un danger !

Pritkin m'a secouée de plus belle. Je crois qu'il commençait à se faire du souci, parce que sa voix était plus éraillée. Je ne compatissais pas le moins du monde : ce qu'il ressentait n'était rien comparé à ma sale humeur. Ma vie était assez dingue comme ça : je n'allais pas commencer à endosser les responsabilités de la Pythie ! Je ne savais pas qui avait mis en scène ce petit spectacle, mais il – ou elle – aurait quand même pu me laisser rayer une ou deux lignes sur ma liste de problèmes perso avant de m'embarquer dans une galère impensable pour régler ceux des autres. C'était injuste et je commençais à en avoir ras le bol. Si j'étais censée faire quelque chose, j'aurais apprécié qu'on m'explique.

— Vous voulez que je vous fasse un dessin ? ai-je répliqué à Pritkin en me dégageant d'un haussement d'épaules. Ce n'est pas moi qui nous ai emmenés ici. Je ne sais même pas où

« ici » se trouve. Tout ce que je sais, c'est que je suis incapable de nous ramener. Le pouvoir a peut-être décidé qu'on n'était plus copains. Ou il veut que je fasse un truc avant de repartir.

Je pariais sur la seconde option : ce n'était pas un hasard si j'avais atterri aux pieds de Mircea.

Pritkin n'avait pas l'air de me croire, mais je m'en contrefichais. Je lui ai tourné le dos, bien décidée à découvrir la dernière bonne idée de Mircea, mais la main de Pritkin s'est refermée sur mon poignet, l'enserrant comme un étau.

— Vous n'irez nulle part, a-t-il dit d'un air grave.

— Je dois bien découvrir le problème, si je veux le régler. Sinon, on sera en rade tous les deux, ai-je rétorqué, acerbe. Alors, à moins que vous me disiez où on se trouve et pourquoi on est là, je ne vois pas très bien ce que je pourrais faire d'autre que partir en reconnaissance. Vous avez une idée ?

— Nous sommes à Londres, fin 1888 ou début 1889.

J'ai haussé un sourcil. À ma connaissance, le seul indice permettant une telle précision, c'étaient les habits de la femme : ceux de Mircea étaient assez standard. Ils auraient pu provenir de n'importe quelle année, sur une large période de temps. L'idée que Pritkin soit un expert en costumes féminins était pour le moins déconcertante. C'est ce que je lui ai dit. Avec pour seul effet de le faire grogner de plus belle. Il m'a fourré un papier entre les mains.

— Regardez ! Quelqu'un a perdu ça.

J'ai détourné mon regard de ses yeux, étincelants de leur rage habituelle, pour parcourir le prospectus jaune et noir qu'il m'avait donné. Il représentait un homme au pied d'une colline, en train de contempler trois vieilles biques. Elles me rappelaient un peu les Grées, avec de plus jolis cheveux. Il était spécifié qu'il s'agissait d'un souvenir d'une représentation de *Macbeth* donnée au Lyceum Theatre, à partir du 29 décembre 1888.

— OK. Super. On connaît la date. C'est un début. Mais ça ne nous avance pas beaucoup.

J'ai encore essayé de me débiner, mais il m'a retenue. Avec des mots, cette fois.

— Plus vous alimenterez ce *geis*, plus il se renforcera. Sans compter que les prostituées de cette époque portent plus de vêtements que vous. Vous n'irez nulle part sans provoquer une émeute.

— Comment savez-vous… ?

C'était déjà fou de penser que je me baladais depuis des années avec une pancarte « *geis* » sur le dos sans le savoir, mais en plus, j'avais l'air d'être la seule à ne pas l'avoir remarquée !

Pritkin a haussé une épaule.

— J'ai su dès que je vous ai vus ensemble.

J'ai réfléchi à la situation et je me suis dit que ça valait la peine de tenter le coup.

— Et vous ne pourriez pas faire quelque chose ? On est tous les deux dans la même galère, après tout. Et j'aurais probablement les idées plus claires si…

— Seul Mircea peut lever le sort, m'a interrompue Pritkin. (Le maigre espoir que je nourrissais s'est écroulé.) Même le mage qui a réalisé l'incantation ne peut rien sans son consentement. La meilleure chose à faire, pour le moment, c'est de garder vos distances.

J'ai froncé les sourcils. C'était en substance ce que m'avait dit Casanova. Mais je ne marchais pas.

— Je n'y connais pas grand-chose en magie, mais je sais quand même qu'un sort impossible à briser, ça n'existe pas. Il doit y avoir un moyen ! (Pritkin n'a pas changé d'expression, mais ses yeux ont été traversés par un éclair furtif qui m'a prouvé que j'avais raison.) Vous savez quelque chose, ai-je poursuivi d'un ton accusateur.

D'abord fuyant, il a fini par répondre. J'imagine qu'il s'est dit que ça m'adoucirait un peu.

— Chaque *geis* est différent, mais ils ont tous un point commun. Ils contiennent tous une sorte de… filet de sécurité, si vous voulez. Pour éviter de tomber dans son propre piège, Mircea aura certainement prévu une sortie de secours. Au cas où les choses prendraient une mauvaise tournure.

— Et c'est quoi, cette sortie de secours ?

— Mircea et le mage qui a lancé le sort sont les seuls à le savoir.

Je l'ai dévisagé pour essayer de déterminer s'il disait bien la vérité. Ses paroles sonnaient juste. Alors pourquoi avais-je l'impression qu'il me cachait quelque chose ? Peut-être parce que *tout le monde* me cachait quelque chose.

— Si on est en 1888, Mircea n'a encore rien fait. Il n'y a pas de *geis*. Ou plutôt, il ne devrait pas y en avoir, ai-je corrigé.

Parce qu'apparemment, il se passait quand même quelque chose.

— Il est dans vos habitudes de vous fourrer dans des situations inédites, a rétorqué Pritkin en grimaçant. Je n'ai jamais entendu parler d'un tel scénario. Je ne sais pas ce qu'il adviendrait si vous passiez du temps ensemble à cette époque, mais je doute que les conséquences d'un tel acte vous plaisent beaucoup. (Il a ajusté son long manteau pour que les renflements qu'il dissimulait se voient moins.) Restez ici. Je vais faire un tour et essayer de voir s'il se trame quelque chose d'étrange. J'ai vécu à cette époque : ma présence passera plus inaperçue que la vôtre. Je reviens très vite pour que nous discutions de la marche à suivre.

Il est parti sans me laisser le temps de réagir. Je l'ai regardé faire comme une idiote. Certes, les utilisateurs de magie vivent plus longtemps que les norm', mais pas au point de paraître trente-cinq ans quand ils ont un siècle de plus. Dès que je l'avais rencontré, j'avais su qu'il cachait des choses. Mais ça, c'était franchement bizarre.

Je me suis assise sur une marche et j'ai croisé les bras autour de mes genoux, les yeux fixés sur le vieux tapis usé jusqu'à la corde. J'avais froid, dans ce costume minimaliste, et les cornes n'arrangeaient rien à mon mal de crâne. Je les ai arrachées pour les examiner. Les paillettes dorées commençaient à s'effriter, révélant le polystyrène blanc en dessous. Je me sentais un peu coupable. Si jamais on retournait à notre époque, la fille dont j'avais pillé le vestiaire allait devoir payer ses nouvelles cornes de sa poche. D'un autre côté, si on ne revenait jamais, elle devrait se racheter tout le costume.

D'un seul coup, j'ai remarqué qu'il faisait subitement plus frais dans la montée d'escalier. Mais ça ne m'a pas inquiétée. Jusqu'à ce qu'une femme apparaisse devant moi. Elle portait une robe longue bleue et semblait aussi solide qu'une personne normale, mais j'ai immédiatement su qu'il s'agissait d'un fantôme. Moins grâce à mes sens paranormaux exacerbés qu'à cause de la tête coupée qu'elle portait sous le bras. La tête, dont la barbichette de mousquetaire faisait écho à une chevelure châtain foncé, m'a regardée de ses yeux bleu clair.

— Voilà une version bougrement améliorée de Faust ! a-t-il dit en fronçant les sourcils en direction de sa porteuse.

La femme m'a jeté un regard inexpressif, mais, lorsqu'elle m'a adressé la parole, sa voix n'avait pas l'air ravie.

— Pourquoi nous dérangez-vous ?

J'ai soupiré aussi profondément que mon bustier me le permettait : il me sciait en deux. Un fantôme râleur ! Exactement ce qu'il me fallait… Encore heureux que je ne me sois pas téléportée sous forme astrale. J'aurais eu beaucoup plus de raisons de me faire de la bile. J'avais déjà voyagé dans le temps sans mon corps, soit en tant que pur esprit, soit en possédant le corps de quelqu'un d'autre. Mais, comparé aux problèmes causés par ces deux configurations, me coltiner un costume inconfortable, c'était presque une promenade de santé.

Abandonner son corps, ça revient à risquer sa vie. À moins de trouver un autre esprit pour faire du baby-sitting en son absence. Étant donné que, la plupart du temps, le seul esprit disponible, c'est Billy, j'évite au maximum. Surtout à Las Vegas, avec tous ces vices à portée de main. Il y a un autre inconvénient : sous forme astrale, mon énergie s'épuise tellement vite que je ne peux pas faire grand-chose. Sauf posséder quelqu'un pour me recharger. Mais déjà que je n'aime pas partager une tasse… Un corps, *a fortiori*…

Bref : en devenant l'héritière de la Pythie, j'avais acquis la capacité d'embarquer mon propre corps. Mais cette configuration présente aussi un inconvénient. Au terme d'une de mes possessions, le corps de la femme que j'habitais avait été blessé – elle avait presque perdu un orteil – mais j'avais réussi à laisser la blessure derrière moi au moment de repasser dans mon propre corps. Maintenant, s'il m'arrivait quoi que ce soit, ce serait pour ma pomme. Mon état actuel avait un seul avantage : les fantômes n'ont pas beaucoup d'emprise sur les vivants. Dans certaines conditions, ils peuvent cannibaliser d'autres esprits mais, la plupart du temps, s'ils s'en prennent à un être humain, ça leur pompe plus d'énergie que ça leur en donne. Cela dit, ce n'était pas une raison pour la provoquer.

— Je pars tout de suite, ai-je répondu, en espérant que ce serait le cas. Dès que j'aurai accompli ma mission, je m'en irai.

— Alors, vous ne faites pas partie du spectacle ? a demandé la tête, apparemment déçue.

— Je ne fais que passer, me suis-je empressée de rétorquer à la vue des yeux menaçants de la femme, qui commençaient à luire. (Ce n'est jamais bon signe chez un fantôme : ça veut dire qu'il emmagasine son pouvoir, en général pour vous l'envoyer en pleine poire.) Je vous assure : j'ai vraiment envie de partir mais je ne peux pas. Normalement, ça ne devrait pas prendre trop de temps.

— C'est déjà ce que l'autre nous avait dit, a-t-elle maugréé. (Son pouvoir se renforçait, soulevant légèrement ses cheveux noirs, qui voletaient autour de son visage.) Elle a empoisonné le vin, mais elle n'est pas partie. Et maintenant, c'est votre tour. Il faut que ça cesse.

— « Elle » ? (Ça sentait le roussi.) La seule personne que j'ai emmenée avec moi était un homme. Vous l'avez sans doute vu, non ? Blond. Environ un mètre soixante-quinze. Habillé comme Terminator ? (À la vue de son air perplexe, je me suis empressée d'enchaîner :) Désolée. Je veux dire : il porte un long pardessus pour couvrir une tonne d'armes. Il va bientôt revenir et tout va s'arranger.

— Nous ne nous soucions pas du mage, a rectifié le fantôme, peu amène. C'est vous et l'autre femme qui nous inquiétez. Vous devez partir.

— Elle a un instinct de propriété très développé, j'en ai bien peur, a dit la tête, compatissante. Ça fait un certain temps que nous sommes ici, vous savez ? Ce terrain appartenait à notre famille bien avant la construction du théâtre. C'est lui qui nous alimente. (Il m'a décoché un sourire jovial.) C'est plus amusant de nos jours. De mon temps, ces bougres de puritains fermaient tous les théâtres, tous les pubs, tous les bordels... Bref, tout ce qui n'était pas une église. Ils interdisaient même la pratique du sport le dimanche ! Heureusement, ils ont eu la prévenance de me décapiter pour m'éviter d'assister au carnage. Enfin : c'est nous qui avons gagné, pour finir, n'est-ce pas ?

— Ouais, ouais.

J'écoutais à peine. Tous les fantômes que je rencontre veulent me raconter leur vie. Si je n'avais pas appris à hocher la tête et à sourire en pensant à autre chose, ça ferait longtemps que je serais devenue folle. J'avais déjà de quoi gamberger toute seule.

Je ne savais pas grand-chose de mon job, à part les rumeurs que Billy avait glanées, mais ça avait l'air de fonctionner comme ça : si une personne de mon époque d'origine faisait mumuse avec le fil du temps, la balle était dans mon camp. Ça devenait mon problème, et je devais le résoudre. Mais si quelqu'un d'une autre époque essayait de mettre son grain de sel, c'était dans la juridiction de la Pythie contemporaine à cette personne. Si c'était vrai, l'interférence qui m'avait fait venir jusqu'ici était partie de mon époque. Pourtant, à ma connaissance, la seule personne capable de se balader de siècle en siècle n'était pas en état de le faire. Billy avait vérifié auprès de ses contacts spectraux : il m'avait garanti que les blessures que j'avais infligées à la projection astrale de Myra s'étaient manifestées sous la forme de lésions physiques au moment où elle avait réintégré son corps. Elle aurait été incapable de se remettre de tels dommages en une semaine.

Donc, si la femme dont les fantômes venaient de parler n'était pas Myra, il ne pouvait s'agir que d'une autre Pythie. Peut-être mon pouvoir s'était-il embrouillé ? Ou peut-être m'avait-il appelée à la rescousse pour régler un problème délicat ? Vu que je ne savais pas comment marchait ce bazar, tout était possible. Si je dénichais cette Pythie, je pourrais peut-être lui demander son aide, en faisant appel à la solidarité professionnelle, et elle pourrait nous renvoyer, Pritkin et moi, à notre époque d'origine…

— Pouvez-vous me montrer cette femme ? J'arriverai peut-être à la convaincre de partir et de me renvoyer chez moi par la même occasion.

La femme n'avait pas l'air convaincue, mais la tête était d'humeur coopérative.

— Bien sûr que nous pouvons vous la montrer ! a-t-il babillé avec enthousiasme. Elle n'est pas loin. Elle était dans une loge, tout à l'heure !

L'ardeur de son compagnon a eu l'air d'avoir raison des réserves de la femme. Elle a hoché brusquement la tête.

— Venez vite !

Les fantômes m'ont suivie au pied de l'escalier, s'abstenant poliment de me passer au travers, et m'ont guidée jusqu'à la loge attenante à celle de Mircea. J'ai ouvert les rideaux pour jeter un coup d'œil à l'intérieur. C'était désert. Sur scène, une femme vêtue d'une robe médiévale verte, dotée d'interminables manches rayées de rouge, gesticulait théâtralement. Je l'ai à peine remarquée. J'avais les yeux rivés sur Mircea. Il ne regardait pas non plus l'actrice mais le décor doré encadrant la scène, fixement, comme quelqu'un qui ne voit pas vraiment. Il m'a suffi de l'apercevoir un instant pour que tout le reste s'évanouisse. J'avais déjà été ensorcelée, mais ça ne m'avait jamais causé une sensation pareille. Avant, je savais que c'était factice, mais ça m'était égal. Maintenant, j'avais beau savoir que mes émotions étaient dues à un *geis*, je les ressentais vraiment ! C'était incroyable. Je haïssais le *geis*, mais je n'arrivais pas à haïr Mircea. Ça me semblait totalement absurde.

— Regardez ! (Le fantôme a braqué son doigt devant mes yeux.) On a déjà servi le vin.

Elle désignait un plateau contenant une bouteille et plusieurs verres, placé sur un guéridon, derrière les sièges occupés par Mircea et la blonde.

— De quoi est-ce que vous parlez ? (Je me suis forcée à détourner les yeux de Mircea pour regarder le fantôme, et un truc ressemblant à une pensée rationnelle m'est venu à l'esprit.) Vous voulez dire que cette bouteille est empoisonnée ?

— Elle a dit qu'elle allait attendre sans bouger que la bouteille soit consommée. Mais peut-être est-elle arrivée à court de pouvoir ?

Pour la première fois, le fantôme avait l'air satisfait. Je l'entendais presque penser : « *Une de moins. Plus qu'une.* »

Je l'ai ignorée. J'étais tellement paniquée à l'idée qu'il arrive quelque chose à Mircea que c'en était presque insupportable. Je suis sortie à toute blinde de la loge et j'ai percuté Pritkin, qui était là, debout, de mauvaise humeur. Il m'a agrippée pour nous éviter de tomber tous les deux par terre.

— Lâchez-moi ! ai-je lancé en donnant des tapes sur ses mains douloureusement cramponnées à mes avant-bras. Il faut que j'entre là-dedans !

— Je vous ai dit de garder vos distances ! Vous voulez vous enticher de lui pour de bon ?

— Dans ce cas, faites-le vous-même ! ai-je rétorqué. (À la réflexion, il devait avoir raison. Mon envie d'entrer dans cette loge était beaucoup trop lancinante pour être honnête.) Il y a une bouteille de vin là-dedans, et il se pourrait qu'elle soit empoisonnée. Vous devez la récupérer !

Je ne savais pas si un vamp pouvait mourir empoisonné, mais je n'avais pas envie de tenter l'expérience.

Il s'apprêtait à me fusiller du regard, comme d'habitude, mais ses traits se sont transformés et j'ai su que j'avais un problème.

— Si je fais cela, promettez-vous de me laisser vous parler aussi longtemps que je le souhaite sans changer d'époque, sans tenter de me tuer, ni de m'ensorceler, ni de me maudire, ni de vous en prendre à moi d'une façon ou d'une autre ?

J'ai plissé plusieurs fois les paupières.

— Vous voulez qu'on *parle* ? (On n'avait jamais parlé. On s'était poignardés, tiré dessus, envoyé des bombes à la figure... Mais « parler » ! Ça, on n'avait jamais fait.) De quoi ? ai-je demandé, anxieuse. (Mais Pritkin s'est contenté de me décocher un sourire machiavélique. Il m'avait mise au pied du mur et il le savait.) OK. Si vous voulez. On parlera. Mais uniquement si *vous* me promettez de ne pas essayer de me tuer, ni de m'emprisonner, ni de me livrer au Cercle. À personne, d'ailleurs. Et vous n'aurez pas toute la vie non plus. Une heure. C'est à prendre ou à laisser.

— Marché conclu.

Je dois reconnaître qu'il n'a pas perdu de temps une fois le pacte scellé. Il m'a immédiatement relâchée pour traverser les rideaux. J'ai attendu quelques minutes avec angoisse, mais comme rien ne se produisait j'ai fini par craquer : je suis retournée dans la loge vide pour observer. Et je n'ai pas aimé le spectacle.

Sur scène, un Macbeth maigrichon doté d'une moustache tombante entamait le monologue du « poignard de l'esprit ».

Dans la loge, Pritkin avait une vraie dague sous la gorge. C'était un petit cadeau de la blonde. Mircea, debout derrière elle, la dérobait aux regards du public, mais de ma loge, plus proche, je les voyais très clairement.

Avant que je trouve un moyen d'aider Pritkin, les choses se sont corsées : Mircea a commencé à ouvrir la bouteille. Il avait les yeux rivés sur le mage et ses lèvres arboraient un léger sourire. Je n'aimais pas ce regard. Mircea avait toujours cru aux vertus du proverbe de l'arroseur arrosé. S'il était persuadé que Pritkin essayait de les empoisonner, il était parfaitement capable de lui verser le contenu de la bouteille dans la gorge – histoire de voir ce qui se produirait.

En temps normal, Pritkin aurait été parfaitement capable de se tirer d'affaire tout seul, mais il essayait de ne pas attirer l'attention. Je respectais beaucoup sa dévotion au principe de l'intégrité de la trame temporelle et tout le bazar, mais se faire tuer pour ça relevait franchement du fanatisme. Même moi, qui étais la Pythie – en tout cas, temporairement –, je n'étais pas prête à aller si loin. Dans d'autres circonstances, la mort de Pritkin ne m'aurait pas empêchée de dormir, mais, s'il était entré dans cette loge, c'était parce que je le lui avais demandé. S'il mourait, ça serait en partie ma faute.

J'ai levé le poignet en soupirant. Une dague vaguement luminescente a littéralement bondi de mon bracelet et s'est mise à flotter à côté de mon bras. Elle était toute vibrante d'excitation à l'idée de se battre, mais je n'étais pas convaincue que c'était une bonne idée. Entre autres considérations, j'avais peur que la dague décide de s'en prendre à Pritkin plutôt qu'à la bouteille. Ils avaient un passif, tous les deux : ils n'avaient pas l'habitude de se battre du même côté.

— Débarrasse-toi *seulement* de la bouteille, lui ai-je dit, stricte. N'attaque pas le mage : tu sais de quoi il est capable. Je ne plaisante pas.

En guise d'assentiment, la lame m'a gratifiée d'un léger tressaillement et a pris son envol. Elle a filé entre les deux balcons, droit sur la bouteille que Mircea venait de soulever à hauteur des lèvres de Pritkin. Le poignard a brisé le verre épais avec facilité. Le vin sombre a dégouliné sur le manteau du mage et aspergé la chemise de Mircea, jusque-là d'un blanc immaculé. Mircea a fait volte-face, le col de la bouteille encore dans la main, et il m'a vue. Il a ouvert la bouche, comme s'il s'apprêtait à dire quelque chose, mais s'est interrompu, pétrifié, le regard vague.

Malheureusement, mon couteau n'a pas suivi son exemple : il a décidé d'en remettre une couche. Au moment même où Macbeth, sur scène, se demandait si c'était bien un poignard qu'il voyait devant lui, ma lame étincelante et radiante a fendu les airs au-dessus de la foule pétrifiée. L'arme volante a arraché à cette dernière des halètements de surprise, et même quelques cris, avant de s'arrêter net devant le visage ahuri de l'acteur. Elle a rebondi pendant une bonne minute, comme pour lui faire une révérence, avant de revenir à moi en voletant. Un tonnerre d'applaudissement a envahi le théâtre, noyant la fin de la tirade.

Dès que la star de la soirée a eu réintégré mon bracelet, j'ai senti cette impression de désorientation me traverser, indiquant l'imminence d'un autre saut dans le temps.

— Agrippez ma main ! Vite ! ai-je hurlé à Pritkin. Décollage imminent !

Le mage avait profité de la diversion pour se soustraire à la blonde. Elle continuait à lui bloquer la sortie, mais il a contourné l'obstacle en sautant par-dessus un fauteuil libre, avant de s'élancer dans le vide entre les deux loges. Il a failli glisser sur le rebord, mais je lui ai attrapé la main. Une seconde plus tard, on était de nouveau ballottés par le tourbillon du temps.

Chapitre 3

On a atterri en vrac sur un sol blanc carrelé, et quelque chose est tombé devant mon nez en émettant un « sploutch ». J'ai louché pour essayer d'identifier l'objet rosâtre et j'ai reculé maladroitement en hurlant, renversant Pritkin dans le processus. Une main crochue couleur de vieille pierre s'est emparée de la chose répugnante pour la reposer sur un plateau d'argent.

— Cette zone est réservée au personnel, m'a informée une voix de baryton outragée.

Je n'ai pas répondu. J'étais complètement obnubilée par le plateau rempli de doigts coupés que le propriétaire de la voix tenait avec soin entre ses longues griffes crochues. Pourtant, j'aurais plutôt dû m'inquiéter de son visage gris-vert, couleur de roche moisie, qui me scrutait par-dessus le plateau. Il était entaillé, de la tempe au cou, d'une profonde estafilade, et son œil unique – une étroite fente jaunâtre – était pris en sandwich entre les deux cornes noires et courbes se battant en duel sur son front. Ce n'était pas un visage qu'on voyait tous les jours. Pourtant, je n'arrivais pas à détourner les yeux des doigts coupés.

Il devait y en avoir une vingtaine, voire plus. Que des index, à vue de nez. On les avait fourrés entre deux tranches de pain de mie, dont on avait enlevé la croûte. Une tranche de laitue enveloppait minutieusement chaque doigt. *C'est ce qui s'appelle manger sur le pouce*, a commenté une partie de mon cerveau. J'ai failli m'étouffer, hésitant entre vomir et éclater d'un fou rire nerveux.

Mon regard a balayé ce que j'avais fini par identifier comme une cuisine animée. Non loin, une autre créature pierreuse – dotée, celle-là, d'une paire d'yeux verts luisants et d'ailes de chauve-souris – était assise sur un tabouret et accoudée à un plan de travail. Elle était occupée à modeler quelque chose en forme de doigt. Mon esprit hagard a fini par en reconnaître l'odeur.

— Oh, Dieu merci..., ai-je lâché en m'affaissant contre Pritkin, soulagée. C'est du pâté !

— Où sommes-nous ? a-t-il demandé en me relevant.

J'avais du mal à tenir debout. D'une part, je m'étais débrouillée pour perdre une chaussure ; d'autre part, un machin gris encore plus imposant venait de me passer devant sans ménagement, me renversant de nouveau d'un coup de queue. Il était vêtu d'un costume de cuisinier blanc amidonné, assorti d'une écharpe rouge et d'une toque. L'avant de sa tunique était plastronné d'armoiries rouge, jaune et noir très familières : les couleurs de Tony.

— On est au *Dante*.

Quand Pritkin m'était tombé dessus, au théâtre, ma concentration avait dû se relâcher. J'avais sûrement fait une petite erreur d'aiguillage.

— Vous êtes sûre que c'est le casino ?

Le mage regardait du coin de l'œil le plateau le plus proche. Il contenait des radis partiellement évidés de façon à ressembler à des yeux. Ils avaient des olives en guise d'iris et on aurait presque dit que les pupilles en piment nous lançaient des éclairs. J'ai regardé le blason avec plus d'attention : il ornait tous les uniformes, ainsi que les portes à double battant, à l'autre bout de la pièce. Je connaissais bien ces armes.

Antonio Gallina était né dans une famille d'éleveurs de poules, aux abords de Florence, à l'époque où Michel-Ange sculptait un masque de faon pour ce bon vieux Laurent de Médicis. Mais quelque deux cents ans plus tard, lorsque le roi d'Angleterre Charles Ier, appauvri, s'était mis à vendre des titres pour financer ses caprices artistiques, le fils illégitime de fermier s'était transformé en maître vampire. Et il avait suffisamment engrangé pour s'offrir une baronnie. Personnellement, j'avais toujours pensé que les hérauts – ceux qui avaient composé l'écu de Tony – avaient passé un peu trop de temps à la taverne, la veille. J'imagine que ça aurait pu être pire – comme ce pauvre apothicaire français affublé d'armoiries représentant trois pots de chambre –, mais la poule jaune au milieu de l'écu était déjà assez grotesque : c'était censé être un jeu sur le nom de famille de Tony, qui signifie « poule » en italien – pour ne rien gâcher, le gros volatile ressemblait étrangement à son propriétaire.

— Sûre et certaine, ai-je répondu.

J'aurais volontiers développé, mais une des créatures occupées à préparer les amuse-gueules – un exemplaire plus petit affublé d'un filet à cheveux retenant des oreilles d'âne – s'est mise à courir comme une dératée devant moi, et son talon griffu s'est enfoncé dans mon pied nu. J'ai bondi en arrière, envoyant Pritkin valser dans un chariot rempli de plateaux contenant de minuscules chaudrons noirs.

— C'est quoi, ces bestioles ? ai-je demandé.

J'ai enlevé ma chaussure d'un coup de pied, histoire d'éviter de me casser la figure si on était obligés de s'enfuir. Je continuais à regarder suspicieusement la créature nous faisant face. Mais, malgré son apparence patibulaire, elle n'avait pas l'air plus hostile que ça. Elle se contentait, pour nous expulser, de braquer sa cuiller avec insistance sur la porte à double battant.

— Baba au rhum ! a croassé un petit cuisinier en nous passant devant.

Il ne portait que le haut de l'ensemble tunique-pantalon habituel. Et, en l'occurrence, le vêtement traînait par terre. Derrière, une longue queue de lézard dépassait.

Il ressemblait à la plupart des autres créatures peuplant la pièce. La majorité d'entre elles étaient dotées d'ailes de chauve-souris, de mains crochues et d'une longue queue. Mais la ressemblance s'arrêtait là. Elles avaient chacune une tête différente, qui reptilienne, qui aviaire. Çà et là, quelques-unes étaient couvertes de fourrure... Elles étaient tantôt cornues, tantôt affublées d'oreilles tombantes, et leurs tailles allaient de soixante centimètres à une hauteur leur permettant d'étudier ma poitrine. Leurs yeux variaient en couleur et en taille, mais ils avaient tous l'air de luire, comme s'ils étaient éclairés de l'intérieur par une lampe halogène. C'était particulièrement agaçant, d'autant que ça me faisait penser à quelque chose, mais que je n'arrivais pas à mettre le doigt dessus.

— Des gargouilles, m'a répondu Pritkin.

On a franchi la double porte en titubant. Elle donnait sur un petit couloir. Au bout de celui-ci, une porte, qui avait l'air faite de vieux bois sculpté mais qui était bien trop légère pour être authentique, s'ouvrait sur un couloir plus long et moins étroit. Ses murs étaient tapissés d'armes médiévales et de vieilles armures couvertes de toiles d'araignées, éclairées vaguement par quelques torches vacillantes. C'étaient de fausses torches, bien entendu : aux étages supérieurs du *Dante*, il n'y avait que le strict minimum, en termes de talismans défensifs. L'électricité, à l'exception de quelques fluctuations de temps en temps, fonctionnait parfaitement. Et, avec les règles de sécurité en matière d'incendie, de vraies torches, ça aurait fait tache.

Je me suis arrêtée et j'ai fusillé le mage du regard. Il tournait la tête dans tous les sens, comme s'il avait peur qu'on lui saute dessus d'un moment à l'autre. J'aurais apprécié que l'univers arrête de m'envoyer à la figure toute une panoplie de créatures sorties de fables, de légendes ou de cauchemars.

— Ça n'existe pas, les gargouilles ! ai-je lancé au moment précis où deux petits monstres franchissaient la double porte avec un chariot et commençaient à le remorquer le long du couloir. (Au milieu du passage, on avait jeté sur le sol, qui était peint de façon à imiter la vieille pierre patinée par les ans, une étroite bande de vieux tapis marron d'à peine cinquante centimètres de largeur. Non seulement c'était une déco lamentable, mais en plus, ça menaçait de renverser le chariot chaque fois que les roulettes le frôlaient.) C'est juste une façon d'appeler les gouttières. Même moi, je suis au courant.

— Comment avez-vous pu survivre si longtemps dans le monde où l'on vit en sachant si peu de chose ? m'a demandé Pritkin. Vous avez grandi à la cour d'un vampire : vous avez bien dû voir des choses plus étranges !

Entre-temps, les serveurs avaient négocié le couloir et s'étaient arrêtés devant un ascenseur. L'un des deux a appuyé sur le bouton d'appel avec le bout de sa queue pointue. Il avait une tête de chien et un corps de chauve-souris. Son acolyte, quant à lui, était doté d'écailles grisâtres et d'une langue baveuse et pendante de cinquante centimètres de long.

— La seule chose de bizarre, dans les cuisines de Philadelphie, c'est que le chef s'est explosé les oreilles à force d'écouter du hard rock trop fort, ai-je rétorqué à Pritkin, ahurie. Mais il était humain. Enfin…, ai-je rectifié au bout d'une seconde, jusqu'au moment où Tony a promis des *fettucine Alfredo* à un visiteur important et qu'il a compris « de la chicorée et un peu d'eau »… Bref : elles ne devraient pas être en train de décorer une cathédrale ?

— Les créatures ornant les cathédrales médiévales ne sont pas des gargouilles. Ce sont des mascarons, a-t-il déclaré d'un air pédant tout en se dirigeant vers le chariot.

— OK ! Ça va ! Vous savez ce que je veux dire. Qu'est-ce qu'elles fichent ici ?

— Ce sont des immigrées clandestines, a-t-il répondu sèchement. De la main-d'œuvre bon marché.

Je l'ai dévisagé, sceptique. Mais, si le mage avait eu le sens de l'humour, je m'en serais aperçue depuis longtemps.

— Des immigrées ? D'où ça ?

— De Faerie, a-t-il rétorqué en segmentant bien les syllabes, comme il le fait toujours quand il est agacé, c'est-à-dire presque tout le temps, en tout cas en ma présence. Ça fait des siècles qu'elles fréquentent notre monde. Mais leur nombre va grandissant depuis quelque temps. Les Faes de Lumière rendent la vie difficile aux Ténèbres, qui comptent d'innombrables créatures que nous appelons « gargouilles ». Les mages investis des affaires féeriques ne cessent de dénoncer la croissance de l'émigration qui en résulte.

— Et elles viennent ici pour devenir femmes de ménage ?

L'ascenseur est arrivé et les gargouilles y ont manœuvré leur chariot, ignorant les deux badauds humains que nous étions.

— Traditionnellement, on les embauchait comme gardiennes. À l'époque, elles surveillaient les temples ; de nos jours, les édifices magiques. Mais les avancées techniques dans la confection des talismans ont réduit l'offre. Contrairement aux Faes de Lumière, elles ne peuvent pas se faire passer pour des êtres humains. C'est pour ça que leur entrée est sujette à des restrictions. (Il a fait une grimace et rectifié :) Leur entrée *légale*.

— J'imagine qu'ici, elles se fondent dans le décor, ai-je commenté.

Mais Pritkin n'écoutait pas. Il s'était accroupi pour regarder derrière le coude du couloir. Il avait l'air aussi paniqué que s'il s'était attendu à voir une armée débarquer.

— Restez ici, m'a-t-il ordonné. Je vais aller en reconnaissance. Et, quand je reviendrai, nous aurons cette petite conversation que vous m'avez promise. Sinon, notre prochaine rencontre sera beaucoup moins agréable.

— « Agréable » ? Je serais curieuse d'entendre votre définition de cet adjectif, parce que…

Je n'ai pas eu le temps de terminer : il avait déjà disparu dans les ténèbres, derrière le coude du couloir, comme un personnage de jeu vidéo. Ce type était de toute évidence complètement givré, mais j'avais promis d'écouter ce qu'il avait à me dire. S'il y avait moyen de s'arranger pour qu'il me fiche la paix, lui et son Cercle, je n'allais pas cracher dessus.

Comme ce n'était pas une très bonne idée de retourner dans la cuisine, j'ai décidé de traîner dans le couloir. Des tapisseries assez laides étaient intercalées entre les armures. La plus proche représentait un cyclope se frayant un chemin à coups de crocs à travers une armée d'êtres humains. Il avait un soldat dans chaque main et un bras pendouillait de sa bouche. J'ai décidé de me concentrer sur les armures.

Ça s'est avéré plus marrant que je l'avais espéré. Chacune d'entre elles reposait sur une petite estrade en bois marquée d'une plaque de cuivre portant une inscription latine. Grâce à l'idée que ma gouvernante se faisait d'une bonne éducation, j'avais grandi en apprenant le latin. Mais je ne m'en étais servi qu'une seule fois en dehors de la salle de cours. Avec Laura, mon amie fantôme, on s'était amusées à inventer un slogan pour Tony. Le préféré de Laura, c'était *Nunquam reliquiae redire, carpe omniem impremis* (Ne jamais se resservir : tout prendre en une fois). Le mien, c'était *Mundus vult decipi* (Le monde est plein de salopards), mais on s'était entendues sur *Revelare pecunia* (Aboulez le fric !) parce que ça rentrait mieux sur le blason. J'étais un peu rouillée, mais je me suis quand même très vite aperçue que les inscriptions du *Dante*, comme nos efforts d'enfance, n'étaient pas aussi sérieuses qu'elles en avaient l'air.

Prehende uxorem meam, sis ! (Prenez ma femme, s'il vous plaît !) suppliait l'inscription placée sous le chevalier le plus proche. J'ai souri et parcouru le couloir, traduisant à la volée. Parmi les plus amusantes, il y avait *Certe, toto, sentio nos in kansate non iam adesse* (Toto, j'ai l'impression que nous ne sommes plus au Kansas), *Elvis vivit !* (Elvis est vivant) et *Estne volumen in amiculum, an solum tibi libet me videre ?* (Tu as un parchemin sous ta cape ou tu es juste content de me voir ?).

J'étais accroupie devant un chevalier, au milieu du couloir, pour essayer de comprendre la blague contenue dans l'inscription, lorsque Pritkin est revenu à toute vitesse. J'ai su qu'on avait un problème avant même qu'il ouvre la bouche : le sillage d'armes virevoltantes qui le pourchassaient m'a comme qui dirait mis la puce à l'oreille.

— Debout ! m'a-t-il hurlé pendant qu'un des éléments de l'arsenal volant – un couteau assez long pour être qualifié d'épée courte – lui rentrait dans le chou.

Si le mage n'avait pas esquivé au tout dernier moment, il se serait fait décapiter. Au lieu de ça, du sang rouge vif a jailli en arc de cercle de son oreille à moitié arrachée.

Je dois avouer que je suis restée immobile pendant un moment. À ma décharge, la dernière fois que j'avais vu Pritkin entouré d'armes en lévitation, c'étaient les siennes. Avant que j'arrive à comprendre pourquoi son propre couteau s'en prenait à lui, deux autres silhouettes ont fait irruption au coin du couloir. J'ai reconnu deux des mages qui venaient de se castagner avec Ényo, chez Casanova.

— Ils ne sont pas avec vous ? ai-je demandé bêtement.

Il ne s'est pas donné la peine de répondre.

— Sortez-nous d'ici ! a-t-il hurlé en lançant un bras en l'air, comme un mauvais danseur de disco. (Les autres mages se sont arrêtés sur-le-champ. D'abord, je n'ai pas compris pourquoi. Et puis j'ai tendu la main et j'ai senti un mur tangible sous mes doigts. Le bouclier de Pritkin, autour de nous, scintillait d'une lueur bleue diffuse. Ça ressemblait à une surface liquide tremblotante, reflétant la fausse flamme vacillante d'une torche.) Maintenant !

— Livrez-nous la renégate, Pritkin ! l'a sommé un des mages. (C'était un grand type doté d'une pomme d'Adam proéminente, d'une peau livide et d'une voix forte contrastant avec sa constitution famélique.) Elle n'en vaut pas la peine.

— Elle aura droit à un procès en bonne et due forme, a ajouté un mage de race noire, plus massif. (Le regard qu'il m'a jeté n'avait pourtant rien de sympathique.) Rendez-vous calmement. Tant que vous le pouvez encore.

— Qu'est-ce qui se passe ? ai-je voulu savoir.

En guise de réponse, un truc énorme lancé à pleine vitesse m'a frôlé le visage. C'est passé à un millimètre de mon nez. J'ai fait un bond en arrière en hurlant, et une masse d'armes a rétamé l'armure qui se trouvait juste à côté. Ça tombait plutôt bien, d'ailleurs, parce que le tas de métal vétuste était précisément sur le point d'abattre son épée sur ma tête. La masse d'armes a percuté la chose en pleine poitrine : transpercée, l'armure a trébuché en arrière et s'est empêtrée dans la tapisserie.

Paniquée, j'ai regardé autour de moi. Je ne comprenais rien à ce qui se passait. La masse d'armes était passée à travers le bouclier de Pritkin, comme s'il était inexistant. Encore plus inquiétant : aucun des mages n'avait lancé quoi que ce soit. Le projectile était venu de derrière, où il n'y avait personne. Il manquait bien une arme à l'une des armures, mais il n'y avait personne pour la manier.

Un fracas métallique m'a forcée à faire volte-face. L'espace d'un instant, j'ai cru que les mages attaquaient. Mais ils avaient beau avoir l'air encore plus énervés qu'avant, je n'accaparais plus leur attention. Ils avaient les yeux et les armes braqués sur l'armure endommagée. Apparemment, elle n'était pas tombée. Elle essayait laborieusement de se dépêtrer de la tapisserie. Une fois débarrassée du lourd tissu, elle s'est mise à chercher son épée à tâtons : l'impact de la masse d'armes la lui avait arrachée des mains. Mais Pritkin s'en est emparé en premier. L'arme avait beau être presque aussi grande que lui, il l'a soulevée pour en menacer la créature.

Imperturbable, le chevalier s'est redressé et a arraché un bouclier du mur pour nous le lancer en pleine poire, façon « frisbee de cinquante kilos ». Pritkin s'est jeté sur moi et on s'est emplâtrés dans le mur. La lourde sphère métallique a fendu l'air à l'endroit précis où l'on se trouvait une seconde plus tôt avant de fracasser un vitrail, au bout du couloir. Une nuée d'éclats de verre multicolores s'est répandue sur l'escalier du fond.

Pritkin ne m'a pas laissé le temps de reprendre mon souffle : il s'est plaqué au sol et m'a attirée à son côté, me baissant sans ménagement la tête. À tel point que mon nez a fait l'expérience de la dureté d'un sol en fausse pierre. Mais je n'allais pas me plaindre : une seconde plus tard, un autre bouclier nous a rasés, m'ébouriffant les cheveux. Il s'est enfoncé à moitié dans le placoplâtre.

Les deux mages guerriers ont dû faire quelque chose qui a attiré l'attention de l'armure : l'antiquité s'est mise à bouger dans leur direction, semant de la poussière de rouille sur son sillage. Je n'arrivais pas à y croire. Complètement sonnée, j'ai agrippé le bras de Pritkin.

— Comment ce machin a-t-il pu berner mon talisman ?

Le premier bouclier était passé à trente centimètres de nous. Et le second m'avait ratée d'un cheveu. De combien le danger devait-il se rapprocher pour que mon pentagramme réagisse ?

Pritkin m'a ignorée. Il a bondi sur ses pieds et s'est emparé de l'épée qu'il avait lâchée au moment où on était devenus très intimes avec le mur. Ça s'est avéré une mauvaise tactique. Immédiatement, le visage du chevalier, masqué par une visière, a pivoté dans notre direction. J'imagine qu'il ne devait pas trop aimer qu'un inconnu touche à son arme. Je savais qu'il ne pouvait pas affronter les trois mages en même temps mais, bizarrement, ça ne me rassurait pas beaucoup.

Une seconde plus tard, mon inquiétude a augmenté d'un cran : une bonne vingtaine de silhouettes métalliques se sont détachées de leur corniche, remplissant le couloir d'un fracas métallique assourdissant. Apparemment, les défenses internes du *Dante*, celles dont m'avait parlé Casanova, s'étaient entendues pour faire monter les enchères. L'armée d'acier s'est mise en branle. Les mouvements des armures étaient tellement bien synchronisés qu'on aurait dit la version médiévale d'une rangée de danseuses de revue. Si ce n'est qu'au lieu de lancer leurs guibolles en l'air, elles brandissaient leurs armes.

— Le Cercle a trouvé un moyen de bloquer votre talisman : il ne fonctionnera pas, a répondu sèchement Pritkin tandis que je me relevais, ignorant mon nez contusionné et mes genoux éraflés et douloureux.

Pritkin étudiait la ligne ennemie pour essayer de déceler une faille. J'espérais vraiment qu'il allait en trouver une, parce que la première rangée de chevaliers commençait à agiter leurs masses de guerre au-dessus de leurs têtes, les faisant tournoyer si vite que je les voyais à peine, tandis que la ligne suivante dégainait des épées qui avaient l'air très bien aiguisées. C'est seulement à ce moment-là que j'ai percuté. J'ai posé la main sur mon épaule pour tâter l'étoile distordue. Elle était toujours là, mais, sous mes doigts, je sentais ses fins reliefs reposer calmement.

— Le Cercle ne peut pas vous l'ôter à moins de vous avoir sous leur emprise, a-t-il ajouté. Mais il ne s'embrasera pas. Ne comptez pas dessus.

— Et vous aviez prévu de me dire ça quand ?

Pritkin n'a pas répondu. Il était trop occupé à sortir un bon vieux calibre .45 de sa ceinture et à canarder les chevaliers les plus proches. Toutes les balles ont fait mouche, semant des trous considérables, mais il n'y avait ni projection de sang, ni tissus corporels endommagés. J'ai compris pourquoi lorsque la lueur de la lampe a traversé la tête fendue de l'armure la plus proche : il n'y avait rien d'autre à voir que l'intérieur du heaume et un détail de la tapisserie couvrant le mur du fond. Personne à blesser là-dedans.

Pritkin a dû se faire la même réflexion, parce qu'il a rengainé le pistolet et choisi de bombarder la ligne ennemie avec une boule de feu orange vif. Elle était assez puissante pour désintégrer une des bannières pendant du plafond, la réduisant rapidement à un fatras de lambeaux de tissus enflammés. Mais lorsque les flammes se sont apaisées, j'ai vu que le sortilège n'avait eu aucun effet sur les chevaliers. Les deux premiers à émerger de l'explosion avaient l'air de participer à une course à trois jambes : ils avançaient en boitillant, le bas du corps soudé l'un à l'autre, mais ils continuaient leur assaut. Quant aux autres, ils étaient seulement brûlés et renversés.

— Leurs armes sont enchantées, a dit Pritkin avec hargne. Et j'ai utilisé mes boucliers presque sans arrêt, aujourd'hui. Ils ne vont pas tenir. Il existe très peu de formules capables de contrer les talismans du casino. Faites-nous sortir d'ici !

Je n'en demandais pas moins, mais il y avait un léger problème. J'étais peut-être en possession – temporaire, en tout cas – d'un pouvoir démentiel, mais je n'avais vraiment pas envie de m'en servir. Le pouvoir, ce n'est jamais gratuit. Surtout dans des quantités pareilles. Ça faisait assez longtemps que je fréquentais les utilisateurs de magie : je savais très bien que si on empruntait du pouvoir, tôt ou tard, on devait payer la facture. Et je n'avais pas envie d'en connaître le montant. Ni de rencontrer son expéditeur.

— Pourquoi les chevaliers nous attaquent ? ai-je demandé en espérant trouver une autre solution, n'importe quelle autre solution. On n'a rien fait !

J'analysais peut-être mal la situation : peut-être que les défenses du casino essayaient de nous débarrasser des mages. Auquel cas, tout ce qu'on avait à faire, c'était se tenir à carreau.

Pritkin s'est empressé de réduire cet espoir en poussière.

— Andrew et Stephan ont déclenché les défenses automatiques en introduisant des armes dans le casino. Je n'ai pas répliqué, donc on aurait dû être hors de danger, mais maintenant qu'ils nous ont rejoints les défenses font l'amalgame. On est tous sur leur ligne de mire. Sortez-nous d'ici tout de suite!

Je n'ai pas eu le temps de lui faire part de ma petite théorie sur l'utilisation de mes nouveaux pouvoirs: j'ai dû esquiver une lance envoyée par un chevalier situé plus loin dans le couloir. J'ai fait un bond de côté et l'arme s'est fichée dans le sol, à l'endroit où je me trouvais l'instant d'avant, projetant sur moi des éclats de béton peint. J'ai senti un liquide dégouliner sur ma joue droite. Je l'ai touchée d'une main tremblante. Quand j'ai regardé mes doigts, ils étaient rouges. Pourtant, mon talisman n'avait pas bronché. Incrédule, je regardais fixement ma main sanguinolente. Je pouvais dire adieu à ma protection surnaturelle.

—Maintenant! a hurlé Pritkin.

—Je ne peux pas!

J'aurais éventuellement pu renoncer à ma bonne résolution, mais seulement si j'avais été convaincue qu'il n'y avait pas d'alternative. À part la mort. Pour Londres, si j'avais reçu une facture, j'aurais facilement pu expliquer au créditeur que je m'étais contentée de me sortir d'une galère dans laquelle on m'avait fourrée à mon insu. Mais si j'utilisais le pouvoir maintenant, je n'aurais pas cette excuse. Tant que possible, je préférais éviter de contracter des dettes. En termes magiques, ça chiffre très vite.

Pritkin aurait sans doute protesté, mais les chevaliers esquintés se sont rapidement remis debout. Il a envoyé son arsenal volant en plein milieu de la troupe: ses poignards, virevoltant avec dextérité, ont fourni de nouvelles cibles aux chevaliers. J'ai ajouté mes propres lames à tout ce bazar, juste à temps pour écarter une masse de guerre visant le crâne de Pritkin. Il ne l'avait pas remarquée: il était tourné vers le côté opposé pour essayer de parer, d'un coup d'épée, une lance s'apprêtant à l'embrocher. La dernière fois que j'avais vu Pritkin se battre, il avait l'air de prendre son pied. Cette fois, son visage ne trahissait pas la moindre émotion de ce genre. C'était peut-être dû à son oreille qui pendouillait.

J'ai regardé autour de moi pour repérer la sortie, mais il n'y avait pas l'air d'en avoir. L'escalier du fond était jonché d'un véritable champ de mines de bris de verre. Ça n'aurait pas dû être un obstacle : mes pieds nus n'auraient pas apprécié mais, si Pritkin était capable de soulever cette épée phénoménale, il pouvait sûrement me porter dans ses bras. Le problème, c'était surtout la rangée de chevaliers entre nous et cette partie du couloir. J'avais des doutes sur les capacités de Pritkin à me porter tout en les combattant. Quant à la porte de la cuisine, elle était bloquée par une armure à terre, que l'un de mes couteaux spectraux était occupé à démembrer, et par trois de ses compagnons... toujours debout.

— Y a-t-il un escalier dérobé ? a demandé Pritkin d'une voix calme qui détonnait franchement avec la situation. Ils devraient avoir du mal à l'emprunter.

— Comment je pourrais savoir ?

J'ai jeté un regard paniqué dans toutes les directions. Mais j'étais obnubilée par la double hache particulièrement aiguisée brandie par un des chevaliers. Alphonse, qui collectionnait tous les types d'armes, en avait une identique accrochée au mur de sa chambre forte. Elle me faisait déjà assez peur comme ça, pendue, alors, assez près pour trancher le cou de Pritkin – ou le mien –, c'était trois fois pire.

— Vérifiez la tapisserie ! m'a ordonné Pritkin en se fendant pour donner un coup de taille aux genoux de l'armure. Il doit y avoir une porte secrète !

Sa lame a fait tomber une des jambes de notre assaillant. Il a basculé mais il a continué à avancer. Il se hissait en avant à la force des bras et s'aidait de sa jambe unique pour pousser. Encore plus bizarre : la jambe mutilée rampait derrière lui, à même le sol, essayant de rattraper son retard pour ne rien rater. Pour arrêter ces choses, il aurait fallu les démembrer complètement, une à une. Et elles étaient trop nombreuses – et nous pas assez – pour que ça fonctionne. On aurait fini en mille morceaux avant elles.

J'ai tiré le rideau le plus proche, mais je n'ai rien vu d'autre que de la fausse pierre. Encore et toujours. J'y ai passé les mains dans l'espoir de découvrir une porte secrète. Pas de bol. J'ai jeté un coup d'œil à l'ascenseur mais, d'après le voyant lumineux, il était à cinq étages de là. Sans compter que deux mages étaient en pleine baston juste devant.

Pendant que j'arrachais les autres tapisseries de notre zone de sécurité – qui rétrécissait dangereusement – à la recherche d'issues inexistantes, la jambe coupée s'est de nouveau soudée au corps de son armure. Le métal, en haut de la cuisse, s'est liquéfié, un peu comme du mercure, et les deux parties ont fusionné sans laisser de trace. Une seconde plus tard, personne n'aurait pu soupçonner la blessure. J'ai dû admettre qu'on était complètement acculés : même le démembrement n'était qu'un léger désagrément pour ces choses. Tony était un radin de première, mais il ne lésinait pas sur la sécurité.

— Pas d'escalier ! ai-je hurlé.

Pritkin s'est retourné brusquement, tout en fauchant les jambes d'un autre chevalier, et m'a percutée d'un coup d'épaule. Je suis tombée devant une corniche vide, complètement sonnée. Mon cerveau a lu par automatisme le slogan inscrit devant mes yeux : *Medio tutissimus ibis* (Au milieu, tu seras en sûreté). C'était une citation d'Ovide, incitant à la tempérance. Ça faisait très bizarre au *Dante*, l'endroit de tous les extrêmes.

Pendant que je m'efforçais de me remettre en position assise, les six chevaliers postés au fond du couloir s'étaient frayé, bon an mal an, un chemin jusqu'à nous. Ils étaient maintenant dangereusement proches. Ce qui nous laissait l'embarras du choix : soit on se faisait embrocher par ceux-là, soit on se faisait démembrer par leurs potes, qui nous attendaient de l'autre côté : ça devenait assez clair qu'on serait incapables de les contenir plus longtemps. Je m'apprêtais à dire adieu à mes bonnes résolutions et nous téléporter lorsque j'ai remarqué un détail intéressant.

L'un des couteaux les plus imposants de Pritkin menaçait une armure délestée de son arme. Son poing, mutilé à partir du poignet, y était encore cramponné. Bizarrement, le chevalier ne faisait aucun effort pour récupérer l'épée, pourtant à quelques centimètres de lui, sur la bande de tapis. La main coupée était tout aussi immobile : elle ne faisait aucune tentative pour rejoindre son corps, comme l'avait fait la jambe. Je me suis rendu compte que, si je la voyais si bien, c'était parce qu'aucun chevalier n'occupait le milieu du couloir.

Ils étaient massés de chaque côté de l'étroite bande de tapis. Ils faisaient même des détours pour éviter de la toucher. J'ai jeté un coup d'œil au combat se déroulant derrière moi. Même topo. D'un côté, les chevaliers s'en étaient pris aux mages ; de l'autre, à nous. Mais aucun groupe n'entrait en contact avec le bout de tissu élimé du milieu. Pendant un bref instant, j'ai eu envie d'applaudir la paranoïa de Tony. Il s'était toujours ménagé un plan B en cas de piège. Même quand il s'agissait de son propre piège.

Pritkin était tombé à genoux pour parer une autre pique. Deux chevaliers convergeaient vers sa position, l'épée levée. Je n'ai pas attendu de voir si Pritkin serait assez rapide pour se tirer de cette délicate situation : je me suis jetée sur le mage et je l'ai percuté dans un bruit sourd, nous envoyant rouler sur la bande de tapis. On a atterri en biais, avec la jambe de Pritkin et tout le bas de mon corps à l'extérieur. Je n'ai pas eu le temps de réagir : un des chevaliers a abattu son épée, transperçant le mollet de Pritkin, qui dépassait de mes jambes.

— Ne bougez pas ! ai-je crié.

Mais le mage m'a repoussée pour plonger son épée dans le ventre du chevalier. L'estoc a forcé la créature balourde à reculer, et l'épée s'est arrachée sans ménagement de la jambe de Pritkin. Haletant de douleur, il s'apprêtait à pourchasser l'armure – il en avait pourtant une dizaine d'autres à portée d'épée, qui convergeaient vers nous de chaque côté – mais j'ai grimpé sur lui pour l'immobiliser. Ensuite, j'ai attrapé une poignée de ses cheveux pour tourner son visage vers moi.

— Pas de danger ! ai-je hurlé pour qu'il m'entende malgré les fracas métalliques du combat en cours. On ne risque rien au milieu !

J'ai ramené sa jambe sanguinolente sur le textile marron et j'ai appuyé de tout mon poids sur les parties intactes de son corps. Même blessé, je n'aurais pas pu le retenir bien longtemps, mais dès qu'on a été entièrement au milieu, les chevaliers nous ont ignorés. Ils se sont mis à boitiller le long du couloir en direction des mages, qui venaient de battre en retraite derrière le coude. Pritkin avait l'air complètement sonné. Mais il a suivi mon doigt des yeux et lorsqu'il a aperçu l'inscription, sur la corniche, il a eu un éclair de lucidité.

— Il faut qu'on se replie dans les cuisines, m'a-t-il lancé en se mettant à genoux.

Il faisait bien attention de ne toucher à rien d'autre qu'au tapis, mais il chancelait vaguement. Inquiète, j'ai baissé les yeux et j'ai vu quel était le problème. Son pantalon était tout rouge, faisant écho à la partie de sa veste placée sous son oreille. Il y avait beaucoup de sang : j'étais presque certaine qu'une artère principale avait été touchée. Et la façon dont il s'est avachi sur moi pour avancer laborieusement le long de l'étroite zone de sécurité m'a renforcée dans cette conviction.

De violents cris de guerre provenaient de derrière le coude. Sûrement les mages. On les a ignorés. Personnellement, je pariais dix contre un sur le casino. Maintenant, je savais comment négocier les armures, mais les mages n'avaient pas d'endroit où papoter pendant l'entracte.

On a fait irruption dans la cuisine.

— Appelez une ambulance ! ai-je crié en regardant de tous les côtés, les yeux plissés.

La luminosité baignant la pièce était aveuglante, en comparaison avec le couloir, mais j'ai quand même eu l'impression de voir la meute de silhouettes accroupies se figer et nous dévisager de leurs yeux étincelants.

— Non. Je vais m'en sortir.

Pritkin s'est affaissé contre la porte, à l'intérieur de la cuisine. Il a enlevé sa botte. Des gouttes de sang rouge violacé ont inondé le sol jusque-là immaculé. Son visage a perdu le peu de couleurs qui lui restait.

J'ai attrapé un torchon et l'ai placé sur la plaie. Bonnes résolutions ou pas, je n'allais pas le regarder mourir d'exsanguination.

— Je vais nous téléporter jusqu'à un hôpital, ai-je dit.

Mais il a reculé pour éviter de me toucher.

— Non ! Je peux me soigner.

Il a marmonné un truc dans sa barbe et le flux de sang a effectivement ralenti, mais son souffle court et faiblard ne me disait rien qui vaille. Pas plus que la pâleur moite de son visage. Son oreille m'a fait froid dans le dos : elle s'est lentement repositionnée sur le côté de son crâne pour s'y rattacher.

— Pourquoi ne voulez-vous pas aller à l'hôpital ? ai-je demandé en essayant d'ignorer l'oreille, qui tressaillait un dernier petit coup pour s'aligner sur l'inclinaison de l'autre. (Soudain, comme par magie, quelques pièces du puzzle se sont rassemblées.) Eh… Attendez voir… Ces mages n'en ont pas seulement après moi, c'est ça ? Vous aussi, vous avez le Cercle aux basques !

Pritkin n'a pas répondu. Il était trop occupé à psalmodier quelque chose d'incompréhensible. J'ai senti une présence au-dessus de nous. En levant les yeux, j'ai aperçu une gargouille aux yeux rouges. Bizarrement, ses oreilles de chat en pointe étaient ornées de boucles d'oreilles atrocement kitsch en rubis. La créature m'a écartée gentiment mais fermement.

Je suis restée bêtement plantée là, sans trop savoir si je devais protester, en grande partie parce que la gargouille ne m'avait pas l'air si maléfique. C'était peut-être dû à ses boucles d'oreilles. Ou bien au fait qu'elle avait du glaçage chocolaté plein ses babines poilues. Apparemment, j'avais pris la bonne décision. Sa main, qui ressemblait plus à une patte de mammifère, s'est agitée sur la jambe de Pritkin et, lentement, la plaie méchamment labourée s'est mise à cicatriser.

Le processus avait l'air d'accélérer la guérison mais, à en juger par les yeux écarquillés de Pritkin, ça n'avait pas l'air très agréable. J'avais l'impression qu'il voulait me dire quelque chose. Je me suis penchée un peu plus, tout en restant hors de portée de ses poings crispés.

—*Me oportet propter praeceptum te nocere* (Je vais devoir te faire payer par principe), a-t-il haleté.

—Hilarant.

—Vous auriez pu nous sortir d'ici à n'importe quel moment !

—Mais la note aurait été salée !

Pritkin a presque battu son record de regard-qui-tue.

—Vous parlez d'une note ! Vous auriez pu vous faire tuer ! Et moi avec !

—*Stercus cuidam accidit!* (C'est le genre de choses qui arrivent.)

Pendant qu'il déchiffrait mon latin de cuisine, je suis allée à la recherche d'une autre issue. Je n'avais pas l'intention de remettre les pieds dans ce couloir, ni de nous téléporter. Pas après m'être mise en quatre pour l'éviter.

J'ai trouvé une sortie on ne peut plus satisfaisante. Si les gargouilles ne m'avaient pas autant stressée, j'aurais pu penser à y jeter un coup d'œil plus tôt. Ça nous aurait épargné tout ce cinéma, dans le couloir. Passés deux énormes congélateurs encastrés, une chambre froide et une réserve pour les vivres non périssables, j'ai trouvé une plateforme de chargement donnant sur l'arrière du casino.

J'ai regardé le parking, éclairé par le soleil, et j'ai réfléchi sérieusement à planter le mage pendant qu'il guérissait. Je ne savais pas ce qu'il me voulait mais je n'avais pas de temps à perdre avec ses bêtises. Je devais convaincre Casanova de m'avouer où se planquait son patron. Je n'étais pas sûre à cent pour cent que Myra était avec lui, mais c'était quand même très probable. Ils bossaient tous les deux pour le même type : le chef de la mafia russe, connu sous le nom de Raspoutine dans les livres d'histoire. Ce que les livres ne racontent pas, c'est qu'il avait trouvé une autre façon d'exercer ses dispositions à la persuasion une fois que ce prince russe l'avait « tué ». Il avait gardé profil bas un petit moment, et il avait pris le contrôle de tous les petits trafics de drogue, de contrefaçons et d'armes magiques illégales d'Europe de l'Est. Récemment, il s'était mis en tête d'étendre son commerce prolifique aux vamps nord-américains en s'emparant du Sénat, et il avait même réussi à éliminer quatre de ses membres. Mais ça ne l'avançait pas à grand-chose s'il ne se débarrassait pas de la Consule, qui dirigeait le Sénat. Et elle s'était avérée plus coriace qu'il l'avait pensé. Tout ce bazar faisait très « guerre froide », et je m'en fichais pas mal, mais comme une gourde je m'étais retrouvée en plein milieu.

Après son coup d'État raté, Raspoutine avait tout simplement disparu. Des milliers de vamps et de mages s'étaient lancés à ses trousses mais, jusque-là, ils avaient fait chou blanc. Puisqu'il n'y avait pas énormément de bonnes planques, et vu que Tony et Myra avaient disparu en même temps, je pariais qu'ils étaient tous ensemble. Où qu'elle soit, je devais absolument la retrouver avant qu'elle se remette de notre dernier affrontement. Sinon, c'était elle qui me retrouverait. J'en étais certaine. Et je n'étais pas sûre d'apprécier notre rencontre. Voire d'y survivre.

Mais j'avais donné ma parole. Et j'étais intriguée de me retrouver dans le même camp que Pritkin. Une fois n'est pas coutume. Dans ce cas précis, l'ennemi de mon ennemi n'était pas exactement mon ami, mais, tant qu'il n'était pas catégoriquement hostile, je n'allais pas cracher dessus. J'étais preneuse de toute l'aide possible. Sans compter que l'irruption de Pritkin avait mis Casanova franchement mal à l'aise. Bref: le mage pourrait s'avérer utile. Esquivant deux gargouilles en train de transporter un cageot de choux sur la rampe, je suis retournée à l'intérieur. C'est seulement à ce moment-là qu'on a vraiment commencé à rigoler.

Chapitre 4

— Cassie !

Casanova a remonté la rampe de chargement à toute allure, tâchant de minimiser son exposition au soleil. Une seconde plus tard, mes trois délinquantes lui ont emboîté le pas. *Génial.* Et moi qui avais réussi à les oublier…

À leur vue, les gargouilles se sont mises à pousser un cri strident qui m'a donné envie de me boucher les oreilles.

— Vous avez vu ce qu'ont fait vos sortilèges ? lui ai-je lancé, furieuse, tandis qu'il s'arrêtait devant moi en dérapant. J'ai failli me faire tuer !

— On a pire, comme problème.

J'ai tiré Ényo pour l'éloigner de la plus petite gargouille, qu'elle avait entrepris de chahuter avec un bâton. La minuscule créature s'est recroquevillée comme un oiseau avant de se précipiter à l'intérieur en piaillant de plus belle, imitée par sa compagne.

— Et vous étiez où, vous trois ? ai-je demandé, trop énervée pour me dire que ce n'était pas très malin de chercher des noises à une déesse de l'Antiquité. Vous passez votre temps à chercher la bagarre, et quand, pour une fois, j'ai besoin d'aide, vous filez vous faire une manucure !

C'était vrai – Dino exhibait des ongles rouge vif tout neufs – mais franchement injuste étant donné qu'elles m'avaient bien aidée, dans le bar. Mais ça m'était égal. J'étais de mauvais poil. En fait, maintenant que j'y réfléchissais, j'étais vraiment sur les nerfs que le Cercle ait bloqué mon talisman, ma seule arme défensive. Sans elle, je me sentais on ne peut plus vulnérable.

Ényo avait l'air offensée mais elle ne m'a pas coupé le sifflet. Pemphrédo et Dino se sont approchées et j'ai continué à me défouler sur Casanova.

— Résultat : Pritkin est à moitié mort, l'ai-je informé. Et les mages sont très certainement…

Il m'a pris le bras et l'a serré si fort que j'ai poussé un glapissement de surprise.

— Où est-il ? (Il s'est mis à fouiller frénétiquement son manteau.) Pourquoi est-ce que je suis toujours infoutu de trouver cette saloperie de portable quand j'en ai besoin ? Il faut qu'on lui prodigue des soins ! Et vite !

D'abord, j'ai cru qu'il faisait de l'humour. Mais j'ai vu, à son expression, que ce n'était pas le cas. Il avait l'air complètement paniqué.

— C'est quoi, ton problème ? Depuis quand tu te soucies de…

Casanova m'a plantée là. Il a disparu à l'intérieur et m'a laissé parler toute seule dehors. Je l'ai suivi, les Grées sur les talons. Ényo a ramassé un balai en montant, et lui a arraché la tête pour en faire une arme acérée. Je n'ai pas essayé de le lui enlever. Même dans son apparence de vieille femme, elle aurait sans doute eu le dernier mot.

De retour dans la cuisine, j'ai trouvé Pritkin, complètement livide, en train de se faire peloter par un Casanova complètement hystérique. Le mage a éloigné le vamp d'un coup si violent qu'il l'a envoyé valdinguer par terre, tout en fusillant du regard la gargouille qui venait de l'aider. Pourtant, son remède avait dû fonctionner : il était de nouveau sur pied.

— Enlevez-moi ça tout de suite ! a-t-il aboyé.

Casanova s'est relevé. Non seulement il ne lui a pas donné la pareille, mais il avait l'air de trembler légèrement de peur.

— Je peux vous avoir un guérisseur d'ici à cinq minutes !

J'ai dévisagé le vamp comme s'il était devenu fou. Ce qui était peut-être le cas, d'ailleurs. Les vamps et les mages n'ont pas des rapports très cordiaux. C'est dû au fait que les uns comme les autres se considèrent comme la plus grande puissance du monde surnaturel. Un vamp aussi vieux que Casanova en train de lécher les bottes à un mage guerrier venant tout juste de lui en flanquer une, c'était totalement surréaliste.

— Je n'ai pas besoin de guérisseur. Je veux qu'on enlève ce *geis* tout de suite, a dit Pritkin, furieux.

Il a éveillé ma curiosité.

— Elle peut le lever ?

J'ai couru vers lui. Je n'osais pas croire que ce soit si simple. Les Grées m'ont imitée. Je n'ai pas entendu la réponse parce que les gargouilles se sont mises à pousser un hurlement digne de l'apocalypse. La somme de leurs voix a suffi à briser deux ou trois verres.

J'ai bouché mes oreilles et je suis tombée à genoux, complètement sonnée. Dino s'est affalée sur moi. Soit elle avait trébuché, soit elle essayait de me protéger de la gerbe de nourriture qu'on nous lançait de tous côtés : des petits pains, des pâtisseries et une farandole de morceaux d'anatomie en pâté. L'atterrissage a éjecté l'œil de son visage. Il a rebondi par terre et Dino s'est mise à le chercher fébrilement, renversant gaiement les gargouilles qui se mettaient en travers de son chemin. Ses sœurs sont entrées dans la danse pour l'aider et je me suis réfugiée sous le plan de travail central. J'y ai trouvé Casanova et Pritkin.

— Vous pourriez être blessé ! Je ne peux pas vous autoriser à sortir ! (Casanova hurlait pour se faire entendre. Et ses deux mains étaient cramponnées au bras droit de Pritkin.) Les gargouilles considèrent les cuisines comme un espace sacré. De la même façon qu'elles considéraient les temples qui les nourrissaient, autrefois. Et, pour elles, les Grées sont une menace. Mais je vous expliquerai…

— Je n'en ai rien à braire de vos problèmes de RH ! a rugi Pritkin en agrippant le vamp par le col de sa chemise de marque. Demandez-lui de m'enlever ce *geis* ! Sinon… Vos pires cauchemars ne sont rien comparés à ce qui vous attend !

— Hé ! l'ai-je coupé. C'est moi qui ai un *geis* ici. Vous vous souvenez ? Si quelqu'un doit se faire enlever quelque chose, c'est moi !

— Cela ne vous concerne pas ! a rétorqué Pritkin au moment où un truc lourd a percuté la table avant de s'écrouler par terre.

C'était la petite gargouille affublée d'un filet à cheveux et d'oreilles d'âne. Elle ne bougeait plus. Je l'ai tirée sous la table, avec nous, mais je ne savais pas où tâter son pouls. Ni même si elle était censée en avoir un. La seule chose dont j'étais sûre, c'était que son sang verdâtre dégoulinait par terre et que ce n'était pas bon signe.

— OK. J'en ai marre.

Je suis sortie de sous la table à quatre pattes et me suis relevée. Le niveau sonore était presque insoutenable. J'avais tourné le dos quelques secondes à peine, et je retrouvais la cuisine sens dessus dessous. Dino avait récupéré son œil, mais elle titubait de l'autre côté de la pièce, quatre gargouilles pendues à chaque bras et une autre sur le dos, occupée à lui marteler le crâne à coups de rouleau à pâtisserie. Ényo, dans toute sa sanguinolente splendeur, avait hissé la gargouille aux boucles d'oreilles au-dessus de sa tête et s'apprêtait à l'envoyer valser à travers la cuisine. Si le vol plané ne la tuait pas, atterrir sur les couteaux brandis par une Pemphrédo hilare ferait certainement l'affaire.

J'ai pris mon souffle et j'ai crié. Je ne pensais pas que c'était possible de crier si fort. Les gargouilles m'ont ignorée, mais les trois Grées m'ont lancé un coup d'œil inquisiteur. Aucune d'entre elles n'avait l'air spécialement en colère. Le sourire qu'arborait Pemphrédo était la seule émotion que manifestait le trio.

— Arrêtez, leur ai-je demandé d'un ton légèrement plus normal. Quand je vous ai dit que j'avais besoin que vous vous battiez, je ne pensais pas aux gargouilles.

Pemphrédo a serré le poing en crachant. Ényo m'a jeté un regard plein d'amertume mais a tout de même reposé la gargouille par terre. Cette dernière l'a gratifiée d'un chuintement vindicatif et s'est éloignée en titubant, au bord de l'évanouissement. Dino a réussi à s'approcher bon an mal an d'Ényo pour lui redonner l'œil, mais sa sœur l'a repoussée sans ménagement. Pemphrédo a bondi sur elle pour le lui arracher des mains, aux anges. D'un seul coup, j'ai compris.

— Vous avez parié sur moi ?

Ényo s'est affalée sur le plan de travail en faisant tomber quelques radis en forme d'œil. Elle avait l'air complètement abattue. Je n'étais pas sûre de comprendre pourquoi – apparemment, elle voyait très bien sans son œil, donc ça revenait plus ou moins au même –, mais ça l'avait complètement déprimée de rater son tour.

Une fois leur chef hors de danger, les gargouilles ont mis fin à leur attaque, mais elles continuaient à regarder les Grées du coin de l'œil. Elles étaient inquiètes, et c'était compréhensible. Quelques-unes se sont mises à prendre soin de leurs camarades au sol et l'une d'elles a évacué Oreilles d'âne. Son filet à cheveux avait lâché, mais elle commençait à revenir à elle. J'espérais sincèrement qu'elle allait s'en remettre, mais la seule chose que je pouvais faire pour elle, c'était de m'assurer qu'on ne lui ferait plus aucun mal. J'ai tendu la main sous la table pour extraire Casanova en le tirant par sa cravate *fashion*.

— Expliquez-leur qu'on s'en va tout de suite !

— Bon sang, mais pas question ! (Pritkin est sorti à quatre pattes de sous la table. Il avait l'air d'un grand malade, avec ses fringues pleines de sang et ses cheveux en pétard. Il a regardé autour de lui d'un air renfrogné et a fini par localiser la gargouille femelle qu'Ényo venait de libérer.) On n'ira nulle part tant qu'elle n'aura pas levé son *geis*!

— Miranda! a lancé Casanova d'une voix étranglée.

Je me suis rendu compte que je tirais peut-être un peu trop sur sa cravate.

La gargouille s'est avancée. Ce n'était pas évident de lire sur son visage couvert de fourrure, mais, à en juger par sa démarche, elle n'était pas très coopérative. Je ne pensais pas qu'il était possible de marcher d'un air maussade, mais elle y arrivait très bien. Elle a enfoncé son doigt dans le ventre de Pritkin, peut-être parce qu'elle n'atteignait pas sa poitrine.

— Toi, guérrri. Nous, prrrotégées. Bonne affairrre.

Il a essayé de l'attraper, mais elle s'est dérobée à ses mains d'un mouvement fluide qui avait l'air impossible à exécuter à moins de se déboîter un membre. C'était peut-être ce qui venait de se passer, d'ailleurs, parce qu'elle a retroussé les oreilles et poussé un chuintement en direction du mage, dévoilant une langue fourchue qui n'avait rien de félin. Elle a croisé les bras et s'est positionnée derrière Pritkin, les pattes bien écartées.

— Je ne me mêle pas des affaires des Faes, a-t-il lâché avec arrogance, comme si c'était indigne de lui. Pour rien au monde je ne me soucie de savoir si vous êtes en droit d'être ici ou pas. Vous n'avez rien à craindre. Enlevez-moi ça tout de suite!

— Qu'est-ce qui se passe? ai-je demandé à Casanova, occupé à défroisser sa cravate.

Il m'a jeté un regard hostile. Étant donné les circonstances, c'était son droit.

— En échange de sa guérison, Miranda lui a lancé un *geis* l'empêchant de révéler à quiconque leur existence. Si le Cercle a vent de leur présence, elles seront déportées.

— C'est tout? (Je me suis retournée vers Pritkin, incrédule. Mais il ne m'a pas remarquée: il était obnubilé par Miranda. Vu le *geis* que je me traînais, je n'étais pas spécialement émue par son petit pépin.) Vous n'aviez pas l'intention de leur dire, de toute manière ! Qu'est-ce que ça change ? Allez ! On y va. Nos mages vont revenir d'une minute à l'autre.

— Je n'irai nulle part tant qu'elle n'aura pas enlevé ce *geis*, a-t-il répété, borné.

Il a dit ça d'un ton qui m'a donné envie de le baffer. Mais je me suis retenue. J'ai lancé une petite tape à Casanova. Il a levé les yeux au ciel.

— Miranda..., a-t-il commencé d'une voix empreinte de patience.

Elle a crispé la mâchoire. Elle n'a rien dit, mais tout le monde a compris.

— Putain, Pritkin ! ai-je lancé avec hargne. Je ne vais pas rester là à attendre que le Cercle nous envoie quelqu'un d'autre. Vous vouliez qu'on parle. Alors allons parler ailleurs. Sinon, je me casse.

— Bonne idée ! a approuvé Casanova avec enthousiasme. Je t'appelle une voiture.

Billy Joe a traversé la porte à toute vitesse. Sur son passage, les gargouilles ont agité leurs mains, comme pour éloigner une mouche. En temps normal, j'aurais été surprise qu'elles le voient. Mais, après la journée que je venais de passer, je n'ai même pas cillé.

— Il est avec moi, ai-je dit à Miranda.

Ça ne l'a pas empêchée de se mettre à chuinter un truc à Casanova, dans cette langue étrange que parlent les gargouilles. Apparemment, elle avait eu son quota d'indésirables pour la journée.

— Tu peux faire une croix sur la bagnole, m'a annoncé Billy, anxieux. Est-ce qu'il y a un moyen de sortir en évitant la porte principale, la porte de derrière et les portes latérales ? Parce qu'elles sont toutes placées sous haute surveillance.

— Par qui ?

C'était quoi, le problème, maintenant ?

— Oh, je sais pas…, m'a répondu Billy, ironique. C'étaient qui les mages à qui tu viens de botter le cul, déjà ? Le Cercle sait que tu es là. Et ils attendent avec armes et bagages dehors. Il doit y en avoir vingt, trente… J'ai arrêté de compter. Le trio qu'on a rencontré dans le bar était parti en reconnaissance. C'était leur façon de te demander gentiment de te rendre. Mais, vu l'état dans lequel ils sont rev'nus, je crois pas qu'ils soient hyper-chauds pour négocier, maintenant.

— C'est eux qui ont commencé ! ai-je rétorqué, sur la défensive.

Mais je me suis interrompue. Était-ce bien vrai ? Techniquement, je n'en étais pas vraiment sûre. Je n'avais pas vu ce qui s'était passé au bar entre le moment où j'étais partie et celui où on s'était branchés sur le gong pour voir Ényo se bastonner avec les mages. Si Pritkin n'était pas avec eux, ils avaient mis les pieds dans un sacré souk indépendant de leur volonté. Pas étonnant qu'ils n'aient pas été hyperjouasses de nous revoir.

— Aucune importance, a dit Pritkin, presque comme s'il lisait dans mes pensées. Ils veulent votre mort. Le seul truc que vous puissiez faire, c'est leur rendre les choses plus faciles.

J'ai dégluti. Je savais que le Cercle ne verserait aucune larme si j'avais un accident, mais ça faisait quand même un choc à entendre, formulé aussi abruptement. On aurait pu croire que je m'étais faite à l'idée que tout le monde essaie de me tuer, depuis le temps, mais bizarrement c'était toujours aussi dur à avaler.

— Vous avez l'air catégorique.

— Je suis catégorique. Ça fait partie des choses dont j'aimerais que nous parlions.

Il a regardé Casanova, qui a poussé un soupir.

— Il y a plusieurs sorties de secours, mais aucune ne ferait l'affaire. (Il a gesticulé dans ma direction.) Tu ne pourrais pas refaire le truc que tu as fait tout à l'heure ? Tu sais, disparaître ? Étant donné que les défenses intérieures s'en sont prises à toi autant qu'à eux, je pourrais toujours raconter que tu es venue me soutirer des informations sur Antonio et que tu es partie après avoir tout fracassé. (Il a balayé la pièce du regard.) Oh, mais attends : c'est la vérité, en plus !

— D'ailleurs, puisque tu en parles, tu étais sur le point de me dire où était Tony.

— Pas du tout. Si je me souviens bien, j'étais en train de *ne pas* te le dire. Et je me débrouillais très bien. (Il m'a tendu un mouchoir, probablement pour que j'essuie mes cheveux tartinés d'un petit-four à la crème, mais je l'ai ignoré.) Je vais t'aider à sortir d'ici, *chica*. Et je me ferai un plaisir de raconter des bobards au Cercle pour les envoyer sur une fausse piste, mais en ce qui concerne Antonio…

— Ce vampirrre ! (Miranda a craché par terre.) Lui en Faerrrie. Lui nous amener ici, ensuite, lui trrrahirrr. Nous trrravailler comme esclaves.

Casanova avait l'air au bord de la syncope. J'ai souri à la gargouille. Elle était assez mignonne, en fait. Le tout, c'était de se concentrer sur ses yeux rouges en fentes.

— Merci, Miranda ! Est-ce que tu pourrais m'en dire plus ?

— Pas beaucoup à dirrre, a-t-elle répondu avec un haussement félin d'épaules. Lui en Faerrrie. (Elle s'est tournée vers Casanova.) Ce Cerrrcle ? Eux venirrr ici ?

Il a passé la main dans ses cheveux légèrement ébouriffés. Il s'était débrouillé pour éviter les gerbes de nourriture. À part sa cravate, que j'avais légèrement froissée, il n'avait aucun dégât visible.

— C'est possible. Apparemment, c'est le jour des indésirables.

— Non ! lui a-t-elle rétorqué en lui enfonçant son doigt griffu dans la jambe. Nous, trrravailler ! Plus de grrrabuge !

J'ai remarqué deux vaillantes petites gargouilles transbahutant bon an mal an à travers la pièce sens dessus dessous un chariot lourdement chargé, qui avait miraculeusement échappé au carnage. Une autre poussait des grognements dans un combiné téléphonique tout en griffonnant une commande sur un calepin. Je m'apprêtais à acquiescer – il fallait vraiment qu'on arrête de leur tenir la jambe, enfin, la patte – lorsqu'un nouveau visiteur a fait son apparition. Le golem de Pritkin a passé le seuil, provoquant une nouvelle huée de couinements de tous côtés.

J'ai fourré mes doigts dans mes oreilles en grommelant. Pritkin a scruté le golem avec intensité pendant une bonne minute, comme s'ils communiquaient sans parler, avant de me jeter un regard en coin. Il a fait un geste de la main et un silence salutaire est descendu sur nous. Je savais que c'était une espèce de sort, parce que le tohu-bohu n'a pas cessé : la cacophonie s'est simplement transformée en un bruit de fond.

— Ils arrivent. Il faut que nous partions.

J'ai opiné du chef.

— OK. Alors débrouillez-vous pour que le gigolo de service nous dise où Tony a installé sa porte ouvrant vers Faerie. Et ne nous raconte pas de craques, ai-je ajouté à l'adresse de Casanova. Je sais qu'il en a une.

— C'est vrai. Mais je ne sais pas où elle est, a répondu Casanova, distrait. Miranda ! Peux-tu calmer ton personnel, s'il te plaît ? Il ne va rien détruire du tout ! (Puis, se tournant vers Pritkin :) N'est-ce pas ?

— Si tu nous mens, peut-être, ai-je glissé malicieusement.

Il a jeté un coup d'œil méfiant à la créature, qui lui a renvoyé son regard. Autant que lui permettaient les minuscules fentes lui servant d'yeux. Il n'avait ni croc, ni corne, ni excroissance bizarre. C'était juste une statue grossière. Comme une œuvre qu'un sculpteur aurait oubliée à peine commencée. Mais, lorsque le golem a tourné ces mêmes yeux vides vers moi, je n'ai pas plus apprécié que Casanova.

— Je ne sais pas où elle est, cette foutue porte ! a insisté Casanova. Tony vendait des sorcières aux Faes, mais il avait formé un groupe spécial pour s'occuper de ça. Et je n'en faisais pas partie. La plupart d'entre eux l'ont accompagné dans sa fuite. Et le reste est parti avec la dernière cargaison. La semaine dernière. Ils ne sont plus là.

J'ai jeté un coup d'œil à Miranda.

— Vous avez bien dû traverser cette porte. Vous savez sûrement où elle se trouve !

Elle a secoué la tête.

— De l'autrrre côté, on voit. Ici, pas. (Elle a jeté un torchon sur la tête d'une gargouille toute proche.) Comme ça.

La gargouille aveugle a percuté Pritkin. Ses jambes, plus précisément : la petite créature ne pouvait pas atteindre grand-chose d'autre. Le mage a enlevé le torchon et renvoyé la gargouille vers Miranda en la poussant gentiment.

— Tony a dû les aveugler avant de les faire traverser, a traduit Casanova. Je suppose qu'il ne voulait pas qu'elles sachent comment ça fonctionnait, au cas où des mages leur tomberaient dessus.

— Et vous ? ai-je demandé à Pritkin. Le Cercle doit bien avoir accès à une porte.

— On utilise celle de la MAGIC.

J'ai soupiré. Bien sûr. C'était logique. La MAGIC, ou Metaphysical Alliance for Greater Interspecies Cooperation [1], devait avoir une porte. C'était une espèce de Nations unies réunissant des représentants des mages, des vamps, des garous et des Faes. Les délégués de Faerie devaient bien arriver de quelque part. Le point positif, c'était que la MAGIC était toute proche. Elle se trouvait dans le désert, en périphérie de Las Vegas. Le point négatif, c'était que l'organisation était

1. Alliance Métaphysique pour le Renforcement de la Coopération Interespèces. (*NdT*)

blindée de gens qui étaient précisément à ma recherche. Et ce n'était pas pour me souhaiter un bon anniversaire. Je n'étais pas certaine de pouvoir fêter mes vingt-quatre ans – ça restait à voir – mais ce n'était pas en me jetant dans la fosse aux lions que ça risquait d'arriver. Malheureusement, on ne peut pas franchement dire que les portes vers Faerie courent les rues. Et toutes les autres étaient sûrement bien gardées. Partant du principe qu'un pépin connu, c'est mieux qu'un pépin inconnu, j'ai décidé d'opter pour la porte de la MAGIC. Au moins, j'y étais déjà allée et je me rappelais vaguement la configuration des lieux.

— Savez-vous exactement où elle se trouve ? ai-je demandé.

Le siège de la MAGIC était très étendu. Ça aurait été pratique de circonscrire la zone de recherche.

Pritkin m'a dévisagée, incrédule. Il a dû me dire quelque chose, mais ses paroles ont été noyées par le brouhaha de sirènes venant de se déclencher. Ce n'était qu'un faible klaxon nasillard, dans notre bulle de silence, mais Casanova a poussé un juron tonitruant.

— Les mages sont entrés en force : c'est une alarme générale.

— Faites sortir les humains, lui a ordonné Pritkin.

Le mage lui avait attrapé le bras. Casanova a opiné du chef sans protester.

— C'est déjà fait. On a un protocole strict : en cas d'urgence, on prétend qu'il y a une fuite de gaz et on évacue tout le monde. En plus, les mages ne sont pas censés s'amuser à faire « abracadabra » devant des norm'. Pas vrai ?

— Logiquement, non. Mais ils feraient tout pour l'avoir, a rétorqué Pritkin en me désignant d'un coup de tête.

Casanova a haussé les épaules.

— Du moment qu'aucun norm' n'est tué, ils pourront faire un vrai feu d'artifice, ça passera pour un spectacle. Ce n'est pas pour rien que cet endroit ressemble à ça : on a déjà eu des dérapages. (À en juger par la moue de Pritkin, j'aurais parié que ces « dérapages » ne leur avaient jamais été signalés.) Mais, avant de contrôler les débordements, il faut que je vous tire d'affaire.

— Où se trouve la sortie de secours la plus proche ? ai-je demandé.

— Grâce à toi, la plupart sont déjà submergées. L'issue la plus sûre, c'est celle qui mène à la cave d'une boutique d'alcool sur la Spring Mountain, pas loin du Strip Boulevard. (Casanova s'est avancé vers le téléphone de service et a arraché le combiné des mains de la gargouille occupée à prendre les commandes. Il a jeté un coup d'œil par-derrière son épaule.) Je vais envoyer une voiture. Elle vous attendra devant la boutique. C'est tout ce que je peux faire.

— Attends une minute. Tu as un coffre-fort, non ?

— Pourquoi ? a rétorqué Pritkin, méfiant.

— Et merde…, a dit Billy.

— Tu veux prendre le risque de les trimballer en Faerie, toi ? lui ai-je demandé.

Billy a maugréé en regardant les Grées, qui engloutissaient les sandwichs aux doigts.

— Tu veux rire ? Vu ce qui s'est passé tout à l'heure…

Je me suis tournée vers Casanova, qui était en pleine conversation téléphonique.

— Ils sont en train de passer le système de sécurité. C'est comme s'il n'y en avait pas, nous a-t-il informés, relayant un rapport. On a réussi à ralentir un groupe de mages sur la scène de Têtes d'Affiches, mais il y a deux autres équipes et… *Mierda!* Ils ont tiré sur Elvis. Oh ! là, là… Ne me dis pas que ça se voit !

— Ils ont tiré sur un acteur ?

Je n'étais pas complètement choquée, mais quand même. C'était surprenant. Les mages sont censés protéger les êtres humains, pas s'en servir de cibles. Enfin, ce beau principe ne s'appliquait déjà pas à ma personne.

Casanova a secoué la tête.

— Non. Le vrai. (Il a reporté son attention sur son interlocuteur.) Non, non ! C'est aux nécromants de se débrouiller pour le raccommoder. C'est pour ça qu'on les paie. Et demande-leur de réanimer Hendrix. On va avoir besoin d'un bouche-trou.

J'ai perdu le fil de la conversation lorsque les portes battantes de la cuisine ont sauté de leurs gonds et valsé vers moi. Pemphrédo, que je n'avais même pas vue bouger, les a attrapées et les a envoyées valdinguer de l'autre côté de la pièce, sur le groupe de mages guerriers qui venaient à peine de faire irruption. Ényo a essayé de me caser sous la table, mais je lui ai pris le poignet.

— Eh ! Ça te dirait de te lâcher pour de vrai ? (Elle m'a jeté un regard plein de mépris : elle avait l'air de se dire qu'on n'avait pas les mêmes valeurs, en matière de défoulement.) Sérieusement ! (J'ai désigné les mages du menton : ils étaient assaillis par un flot de gargouilles chuintantes. Apparemment, ces dernières n'avaient pas apprécié qu'on détruise leurs portes. Les mages étaient presque submergés par une marée d'ailes et de griffes qui les battaient comme plâtre. Mais je savais que ça ne durerait pas.) Fais-toi plaisir ! Ne tue personne, c'est tout.

Le visage d'Ényo s'est fendu d'un immense sourire. Elle ressemblait à un enfant le matin de Noël. Sans perdre une seconde, elle s'est emparée du plan de travail massif et l'a lancé dans l'espace béant laissé par les portes arrachées. Accompagnée de ses sœurs, elle a traversé la pièce à toute allure et sauté pardessus. Elles ont ricané, comme les monstres qu'elles étaient, et se sont mises à charger la deuxième vague de mages essayant d'envahir la cuisine.

— Faites quelque chose ! Il faut qu'on gagne du temps ! ai-je sommé à Pritkin. (Il avait l'air déchiré. Il était peut-être en conflit avec les mages, mais il ne devait quand même pas se réjouir à l'idée de les donner en pâture aux Grées. Étant donné que les mages avaient une conception très spéciale de la justice et que leur but était de me faire subir un simulacre de procès avant de m'envoyer à une mort certaine, je n'avais pas le même problème de conscience.) Grouillez !

Pritkin m'a ignorée. Il a extrait un mage d'un paquet de trois gargouilles qui s'apprêtaient à présenter officiellement son visage à une râpe à gruyère. Apparemment, les boucliers ne fonctionnent pas très bien contre les Faes. À en juger par l'expression de terreur qui se lisait sur ses traits, ce type n'était pas près de l'oublier.

Après l'avoir assommé, Pritkin a attrapé Miranda. Elle a essayé de le mordre, mais il l'avait saisie par le cou et la tenait bien éloignée de son visage. Ça ne l'a pas empêchée d'entailler méchamment le reste de son corps à coups de griffes. Mais il a tenu bon, l'air grave. Son attention a dû en pâtir : la bulle de silence s'est effondrée d'un seul coup. Il a dit quelque chose, mais avec ces sirènes, qui couvraient jusqu'aux cris des gargouilles, je n'ai rien entendu.

Je n'en revenais pas : Pritkin était encore obnubilé par cette bête histoire de *geis*. Ça me semblait complètement inoffensif. D'autant que le Cercle était précisément en train de découvrir tout seul l'existence des gargouilles. Mais je le connaissais assez pour ne pas perdre mon temps à essayer de le convaincre.

— Miranda ! ai-je crié, en m'époumonant littéralement. Levez ce *geis* ! Casanova va vous cacher !

J'ai réussi à capter son attention : elle a tourné ses yeux de chat vers moi. Elle n'a pas enlevé ses griffes de Pritkin, mais ça ne me dérangeait pas plus que ça.

— Vous, prrromettrrre ? Nous, pas rrreparrrtirrr ? a-t-elle demandé en réussissant par je ne sais quel miracle à couvrir le vacarme.

—Promis, ai-je hurlé en poussant Casanova en avant. (Il avait réussi à se frayer un chemin jusqu'à nous à travers le champ de bataille. Il avait l'air paniqué, mais je ne lui ai pas laissé le temps de protester.) Tu sais que c'est possible ! Tony a mis des planques dans tous les sens.

—*¡ Claro que si !* a-t-il lancé en levant les yeux au ciel. Filez !

Miranda a souri. Ça donnait une expression très bizarre à son visage poilu : il exhibait un paquet de crocs.

—Je me souviendrrrai, m'a-t-elle dit. (D'un seul coup, Pritkin n'étreignait plus qu'une boule de poils gigotant, chuintant et crachotant. Une série de lacérations profondes sont apparues sur son visage. Je lui ai tapoté l'épaule.) Libérez-la, si vous voulez qu'elle nous aide !

Pritkin a fini par la lâcher. Une fois sur ses deux pieds, Miranda a marqué une pause, pour se lécher et se pomponner, avant d'agiter une patte presque gracieuse en direction de Pritkin. Je n'ai vu aucun changement, mais lui, si : il m'a prise par la main et m'a lancée sur les pas de Casanova. Il avait l'air énervé contre moi. Comme si c'était ma faute si on traînait !

—Je vais vous montrer le tunnel, nous a dit Casanova. Mais il faut faire vite : pas question qu'on me voie en votre compagnie.

J'ai regardé de tous les côtés, à la recherche de Billy Joe, mais il avait disparu. J'espérais pour lui qu'il bossait, et qu'il n'était pas en train de mettre son nez dans une partie de dés. Il pouvait bouger de petits objets en se concentrant, et il trouvait super rigolo de tricher au casino.

Le golem est apparu devant nous. Il avait un hachoir à viande planté dans le torse, mais ça n'avait pas l'air de le tracasser. On s'est précipités à l'intérieur de la chambre froide. Casanova a déplacé un gros cageot en plastique plein de salades et désigné ce qui ressemblait à un mur de béton armé.

— Là-dedans. La voiture est déjà sur place. Le chauffeur va attendre pour vous passer les clés. Donne-moi ce que tu veux mettre dans le coffre-fort et filez !

— Je le donnerai au chauffeur. Écoute : je te dois une fière chand…

Casanova m'a coupée d'un geste de la main.

— Si tu pouvais juste faire en sorte que ce *bidonista* ne me force pas à faire le ménage ! m'a-t-il lancé avec hargne.

— Chose promise, chose due ! lui ai-je dit, en espérant que j'arriverais à tenir ma part du marché.

L'homme qui nous attendait au bout du long tunnel oppressant était négligemment adossé à une BMW toute neuve, les bras croisés sur le ventre. Il avait l'air de s'ennuyer. Le souffle court, j'ai senti des flashs de nuits torrides, de draps froissés et d'extases sexuelles m'inonder le cerveau. Ce n'était pas seulement à cause de ses belles boucles noires, aussi luisantes que la voiture derrière lui, suppliant toutes les femmes de plus de dix-huit ans de passer leurs doigts dedans. Ni de son corps mince et musclé, vêtu d'un tee-shirt et d'un jean moulant et doté d'un magnifique teint cuivré comme seules en ont les peaux mates. C'était plus que ça : l'attirance était immédiate. Elle coulait de ces yeux d'un noir éclatant. Et je savais que c'était du toc. Je suis capable d'être bouche bée devant le physique d'un mec mais, pour éprouver ce genre d'intérêt, j'ai besoin de le connaître depuis un chouïa plus que dix secondes.

Un incube, ai-je pensé, la bouche sèche. À en juger par l'intensité de l'attraction manifestée par mon corps, il devait être puissant. Je me suis efforcée de sourire en déglutissant.

Il m'a immédiatement rendu mon sourire, tout en étudiant mon uniforme d'un œil approbateur.

— As-tu entendu parler de notre réduction pour les employées, *querida* ? Vingt pour cent sur tous les types de services.

— C'est Casanova qui nous envoie, ai-je clarifié.

— Ah oui. Bien sûr. Je m'appelle Chavez. Ça veut dire « réalisateur de rêves » et…

Je l'ai interrompu avant qu'il propose d'exaucer mes rêves les plus fous.

— Euh… Il faut vraiment qu'on décolle…

Je me suis aperçue qu'il était venu avec un copain. Pour le reconduire une fois qu'il aurait passé ses clés, j'imagine. C'était un beau blond portant une casquette du *Dante* et un marcel en filet donnant un aperçu alléchant de son torse musclé. Il m'a décoché un sourire de *beach boy* depuis le siège conducteur d'une décapotable flamboyante. Son expression a suffi à m'évoquer des draps pleins de sable, un vent chargé de sel et des nuits moites de passion.

— Je m'appelle Randolph, m'a-t-il dit avec un accent du Midwest à couper au couteau tout en prenant ma main dans sa grande paluche bronzée. Mais tu peux m'appeler Randy. Tout le monde m'appelle comme ça.

— Tu m'étonnes.

Et, avant de pouvoir en placer une, je me suis retrouvée avec la carte de Chavez, trois brochures et un *flyer* pour une nuit spéciale « deux pour le prix d'un ». J'ai persuadé Randy d'emmener Pritkin jusqu'à l'échoppe d'un tatoueur où le mage disait connaître quelqu'un capable de le rabibocher. Je trouvais cette histoire un peu louche, vu que la plupart de ses blessures avaient déjà cicatrisé, mais il voulait peut-être qu'un ami lui prête des vêtements de rechange et lui laisse prendre une douche. Avec tout ce sang sur lui, il passait difficilement inaperçu. Et on avait désespérément besoin de se fondre dans la masse.

— Et vous ? Où allez-vous ? m'a-t-il demandé avec méfiance.

— Je vous ai promis qu'on allait parler. Et c'est ce qu'on va faire, l'ai-je rassuré en me glissant dans la BMW, à côté de Chavez. Je vous retrouve tout à l'heure : je ne peux pas me balader habillée comme ça.

Billy avait réapparu pendant qu'on papotait. Il était sur le point de s'insinuer dans la voiture, à travers la vitre arrière, mais je l'ai arrêté d'un regard. Je ne faisais pas confiance au mage. Il avait l'air d'être en bisbille avec le Cercle, mais ça pouvait très bien être un piège. J'avais besoin que quelqu'un le garde à l'œil pendant que j'étais occupée ailleurs. Et un œil de fantôme, ça ferait parfaitement l'affaire. Billy a fait la grimace, mais il a quand même rejoint Pritkin en voletant, après avoir lâché quelque chose de petit et de métallique dans ma main.

— Vous ne pouvez pas retourner à votre hôtel, a dit Pritkin.

Dans sa bouche, ça ressemblait plus à un ordre qu'à un conseil.

— Ah oui ? (Je l'ai repoussé pour fermer la portière.) Chavez n'a qu'à passer par le centre commercial : j'ai besoin d'un truc à mettre. Je ne passe pas inaperçue, attifée comme ça. Même à Las Vegas. (Sans compter que c'était on ne peut plus inconfortable.) Je peux même vous rapporter à manger, si vous me le demandez poliment.

Pritkin a froncé les sourcils, mais il n'y avait rien à faire : il ne pouvait pas me forcer à le suivre. Et il avait l'air de s'en rendre compte. Il est resté un moment sans rien dire, et puis il a reculé pour éviter que Chavez lui roule sur le pied. Pour lui, ça revenait à demander poliment. J'ai donc décidé d'acheter à manger après avoir réglé mes petites affaires.

— J'ai besoin de faire du patin, ai-je annoncé à Chavez pendant qu'on quittait le parking de la boutique d'alcool.

La hi-fi dernier cri de la voiture jouait de la salsa à fond. Chavez m'a jeté un regard inquisiteur mais il n'a pas posé de question. Quand on bosse pour Casanova, on doit finir par prendre les choses comme elles viennent.

La ville de Las Vegas a un très bon réseau de bus, mais il n'y a aucune consigne manuelle à la gare routière du centre-ville. J'avais dû faire preuve d'ingéniosité pour stocker mes affaires.

Je m'étais dit que ce serait une mauvaise idée de tout laisser dans ma chambre d'hôtel. Les mages et les vamps auraient pu la trouver d'un instant à l'autre. Certes, on changeait d'hôtel tous les jours et j'utilisais chaque fois un faux nom mais, vu les ressources dont disposait la MAGIC, ça ne signifiait rien. Depuis une semaine, je sursautais au moindre bruit et je regardais tout le temps par-derrière mon épaule. Mais c'était peut-être dû, en partie, à ma vocation toute neuve de tricheuse au casino.

Billy m'avait aidée à subvenir à mes besoins en faisant en sorte que les dés et les billes de roulette tombent toujours à l'endroit où ça m'arrangeait. Je n'en étais pas très fière, mais je n'avais pas osé accéder à mon compte en banque, ni à mes cartes de crédit, de peur qu'on me localise. Maintenant que la terre entière était au courant que j'étais à Las Vegas, je pouvais passer au distributeur. Mais quand j'avais dit à Pritkin que je voulais faire du shopping, j'avais menti. Avant de me rendre au *Dante*, j'avais fourré des vêtements de rechange, mon portefeuille et le butin que j'avais récolté au Sénat dans un sac de marin, et enfermé le tout dans un casier de la patinoire. J'avais planqué la clé du casier au *Dante*, dans un coin sombre du lobby. Le fait que Billy ne s'était pas fait prier pour aller la récupérer en disait long : il partageait mon enthousiasme à l'idée de se débarrasser de certains objets.

En période de fortes chaleurs, la patinoire est un endroit couru, dans le désert. Quand on est arrivés, la plage dédiée au patinage libre venait tout juste de démarrer. Une marée de touristes en mal d'activités familiales ainsi qu'une poignée de locaux franchissaient les portes en même temps que nous, laissant échapper des soupirs de soulagement au moment où la température chutait. La patinoire était équipée d'une petite sandwicherie. Chavez m'a proposé d'aller faire le plein pendant que je récupérais mon sac. Quand j'ai voulu payer, il a refusé en éclatant de rire.

— Mais je te ferais volontiers une petite réduc' pour autre chose, *querida*.

Je me suis enfuie avant d'être tentée d'accepter son offre. Je me suis engouffrée dans les toilettes et j'ai sauté dans un débardeur rouge vif, un short kaki tout fripé et une paire de tennis. Ce n'était pas l'incarnation de l'élégance, mais c'était toujours mieux que mon look de va-nu-pieds en strass et paillettes. Même à Las Vegas, ça m'avait valu un certain nombre de regards en coin. Pourtant, le sang de Pritkin se voyait à peine sur le satin écarlate.

Quand je suis revenue, Chavez était en train de flirter avec une caissière médusée. Apparemment, elle avait oublié qu'elle était censée encaisser un peu plus qu'un sourire en échange des deux énormes sacs qu'elle lui tendait. J'étais prête à parier que le budget de nourriture de Chavez devait être assez réduit.

— Est-ce que j'ai l'air normale ? lui ai-je demandé, inquiète de savoir si j'avais réussi à effacer les preuves les plus flagrantes que je m'étais retrouvée au beau milieu d'un bombardement de petits-fours.

— Bien sûr que non. (Il m'a gratifiée d'un sourire étudié, tout en parcourant des yeux mon nouveau costume.) *¡ Estás bonita !* Personne ne t'arrive à la cheville.

Étant donné que j'avais les cheveux pleins de résidus de petits-fours et que mes vêtements étaient tellement froissés qu'un SDF n'en aurait pas voulu, j'ai pris son commentaire à sa juste valeur : pour un réflexe. Chavez était probablement littéralement incapable d'insulter une femme, quelle que soit son apparence. C'était mauvais pour les affaires.

— Merci. Est-ce qu'on pourrait…

Je me suis arrêtée net, le ventre noué. De l'autre côté de la patinoire, un homme venait juste de s'élancer sur la glace. Pendant une fraction de seconde, j'ai cru qu'il s'agissait de Tomas. Il avait le même corps mince et athlétique, la même peau couleur de miel. Ce n'est que lorsqu'il s'est retourné pour prendre dans ses bras une petite fille titubant sur son sillage que j'ai vu son visage. Bien sûr, ce n'était pas Tomas. La dernière fois que je l'avais vu en vrai, il avait la nuque ravagée, et beaucoup de mal à tenir la tête droite.

— Qu'y a-t-il, *querida*? Tu as l'air d'avoir vu un fantôme.

J'aurais pu lui répondre que c'était beaucoup plus traumatisant de voir Tomas qu'un fantôme, mais je me suis abstenue. Ce n'était pas comme si j'adorais parler de mon ex-colocataire. Il avait livré les clés des talismans protégeant la MAGIC à Raspoutine en échange de deux services : de l'aide pour éliminer son maître ; et un contrôle sans partage sur ma personne. Ça allait de pair, d'ailleurs : s'il voulait se débarrasser de son maître actuel, c'était pour être libre de faire tomber son ancien maître. Étant donné que le vamp en question, Alejandro, était à la tête du Sénat latino-américain, Tomas s'était dit qu'il aurait besoin d'aide. Quand allais-je enfin rencontrer un mec qui ne me considère pas comme une arme ? Vu ma poisse, sans doute jamais.

Les choses ne s'étaient pas tout à fait déroulées comme Tomas l'avait prévu. Je supposais qu'il avait survécu aux combats : ce n'est pas facile de tuer un maître du premier niveau. Mais, même s'il avait échappé au courroux de la MAGIC, il devait être en train d'essayer de sauver sa peau, et certainement pas de patiner en plein après-midi au vu et au su de tout le monde.

— Rien, ai-je répondu.

Chavez s'est accoudé à la rambarde, à côté de moi.

— Bel homme. *Muy predido*. Un « canon », comme vous dites ici.

Je lui ai jeté un regard en coin. Il regardait le patineur avec plaisir, presque avec envie.

— T'es pas un incube ?

J'avais l'impression que les incubes préféraient les partenaires femelles. En tout cas, je n'avais vu aucun client mâle se balader chez Casanova. Chavez a haussé les épaules comme font les latinos.

— Incubes, succubes. C'est du pareil au même.

J'ai plissé les paupières.

— Qu'est-ce que tu racontes ?

— Les gens de notre espèce n'ont pas de sexe préétabli, *querida*. En ce moment, j'habite un corps mâle, mais j'ai souvent possédé des femmes. Pour moi, ça revient au même. (Lorsqu'il s'est penché sur moi, ses yeux luisaient. Il a passé son doigt chaud sur ma joue. C'était à peine une caresse, mais je me suis mise à trembler.) Le plaisir, c'est le plaisir, après tout.

À ces mots, une pointe furtive de désir pur m'a transpercée. Ce n'était pas ensorcelant, comme les brèves caresses de Casanova, et ça n'a pas non plus attiré l'attention du *geis*. C'était une simple invitation. Ni plus, ni moins : il me faisait savoir qu'il accueillerait favorablement la moindre avance de ma part, et que ça se terminerait dans une effusion de plaisir. Ça m'a rendue furieuse, mais pas contre lui. Ça me rappelait qu'au train où allaient les choses, j'avais à peu près autant de contrôle sur ma vie amoureuse qu'une nonne. Même si je perdais la tête et que je décidais de sacrifier ma vie au service de la fonction de Pythie pour prendre du bon temps, j'en serais incapable. Littéralement incapable. À moins de risquer la folie. Mircea y avait veillé.

— Je t'ai choquée ? (Il avait l'air plus amusé que déçu. J'avais envie de lui dire que rien ne pouvait me choquer : j'avais quand même grandi auprès de Tony. Mais je me suis contentée de hausser les épaules.) Ce ne serait pas la première fois, m'a-t-il rassurée. Mon amant est un mâle. Et c'est un vampire. Alors je me suis… comment dit-on ? « Endurci » ?

— Je croyais que les vamps et les incubes ne faisaient pas bon ménage.

— C'est vrai. Les gens me considèrent comme une personne particulièrement perverse, a-t-il lancé avec jovialité.

Je n'ai pu réprimer un sourire.

— On y va ?

Chavez a voulu prendre mon sac mais je m'y suis cramponnée en faisant remarquer qu'il portait déjà les sandwichs. J'ai peut-être heurté sa sensibilité de macho, mais il est resté impassible. Une fois de retour dans la voiture, en sécurité, j'ai sorti du sac le costume volé et j'ai enveloppé les dernières boîtes noires dedans. Je n'ai pas touché à celle des Grées : j'avais d'autres plans pour celle-là.

— Casanova m'a dit qu'il pouvait mettre ça dans son coffre-fort. Et ne pas forcer la fille qui m'a… euh… prêté ce costume à le rembourser.

J'ai passé le baluchon à Chavez, qui faisait tourner le moteur.

— Je vais m'en assurer. Mais je crois qu'il va être occupé un petit moment. (Il m'a décoché un coup d'œil aguicheur.) Tu nous as fait une sacrée impression, *querida*. À mon avis, le *Dante* ne sera plus jamais comme avant.

Il a négligemment lancé le baluchon sur la banquette arrière et j'ai fait mon possible pour ne pas grimacer lorsque je l'ai vu rebondir sur le cuir matelassé. Je me suis demandé – et ce n'était pas la première fois – si je n'aurais pas mieux fait de remettre ces boîtes dans leur coffre et d'appeler la MAGIC pour qu'ils viennent les chercher. Mais, vu que le Sénat était en guerre, je ne leur faisais pas confiance : ils décideraient sûrement de libérer leurs occupants, quels qu'ils soient, sous prétexte qu'ils avaient besoin d'un coup de pouce. Casanova, au contraire, n'aurait sûrement pas envie d'avoir des visiteurs du même acabit que les Grées : les boîtes étaient probablement en sécurité entre ses mains. En tout cas, le temps que je sache qu'en faire.

Chavez s'est garé devant le studio de tatouage où Pritkin était censé se débarbouiller. Je m'apprêtais à sortir de la voiture lorsque l'incube m'a pris la main.

— Je ne sais pas ce que tu as en tête, *querida*, mais fais attention. Les mages, il ne faut jamais leur faire pleinement confiance. Tu comprends ? À celui-là moins qu'aux autres. Si tu fais affaire avec lui, rappelle-toi : « Ayez l'air d'une fleur innocente, mais soyez le serpent qu'elle couvre. » (Devant mes yeux ébahis par sa citation, il a éclaté de rire.) Qu'est-ce que tu croyais ? Que j'avais tout misé sur mon physique ? (J'ai bégayé un « non » mais il avait vu juste. Et on le savait tous les deux.) Tu as bien ma carte ? Appelle si tu as besoin d'aide. (Il a souri. Le blanc immaculé de ses dents contrastait avec sa peau mate.) Ou de quoi que ce soit d'autre. Je te ferai un prix, Cassie.

J'ai éclaté de rire et il est parti en faisant crisser ses pneus. C'est seulement après son départ que je me suis demandé comment il savait mon nom. Je n'avais pas eu le temps de me présenter. J'ai éloigné cette pensée d'un haussement d'épaules : Casanova le lui avait sûrement dit.

Chapitre 5

Je suis entrée dans le studio de tatouage en traînant mon sac et mes achats alimentaires. Il faisait presque aussi chaud qu'à l'extérieur : une vieille clim cliquetait à la fenêtre, prête à rendre l'âme d'un instant à l'autre. Les râles d'agonie de la machine étaient à la hauteur du décor : plaques de plafond crasseuses, rideau couleur de bouse, comptoir en formica tout pourri. La seule chose qui donnait un peu de vie à l'ensemble, c'étaient les motifs de tatouage aux couleurs criardes placardés sur toutes les surfaces.

Le comptoir séparait la pièce avant de l'arrière-boutique, que je ne pouvais pas voir parce que le rideau marron m'obstruait la vue. Comme il n'y avait personne à l'accueil, j'ai sonné, tout en fronçant les sourcils à la vue d'une édition de *Boule de Cristal*, bien en vue sur le comptoir. Le défenseur autoproclamé de la liberté d'expression dans le milieu surnaturel arborait, comme à son habitude, un gros titre sensationnaliste : « DRACULA À LAS VEGAS : LE FLÉAU EUROPÉEN EST VIVANT ! » *Ouais, c'est ça. Il est probablement en train de se faire dorer la pilule au bord de la piscine du Caesar's Palace en s'empiffrant de marshmallows avec Elvis.* J'ai planqué le magazine sous le comptoir, soulagée que mon nom ne soit pas encore sorti du chapeau. J'avais déjà assez de problèmes comme ça : je n'avais pas besoin de paparazzi.

Quelques secondes plus tard, un petit chauve gringalet portant une longue moustache grise a émergé du rideau. Tout son corps était couvert de tatouages, depuis son cou famélique jusqu'à ses pieds en tongs, à l'exception de la partie dissimulée par un short en jean déchiré. Ce qui était encore plus étonnant, c'était que les dessins à l'encre bougeaient. Le cobra entortillé autour de sa nuque s'est arrêté pour agiter sa langue vers moi, tandis qu'un lézard peinturluré a traversé son front avant de se rabattre, à ma vue, derrière son oreille gauche. L'aigle tatoué sur sa poitrine a battu ses ailes déployées avec indolence tout en me scrutant de son unique œil noir.

Apparemment, j'étais au bon endroit.

Constatant ma stupeur, l'homme bande dessinée a éclaté de rire.

— Le studio qui fait les fleurs et les papillons, c'est de l'autre côté de la ville, chérie. (Malgré son allure de motard à la retraite, il avait un léger accent. Je me suis dit qu'il devait être australien.) Et puis j'ai annulé tous mes rendez-vous, aujourd'hui. Un boulot urgent.

— Je ne suis pas là pour me faire tatouer, ai-je rétorqué en essayant d'ignorer le couteau sacrificiel tatoué comme s'il lui rentrait dans le ventre, et qui faisait jaillir de sa pointe, toutes les deux ou trois secondes, une goutte de sang dégoulinant sur sa peau jusqu'au bord effiloché de son short. C'est Pritkin qui m'a demandé de le retrouver ici. J'ai apporté à manger.

Je lui ai tendu les sacs. Le visage de l'homme s'est illuminé.

— Alors tu dois être Cassandra Palmer ! a-t-il lancé, visiblement surpris. (J'ai opiné du chef. Je me demandais bien à quoi il s'était attendu, mais je me suis abstenue de le questionner sur la façon dont Pritkin m'avait décrite.) Pourquoi tu ne l'as pas dit plus tôt ? Moi, c'est Archie McAdam. Mais mes amis m'appellent Mac.

— Cassie, ai-je répliqué en serrant la main qu'il me tendait.

Tout autour de ses grands tatouages, une jungle de feuilles et de rameaux bruissait doucement, comme sous l'effet d'une brise légère. Camouflée à l'endroit où la végétation était la plus dense, une paire d'yeux orange me scrutait méchamment.

Mac a soulevé le rideau et j'ai courbé la tête pour me faufiler derrière le comptoir. La première chose que j'ai vue en entrant dans l'autre pièce, c'était Pritkin. Il était allongé sur un banc molletonné, sur le ventre. Son torse était nu et son visage tourné de l'autre côté. Étant donné les galères dans lesquelles il se fourrait tout le temps, j'avais pensé que son dos n'était qu'un entrelacs de cicatrices plus ou moins récentes. En fait, non. Seule la trace discrète de petites alvéoles venait entacher son omoplate. Ça ressemblait presque à des marques de dents. Partout ailleurs, une peau sans aucun défaut couvrait des muscles plus développés que je l'avais imaginé. Elle était totalement immaculée, à l'exception des contours violet pâle d'un tatouage qu'on était en train d'apposer à son flanc gauche. L'encre du trait était à moitié absorbée, mais on n'avait pas encore colorié l'intérieur. C'était une épée stylisée, très finement dessinée, presque délicate. Je me suis dit que c'était un moment bizarre pour faire du *body art*, mais je lui avais donné une heure : il pouvait la passer comme bon lui semblait.

Mac a levé un miroir pour montrer le motif à son client. Pritkin a fait une grimace.

— Je persiste à dire que c'est trop sophistiqué. Tout ce qu'il me faut, c'est une épée basique.

— Qu'est-ce que tu racontes ? s'est écrié Mac. (Il n'en revenait pas.) Regarde la finesse des traits ! La touche artistique ! Je me suis surpassé !

Pritkin a poussé un grognement. D'un certain côté, je compatissais : il avait l'air d'en avoir pour la journée. La lame de l'épée lui parcourait le flanc sur toute la longueur, ne s'arrêtant qu'à la hanche. Mac avait baissé son jean pour que le dermographe accède au haut de la fesse gauche. Son dos avait un teint presque uniformément doré, comme s'il passait beaucoup de temps au soleil mais ne bronzait pas facilement.

Et dans le bas du dos et sur les hanches, sa peau s'éclaircissait progressivement, passant du pêche au crème, sans marque distincte. J'étais en train de me demander si on sentait une différence de texture entre ces zones, et quelle en serait la sensation sous mes doigts, lorsque je me suis tirée de cette rêverie en sursautant. J'ai détourné mon regard, horrifiée. C'était *Pritkin* que j'étais en train de reluquer ! Visiblement, mon exposition prolongée aux incubes avait des effets secondaires très bizarres.

— Allez, John, on fait une pause, a dit Mac avec jovialité. Ce joli petit brin a apporté le déjeuner.

Pritkin s'est mis en position assise et nous a tourné le dos le temps de remonter la fermeture Éclair de son jean. Soit il s'en était acheté un nouveau, soit il avait emprunté un de ceux de Mac. En tout cas, il n'avait aucune trace de sang. Je lui ai décoché un sourire moqueur pour faire passer le malaise.

— John ?

— C'est un nom anglais très correct. Tout ce qu'il y a de plus honnête, a-t-il expliqué avec hargne, sans que je comprenne vraiment la raison de son énervement.

— Désolée. (Je lui ai tendu un sac de nourriture en geste de paix.) C'est juste que ça ne vous va pas très bien.

— Quelle partie de la phrase ? a demandé Billy Joe. (Il avait traversé la cloison de l'arrière-boutique en voletant et avait débarqué à l'endroit précis où se tenait le golem, adossé au mur, aussi muet que la statue qu'il n'était pas.) « Correct », « honnête » ou « anglais » ?

Je l'ai ignoré et j'ai pris la moitié d'un sandwich aux boulettes, avant de passer le reste à Mac. Dans la voiture, l'odeur du sac m'avait rappelé que je n'avais rien avalé de la journée, à part une poignée de cacahouètes chez Casanova. Le sandwich m'a mise de bien meilleure humeur et, après quelques bouchées, j'ai même été capable de rassembler assez d'énergie pour sourire à Pritkin, qui était en train d'enfiler laborieusement un tee-shirt vert.

— Vous aviez oublié que je devais passer ?

— Je n'étais pas sûr que vous tiendriez promesse, a-t-il rétorqué sèchement.

Je me suis tâtée : devais-je me disputer avec lui au sujet de la valeur de ma parole, ou finir mon sandwich ? Finalement, j'ai opté pour la seconde solution. J'ai jeté un coup d'œil au cadre, et je me suis vite rendu compte que l'arrière-boutique était tout aussi morose que la pièce avant : je ne croulais pas sous les distractions. Entre ces quatre murs en briques nues, il n'y avait qu'un machin métallique ressemblant vaguement à une machine à laver – mais ça devait sûrement être autre chose –, un minifrigo, un lit de camp rempli de vieux bouquins, une poubelle tellement pleine qu'elle débordait, et la table de tatouage assortie de tout l'équipement.

J'ai avalé la dernière bouchée et essuyé mon menton plein de sauce tomate.

— Tic-tac ! Il vous reste cinquante-cinq minutes. Si vous voulez les passer à bouffer et à vous faire tatouer, ne vous gênez pas. Mais, dès que vous aurez épuisé votre forfait, je me casse.

— Et vous irez où ? m'a demandé Pritkin en inspectant son sandwich comme s'il pensait que j'y avais glissé quelque chose de répugnant. Si vous avez la moindre notion de la façon dont il faut s'y prendre pour survivre à un voyage en Faerie, permettez-moi de vous préciser une petite chose : votre pouvoir y sera inopérant, ou, s'il ne l'est pas, totalement imprévisible. C'est pour cette raison que la Pythie avait l'habitude de laisser les Faes strictement tranquilles. Vous pouvez choisir de faire fi à la tradition mais, avec un pouvoir versatile et votre talisman désarmé, vous ne tiendrez pas une journée.

Il s'est assis sur le lit de camp et s'est mis à disséquer son sandwich, me laissant ruminer ses paroles. Mac était juché sur un tabouret, à côté de la table. Il mâchait avec avidité l'autre moitié de mon sandwich, sans dire un mot. Billy s'est approché de moi et a relevé le bord de son chapeau d'une chiquenaude de son doigt brumeux.

— Il marque un point, là, a-t-il lancé en guise de commentaire.

— Ah! Ben, merci infiniment!

Il a hissé son popotin astral sur la table et m'a regardée avec gravité. Il adoptait si rarement cette expression qu'il a éveillé ma curiosité.

— Je n'aime pas plus ce type que toi, Cass'. Mais si tu es décidée à faire ça, un mage guerrier, ça t'apporterait une sérieuse plus-value. Réfléchis: c'est en Faerie qu'on va! Déjà qu'c'est pas une sinécure d'habitude, ça sera encore moins d'la tarte avec toute cette fichue sécurité à cause de la guerre. Ensuite, il faudra qu'on évite les Faes, qui n'aiment pas qu'on marche sur leurs plates-bandes, tout en essayant de débusquer le gros plein de soupe et sa copine la prophétesse. Et, à supposer qu'on arrive à faire tout ça, il faudra encore qu'on les batte à la fin. Si c'est les Faes qui les cachent, ça va pas être une partie de plaisir. Tu vas quand même pas cracher sur un petit coup de main!

— Il ne nous l'a pas encore proposé, lui ai-je rappelé.

Mac avait l'air surpris de mes commentaires intempestifs, mais Pritkin n'a pas réagi. J'imagine qu'il avait l'habitude que Billy soit toujours dans les parages.

— S'il n'avait pas voulu t'aider, il se serait cassé et il aurait laissé les mages te capturer au casino.

— J'aurais pu m'en sortir toute seule, ai-je rétorqué sèchement.

Même à mes oreilles, ça ressemblait à la remarque d'un gros bébé grognon... Mais je le pensais vraiment! Je n'avais pas besoin de Pritkin, ni de personne d'autre. Je n'avais pas besoin qu'on accoure à mon secours.

—Ouais, mais bon. Je croyais que tu voulais éviter de recourir au pouvoir.

Cette conversation commençait à m'agacer.

—Est-ce que vous allez juste rester assis là à bouffer ? ai-je demandé vivement.

Pritkin a levé les yeux. Son visage exprimait le plus parfait dégoût. Comme je ne savais pas si c'était à cause de moi ou du sandwich, j'ai laissé courir.

—Nous avons déjà collaboré par le passé, lorsque nous avions une cause commune. C'est de nouveau le cas. Je suggère que nous joignions nos forces, le temps de régler ensemble notre problème commun.

—Vous avez des comptes à régler avec Tony ? Depuis quand ?

Ça me semblait un peu gros, comme coïncidence.

—Le Cercle a émis un mandat d'arrêt contre lui. Mais ce n'est pas ce qui me préoccupe.

J'ai chiffonné l'emballage de mon sandwich et l'ai lancé en boule dans la poubelle, que j'ai ratée.

—Alors c'est quoi ?

Pritkin a grimacé après avoir bu une gorgée d'un des colas que Mac avait fait passer à tout le monde.

—Je veux que vous m'aidiez à retrouver la sibylle appelée Myra, a-t-il déclaré.

—Hein ?

Je l'ai dévisagé. C'était assez étrange, et un peu suspect, que le nom se trouvant en première position sur ma liste figure aussi en haut de celle de Pritkin.

—Nos sorts de localisation n'ont absolument rien donné. On peut donc raisonnablement penser qu'elle se trouve en Faerie, où notre magie est inopérante. En échange de votre aide, je vous promets de ne pas vous livrer au Cercle, et de vous aider à régler vos comptes avec votre ancien maître.

Je l'ai regardé en plissant les paupières.

— Par où commencer ? Premièrement : vous ne me ferez aller nulle part. Deuxièmement : pourquoi vous aiderais-je à rapatrier ma rivale ? Pour que le Cercle me tue et lui restitue le pouvoir ? Bizarrement, ça ne me dit rien.

— Le Cercle n'a aucune intention de l'instituer à votre place, a-t-il rétorqué avec hargne. Et, concernant votre première réserve, je vous prierai de ne pas surestimer votre pouvoir, ni sous-estimer le mien. Si je voulais vous capturer, je le ferais. Et même si je m'abstiens, quelqu'un d'autre finira par réussir. Le Cercle ne cessera jamais de vous traquer, et il leur suffit d'avoir un seul coup de chance. Vous, en revanche, vous devrez éviter toutes leurs embûches, en vous appuyant sur une connaissance limitée du milieu de la magie. Sans mon aide, vous n'avez aucun espoir d'échapper au destin que le Cercle vous réserve. À vous comme à Myra.

— C'est ça : ils vont tuer leur seule novice correctement formée ! Je ne sais vraiment pas pourquoi, mais j'ai quelques doutes.

Le Cercle souhaitait peut-être ma mort, mais ils avaient toutes les raisons de vouloir garder Myra en vie. On était en guerre : ils avaient furieusement besoin de l'aide que pouvait leur fournir une Pythie obéissante.

Pritkin a jeté un coup d'œil à Mac. Le tatoueur avait l'air maussade.

— Depuis quelque temps, nous sommes une poignée à déplorer la nouvelle tendance des dirigeants du Cercle. Chaque année, ils se soucient moins de notre mission première que de leur pouvoir. Si le Cercle d'argent se distingue fondamentalement du Cercle noir, ce n'est pas tant par la façon dont il acquiert sa puissance que par l'usage qu'il en fait. Et j'ai bien peur que le Conseil ait perdu ce détail de vue.

Mac a opiné du chef.

— Et maintenant, ils ont choisi une nouvelle candidate pour devenir la Pythie, parmi les plus dociles de leurs initiées.

Ils pensent que si vous mourez toutes les deux, toi et Myra, c'est elle qui deviendra l'héritière. (Il a secoué la tête avec lassitude. La libellule tatouée sur son épaule droite a frétillé de ses étincelantes ailes vertes.) Je me doutais depuis un petit moment qu'ils devenaient de plus en plus corrompus. Mais c'est encore pire que tout ce qu'on avait pu imaginer. « C'est le pouvoir qui choisit la Pythie. » Ça fait des milliers d'années qu'on respecte ce dicton : laisser la mauvaise personne occuper cette fonction, c'est la porte ouverte aux pires catastrophes. Les mages noirs passent leur temps à essayer de se faufiler dans le temps, histoire de remodeler le monde à leur image. Et parfois, ils y arrivent. Sans une Pythie convenable sur le trône, notre existence est en danger ! Il faut mettre fin aux agissements du Conseil.

—Mouais…

J'ai scruté le visage débonnaire et sincère de Mac. J'avais vraiment envie de lui laisser le bénéfice du doute, mais c'était dur. J'avais grandi dans un monde régi par le principe de la carotte et du bâton : tout ce qu'on faisait, c'était soit pour recevoir une récompense, soit pour échapper à un châtiment. Plus le job était risqué, plus la récompense était élevée, et le châtiment sévère. À en juger par le niveau de risque que Mac venait d'exposer, ça devait sûrement rapporter – ou coûter – les yeux de la tête !

Pritkin était resté muet pendant le laïus de son copain, se contentant de me regarder d'un œil noir, à distance. J'ai claqué les doigts devant son visage.

—Et vous ? C'est quoi, votre truc ? C'est aussi par bonté de cœur que vous vous mouillez ?

Sa grimace habituelle s'est accentuée.

—Je me « mouille », comme vous dites, parce que je refuse d'être transformé en assassin. On m'a donné pour mission de localiser Myra et de la faire comparaître au procès. Mais le verdict est déjà prononcé. D'autres sont partis à votre recherche, et je suis convaincu que leurs instructions sont semblables aux miennes. On m'a signifié que, si j'estimais être incapable de la capturer vivante, je pouvais user de tous les moyens, même les plus drastiques, pour faire en sorte qu'elle ne menace plus les intérêts du Cercle.

Un mot, dans tout ce discours, m'a particulièrement frappée.

— Un procès ? (Ça m'étonnait beaucoup qu'on reproche à Myra d'avoir attenté à ma vie. Le Cercle aurait plutôt eu tendance à lui donner une médaille.) Qu'est-ce qu'elle a fait ?

— Elle est impliquée dans la mort de la Pythie.

L'espace d'un instant, j'ai vraiment cru qu'il parlait de moi. Mais j'ai eu le déclic.

— Ah. Vous voulez dire : Agnès.

— Ne lui manquez pas de respect ! a lancé Pritkin, furieux. Utilisez son titre officiel !

— Elle est morte, ai-je fait remarquer. Je ne crois pas que ça la gêne.

Mac est intervenu.

— Mais Myra n'aurait jamais fait ça ! Les arguments du Conseil ne tiennent pas debout. Qu'est-ce qu'elle aurait eu à y gagner ?

Pour moi, c'était assez évident.

— Elle s'est sûrement dit que si Agnès mourait avant de m'avoir transmis son pouvoir, ça ferait d'elle la Pythie.

— Mais justement, Cassie, a insisté Mac. Comme John l'a fait remarquer au Conseil, le pouvoir n'échoit pas à la meurtrière d'une autre Pythie, ni même d'une héritière. C'est une vieille règle. Ça évite que les initiées s'entre-tuent pour décrocher le poste.

Mon esprit a pilé.

— Tu peux répéter, là ?

— Le pouvoir ne s'est jamais transmis à la meurtrière d'une Pythie ou d'une héritière, a répété Mac, plus lentement.

— Vous n'étiez pas au courant ? m'a demandé Pritkin.

— Non.

Et je n'étais pas certaine d'y croire. J'avais vraiment envie que ce soit vrai : ça voudrait dire que Myra n'avait peut-être pas prévu de m'éliminer, finalement. Mais j'avais un peu de mal à me convaincre qu'elle allait simplement passer l'éponge. Ça n'avait pas l'air d'être son genre. Surtout pas avec la poitrine transpercée à deux reprises par mon arme. Par-dessus le marché, en admettant qu'elle ait décidé de passer à autre chose, je n'imaginais pas Raspoutine la laisser s'avouer vaincue. S'il voulait avoir la moindre chance de gagner cette guerre (voire, tout simplement, de survivre), il avait besoin qu'elle devienne la Pythie. Quelque chose ne collait pas.

— Mais Agnès est morte de vieillesse, non ? ai-je interrogé Mac, qui avait l'air plus disposé que Pritkin à parler.

— C'est ce qu'on a pensé, d'abord. Mais on a constaté des traces bizarres sur son corps, au moment de l'apprêter pour les funérailles. On a fait venir un médecin, et il a eu quelques doutes. Alors on a demandé une autopsie. Elle n'est pas morte de vieillesse, Cassie. On l'a empoisonnée. Et, vu les mesures de sécurité déployées pour protéger la Pythie, ça n'aurait pas dû être si simple.

— Pour éviter de se faire détecter par les talismans, ils n'ont pas utilisé de potion ni de sortilège. Simplement de l'arsenic, a ajouté Pritkin, apparemment traumatisé qu'Agnès ait succombé à une ruse si triviale. Tenez. Qu'est-ce que vous sentez ?

J'ai reculé en vitesse avant même de poser les yeux sur l'objet qu'il me tendait.

— Je vous ai promis qu'on parlerait. C'est tout, lui ai-je rappelé.

— Mais, sans témoin, on n'a aucune chance de trouver le meurtrier ! (J'ai regardé avec attention la petite amulette qu'il avait dans la main. Elle n'avait pas l'air dangereuse. Ce n'était qu'un disque argenté avec un motif compliqué ciselé au milieu.

Le tout pendait à une chaîne vétuste. Il n'en émanait aucun signe, comme dans le cas d'objets susceptibles de provoquer une vision, mais je n'avais pas envie de tenter ma chance.) Alors ?

Pritkin a allongé brutalement le bras, mais je me suis éloignée furtivement.

— *Vous* n'avez aucune chance de trouver le meurtrier, ai-je corrigé en faisant bien attention de ne pas effleurer la babiole. Ce n'est pas mon problème.

— N'en soyez pas si sûre, a-t-il rétorqué, mystérieux.

Je me suis mise à couvert derrière Mac. Je refusais de mordre à l'appât. J'ai jeté un coup d'œil à ma montre inexistante.

— Oh ! là, là ! Vous avez vu l'heure ? Faut que je file, moi. On s'appelle et on se fait une bouffe ?

Mais je n'ai pas eu le temps de bouger : Pritkin s'est jeté sur moi et a fouetté mon bras nu avec le médaillon.

— Mais aïe ! (Il me jetait un regard plein d'espoir. Je fulminais.) Ça fait mal !

— Qu'est-ce que vous voyez ?

— Une grosse marque rouge ! ai-je répondu, agacée, en frottant ce qui allait probablement devenir un bleu. Et arrêtez de m'enfoncer ce truc dans le bras !

— Si vous me mentez, je…

— Si j'étais en train d'avoir une vision, vous seriez le premier à savoir ! ai-je répliqué, furieuse. Ces derniers temps, je ne me contente plus de voir des trucs pas cool, je suis aux premières loges. Et j'ai tendance à embarquer mon voisin ! Vous avez déjà oublié ?

Pritkin n'a rien répondu. Il s'est contenté de tendre l'amulette. Au moins, il n'essayait plus de me l'incruster dans l'épiderme. J'ai pris cette satanée babiole en soupirant.

— Comment ça marche, exactement ?

— C'est bien ça le problème, a dit Mac, comme s'il prenait plaisir à l'énigme. On n'en sait rien. Ça contenait de l'arsenic

– on l'a ouvert hier soir – mais le poison était à l'intérieur : il n'aurait jamais dû entrer en contact avec la peau.

— La réponse doit se trouver dans cet objet ! a insisté Pritkin. Elle l'avait en main quand elle est morte, et il contenait le même poison que celui qui l'a tuée. D'où aurait-il pu provenir, sinon ? Personne n'aurait pu la forcer à l'ingérer. Surtout pas à plusieurs reprises !

J'ai examiné avec précaution le minuscule pendentif. On l'avait incisé sur le côté, pour l'ouvrir. Comme un médaillon. Il était vide de tout contenu. C'était sûrement pour ça que je ne sentais rien en émaner. Cette altération avait remis en cause l'intégrité physique de l'objet, brisant l'enveloppe psychique qui l'avait éventuellement imprégné. Mais, vu que Pritkin me dévisageait comme s'il allait imploser, j'ai décidé de m'abstenir de le lui dire.

— À plusieurs reprises ?

— Si on ne s'est douté de rien, c'est parce que le poison n'a pas été administré d'un seul coup, m'a expliqué Mac. La prise s'est étalée sur six mois, voire plus, chaque fois en petites quantités, jusqu'à avoir raison d'elle. On a mis son affaiblissement sur le compte de son âge, et sur le traumatisme d'avoir perdu son héritière.

— Six mois ?

Ça faisait à peu près six mois que le Sénat m'avait envoyé Tomas comme baby-sitter. Cette coïncidence ne me disait rien qui vaille. J'ai gardé le silence, mais mes traits ont dû me trahir. Ou bien Pritkin avait fait le rapprochement lui-même.

— Myra n'a pas pu lui administrer ce poison, a-t-il dit d'une voix atone. Ça faisait des mois qu'elle avait disparu, bien avant qu'Agnès tombe malade. Et elle n'avait pas de motif. Le Conseil veut se débarrasser d'elle : ils utilisent cette histoire pour arriver à leurs fins. D'autres personnes auraient eu de bien meilleures raisons, mais le Conseil ne peut pas se permettre de les défier.

Effectivement. Le Cercle avait le Sénat pour allié, dans cette guerre. Ils ne pouvaient pas se permettre d'accuser leurs copains de meurtre. Je n'aimais pas cette idée, mais ça ne m'aurait pas étonnée que le Sénat soit mouillé jusqu'au cou dans cette histoire. C'était très vampirique comme méthode : se débarrasser d'un obstacle de la manière la plus expéditive possible. Et, même s'ils s'étaient dit que le pouvoir n'avait qu'une maigre chance de me revenir, ça aurait valu la peine. Ils avaient pensé faire de moi leur boniche Pythie, la première depuis des siècles à échapper à l'emprise du Cercle. Pour acquérir un tel pouvoir, ils auraient été capables de faire bien pire que de tuer une vieille femme. Mais bon. Il y avait un autre candidat sérieux.

— Et le Cercle ?

Pritkin a plissé les yeux.

— Comment ça, « et le Cercle » ?

J'ai haussé les épaules.

— Vous insinuez que le coupable, c'est le Sénat. Mais ce n'est pas eux qui traquent les deux seules concurrentes à la dauphine choisie par le Cercle.

Mac est devenu tout blanc. Mais Pritkin a écarté cette idée.

— Le Cercle n'avait aucune raison de vouloir que le pouvoir change de mains. Dame Phemonoe était une excellente Pythie.

— Ben oui, justement. C'était peut-être ça le problème : Agnès était douée. Si le Conseil file vraiment du mauvais coton, elle s'est peut-être opposée à lui une fois de trop. Quelqu'un s'est peut-être dit que si une Pythie plus jeune et plus docile...

Pritkin m'a interrompue d'un violent geste de la main.

— Vous ne savez pas de quoi vous parlez ! Le Conseil ne tomberait jamais aussi bas !

Je l'ai dévisagé, incrédule. Est-ce qu'il avait déjà oublié notre petit aller-retour matinal en enfer ? Son Cercle chéri n'avait pas l'air d'avoir de scrupules à l'idée de m'éliminer. Ni de l'envoyer aux trousses de Myra. Mais bon, il se disait peut-être que, lui et moi, on n'était que des détails.

— OK. Mais pourquoi tenez-vous à la retrouver ? Vous pensez qu'elle sait un truc ?

— J'ai refusé de la tuer avant son procès, a précisé Pritkin. Mais le Conseil aura sans nul doute assigné cette mission à un autre collaborateur. S'il la retrouve en premier, il ne lui donnera pas l'occasion de raconter sa version de l'histoire.

— Vous n'avez pas dû vous y prendre avec des pincettes quand vous avez refusé. Parce qu'ils n'ont pas l'air de vous avoir à la bonne.

— J'ai appris que l'un de nos informateurs vous avait vue au *Dante*, ce matin. J'ai dû affronter l'équipe dépêchée par le Cercle pour vous trouver en premier. L'un d'entre eux m'a reconnu.

Et, pour ne rien gâcher, ils l'avaient également vu dans le couloir en ma compagnie. Ça n'avait pas dû améliorer sa réputation.

— OK. Admettons que vous la retrouviez. Qu'est-ce que vous ferez après ?

— Elle devra répondre des crimes dont on l'accuse, a-t-il répondu sèchement. Son sort dépend de ses réponses.

J'ai baissé les yeux pour lui cacher les doutes qui devaient certainement s'y lire.

— Apparemment, vous avez un plan bien ficelé. Maintenant que vous savez que Myra se trouve en Faerie, pourquoi avez-vous besoin de moi ? Comme vous l'avez si bien fait remarquer, je suis complètement impuissante là-bas. En supposant qu'on y arrive.

— Parce que, si personne ne l'en empêche, il y a de fortes chances pour qu'elle saute dans le temps pour m'échapper, a répondu Pritkin à contrecœur. Une partie de votre pouvoir vous permet de contrôler les pouvoirs d'une autre sibylle. Cette compétence est principalement utilisée à des fins éducatives, ou pour récupérer une sibylle dans le fil du temps, si jamais elle se trouve en difficulté. Vous devriez être à même de contrôler Myra pour l'empêcher de s'enfuir.

J'ai pris une gorgée de soda pour masquer mon expression. Billy a fusionné avec moi pour qu'on puisse parler en privé.

— Soit ces deux types sont les plus mauvais conspirateurs de l'univers, soit ils te prennent pour une débile, a-t-il lancé avec mépris.

— *C'est les deux*, ai-je pensé à son adresse. *Est-ce que tu peux en traverser un, histoire de savoir ce qu'ils ont vraiment en tête ?*

— Nan. Ils ont trente-six couches de talismans. Mais on n'a pas besoin de ça pour savoir qu'ils mentent. Si ton pouvoir ne fonctionne pas en Faerie…

— *… je ne peux pas retenir Myra. Même si je savais comment m'y prendre. Ouais. C'est ce que je me disais aussi. Alors qu'est-ce qu'ils me veulent ?*

— C'est plutôt évident, non ?

— *Tu crois ?*

Billy a éclaté de rire. Ça s'est répercuté à l'intérieur de mon crâne.

— Je vais faire un petit tour au *Dante*, histoire de voir quel boxon le Cercle est en train de mettre. Tu crois que tu peux gérer ces deux petits génies sans moi ?

J'ai pensé à un truc méchant et Billy a ri de plus belle, avant de disparaître brusquement. J'ai dévisagé Pritkin, qui me regardait d'un œil dénué de toute expression. Il était assez doué pour cacher ses sentiments, mais ça ne servait à rien : je ne croyais pas une seule seconde en son histoire à dormir debout.

Pritkin était parfaitement au courant que Myra avait essayé de me tuer. Il devait probablement se dire qu'elle rappliquerait forcément à un moment ou un autre pour finir le boulot. En gros, je lui servais d'appât. Quant à la raison pour laquelle lui et Mac tenaient tant à la retrouver, c'était tout aussi évident. S'ils arrivaient à la localiser, elle constituerait une arme de choix pour mener à bien leur putsch contre les dirigeants du Cercle. Ils se considéraient peut-être comme des révolutionnaires en lutte contre un système corrompu. Ou c'étaient juste des opportunistes et elle représentait un aller simple vers le pouvoir. Dans les deux cas, ça m'était égal. La seule chose qui m'embêtait, c'était qu'elle les aiderait uniquement pour le titre de Pythie, en bonne et due forme. La question à se poser, c'était donc de savoir si Pritkin me tuerait moi-même quand j'aurais joué mon rôle, ou s'il allait laisser Myra s'en charger à sa place.

Bien entendu, je savais qu'ils se faisaient des films en pensant qu'elle allait tout bonnement se conformer à leur stratagème. Comme Agnès l'avait si bien dit en me transmettant son pouvoir à contrecœur, si son héritière était de mèche avec Raspoutine, c'était soit parce qu'elle était maléfique, soit parce qu'elle était faible. Dans les deux cas, elle ferait une Pythie déplorable. Étant donné que Myra avait essayé de m'attaquer la seconde d'après, je penchais vers le scénario « maléfique ». Je n'avais peut-être pas envie de ce boulot, mais l'idée qu'une psychopathe l'exerce ne me plaisait pas non plus.

J'ai réfléchi un moment. Billy avait raison : j'avais besoin de plus d'aide qu'il pouvait m'en apporter. Et deux mages guerriers, ça tombait à pic. Pritkin voulait m'utiliser pour mieux me trahir ? Pas de problème : je pouvais jouer au même petit jeu. Je le laisserais m'aider à passer tous les obstacles qui se dresseraient sur mon chemin, et dès qu'on aurait retrouvé Myra j'emprisonnerais ma rivale avec le piège qui avait servi à attraper les Grées.

J'ai souri au mage.

— Ça m'intéresse. On va peut-être arriver à un accord, pour finir.

Cet après-midi avait été riche en découvertes. J'avais beau avoir grandi à la cour d'un vampire, je n'y connaissais pas grand-chose en magie. Dans le milieu, on considère les voyantes comme les fous du village : des gens sans aucun talent patent, qui gagnent leur croûte en racontant aux norm' ce qu'ils ont envie d'entendre. Vous voyez le genre : « Votre âme sœur a un nom qui commence par M ». Ou S. Ou R. Ou une des lettres les plus communes de l'alphabet. Bien entendu, pour déterminer avec exactitude de qui il s'agit, la voyante en question a besoin d'autres séances. Chères. Je n'avais jamais fait ça. Même quand j'étais dans la dèche. Quand j'y suis forcée, ça m'arrive de tricher au casino, mais je n'ai jamais tourné le don en ridicule. Pourtant, la plupart des mages de Tony rabaissaient mes visions à de pures coïncidences et ne voulaient rien avoir à faire avec moi.

Bien entendu, les vamps ont leur propre magie innée. Et je ne parle pas seulement du pouvoir qui les anime. La plupart d'entre eux acquièrent des compétences très utiles s'ils survivent assez longtemps. Et certaines de ces compétences peuvent être carrément spectaculaires. J'avais vu des vampires entrer en lévitation, ou faire léviter les autres, dépecer un corps se trouvant à l'autre bout d'une pièce ou encore évider une poitrine de son cœur par le simple pouvoir de leur pensée. Mais les vamps font de la magie malgré eux, et les faiseurs de magie perdent leur don dès qu'on les transforme en vampires. Bref, les mages vamps, ça n'existe pas.

J'en avais donc plus appris sur la magie en un après-midi qu'en dix ans passés chez Tony. Ça avait commencé lorsque Pritkin s'était de nouveau déshabillé pour permettre à Mac de finir le tatouage. Je lui avais demandé pourquoi il s'embêtait à faire ça maintenant. Si j'avais posé cette question, c'était principalement pour concentrer mon attention sur autre chose que sur son corps, qui était d'un seul coup trop attirant pour être honnête. J'espérais sincèrement que les effets secondaires de ma visite chez les incubes allaient vite se dissiper.

— Comme vous, je ne pourrai pas me fier à ma magie une fois en Faerie, avait répondu Pritkin.

À son intonation, j'avais deviné qu'il rêvait de m'envoyer balader. Mais, comme on venait tout juste de sceller une alliance, il était obligé de se la jouer sympa. J'avais décidé de profiter de cet avantage tant qu'il durerait – et il n'allait pas durer très longtemps.

— Et quoi ? Vous allez épater les Faes à coups de tatouage viril ?

Mac avait éclaté de rire. Mais Pritkin avait beau avoir la tête tournée de l'autre côté, j'étais persuadée qu'il fulminait. Ses épaules s'étaient tendues, entraînant dans la foulée d'autres parties plus intéressantes de son corps. J'étais allée me chercher un autre cola.

— C'est un tatouage spécial, m'avait expliqué Mac, jovial, tout en ramassant un truc ressemblant à une brosse à dents électrique sans poil. Si je me débrouille bien, son aura – c'est-à-dire sa peau magique – sera tout aussi imprégnée que sa peau physique. Quand il dressera son bouclier, le tatouage se manifestera sous la forme d'une vraie arme. Et comme ce sont les Faes qui nous ont appris cette technique, ça devrait fonctionner encore mieux en Faerie.

Il avait placé la tête de l'espèce de brosse à dents en haut de l'épée et s'était mis à faire pénétrer l'encre. Pritkin n'avait pas cillé, mais les muscles de son bras étaient devenus encore plus saillants. J'avais pris une gorgée de cola et je m'étais efforcée de regarder ailleurs.

— Je ne pige pas, avais-je dit au bout d'une minute. Vous avez des armes. (C'était une sacrée litote.) Ça ne suffit pas ?

C'était Mac qui m'avait répondu, mais j'avais les yeux braqués sur le dos de sa victime, à l'endroit où il venait de s'arrêter pour éponger le sang.

— Les armes des familles, ça ne sert pas à grand-chose contre les Faes. Il vous faut des trucs magiques pour affronter le genre de machins qu'ils vous lâcheront à la figure. Mais, comme John l'a dit, notre magie ne fonctionne pas en Faerie. (Il s'était remis au tatouage. Cette fois, Pritkin avait bronché.) Enfin, c'est le cas de la majorité de nos sorts. Et le genre de matos qui fonctionnerait, on n'y a pas accès.

— C'est quoi, comme genre de matos ?

— Oh. Deux ou trois petites choses, avait répondu Mac. (Son ustensile émettait un grondement sourd en transperçant la peau de Pritkin. Mac s'était arrêté pour consulter un grand grimoire ouvert à côté de lui, sur un tabouret, avant de marmonner quelques mots sur le tatouage partiellement terminé. Le motif s'était un instant illuminé, pour s'éteindre immédiatement. Mac s'était remis au travail en grommelant.) Ce qui nous serait vraiment utile, c'est des bombes à néant. Mais c'est hyper-dur à trouver. Et, si on les utilise sans autorisation, on risque la peine de mort. Admettons qu'on serait prêts à se mouiller, le marché noir ne nous fait de toute manière pas confiance. Bizarrement. C'est le prix à payer pour avoir passé des années à foutre en l'air leur commerce, j'imagine.

— C'est quoi, les bombes à néant ?

— C'est des vraies saloperies. Mais c'est bien d'en avoir sur soi quand on se balade quelque part où la magie est impossible à contrer. Personne ne sait qui les a inventées, mais ça fait des siècles qu'on en trouve. Les mages noirs prennent un « mage-néant » – quelqu'un doté de la capacité innée de disloquer la magie –, aspirent sa force vitale et la mettent dans une sphère. Ça tue le mage, mais ça enferme le don qu'il avait de son vivant dans un emballage extrêmement virulent. S'il explose, toute magie cesse ou se détraque pendant un certain temps. Même en Faerie. La durée des effets varie en fonction de la puissance du mage-néant et du nombre d'années qu'il lui restait à vivre au moment où on lui a aspiré sa force vitale.

— Intéressant. (J'avais eu envie de vomir.) Et ça ressemble à quoi ?

J'avais fait bien attention de ne pas regarder mon sac de marin, qui reposait innocemment sur le sol, à côté du frigo.

J'avais pensé parler d'une façon décontractée, mais Pritkin avait dû percevoir quelque chose, parce que sa tête s'était brusquement tournée dans ma direction.

— Pourquoi ?

Ses yeux étaient excessivement plissés sous l'effet de la douleur, ou de la suspicion, et seules deux fines raies vertes apparaissaient entre ses cils clairs.

J'avais haussé les épaules.

— Je me demandais. C'est tout. Chez Tony, il y avait toujours des armes qui traînaient dans tous les coins. J'en ai peut-être déjà vu.

Mac avait secoué la tête, les yeux toujours rivés sur le dos de Pritkin.

— Ça m'étonnerait, ma petite chérie. Ces bombes coûtent une fortune. Les mages-néant assez puissants pour en produire sont très rares. Et bien protégés. La plupart de celles qui se baladent sont des vestiges des siècles passés. Avant la trêve, les vamps chassaient les mages-néant. C'est pour ça qu'il n'y en a presque plus de nos jours. La plupart d'entre eux ont été exterminés. Des lignées entières se sont éteintes pour permettre aux vampires de se constituer un arsenal.

— Alors tu n'en as jamais vu une seule ?

— Oh… Au cours des années, j'en ai croisé quelques-unes. Le Cercle achète toutes celles qui se présentent, pour éviter qu'elles tombent entre les mains des vamps. En 1963, Donovan, l'antiquaire, en a acquis une à Londres. Le Cercle n'a pas apprécié qu'il refuse notre offre initiale et la mette aux enchères publiques. Mais ce vieux filou de Donovan leur a rétorqué que c'était parfaitement légal. C'était une antiquité – je l'ai examinée : elle devait bien dater du XIIe siècle – et, à l'époque, aucune loi n'interdisait d'en fabriquer. (Mac s'était de nouveau interrompu pour éponger Pritkin. Il avait fait la grimace à la vue de la quantité de sang imbibant son torchon.) Tu veux faire une pause ? avait-il demandé à Pritkin.

— Non. Finis.

La mâchoire de Pritkin était serrée, mais il avait les yeux posés sur moi. Je n'aimais pas la méfiance qu'ils reflétaient.

— Qu'est-ce qui s'est passé pendant les enchères ? avais-je repris en espérant que Mac finirait par faire une digression me permettant de savoir à quoi ça ressemblait.

— Oh ! On l'a achetée, avait-il répondu en se remettant au travail. Ce n'est pas comme si on avait le choix. Ça nous a coûté les yeux de la tête, ça, je peux te le dire. Je passais mon temps à appeler le Conseil pour leur demander si je pouvais monter, et ils ont fini par me dire d'arrêter de me prendre la tête et de leur rapporter ce fichu bidule, quel qu'en soit le prix. Vu ce que je me suis pris en rentrant, je crois qu'ils ne s'attendaient pas à dépenser vingt-cinq mille balles pour une petite boule argentée. Enfin… ils ne pouvaient pas s'en prendre à moi : je n'avais fait que suivre les ordres.

Les mots « petite boule argentée » s'étaient réverbérés dans ma tête tandis que je luttais pour paraître impassible. Je n'avais pas dû être très convaincante.

— Vous en avez vu une, m'avait accusée Pritkin.

J'avais eu envie de lui dire « Ouais. Même qu'il y en a deux dans le sac de marin, là-bas », mais je ne savais pas à quel point je pouvais avoir confiance en mes nouveaux alliés. Pritkin avait besoin de mon aide, donc je ne pensais pas qu'il allait prendre le sac et se tirer. Mais Mac… Vingt-cinq mille en 1960, ça faisait quoi, maintenant ? Je ne savais pas, mais c'était sans doute suffisant pour que ce bon vieux Mac retourne sa veste. Ses affaires n'avaient pas l'air mirobolantes, et même pour un mage, une retraite anticipée, c'était tentant.

— Peut-être. Ça fait longtemps.

J'avais regardé Mac du coin de l'œil. Pritkin avait l'air écœuré.

— Il risque sa vie, dans cette aventure. Vous pouvez lui accorder la même confiance qu'à moi, avait-il dit, agacé. (J'avais haussé un sourcil. Et Pritkin avait explosé. Son visage était devenu de plus en plus rouge à mesure que le tatouage se dessinait douloureusement, centimètre par centimètre, et je crois qu'il avait juste besoin de hurler sur quelqu'un.) Si vous ne me croyez pas, ça ne marchera jamais ! Il arrivera, très vite, que nos vies dépendent de notre capacité à collaborer ! Si vous ne m'accordez aucune confiance, vous pouvez encore dire non. Je préfère me charger de cela seul plutôt que de mourir parce que vous me présumez fourbe !

J'avais pris une gorgée de cola pour garder mon calme.

— Si je ne pensais pas pouvoir vous faire confiance, je serais déjà partie, à l'heure qu'il est. Ça fait quelques minutes que votre forfait temps est épuisé. (Mon regard était passé de Pritkin à Mac.) Faisons une hypothèse. Disons que je sais où trouver un certain nombre de ces armes. Dans ce cas, je pourrais vous les décrire, et vous pourriez me dire à quoi elles servent. Si on estime qu'elles peuvent nous être utiles, à ce moment-là, je pourrais vous dire où elles se trouvent.

Pritkin avait l'air hors de lui, mais Mac avait haussé les épaules.

— C'est un bon deal. (Il s'était interrompu pour changer de couleur : il avait fini toutes les parties dorées de l'épée.) Envoie.

— OK.

Je n'avais pas eu besoin de me creuser la tête : à part les pièges et les bombes à néant, la seule chose que j'avais prise au Sénat, c'était un petit sac en velours. À l'intérieur, il y avait de minuscules os circulaires sur lesquels on avait gravé des runes grossières. Ils étaient percés, en haut, par un petit trou dans lequel passaient des cordons de cuir, comme s'ils n'étaient pas faits pour être lancés, mais portés. J'avais décrit les runes à Mac, qui s'était arrêté de tatouer pour me dévisager, complètement hébété.

— C'est impossible, avait-il dit. (Pritkin était resté muet, mais j'avais l'impression que ses yeux allaient me transpercer d'une minute à l'autre.) Je ne suis pas du tout en train de te traiter de menteuse, Cassie, mais si un gangster à deux balles comme Tony possède les runes de Langgarn, je veux bien…

— Ce n'est pas Tony, l'avait interrompu Pritkin. Où les avez-vous vues ?

— Ce n'est qu'une hypothèse.

— Mademoiselle Palmer !

— Vous pouvez m'appeler Cassie.

Étant donné qu'il avait sûrement prévu de me tuer tôt ou tard, je trouvais tout ce formalisme un peu bizarre.

— Répondez à ma question, avait péniblement lâché Pritkin à travers ses dents serrées.

Étant donné que Mac ne s'était pas remis à lui labourer le dos, je crois que c'était moi qui le crispais.

— Je vais te dire tout ce que je sais, était intervenu Mac. Mais ce n'est pas grand-chose. D'après la légende, c'est Egil Skallagrimsson qui les aurait enchantées à la fin du xe siècle. (Devant mes yeux inexpressifs, il avait développé.) C'était un poète viking et un vrai suppôt de Satan – il a pris sa première vie à l'âge de six ans : il a tué un autre gosse à cause d'un bête jeu de ballon – mais c'était aussi un des meilleurs maîtres runiques de l'histoire. Bien entendu, certains racontent qu'il aurait volé ces runes à Gunnhild, la reine sorcière épouse d'Éric Ier de Norvège, surnommé « Hache sanglante », et qui régnait aussi sur le nord de l'Angleterre. Et puisque Gunnhild était censée avoir du sang de Fae, il est possible que les runes aient été enchantées bien avant, en Faerie, par quelqu'un d'autre…

— Mac, avait coupé Pritkin, constatant que son ami commençait à s'égarer.

— Oui, oui. OK. Donc, on raconte beaucoup de choses sur Egil. La plupart de ces histoires proviennent de ses propres écrits. Il se dépeignait comme un héros de légende responsable d'actions proprement impossibles : il aurait vaincu un nombre inconcevable d'ennemis et les aurait tués d'une seule main ; il aurait embrasé des granges d'un seul regard, soumis des rois grâce au seul pouvoir de ses paroles et survécu à d'innombrables attentats à sa vie. Il a fini par se mettre Gunnhild à dos, soit en lui volant ses runes, soit en tuant son fils – les versions diffèrent –, mais il a quand même vécu jusqu'à l'âge de quatre-vingts ans, à une époque où la plupart des hommes mouraient autour de quarante. Je me suis toujours dit que c'était un type fascinant.

— Et elles font quoi, ces runes ?

J'avais essayé de ne pas laisser paraître mon impatience, mais j'avais besoin de faits utiles, pas d'une leçon d'histoire.

— D'après les rumeurs, il en existait une série complète à une époque. Mais elles auraient été éparpillées il y a plusieurs siècles. Ça n'a aucune importance : on peut les utiliser séparément. Chacune d'entre elles est associée à un pouvoir spécifique. Le seul inconvénient, c'est qu'on doit les recharger au moins un mois après les avoir utilisées. Celles qui subsistent sont des armes très puissantes. D'après ce qu'on dit, aucun talisman ne peut vous en protéger. Et même les bombes à néant n'ont aucun effet sur elles.

J'avais décoché à Mac un regard sceptique. Je n'avais jamais entendu parler d'une magie impossible à contrer. Casanova avait essayé de me faire croire que c'était le cas de mon *geis*, mais même Pritkin avait admis que j'avais certainement un moyen de m'en dépêtrer. Un moyen que je ne connaissais pas encore, c'est tout.

Mac avait secoué la tête.

— Ça a l'air génial, non ? Mais le Cercle en possède deux de cette série, et j'étais présent il y a vingt ans lorsqu'ils en ont utilisé une pour tester un nouveau talisman qu'ils venaient de développer. C'était un vrai Gros Bill, ce talisman. Il ne laissait rien filtrer. Rien de rien. Vingt de nos meilleurs mages ont passé la matinée à taper dessus, à le marteler avec tout ce qu'ils pouvaient. Mais il n'a pas bougé d'un poil. Le vieux Marsden, qui dirigeait le Conseil à l'époque, a sorti les runes. Il a décidé de lancer Thurisaz. Je m'en souviendrai toute ma vie.

— Qu'est-ce qui s'est passé ? lui avais-je demandé pour l'encourager.

— Quand on ne connaît pas Marsden, ça doit être difficile de se faire une idée du spectacle. Imagine l'homme le plus vieux, le plus décharné, le moins menaçant possible. Sa magie était encore très puissante à ce moment-là – ça ne fait que quelques années qu'il a rendu son tablier – mais il était *vieux*. Ses mains tremblaient et il avait toujours des miettes de nourriture sur sa chemise parce qu'il y voyait vraiment que dalle. Il passait son temps à rentrer dans des trucs, mais il ne voulait pas porter de lunettes, ni utiliser des charmes pour améliorer sa vue. Il n'arrêtait pas de dire qu'il n'avait pas besoin de ça, mais il serrait la main aux portemanteaux. Il avait l'air de sortir de l'hospice. Sauf quand on le cherchait. Là, on comprenait pourquoi il dirigeait le Conseil depuis soixante-dix ans.

— Mac !

— OK ! OK ! Donc Marsden a lancé Thurisaz sur lui-même et d'un seul coup, devant nos yeux ébahis, il a disparu. À sa place, il y avait un ogre gigantesque – mais vraiment gigantesque. Il était si énorme qu'il a dû se courber pour tenir dans la pièce. Et la salle d'audience du Conseil a un plafond de presque six mètres de haut ! Il a ramassé la table du Conseil, qui est sculptée dans un chêne millénaire et doit peser des tonnes, et l'a balancée à travers la pièce. Quand la table a rebondi sur le talisman sans lui faire le moindre dégât, le machin a poussé un beuglement qui m'a rendu sourd pendant dix bonnes minutes et s'est mis à charger. Le talisman avait été dressé pour protéger un petit vase. Et jusque-là, rien n'avait réussi à le perturber. Ses fleurs n'avaient pas bougé d'un pétale. Une minute à peine après l'utilisation de Thurisaz, le talisman était tombé et le vase était réduit en poudre.

— C'est… hallucinant.

J'avais cambriolé le Sénat dans l'espoir de dégotter des armes : apparemment, j'avais eu la main heureuse. Connaissant le penchant de Tony pour les surprises désagréables, j'allais en avoir besoin.

— Ouais. Enfin, cette partie-là de l'histoire, ça va. Mais on avait quand même un ogre enragé sur les bras. Et on ne pouvait pas le tuer sans tuer par la même occasion le chef du Conseil. Et, de toute façon, personne n'avait envie de se frotter à ce mastodonte. On a tous joué des coudes pour sortir de la pièce et on s'est carapatés comme des lièvres apeurés. On s'est rassemblés à l'extérieur et on s'est disputés pendant une bonne heure sur ce qu'il faudrait faire quand l'ogre aurait détruit tous les talismans gardant la salle d'audience. C'est à ce moment-là que le vieux Marsden a fait irruption de la pièce et s'est enfin fendu de nous expliquer que le sort ne durait qu'une heure.

— Et que font les autres runes ? avais-je demandé. Il n'y aurait pas un manuel ou un truc du genre ?

Mac avait regardé Pritkin du coin de l'œil.

— Tu crois que Nick aurait ça ? Je ne connais pas les pouvoirs spécifiques. Tout ce que j'en sais, c'est ce que raconte la légende de base.

Pritkin l'avait ignoré.

— Combien en avez-vous ? m'avait-il demandé d'un ton calme.

Mais son pouls battait furieusement à sa tempe.

J'avais hésité. Si je voulais savoir ce que faisaient ces bidules, j'allais devoir leur donner quelques informations.

— Trois.

— Grands dieux !

Mac avait laissé tomber son ustensile de tatouage. La petite tornade gravée dans son biceps droit s'était mise à tournoyer en redoublant d'enthousiasme.

— Décrivez-les.

Pritkin m'avait regardée d'un œil très intense, mais il n'avait pas l'air aussi baba que son copain.

— C'est ce que je viens de faire.

— Décrivez les symboles ! avait-il précisé, agacé. De quelles runes s'agit-il ?

Mac était intervenu.

— Si tu pouvais les dessiner, je pourrais…

Je lui avais cloué le bec d'un froncement de sourcils. Ils me prenaient peut-être pour une blonde écervelée, mais quand même ! J'étais voyante : est-ce qu'ils croyaient vraiment que je pouvais faire l'impasse sur les runes ?

— Hagalaz, Jera et Dagaz.

— Je m'y colle de suite.

Mac avait bondi sur ses pieds et s'était rué dans la pièce attenante. Je l'avais entendu décrocher le téléphone. L'idée qu'il allait appeler des renforts m'avait effleurée, mais c'était peu probable. Ils ne savaient pas encore où se trouvaient ces armes. Et personne n'allait imaginer que je me baladais avec un matos pareil dans mon sac. Tout bien considéré, je n'étais pas non plus très rassurée à cette pensée.

— Où vous les êtes-vous procurées ? m'avait interrogée Pritkin.

Je ne voyais aucune raison de lui mentir.

— Au même endroit où j'ai trouvé les Grées. Au Sénat.

— Et j'imagine qu'ils ne vous les ont pas cédées de leur plein gré.

— Pas vraiment, non. (J'avais décidé de changer de sujet.) Euh… Vous ne sauriez pas comment je pourrais remettre ces dames dans leur boîte, par hasard ?

Je me demandais justement comment découvrir le sortilège à utiliser pour enfermer Myra à leur place. Ça m'aurait bien arrangée que Pritkin me le dévoile tout bêtement.

— Parlez-moi plutôt des runes.

Mince. Qu'est-ce qu'il était buté!

— Parlez-moi des Grées et je vous parlerai peut-être des runes.

— Elles sont obligées de travailler pour vous pendant un an et un jour à partir de leur libération. Ou jusqu'à ce qu'elles vous sauvent la vie. Ensuite, elles iront terroriser l'humanité ailleurs.

Je l'avais fusillé du regard.

— Ce n'est pas ce que je vous ai demandé. Et je ne les ai pas libérées exprès, vous savez?

— Vous n'auriez même pas dû pouvoir les libérer tout court! C'est un sortilège très complexe. Comment l'avez-vous appris?

Je me suis abstenue de lui révéler que je m'étais contentée de ramasser la sphère. Pritkin me considérait déjà comme une menace: pas la peine d'en rajouter. Et peut-être que ça ne voulait rien dire. Peut-être que la boîte ne fonctionnait plus très bien: il n'y avait aucun moyen de savoir depuis combien de temps elles croupissaient là-dedans. Bien sûr, si elle ne marchait plus, je ne pourrais pas l'utiliser sur Myra. Je me suis demandé s'il n'y avait pas moyen de faire un test.

— Alors?

Apparemment, il n'était pas du genre patient.

— Est-ce que vous connaissez le sortilège pour les remettre dedans ou pas?

— Oui, s'était-il contenté de répondre.

— Alors on pourrait peut-être passer un marché. Vous me dites comment faire, et je vous dirai peut-être où se trouvent les armes.

— Vous me le direz de toute façon, a-t-il rétorqué. Sans moi, vous n'approcherez jamais de votre vampire, et vous n'aurez même pas l'occasion de les utiliser. Même mon aide risque de ne pas suffire. On a besoin de mettre toutes les chances de notre côté.

Mac était revenu avant que j'aie eu le temps de penser à une réplique.

— Nick se demande bien pourquoi je tiens tant à savoir, mais je crois que j'ai réussi à noyer le poisson. (Il avait consulté le bout de papier qu'il avait dans la main.) Il m'a dit que deux de ces runes ont été achetées aux enchères chez Donovan en 1872. Un meilleur offrant inconnu a surenchéri sur le Cercle. Il a payé les yeux de la tête pour les avoir. Depuis, personne n'en a plus jamais entendu parler. (Il m'avait regardée.) Je serais curieux de savoir où tu les as trouvées.

— Elle ne les a pas trouvées, a dit Pritkin. Elle les a volées. Au Sénat.

Mac avait émis un sifflement.

— J'ai bien envie de savoir l'histoire.

— Plus tard, peut-être, avais-je répondu en espérant qu'il allait oublier.

— D'accord. Mais je vais te tanner pour que tu me racontes. (Il s'était remis à consulter ses notes.) C'est surtout des on-dit, mais Nick s'y connaît en traditions runiques, donc j'imagine qu'on n'apprendra jamais rien de plus. Si on lance Hagalaz à l'endroit, elle provoque une immense tempête de grêle qui attaque quiconque se trouve dans les parages, à l'exception de la personne qui la lance et des gens qu'elle souhaite protéger. J'imagine que ça signifie tous ceux qui se trouvent à l'intérieur de son bouclier, mais Nick n'en était pas sûr. À l'envers, elle calme la plus virulente des tempêtes.

J'exultais. Ça pourrait s'avérer utile. Mac avait lu quelques phrases dans sa tête et s'était raclé la gorge. Il m'avait regardée du coin de l'œil.

— Euh… Jera, c'est… euh… Eh bien c'est censé être… Comment dire ?

— C'est une pierre de fertilité, l'avais-je interrompu, en espérant le décoincer. Ça signifie « abondance » et « bonnes récoltes ».

— Oui. C'est à peu près ça. D'après ce qu'on dit, ça provoque… Euh… Enfin, disons plutôt que certaines personnes croient que…

Pritkin avait arraché le papier des mains de Mac et lu le paragraphe qui lui posait tant de problèmes.

— Elle est réputée pour ses vertus sur la virilité. C'est une espèce de Viagra magique, avait-il résumé en fusillant Mac du regard. C'est tout ? Elle n'a pas d'autres propriétés ?

Mac avait pris un air penaud.

— Nick ne sait pas. Il n'a rien d'autre que la description de la salle de vente. Et ces textes sont écrits pour encourager les offres les plus intéressantes possibles. Si cette pierre a d'autres propriétés, elles ne sont pas stipulées. Mais elle a été enchantée à l'époque où les couronnes passaient de génération en génération. Une succession garantie, c'était sûrement considéré comme tout aussi important, voire plus important, qu'une arme. Et le pouvoir de nuire à la fertilité de ses ennemis était probablement une précieuse ressource : déchirés par les guerres civiles, les territoires des rois décédés sombraient dans le chaos. Et vous pouviez profiter du tumulte pour les envahir.

Pritkin avait froncé les sourcils.

— Peut-être. Mais ça ne nous sera pas d'une grande utilité. Et la dernière ? Dagaz ?

— Une percée, avais-je murmuré. Un nouveau départ.

J'en aurais bien eu besoin. Mac avait hoché la tête.

— D'après la tradition, oui. Ça veut dire ça. Mais la façon dont il faut l'interpréter dans le cas des runes de combat… (Il avait haussé les épaules.) Nick n'en sait rien.

— Et son estimation ? avait demandé Pritkin sans m'en laisser le temps.

— Il n'estime rien du tout. (Mac avait levé énergiquement les bras.) Eh ! Je ne fais que transmettre le message ! Elle n'a pas été acquise en même temps que les autres. En fait, personne ne se souvient l'avoir jamais vue en vente : on n'a pas grand-chose à se mettre sous la dent.

Je me sentais frustrée. C'était déjà la tuile d'avoir une rune inutile. Alors deux…

— On n'a pas d'autres sources ?

Mac avait secoué la tête.

— Nick a dit qu'il allait vérifier encore une fois, mais le cerveau de ce type, c'est un véritable ordinateur, ma chérie. Je ne crois pas qu'il ait raté un truc. Les runes, c'est son hobby préféré. Cette pierre est mentionnée dans plusieurs écrits anciens, mais ils ne disent rien sur ce qu'elle fait.

— Il y a bien un moyen de le savoir, m'avait déclaré Pritkin. (J'avais haussé un sourcil.) Lancez-la.

— Vous avez dormi pendant la scène de l'ogre enragé ou quoi ?

— Je veux bien la lancer, si vous avez trop peur, avait insisté Pritkin en me décochant un sourire méprisant. Où est-elle ?

J'avais soupiré et réfléchi. J'avais vraiment besoin de savoir ce que faisait ce truc. Et si Pritkin voulait risquer sa peau pour le découvrir, pourquoi l'en empêcher ? En plus, il avait raison sur un point : sans son aide, je risquais de ne jamais trouver Tony. Et, même si j'y arrivais, à quoi me servirait une rune comme Jera ? Il fallait que je sache ce qu'elle faisait avant de m'en servir sur ce gros plein de soupe : je n'avais pas envie de le faire bander. J'avais frissonné d'horreur à cette pensée. Mac m'avait jeté un regard inquisiteur.

— Tu as bien dit que les runes avaient besoin de se recharger après chaque utilisation, lui avais-je rappelé. Si on la lance, on ne pourra plus s'en servir pendant un mois.

Pritkin avait répondu à la place de son ami.

— Peut-être. D'un autre côté, si elle n'a pas été utilisée depuis plusieurs siècles, elle devrait avoir accumulé un pouvoir lui permettant de survivre à plusieurs lancers consécutifs.

— On l'a peut-être utilisée récemment. Qui sait ?

— Et même si elle a accumulé du pouvoir, ça peut très bien se traduire par un lancer particulièrement intense, avait fait remarquer Mac.

Pritkin avait l'air agacé par son ami. Mais je trouvais que Mac avait raison, sur ce coup-là.

— Une chose est sûre, avait dit Pritkin pour nous narguer. Nous ne pouvons pas envisager de nous en servir sans en connaître l'usage. Elle nous est donc parfaitement inutile. Que nous la lancions ou pas, ça ne change rien. (J'avais eu envie de lui rétorquer quelque chose, mais je n'avais trouvé aucune parade.) Où est-elle ? avait-il réitéré.

J'avais soupiré.

— Promettez-moi de m'enseigner la formule permettant d'enfermer les Grées et je vous le dirai.

— Marché conclu, avait-il répondu sans hésiter.

J'avais haussé les épaules.

— Elle est dans le sac de marin. Là-bas.

Chapitre 6

J'ai cru que les deux mages allaient se casser quelque chose en essayant de récupérer le sac. Mac a été plus rapide que son copain, mais seulement parce qu'il était plus près et que le pantalon défait de Pritkin a failli tomber en chemin. Je l'ai regardé remonter sa fermeture Éclair avec une pointe de regret avant de me donner une baffe mentale. Au train où allaient les choses, j'allais avoir besoin d'une thérapie.

Mac a commencé à exposer les objets sur le frigo, un à un. Ses gestes étaient méticuleux, comme s'il était en train de manipuler de la nitroglycérine. Sous les néons, les deux bombes à néant luisaient légèrement d'un éclat argenté. Derrière elles reposait la boîte insignifiante qui avait contenu les Grées pendant Dieu sait combien de siècles. Enfin, Mac a extrait du sac la pochette en velours et posé les runes devant le reste du butin. Tout doucement, l'une après l'autre.

Il s'y est repris à plusieurs fois, mais il a fini par retrouver sa langue.

— Belle récolte, a-t-il lancé, le souffle court.

Le loup tatoué sur son dos s'est interrompu en plein hurlement et a passé la tête par-dessus son épaule pour apercevoir l'objet de tout ce foin.

— Il n'y avait rien d'autre ? a demandé Pritkin. Vous avez pris tout ce qui était en la possession du Sénat ?

— Bien sûr que non ! Je sais qu'on est en guerre ! J'étais là quand elle a commencé. Vous vous souvenez ?

— Qu'ont-ils d'autre ? a demandé Pritkin.

Mac ne bougeait pas. Il restait là, debout, à baver devant les armes posées sur le frigo.

— Ça ne vous regarde pas.

Je préférais qu'il continue à croire que j'avais été assez intrépide pour organiser un cambriolage on ne peut plus risqué contre le Sénat : c'était plus ragoûtant que la vérité. En réalité, lorsque j'étais revenue de mon petit saut dans le temps avec Mircea, j'étais tombée sur la Consule, qui nous attendait. Elle m'avait menacée et j'avais fait un bond en arrière. Instinctivement. Grâce à mon tout nouveau pouvoir, totalement imprévisible, je m'étais retrouvée trois jours plus tôt. J'avais fait un nouveau saut dans le temps, mais pas dans l'espace. Je me trouvais toujours à la MAGIC. Au cœur de l'abri intérieur de la partie dédiée aux vamps. Et, vu que je me trouvais pile devant leur petite planque de babioles magiques, j'avais décidé de me servir avant de mettre les bouts.

Je n'avais pas eu beaucoup de temps. Je savais que leurs talismans les avaient sûrement informés de ma présence. J'avais donc vidé une étagère à toute vitesse, sans bien voir le reste. Cela dit, étant donné que le meuble renfermant la malle au trésor des vamps était plus grand que moi, il y avait fort à parier que je ne les avais pas laissés complètement démunis.

— On aura besoin d'aide en Faerie, a fait remarquer Pritkin en s'efforçant manifestement de garder son calme. Si vous avez réussi à voler ces choses, vous pourriez vous en procurer d'autres.

— Je ne vais quand même pas retourner leur voler le reste de leurs armes ! Ils sont en guerre ! (J'étais peut-être furieuse contre Mircea, mais je n'avais pas l'intention de le mettre à la merci de Raspoutine et de ses alliés. Sans compter que mon vieil ami Rafe était avec lui. Le monde était plein de vampires méprisables, mais tous n'étaient pas taillés dans la même étoffe, contrairement à ce que Pritkin se plaisait à croire.) Enfin, de toute manière, je serais incapable d'y retourner sans utiliser mon pouvoir. Et c'est précisément ce que j'essaie d'éviter.

— Pourquoi ? (Il avait l'air sincèrement perplexe.) C'est votre meilleure arme.

— C'est aussi la plus effrayante. Comme vous l'avez si bien dit, je ne sais pas ce que je fais. Et, si je foire, un paquet de gens pourraient y passer.

— C'est pour ça que vous ne nous avez pas téléportés hors du *Dante* ? a-t-il demandé. (J'ai acquiescé. Ses traits ont réussi à manifester un mélange de perplexité et de colère.) C'est absurde ! Vous veniez tout juste de nous projeter au XIXe siècle en tentant de me filer entre les doigts !

— Mais pas du tout !

— J'étais là. Rappelez-vous, a-t-il rétorqué avec hargne. Votre amant a failli nous tuer.

Mircea n'était pas mon amant. Enfin, sauf si on comptait les expériences extracorporelles. Et, grâce au *geis*, je ne pouvais pas prendre le risque qu'il le devienne un jour. Mais je n'avais pas envie d'expliquer ça à Pritkin. Ça ne le regardait pas. J'en avais vraiment marre d'être constamment sur la sellette. J'avais l'impression d'être en face de mon juge, de mon jury et, très probablement, de mon bourreau.

— Vous ne me croyez peut-être pas, lui ai-je dit aussi calmement que possible. Mais, si on s'est retrouvés au théâtre, ce n'est pas ma faute. Le pouvoir s'est animé de lui-même. Je ne sais pas pourquoi. Je me suis contentée de nous tirer de là dès que j'ai pu.

— C'est la Pythie qui contrôle le pouvoir. Pas l'inverse, a répliqué Pritkin.

Il me traitait de menteuse.

— Croyez ce que vous voulez, ai-je répété. (Je me sentais soudain très lasse. Nos disputes allaient me vieillir prématurément, et elles ne faisaient pas avancer le schmilblick.) Si ce que vous venez de dire est vrai, si on a vraiment besoin de mettre toutes les chances de notre côté, j'ai un boulot pour Mac.

Mac a levé les yeux. Il avait toujours l'air ahuri.

— Mon talisman. (J'ai tiré sur mon débardeur pour lui montrer le haut du pentagramme.) Pritkin a dit que le Cercle l'avait désactivé. Est-ce que tu peux arranger ça ?

— Je n'ai jamais dit qu'ils l'avaient « désactivé », a rectifié Pritkin tandis que Mac s'approchait pour mieux voir. Ce serait impossible. La seule chose que le Cercle a pu faire à distance, c'est le bloquer. Et, s'ils l'ont fait, c'est sûrement par crainte que vous l'utilisiez contre eux. Sinon, ils n'auraient jamais fermé cette connexion. Lorsque votre talisman s'embrase, ça leur donne une estimation grossière de l'endroit où vous vous trouvez. Et ils veulent à tout prix vous débusquer. (Soudain, Pritkin s'est avancé, envahissant mon espace vital.) La façon dont vous expliquez le comportement du pouvoir n'a aucun sens, a-t-il dit avec brusquerie. Pas si vous êtes vraiment la Pythie.

J'imagine que c'était une tentative d'intimidation. Mais ça m'a fait un tout autre effet. Pritkin s'était arrêté à un centimètre de moi. Sa poitrine nue était en plein dans mon champ de vision. Ses muscles fermes et bien dessinés étaient couverts d'un duvet de poils, parcourus de façon intrigante par des filets de transpiration dus à la climatisation capricieuse. Les seuls hommes que j'avais touchés étaient imberbes, ou quasi imberbes, et j'ai ressenti le désir incontrôlable de passer mes mains dans ces boucles blondes trempées de sueur, pour voir quels motifs je pourrais y tracer avec les doigts.

Je ne savais pas pourquoi ce mage, que je n'appréciais pas le moins du monde, me faisait un effet pareil. Mais j'avais l'impression d'apercevoir une crème glacée après un régime de plusieurs semaines : j'avais les mains moites et le souffle de plus en plus court, à tel point que je risquais de me mettre à haleter d'une seconde à l'autre. J'ai arraché mon regard de son buste pour retrouver mon sang-froid, mais ça n'a pas beaucoup aidé : mes yeux se sont égarés plus bas, vers ce que camouflait ce jean moulant énervant au possible. J'ai dégluti et lutté pour me contrôler. *Non*. Je ne devais pas me laisser aller à l'envie dévorante de lui arracher son pantalon.

J'avais presque réussi à me forcer à reculer. Qu'importe s'il pensait être parvenu à m'intimider. De toute manière, c'était toujours mieux que de lui avouer la vérité. Mais j'ai commis l'erreur de le regarder dans les yeux. J'ai enfin compris pourquoi son regard m'avait toujours semblé étrange : ses cils et ses sourcils dorés avaient une couleur si proche de celle de sa peau qu'il avait presque l'air, de loin, de ne pas en avoir. Mais de près, on distinguait des cils longs et épais, encadrant des pupilles d'un vert cristallin. De cette sorte de vert très rare, sans trace d'aucune autre couleur.

Sans ordre strict du contraire, mes mains se sont retrouvées sur lui, et se sont mises à parcourir les muscles de sa poitrine. Ses pupilles se sont dilatées au point d'obscurcir presque entièrement ses iris, et son visage a été parcouru d'un frisson d'horreur, probablement plus intense que si je l'avais giflé. Mais il ne s'est pas dégagé. Lorsque mes mains ont pressé ses pectoraux, j'ai senti un étrange picotement. Et sa peau m'a semblé beaucoup plus chaude qu'elle aurait dû l'être, même avec cette climatisation détraquée. Ça m'était égal : ce n'était sans doute qu'une impression. Ma tête ne réfléchissait plus. J'étais obnubilée par la façon de baisser cette satanée fermeture Éclair.

Pritkin m'a agrippé les poignets avant que je puisse mettre ce plan à exécution. Voulait-il m'éloigner ou m'attirer à lui ? Aucune idée. À en juger par l'expression qui se peignait sur son visage, je ne crois pas qu'il le savait lui-même. Mais nous n'avons pas eu l'occasion de répondre à cette question.

D'un seul coup, j'ai eu l'impression que quelqu'un venait de m'asperger d'essence et de me jeter une allumette. Les frissons qui m'ont parcourue n'étaient pas douloureux : ils étaient proprement insoutenables. J'avais l'impression qu'on transperçait simultanément toutes les cellules de mon corps. J'ai bondi en arrière en hurlant, percutant Mac et nous entraînant tous les deux sur le sol. Pritkin nous a suivis : il me tenait toujours par les poignets. J'ai vaguement entendu Mac lui hurler quelque chose, mais je n'étais pas assez concentrée pour comprendre. Je me suis cambrée et j'ai commencé à m'agiter comme un poisson hors de l'eau. Ce n'était pas d'air dont j'avais besoin. Seulement de mettre fin à cette douleur insupportable.

J'ai compris ce qu'on doit ressentir quand on est brûlé vif : le feu dévorant ma colonne vertébrale ; une explosion fulgurante au bout de chacun de mes nerfs en flammes. Je ne savais plus qui j'étais. J'avais oublié tous mes problèmes, qui me semblaient d'un seul coup complètement bénins en comparaison avec ce que j'endurais. J'étais à deux doigts d'oublier jusqu'à mon nom lorsque la douleur s'est évanouie aussi brutalement qu'elle était arrivée.

Je me suis retrouvée sur le lino de l'atelier de Mac, en train d'essayer de réapprendre à respirer. J'ai levé les yeux, et j'ai vu le vieux mage emprisonner fermement les poignets de Pritkin. Apparemment, il l'avait décollé de force de moi : je l'aurais embrassé si je n'avais pas été trop tremblante pour m'asseoir. Après avoir résolu le problème le plus urgent, Mac a lâché les poignets de Pritkin et s'est tourné vers moi.

— Est-ce que ça va ? Cassie ! Est-ce que tu m'entends ? (J'ai hoché la tête. Sur le moment, j'étais incapable de faire autre chose.) OK. (Il avait l'air paniqué. Il avait complètement perdu son attitude « Relax Max ».) Ne bouge pas. Je reviens tout de suite. Et, quoi que tu fasses : pas touche !

Mac a disparu derrière une des portes donnant sur son atelier et j'ai entendu de l'eau couler. La douleur s'était estompée, mais j'en avais la réminiscence gravée dans le corps, un peu comme une image fantôme s'imprègne dans une rétine endommagée par un rai de lumière aveuglante. Le bout de mes nerfs vibrait encore sous la vivacité du souvenir, et, même si mes convulsions avaient cessé, j'avais l'impression que je ne me remettrais jamais du léger tremblement qui me parcourait. J'étais terrifiée à l'idée de bouger. J'avais peur de déclencher par mégarde cette horrible sensation.

Je me suis vaguement rendu compte que tous les bruits de halètement ne provenaient pas de moi. J'ai déplacé mon regard, sans bouger la tête, et j'ai aperçu Pritkin étendu sur le dos. Ses yeux, presque blancs tellement ils étaient écarquillés, contemplaient le plafond. Son visage était rouge, ses muscles noués et son souffle aussi court que le mien. J'ai compris que je n'étais peut-être pas la seule à avoir été affectée.

Mac est revenu avec un torchon mouillé qu'il m'a mis sur le front. Je m'apprêtais à lui dire qu'il m'en faudrait un peu plus – une piqûre de codéine ou une bouteille de whisky, par exemple –, mais ce geste insignifiant avait l'air de m'aider. J'ai regardé un papillon de nuit voleter dans la lumière de l'halogène tout en essayant de retrouver mes fonctions motrices. La simple idée de m'asseoir me paraissant incongrue, je suis restée allongée là, à réfléchir, le temps que Mac s'occupe de Pritkin. Même en comparaison avec les mémorables expériences que j'avais vécues dans le passé, cette journée pouvait être qualifiée de folle. C'est sans doute pour ça que j'ai mis tant de temps à avoir le déclic.

Toute la journée, j'avais réagi bizarrement à chaque présence masculine. Je suis comme tout le monde : je remarque les beaux mecs. Mais je m'étais entraînée à les admirer de la manière la plus détachée possible, et à passer très vite à autre chose. J'avais des années de pratique à mon actif ! Quand on passe sa vie en cavale, s'attacher à quelqu'un risque de se traduire par une mort supplémentaire. Si on veut éviter que la personne aimée se fasse descendre, il faut garder ses distances. « C'est en forgeant qu'on devient forgeron », comme on dit.

C'est vrai que j'avais eu du mal à me concentrer en présence de Casanova et de Chavez. Mais bon : ils étaient tous les deux beaux à mourir. Et possédés par des incubes, par-dessus le marché. Je m'étais dit que c'était une réaction normale, que n'importe quelle femme hétéro aurait sans doute eu la même. Et j'étais déjà assez fière de ne pas en avoir entraîné un – voire les deux – dans le placard à balais le plus proche. Mais Pritkin, c'était une autre histoire.

Non seulement je le trouvais parfaitement imbuvable, mais en plus, depuis notre première rencontre, je ne l'avais jamais trouvé particulièrement attirant. Avant aujourd'hui. Je voulais bien admettre qu'il avait un beau corps et que son visage n'était pas mal non plus… quand il n'arborait pas sa grimace méprisante habituelle. Ses cheveux ne ressemblaient à rien. On aurait dit qu'ils étaient passés sous une tondeuse à gazon. Enfin. Personne n'est parfait. Mais le hic, c'était surtout que Pritkin n'était absolument pas mon type. Je n'avais jamais été attirée par les blonds. Surtout quand il s'agissait de tueurs psychopathes avec mon nom inscrit en haut de leur liste. Et pourtant, d'un seul coup, je me retrouvais à baver devant lui.

Je me suis assise brusquement, empêchant de peu le torchon mouillé de tomber sur mes genoux. J'avais envie de vomir. Et si Mircea faisait mumuse avec le *geis* pour essayer de me forcer à accomplir le rituel ? Je savais qu'il en était capable : il l'avait déjà modifié une fois pour qu'il accepte Tomas. Peut-être l'avait-il encore altéré pour qu'il accepte d'autres partenaires ? Beaucoup d'autres partenaires, à en croire la cadence de la journée. Je me suis couvert les yeux. Une douleur d'un autre genre m'a transpercée de part en part. Mircea se contrefichait de qui accomplirait le rituel. Tout ce qu'il voulait, c'était que je devienne la Pythie pour de bon. Cette idée m'a serré le cœur comme un poing glacé.

Au bout d'un moment, je me suis relevée en m'aidant de la table de tatouage. Bizarrement, mon corps n'a pas protesté.

—Est-ce que Mircea a pu altérer le *geis* ? ai-je demandé.

J'étais fière de ne pas avoir une voix chevrotante.

Pritkin était également sur pied et, fort heureusement, il avait remis son tee-shirt. Il m'a regardée du coin de l'œil mais a très vite détourné son regard.

—Peu plausible.

—Est-ce que quelqu'un pourrait m'expliquer ce qui vient de se passer ? est intervenu Mac.

—Alors pourquoi est-ce que je bave devant le moindre type que je rencontre ?

Pritkin s'est mis à contempler fixement le mur, derrière le frigo. Après m'être surprise à scruter le haut de son jean, j'ai décidé de l'imiter.

—Cette douleur, c'était le *geis* vous protégeant contre un partenaire non autorisé, a-t-il répondu. Le *geis* ne vous jetterait jamais dans les bras d'un autre homme.

J'ai été parcourue d'une vague de soulagement si intense que mes genoux se sont mis à trembler. J'ai cramponné la table des deux mains en luttant pour ne pas sourire comme une idiote. Mais je suis retombée sur terre au bout de quelques secondes. Certes, Mircea ne m'avait pas maquée avec un autre – cette fois –, mais j'avais quand même un problème.

—Alors qu'est-ce qui se passe ?

—Je… je ne sais pas. (Pritkin a poussé un soupir rauque et fermé les yeux. Au bout d'un moment, ses joues échauffées ont retrouvé un peu de leur pâleur.) Quelque chose s'est-il mal passé pendant le rituel ?

—Quel rituel ?

Mac essayait de se raccrocher aux branches, sans trop de succès. Je m'étais sentie comme lui toute la journée.

—Le rituel de transfert, ai-je précisé. Le rituel nécessaire pour devenir la Pythie. Je ne sais pas comment on appelle ça. Agnès l'a commencé mais elle a dit que je devais, euh…

Je n'ai pas fini ma phrase, par respect pour la sensibilité conservatrice de Mac.

— Mais Mircea s'en est chargé, a dit Pritkin.

— Pas vraiment. (Le malentendu était compréhensible. La dernière fois que Pritkin m'avait vue en compagnie de Mircea, à part pendant l'interlude du théâtre, on était nus et dégoulinants de sueur. Enfin, techniquement, j'étais enveloppée dans un drap, mais bon. Vous voyez le genre.) On a été interrompus. Raspoutine nous a attaqués. Vous vous souvenez ?

— Très clairement. (Pritkin a froncé les sourcils, comme s'il se heurtait à un problème de logique complexe.) Vous voulez dire que vous êtes toujours vierge ? m'a-t-il demandé sans aucun tact.

Son timbre était totalement incrédule. Comme s'il venait d'apprendre qu'un vaisseau spatial s'était posé sur la pelouse de la Maison Blanche, ou tout autre scoop plausible mais hautement improbable. J'ai détourné mes yeux du mur pour le fusiller du regard.

— Oui. Mais ça ne vous regarde pas !

Il a secoué la tête, stupéfait.

— Je n'aurais jamais pensé à ça.

Je m'apprêtais à m'énerver sérieusement, mais je suis tombée en admiration devant la façon dont le duvet de sa nuque frisait légèrement. Et mince !

— Bon. Vous avez une théorie ou pas ?

— L'explication la plus probable serait que le rituel de la Pythie tâche de s'accomplir lui-même.

Je l'ai regardé un moment, ahurie. Il n'a pas remarqué : il était trop occupé à compter les briques du mur.

— En résumé…, ai-je fini par articuler d'une voix légèrement étranglée malgré tous mes efforts. Puisque Mircea n'est pas là, le rituel inaccompli essaie de me jeter dans les bras d'autres hommes pour se réaliser. Mais le *geis* n'est pas content, et il le fait savoir en me torturant, ainsi que tous ceux qui m'approchent de trop près. J'ai bien saisi ? Et surtout : est-ce que ça va continuer ?

— Quel *geis* ? T'es soumise à un *geis* ? a demandé Mac.

— Son maître vampire l'a soumise à un *dùthracht*. Ce *dùthracht* est en conflit avec le rituel de la Pythie, qui reste toujours à accomplir, a répondu sèchement Pritkin.

— Oh, bon sang de bonsoir !

Mac s'est assis sur sa chaise. Il avait l'air sous le choc.

— Répondez-moi !

Si j'avais osé toucher Pritkin, je l'aurais secoué comme un sac de pommes de terre.

— Je ne connais pas suffisamment le rituel de la Pythie pour savoir s'il y a une issue, m'a-t-il dit, peu coopératif. Toutes les cérémonies ont lieu à sa cour, et il existe très peu d'écrits relatifs au sacerdoce lui-même.

— Il n'y a pas de témoins ? (J'espérais ne pas avoir l'air aussi paniquée que je me sentais.) Agnès a bien accompli le rituel, non ?

— C'était il y a plus de quatre-vingts ans. Et, même s'il y avait des témoins encore en vie, ils ne nous seraient pas d'une grande utilité. La majeure partie du rituel a lieu dans la plus parfaite intimité. Les seules personnes à avoir connaissance de la procédure complète sont la Pythie et son héritière désignée.

— Myra. (Génial. Retour à la case départ.) Et le *geis* ?

— Vous faites déjà votre possible en gardant vos distances vis-à-vis de Mircea. Au moins, cela ralentira le processus. Il n'y a pas d'autre remède. Si ce n'est le lever.

— Et comment on s'y prend, pour le lever ?

— On ne s'y prend pas.

— Oh. Ne me faites pas ce coup-là ! Il doit bien y avoir un moyen.

— Peut-être, mais je ne le connais pas, a-t-il répliqué avec lassitude. Si je le connaissais, je vous le dirais. Tant que le rituel ne sera pas accompli, il continuera à vous pousser vers les hommes, mais le *geis* n'en acceptera aucun, à l'exception de Mircea. Et ça ne fera probablement qu'empirer. Le *dùthracht* peut s'avérer très rancunier lorsqu'on s'oppose à lui.

— Mais… Et Chavez ? ai-je demandé, désespérée. Il m'a touchée et il ne s'est rien passé. Je ne me suis pas tortillée de douleur sur la patinoire !

— Vous étiez à la patinoire ? Pourquoi ?

Pritkin était de nouveau en colère, mais ça ne me faisait ni chaud ni froid.

— Pour récupérer ce truc. (J'ai gesticulé en direction du sac de marin.) Je n'avais pas envie de l'emmener au *Dante*.

— Alors vous l'avez laissé dans un lieu public. Sans surveillance. N'importe qui aurait pu venir le chercher !

— Je l'avais mis dans un casier ! ai-je rétorqué, maussade. Est-ce qu'on pourrait retourner à nos moutons ? J'ai senti quelque chose monter en moi quand Casanova m'a touchée. Rien à voir avec ce qui vient de se passer, mais on aurait dit… Je ne sais pas. On aurait dit que ça aurait pu gravement dégénérer. Mais il a baissé la main avant que ça se déclenche. En revanche, Chavez n'a eu absolument aucun effet sur moi. Pourtant, c'était après. Donc, si ce que vous dites est vrai, si ça se renforce, ça aurait dû être pire, non ?

Pritkin avait l'air mal à l'aise.

— Je ne sais pas.

— Pour moi, il n'y a qu'une seule raison, a suggéré Mac. Le *geis* doit mesurer l'intérêt de chaque partenaire potentiel et réagir en conséquence. Apparemment, Casanova était vaguement attiré par toi, mais pas Chavez. Le *geis* a donc identifié Casanova comme le mauvais partenaire. À savoir un problème potentiel. Il l'a donc écarté. Chavez, non plus, n'était pas le bon partenaire, mais il n'était pas vraiment intéressé par toi. C'est pour ça que le *geis* ne l'a pas perçu comme une menace. (Mac avait l'air content de lui. En revanche, Pritkin et moi, on se regardait avec un air de panique galopante. Par consentement mutuel, on n'a établi aucun lien. Je ne voulais pas explorer cette possibilité. Terrain glissant.) Mais c'est bien sûr ! a enchaîné Mac, comme si ça allait de soi. Quand l'attirance est partagée, la réaction est d'autant plus forte : l'avertissement s'adresse aux deux, et…

Embarrassé, il n'a pas fini sa phrase.

— OK. (J'ai posé la main sur mon crâne, qui s'était mis à battre au rythme de mon pouls. Au train où allaient les choses, j'allais finir par décrocher le record de la plus jeune personne décédée d'une attaque due au stress.) Comment je gère ce truc, moi ? ai-je demandé à Mac.

Pritkin était trop occupé à ne pas avoir l'air horrifié. Mac a gratté sa barbe de trois jours.

— Normalement, ces machins sont toujours élaborés avec une issue de secours. Surtout le *dùthracht*. Ce sort a tendance à semer le chaos. Je ne peux pas imaginer qu'on mette en place un truc pareil sans se ménager une porte de sortie. Mais il n'y a que deux personnes à savoir où elle se trouve.

— Mircea et le mage qui a lancé le sort.

Il a opiné du chef.

— Le mage en question est sûrement banni et sous la protection du vamp. À supposer qu'on arrive à l'identifier parmi les centaines de mages renégats à avoir bossé pour Mircea – et je tiens compte seulement des États-Unis –, il ne va pas prendre le risque de perdre cette protection pour tes beaux yeux. Hormis les mages du Cercle noir, très peu ont la compétence de lancer des *geis*, mais ça ne nous avance à rien de le savoir. Même si on parvient à réduire notre liste à quelques dizaines de noms, il faudrait encore retrouver la personne responsable. Si ça avait été si facile, ça serait fait depuis longtemps.

— Et il n'y a pas moyen de ralentir ce truc ? ai-je demandé à Mac. De rendre ses effets moins… extrêmes ?

C'est Pritkin qui m'a répondu.

— Dès qu'on aura franchi les limites de Faerie, ça ne posera sans doute plus aucun problème. Comme le reste de nos pouvoirs magiques, le *geis* pourrait ne pas être opérant. (Il avait toujours l'air plongé dans la contemplation du mur nu.) Euh… Je crois que les choses se passeraient mieux si vous attendiez dehors. Mac inspectera votre talisman dès qu'il en aura fini avec moi.

Je n'ai pas protesté. J'ai pris un autre cola et je suis sortie, non sans avoir fourré mes armes dans le sac de marin. Pritkin n'a pas fait d'objection. C'est dire s'il était secoué.

Je me suis assise sur le tabouret branlant du comptoir et j'ai réfléchi à ce qui venait de m'arriver. Je n'avais pas grand-chose à faire, à part éviter de tomber sur des mecs canon avant d'entrer en Faerie. J'espérais que Pritkin avait raison en pensant que les effets allaient s'atténuer là-bas. Ça me laisserait le temps de retrouver Myra. Ce n'était pas un très bon plan, mais je n'en avais pas de meilleur. J'ai bu mon soda en regardant autour de moi dans l'espoir de trouver une distraction, n'importe laquelle, pour éloigner mes pensées de Pritkin à moitié nu en train de se faire tatouer une épée à même sa peau ferme et dorée.

Je suis restée assise à l'accueil pendant un peu plus de une heure, à parcourir deux énormes classeurs remplis de motifs de tatouages. Il y avait de tout. Ça allait des vévés vaudous jusqu'aux ornements tribaux d'Indonésie. Mais il s'agissait, pour la plupart, de symboles magiques traditionnels et de totems amérindiens. J'ai vite compris, en lisant les descriptions de chaque photo, que tous les tatouages de Mac étaient dotés d'une espèce de pouvoir surnaturel. Je n'ai pas repéré l'épée qu'il était en train de faire sur Pritkin, mais c'était peut-être une commande spéciale.

Les deux volumes étaient divisés en catégories et en niveaux. D'abord, on devait sélectionner le principal bienfait qu'on attendait du tatouage. Certains constituaient des protections, avec des spécialités : coupures et plaies superficielles, hémorragies, traumatismes crâniens, poison et engelures. Entre autres. La liste était tellement longue que je me suis demandé qui pouvait avoir envie de devenir mage guerrier. Je me suis aussi demandé pourquoi c'était la première fois que Pritkin se faisait tatouer. Certains servaient aussi à accélérer la cicatrisation, mais il n'en portait pas. Pourtant, je l'avais vu se remettre presque aussi vite qu'un vamp. Ils étaient peut-être placés de telle sorte qu'on ne les voie pas... J'ai repoussé cette image de mon esprit pour me replonger illico dans les pages suivantes.

Il y avait aussi un paquet de sorts offensifs. Des machins répartis en plusieurs catégories : amélioration de la vue, renforcement de l'audition, et toute une liste de saloperies destinées à votre ennemi. Je ne me suis pas attardée sur cette partie. Je n'avais pas envie de savoir à quelle sauce le Cercle me mangerait. J'ai aussi compris que tout le monde ne pouvait pas se faire tatouer n'importe quoi. En fonction de ses compétences magiques, on avait droit à un nombre limité de tatouages d'un certain type. Les images tiraient une partie de leur puissance des forces de la nature. Ce en quoi elles fonctionnaient grosso modo comme les talismans. Mais elles devaient également se nourrir de la magie inhérente à chaque personne. Un peu comme une voiture hybride utilise l'électricité pour moins consommer d'essence. Pour connaître son niveau et choisir parmi les tatouages, il fallait regarder un immense tableau très compliqué, au dos des classeurs. Je n'ai pas tout compris : je n'avais jamais passé de tests de ce genre. D'habitude, on évalue très tôt les compétences des enfants mages. Ça permet de les orienter vers l'apprentissage approprié. Mais Tony avait su dès le départ ce qu'il allait faire de moi.

J'ai également découvert qu'il y avait des limites à ce que pouvait endurer un mage, même très puissant. Par exemple, si quelqu'un se fait tatouer un léopard des neiges pour se déplacer silencieusement, et une araignée pour tisser des illusions, il doit soustraire quelques points au score de son pouvoir de base pour fournir de l'énergie à ces deux perfectionnements. Et, à moins d'être particulièrement puissant, personne ne peut supporter d'amélioration supplémentaire. Même avec l'aide du tableau, tout ce bazar était vraiment trop compliqué : j'ai fini par me lasser. Sans compter que je n'avais rien trouvé d'utile pour ôter le verrouillage que le Cercle avait posé sur mon talisman.

Au bout d'un moment, Pritkin a émergé de l'arrière-boutique – il avait l'air pâle et un peu malade – et j'ai pris sa place. Je n'avais pas peur que Mac se penche sur mon petit problème : Pritkin et lui avaient besoin que je reste en vie le temps de rameuter Myra. Il avait tout intérêt à régler mes affaires dans la mesure du possible. En revanche, je me faisais un peu de souci pour le *geis*. J'espérais qu'il n'allait pas la ramener. Mais je n'avais pas l'air d'être le type de femme de Mac : ce machin infernal ne m'a pas démangée une seule seconde, même quand j'ai enlevé mon débardeur. Comme je n'avais pas de soutien-gorge, j'ai gardé le tee-shirt contre ma poitrine, et les mains de Mac étaient aussi impersonnelles que celles d'un médecin.

— Est-ce que je peux te poser une question ?

Il s'amusait à m'enfoncer dans le dos un machin ressemblant à une chenillette à pipe particulièrement fournie. Ça ne faisait pas mal, mais ça me chatouillait l'aura. J'ai réprimé un frisson.

— Bien sûr.

— Pourquoi est-ce que tu fais tout ça ? Tu es plutôt… Enfin, je trouve que tu n'as pas l'air d'être du genre vindicatif.

Je l'ai regardé furtivement par-dessus mon épaule.

— Et pourquoi devrais-je me montrer vindicative ?

Il a haussé les épaules.

— John m'a dit que tu avais l'intention de tuer ce vampire. Antonio. J'imagine qu'il doit le mériter, mais…

— Mais tu trouves que je n'ai pas l'air d'une tueuse psychopathe ?

Il a éclaté de rire.

— Un truc du genre. J'espère que ça ne t'embête pas que je pose la question : qu'est-ce qu'il t'a fait ?

Il a changé d'instrument. J'ai réfléchi à sa question. La réponse la plus facile, ça aurait été « tout ». Mais je n'avais pas envie de me lancer dans une conversation interminable sur un sujet qui me déprimait déjà quand j'étais de bonne humeur. D'un autre côté, l'éluder complètement n'était pas très malin : je ne voulais pas que Pritkin se doute que je m'intéressais plus à Myra qu'à Antonio. J'ai décidé de lui raconter une partie de la vérité. Après tout, j'avais mon lot de griefs légitimes contre ce gros lard.

— Mon but principal n'est pas la vengeance. Disons que j'ai besoin de remettre la main sur un certain nombre de biens personnels.

Soudain, une étincelle a parcouru mon épiderme. Le nouvel instrument de Mac faisait crépiter ma peau, comme si elle était bourrée d'électricité statique. Je suis restée bien calmement assise pour éviter de m'électrocuter moi-même.

— Il t'a volé quelque chose ?

J'ai réprimé un soupir. Apparemment, Mac n'allait pas se contenter de la version abrégée.

— Il y a vingt ans, Tony s'est dit qu'il avait besoin d'un oracle compétent à sa cour. Quelqu'un en qui avoir confiance. Mais il existe peu d'oracles fiables. Et quelqu'un d'honnête ne travaillerait jamais pour un membre de la mafia vampirique. Il a donc eu l'idée d'en acquérir un qu'il pourrait dresser depuis l'enfance à lui être loyal. Coup de bol : un de ses employés humains avait justement une fille parfaite pour remplir ce rôle. Mais mon père, qui était pourtant au service de Tony depuis des années, a désobéi à ses ordres : il ne m'a pas livrée à sa cour.

— Ton père était un mage renégat ? a demandé Mac.

Il avait l'air surpris.

— Je ne sais pas ce qu'il était. On m'a dit qu'il pouvait communiquer avec les fantômes, donc j'imagine qu'il devait avoir des compétences de médium. Quant à savoir si c'était un mage… (J'ai haussé les épaules. Un jour ou l'autre, j'espérais pouvoir lui poser la question. Et plein d'autres.) En tout cas, c'était un des humains préférés de Tony. Enfin, jusqu'à ce qu'il lui dise non.

— Il devait sûrement se douter de la façon dont le vampire allait réagir.

— J'imagine qu'il avait prévu de s'enfuir, avec ma mère et moi : tout le monde sait que ce n'est pas bon pour la santé de refuser un truc à Tony. Mais il n'en a pas eu l'occasion. Et Tony s'est dit que cette trahison – de son point de vue, ça revenait à une trahison – méritait un châtiment pire que la mort. Il a payé un mage pour élaborer un piège magique : il s'en est servi pour emprisonner le fantôme de mon père après l'explosion de sa voiture, piégée par ses soins. Depuis, il se sert de lui comme presse-papiers.

Les mains de Mac s'étaient figées sur mon dos. J'ai jeté un coup d'œil en arrière : il me regardait d'un air ahuri.

— C'est une blague… non ?

Je me suis retournée.

— Nan. D'après ce que je sais, ça a la taille d'une balle de golf. Donc ça peut être n'importe où. Tony possède trois maisons et une bonne dizaine d'affaires. À ma connaissance en tout cas. Comme je n'ai pas envie de chercher partout, j'ai décidé d'aller lui demander où il l'avait planqué.

En fait, je supposais qu'il l'avait sur lui. C'était tout à fait son genre de se balader avec ses trophées, même en cavale.

Mac était debout, immobile, les mains sur mes épaules. Pour une raison ou une autre, il avait l'air complètement abasourdi.

— Et tu n'as jamais été tentée ? a-t-il fini par demander.

— Tentée de faire quoi ?

— Tu es la Pythie. Tu pourrais remonter dans le temps et changer les événements. (Il s'est déplacé pour me regarder dans les yeux.) Tu pourrais sauver ta famille, Cassie.

J'ai soupiré. Bien sûr que je pourrais.

— Tu ne connais pas Tony. En plus, je croyais que l'idée, c'était d'être la gardienne du temps, pas de le détraquer soi-même. Ça pourrait avoir pour conséquence de changer quelque chose de crucial. Ou d'empirer les choses.

J'aurais dû dire « ça empirerait *sûrement* les choses », vu ma poisse.

Son regard s'est fait plus intense.

— Mais techniquement, tu pourrais le faire.

— Ouais. Je pourrais empêcher mes parents de grimper dans la voiture piégée par Tony. Mais, si je fais ça, je risque de chambouler toute ma vie, et celle d'un paquet de gens. En plus, connaissant Tony, il trouverait quand même un moyen de les tuer. (J'ai esquissé un sourire cruel.) Il est du genre obstiné.

Mac m'a scrutée avec insistance, au point de me rendre mal à l'aise.

— La plupart des gens auraient tendance à considérer ce pouvoir comme une occasion en or, a-t-il fini par lâcher. Tu pourrais t'offrir... ben, presque tout ce que tu veux. L'opulence. L'influence...

Je lui ai décoché un regard exaspéré.

— Tout ce que je veux, c'est une vie pépère et sans problème. J'aimerais bien que personne n'essaie de me tuer, ni de me manipuler, ni de me trahir. (*Et, si possible, que personne ne se fasse tuer si je foire.*) Bizarrement, jusque-là, je n'ai pas eu l'impression que ce job de Pythie pouvait m'aider à réaliser mon rêve ! (J'en avais marre de cet interrogatoire. J'avais envie de me rhabiller.) T'as fini ?

—Ah oui, c'est vrai. (Mac a rangé ses instruments dans une petite mallette et détourné poliment les yeux le temps que je repasse mes vêtements.) Tu veux la bonne ou la mauvaise nouvelle en premier ?

—La bonne.

Ça changerait, pour une fois.

—Je crois que je peux t'arranger ça.

J'ai cligné des yeux, ahurie. Je m'attendais qu'il m'annonce qu'il n'y avait rien à faire et que j'allais devoir aller en Faerie sans aucune protection.

—C'est vrai ? C'est génial !

—Est-ce que tu as la moindre idée de la façon dont fonctionne ton talisman ?

J'ai secoué la tête.

—Pas vraiment. Ma mère s'est débrouillée pour me le transférer, mais je ne m'en souviens même pas. Je n'avais que quatre ans quand elle est morte. Pendant des années, j'ai cru que c'était un talisman défensif bateau que Tony avait installé sur moi pour rajouter une couche protectrice.

Mac a eu presque l'air outré.

—Un talisman bateau ! Alors ça : je te garantis que tu n'en verras pas un deuxième pareil. Il est vieux de plusieurs centaines d'années. Il est inestimable. C'est un des plus fabuleux trésors du Cercle.

—C'est un tatouage, Mac. Ce n'est pas une œuvre d'art.

—En fait, c'est les deux. (Il a allongé le bras droit pour me montrer un minuscule aigle brun et orange près de la courbure de son coude.) Regarde.

Il a marmonné quelques mots avant de pincer un bout de peau lâche à la pliure de son bras et de tirer dessus. Une seconde plus tard, un petit oiseau métallique scintillait dans sa paume. Il avait les ailes déployées, en position de vol, comme celui de son bras. Ça m'a pris un moment avant de me rendre compte qu'il s'agissait *effectivement* de celui de son bras. Ou plutôt, de celui qui avait été sur son bras. Maintenant, il n'avait plus sur la peau qu'une trace vide en forme d'aigle. J'ai saisi le petit objet en métal. Il n'avait plus aucune plume. Idem pour les autres détails. Ça ressemblait à de l'or. Et c'était aussi solide. Au début, j'ai cru qu'il s'agissait d'un tour de passe-passe, mais, après m'avoir laissé le temps de l'examiner, Mac l'a remis en place et, sous mes yeux, l'aigle s'est incrusté dans sa peau.

— Qu'est-ce que c'est ?

— Un aigle à queue rouge. Ça renforce les capacités d'observation. Ça n'améliore pas la vue, mais pour quelqu'un qui veut devenir plus perspicace, retenir les choses, mieux apprendre, on ne fait pas mieux.

Quelque chose me tracassait.

— Dans les bouquins, à l'accueil, j'ai lu que même le mage le plus puissant ne peut entretenir qu'un nombre limité de tatouages. Parce que chaque dessin prend un peu d'énergie magique pour exister, et encore plus pour agir. (Je l'ai examiné : le nombre des motifs qui se tortillaient dans tous les sens sur son corps m'a donné le vertige.) Comment peux-tu en porter autant ?

Il a esquissé un sourire.

— Je ne suis pas Supermage, si c'est ce que tu veux savoir. Il y a deux types de tatouages. Ceux qu'on incruste directement dans l'aura des gens se nourrissent en partie de cette aura. Donc, bien sûr, on ne peut en avoir qu'un nombre limité. Ça vaut pour tout le monde. Mais les tatouages comme mon aigle ou ton pentagramme tirent leur pouvoir de sources extérieures. On peut avoir un nombre illimité de ces tatouages-là. La seule limite, c'est celle de notre porte-monnaie. Le processus d'ensorcellement peut prendre des mois. Même pour un tout petit. Rien qu'à l'idée de ce qu'a dû coûter le tien, j'ai des frissons.

— Donc, tes tatouages, c'est une sorte de pub de ce qu'on trouve sur le marché ?

Personnellement, plutôt que de me transformer en prospectus à pattes, j'aurais préféré que les clients feuillettent le catalogue.

— Dans mon cas, ce n'est pas un choix. Pour d'autres, les tatouages constituent des améliorations. Ils les utilisent soit pour compenser des pans moins développés de leur magie, soit pour ajouter du pouvoir à des domaines qu'ils utilisent plus fréquemment. Mais pour moi, c'est une nécessité. Sauf si j'ai envie de tirer ma révérence. (Devant mes yeux hébétés, il a esquissé un léger sourire.) Il y a quelques années, j'ai écopé d'un sortilège qui a fait tomber tous mes boucliers et a commencé à grignoter mon aura. J'ai guéri de toutes les blessures physiques dues au combat, mais les dommages métaphysiques sont permanents. Par exemple, si tu ne me l'avais pas dit, je n'aurais jamais senti que tu étais soumise à un *geis*. Puisque mon aura est endommagée, je dois me concentrer à mort pour lire celle des autres.

Je l'ai dévisagé, horrifiée qu'il me révèle une chose pareille avec une telle désinvolture. Ce qui m'effrayait le plus, ce n'était pas seulement ce qui était arrivé à Mac, c'était surtout de savoir que des sortilèges étaient capables de faire autant de dégâts. Plus j'en apprenais sur la magie, plus je paniquais.

— Mais avec tes talismans, tu n'as plus de problème, si ?

Je gardais les yeux braqués sur son visage pour éviter de vérifier si ma propre aura était toujours indemne. Vu les circonstances, ça aurait été on ne peut plus impoli.

Mais Mac avait l'air d'avoir deviné où vaquaient mes pensées. Il a gesticulé dans le vide et mes flammes, rouges et orange, se sont mises à crépiter entre nous, comme un bon feu bien réconfortant par une nuit glacée.

— Mes talismans permettent de compenser dans une certaine mesure, Cassie. Mais ils ne ressembleront plus jamais à ça. Toi, tu as une couche protectrice parfaitement fluide. Mes défenses à moi, le commun des mortels serait incapable de les percer, mais les mages guerriers ne sont pas le commun des mortels. Tôt ou tard, un des adeptes des Ténèbres aurait fini par trouver une faille dans mon armure artisanale et détecté les endroits non couverts par les talismans. On m'a donc demandé de quitter le service dès qu'on s'est aperçu du problème. Et on m'a informé que je ne referais plus jamais de terrain. (Il a souri en voyant mon expression.) C'est pas si mal. Je cours beaucoup moins de risques, ces temps-ci !

Il avait l'air complètement désinvolte. Mais quelque chose, dans ses yeux, me disait qu'il me cachait une partie de la vérité. Je ne savais pas quel sort on réservait aux anciens mages guerriers, mais c'était assez évident que Mac n'avait pas envie de rendre son tablier. Il était bourré d'adrénaline. Il crevait d'envie de se battre, peut-être même de risquer sa peau.

J'ai décidé de changer de sujet.

— Donc, mon talisman tirait son pouvoir du Cercle jusqu'à ce qu'ils coupent le courant.

Il a opiné du chef.

— Absolument. C'était le Cercle qui l'alimentait. Et ce même principe créait un lien entre vous. Je crois que John a raison : le Conseil a eu peur que tu trouves le moyen de retourner leur propre magie contre eux. Et ils ont coupé le cordon.

— Ou ils se sont dit que ça allait être plus facile de me tuer comme ça.

Mac avait l'air mal à l'aise.

— Peut-être. Mais ça veut aussi dire que le cordon n'a aucun souci en soi. Si le pentagramme est tordu, c'est parce que ta mère n'avait aucune expérience en matière de transfert : je peux t'arranger ça, mais ce n'est pas l'apparence qui pose problème. Le talisman ne fonctionne plus parce qu'il a besoin d'une nouvelle source de pouvoir, un peu comme une montre.

— Et tu penses à quoi, comme source ?

Je commençais à avoir une petite idée de la mauvaise nouvelle.

— La seule source assez abondante pour entretenir un machin pareil, à part le Cercle… (Il m'a souri tendrement, comme s'il comprenait mon dilemme.)… c'est le pouvoir de ton sacerdoce : l'énergie qui fait de toi la Pythie.

— Non. Pas question. (J'ai fait un geste en direction du rideau.) Fais-moi un des tatouages du catalogue.

J'en avais vu des bien vicieux. J'étais sûre qu'on pourrait trouver quelque chose d'efficace dans le lot. Mais Mac secouait la tête.

— Je n'ai aucun moyen de connaître la puissance intrinsèque de ta magie. Ton aura est brouillée par l'énergie de la Pythie. Je ne peux pas les différencier. Impossible de savoir si tu serais capable de supporter toute seule un des plus gros talismans défensifs. Si ce n'est pas le cas, la moindre babiole que je te donnerais irait puiser dans la réserve dont tu as hérité de la Pythie. Et c'est précisément ce que tu veux éviter.

— Eh bien, fais-moi un plus petit. Un facile !

Mac m'a regardée avec gravité.

— Tu vas en Faerie. Un endroit où la plupart des mages ne mettraient jamais les pieds, même pour faire un pari. Un machin moins puissant, ça ne te servira absolument à rien. Et aucun des talismans que je pourrais te faire ne te protégera mieux que celui-ci. Des chefs-d'œuvre comme ça, on n'en fait plus, de nos jours.

— Je suis peut-être plus forte que tu crois.

J'étais voyante, mince ! Je pouvais quand même alimenter un talisman à deux balles !

Mac s'est contenté de hausser les épaules. Le petit lézard tatoué a de nouveau rampé à couvert. Sous les écailles du serpent, cette fois. Le serpent n'a pas apprécié : il a écrasé le petit tatouage d'un coup de queue. Le lézard s'est dégagé furtivement et a traversé la joue de Mac pour se réfugier au sommet de son crâne. Il est resté là, tapi derrière un sourcil broussailleux, à zieuter le serpent d'un œil torve.

J'ai reporté mon attention sur ce que Mac était en train de raconter.

— La magie, c'est comme un muscle, Cassie. Un muscle métaphysique peut-être, mais un muscle quand même. Plus tu le travailles, plus tu l'entraînes, et plus il se renforce. La magie que tu possèdes, c'est un talent brut. Telle quelle, elle ne te sert pas à grand-chose.

— Tony n'a jamais voulu que je m'entraîne.

— Tu n'imagines pas à quel point il t'a porté préjudice. Un utilisateur de magie puissant et sans formation n'est rien de plus qu'une proie facile. Si tu ne sais pas comment te protéger, on peut drainer ton pouvoir. Le Cercle noir n'a absolument aucun scrupule : dès qu'ils en ont l'occasion, ils volent de la magie. À n'importe qui. Dans l'état actuel des choses, si tu affrontes un mage des Ténèbres, c'est un peu comme si un bébé essayait de faire un bras de fer avec un *body builder*. Sauf si tu utilises le pouvoir de ton sacerdoce. Il faut que tu reçoives un entraînement, a-t-il ajouté sérieusement. Au moins en magie défensive. Et le plus tôt serait le mieux.

— Ouais. Je n'ai qu'à rajouter ça à ma liste, ai-je répliqué avec amertume. (Tout le monde s'échinait à mettre des cases supplémentaires sur mon emploi du temps, alors que j'avais déjà du mal à cocher les anciennes.) Tout de suite, j'ai d'autres problèmes. (J'ai fait volte-face : j'avais senti la présence de Pritkin avant de le voir. Il était debout dans l'encadrement de la porte.) Par exemple : comment s'y prendre pour entrer en Faerie ?

— On entrera, a-t-il dit d'un air sinistre. (Et j'ai remarqué qu'il s'était de nouveau harnaché : il avait tout son arsenal sur lui. Le long manteau lui servant vaguement de camouflage était plié sur son bras.) Le problème, ça sera d'en sortir.

— Bon, eh bien allons-y !

— Non. (J'ai essayé de ne pas avoir l'air trop soulagée.) On y va ce soir.

— Ce soir ? (Je l'ai suivi à l'accueil.) Mais les vamps seront debout.

Je ne savais pas si Mircea était dans sa chambre forte à l'heure qu'il était – les vamps de niveau un ne sont pas soumis au cycle solaire : ils peuvent être actifs à n'importe quel moment de la journée – mais la plupart de ses collègues étaient endormis. La nuit est plus favorable à leurs niveaux d'énergie. Même si Mircea était réveillé, il était sûrement mollasson. En revanche, ce soir…

— Nous n'essaierons pas de pénétrer la partie réservée aux vampires, m'a-t-il rappelé. Et la porte est gardée par des mages.

— Je ne vois pas à quoi ça nous avance, ai-je protesté.

Je n'aimais pas plus l'idée de me bastonner avec une bande de mages guerriers que celle de me coltiner les vamps. En fait, c'était sûrement encore moins malin : au moins, le Sénat ne voulait pas me faire la peau. Enfin, probablement pas.

— J'ai des amis de garde ce soir, a expliqué Mac. Je crois que je peux m'arranger pour qu'ils vous laissent passer.

— J'ai besoin de nous procurer de l'équipement, a ajouté Pritkin en enfilant son manteau. (Je ne l'enviais pas : il devait bien faire 32 °C dehors. Mais il n'avait pas le choix, j'imagine. La police n'allait probablement pas apprécier de le voir se balader déguisé comme un figurant de *Platoon*, mais sortir sans arme, dans les circonstances actuelles, ça pouvait s'avérer plus fatal qu'une crise cardiaque due à la canicule.) Je suggère que vous restiez ici, hors de vue, m'a-t-il dit en évitant mes yeux. Reposez-vous si vous le pouvez. Vous pourriez bientôt ne plus en avoir l'occasion. Et laissez Mac réfectionner votre talisman, a-t-il conclu en se dirigeant vers la porte. Vous en aurez besoin.

Il s'est rué dehors comme s'il avait tout l'enfer à ses trousses. Mac m'a regardée en haussant les épaules.

— C'est à toi de voir, ma belle. Mais je te conseille quand même d'y réfléchir à deux fois : Faerie, c'est un endroit effrayant à la base, même sans guerre à l'horizon. Alors maintenant, je ne connais pas un chat qui voudrait s'y aventurer.

— Je vais réfléchir, ai-je promis. (J'aurais pu lui poser plus de questions, mais j'ai été distraite par Billy, qui venait tout juste de traverser le mur. Vu la grimace qu'il me faisait, il devait y avoir du neuf.) Je suis fatiguée, ai-je soufflé à Mac.

C'était la vérité – dormir avec les Grées dans la même chambre d'hôtel, ce n'était pas de tout repos – mais j'avais surtout besoin d'être seule.

— J'ai un lit de camp derrière, m'a dit Mac. Quand John a déboulé, j'ai annulé mes rendez-vous de la journée. Je ne vais pas en avoir besoin. Dors un peu, Cassie.

Ça partait d'une bonne intention, donc je me suis retenue de lever les yeux au ciel. *Ouais. Tu parles.* J'avais une bonne centaine de raisons d'avoir des insomnies.

Billy m'a suivie dans l'arrière-boutique et je me suis affalée sur le lit de camp après avoir dégagé quelques cahiers pleins de croquis, grimoires en vrac et autres vieux sacs de chips.

— Quoi de neuf ?

Billy a enlevé son chapeau presque transparent et s'est éventé avec.

— J'ai besoin d'un remontant, a-t-il dit sans préambule.

— Moi aussi, je suis ravie de te revoir.

— Hé ! J'ai eu une sale journée. OK ?

— Et moi, alors ? Qu'est-ce qui s'est passé au *Dante* ? Est-ce que tout baigne ?

— Bien sûr ! Enfin, seulement si « tout baigne » veut dire « le Cercle a scellé les lieux le temps de débusquer une certaine sibylle renégate et les immigrés clandestins l'ayant aidée à fuir ».

— Ils perquisitionnent ? Mais c'est la propriété des vampires ! (Si j'avais envoyé à Casanova le reste du sac de marin, c'était parce que les mages et les vamps avaient un vieux traité interdisant strictement qu'une des parties s'introduise chez l'autre sans autorisation.) Ils sont fous !

— Possible. D'après le comportement de certains, on pourrait le croire. En tout cas, quand je suis parti, Casanova était en train de péter un sérieux câble. Il a envoyé des représentants porter plainte auprès de la MAGIC. On vit une drôle d'époque, Cassie. Cet endroit, c'est à Tony. Et Tony est l'allié notoire de Raspoutine. Et Raspoutine, c'est le type auquel le Sénat et le Cercle ont déclaré la guerre la semaine dernière. Je ne sais pas ce que deviennent les règles en temps de guerre. Et Casanova non plus, à mon avis. Pour le moment, il y va mollo. Pour éviter d'être soupçonné de t'aider, il a prétendu que tu t'étais pointée chez lui et que tu t'étais mise à foutre le boxon parce que t'étais furax contre Tony. Les mages ont sauté sur l'occasion pour prétendre vouloir s'assurer que tu n'étais plus dans les parages. Et ils ont commencé à fouiller.

— Super. Alors maintenant, je passe pour une espèce de tarée qui fout la pagaille partout.

— Non. Maintenant, tu passes pour une espèce de tarée qui refroidit tout le monde.

— Quoi ?

— Ouais. Les mages qui sont sortis de là t'ont traitée de meurtrière. J'ai pas eu tous les détails, mais je crois bien qu'ils parlaient des deux guerriers qui se sont fait descendre.

J'avais envie de vomir.

— Ne me dis pas que les Grées…

— Non. Elles ont tout foutu en vrac, mais apparemment c'est la bande de Miranda qui a tué les mages. Les gargouilles les plus puissantes sont restées derrière pour donner aux autres le temps de se faire la malle, et les mages se sont mis à les meuler. Ça a tourné au pugilat et « paf ! » : deux mages morts.

— Mais les gargouilles n'ont fait que se défendre !

— Elles pourraient peut-être s'en tirer avec cet argument, mais elles ne sont déjà pas censées être ici. Casanova a évacué le reste du personnel de Miranda et les a planquées quelque part. Maintenant, il crie sur les toits que c'est la faute de Tony. Que ce gros lard a embauché des travailleurs clandestins derrière son dos. Il se débrouille pas mal pour se blanchir, mais en attendant il te laisse sur le carreau.

J'ai basculé en arrière sur le lit de camp. J'étais paralysée. Ça ne pouvait pas se produire. Ça devait être une sorte de cauchemar dans lequel je m'étais empêtrée par accident. J'allais me réveiller d'une seconde à l'autre.

— Si le Cercle sait que ses hommes ont été abattus par les gargouilles, pourquoi est-ce qu'ils m'accusent ?

— Je sais pas. (Billy avait l'air perdu.) J'ai vu les cadavres : ils étaient pleins de traces de griffes et de crocs. J'imagine que c'est juste une excuse pour te faire passer pour une dangereuse psychopathe.

— Merde.

— Ouais. Je crois que ça résume bien le bazar. Donc, comme je disais, je suis HS. Je suis vraiment désolé d'être pénible, mais…

— Depuis quand ça te désole ?

— Très drôle, Cass'. J'ai passé la moitié de la journée à te choper des infos de première, et…

J'étais trop fatiguée pour jouer la comédie habituelle.

— OK. Tu l'auras, ton remontant. Mais après, tu retournes au *Dante.* J'ai besoin que tu passes un message à Casanova.

— Il ne va peut-être pas l'entendre, a protesté Billy. Certains démons n'y arrivent pas. En tout cas, pas sous forme humaine.

— Eh bien tu devras improviser.

Vu la réaction de Casanova en présence de Billy, je pariais qu'il l'entendrait très bien. Et, même si ce n'était pas le cas, je n'allais pas laisser Billy se défiler. Il fallait que Casanova mette en lieu sûr les pièges que je lui avais fait passer. Sinon, étant donné que le *Dante* grouillait de mages, l'un d'entre eux finirait forcément par tomber dessus. Et cette fois, l'incube n'allait pas s'en tirer avec un pauvre mensonge. S'il y arrivait, ça serait uniquement en me faisant porter le chapeau. Ce qui revenait à donner au Cercle un autre bâton pour me battre. Et une arme de folie – en fonction de ce que renfermaient ces boîtes. J'ai soupiré. J'aurais peut-être dû les garder sur moi, finalement.

Billy est parti après avoir pris un remontant que je qualifierais d'indécent et je me suis calée dans le lit de camp pour faire un somme bien mérité. Malheureusement, au lieu de m'endormir, je me suis sentie complètement désorientée, comme avant chacun de mes sauts dans le temps. J'ai essayé de crier, d'avertir Mac que j'allais partir, mais les Ténèbres se sont emparées de moi.

Chapitre 7

Mes genoux ont fait la connaissance d'un sol âpre. Ce n'était pas celui du studio : il était en marbre. Quant à ma tête, elle s'est fracassée bruyamment contre quelque chose. Une forme vague de couleur verte vacillait devant mon visage : j'ai pris mon temps, cligné des yeux et réussi à rendre l'image plus nette. L'objet s'est avéré être un vase en porphyre plus grand que moi, agrémenté de poignées représentant des têtes de Gorgones grimaçantes. L'espace d'un instant, je suis bêtement restée devant, à quatre pattes, à contempler leurs traits repoussants, tandis que mes genoux et ma tête se disputaient le titre de zone anatomique la plus endommagée. Mais le marbre était glacé contre mes jambes nues, et je me suis dit que ce n'était sans doute pas très malin de rester allongée à découvert. Je me suis laborieusement mise en position assise, en m'aidant du vase, et j'ai balayé les lieux du regard.

Je me trouvais dans une alcôve attenante à une immense pièce ronde. On avait ciselé le marbre vert du sol pour y incruster des lignes dorées convergeant sous un immense lustre, où elles formaient un motif d'explosion astrale. Trois autres luminaires identiques éclairaient un escalier en colimaçon. Leurs cristaux striaient la foule en contrebas de particules de lumière.

Une multitude de gens passaient devant mes yeux. La foule baignait dans le halo des bougies et le reflet du satin, comme autant de silhouettes virevoltantes. Des hommes en queue-de-pie escortaient des dames ruisselantes de bijoux. Les brocarts délicats rivalisaient avec les soies miroitantes. Le froissement des éventails et l'effervescence des galons formaient un kaléidoscope de couleurs et de mouvements. Ça n'arrangeait pas mon mal de tête.

La plupart des habits ressemblaient à ceux que j'avais vus au théâtre, à l'exception de quelques hôtes plus exotiques, comme ce chef africain couvert d'une quantité d'or suffisante pour acheter un petit pays, ou ce type en toge. Ça ressemblait à un bal masqué. Mais je savais que ce n'était pas le cas. Je me suis remise debout et j'ai fait de mon mieux pour me tapir dans l'obscurité de l'alcôve. Vu la nature de la plupart des personnes présentes, ce n'était pas une cachette très efficace. Pendant quelques minutes, je n'ai rien pu faire d'autre que les observer, abasourdie de stupeur. Jamais de ma vie je n'avais vu un tel rassemblement de vampires.

À ce moment-là, j'ai remarqué quelque chose d'encore plus bizarre. Une forme diaphane, si transparente qu'elle en était presque invisible, évoluait le long d'un mur. Elle se fondait si parfaitement aux ombres projetées par les hautes bougies du lustre que j'ai douté de mes sens. Mais, lorsque la forme est passée devant une peinture si assombrie par les ans que son sujet était méconnaissable, je l'ai discernée plus clairement. L'esprit formait une colonne amorphe de radiance pastel. Au début, j'ai cru qu'il s'agissait d'un fantôme, mais cette protubérance que je devinais être une tête n'avait qu'un seul trait saillant : deux immenses yeux argentés. Je ne savais pas ce qu'était cette chose, mais ça n'avait jamais été un être humain.

J'étais tellement intriguée que j'en ai presque oublié la situation délicate dans laquelle je me trouvais. Il y avait des tonnes de trucs que je ne comprenais pas dans tout ce bazar lié à la Pythie, mais les esprits, c'était mon rayon. J'avais rencontré de très vieux esprits, qui se baladaient depuis des siècles ; des tout jeunes, qui ne savaient parfois pas qu'ils étaient morts ; des gentils ; des terrifiants ; des créatures qui n'avaient rien de spectral… Mais cette chose n'entrait dans aucune de ces catégories. J'étais complètement ahurie : je ne savais pas ce que c'était.

Je me suis infiltrée dans la foule. Ils se dirigeaient tous de l'autre côté de l'escalier, vers la salle de bal. Je ne voyais pas grand-chose à l'intérieur : l'intensité lumineuse était réglée pour convenir aux yeux des vampires, pas aux miens. Je n'ai eu qu'une impression générale : rires, visages éclairés à la lueur des bougies, vêtements colorés. Mais l'odeur capiteuse et écœurante de parfum et de sang qui en émanait depuis le seuil m'a convaincue de ne pas m'en approcher.

Devant moi, un jeune homme, qui n'avait pas encore vingt ans, s'est brusquement arrêté. Il détonnait complètement parmi cette foule de gens en habits de soirée. Il ne portait qu'un pantalon large en satin, de couleur prune, à la taille très basse. Il avait la poitrine et les pieds nus et ses cheveux longs étaient lâchés sur ses épaules. Ils étaient légèrement ondulés et tombaient en cascade sur la peau diaphane de son dos, comme un rideau de soie noire.

J'avais vraiment envie de partir – tout le monde pouvait entendre mon cœur battre dans cette pièce – mais il me bloquait le chemin. Et la dernière chose dont j'avais envie, c'était de trouver une excuse pour expliquer ma présence ici. D'autant que je ne savais même pas où se trouvait cet « ici ». À cet instant, un des invités s'est approché du jeune homme. C'était un vampire aux cheveux platine, vêtu de ce qui ressemblait à un uniforme militaire – un habit rouge avec des galons dorés – et de bottes noires vernies avec soin. Il s'est arrêté pile devant le jeune homme et l'a jaugé d'un regard ostensiblement intéressé.

Le garçon s'est mis à trembler. Son dos s'est tendu. Ses fesses se sont crispées. Il a incliné timidement la nuque. Un jeu d'ombre et de lumière a mis en valeur ses pommettes saillantes et sa fossette au menton. Son visage, gorgé d'une rayonnante vitalité, ressemblait à celui des chérubins des fresques le surplombant. Effritées, ces dernières se fondaient dans la nuit, ne laissant paraître que les faces rosâtres des angelots.

Le vamp a retiré les gants blancs de son uniforme. Ses mains ont flatté le flanc du garçon, comme pour en prendre possession. Ses doigts ont parcouru malicieusement ses côtes avant de se poser sur le satin délicat lui enserrant les hanches. La poitrine du jeune homme s'est mise à se lever et s'abaisser plus rapidement, mais il n'a proféré aucun son. Il respirait juste plus fort. Mes yeux se sont concentrés sur ses pieds : comme j'essayais de me fondre dans le sol, ils étaient dans mon champ de vision. Ils étaient étonnamment blancs sur le marbre vert, et semblaient étrangement vulnérables à côté des lourdes bottes du vamp.

Le jeune homme s'est crispé lorsque la tête blonde s'est penchée sur lui. Il avait probablement peur des crocs qui commençaient à s'étirer. Mais les doigts possessifs du vampire se sont déployés sur son dos pour le maintenir immobile. Lorsque les crocs se sont enfoncés dans sa nuque, il a poussé un petit cri et un frisson l'a parcouru. Mais quelques secondes plus tard, il a passé un bras autour du cou du vampire et s'est mis à pousser des gémissements rauques. Visiblement, il en voulait plus.

Le vamp s'est retiré au bout d'une minute. Il avait la bouche maculée d'un rouge aussi écarlate que son uniforme. Le garçon lui a souri et le vamp a passé affectueusement les doigts dans ses cheveux. Après avoir jeté une courte capeline sur ses épaules, il l'a guidé jusqu'à la salle de bal.

Je me suis rendu compte, avec un haut-le-cœur, que je n'avais vu aucun serveur muni de plateaux, ni entendu le moindre tintement de verres. Lorsque le cœur s'arrête de battre, la pression sanguine devient nulle, les veines se rétractent et le sang se met à coaguler. Non seulement le liquide devient moins savoureux, mais il est plus dur à extraire. C'est une des premières choses qu'apprennent les vamps nouveau-nés : il faut toujours se nourrir d'êtres vivants. C'était une soirée où les rafraîchissements se déplaçaient tout seuls. Et dans mon short et mon débardeur, j'avais plus l'air de faire partie de la farandole de cocktails que de la liste d'invités.

Comme s'il lisait dans mes pensées, un vamp m'a regardée. Son bouc grisonnant était assorti aux brocarts argentés de sa robe liserée de fourrure. Ça ressemblait à du loup. Une grande peau de bête était jetée sur ses épaules. La façon dont il s'était arrêté avait également quelque chose de lupin : il avait le pied sur la dernière marche, le nez en l'air, comme s'il reniflait une proie. Il a posé ses yeux noirs et glacés sur moi. Un frisson de convoitise a traversé son visage jusque-là impénétrable.

Prise de panique, je me suis remise maladroitement sur mes pieds et me suis mêlée à la foule en mouvement. Les seules portes donnaient sur la salle de bal. Je m'y suis ruée, comme si ma vie en dépendait. Ce qui était sûrement le cas. Par miracle, j'y suis arrivée avant lui. Il était probablement trop poli pour oser jouer des coudes avec ses pairs. Mais lorsque j'ai jeté un coup d'œil derrière mon épaule, au moment de pénétrer dans la pièce sombre et caverneuse, j'ai vu qu'il n'était pas loin. Ses yeux jusque-là inexpressifs brillaient maintenant d'excitation. Certains vamps préfèrent que leurs proies soient effrayées. Pas de bol : j'en avais trouvé un du premier coup.

J'ai parcouru rapidement des yeux la salle de bal, mais il n'y avait pas d'issue apparente. L'escalier aurait dû me mettre la puce à l'oreille : on était sûrement au sous-sol. J'ai essayé de me concentrer, mais c'était difficile. Le pouvoir des vamps me démangeait le dos comme une nuée d'insectes. Il n'était pas dirigé contre moi en particulier : il émanait simplement des êtres me bousculant de tous côtés. J'ai compris avec horreur que je ne me trouvais pas seulement dans une pièce remplie de vampires : elle était bondée de maîtres. De centaines de maîtres.

Le concile, ai-je pensé, pétrifiée de terreur. Ça devait être ça. Tous les deux ans, chaque Sénat convoquait les maîtres vamps pour discuter politique. Je n'y étais jamais allée, mais Tony passait des journées entières à s'y préparer, incapable de se décider sur ses vêtements ni son escorte. Un peu comme un adolescent avant le bal de fin d'année. Il faisait en sorte que les personnes l'accompagnant fassent le plus d'effet possible. Et pour une bonne raison. Le rassemblement, qui durait une semaine, était l'occasion rêvée, pour Tony et ses comparses de moindres niveaux, de se frotter aux grands de ce monde. À savoir les membres de leur propre Sénat, mais également des émissaires de haut rang venus du monde entier. On faisait de la lèche, on faisait des affaires, et on scellait des alliances pour les deux années à venir.

Tony s'y était toujours rendu armé jusqu'aux dents et entouré de gardes du corps : il était de notoriété publique que les choses dégénéraient souvent. À la grande joie des participants… Je me suis ruée instinctivement vers l'orchestre – le cuivre des instruments constituait la plus grande source de clarté de la pièce – en croisant les doigts pour ne pas allonger la liste des dommages collatéraux. Bien entendu, c'était une mauvaise idée. J'avais beau me tourner de tous les côtés, je ne voyais ni portes de service ni coulisses. Juste une alcôve fermée par des draperies bordeaux. Je me suis retournée et j'ai aperçu mon poursuivant. Il était presque à portée. L'air a déserté mes poumons.

J'ai compris avec horreur que ce que j'avais pris pour une peau de loup n'en était pas une. Les pattes ornant son torse avaient l'air plus ou moins normales : elles étaient simplement démesurées. Mais la peau de la tête qui pendait sur son dos était nue, rose et couverte d'un duvet brun clairsemé. Je n'ai pas eu le temps de bien voir – je l'ai entraperçue sous le bras que le vamp tendait vers moi – mais un seul regard m'a suffi. Mes yeux m'ont certifié ce que mon cerveau refusait de croire : il avait dépecé un loup-garou en pleine transformation. À hauteur des épaules, la fourrure grise cédait la place à une peau bien humaine.

J'ai essayé de me téléporter, mais j'avais la tête qui tournait : impossible de me concentrer. J'ai mordu vigoureusement l'intérieur de ma joue pour éviter de m'évanouir, et entrepris de descendre dans la fosse d'orchestre. J'espérais trouver une sortie dérobée, mais un joueur de clarinette m'a repoussée, si violemment que j'ai mangé la poussière. J'ai glissé sur le sol, jusqu'à une paire de bottes noires huilées qui chatoyaient dans la lueur diffuse. Une main m'a attrapé les cheveux et s'en est servie comme d'une poignée pour me soulever.

J'ai fiché mes yeux dans des pupilles noires, où dansait une flamme macabre, et j'ai oublié mon cuir chevelu douloureux.

— Tu empestes la magie, a dit le vamp. (Sa voix était imprégnée d'un fort accent que je ne reconnaissais pas.) Je ne pensais pas que les Anglais auraient le courage de nous gâter de la sorte.

Mes yeux sont tombés sur la tête dénuée de crâne pendouillant contre son bras. Elle n'était plus qu'à trente centimètres de moi. Horrifiée, j'ai senti ma gorge se serrer. Je la voyais distinctement – ses traits affaissés, ses cheveux ternes, ses orbites vides – et la chose molle et inerte m'effrayait encore plus que le vamp qui la portait. Si je l'effleurais, il y avait de fortes chances pour que j'aie des flashs de sa vie. Et, vu ma poisse, ça serait forcément les dernières séquences…

Je me suis éloignée comme j'ai pu : je n'avais pas envie de savoir ce que ça faisait de finir écorché vif. Le vamp a changé de prise. Il a lâché mes cheveux pour m'agripper le coude. Il a caressé la pliure du bras avec délicatesse, presque avec tendresse, mais j'avais l'impression que du métal liquide suintait de sa main et s'insinuait dans mes veines. Le mot « douleur » était trop faible pour décrire l'onde de choc qui s'est propagée en moi : mes yeux se sont emplis de larmes ;

je ne voyais rien d'autre que l'intérieur de mon propre corps. Ses doigts étaient légers en descendant jusqu'à mon poignet, mais ils ont fait jaillir de mon bras une traînée de sang, comme un couteau aiguisé.

— D'habitude, ils n'aiment pas qu'on évoque la consommation d'utilisateurs de magie. Ils ont trop peur des représailles des mages, a-t-il lancé avec mépris. Il ne faut pas que j'oublie de remercier notre hôte. (Mon système nerveux s'est gorgé d'adrénaline mais je n'avais nulle part où fuir. J'ai essayé de reculer, tout en sachant que c'était un effort inutile, et il a souri.) Maintenant, je vais vérifier si tu es aussi délicieuse que ton odeur le laisse croire.

Une main chaude s'est posée sur mon épaule, et le sourire du vamp s'est évanoui.

— Celle-ci est déjà prise, Dmitri.

Je n'avais pas besoin de me retourner pour savoir qui venait de parler. J'aurais reconnu ce timbre profond entre tous. Comme la sensation de plaisir qui s'est répandue le long de mon bras, expulsant la douleur, la réduisant à un battement faiblard. Un éclair de colère a parcouru le visage de Dmitri.

— Dans ce cas, vous auriez dû la garder à vos côtés. Vous connaissez les règles, Basarab.

Un manteau écarlate m'a enveloppée. Il était d'un rouge profond, presque noir.

— Peut-être ne m'avez-vous pas bien entendu, a rétorqué malicieusement Mircea. Ça doit être dû à la proximité de cet épouvantable orchestre.

— Je ne sens pas son odeur sur vous, a répliqué Dmitri, ouvertement sceptique.

— Notre hôte m'a convoqué peu de temps après mon arrivée. J'ai pensé qu'il n'apprécierait pas que je vienne accompagné d'une paire d'oreilles supplémentaires.

La voix de Mircea avait perdu toute jovialité.

Dmitri n'avait pas l'air d'avoir perçu l'avertissement. Les yeux rivés sur le pouls qui battait à tout rompre à mon cou, il a étiré ses crocs en grimaçant.

— Elle ne vivra pas assez longtemps pour raconter ce qu'elle aura entendu.

Sa main s'est crispée sur mon poignet et ses doigts se sont enfoncés dans ma chair, assez violemment pour former des ecchymoses. L'entaille qu'il avait pratiquée à mon bras s'est élargie et un flux de sang s'est répandu sur ma peau.

— C'est à moi d'en décider.

La voix de Mircea était douce mais glaciale. D'un bras, il a enlacé ma taille pour me presser contre son corps. De son autre main, il s'est emparé du poignet de Dmitri. Le vampire a dégluti, livide. Sa main, prisonnière de celle de Mircea, était agitée de spasmes. Le pouvoir étincelait entre les deux vamps, déplaçant l'air comme un vent brumeux menaçant de désagréger ma peau. Je n'allais pas pouvoir y résister bien longtemps.

Lovée au creux du bras de Mircea, je résistais de mon mieux. J'avais besoin de toutes mes forces pour empêcher mes genoux de s'entrechoquer. Le pouvoir de Mircea lançait des étincelles : son énergie, qui parcourait mon corps, me faisait l'effet d'une pluie tiède. Mais Dmitri n'avait pas l'air de trouver cette sensation très agréable. Il a eu un mouvement de recul, tout en gardant sa position avec obstination. Sa main me serrait si fort que je ne sentais plus mes doigts. Les deux vampires se sont toisés pendant une longue minute. Enfin, d'un seul coup, Dmitri a reculé. Il s'est pris le bras, haletant. Ses yeux lançaient des éclairs de haine.

Mircea a saisi mon bras blessé et l'a déplié, révélant ma peau parcourue de filets de sang. Il a incliné la tête, les yeux toujours rivés dans ceux de l'autre vamp. Il a sorti sa langue et l'a fait glisser le long de mon bras, me léchant avec une insoutenable détermination. Je l'ai regardé purifier la plaie de mon sang, ahurie, incapable de détourner le regard de ce visage fier penché sur mon poignet, émerveillée par la sensation chaude de sa langue suave sur ma chair. Au bout d'un moment, Mircea a relevé la tête, et j'ai regardé mon bras avec stupéfaction. À la place de la blessure, il n'y avait plus que ma peau. Blanche. Immaculée. Les yeux de Mircea n'avaient pas quitté un instant ceux de Dmitri.

— Si vous souhaitez me lancer un défi, je suis votre obligé.

Dmitri a bougé un instant les lèvres, mais il a fini par détourner les yeux.

— Je n'insulterais pas notre hôte en contrevenant aux lois de l'hospitalité, a-t-il répondu sèchement. (Il a reculé. Tout son corps respirait la colère.) Mais je me souviendrai de la façon dont vous avez abusé de ces lois, Mircea !

Dès qu'il s'est éloigné, la brume rouge qui nous entourait s'est dissipée comme du brouillard au soleil. L'adrénaline qui m'avait maintenue sur pied m'a quittée d'un seul coup, me laissant tremblante et glacée. Sans le bras de Mircea, je serais retombée par terre. Les quelques invités qui nous observaient avec une excitation manifeste se sont détournés, déçus.

Mircea m'a guidée gentiment vers la nuée d'ombre tapissant les murs. Juste à côté, un couple de vamps – une brune sculpturale et un mâle blond – se nourrissaient aux dépens d'une jeune femme. La femelle vamp était assise dans un fauteuil, contre le mur. Le corps de la fille était alangui sur ses genoux et elle buvait à sa jugulaire. La tête de la jeune femme était tombée en arrière. Ses boucles blondes, éparses sur ses épaules, contrastaient avec la robe rose foncé de la brune. Le mâle s'est agenouillé devant elles. La longue robe bleu saphir de la victime tombait en cascade autour de lui. Bien entendu, il a choisi un autre endroit pour se nourrir.

Il a retiré la tunique prune trop large, attachée par des fermoirs sertis de pierres précieuses, qui pendait négligemment des épaules de la fille. Il l'a fait tomber lentement entre ses mains. Le tissu satiné a glissé le long du corps de la jeune femme et formé une flaque scintillante autour de ses hanches. Elle a poussé un faible gémissement. D'encouragement ou de détresse. Impossible à savoir. Pour la calmer, il lui a caressé tendrement les côtés et le ventre, avant de passer le doigt le long d'une veine bleue parcourant sa poitrine. Elle a levé timidement la main et l'a posée sur l'épaule du vampire, comme pour l'attirer maladroitement contre elle.

Il a pris un de ses seins, tendrement, au creux de sa main, caressant doucement le mamelon du pouce. À son toucher, la fille s'est mise à trembler sensiblement, mais lorsque le visage du vamp a suivi les traces de sa main elle s'est complètement abandonnée. L'instant d'après, tandis que les crocs acérés transperçaient sa peau diaphane, elle a été prise de violentes convulsions.

La femelle l'a rabattue en arrière avec ses dents. Le corps de la fille s'est cambré, formant un arc de cercle parfait. Ensuite, le mâle l'a de nouveau attirée à lui, avec ses mains, ses lèvres et ses dents. Chacun de leurs mouvements se fondait avec fluidité dans le suivant, générant une danse au rythme hypnotisant. Très vite, le jeune corps ne pouvait plus se retenir de trembler sous l'action combinée des deux succions. Haletante, la jeune fille oscillait d'une sensation à l'autre. Au bout d'un moment, elle s'est mise à émettre des sons à peine intelligibles, les suppliant de continuer.

J'ai dégluti. Apparemment, en Europe, les vamps ne suivaient pas les recommandations du Sénat, qui poussait à l'utilisation d'une méthode éprouvée : l'extraction des molécules de sang à travers l'air ou la peau. C'était sans doute dû à l'époque. Ou peut-être respectaient-ils simplement d'autres règles ? Chez Tony, les vamps se nourrissaient assez souvent devant moi. En tout cas, je pensais être blasée. Mais la manière dont ils s'y prenaient était beaucoup plus basique, sans aucune connotation sensuelle. À choisir, je crois que je préférais encore leur férocité brute de décoffrage. J'aimais autant voir la mort arriver, me rendre compte du danger, plutôt que de l'accueillir les bras ouverts comme un amant.

Le mâle a glissé la main sous l'amas de tissu prune. Quelques secondes plus tard, la fille hurlait de plaisir. Mais il ne la regardait pas. Ses yeux étaient rivés sur ceux de la brune. Le regard qu'ils s'échangeaient était presque incandescent. Se nourrir est un acte intime pour les vampires. Ce n'est jamais anodin de partager un corps. La fille n'avait pas l'air d'en être consciente. Ou peut-être avait-elle simplement passé un seuil ? Peut-être que plus rien ne l'atteignait. Ses lèvres se sont ouvertes et elle a poussé un gémissement assez intense pour arracher aux passants quelques regards amusés.

Légèrement secouée de ma stupeur, j'ai détourné les yeux. Je me demandais si la fille se rendait compte qu'elle n'était qu'un outil au service de la passion des autres. Si elle irait au-devant de la mort en souriant, ou s'il était de mauvais goût de boire les rafraîchissements jusqu'à la lie. Et surtout, je me demandais si c'était comme ça que Mircea me considérait : un outil. Un moyen de prendre le pouvoir.

Ses lèvres chaudes ont trouvé mon cou.

— Les seuls êtres humains présents ce soir nous servent de divertissement ou de nourriture, a-t-il chuchoté dans l'obscurité, de sa voix rauque. Dans quelle catégorie vous placez-vous ?

Son souffle a effleuré ma nuque et mes épaules. Sous son action, mon pouls s'est accéléré et mon corps s'est tendu. Mircea a respiré profondément mon odeur et j'ai tremblé, oscillant entre la peur et le désir. Pour le *geis*, le fait qu'il ne s'agissait pas du Mircea que je connaissais n'avait aucune importance. Pourtant, ce n'était qu'un maître vampire parmi d'autres, qui n'avait aucune raison de me protéger. Mais le sortilège ne comprenait pas qu'il voulait simplement satisfaire sa curiosité sur les récents événements du théâtre. Ou qu'il était peut-être tout bonnement affamé. Le *geis* ne se posait pas de question.

—Je suis venue vous prévenir. Vous êtes en danger.

Même moi, je trouvais cette excuse bidon. Mais il y avait tellement de choses que je ne pouvais pas lui dire ! C'était presque la seule qui restait.

—Oui. Je sais. Dmitri nous regarde. Il ne lâche pas prise si facilement. Nous allons devoir être plus convaincants. Ne croyez-vous pas ?

J'ai à peine eu le temps d'apercevoir un éclair brûlant lui traverser les yeux que sa main s'est posée sur ma nuque. Et sa bouche s'est soudée à la mienne. Je m'étais attendue à de la passion, mais c'est une vague de soulagement indicible qui m'a envahie, suivie d'ondes joyeuses étrangement calmes. J'avais l'impression que ça faisait une éternité que je retenais mon souffle et qu'on m'autorisait enfin à respirer. J'ai instinctivement blotti mes mains contre sa poitrine et je suis restée un long moment immobile, sans rien faire. Ensuite, j'ai laissé mes doigts filer sur son épaule et le long de son torse, jusqu'à trouver le renflement élégant de sa hanche. Ce n'était pas censé être une caresse, mais c'en est devenu une. Sa grande main s'est mise à explorer ma taille, sa langue chaude à pénétrer mes lèvres, et le *geis* s'est vraiment éveillé.

C'était aussi différent qu'une allumette comparée à un feu de joie. Haletante, sanglotante, je l'ai attiré vers moi. Ce baiser nous a littéralement embrasés. Le feu a pris naissance entre nos deux corps et une pluie d'étincelles m'a transpercée de part en part. C'était encore meilleur que je pensais. C'était fort, violent, brûlant et sauvage. J'avais l'impression que mes mains n'existaient plus que pour s'enchevêtrer dans cette masse épaisse de cheveux noirs. Que ma bouche n'avait pas d'autre but que de goûter sa langue exquise.

Il m'a soulevée de ses bras puissants et il m'a plaquée contre le mur, où nous nous sommes dévorés, tremblants de désir inassouvi. Son bras s'est durci autour de ma taille et ses jambes se sont déplacées pour laisser passer les miennes. Il a positionné ma cuisse entre ses membres musclés. Je me suis cambrée pour le sentir à l'intérieur de moi. Comme la fille, j'étais devenue totalement inconsciente de mon entourage, des bruits désespérés que je produisais. J'avais envie de *lui* et ce désir était si douloureux qu'il menaçait de me dévorer.

Au bout d'un moment, notre baiser a pris fin : je manquais d'air. J'ai posé ma joue contre la poitrine de Mircea pour reprendre mon souffle. L'odeur de pin qui l'imprégnait, comme toujours, m'a envahie. J'avais presque l'impression de voir la forêt, profonde, verdoyante, s'étendant à l'infini sous le ciel crépusculaire. Je me suis blottie contre sa chaleur pour mieux le sentir. Et j'ai défailli. La seule chose qui me maintenait debout, c'était la force de son corps, qui me plaquait contre le mur, se pressait contre moi, à fleur de peau.

Mircea a fini par s'écarter, apparemment sous le choc et, par miracle, j'ai recouvré l'usage de mes jambes.

— Vous semblez avoir plus d'une corde à votre arc, charmante sorcière.

J'aurais voulu lui répondre, mais j'ai remarqué ses vêtements, et mes paroles se sont étouffées dans ma gorge. L'habit qu'il portait au théâtre était déjà extraordinaire, mais cette fois, il était à tomber par terre. J'ai passé mes mains dans son lourd manteau en laine écarlate. Doublé d'un duvet soyeux et orné d'un large liseré doré, il était assez grand pour servir de cape. Il tombait un peu plus bas que ses genoux, effleurant à peine le haut de ses bottes brunes, et révélait une fine tunique ambrée, très douce. Probablement en cachemire. Elle était relativement lâche, mais si légère qu'elle lui collait à la peau et mettait en valeur les muscles bien dessinés de sa poitrine, sa taille haute, ses hanches étroites et son sexe lourd.

Je me suis dit que ça devait être l'habit traditionnel des nobles roumains. Bizarrement, ça lui allait très bien. Mais je ne pensais pas qu'il l'avait choisi par amour du goût. Mircea préférait les vêtements simples, qui ne se distinguaient que par leur coupe élégante. Ce soir-là il faisait une déclaration. Son habit traditionnel rappelait bien mieux sa lignée que le costume qu'il portait au théâtre. Avec son gilet orné d'une broderie de dragon presque invisible – même si elle n'avait sûrement pas échappé à la vue perçante des vampires – ne faisant qu'évoquer ses armoiries, le trois-pièces avait à peine chuchoté son rang. Ce costume-là le criait à tout vent. Je me demandais bien à qui s'adressait ce message. Et pourquoi il se donnait la peine de se balader habillé en chef barbare.

Cette dernière impression était renforcée par l'épée pendant à sa ceinture sertie de pierreries, dont les rubis dorés et polis chatoyaient légèrement dans la lumière diffuse. L'arme était massive, et manifestement très ancienne, comme sortie d'un trésor de croisé. Ce qui était sûrement le cas. Je n'avais encore jamais vu Mircea porter une arme : quand on est un maître vampire, c'est un peu redondant. Ça m'a stupéfiée.

— Vous êtes armé.

— Parmi ces gens, cela va de soi.

Il s'est déplacé derrière moi pour que son corps me dérobe à la vue des danseurs, et a enroulé son bras autour de ma taille. Il m'a serrée conte lui. Lorsqu'il s'est mis à embrasser mes épaules, sa chevelure, plus longue que la mienne, est tombée en avant, sur ma poitrine. Mais il ne visait pas mes épaules. Il a soulevé mon bras et l'a passé derrière sa nuque, pour que je l'étreigne à mon tour par-derrière. Et le bout de ses crocs a titillé ma chair.

Sa bouche survolait l'artère de mon avant-bras. Il ne se nourrissait pas – je l'aurais senti aspirer mon énergie, même s'il ne transperçait pas la peau – mais il essayait sûrement d'être convaincant. Et il s'était positionné de façon à me chuchoter à l'oreille, de sa voix terriblement grave :

— C'est plutôt vous qui m'inquiétez. Vous prétendez n'être qu'une humaine. Pourtant, ce n'est pas le cas. Donc soit vous êtes complètement inconsciente, soit vous cachez bien votre jeu. Quelle affaire urgente vous amène ici, ce soir ?

Le *geis* goûtait les délices du souffle velouté de Mircea sur ma joue. Le sortilège plongeait mon corps dans un nuage molletonné de douceur qui m'empêchait presque de respirer. Alors quant à parler... Et qu'est-ce que j'aurais pu lui raconter ? Il y avait un problème, sinon, je n'aurais pas été là. Mais je ne savais pas lequel ! Et, tant que j'étais avec lui, je pouvais oublier l'idée de le régler. Je commençais vraiment à me dire que mon pouvoir ne savait pas ce qu'il faisait.

— Vous m'avez gâché le spectacle, a murmuré Mircea. Je ne pouvais penser à rien d'autre qu'à votre corps charmant, alangui devant moi. Dans ma loge... dans ma calèche... dans mon lit.

Il m'a fait pivoter pour me faire face, et sa bouche s'est de nouveau emparée de la mienne. Notre baiser était à la fois plus brutal et plus doux, menaçant de m'étourdir d'un plaisir insensé. La perspective de me dégager était aussi absurde que celle d'affronter l'ensemble des occupants de la pièce et d'en sortir indemne.

Au bout d'un moment, Mircea s'est retiré, les pupilles étincelantes, les joues en feu.

— Pourquoi est-ce que je ressens un besoin si impérieux de vous toucher ? (Sa voix s'était éraillée.) Que m'avez-vous fait ?

C'était plutôt à moi de lui poser cette question.

— Je suis venue vous aider, ai-je rétorqué d'une voix tremblante. Vous êtes en danger.

Ses doigts ont caressé les lignes de mon visage, doucement, tendrement, comme s'ils se consacraient à une partie bien plus intime de mon anatomie. J'ai humecté mes lèvres. Les yeux de Mircea se sont posés sur ma bouche.

— C'est ce que je constate.

— Mircea ! Je suis sérieuse !

— Nous nous appelons donc par nos prénoms. Fort bien. J'ai horreur des convenances. (Tandis qu'il parlait, le *geis* me harcelait. Persistant. Douloureux. Je sentais la puissance de ses épaules sous mes mains, la fermeté de sa virilité contre mes hanches. J'ai dû puiser au plus profond de ma volonté pour empêcher mon corps de se cambrer contre lui, de le supplier tacitement de me prendre.) Puisque vous connaissez le mien, je crois être en droit de connaître le vôtre.

J'ai bien failli le lui révéler. C'est dire si j'étais à l'ouest. Au tout dernier moment, j'ai eu un sursaut de raison. Mon cerveau m'a hurlé un avertissement et je me suis mordu la langue pour étouffer mes paroles. La douleur a ravivé mes esprits et j'ai de nouveau perçu les accents d'une valse et le brouhaha des conversations.

J'ai regardé autour de moi, mais je n'ai rien vu d'autre, derrière la fosse d'orchestre, que des ombres indistinctes striées par les rais de lumière des bougies. Le plafond haut se fondait dans l'obscurité. Seules les dorures effritées des fresques reflétaient çà et là les flammes. À côté, les deux vampires avaient fini leur repas. Bizarrement, la jeune femme était toujours en vie. Le mâle lui a tendu une flasque pour qu'elle boive. Elle a accepté sans hésiter. Elle en était arrivée au point où elle aurait sauté du toit la tête la première s'il le lui avait demandé.

Quelque part, dans tout ce bazar, il y avait le problème que j'étais venue résoudre. Et, si je voulais avoir le moindre espoir d'y arriver, j'allais devoir me concentrer.

— La cible, ça pourrait être cette femme, ai-je dit à Mircea. Celle qui vous accompagnait au théâtre. Est-elle ici ?

C'était sûrement plus malin de les garder tous les deux à l'œil. Cela dit, si un maître vamp s'en prenait à eux, je n'avais aucune idée de ce que j'étais censée faire. Il a haussé un de ses sourcils noirs. Je connaissais bien cette expression.

— Pourquoi vous le dirais-je ? Je connais votre nature. J'ai beau être très ouvert d'esprit, d'autant que vous êtes jeune et peu vêtue… (Il a remonté ses doigts le long de ma colonne vertébrale, l'effleurant légèrement.) D'ailleurs, à chacune de nos rencontres, vous l'êtes de moins en moins : je me réjouis de cette tendance. (Ses paroles étaient badines mais il scrutait mon visage avec intensité.) Cependant, si fâcheuse que soit Augusta, sa mort le serait encore plus.

— Dans ce cas, aidez-moi à l'empêcher !

— Êtes-vous vraiment venue l'empêcher ? Vous avez secouru l'homme qui voulait nous administrer du poison…

— C'était quelqu'un d'autre ! Lui, il essayait de vous empêcher de boire !

— … et vous ne voulez pas me donner votre nom. Pourtant, vous me demandez de vous faire confiance.

— Si vous pensez que je suis votre ennemie, pourquoi m'avoir secourue ? Pourquoi ne pas avoir laissé Dmitri se faire les dents sur moi ?

La bouche de Mircea s'est fendue d'un sourire carnassier.

— Dans certaines occasions, une démonstration de force peut s'avérer utile. Et je n'aime pas cet individu. Les goûts de Dmitri sont bien connus, et je les trouve… rebutants. Le priver d'une proie n'a pas été un sacrifice. (Sa main a glissé le long de mon dos, et ma colonne vertébrale s'est liquéfiée.) Maintenant, petite sorcière, vous allez m'expliquer la raison de votre présence parmi nous, et la nature des événements étranges qui se sont déroulés au théâtre, il y a quelques nuits de cela.

Je suis restée les bras ballants, à le dévisager… Je séchais complètement. Je ne pouvais pas lui dire la vérité. Pas si je voulais éviter d'altérer encore plus le cours de l'histoire. Mais si je lui racontais un bobard, il allait flairer le mensonge avant que j'ouvre la bouche. Il ne me restait qu'une possibilité. Ça pouvait fonctionner.

— Conduisez-moi à Augusta, et je réfléchirai à votre demande. (Devant son hésitation, je me suis forcée à éclater de rire.) Le grand Mircea aurait-il peur d'une jeune fille désarmée ?

Ses lèvres se sont retroussées, légèrement amusées, avant de céder la place à un véritable sourire. Ça le rajeunissait. Il a soulevé ma main pour déposer un baiser au creux de ma paume.

— Vous avez raison, bien sûr. Que serait la vie sans le piment du danger ? (Il a calé mon bras dans le sien.) Venez. Allons voir ce qu'Augusta fera de vous.

Augusta n'a pas été bien difficile à trouver, malgré la foule qui se pressait dans la salle de bal. Accompagnée d'une autre femelle vamp, une brune menue, elle avait réquisitionné un emplacement de l'autre côté de la pièce, et libéré l'espace au sol. Des badauds s'étaient massés autour d'elles. Ils riaient et poussaient des cris d'encouragement. Je ne comprenais pas la raison de toute cette excitation : à mes yeux, les deux vampires étaient simplement debout au milieu du cercle formé par la foule.

On s'est arrêtés à côté du vamp en toge.

— Votre Augusta est en train de se forger une belle réputation, a fait remarquer ce dernier.

Mircea a pris un air affligé.

— Ce n'est pas mon Augusta, a-t-il chuchoté, provoquant l'hilarité du vampire.

Il avait l'air plutôt quelconque, avec son teint buriné et ses cheveux en pétard – apparemment, il avait le même coiffeur que Pritkin – mais son rire a complètement transformé son visage. Ses yeux ambrés se sont illuminés et ses traits se sont empreints de charme. Quand il riait, il était très beau.

— Elle prétend le contraire.

— Vous êtes bien placé pour savoir, Consul, que certaines femmes ont des penchants pour l'exagération… et les sautes d'humeur.

— Ce sont les plus passionnées, a-t-il confirmé. Mais le jeu en vaut souvent la chandelle. Puisque nous parlons de furies, comment se porte votre Consule ?

— À merveille. Vous avez tardé à poser la question. Je commençais à m'inquiéter.

— Les nouvelles que vous m'avez apportées m'ont bel et bien ôté tout le reste de l'esprit.

— Dois-je le lui dire ?

Le vamp a de nouveau pouffé de rire.

— Seulement si vous tenez à déclencher une guerre, mon ami. (Le vamp n'avait pas daigné me jeter le moindre coup d'œil. Ça devait être dû à mon statut de hors-d'œuvre. Enfin, c'était ce que j'imaginais. Mais son regard a fini par errer dans ma direction.) Et qui est cette personne ? Commenceriez-vous une collection de jolies blondinettes ?

Le Consul m'a décoché un sourire forcé. Mircea a sensiblement resserré son étreinte.

— Ne sommes-nous pas autorisés à venir accompagnés, Consul ?

— Certainement. D'un des nôtres. Ou d'un être humain. (Il m'a soulevé le menton d'une chiquenaude. Quelque chose a changé, dans son regard. On aurait dit qu'un tueur pointait le bout de son nez derrière ce masque de jovialité.) Charmante. Et très puissante. Vous répondrez de ses actes, bien entendu.

Mircea s'est incliné légèrement et le Consul est retourné vaquer dans la salle de bal, badinant de-ci de-là, reprenant son allure de charmeur. J'ai réprimé un frisson.

— Ils n'ont pas l'air d'apprécier les utilisateurs de magie par ici, ai-je suggéré timidement.

— Ils peuvent compliquer les choses. Nous devons prendre diverses précautions en présence de vos semblables.

— Ça m'étonne qu'il m'ait autorisée à rester.

— Il est de bonne humeur. Nous venons tout juste, Augusta et moi-même, de lui ôter une épine du pied.

— Je n'ai pas l'intention de causer le moindre problème, lui ai-je assuré avec ferveur. (Mircea m'a considérée, un sourire narquois aux lèvres.) Je vous assure !

— Pourquoi en douterais-je ? Peut-être parce qu'à notre première rencontre, j'ai failli être empoisonné ? Ou qu'à la seconde, j'ai échappé de peu à un duel ? (Son sourire s'est élargi.) Fort heureusement, les ennuis ne m'effraient pas. Dans la mesure où, ainsi que le disait le Consul, le jeu en vaut la chandelle.

Comme je ne savais pas quoi répondre, on s'est mis à observer les deux femmes en silence. Je ne comprenais toujours pas ce qu'elles fabriquaient. Probablement parce qu'elles nous tournaient le dos. La vamp brune portait une robe bleu clair couverte de dentelles à outrance. La couleur froide contrastait avec la splendide robe champagne satiné d'Augusta, dégagée aux épaules et dotée d'une traîne blanc cassé et dorée. Je ne l'aimais pas beaucoup, mais je devais admettre qu'elle avait du style. Les jupes longues m'ont un moment caché la vue, mais quelque chose s'en est échappé. Pour se diriger droit sur moi.

— Oh non ! Il s'est échappé !

La voix d'Augusta, euphorique, a retenti à travers la pièce. Une créature nue aux yeux fous se ruait à quatre pattes vers le cercle de spectateurs, laissant derrière elle un sillage de gouttelettes. Elles tombaient, noires et épaisses, sur le marbre vert foncé. Juste avant que l'homme m'atteigne, une main lui a tiré brutalement la tête en arrière et l'a envoyé valser sur le côté.

Augusta s'est avancée vers lui, munie d'une laisse dont elle avait enroulé l'extrémité autour de son cou. L'homme nu était allongé sur le dos. Il tremblait de terreur tandis qu'elle le toisait de toute sa hauteur.

— Debout, a-t-elle ordonné avec impatience, tout en tirant sur la laisse.

Le menton de l'homme s'est soulevé et j'ai aperçu son visage à travers une touffe grasse de cheveux noirs emmêlés. Sa bouche s'est agitée laborieusement, avant de se figer dans un rictus haineux qui le rendait méconnaissable. Mais j'avais déjà vu ces yeux d'un noir d'encre. J'en avais fait de nombreux cauchemars.

— Jack, ai-je soufflé.

Il m'a regardée, éperdu.

— Qu'est-ce qui ne va pas ? s'est exclamée la brune. Je croyais que tu aimais bien t'amuser avec les dames !

— Je crois qu'il les préfère à sa merci, a rétorqué Augusta en ratissant la poitrine de Jack de ses ongles acérés, la laissant ravinée de rigoles rouges slalomant entre ses poils épars. Alors comme ça, ils t'appellent « l'Éventreur » ? a-t-elle susurré d'une voix suave. Quand j'en aurai fini avec toi, tu mériteras vraiment ce surnom.

L'homme s'est recroquevillé pour essayer, en vain, d'échapper à ces ongles aussi coupants que des dagues. Lorsque j'ai vu son dos, j'en ai eu le souffle coupé. Presque toute sa peau avait été lacérée, et le peu qui lui restait pendouillait en fines bandelettes. Mircea l'a également remarqué.

— Si vous ne lui laissez pas le temps de se remettre, Augusta, il mourra très vite. Ce qui gâcherait votre plaisir, a-t-il fait remarquer froidement.

Elle a éclaté de rire.

— Oh, je ne crois pas, a-t-elle rétorqué en lui jetant un regard malicieux.

Mircea s'est agenouillé près de l'homme en fronçant les sourcils. Au bout d'un moment, il s'est relevé.

— Vous avez transformé ce détraqué en l'un des nôtres ? a-t-il demandé, incrédule.

— Je me débarrasserai de lui dès que j'en aurai fini. Sauf si vous préférez vous en charger, pour vous dédommager du mal qu'il vous a donné. (Sa voix était parfaitement décontractée.

Elle parlait tout en caressant le visage de Jack, d'une main presque tendre. Soudain, il a poussé un cri de détresse à moitié étouffé. J'ai remarqué avec dégoût qu'elle venait d'enfoncer un de ses ongles interminables dans son orbite droite.) Il me plaît. J'aime bien sa façon de hurler.

Mircea a secoué la main de Jack, qui s'était accrochée à son pantalon dans un geste de supplication muette, et Augusta a de nouveau entraîné sa victime au centre de l'arène improvisée. C'était un endroit plus stratégique pour l'exhiber, j'imagine. Mircea m'a regardée. Je luttais pour ne rien laisser paraître de mes émotions.

— Comment pouviez-vous savoir de qui il s'agissait ? Augusta a attendu ce soir pour le révéler.

— Une simple rumeur, ai-je réussi à articuler après avoir péniblement dégluti. Comment l'avez-vous trouvé ?

— C'est lui qui nous a trouvés. Nous cherchions quelqu'un d'autre. (Jack a hurlé. La brune venait de lui piétiner l'entrejambe d'un coup de talon. Je n'ai pas pu m'empêcher de tiquer.) Elle va finir par s'en lasser. Lorsqu'elle l'aura brisé…

Je n'ai pas fait de commentaire. Ils s'apercevraient assez tôt qu'on ne brise pas facilement un esprit déjà détraqué. Mon attention est passée de Jack aux deux formes spectrales qui venaient de quitter la foule de badauds pour pénétrer le cercle, invisibles aux yeux de tous. L'une des formes était la chose intrigante de tout à l'heure. L'autre était Myra.

Je me suis figée. Au centre de cette arène, il y avait mon enquiquineuse professionnelle en chef dans toute sa splendeur astrale. Je l'avais reconnue sans difficulté : la dernière fois qu'on s'était vues, elle n'était également qu'un esprit. J'avais du mal à en croire mes yeux : elle avait l'air encore plus en forme qu'avant mon attaque au couteau. Ses cheveux, gras et raides comme des fils la dernière fois qu'on s'était vues, étaient rayonnants et bien coiffés. Elle avait le teint pâle mais elle avait l'air d'avoir pris les quelques kilos qui lui manquaient. Comment avait-elle pu se remettre si vite ?

— Qu'est-ce que tu fais ici ? ai-je demandé.

Mircea a cru que je lui parlais.

— Vous vouliez voir Augusta. Elle est là. En parfaite santé.

— Je viens réparer un méfait. (Myra avait une voix douce et aiguë, presque enfantine, qui détonnait complètement avec son expression. Si elle avait pu me tuer d'un seul regard, elle m'aurait déjà éliminée.) N'est-ce pas le but de notre formation ?

Elle ne s'approchait pas. Elle restait tout près de la brune. Je ne savais pas si c'était à cause d'Augusta ou pour se protéger de mes poignards. Au cas où, j'ai dégagé une main de la cape de Mircea. Mais il m'a saisi le poignet.

— C'est un joli colifichet que vous avez là. Mais je ne vous conseille pas de vous en prendre à Augusta. Vous pouvez constater par vous-même le sort qu'elle réserve aux personnes assez folles pour l'attaquer.

Je l'ai ignoré.

— Quel méfait ?

— Oh ! J'oubliais ! a ajouté Myra, tout miel. Tu n'as reçu aucune formation ! Ma pauvre...

Sa voix doucereuse commençait vraiment à me taper sur les nerfs.

— Ce n'est pas un jeu, Myra.

— Non, a-t-elle concédé. C'est un concours. Et l'enjeu est de taille. On pourrait même dire que c'est un enjeu vital.

— Et ça veut dire quoi, en clair ?

Mircea a suivi mon regard. Bien sûr, il n'a rien vu.

— À qui parlez-vous ?

— En clair, ça veut dire que tu n'es pas apte à devenir la Pythie. (Elle m'a toisée de ses yeux d'un bleu si clair qu'ils étaient presque blancs. Ils n'étaient sûrement pas aussi translucides sous forme physique, mais sous forme astrale ils étaient effrayants.) Agnès était vieille et dangereusement déséquilibrée lorsqu'elle t'a nommée. Si elle avait exprimé son choix selon l'usage, tout le monde aurait hurlé de rire et on l'aurait expulsée manu militari. Mais elle a sauté cette étape, n'est-ce pas ? Elle a bien entubé tout le monde ! Elle a bousillé un système en place depuis des milliers d'années. Je suis là pour réparer les dégâts.

— En me tuant ?

— Non ! Ce serait beaucoup trop primitif. Je vais t'expliquer un truc qui te servira de leçon, a-t-elle lancé d'un ton badin. Ça sera ta première et ta dernière. Chaque individu se déplaçant le long de la trame temporelle est défini par son passé. Pour redéfinir un individu, il suffit de lui enlever son passé, de le changer… (Elle m'a décoché un sourire plein de cynisme.)… ou de le bazarder complètement.

— C'est bon. Je suis au courant. (Ce que je ne comprenais pas, c'était la raison pour laquelle elle se trouvait ici, à cette époque. Si Augusta venait juste de transformer Jack, ça voulait dire qu'on était à la fin des années 1880. Si Myra voulait changer mon passé, elle s'y prenait un peu tôt.) Où veux-tu en venir ?

— Que se passe-t-il ? a demandé Mircea.

Son regard faisait des va-et-vient entre les vampires et moi, comme s'il comprenait qu'il était en train de rater un épisode.

— Où je veux en venir ? s'est moquée Myra. T'es vraiment bouchée, ma parole ! Une novice de première année capterait plus vite.

Elle a regardé Mircea en coin. Je me suis crispée : décidément, je n'aimais pas son expression.

— Si tu veux me tuer, pourquoi t'en prendre à lui ?

— Tu n'as toujours pas pigé le concept de cause et d'effet, à ce que je vois. (Sa voix avait un timbre sincèrement étonné.) Tu veux que je te fasse un dessin ? Mircea t'a protégée pendant toute ta vie, ou presque. Pourquoi crois-tu qu'Antonio ne t'a jamais tuée sur un coup de tête ? Pourquoi crois-tu qu'il t'a accueillie les bras ouverts après ta fugue ? Si Mircea tombe, cette protection tombe aussi. Résultat : tu meurs avant de poser problème.

La créature derrière Myra a légèrement tressailli, comme si elle n'appréciait pas plus que moi la nouvelle. Ses immenses yeux ont fait des va-et-vient entre nous, passant de l'argenté au violet foncé. Sa silhouette diaphane s'est mise à scintiller bizarrement et d'un seul coup, sans crier gare, l'esprit s'est transformé. Son visage pâle, presque informe, s'est fendu de crocs vicieux, et ses yeux se sont voilés d'un liquide rouge sombre ressemblant à du vieux sang. J'ai regardé le spectre avec stupéfaction, mais Myra n'a pas eu l'air de l'avoir remarqué. Elle pensait peut-être que je lui faisais une grimace.

— Et Agnès, elle posait problème aussi ? ai-je demandé. (Je supposais que c'était Myra qui avait empoisonné le vin de Mircea. Je ne savais pas comment elle avait pu récupérer si vite, mais sa présence ce soir prouvait qu'elle aurait été capable de se rendre au théâtre. On n'avait pas beaucoup de concurrence... Je n'avais aucun moyen de savoir si elle s'était servie du même poison, mais la similarité de méthode était troublante.) C'est pour ça que tu l'as tuée ?

Myra a éclaté de rire, comme si j'avais dit quelque chose de vraiment drôle.

— Ça, c'est interdit. Tu ne savais pas ? a-t-elle lancé.

Soudain, elle est entrée dans le corps de la brune et s'est évanouie. Mircea m'a agrippée par l'avant-bras.

— Avez-vous perdu la raison ?

— La brune ! ai-je émis, pantelante.

Je n'ai pas eu le temps d'en dire plus : la vamp que Myra venait de posséder s'est jetée sur Mircea. En un battement de cil, il l'a attrapée par le cou et l'a éloignée. Elle s'est tortillée dans tous les sens, elle s'est débattue, mais elle n'avait pas le bras assez long. Cela dit, si elle avait pu le toucher, ça n'aurait pas fait une grande différence. Apparemment, pour Myra, un vamp était un vamp. Elle ne comprenait pas que la brune était une enfant en comparaison de Mircea. Il pouvait la mettre en pièces comme il voulait. Mais elle apprenait vite. En moins d'une minute, Myra avait déserté la jeune femme et s'était perdue dans la foule.

La brune s'est effondrée et a éclaté en sanglots. Elle s'est accrochée aux pieds de Mircea et l'a supplié de la pardonner. On comprenait à peine ses paroles.

— Elle était possédée. Elle ne savait pas ce qu'elle faisait, lui ai-je dit.

Il a relevé la vamp hystérique et m'a regardée. Son visage était noir de colère.

— C'est impossible de posséder un vampire !

J'ai pensé à Casanova mais j'ai préféré ne pas ouvrir le débat.

— C'est vrai, ai-je concédé. La plupart des créatures en sont incapables.

Je parcourais la foule des yeux. Elle était plus dense : cet accès de violence avait attiré les danseurs. J'avais déjà possédé un vampire. Un maître de niveau un. Mais il y avait une différence : je l'avais fait par accident. Je ne connaissais pas cette facette de mon pouvoir. En plus, j'avais eu la peur de ma vie et le vamp en question avait eu du mal à s'en remettre. Mais apparemment, Myra pouvait faire ça quand ça lui chantait. Et, comme on était dans une salle bondée de vampires, elle avait l'embarras du choix.

— Quelque chose rôde. Qui est-ce ?

Mircea a repoussé la vampire en pleurs dans les bras d'Augusta – sa maîtresse, j'imagine – et s'est mis à inspecter la foule à son tour. Ses yeux noirs absorbaient tout, mémorisaient chaque visage, mais ça n'avançait à rien.

Je n'ai pas eu besoin de répondre. Une femme tout droit sortie de la cour de Versailles, avec des paniers sous sa jupe en satin blanc cassé et une perruque de cinquante centimètres de haut, est sortie de la foule. Contrairement à ce que je pensais, elle ne s'est pas dirigée tout droit sur Mircea. Elle a titubé jusqu'au centre de l'arène et s'est approchée de Jack d'une démarche malhabile. Ce dernier avait rampé sur le côté pour essayer de se fondre dans l'obscurité. Elle lui est rentrée dedans et ils ont fait un roulé-boulé. Les jambes nues et maculées de Jack se sont enchevêtrées dans le satin brodé de la femme. Mais Augusta a tiré sur la laisse pour repêcher sa proie, avant de la dégager sans ménagement.

La vamp ne s'est pas relevée. Elle est restée au beau milieu de l'arène, les yeux révulsés, la tête oscillante, les membres tremblants. Elle avait l'air de lutter contre la possession, d'essayer de rejeter Myra. Ça m'aurait beaucoup aidée qu'elle y arrive. Mes poignards pouvaient trancher la chair aussi facilement que l'esprit, mais je ne pouvais pas courir le risque d'attaquer Myra pendant qu'elle occupait le corps de quelqu'un d'autre. Ses marionnettes ne méritaient pas de mourir prématurément. Et je ne vous raconte pas les dégâts que ça aurait occasionnés sur le fil du temps.

Quelques vamps ont commencé à s'approcher de la femme. Ils avaient l'air inquiets. J'ai attrapé Mircea par le bras.

— Éloignez-les ! Si je veux mettre un terme à tout ça, il faut que j'arrive à viser correctement.

— Non ! Vous n'allez pas tuer l'hôte simplement pour…

— Je ne vais pas toucher à l'hôte, ai-je rétorqué tandis que la femme donnait des coups en l'air en hurlant. Dès que l'esprit se sera rendu compte qu'il ne peut pas la contrôler, il va sortir. Et dès qu'il sortira…

Je me suis interrompue. C'était trop tard. Normalement, Myra aurait dû être incapable d'entendre mon commentaire, chuchoté à quelques mètres d'elle. Mais, vu qu'elle avait un corps de vampire, elle avait aussi une ouïe de vampire. Le visage de la femme s'est soulevé pour me décocher un sourire digne d'une grimace, et la vamp s'est affalée. L'une des femmes venues à son aide s'est évanouie dans la foule. Elle avait sûrement embarqué un passager. Et mince !

J'ai passé les spectateurs en revue, mais lorsque j'ai fini par la repérer elle a disparu dans les bras d'une jeune vamp. Myra jouait à cache-cache.

— Faites attention aux femmes ! ai-je lancé à Mircea en espérant que Myra m'entendrait.

Jusque-là, elle n'avait possédé que des femelles. Elle n'aimait certainement pas plus que moi occuper un corps d'homme. En plus, les vamps entourant Mircea étaient toutes des femmes. Si Myra m'avait entendue et avait choisi un mâle, Mircea aurait au moins une demi-seconde de battement pour réagir avant de se faire attaquer.

J'ai repris mon inspection de la foule de vamps. Elle était parcourue de murmures mais ne donnait aucun signe de dispersion. Au contraire : les badauds approchaient de plus belle, de tous les coins de la salle de bal, comme si tout le monde sentait qu'il allait y avoir du sport. Et, plus on se massait autour de nous, moins c'était évident d'anticiper l'endroit d'où Myra frapperait.

J'ai senti la peur me parcourir la colonne vertébrale. Je ne voyais rien d'autre qu'un rideau de visages. En attente. Avides de voir quelqu'un saigner, quelque chose mourir. Un mâle vêtu d'un burnous vert vif s'est effondré au sol. Une seconde plus tard, il se relevait déjà et balayait la pièce du regard, un sourire carnassier aux lèvres. Ses crocs étaient d'un blanc d'ivoire sur sa peau noire. Ensuite seulement, j'ai senti un mouvement au centre de l'arène. Le visage d'Augusta s'est empreint de haine et ses yeux bleus ont rétréci. Ce n'étaient plus que deux minuscules glaçons. Le jeune homme n'avait été qu'une diversion.

J'ai enfoncé mes doigts dans le bras de Mircea.

— Non ! Pas lui ! Elle est à l'intérieur d'Augusta !

Un chuchotement a parcouru la foule. Tout le monde savait qu'il y avait un problème, mais personne n'avait envie d'intervenir. On était en Europe. Et Mircea, tout comme Augusta, était membre du Sénat nord-américain. S'ils voulaient s'entretuer, c'était leur affaire. Personne ne lèverait le petit doigt pour calmer le jeu ou intervenir.

— Vous ne pouvez pas la tuer, me suis-je empressée de lui dire. Mais… mettez-la hors d'état de nuire. Ou un truc du genre.

Juste le temps de forcer Myra à sortir pour m'affronter. Augusta s'est emparée du colossal chandelier en métal, de la taille d'un portemanteau, qui illuminait la pièce. Elle l'a soulevé comme s'il était en carton-pâte, et je me suis rendu compte que mon plan avait une légère faille : si elle était membre du Sénat, ça voulait dire que c'était une maîtresse de niveau un.

Comme Mircea.

Augusta nous a chargés en brandissant le chandelier incandescent. Mircea m'a poussée hors de son chemin. Elle nous est passée devant à toute vitesse mais elle a fait demi-tour en quatrième vitesse pour nous attaquer de plus belle, en maniant le chandelier comme s'il s'agissait d'une épée colossale. Les vampires ont une peur bleue du feu. Et, vu la façon dont elle agitait les bougies, leurs flammes pouvaient écharper n'importe qui. Un vent de panique s'est mis à souffler sur la salle. Et tout le monde s'est rué vers la porte.

Augusta a de nouveau abattu son arme. Mircea l'a esquivée. Une silhouette sombre a émergé de la foule et s'est jetée sur lui, main tendue. Mircea ne l'avait pas vue arriver, mais, quand le pieu s'est enfoncé dans son côté, il l'a bien senti. J'ai crié. Pendant un moment, Dmitri m'a regardée d'en bas, un sourire maléfique aux lèvres, et son visage s'est figé. J'ai vu une lame sortir de sa poitrine. Parfaitement inclinée, elle avait dû transpercer le cœur. La main de Mircea était refermée sur sa garde. Dmitri l'a regardée avec incrédulité avant de s'affaisser au sol, le corps agité de violentes convulsions.

Mircea est tombé sur un genou, une main à son côté, et j'ai vu l'ampleur des dégâts. La lame de Mircea était en métal. Ce qui voulait dire qu'au bout d'un moment Dmitri allait s'en remettre. En revanche, le pieu que Mircea s'est extrait du flanc était en bois. Quand je l'ai vu, j'ai cru défaillir. J'essayais de me rassurer : il en fallait plus pour tuer un maître du premier niveau, même si le pieu avait entamé son cœur. Mais, avec Augusta dans les parages pour finir le job, ça ne me soulageait pas spécialement.

Elle avait interrompu son attaque. Lorsqu'elle avait vu Mircea s'effondrer, la surprise s'était lue sur son visage, mais elle s'était vite reprise. Elle s'est jetée en avant pour arracher la lame ensanglantée de la poitrine de Dmitri. Elle m'a regardée en éclatant de rire.

— Tu pourrais peut-être t'interposer, histoire que ça devienne amusant !

Elle s'est retournée vers Mircea et je n'ai pas hésité une seconde. La mort d'Augusta allait sérieusement altérer le temps, mais pas plus que celle de Mircea. Et, en voyant le sang jaillir de son corps, j'avais eu la peur de ma vie. Je n'allais pas regarder Augusta décapiter Mircea sans rien faire !

Mes poignards ont fusé du bracelet et se sont dirigés droit sur Augusta. Comme elle jouissait momentanément d'une agilité vampirique, elle a réussi à déplacer le chandelier assez vite pour parer. Mais, ce faisant, une des bougies s'est déchaussée et a rebondi sur son épaule, avant de tomber par terre. Une étincelle a pris feu dans le corsage de sa robe, plus petite qu'une flamme d'allumette. Un être humain l'aurait étouffée entre ses doigts, sans plus d'inquiétude, mais Augusta s'est mise à crier et à s'agiter dans tous les sens, comme une noyée en train de couler vers une mort certaine.

Apparemment, la terreur qu'Augusta éprouvait pour le feu avait triomphé de l'emprise de Myra : elle avait instantanément oublié son attaque. Mircea a essayé de la maintenir immobile le temps d'étouffer les flammes avec son mouchoir, mais elle n'a rien voulu savoir. Elle a glissé dans une flaque de sang de Jack et s'est retrouvée par terre, sur son élégant derrière. J'ai dû sauter sur le côté pour éviter qu'elle dégringole sur moi.

— Augusta ! Restez tranquille ! a mugi Mircea.

Mais Augusta n'écoutait pas.

Au lieu d'éteindre les flammes, tous ses roulés-boulés avaient eu pour effet de les alimenter d'autant plus en oxygène, et une langue de feu s'est propagée le long des abondantes boucles encadrant son visage. Ses cris sont devenus plus stridents et elle a arraché sa coiffure à la mode, l'envoyant valser à travers la pièce. Je comprenais mieux pourquoi sa tête ne s'était pas embrasée comme un bûcher aspergé d'essence : la moitié de cette chevelure n'était pas la sienne. C'était probablement une perruque constituée de cheveux humains.

Myra s'est échappée de son corps. Maintenant qu'elle n'avait plus la barre, elle abandonnait le navire. J'ai crié sur mes poignards en gesticulant : ils visaient Augusta, toute à sa terreur.

— Non ! Pas elle ! Myra !

Soit ils ne m'ont pas entendue, soit ils s'amusaient trop pour obéir. Heureusement, l'étrange créature spectrale avait plus de suite dans les idées : elle s'est engouffrée en coup de vent à l'intérieur de Myra. L'être avait beau n'avoir aucune consistance, la sibylle a titubé en arrière et s'est mise à ratisser sa poitrine en hurlant. Au bout d'une seconde de stupéfaction, je me suis rendu compte qu'elle venait de subir l'équivalent fantomatique d'un cambriolage. Ensuite, l'esprit a émergé de son dos. Il s'était tellement gavé de pouvoir qu'il irradiait d'un éclat argenté. J'avais l'impression de regarder au beau milieu d'un projecteur.

Le temps de cligner les paupières, l'esprit s'est évanoui et Myra est tombée à genoux. Elle était presque transparente : l'énergie qui aurait dû la maintenir active dans cet espace-temps pendant plusieurs heures l'avait désertée. Elle a braqué sur moi ses yeux bleus brillants de haine.

— Ça ne fait rien. Tu ne peux pas lui servir constamment de garde du corps.

Et elle a disparu. À ce moment précis, Augusta s'est remise laborieusement sur pied et s'est approchée tant bien que mal de Mircea. Elle gesticulait en hurlant, comme si tout était sa faute. Je lui ai lancé sa cape, dont il l'a enveloppée pour étouffer les flammes, et j'ai senti le pouvoir me titiller.

— Dites-moi, petite sorcière, m'a-t-il dit, pantelant. (Il avait l'air d'avoir du mal à maîtriser la vampire affolée.) Que se passe-t-il lorsque vous essayez effectivement de jouer les trouble-fête ?

Une vague de vertige et de nausée m'a parcourue et je me suis sentie tomber. J'ai atterri la tête la première dans le lit de camp de Mac, sur lequel Billy était en train de faire une patience. J'ai éparpillé ses cartes dans tous les sens.

— Grand chelem, ai-je articulé à grand-peine avant de m'évanouir.

Chapitre 8

J'ai passé une demi-heure dans les toilettes, à rendre tripes et boyaux. Dès que le pouvoir était retombé, je m'étais sentie complètement HS, avec un mal de crâne à m'en donner la nausée. Bien entendu, à peine étais-je de retour que Mac avait décidé de vérifier si j'allais bien. Il m'avait trouvée toute verte et tremblante. Du coup, il était parti chercher quelque chose à manger en se disant que le problème était dû au fait que je faisais une hypoglycémie. Si seulement…

Billy a bougé pour que je puisse m'étendre sur le lit sans être obligée de m'allonger sur une partie de son corps.

— Est-ce que tu as vu Casanova ? ai-je demandé d'une voix rauque.

J'avais réquisitionné une des bières de Mac pour étancher ma soif. Au moment où l'alcool a atteint mon estomac, j'ai presque réussi à me rendre de nouveau malade.

— Ouais. En revanche, Chavez est aux abonnés absents. Il fait peut-être profil bas le temps que les mages se cassent du *Dante*. Je sais pas. En tout cas, Casanova a dit qu'il allait mettre tout ça sous clé dès qu'il se pointerait. (J'ai hoché la tête. C'était moins pire que ce que j'avais imaginé. Si Chavez avait été assez malin pour esquiver une inspection surprise sur son lieu de travail, les objets qu'il transportait étaient sûrement en sécurité.) Alors ? Tu te jettes à l'eau ? m'a demandé Billy en battant les cartes.

D'habitude, il ne soulevait jamais aucun objet, sauf quand il voulait frimer. Mais je me sentais trop mal en point pour être impressionnée.

— De quoi tu parles ?

Allongée sur le lit de camp, j'essayais de convaincre mon estomac qu'il ne restait plus rien à vomir. Je ne comprenais vraiment pas ce qui m'arrivait. Ce n'était pas la première fois que je faisais un saut dans le temps. Je ne m'étais jamais sentie comme ça en revenant.

— Tu vas réparer ton talisman ?

Je lui ai jeté un regard noir. J'avais presque oublié. Mon pentagramme aurait pu s'avérer utile contre Dmitri. Et il m'avait déjà prouvé qu'il était capable de voyager dans le temps avec moi. Malheureusement, je ne pouvais pas prendre le risque de le réparer.

— Ouais, c'est ça. Comme ça, je devrais une faveur au pouvoir.

— Il t'en doit déjà un paquet, si tu veux mon avis. Tu sues sang et eau pour ses beaux yeux. C'est pas comme si tu voulais aller te promener !

— Je ne suis pas sûre qu'il voie les choses de cette façon.

Billy a craché la fumée d'une cigarette spectrale. Le nuage a formé un rond qui s'est élevé presque jusqu'au plafond avant de disparaître. Un jour, je lui avais demandé pourquoi il était incapable de boire du tord-boyaux fantôme alors qu'il arrivait à fumer des cigarettes fantômes. Ça m'aurait épargné un certain nombre d'incidents embarrassants et beaucoup de jérémiades ! Il m'avait répondu que tout ce qu'on a sur soi à sa mort – tout ce qui touche son corps, en gros – peut se matérialiser. Bien entendu, ça fait ensuite partie de l'énergie inhérente de l'individu. Donc, techniquement, Billy se fumait lui-même. Apparemment, il y trouvait une certaine satisfaction. Dommage qu'il n'ait pas eu une bouteille de whisky sur lui avant son baptême de plongée en sac de jute !

— Pourquoi tu parles tout le temps de ce pouvoir comme si c'était une personne ? a-t-il demandé. (C'était une bonne question.) À t'écouter, on a l'impression qu'il se promène avec un calepin et qu'il note toutes les faveurs que tu lui dois, histoire de te faire cracher un jour ou l'autre. Et si ça ne marchait pas comme ça ? C'est peut-être une énergie naturelle. Comme la gravité. Sauf que, au lieu de tout coller par terre, ça résout les problèmes de la trame temporelle en envoyant quelqu'un la rabibocher.

J'ai secoué la tête. Sa théorie était étonnamment logique, mais au fond de moi je savais pertinemment que le pouvoir auquel j'avais affaire était conscient. Que ce n'était pas une force aveugle. Et il savait pertinemment que j'en avais marre de bosser pour son service après-vente, mais ça lui faisait ni chaud ni froid.

— Je ne crois pas.

— OK. Alors explique-moi. Je veux être sûr de bien comprendre. (Billy m'a distribué une main composée de deux as noirs, d'une paire de huit noirs et du roi de pique.) On appelle cette main « la main du mort » : d'après la légende, Wild Bill Hickok avait cette combinaison au moment de se faire tirer dans le dos. (Hickok était mort en 1876, soit un peu plus de vingt ans après Billy, mais le fantôme soignait sa culture générale en poker. Pour mieux la ressortir à mauvais escient.) Tu refuses de réparer le talisman, alors que t'as tellement de gens aux fesses que j'arrive même pas à les compter *et* que tu veux te rendre en Faerie, où les clandestins sont abattus à vue ? Tout ça pour ne pas devoir une faveur à une puissance non seulement probablement inconsciente, mais qui risque surtout de s'en foutre comme de l'an quarante ?

J'étais trop fatiguée pour lui décocher un regard assassin.

— Je ne sais pas.

— Ah ! Génial ! Je vois que tu as bien pesé le pour et le contre. Ça me rassure.

— Pourquoi tu me harcèles avec ça ?

— Parce qu'on a un deal, ma petite puce, au cas où tu l'aurais oublié. Et vu que, jusque-là, j'ai toujours respecté ma part du marché, j'aimerais autant que tu respectes la tienne. Et ça sera dur si t'es morte. Bon, OK, je comprends, t'as pas envie de recevoir des ordres. Personne n'aime ça. Mais désolé de te sortir un cliché : être mort, c'est pire ! Laisse Mac bidouiller ce foutu talisman. Si t'en as pas besoin, tant mieux : tu dois rien à personne. Mais, au cas où, tu l'auras. Et dès que la fumée se sera dissipée, t'auras les idées plus claires.

— Ah ouais ? ai-je tenté. (Tant que Billy était dans les parages, je pouvais oublier l'idée de dormir.) Et s'il s'embrase sans qu'il y ait danger de mort ? Je n'ai aucun contrôle sur ce que le pouvoir perçoit comme une menace. Si c'est lui qui alimente le talisman, c'est lui qui tient la barre. Et il a déjà essayé de m'embrouiller…

Je n'ai pas fini ma phrase. Billy n'était pas là quand j'avais failli violer Pritkin, et je n'avais pas envie de me faire charrier. Heureusement, soit il n'a pas entendu, soit il a décidé de laisser courir.

— OK. Bon. Tu prends un risque : tu paries deux ou trois jetons que cette chose sera incapable de te piéger, mais c'est beaucoup mieux que de mettre ta vie en jeu ! Parier que tu n'auras pas besoin de ton talisman, c'est une autre histoire ! Si tu te trompes, c'est pour ta tronche ! Crois-en mon expérience, Cass' : ne parie jamais si tu ne peux pas te permettre de perdre.

Le retour de Mac nous a interrompus. Il rapportait de grosses quantités des quatre groupes d'aliments typiques du fast-food – sel, graisse, sucre et caféine – sous la forme de frites, burgers et grands cafés sucrés. J'avais beau être barbouillée, je me suis forcée à manger en me disant que c'était le moyen le plus rapide de reprendre des forces. À la moitié du repas, j'ai fait part à Mac de ma décision de réactiver mon talisman. Billy a levé le pouce en signe de victoire et je lui ai fait une grimace. Il n'y a rien de plus irritant qu'un Billy qui a tort. À part un Billy qui a raison. J'allais en entendre parler pendant des siècles.

Lorsque Pritkin est revenu, Mac m'avait réparée et je venais tout juste de finir de me rhabiller. Le talisman était toujours tordu : l'esthétique n'était pas prioritaire. D'après Mac, le transfert de pouvoir s'était bien passé, mais j'étais sceptique. Je ne sentais rien. Pas la moindre étincelle. Pas le moindre chatouillis. Bon. C'est vrai que je ne sentais rien d'habitude, sauf en cas de danger, mais j'aurais quand même aimé être sûre qu'il était de nouveau en état. J'allais devoir faire sans. Pour mettre à l'épreuve les compétences de Mac et savoir s'il était aussi doué qu'il le prétendait, j'allais devoir attendre que quelqu'un essaie de me tuer. Vu le train où allait ma vie ces derniers temps, je n'allais sans doute pas attendre bien longtemps.

— Nous devons partir, a lancé Pritkin sans préambule.

Il a jeté autour de mon cou un truc qui est resté accroché à mon oreille. J'ai enlevé l'objet avec agacement pour l'identifier. C'était un charme. Ou plutôt, une série de charmes pendus à une cordelette rouge bien solide. Il y avait un petit sac contenant soit de la verveine, soit une chaussette de gym particulièrement rance – ça sent à peu près la même chose –, mais je n'étais pas sûre de la nature des autres babioles.

— Une croix en sorbier, a précisé Billy. Avec de l'ambre et du corail. Trois matières censées éloigner les attaques Faeriques. Le pentagramme est probablement en fer, a-t-il ajouté en plissant les yeux, même si ça ne l'aidait sûrement pas à mieux voir. Apparemment, il prend cette expédition de fous très au sérieux. Je commence à croire qu'il est aussi timbré que toi.

Pritkin a sorti un autre colifichet de son sac, identique au mien. On aurait dit le Père Noël mis à part que le vieux lutin jovial n'a probablement jamais eu l'air aussi maussade. Pritkin a jeté le charme à Mac en grimaçant.

— Le Cercle se rapproche.

— Ce n'est pas une surprise, a rétorqué Mac avec insouciance. (Il s'est levé en époussetant quelques miettes. Avant l'arrivée de Pritkin, on papotait talismans. Principalement parce que Mac voulait m'empêcher de réfléchir à ce qu'il était en train de fabriquer avec mon étoile. Il m'a décoché un grand sourire et m'a tendu sa jambe droite.) En voilà un dont je n'ai pas eu le temps de parler.

Il a désigné un carré de peau dépourvu de tatouages sous son genou.

— Je pige pas.

Il a souri de plus belle et extrait de sa poche un papier plié. Il l'a étendu sur le lit de camp et j'ai compris qu'il s'agissait d'une carte de Las Vegas et de ses environs. Elle était vieille et jaunie, à l'exception de petits carrés rouges imprimés çà et là pour indiquer certaines zones. Ça me faisait penser à un plan de métro. Si ce n'est qu'il n'y a pas de métro à Las Vegas.

— C'est là, a dit Pritkin en désignant un espace situé tout près du canyon dans lequel la MAGIC était implantée.

Mac a hoché la tête.

— Pas de souci. (Il m'a regardée en haussant un sourcil.) Tu as déjà vu *Le Magicien d'Oz* ?

— Hein ? Euh… ouais. Pourquoi ?

— Accroche-toi, m'a-t-il intimé en guise de réponse.

Et j'ai senti un colossal tremblement de terre ébranler la boutique. Je me suis accrochée au lit, qui était bien arrimé, tandis que Pritkin a coincé son pied contre la table, à laquelle il s'est accroché à deux mains. Seul Mac est resté imperturbable. Ignorant la pièce en train de tourbillonner, de ruer et de tanguer, il a tracé du doigt, sur la carte, une ligne allant de la ville au désert. Quelques secondes plus tard, le bâtiment a tressauté mollement, une dernière fois, avant de s'immobiliser. Quelques feuilles de papier, projetées au plafond, sont redescendues doucement. À part ça, on aurait dit que rien ne s'était passé.

— Qu'est-ce que c'était que ça ?

— Regarde.

Mac a désigné d'une main l'entrée de sa boutique. Une fois retrouvé l'usage de mes jambes, encore toutes molles, j'ai titubé jusqu'à l'accueil. L'asphalte de la rue et le snack bondé qu'on voyait normalement par la vitrine avaient cédé la place à une étendue de désert désolée. Rien, pas même un cactus, ne venait en troubler la monotonie.

— Elle a besoin d'armes, a dit Mac en traversant le rideau.

— Elle a ses satanés poignards.

— On ne peut pas leur faire confiance. Ils proviennent d'un mage noir : de quoi douter de leur loyauté. Ils sont à son service pour le moment parce que c'est dans leur intérêt. Mais après ? (Mac a secoué la tête.) Je n'aime pas ça. Sans compter qu'on ne sait même pas s'ils fonctionneront là-bas.

— Tu as réactivé son talisman. Ça devrait suffire, a répliqué Pritkin en extrayant son sac de l'arrière-boutique. (Il a commencé à en vider le contenu sur le comptoir.) Elle est déjà assez forte comme ça.

Mac n'a pas répliqué mais il a lentement porté la main à son épaule gauche pour attraper un objet jusque-là dissimulé dans le feuillage qui bruissait doucement. Il a posé un doigt sur ses lèvres, tout en regardant Pritkin du coin de l'œil. Le mage était occupé à aligner toute une collection d'armes sur le comptoir. S'il pensait qu'on allait se trimballer tout ça, j'espérais qu'il avait apporté un caddie.

Mac a tendu la main vers mon bras et j'ai vu qu'il brandissait, à hauteur de mon coude, un charme en or étincelant de la forme d'un chat. Dès qu'il a effleuré ma peau nue, le charme s'est transformé en une panthère noire aux yeux orange et étroits. J'ai reconnu ces pupilles. C'étaient celles qui, plus tôt, m'avaient épiée méchamment. Et elles n'avaient toujours pas l'air très contentes. Apparemment, le gentil chaton n'était pas ravi de quitter le camouflage luxuriant de Mac. Après un rapide coup d'œil à son environnement, la panthère est remontée en courant le long de mon bras pour disparaître sous mon tee-shirt.

J'avais presque l'impression que c'était un vrai félin. Je sentais sa fourrure et ses petites griffes me piquer la peau. C'était bizarre. Ça chatouillait… Je n'aimais vraiment pas ça.

— Qu'est-ce que c'est que ce b…

— Allez, Cassie ! Il faut que tu finisses de manger !

Mac m'a poussée devant lui, de l'autre côté du rideau.

— Qu'est-ce que c'est que ce *bordel* ? ai-je sifflé dès qu'on s'est retrouvés dans l'arrière-boutique.

Mac m'a fait « chut » tout en gesticulant bizarrement dans le vide.

— Un bouclier assourdissant, a-t-il expliqué. Pritkin a une meilleure ouïe que la plupart des personnes équipées d'améliorations magiques.

— Mac, si tu pouvais juste m'expliquer ce que…

— Je t'ai donné un autre talisman. C'est ce que tu voulais, non ? Sheba prendra soin de toi. C'est une vraie pro.

Madame la vraie pro était en train de faire les cent pas sur mon ventre, s'arrêtant de temps à autre pour me lécher. C'était franchement horripilant.

— Mac ! Enlève-moi ce truc !

Il a ricané.

— J'peux pas. Les talismans comme ça, on ne peut les transférer qu'une fois par jour. Désolé.

Il n'avait pas l'air désolé. Et je n'avais aucun moyen de savoir s'il me disait la vérité. J'avais même de sérieux doutes.

— Mac !

— Tu pourrais avoir besoin d'elle, Cassie. Tu m'as laissé réactiver ton talisman, mais comme John a dit : ton pouvoir pourrait très bien être inopérant en Faerie. Et, même s'il fonctionne, il pourrait être instable. Si l'énergie qui l'alimente arrête de circuler, ton talisman ne marchera plus. Sheba va rester là, à vadrouiller, histoire que tu ne te retrouves pas complètement démunie si ton talisman principal flanche. Considère ça comme du renfort temporaire. Il existe très peu de talismans fonctionnant en Faerie. Celui-ci fait partie du lot. C'est la Fae qui l'a enchanté qui me l'a vendu. Ça ne serait pas très chic de ma part de te laisser sans défense. Tu vois ce que je veux dire.

— Mais je n'y vais pas toute seule !

Sheba était en train de me grimper sur le dos. Elle faisait un truc très désagréable avec ses crocs. Je me suis tortillée pour essayer de l'arrêter, ce qui m'a valu un coup de patte agacé. Heureusement, au bout d'une minute, elle s'est recroquevillée contre ma colonne vertébrale, comme une grosse boule tiède, et s'est endormie. En me concentrant, je pouvais entendre son ronronnement satisfait.

— Tu t'imagines peut-être qu'on va tous berner les gardes. Mais ça ne va pas être une partie de plaisir d'entrer en Faerie, ce soir.

— Tu avais dit que tu les connaissais.

— C'est vrai. Mais eux aussi, ils me connaissent. Avant ma retraite, je faisais équipe avec John. Et comme sa tête est mise à prix depuis votre spectacle de ce matin… Ça leur semblera vaguement louche que je me pointe ce soir faire la causette. L'idée, c'est que je fasse diversion. J'occuperai les gardes le temps que vous vous précipitiez à l'intérieur. Mais ce n'est pas dit que ça fonctionne. Et même si ça marche, quand les gardes m'auront appréhendé, tu seras toute seule avec John.

J'ai frissonné, et pas seulement à cause de la queue de Sheba, qui s'agitait mollement. Surtout en raison de la nonchalance avec laquelle Mac envisageait de défier le Cercle.

— Qu'est-ce qui va se passer une fois qu'ils t'auront attrapé ?

Il a haussé les épaules.

— Probablement rien. Bon, ils ne vont pas se contenter de me taper gentiment sur les doigts avant de me relâcher dans la nature, mais j'ai plus d'une corde à mon arc. Avec un peu de chance, j'arriverai à leur faire croire que John m'a lancé un sort de coercition et m'a forcé à l'aider.

— Et si tu n'as pas de chance ?

Mac m'a tapoté l'épaule en souriant.

— C'est pour ça qu'on y va ce soir. Mes potes ne seront peut-être pas ravis de me voir, mais aucun des deux n'est capable de me tuer. Je leur ai sauvé la mise plus d'une fois. Ils me doivent bien ça.

— Mais le Cercle...

— C'est mon problème, pas le tien, a-t-il tranché tandis que Pritkin passait une tête suspicieuse par le rideau.

— Que se passe-t-il ?

J'ai d'abord lu sur ses lèvres, et Mac a levé le bouclier nous protégeant d'un geste discret du poignet.

— On finit de s'obstruer les artères, a répondu Mac avec jovialité. Je t'aurais bien proposé de te joindre à nous, mais vu que tu as déjà fait une entorse à tes principes aujourd'hui... (Il m'a décoché un clin d'œil.) Ne laisse jamais John s'occuper de la bouffe, Cassie. Il essaierait de t'empoisonner à coups de germes de soja et de jus de prune.

— C'est toujours mieux que les substances que tu appelles « nourriture ».

J'ai encore mangé un bout de hamburger, mais la graisse avait commencé à durcir et j'avais perdu l'appétit. J'en avais marre que les gens souffrent à cause de moi. Et tomber entre les mains du Cercle entrait clairement dans la catégorie « souffrance ». Ces deux types devaient peut-être quelques faveurs à Mac, mais est-ce que ça suffirait ? Et s'ils le torturaient ? Et s'ils finissaient par découvrir qu'il était au courant pour moi ? Ils ne risquaient pas de passer l'éponge, ancien combattant ou pas. J'avais de nouveau mal au cœur. C'était dû en partie au type de nourriture que j'avais ingurgitée, en partie à tous les soucis qui jouaient avec mes nerfs. Apparemment, Mac n'avait pas ce genre de problème. D'ailleurs, il a fini par manger le reste de mon hamburger.

Comme une somnambule, je suis retournée à l'accueil. J'y ai trouvé un Pritkin armé jusqu'aux dents. Sa quincaillerie habituelle avait disparu, mais il avait toujours l'air aussi menaçant. J'ai compris pourquoi lorsque je l'ai vu accrocher un charme très bizarre à une gourmette.

— C'est du fer, a-t-il expliqué en enfilant le tout à son poignet. Ce métal sape l'énergie des Faes et transperce leurs défenses. Il a le même effet sur eux que l'argent sur les garous.

— Je n'aurais jamais cru que vous aimiez les bijoux, ai-je fait remarquer.

Mais j'avais plus ou moins compris ce qu'il venait de faire. Même pour un mage guerrier, c'était bizarre de se trimballer un bracelet porte-bonheur avec des reproductions miniatures de mitraillettes, de fusils d'assaut et de ce qui ressemblait de près à un lance-grenades. C'est cette dernière arme qui m'a mis la puce à l'oreille : j'avais vu Pritkin extraire le modèle grandeur nature de son sac, juste avant.

— Je les ai rétrécies, a-t-il rétorqué, agacé. C'est le seul moyen de transporter un tel poids sur une distance convenable.

— Vous m'aviez dit que notre matos ne marchait pas, là-bas.

— J'ai dit que notre *magie* pourrait ne pas fonctionner correctement. C'est tout. Ça… (Pritkin a flatté le Colt à sa ceinture.)… ce n'est pas magique. Et je l'ai chargé avec des balles en fer. À propos, tenez. (Il m'a donné un long manteau. C'était presque une réplique du sien.) Mettez ça.

Il me le tendait à bout de bras mais, quand je l'ai pris, j'ai failli le laisser tomber par terre. J'avais l'impression qu'il avait une doublure en plomb. Au bout de une minute, je me suis rendu compte que je n'étais pas trop loin de la réalité. Le poids provenait de l'assortiment de boîtes de cartouches, de tous les calibres possibles et imaginables, dont on avait bondé ses nombreuses poches.

— Vous voulez rire ! ai-je dit en lâchant le vêtement au sol. (Il est tombé dans un bruit sourd.) Je ne pourrais pas courir avec ça sur le dos. Je ne suis même pas sûre de pouvoir marcher.

— Vous n'aurez pas à courir. (Pritkin a ramassé le manteau et me l'a de nouveau fourré dans les bras.) Il est impossible de battre les Faes de vitesse sur leur propre terrain. Si nous en croisons et qu'elles s'avèrent hostiles…

— Et elles s'avéreront hostiles, a fait remarquer Mac en émergeant de derrière le rideau, un petit sac à dos entre les mains.

Il a mis mon sac de marin à l'intérieur, ainsi que deux bières. Ce faisant, il m'a fait un clin d'œil.

— Donc… dans ce cas, nous tiendrons notre position et nous combattrons, a terminé Pritkin. Ce serait une perte de temps de s'enfuir. Sans compter que ça jouerait en leur faveur si nous nous trouvions séparés. Quelle que soit l'horreur du combat, ne paniquez pas.

— Pas de problème ! Je tiendrai sagement ma position pendant qu'elles me fauchent.

J'ai passé le cuir en maugréant. Pritkin a vérifié le mécanisme de son fusil et, pour la première fois depuis notre petit incident, m'a regardée dans les yeux.

— Si vous restez avec moi, vous ne mourrez pas.

Il avait l'air si sûr de lui que, pendant une demi-seconde, je l'ai cru. J'ai dégluti et détourné le regard.

— Pourquoi vous ne rétrécissez pas aussi mes affaires ?

— Parce que je ne suis pas entièrement sûr que le sortilège inverse fonctionne en Faerie. C'est la raison pour laquelle je transporte à la fois de l'artillerie miniature et mes armes habituelles, dans leur taille normale. Vous portez les munitions de mes armes habituelles.

J'étais tellement occupée à trier mes émotions, qui allaient de la crise de nerfs à la panique pure et dure, que je ne me suis souvenue de notre chevauchée sauvage qu'au moment de sortir. Ça avait été une expérience hallucinante, mais, en comparaison avec ce qui m'arrivait ces derniers temps, c'était plutôt anodin.

— Comment est-on arrivés là ? ai-je demandé à Mac.

— J'ai pris un raccourci, a-t-il répondu en posant un chapeau à large bord sur son crâne chauve.

Il a pivoté et tapoté le carré de peau nue lui ornant le genou. Je contemplais, ahurie, le studio de tatouage perdu en plein désert lorsque je l'ai vu, encore plus ahurie, se plier sur lui-même et disparaître entièrement. Mac a examiné son genou en grognant. Une réplique miniature de sa boutique y est apparue. Intégralement. Avec l'enseigne lumineuse en néon sur laquelle on pouvait lire MAG INK [1].

Et sur le tatouage, la petite enseigne clignotait comme la vraie. Au bout d'un moment, j'ai compris qu'il s'agissait effectivement de la vraie.

— On a passé tout l'après-midi dans un de tes talismans ? ai-je demandé, incrédule.

— Pile poil, a répondu Mac. Ma boutique me suit partout.

— Et comment tu fais ? Tu choisis un emplacement vide et « bam ! », tu t'installes ?

Il a souri.

— C'est un peu ça.

— Et le cadastre ? Et les piétons ? Ils se promènent et d'un seul coup, « mince, une maison » ? Et les flics ?

— Ben oui, tiens. Et les flics ? Les norm' ne voient rien, Cassie. Pas plus que ces tatouages. (Il a pris mon bras avec compassion.) Il faut que tu te rendes compte que la prétendue

1. MAG' ENCRE. (*NdT*)

magie à laquelle tu as assisté tout au long de ta vie ne constitue que la face visible de l'iceberg. Les pauvres types que les vamps utilisent pour leur confectionner des talismans ou assimilé, c'est du menu fretin. S'ils étaient vraiment doués, on passerait l'éponge sur les problèmes à l'origine de leur disgrâce. Au pire, on les punirait, mais on les remettrait en selle tout de suite. Sauf s'ils ont commis un truc vraiment abominable. Dans ce cas-là, ils s'enfuiraient et rejoindraient les Ténèbres. Même eux, ils ne prennent pas les losers. Le genre de types qui se retrouvent à bosser pour les vamps ont tout juste assez de pouvoir pour devenir une menace – pour les autres comme pour eux-mêmes. Ils seraient incapables de lancer un sort complexe, même si leur vie en dépendait. Si tu restes avec nous, je te promets que tu verras ce que c'est, de faire de la magie.

Pritkin s'est arrêté de marcher pour sortir quelque chose de sa poche.

— Bonne idée, a-t-il commenté.

Et, une seconde avant qu'il fasse quoi que ce soit, j'ai su ce qui allait se passer. Ce n'était pas une vision. Je me disais juste qu'avec la chance que j'avais, ce crétin allait certainement lancer la rune mystérieuse.

Je me suis jetée par terre en essayant d'entraîner Mac. Mais je me suis pris le pied dans l'ourlet du lourd manteau et j'ai dû lâcher le mage pour amortir ma chute. Je me suis éraflé les mains sur les cailloux. La douleur m'a déconcentrée pendant quelques secondes. Tout comme ma lutte pour me défaire du cuir. Il y a eu un flash de lumière et un énorme « pop », comme si on venait de sabrer une gigantesque bouteille de champagne, et quand j'ai relevé les yeux Pritkin et Mac avaient disparu.

J'avais une vue dégagée sur les quatre points cardinaux, mais il n'y avait aucune trace de vêtement, ni de pas, à l'endroit où se trouvaient les deux hommes avant leur disparition. C'était comme s'ils n'avaient jamais été là. J'ai essayé de sentir leur présence, grâce à ma perception extrasensorielle, mais il n'y avait aucune vibration inhabituelle. C'était presque plus étrange que leur disparition, d'ailleurs. Un objet magique de premier ordre venait d'être utilisé, et pourtant il n'y avait pas une seule onde de choc métaphysique à des kilomètres à la ronde. La seule chose que j'arrivais à percevoir, c'était le léger bourdonnement des talismans de la MAGIC, un peu plus au nord-est.

Je ne comprenais rien. Si la rune avait tué Pritkin et Mac – même si leurs corps avaient été vaporisés – j'aurais dû voir leurs esprits. Et, jusque-là, j'en étais incapable. J'ai patrouillé tout autour de l'endroit où les mages s'étaient évanouis. Chou blanc. J'ai donc reporté mon attention sur ma propre situation. Elle n'était pas mirobolante.

J'étais à des kilomètres de Las Vegas, sans nourriture, sans eau et sans véhicule. Pire : le seul lieu où trouver l'un de ces éléments, c'était la MAGIC. L'endroit précis où résidaient la moitié des gens qui me couraient après. J'aurais été complètement inconsciente d'essayer d'y pénétrer toute seule, même avec un coup de main de Billy. Et, de toute façon, le fantôme était tout aussi invisible que les mages. Ça commençait à m'inquiéter : peut-être la rune était-elle capable de détruire également les fantômes ? C'était peut-être pour ça que je ne pouvais pas voir les esprits de Pritkin et de Mac… Comme j'étais prise de tremblements, j'ai éloigné cette idée. Billy était un enquiquineur de première, mais on avait traversé par mal de galères ensemble, et je n'arrivais pas à m'imaginer toute seule, sans allié, vivant ou mort.

La bonne nouvelle, c'était que j'avais assez de munitions pour mener une petite guerre. La mauvaise, c'était que j'aurais dû les jeter à la figure de mes adversaires… parce que je n'avais pas d'arme à feu. Pritkin n'avait pas voulu partager, et mon Smith & Wesson était dans le sac à main… que Mac avait fourré dans le sac à dos… qu'il portait sur lui.

Tout en contemplant un somptueux coucher de soleil sur le désert, je sentais une vague de panique m'envahir. Soudain, j'ai remarqué un petit truc sombre dans le ciel. Ce n'était qu'un minuscule confetti reflétant les rayons du soleil couchant, mais ça grandissait à vue d'œil. J'ai à peine eu le temps de penser que Mac avait raison – ça me faisait effectivement penser au *Magicien d'Oz* – que la chose avait grossi au point d'éclipser le soleil. Je me suis plaquée au sol et me suis recroquevillée sous le lourd manteau en cuir. J'ai eu un flash : moi sous la ferme de Dorothy, avec les pieds qui dépassaient. Dommage que j'aie perdu les chaussures du *Dante* : elles auraient été parfaites !

Mon monologue intérieur était en train de partir en vrille lorsqu'une chose colossale s'est écrasée sur le sol dans un bruit assourdissant. Une pluie de cailloux et de terre m'a aspergée… et mon cerveau a piqué une crise. Il était en boucle, me ressassant que c'était injuste, que je ne méritais pas de mourir écrasée – je n'étais qu'une petite voyante rebelle, pas une méchante sorcière – lorsque la tempête s'est dissipée.

J'ai sorti la tête du manteau, mais il n'y avait ni Munchkin, ni route en briques jaunes en vue. En revanche, il y avait une maison. Mes yeux pleins de sable ont mis quelques secondes à comprendre qu'il ne s'agissait pas d'une ferme du Kansas en goguette mais d'un studio de tatouage bien urbain, avec son enseigne lumineuse en néon, dont les clignotements joyeux faisaient penser au sourire de Mac.

J'étais allongée par terre, toute tremblante, lorsque la porte s'est ouverte. Pritkin et Mac se sont précipités dehors. Ils avaient l'air plutôt sinistre. D'un seul coup, Mac m'a vue. Il a poussé un cri et s'est rué sur moi. Il m'a soulevée et m'a fait tourner en l'air, avec le manteau doublé de plomb.

—Cassie ! Tu vas bien ? Tu nous as fait une de ces…

—Mais purée, vous étiez où ?

Je sanglotais et j'étais à moitié hystérique. J'étais tellement soulagée que je me sentais à la fois toute faible et complètement folle. Je l'ai frappé à la poitrine. Ça ne lui a probablement pas fait mal, mais l'aigle a piaillé et frappé ma main d'un coup de bec. Je me suis dégagée en hurlant, et j'ai de nouveau mangé la poussière. Je venais de me faire attaquer par un aigle qui n'était pas réel et ne l'avait jamais été. Malgré ma session de rattrapage de l'après-midi sur les talismans sophistiqués, ça ne semblait pas possible. Mais c'est difficile de polémiquer quand la preuve du contraire vous fait aussi mal. C'est à ce moment-là que Sheba s'est réveillée. Et la situation n'a fait qu'empirer.

J'ai senti la boule de poils inopportune s'étirer dans le bas de mon dos et, lorsque Mac s'est penché pour m'aider, elle s'est ruée à travers mon torse et le long de mon bras. J'ai vu avec stupéfaction un sillon rouge se creuser dans l'avant-bras du mage. Sheba avait beau avoir une toute petite patte, elle lui a fait une entaille de six centimètres de long, assez profonde pour nécessiter des points de suture. Et, pour ne rien gâcher, je ne savais pas comment calmer la panthère.

Pritkin m'a éloignée violemment de son ami et m'a envoyée valser en arrière. Tout en faisant bien attention de retirer sa main avant que Sheba y enfonce ses griffes. Il avait les lèvres pincées de colère.

— Arrêtez ! Vous allez finir par activer vos talismans pour de bon et vous écharper mutuellement !

J'ai baissé les yeux sur ma main, qui exhibait maintenant une coupure de quatre centimètres de long, et j'ai repris mon souffle. Juste assez pour articuler :

— Comment ça, « pour de bon » ?

Parce qu'ils pouvaient devenir plus méchants ? Je ne sais pas ce que je m'apprêtais à dire, mais j'ai aperçu Billy derrière l'épaule de Pritkin et j'ai tout oublié. Je l'ai désigné en tremblant d'un doigt accusateur.

— T'étais où ? Il fait presque nuit et on est à deux pas de la MAGIC !

—Calme-toi, Cass'. Relax. Tout va bien. Mais il faut que tu contrôles ton nouveau chaton si tu ne veux pas qu'il transforme les gens en chair à pâté.

—Mon talisman ne s'est pas embrasé.

Je dévisageais Mac, mais il était trop occupé à soigner sa blessure. Quelle chance ! Moi, j'allais me coltiner la mienne un certain temps. Pritkin me fusillait du regard. Pourtant, c'était Mac qui saignait, pas lui. Et puis sa mauvaise foi était hallucinante : tout ça, c'était sa faute !

—Ça ne veut pas dire grand-chose, m'a rassurée Mac. Ton talisman est un peu plus sophistiqué que ceux-là. Il est conçu pour percevoir les intentions, et je ne voulais pas te faire de mal. (Il avait réussi à arrêter le saignement, mais sa peau était encore légèrement rouge et enflée à l'endroit où se trouvait l'entaille. La cicatrice partageait la touffe de feuilles en deux : elles bruissaient dessus mais ne pouvaient pas la franchir.) Je suis désolé, Cassie, je n'aurais pas dû te prendre dans mes bras. Mais quand tu as disparu, on… enfin, on ne savait pas ce qui s'était passé.

Alors comme ça, ils s'étaient aussi dit que j'étais morte ! Le fait que Mac m'avoue que lui, au moins, s'était fait du souci m'a un peu calmée. Ça et le fait que je n'aurais pas à affronter une embuscade toute seule.

—Je n'ai pas bougé, lui ai-je dit d'une voix chevrotante. C'est vous qui avez disparu. Vous êtes allés où ?

—Vous étiez consciente que nous étions partis ? a demandé Pritkin en fronçant les sourcils. On a fait une erreur, dans ce cas.

—Pas nécessairement. (Mac m'a regardée avec bienveillance.) Peut-être que les sauts dans le temps ne l'affectent pas comme nous autres. Ça expliquerait pourquoi tu ne l'as pas embarquée, même si elle était aussi près de toi que moi.

—Vous vous êtes baladés dans le temps ?

Mais enfin ! Tout le monde était capable de se téléporter ou quoi ?

— On pensait que ce machin… (Il a fait un geste en direction de la rune que Pritkin avait toujours dans la main) était un re-faiseur.

— Un quoi ?

— Une rune qui te permet de retourner vingt minutes en arrière. Comme ça, si ça se met à sérieusement chauffer, tu as une seconde chance. Tu peux éviter une erreur fatale.

J'ai regardé Pritkin d'un œil on ne peut plus menaçant.

— Elle aurait pu nous être utile, à l'endroit où on va.

— Je suis persuadé qu'elle le sera, a-t-il dit en la fourrant dans son manteau, bien hors de ma vue.

Je lui aurais bien rappelé que cette rune m'appartenait, mais il était en droit de me rétorquer que je l'avais volée, à la base. J'ai jeté un coup d'œil à Billy et j'ai vaguement désigné le mage d'un hochement de menton. Billy s'est approché en voletant, tandis que je cherchais des noises à Pritkin pour le distraire.

— Super. On ne peut plus l'utiliser pendant au moins un mois, maintenant.

— On ne pouvait pas prendre le risque de l'utiliser sans connaître ses effets au préalable, a insisté Pritkin. (Il avait son expression habituelle : ses sourcils formaient presque une barre.) Si elle n'a pas servi depuis aussi longtemps que nous le suspectons, nous devrions être à même de la relancer sous peu.

— Mais vous n'en savez rien, ai-je fait remarquer avec hargne. Vous pouvez laisser vos piles rechargeables branchées aussi longtemps que vous voulez, elles ne contiennent qu'une seule charge. C'est peut-être pareil, pour les runes.

— Permettez-moi de vous rappeler que j'en sais un tantinet plus que vous sur les artefacts magiques, a répliqué Pritkin avec dédain, tandis que Billy fourrait sa main invisible dans sa poche. (Quelques secondes plus tard, ma rune flottait dans les airs, comme en lévitation. Elle s'est frayé un chemin jusqu'à moi et je l'ai empochée subrepticement.) Je peux raisonnablement penser qu'elle fonctionnera, a ajouté le mage. Maintenant, si vous avez fini de piquer des crises d'hystérie, nous devrions nous mettre en route.

Sans rien dire, j'ai pris le sac à dos des mains de Mac et sorti mon pistolet. Il était chargé, mais j'ai quand même vérifié. Pritkin m'a regardée. Ses lèvres se sont crispées de plus belle : on allait bientôt ne plus les voir du tout. Il n'avait pas l'air d'aimer l'idée que je porte une arme – il avait peut-être peur que je lui tire dans le dos – mais il s'est abstenu de tout commentaire.

Il s'est mis à marcher dans le désert d'un pas décidé, et je l'ai suivi. Une fois sa boutique mobile fermée, Mac nous a emboîté le pas en compagnie de Billy Joe. On n'a pas échangé une seule parole en une demi-heure, jusqu'au moment où la silhouette indistincte de la MAGIC s'est dessinée sous nos yeux, au fond du canyon.

Le complexe avait été conçu pour ressembler à un ranch en activité, au cas où des norm' dotés de certaines compétences psychiques se promèneraient dans les parages et arriveraient à le distinguer à travers les talismans périphériques. Mais c'était peu probable : il était situé au beau milieu d'un canyon très profond, loin de toute activité touristique. Sans compter les nombreux avertissements métaphysiques qui mettaient les norm' très mal à l'aise, à deux kilomètres à la ronde.

À la lumière des étoiles, le paysage faisait penser à la surface de la lune : tout en cratères sombres et en étendues infinies de sable argenté. Le bâtiment de la MAGIC était noir et calme. Toutes les lumières extérieures étaient éteintes et on ne détectait aucun mouvement le long des murs. Apparemment, s'il se passait un truc ce soir, c'était en sous-sol.

Je me suis affalée sur le sable, dans un endroit relativement dépourvu de rochers, le temps que Mac et Pritkin discutent modalités d'approche. On avait marché comme des malades pour arriver jusqu'ici. J'avais titubé dans l'obscurité grandissante, je m'étais cogné l'orteil tous les quatre pas et je m'étais étalée deux fois. Le manteau n'avait pas arrêté de se coincer entre mes jambes et j'avais l'impression d'avoir transporté quelqu'un sur le dos. Ces derniers temps, mon emploi du temps chargé m'avait empêchée d'aller à la salle de gym, et je le payais : courir pour sauver sa peau, ça ne suffisait pas, niveau sport.

— Il est là-dedans ? a demandé Billy, en lévitation à quelques centimètres du sol.

J'ai serré le manteau contre moi. Maintenant que le désert commençait à se rafraîchir, j'étais contente qu'il soit si épais.

— Je ne sais pas.

— Tu veux que j'aille voir ?

— Non.

Si Mircea était à l'intérieur, je ne voulais pas le savoir. Avec un peu de chance, on arriverait à s'échapper de Faerie avant qu'il se rende compte que j'avais été assez tarée pour leur rendre une petite visite.

— Votre fantôme est-il ici ? s'est enquis Pritkin, interrompant son débat avec Mac.

Une fois n'était pas coutume : sa prudence me surprenait. Si même lui paniquait à l'idée de s'introduire par effraction en Faerie… Pritkin a demandé à Mac de décrire à Billy ses potes gardiens et le fantôme a bien voulu aller vérifier si personne n'avait changé les tours de garde. Il a traversé à toute vitesse l'étendue sablonneuse, avant de disparaître dans la nuit. Entre-temps, on a attendu.

À l'époque lointaine où je n'étais qu'une gamine dévorant les contes de fées, j'aurais tout donné pour vivre mes propres aventures. Je ne rêvais pas d'être l'héroïne barbante se languissant dans une tour qu'on vienne la délivrer. Non ! Je voulais être le chevalier intrépide se lançant dans la mêlée, même si la situation était désespérée. Ou le péquenot boutonneux devenant l'apprenti d'un grand sorcier. En vieillissant, j'avais appris, à la dure, qu'une aventure, ça se passe rarement comme dans les bouquins. La moitié du temps, on est terrorisé. Et le reste du temps, on s'ennuie ferme et on a mal aux pieds. Je commençais à me dire que je n'avais pas l'étoffe d'une aventurière.

Au bout d'une demi-heure, Billy est revenu avec des nouvelles fraîches. Les gardes en faction correspondaient bien à la description de Mac et – coup de bol – ça s'agitait dans tous les sens chez les vamps.

— C'est un vrai cirque, Cass'. Tout le monde est chez les vamps. Le reste de la MAGIC est complètement désert.

— Alors ? (Pritkin avait l'air de s'impatienter.) Qu'est-ce qu'il dit ?

— Ça va. C'est les bons types qui sont de service.

J'ai remarqué que Billy avait l'air beaucoup trop content, et je me demandais bien pourquoi. Il était peut-être juste soulagé qu'on nous mâche le travail, mais j'en doutais. Je lisais en lui comme dans un livre ouvert, et il était aux anges.

— OK. Accouche.

Billy, tout sourires, a fait tourner son chapeau autour de son index. Pour une raison ou une autre, son doigt était moins consistant que le couvre-chef : on aurait dit que ce dernier s'était mis à danser tout seul.

— C'est au top, a-t-il croassé. C'est un super bon signe !

— Qu'est-ce que tu racontes ?

— Quelque chose ne va pas ? a voulu savoir Pritkin.

Billy et moi l'avons ignoré.

— Je sais que ton anniversaire, c'est seulement dans quelques heures, Cass', mais t'as déjà reçu ton cadeau.

— Billy ! Crache le morceau, tu veux ?

Il a éclaté d'un rire satisfait. Ça ressemblait presque à un grésillement.

— C'est ce salopard de Tomas. Il s'est fait choper hier. Très tôt dans la matinée. Je crois qu'ils sont en train de se demander à quelle sauce ils vont le manger. C'est pour ça que le département des vampires est blindé de monde : ils veulent tous assister au spectacle. (Billy a jeté son chapeau en l'air. Il jubilait.) Si j'avais eu le temps, je serais bien resté me rincer l'œil.

Si je n'avais pas été assise, je serais tombée à la renverse. Tomas allait se faire exécuter ? On était sûrement déjà en train de le torturer. Je restais là, à regarder Billy en clignant des yeux. Mon cerveau ramait pour analyser la situation. Je ne sais pas quelle tête j'ai fait, mais le fantôme n'a pas aimé. Son sourire s'est évanoui et il s'est mis à secouer violemment la tête.

— Ah non ! Pas question que tu fasses une chose pareille. Il le mérite. Il t'a trahie. Mince ! À cause de lui, tu as failli te faire tuer ! Pour une fois que le destin t'enlève une épine du pied gratos, souris, dis « merci » et passe ton chemin !

J'avais le visage paralysé. Je ne savais pas si c'était à cause du vent glacial de la nuit ou parce que j'étais horrifiée. Je pariais sur la seconde solution.

— Je ne peux pas.

— Mais si, tu peux ! (Billy était tellement énervé qu'il vacillait comme la flamme d'une bougie.) C'est facile. On s'introduit tranquillement dans les sympathiques couloirs vides de la MAGIC, on se fraie un chemin jusqu'au portail, et on le traverse. *Basta*. Ça s'arrête là. C'est quand même pas la mer à boire !

— Si, c'est la mer à boire. (Je me suis relevée en titubant à moitié. Pritkin m'a attrapée par le bras. Comme d'habitude, il n'a pas été tendre. Mais, cette fois, ça tombait bien. Malgré sa poigne de fer, j'ai eu du mal à garder l'équilibre.) C'est carrément la mer à boire.

— De quoi parlez-vous ? Que se passe-t-il ?

Pritkin parlait, mais je l'entendais à peine. Je n'entendais que la voix de Tomas hurlant à mort. Je ne voyais rien d'autre que Tomas, enchaîné comme un animal, attendant l'arrivée de Jack.

Et en fermant les yeux j'ai vu autre chose. J'ai vu Tomas dans la cuisine de notre appartement, à Atlanta, en train de regarder la cuisinière en fronçant les sourcils, complètement perdu. Il n'avait pas réussi à faire cuire les brownies qu'il avait prévu de me faire pour le petit déjeuner. Sûrement parce qu'il avait été incapable d'allumer le four. Il portait un de mes tabliers. Celui avec « Sortez de ma cuisine ! » écrit dessus. En dessous, il portait le bas de pyjamas *smiley* que je lui avais acheté pour éviter qu'il dorme entièrement nu. (On ne couchait pas dans la même chambre mais l'idée de sa peau nue à portée de main, au bout du couloir, m'empêchait de dormir.) Je lui avais expliqué comment fonctionnait le four et on avait englouti tous les brownies de la plaque avant que je parte au boulot. Résultat : j'avais passé la journée en hyperglycémie.

Cet épisode m'avait laissé espérer, pour la toute première fois, qu'il fasse partie de ma vie. En six mois – parmi les plus heureux de ma vie, il était déjà devenu mon meilleur ami. Contre toute attente, j'avais réussi à me construire une existence plus ou moins normale. J'adorais mon appartement ensoleillé, mon travail délicieusement routinier à l'agence de voyages et mon coloc' à croquer. Tomas était un rêve devenu réalité : il était beau, attentionné. Fort mais suffisamment vulnérable pour qu'on ait envie de s'occuper de lui.

J'aurais dû me souvenir du vieux dicton : « C'est trop beau pour être vrai. » Mais j'étais trop occupée à savourer cette manne tombée du ciel. Par la suite, les événements m'avaient prouvé que le don du ciel n'était en réalité qu'une malédiction, et la vie bien rangée un simple mirage. Tous mes rêves de mignons lapins roses s'étaient écroulés, et je les avais pris en pleine poire. Non seulement ces plaies n'avaient pas encore cicatrisé, mais il n'y avait pas encore de croûte ! J'ai eu un choc en me rendant compte que l'épisode des brownies ne datait que de deux semaines. Ça me semblait impossible ! J'avais l'impression que ça faisait dix ans.

Pritkin me secouait comme un prunier mais j'y faisais à peine attention. J'ai ouvert les yeux, mais je ne voyais rien d'autre que les yeux fous de Jack. Le bourreau préféré de la Consule adorait son boulot. Et il était très, très doué. Il avait dû recevoir une tripotée d'instructions de la bouche même d'Augusta. Je ne l'avais vu en action qu'une fois, mais je m'en souvenais encore. Je n'allais pas laisser Tomas entre ses mains. Il avait vraiment dérapé et j'étais furieuse contre lui, mais je n'allais pas l'abandonner. Rien à faire.

J'allais devoir jouer les princes charmants, finalement. Mais je n'avais jamais imaginé une situation aussi désespérée, même dans mes rêves les plus fous. Dans la vie, il y a les défis héroïques d'un côté, et les suicides de l'autre. Je savais pertinemment dans quelle catégorie ranger ce que je m'apprêtais à faire. Si la mort de Tomas devait servir de spectacle, toute la MAGIC serait présente, ou presque. Il y aurait des vamps, des mages, des garous… Peut-être même deux ou trois Faes. Non seulement on devait s'arranger pour passer devant tout le monde et dérober Tomas au nez de la Consule, mais après, il fallait encore qu'on joue des coudes pour regagner le portail. C'était de la folie pure.

— On a un problème, ai-je annoncé à Pritkin en ravalant une pulsion d'hilarité complètement déplacée : c'était peu de le dire.

Il a plissé les yeux. Ce n'étaient plus que deux fentes claires.

— Quel genre de problème ?

Ses mots avaient eu beaucoup de peine à franchir ses lèvres crispées : je savais qu'il s'attendait à une réponse déplaisante. Très bien. Ça me ferait gagner du temps.

— D'après Billy, les couloirs sont à moitié vides parce que tout le monde est allé chez les vamps : ils s'apprêtent à exécuter quelqu'un. Et le spectacle a rameuté les foules.

— Qui vont-ils exécuter ?

Les yeux verts de Pritkin, glacials, se sont fichés dans les miens. J'ai esquissé un sourire : je me souvenais très bien de sa dernière rencontre avec Tomas. Dire qu'ils n'étaient pas de grands copains, c'était un euphémisme. En général, les gens ne s'amusent pas à décapiter leurs potes.

— Euh… Ben, en fait… (J'ai soupiré.) Tomas.

Je n'ai pas réussi à réprimer un léger mouvement de recul, mais Pritkin a à peine réagi. Il avait seulement l'air vaguement soulagé.

— Bien. Ça devrait s'avérer plus simple que je l'escomptais. (Devant mon expression, il s'est remis à froncer les sourcils.) En quoi cela constitue-t-il un problème ?

J'ai dégluti. J'aurais préféré tourner autour du pot un peu plus longtemps. Un an ou deux, par exemple. Mais je ne pouvais pas me permettre de temporiser. Chaque minute qui s'écoulait, Tomas risquait sa vie. Jack adorait s'amuser avec ses victimes avant de les achever, et personne n'allait apprécier un spectacle écourté, mais il faisait nuit depuis une bonne heure. Et Jack pouvait faire pas mal de dégâts en une heure.

J'ai levé les yeux sur Pritkin et me suis forcée à sourire. Comme ça n'avait pas l'air de l'adoucir, j'ai laissé tomber.

— Eh bien parce que… euh… parce qu'on doit aller le sauver.

Chapitre 9

Pritkin m'a regardée comme pour déterminer si j'étais vraiment atteinte ou si je souffrais seulement d'un coup de folie passager.

— Vous souvenez-vous de ce que recèle cet endroit ? a-t-il demandé en désignant la silhouette sombre de la MAGIC. (Sa voix était empreinte de sauvagerie.) Si nous avions à notre disposition l'ensemble des mages en exercice, ça ne suffirait pas !

Derrière la tête de Pritkin, Billy acquiesçait violemment.

— Écoute le mage, Cass'. C'est la voix de la raison.

Je ne me suis pas fatiguée à convaincre Billy d'aider Tomas. Il ne l'avait jamais aimé, même avant l'épisode de la trahison, qu'il considérait, en vertu de notre arrangement, comme une attaque personnelle. J'ai regardé Mac du coin de l'œil, mais j'ai vu qu'il n'allait pas me soutenir. Il avait l'air plutôt sympathique, comme gars, mais c'était quand même l'ami de Pritkin. Sans compter que les vamps et les mages, ce n'est pas une grande histoire d'amour. Ils se tolèrent, mais pas au point de risquer leur peau pour sauver celle des autres.

J'ai soupiré.

— Si aucun d'entre vous ne veut m'aider, alors attendez-moi. Je me débrouillerai toute seule.

Tomas n'allait pas mourir cette nuit.

— Il a essayé de vous tuer !

Apparemment, Pritkin avait décidé de me ramener à la raison.

— Pour être parfaitement exacte, c'est vous qu'il a essayé de tuer. Il pensait m'aider. Il n'est pas bien dégourdi, c'est tout.

Pritkin a fait un mouvement en avant, mais Mac s'est interposé furtivement. Il a posé la main sur la poitrine de son ami.

— Ça ne servira à rien de la ligoter et de la transporter sur ton épaule, John, a-t-il dit calmement. Je ne sais pas ce que ce vampire représente pour elle, mais, si on le laisse mourir, on peut dire adieu à l'aide de la Pythie.

— Ce n'est pas encore la Pythie, a rétorqué Pritkin. (Il avait la mâchoire tellement crispée que je me suis demandé comment ces paroles avaient réussi à franchir ses dents.) Ce n'est qu'une enfant inconsciente qui…

Je me suis engagée le long de la pente, en me demandant si je n'étais pas devenue complètement folle, lorsqu'une masse en forme de Pritkin s'est matérialisée devant moi, me bloquant le chemin.

— Que faites-vous ? a-t-il lancé. (Il avait l'air sincèrement perplexe.) Vous n'allez pas me dire que vous êtes amoureuse de lui ! Vous n'allez pas me dire que vous vous apprêtez à risquer nos vies à cause des savantes techniques de séduction d'un vampire de malheur !

J'ai réfléchi un moment. Je ne savais pas comment définir le méli-mélo de sentiments que m'inspirait Tomas, mais je ne pensais pas qu'il s'agissait d'amour.

— C'était mon ami, ai-je répondu. (J'ai fait de mon mieux pour que Pritkin comprenne. Et c'était loin d'être évident : je n'étais pas sûre de comprendre moi-même.) Il m'a trahie mais, de son point de vue tordu, il pensait m'aider. Il a mis ma vie en danger, mais il m'a aussi sauvée. On est quittes, j'imagine.

— Donc, vous ne lui devez rien.

— Ce n'est pas une question de dette. (J'étais sincère. Je voulais sauver Tomas, certes. Mais d'un seul coup j'ai eu le déclic. J'ai compris que ce n'était pas la seule raison.) C'est une question de principe. Je veux donner l'exemple. On s'apprête à humilier, torturer et tuer une personne qui compte pour moi. Tout le monde le sait. Pourtant, ni les mages, ni le Sénat, personne n'a pensé à me demander la permission !

— Votre permission ? (Pritkin avait l'air abasourdi.) Et pourquoi en auraient-ils besoin ?

Je l'ai regardé et j'ai secoué la tête. Et mince : si je devais supporter tous les inconvénients de ma fonction, il était temps que je profite des quelques avantages en nature !

— Parce que je suis la Pythie, ai-je répondu calmement.

Et je me suis téléportée.

J'avais supposé que le Sénat donnerait son spectacle dans la salle d'audience. Et j'avais vu juste. Le gigantesque espace, d'ordinaire vide et parcouru d'échos, était bondé. L'énorme bloc d'acajou qui servait de table au Sénat était toujours en place, mais il avait un autre usage. Les fauteuils, d'habitude en rang derrière la souche, étaient placés en demi-cercle devant, suivis de rangs successifs de bancs grouillants de garous, de mages et de vamps. Les seuls absents étaient les Faes. Sauf s'ils ressemblaient tellement aux mages que je ne les distinguais pas. Mais, après mon expérience au *Dante*, j'en doutais.

J'avais atterri exactement à l'endroit que j'avais prévu, juste derrière Tomas. Je n'avais pas essayé d'être subtile : ça aurait été impossible de se la jouer fine, de toute manière. Pour téléporter Tomas, il fallait que je le touche. Jack avait reculé de quelques pas quand j'étais apparue. À ma grande surprise, il n'a pas fait le moindre geste pour s'emparer de moi.

Mon regard a balayé l'assistance, par réflexe, à la recherche d'un visage bien précis. Je l'ai trouvé facilement. Il était assis au bout du premier rang, tout près de moi. Son costume noir bien coupé tombait parfaitement et il portait, en dessous, une chemise à col Mao en soie gris clair. Pour seuls bijoux, il arborait des boutons de manchette en platine, qui chatoyaient légèrement à la lumière des lampes. Comme d'habitude, il respirait l'élégance et la maîtrise de soi, mais son aura s'agitait frénétiquement. Lorsqu'il m'a vue, elle s'est hérissée. Mais il n'a pas bougé.

Derrière lui, de nombreux spectateurs s'étaient levés, renversant leurs sièges dans leur précipitation. La Consule était debout, la main levée. Je me suis dit que ce geste devait être un signe pour tenir la foule à distance. L'espace dédié à chaque groupe membre de la MAGIC est sacro-saint. Un peu comme le territoire d'une ambassade appartient à son gouvernement d'origine. Si les garous et les mages se comportaient mal en terrain vamp, ils violaient les mêmes traités qui les protégeaient, eux. Et c'était la porte ouverte aux conflits.

J'ai senti Sheba se réveiller sur mon omoplate gauche. Elle a commencé à se lécher la patte. Elle était prête à entrer dans la danse. Dommage qu'elle soit toute seule face à des milliers d'ennemis.

— Cassandra. Vous nous revenez enfin. (Comme d'habitude, la Consule avait l'air parfaitement sereine. Seule sa tenue bougeait. Elle était entièrement constituée de serpents se tortillant sur sa peau nue. Cette fois, il s'agissait de minuscules reptiles, qui rampaient à même son corps, comme une seconde peau étincelante.) Vous nous avez inquiétés.

Soudain, une sensation étrange et horripilante s'est propagée à travers moi. Ça ne faisait pas mal, mais je ne savais pas ce que c'était, et vu les circonstances ça ne me disait rien qui vaille. J'ai songé que c'était inutile de s'éterniser. Tant pis si je ne comprenais jamais de quoi il s'agissait.

— J'imagine. Bon, ben, c'est pas tout ça. On papotera une autre fois, OK ?

J'ai agrippé l'épaule de Tomas, plus fermement cette fois, et j'ai essayé de me téléporter. Rien à faire. Je ne sentais pas le moindre flot de pouvoir. Pourtant, quelques instants auparavant, il brillait de tous ses feux.

— Vous ne pouvez pas faire le saut, Cassandra, m'a informée la Consule de son timbre monocorde habituel.

Elle avait une voix magnifique : bien modulée, légèrement rauque. Un mec l'aurait sûrement trouvée sexy. Mais elle me faisait un tout autre effet.

Tomas a vaguement remué.

— C'est un piège, a-t-il gémi d'une voix sourde. Ils disaient que tu allais venir me chercher. Je n'y croyais pas : tu n'avais aucune raison de faire ça. Pourquoi es-tu revenue ?

Apparemment, cette déclaration angoissée avait sapé toute sa force : il est tombé dans le coma. J'ai dévisagé la Consule. Son beau visage ne montrait aucun signe de culpabilité. Elle me renvoyait froidement mon regard.

Tomas était en vie, mais il avait de méchantes blessures. Très méchantes. Il était étendu sur le bois sombre, comme une œuvre d'art absurde. Quelque chose que Picasso aurait pu peindre s'il avait couché ses cauchemars sur ses toiles. C'était peut-être un piège, mais, si je n'étais pas intervenue, le Sénat aurait très certainement laissé Jack le tuer. Voire, ils avaient prévu de le faire de toute façon, après l'avoir laissé jouer son rôle.

J'ai fusillé la Consule du regard, mais elle n'a pas réagi. Je l'avais déjà vue éliminer deux vampires vénérables d'une seule œillade, alors qu'ils se tenaient plus loin d'elle que moi à ce moment. Pourtant, je ne sentais pas ce picotement de vent de sable sur mon visage. Aucun avertissement signifiant que son pouvoir allait s'abattre sur moi. D'un seul coup, j'ai pris conscience que je ne sentais aucune trace de magie tout court. Pourtant, cette salle était pleine de créatures magiques.

— Vous m'avez jeté une bombe à néant, c'est ça ?

La Consule a souri. Et ce n'était pas une expression de jovialité.

— Vous en avez oublié quelques-unes.

Vu les circonstances, je n'avais pas spécialement envie de m'excuser de leur avoir subtilisé leur attirail.

—Mince, alors… La prochaine fois, je serai plus attentive.

Un vieux mage m'a interrompue. Il fulminait.

—Ces joutes verbales sont inutiles. Nous n'avons pas de temps à perdre. L'effet ne va pas durer très longtemps et vous savez très bien que nous ne pouvons pas nous permettre de lancer une autre…

Une des membres du Sénat, une Sudiste brune en crinoline, l'a pris à la gorge. Elle l'a soulevé de terre, étouffant ses mots, avant de lancer à la Consule un regard plein d'attente. Mais la responsable du Sénat a fait « non » de la tête. Le mal était fait : je savais que je n'avais qu'à m'accrocher le temps que le sortilège se dissipe. Ensuite, mon pouvoir nous sortirait de là. Malheureusement, je n'avais aucune idée de la durée des effets de la bombe.

—Écoutez. Tout ce que je veux, c'est Tomas, lui ai-je dit. Vous vous apprêtiez à le tuer : il ne devrait pas trop vous manquer.

Ma tentative de dialogue est tombée à plat.

—J'aurais préféré ne pas en arriver là, Cassandra, a répliqué la Consule posément. (Elle a jeté un coup d'œil aux vampires réunis autour d'elle, parmi les plus puissants de la planète.) Emparez-vous d'elle, leur a-t-elle ordonné, concise.

Je n'ai pas essayé de m'enfuir. Ça n'aurait servi à rien. En d'autres circonstances, la situation aurait presque été tordante. Qu'est-ce qu'elle s'imaginait ? Que pouvais-je bien faire qui nécessite l'intervention d'une demi-douzaine de maîtres de niveau un ? Sans mon pouvoir et avec un talisman aux abonnés absents, le plus jeune vamp de l'assistance n'aurait fait qu'une bouchée de moi.

Soudain, j'ai compris que ce n'était pas moi qui l'inquiétais.

—Retirez-le !

Mircea s'était arrêté juste devant la table. Ses traits étaient impassibles, mais il avait les poings crispés le long des cuisses. Ce n'était pas très bon signe : d'habitude, il se maîtrisait parfaitement. Les autres vamps avaient l'air de partager cet avis. Ils ne me regardaient plus : tous les yeux étaient rivés sur lui.

— Mircea. (La Consule s'était avancée derrière lui et avait placé sa main couleur de bronze sur son épaule. C'était censé être un geste lénifiant, mais il s'est dégagé d'un haussement d'épaule. Le cercle de vampires a été agité de murmures et la belle Sudiste s'est étranglée. La Consule a rapidement passé tout son bras autour de la gorge de Mircea. Mais il n'avait pas l'air de s'en être aperçu.) Je vous suggère de lui obéir, m'a-t-elle dit. (J'ai remarqué que Mircea avançait lentement, malgré son étreinte. Millimètre par millimètre.) Qu'espérez-vous obtenir en faisant durer cette folie ?

— Quelle folie ?

Mon regard est passé de la Consule à Mircea. J'étais de plus en plus perdue. Le masque placide du vamp continuait à tomber. Je n'avais pas besoin des explications de la Consule pour comprendre qu'il n'allait pas bien. Son visage était blanc comme un linge mais ses yeux brillaient comme deux bougies.

— Cela dure depuis bien trop longtemps. Libérez-le, et nous nous ferons un plaisir de discuter de vos termes. Sinon…

— Sinon quoi ?

OK, je ne comprenais rien à ce qui se passait, mais je savais reconnaître une menace quand j'en entendais une.

— Sinon, je le lâcherai, a-t-elle répondu, très calme. Et nous verrons si vous ferez face aux conséquences de votre vengeance. Nous les assumons depuis bien trop longtemps. (Ses yeux noirs lançaient des éclairs. Je comprenais comment elle avait pu diriger un empire alors qu'elle n'était à peine qu'une adolescente.) J'ai besoin de lui, Cassandra! Nous sommes en guerre. Je ne peux pas vous autoriser à le mettre dans cet état. Pas maintenant.

— Cassie…

Mircea avait réussi, par je ne sais quel miracle, à lever le bras droit. Pourtant, un membre du Sénat vénérable, en l'occurrence la Consule, y était accrochée. Des sensations émanaient de ses mains sous forme de filaments, comme la fumée d'un feu. Au début, j'ai seulement cru qu'il avait une fuite de pouvoir, mais une des fumerolles m'a effleurée et j'ai compris. Ça ressemblait à une de mes visions ancien modèle, quand j'avais des flashs de l'avenir. Depuis que la Pythie m'avait embarquée dans sa galère, ces visions avaient disparu, et je m'étais demandé si c'était pour de bon. J'avais à moitié espéré que ça soit le cas. Elles me visitaient depuis toujours, d'aussi loin que remontaient mes souvenirs, et elles ne m'avaient jamais rien montré de bon. Celle-ci n'a pas fait exception à la règle.

Un fragment de vision s'est enroulé autour de mon bras, malgré mes efforts pour l'esquiver. C'était si brûlant que je m'attendais presque à voir une marque rouge apparaître sur ma peau. Mais c'était encore pire : la vision m'a envahie d'une mosaïque d'images, plus cruelles les unes que les autres : un Mircea couvert de sang, combattant à l'épée pour sauver sa peau – les échanges étaient presque trop rapides pour être suivis à l'œil nu ; une Myra triomphante émergeant des ténèbres pour lui jeter quelque chose ; une explosion, plus puissante qu'assourdissante, se répandant au sol et déchirant le ciel ; et ensuite, à l'endroit où se tenaient deux combattants gracieux, une masse informe de chair et d'os, rouge, luisant dans la lumière diffuse. Chaque corps était si imbriqué dans l'autre qu'on n'en distinguait plus la limite.

J'ai reculé en hurlant, et la scène s'est évanouie. J'ai titubé en arrière. Je ressentais un besoin si impérieux d'éloigner ces images que je ne me souciais pas de ma dignité. J'ai regardé autour de moi, paniquée, mais la plupart des vamps avaient les yeux rivés sur Mircea. Quelques-uns m'ont jeté un regard éberlué, mais aucun d'entre eux n'avait l'air d'avoir vu quoi que ce soit d'inhabituel. Encore moins la mort atroce de l'un de leurs plus anciens membres. Mais je savais très bien ce que j'avais vu. Aucun doute là-dessus. À un endroit et à un moment donnés, Myra allait réussir. Ou avait réussi.

J'avais l'impression qu'on venait de me verser un seau de glaçons dans l'estomac. Mes visions se réalisaient toujours. Toujours. J'avais déjà essayé de les changer, surtout quand j'étais jeune. J'étais allé voir Tony un nombre incroyable de fois pour l'avertir de tel ou tel désastre à venir. Lorsqu'il m'avait promis de faire son possible pour les empêcher, je l'avais cru. Mais bien entendu, la seule chose qu'il avait jamais faite, c'était de réfléchir à une façon d'en tirer profit. Et, au final, tout s'était toujours déroulé comme je l'avais prédit. Même topo une fois devenue adulte, lorsque j'avais essayé de prévenir un ami qu'il serait assassiné. Je n'avais jamais su s'il avait reçu mon message. Peu importe : il était mort.

Mais bon, tout ça, c'était avant que je devienne la Pythie. Son héritière, en tout cas. J'en avais changé, des choses, depuis. Non ? Et si Myra avait gagné, pourquoi Mircea était-il encore là ?

J'ai fini par reporter mon attention sur la Consule. J'avais besoin de réponses, et Mircea n'était pas en état de me les apporter.

— Qu'est-ce qui se passe ? C'est une supercherie ?

Mais je savais bien que ce n'était pas le cas. J'avais eu assez de visions pour savoir les reconnaître quand j'en avais.

Les yeux de la Consule n'étaient plus que deux fentes étroites.

— Vous moqueriez-vous de moi ? a-t-elle demandé, si doucement que j'ai eu du mal à la comprendre.

J'ai baissé les yeux sur Tomas en reprenant vaguement mon souffle. Ce n'était pas moi qui me moquais du monde.

— Tout ce que je veux, c'est Tomas, ai-je répliqué, moins fermement que je l'aurais voulu. Apparemment, vous aussi, vous voulez quelque chose. Alors dites-moi ce que c'est et on pourra peut-être trouver un arrangement.

— Vous ne savez donc pas.

Pour la première fois, son beau visage reflétait une émotion. Et c'était de la surprise.

Tomas a émis un faible gémissement. J'ai perdu patience.

— Eh bien, dites-moi !

La vision m'avait mis les nerfs en boule et je n'avais pas envie de papoter : Tomas était en train de se vider peu à peu de son sang.

La Consule a pris son souffle – même si elle n'en avait pas besoin – et hoché la tête.

— Fort bien. Ôtez le *geis* dont vous affligez le seigneur Mircea et je vous livrerai le traître.

Je l'ai dévisagée, les yeux comme des soucoupes.

— Quoi ? (J'avais raté un épisode.) S'il y a un *geis*, c'est lui qui me l'a lancé ! Ça rend ma vie complètement infernale !

— Infernale ? (Mircea a éclaté d'un rire cruel.) Que savez-vous de l'enfer ? (Il s'est libéré de ses chaînes vivantes et s'est affalé par terre. Deux vamps se sont précipités par-dessous la table pour le rattraper. Jusqu'où sont-ils allés ? Aucune idée. Mais ce n'était pas assez loin. Soudain, des mains me pressaient contre une poitrine virile.) Essayez donc le mien, a-t-il murmuré avant de s'emparer de mes lèvres et de m'embrasser violemment.

Le flux brutal de ses émotions a traversé le *geis*, avec netteté, et m'a heurtée de plein fouet, comme un coup de poing dans le ventre. Mircea était empli de cette énergie qui flottait toujours entre nous, à chacune de nos rencontres. Seulement, cette fois, elle était plus puissante. Jusque-là, son désir couvait : ce n'était qu'un vague frisson de passion qui attendait le bon carburant pour s'enflammer comme un brasier crépitant. Mais cette fois, j'avais l'impression de plonger dans une rivière de lave en fusion. L'espace d'un instant, j'ai senti ce désir couler dans ses veines, aussi délectable que douloureux, et soudain il s'est déversé dans les miennes, m'envahissant d'une soif torride. Je me suis sentie couler, m'enfoncer dans cette chaleur, m'éloigner de toute pensée rationnelle jusqu'à ce lieu où tout n'était plus que sensations brûlantes. Un feu. Un feu délicieux.

Son baiser était violent et primitif, comme s'il voulait me dévorer. Il n'avait rien de tendre, rien de romantique. Exactement ce que je voulais. Mes mains passaient frénétiquement sur ses épaules. Mes ongles s'enfonçaient dans son manteau. Sur mes lèvres, sa bouche était affamée, brutale, opiniâtre. Sa main a glissé brusquement derrière mon crâne pour me maintenir immobile. Il m'a éraflée avec un de ses crocs et j'ai senti mon propre sang. Il a poussé un cri étranglé et s'est retiré, les yeux fous, le visage empreint d'une splendide sauvagerie.

Il a sorti sa langue pour goûter mon sang, répandu sur ses lèvres, fermé les yeux et commencé à trembler. J'ai déchiré son col pour l'ouvrir et il a incliné la tête vers le plafond, presque instinctivement, pour me donner un meilleur accès. J'ai déchiré sa chemise et en ai arraché les boutons, tandis que je parcourais, de la langue et des lèvres, les veines saillantes de son cou. Je dessinais les contours de sa poitrine de mes paumes, les glissant le long de ses côtes, me délectant de sentir sa respiration s'accélérer sous mes caresses. Tout en embrassant sa peau tendue, ses muscles fermes, je me frayais un passage vers son téton avec mes lèvres. Lorsque je l'ai mordu, Mircea a poussé un cri. Presque un hurlement. Je savais ce qu'il ressentait : l'énergie irradiant entre nous battait la mesure avec mon propre pouls. J'avais l'impression d'être sur le point de me consumer.

Mircea m'a plaquée contre le mur en grès. Mais ce n'est pas tant son corps pressé contre le mien qui m'a immobilisée. C'est l'impact presque physique de ses yeux brûlants. J'ai enroulé ma jambe autour de la sienne et glissé ma main sur sa nuque, pour me fondre en lui. Il a placé ses mains sous ma taille et m'a soulevée. La vigueur de son érection m'a coupé le souffle. Elle était longue et dure. C'était merveilleux à sentir, mais j'en voulais plus. Lui aussi, apparemment, parce qu'il haletait mon nom entre ses baisers sauvages et violents. Il passait sa main dans mes cheveux, sur mon visage. Il jurait en roumain. Bref, il ne se souciait plus de garder sa dignité. Je ne m'en tirais pas beaucoup mieux, d'ailleurs. J'émettais des bruits inintelligibles, le suppliant chaque fois que j'arrivais à reprendre mon souffle.

Je me suis surprise à lui chevaucher une jambe, à frotter ma cuisse contre son entrejambe. Même à travers nos vêtements, la sensation était incroyable : un mélange de plaisir brut et de faim inassouvie. Mais, d'un seul coup, il s'est arraché à l'étreinte pour reculer de quelques douloureux centimètres. Il avait les traits désespérés et l'air presque malade, comme s'il était perclus des mêmes tourments que ceux qui me torturaient. Je ne comprenais rien. Lorsque je me suis approchée de lui, il a eu un mouvement de recul, comme si c'était douloureux de me toucher.

Aussitôt le *geis*, chauffé à blanc, nous a montré à tous deux la véritable signification de la douleur. Une douleur inimaginable m'a fouettée. Elle m'arrachait la gorge, cri après cri, jusqu'à me lacérer les cordes vocales. Dans mes veines, mon sang bouillait. J'ai cru mourir de désir inassouvi. Des larmes brûlantes striaient mes joues et dégoulinaient sur les mains de Mircea, qui venaient de se poser sur mon visage pour essayer de me calmer. Mais rien n'y faisait. La douleur était littéralement insupportable. Mes genoux ont cédé lorsque mes cris ont cessé. Et je me suis affalée contre Mircea. Il m'a maintenue debout.

— Mircea ! Je vous en supplie…

Je ne savais pas ce que je lui demandais, au juste. Je voulais juste que ça s'arrête. Je voulais juste qu'il arrange les choses. J'ai parcouru la distance qu'il avait mise entre nous et je me suis mise à l'embrasser comme une folle. Pendant quelques secondes, je me suis délectée de la tiédeur familière de sa bouche, de la fraîche odeur de sa chair, mais il a bondi en arrière.

— Cassie ! Non !

Sa voix était brisée, comme si ses mots avaient du mal à s'extraire de sa bouche. Il a posé ses deux mains sur mes avant-bras pour m'écarter de lui, mais elles tremblaient. Et le tronc solide de sa gorge a tremblé en déglutissant. J'ai fini par comprendre qu'il luttait contre le *geis*. Mais je ne pouvais pas l'aider. Il a remonté les doigts et pris ma tête entre ses mains. Lorsqu'il les a passées dans mes cheveux, le mélange de plaisir et de douleur m'a fait chavirer. Des vagues successives d'extase entremêlée de supplice ont traversé mon corps, et mon pouls battait si fort à mes tempes que je n'entendais presque plus rien.

Au moment où j'ai cru basculer dans la folie, l'énergie s'est embrasée de nouveau, pour prendre une toute nouvelle forme : quelque chose de brillant et d'étincelant, comme des gouttes dans le soleil du désert. Elle s'est abattue sur nous comme un raz de marée, et la douleur a tout simplement disparu. À sa place, il n'y avait plus qu'une sensation irrésistible de soulagement, suivie d'un flot de joie pure. J'ai vu l'étonnement se dessiner dans les yeux de Mircea au moment où la vague l'a emporté à son tour.

D'un seul coup, je me suis aperçue que mes joues étaient de nouveau couvertes de larmes. Ce n'était pas le souvenir de la douleur : c'était du bonheur pur. J'étais de nouveau près de lui. C'était comme si tous les rêves que j'avais jamais eus – appartenance, famille, amour, reconnaissance – venaient de se réaliser d'un coup. Mon euphorie était telle que je ne voyais plus rien. L'espace d'un instant, j'ai tout oublié : Tomas, Myra, Tony… Ma liste de problèmes longue comme le bras. Plus rien ne comptait.

Lentement, j'ai commencé à y voir plus clair. Je n'étais pas seulement attirée par Mircea. Une simple attirance ne m'empêche pas de respirer. Une simple attirance ne me fait pas mal. Quand je suis attirée par quelqu'un, je ne suis pas désespérée à l'idée d'être séparée de cette personne. Je me suis accrochée à Mircea. Je savais que je n'éveillerais jamais les mêmes sentiments chez lui, à moins de l'y forcer par un sortilège. Mais ça m'était égal. Peu m'importait qu'il ne me rende pas mon amour. J'avais besoin de lui. C'était comme une drogue. J'avais besoin de lui pour me sentir en vie, pour me sentir entière. Un peu plus et j'aurais fait n'importe quoi, absolument n'importe quoi, pour ne plus jamais le quitter.

J'ai senti, dans la fermeté de son étreinte, une émotion faisant écho à cette pensée, et j'ai fini par comprendre. Apparemment, la passion faisait uniquement partie du répertoire de subterfuges du *geis*. Et c'était loin d'être le moins destructeur.

— Quand avez-vous lancé ce sortilège ? a demandé la Consule.

Je l'ai regardée, l'œil vide. J'avais oublié sa présence. J'avais l'esprit en compote, l'air autour de moi me semblait lourd, et j'ai dû lutter pour comprendre sa question. J'ai fait le tour des possibilités mais je n'ai rien trouvé de satisfaisant. Un simple « je ne sais pas » n'allait sûrement pas passer. D'un autre côté, faire remarquer à la Consule qu'elle s'était trompée, ça ne marcherait pas mieux. Je n'avais aucune réponse pertinente en tête, et pas la moindre idée du temps qui me restait. En plus, pour ne rien arranger, Mircea était en train d'enfoncer un objet dans ma cage thoracique.

J'ai baissé les yeux et j'ai vu que l'objet en question était une chaussure rose, à talon haut, qu'il avait dû camoufler dans la poche intérieure de son manteau. La chaussure avait l'air étrangement fragile : son revêtement satiné s'effritait par endroits, et des paillettes colorées tombaient çà et là en charpie. Sa forme était assez contemporaine, mais elle ressemblait à une pièce d'antiquité. Je ne savais pas qu'ils fabriquaient des talons aiguilles de dix centimètres de haut à l'époque !

Au bout d'un moment, j'ai eu le déclic. Ce matin, j'avais fouillé la cuisine du *Dante* dans tous les coins parce que j'avais perdu une chaussure. Elle était rouge vif, pas rose pâle, et elle était neuve. Mais à part ça c'était son portrait craché. Heureusement que j'étais presque entièrement dissimulée par le corps de Mircea, parce que je ne suis pas sûre d'avoir gardé contenance. Le théâtre. J'avais perdu cette chaussure plus d'un siècle auparavant dans un théâtre londonien.

— Cassandra ?

La Consule n'avait pas l'air ravie que je fasse une pause. C'était l'hôpital qui se moquait de la charité, la première à être dans la lune au moment le plus inopportun. Je n'ai pas répondu. Je me suis souvenue de cette étincelle que j'avais cru voir l'autre jour. Le Mircea de cette époque n'était pas soumis au *geis*, mais moi si. Le sort avait dû voir en lui l'élément déclencheur, et il avait établi la connexion de sa propre initiative. Le poids des conséquences m'a complètement assommée. Je lui avais, par inadvertance, lancé un sort qui avait eu plus d'un siècle pour se renforcer.

— Depuis combien de temps ? a répété la Consule.

D'après sa voix, elle n'avait pas l'habitude de répéter.

— Je ne sais pas, ai-je fini par articuler. (Ma voix était éraillée, mais j'étais incapable de me racler la gorge.) Peut-être… (J'ai enfin réussi à déglutir.) C'était peut-être en 1880.

Quelqu'un a poussé un juron entre ses dents, mais je n'ai pas vu qui. J'avais vraiment du mal à rester concentrée sur notre conversation. Le corps brûlant de Mircea et l'horreur de ce que je lui avais infligé mettaient mes émotions sens dessus dessous. La passion et la culpabilité se battaient en duel dans mon esprit. Sans compter la peur, qui se manifestait tout aussi bruyamment : j'avais d'horribles crampes à l'estomac.

La Consule n'avait pas l'air amusée.

— Après votre départ, le *geis* a couvé, incapable de s'accomplir sans vous, a conclu la Consule. Et lorsque vous vous êtes de nouveau rencontrés, vous n'étiez qu'une enfant. Vous étiez trop jeune pour que le sort se manifeste. Mais lorsque vous vous êtes revus à l'âge adulte, il s'est activé et son pouvoir a commencé à croître.

J'ai réussi à hocher la tête. Mircea était en train de me caresser la main pour maintenir le contact entre nous. Il avait commencé par les os du poignet et glissait lentement dans ma paume pour la masser du pouce. Mais d'un seul coup il s'est mis à passer ses mains le long de mon bras, comme s'il avait soif de contact. Comme s'il en voulait toujours plus. Et dès qu'il me touchait, il laissait une empreinte de plaisir liquide qui imprégnait ma peau et me donnait le vertige, comme si ses caresses étaient une drogue. C'était peut-être le cas, d'ailleurs. Je n'avais aucune idée de la façon dont fonctionnait ce sortilège. Tout ce que je savais, c'était qu'il faisait beaucoup trop bien son boulot.

Je n'avais qu'un seul désir : ne pas bouger. Laisser le *geis* flotter entre nous comme une cascade éblouissante. Je savais que ce n'était pas réel, que ce n'était qu'un sort beaucoup trop impatient de se déclencher, mais j'avais du mal à m'en soucier. Après tout, il était probable que je ne ressente plus jamais ça de ma vie. En vingt-quatre ans de réalité, je ne m'étais jamais ne serait-ce qu'approchée de ce sentiment. C'était peut-être un mensonge, mais c'était tellement bon que ça devait bien avoir une certaine valeur. *Non ?* Mon corps m'a répondu par un « oui » assourdissant. Seule une toute petite voix m'a murmuré que ce n'était pas la question. La question n'était pas de savoir si ce mensonge avait de la valeur, mais si j'étais prête à payer le prix fort. Le sort était exigeant : il voulait tout.

Et je ne pouvais pas me permettre de tout lui céder.

— C'est la personne à l'origine du sortilège qui le contrôle, m'a expliqué la Consule. Mais ça fait plus d'un siècle que vous le négligez.

— Ce n'était pas intentionnel !

Elle a haussé un sourcil parfaitement dessiné en ressassant le code vampirique :

— Nous ne prenons en considération que les conséquences de votre acte, pas ses motivations.

Les vamps sont on ne peut plus pragmatiques avec ce genre de choses. Les résultats d'une action les intéressent beaucoup plus que de savoir si elle était malintentionnée. Et les résultats de mon action étaient catastrophiques.

— Et le sortilège d'origine ? Celui que Mircea m'a lancé ? ai-je demandé. (J'étais désespérée.) S'il l'enlève, peut-être que ses effets vont… s'amenuiser.

Et nous laisser le temps de trouver un mage capable de lever son effet secondaire.

— Nous avons déjà essayé, Cassandra, m'a informée patiemment la Consule. Le sortilège s'avère particulièrement… coriace.

— On ne peut pas le briser ?

J'essayais laborieusement d'assimiler cette information, mais Mircea m'empêchait d'avoir la moindre pensée profonde. J'ai essayé de me dégager de son étreinte, juste le temps de m'éclaircir les idées, mais il a émis un son inintelligible en guise de protestation et m'a attirée de plus belle contre lui.

— Non, a répondu la Consule avec douceur.

Je lui ai décoché un regard qui se voulait brûlant de haine. Sur le moment, j'étais totalement inconsciente de la stupidité de ce geste. Si elle voulait aider Mircea, elle se débrouillait comme un pied. D'après Casanova, le sortilège ne faisait que se renforcer en cas de proximité. Et on pouvait difficilement être plus proches. Très vite, plus rien d'autre ne compterait pour nous. Ce qui voulait dire que plus personne ne pourrait stopper Myra. Je commençais à me dire que ma vision avait effectivement des chances de se réaliser.

L'espace d'un instant, j'ai caressé l'idée d'expliquer la situation à la Consule, mais je doutais qu'elle me croie. J'avais zéro preuve, et les vamps n'étaient pas réputés pour leur crédulité. Je me suis légèrement déplacée pour éviter son regard de braise, préférant croiser les yeux de Mircea. Il avait pensé à emmener la chaussure. Ça voulait dire que, d'une façon ou d'une autre, il avait dû comprendre ce qui s'était passé. J'espérais seulement qu'il resterait lucide le temps d'enregistrer ce que j'allais lui dire.

— Myra, ai-je formé sur mes lèvres.

Les mages étaient trop loin pour nous entendre et, puisque la magie était inopérante, ils ne pouvaient pas renforcer leurs capacités auditives. Mais les vamps entendraient parfaitement la moindre conversation.

Mircea m'a regardée, bouche bée, pendant un long moment. J'arrivais presque à le voir reconstituer le puzzle. Je ne savais pas s'il avait tout compris, mais il était présent lors de ma première rencontre avec Myra. Il savait qu'elle avait essayé de me tuer avant de s'enfuir. Et il m'avait entendue l'appeler par son nom à Londres. Enfin, encore fallait-il qu'il se rappelle ce menu détail après tant d'années. Franchement, j'avais des doutes. Il se disait probablement qu'elle s'apprêtait à frapper de nouveau, mais il n'avait sûrement pas compris qu'elle avait une nouvelle cible : lui. Et je n'avais aucun moyen de le lui dire.

Notez que, même s'il avait été au courant, il n'aurait pas pu faire grand-chose. Si je l'avertissais maintenant, il pourrait se défendre à notre époque, mais Myra pouvait très bien l'attaquer dans le passé. Le fait qu'il était encore là prouvait qu'elle n'avait pas encore réussi, mais si je ne restais pas suffisamment saine d'esprit pour l'arrêter, ça changerait vite. L'histoire serait remodelée. Sans Mircea. Et avec Myra dans le rôle de la Pythie.

Au bout de quelques secondes, qui m'ont semblé une éternité, Mircea a légèrement hoché le menton.

— Deux minutes, a-t-il mimé sur ses lèvres.

Je l'ai regardé un moment, ahurie, avant de comprendre ce qu'il voulait dire. Il me dévoilait quand les effets de la bombe à néant allaient s'estomper.

Il allait me laisser partir.

Je l'ai dévisagé, incrédule.

— Et vous ? ai-je formé sur mes lèvres.

Il a secoué la tête. Était-il découragé par notre mode de communication… précaire ? Préférait-il ne rien me dire ? Aucune idée. Je me suis rendu compte que je lui serrais le bras au point de lui faire mal. S'il avait été humain, il aurait eu des bleus. Mais ce n'est qu'au moment où je l'ai lâché que son visage a reflété la douleur. J'en ai senti l'écho en moi. Ça me faisait mal, physiquement, d'avoir perdu le contact de sa peau, et j'ai dû faire tous les efforts du monde pour m'empêcher de le rétablir.

— Vous devez partir, m'a-t-il rappelé en silence.

J'ai dégluti. Le second *geis* était tout neuf pour moi, mais il avait grandi en Mircea pendant un siècle. Vu ce que je ressentais, alors que le sort venait tout juste de refermer ses griffes sur moi, Mircea devait souffrir le martyre. Même si la Consule avait raison, même s'il s'était mis en veille lorsque j'étais retournée à mon époque, le *geis* avait quand même couvé. Il avait mûri, lentement, année après année. Et, à en juger par la réaction de Mircea, le sort s'était bien vengé à son réveil.

La pensée de le remettre délibérément dans cet état m'était insupportable, mais je n'avais pas le choix. Si je ne m'occupais pas de Myra, on allait y passer tous les deux. Et je ne pouvais pas me permettre de l'emmener avec moi : les risques liés à une exposition permanente étaient trop grands. J'ai levé les yeux sur lui et laissé mes remords transparaître sur mon visage.

— Je sais.

Les paupières closes, il a refermé ses bras autour de moi. Il m'a tenue longtemps. Ensuite, je l'ai attiré pour l'embrasser, et la douleur a disparu. Le *geis* n'était satisfait que lorsque nous étions très proches. Et je savais pourquoi. Je sentais presque, entre nous, le lien se renforcer, l'énergie gémir de plaisir chaque fois qu'on s'effleurait. À ce moment précis, j'étais parfaitement heureuse. Mais qu'allait-il se passer si je partais ? Allais-je subir la même douleur que celle qui l'accablait quand je suis arrivée ? Cette brève rencontre n'allait sûrement pas satisfaire notre désir bien longtemps. En fait, elle avait probablement aggravé les choses. Ça revenait à offrir un bout de pain à un homme affamé.

Mircea a lentement rouvert les bras et s'est retiré. J'y étais préparée. Pourtant, la douleur était si intense que j'ai failli tomber à genoux. Par miracle, j'ai réussi à tenir debout, mais je n'ai retenu qu'à moitié un gémissement de supplice. Des ondes de choc se sont mises à se propager depuis le centre de mon corps, et j'ai été prise de violentes convulsions. J'étais en manque. Les mains glacées, j'ai rentré les épaules pour me protéger de l'incendie qui me consumait et j'ai croisé les bras sur mon corps pour les empêcher d'enlacer Mircea.

D'après Casanova, le lien se renforçait progressivement. Il croissait par paliers, sur une période de temps assez longue. Mais le nôtre ne se comportait pas de cette façon. Peut-être parce qu'une partie du *geis* ne datait pas d'hier ? Ou parce qu'on l'avait accidentellement dédoublé. En tout cas, il était particulièrement vicieux...

Mircea restait debout à côté de moi, assez près pour faire croire aux spectateurs qu'il me tenait encore. La douleur m'avait fait retrouver mes esprits, un peu comme si j'avais respiré des sels, et j'ai compris son intention : même si Mircea était prêt à me laisser partir, la Consule ne l'était sûrement pas. J'avais refusé de devenir sa marionnette, je lui avais dérobé des objets de valeur et j'avais soumis son négociateur en chef à un dangereux sortilège. De son point de vue, le fait que ce dernier ait fait preuve d'une certaine dose d'insouciance ne plaidait pas en ma faveur. Je me suis demandé ce qu'elle comptait faire de moi si ses mages ne parvenaient pas à briser le sort. Si j'en croyais l'acte de charité de Mircea, j'étais presque sûre de deviner. Peu de sortilèges survivent au trépas de la personne qui les a lancés, et, puisque je n'allais pas lui servir de Pythie de paille, elle n'avait pas spécialement intérêt à me garder en vie.

J'ai croisé le regard de Mircea.

— Je trouverai un moyen de briser ce *geis*, l'ai-je assuré. (Je n'ai pas pris la peine de chuchoter, cette fois.) Je vous le promets.

Il a esquissé un léger sourire, mais ses yeux étaient immensément tristes.

— Je suis désolé, *dulceață*.

La Consule a dit quelque chose, mais je ne l'ai pas compris. La salle d'audience, si calme qu'on aurait entendu une mouche voler, s'est retrouvée, en l'espace d'une seconde, balayée par une violente bise glaciale. Mes cheveux, soulevés par le vent, me fouettaient douloureusement le visage. Pendant un court instant, la tempête est tombée, mais elle ne faisait que s'accumuler, à hauteur du plafond. Et lorsqu'elle a déferlé de nouveau dans la salle d'audience, elle avait pris la forme du blizzard le plus terrible que j'avais jamais vu.

Les bourrasques sauvages m'ont ignorée, tout comme un espace réduit autour de ma personne. D'abord, j'ai cru que mon talisman s'était enfin décidé à se réveiller, mais il n'y avait aucune trace de l'aura chatoyante, aucune forme notable de pentagramme. J'étais protégée par autre chose. Sur le moment, je me préoccupais peu de savoir de quoi il s'agissait, du moment que ça ne flanchait pas ! Hormis ce petit îlot de quiétude, tout n'était que chaos.

Mircea a reculé. Le *geis* s'est aperçu qu'il y avait un problème et la douleur m'a fait perdre mon souffle. Je l'aurais volontiers attiré de nouveau jusqu'à moi, malgré les conséquences, mais je n'arrivais pas à le voir à travers les trombes blanches.

— Mircea ! ai-je crié.

Mais ma voix s'est perdue dans le bruit assourdissant de la tornade.

Ne sachant que faire d'autre, j'ai bondi en avant et me suis jetée sur Tomas. Dieu merci, l'accalmie m'a suivie. Je ne pouvais pas le couvrir entièrement, mais ses blessures étaient trop importantes pour que je m'allonge complètement sur son corps. Qu'il attrape des engelures en bas des jambes était le dernier de mes soucis.

J'ai tâté pour trouver ses liens, mais je ne voyais rien d'autre que le chaos blanc. Lorsque quelque chose a rebondi à côté de moi, sur la table, j'ai compris d'où provenait le bruit étrange et sourd de martèlement qui nous cernait de tous côtés : le vent était chargé de grêlons aussi gros que des boules de bowling. Et puisqu'ils étaient prisonniers des quatre murs de la salle d'audience, ils n'avaient pas d'autre moyen pour exprimer leur fureur que de ricocher sur toutes les surfaces disponibles. J'avais l'impression d'être tombée au beau milieu du flipper de l'enfer. Si je ne libérais pas Tomas très vite, les grêlons allaient lui pulvériser les pieds, et je serais incapable de le transporter où que ce soit. Il fallait que je nous sorte de là et il fallait que je retrouve Myra, même si je n'avais aucune idée de la façon dont j'étais censée m'occuper d'elle dans l'état où je me trouvais. Je n'avais qu'une envie : me rouler en boule et attendre que Mircea me trouve. Après tout, si je restais sans bouger, il finirait bien par me retrouver ! Quelle que soit la nature de la force qui nous avait séparés, le *geis* serait le plus fort. Mircea n'allait pas tarder.

Quelque chose a percuté la jambe droite de Tomas, et tout son corps a sursauté. Je me suis étirée, mais si je lui avais protégé le bas des jambes, j'aurais laissé sa tête à découvert. Et je ne pouvais pas remonter ses pieds parce qu'ils étaient attachés. J'ai essayé de me téléporter. Cette fois, j'ai bien senti un sursaut de pouvoir, mais je n'ai pas bougé. *Plus vite*, ai-je pensé, désespérée.

J'ai fini par comprendre comment débarrasser Tomas de ses menottes et je venais tout juste de les ouvrir lorsque la salle d'audience a reçu d'un seul coup de nouveaux visiteurs. Un studio de tatouage a atterri à côté de la table, si près qu'il nous est presque tombé dessus. Le visage de Mac, à moitié obscurci par la neige malgré les quelques mètres qui nous séparaient, est apparu à la fenêtre, juste en dessous de l'enseigne clignotante MAG INK. Une minute plus tard, un bras tapissé de motifs gigoteurs est sorti de la porte principale pour attraper la jambe de Tomas, après avoir ouvert la menotte placée sur sa cheville droite avec la dextérité d'un expert.

Mac a tiré Tomas par la porte et j'ai escaladé la table pour m'y engouffrer à mon tour. Le bâtiment avait atterri sur les marches massives menant à l'estrade sur laquelle trônait la table. Par conséquent, il était incliné dans ma direction. Je n'avais plus que quelques centimètres à franchir, comptant sur mon énergie cinétique pour faire le reste.

Je venais tout juste de réussir à attraper la main de Pritkin lorsqu'on m'a attrapée par la cheville. Mon talisman ne s'est pas embrasé – et mince ! – mais Sheba s'est mise en action. Elle avait ignoré Mircea, soit à cause de la bombe à néant, soit parce qu'elle ne l'avait pas perçu comme une menace, mais, la personne qui m'avait attrapée par la cheville, c'était une autre histoire. J'ai senti le gros chat couler le long de mon corps et j'ai entendu son rugissement, auquel a fait écho le jappement de surprise d'une vénérable dirigeante de Sénat. Sheba s'est jetée de mon pied, et une seconde plus tard la Consule m'a lâché la jambe.

— Dépêchez-vous !

Pritkin a tiré de toutes ses forces, et j'ai parcouru le reste de la table en volant à moitié. J'ai franchi la porte, culbuté sur Pritkin et recouvré la vue. Aucune trace de Mac et de Tomas à l'avant de la boutique. Mais je n'ai pas eu le temps de me faire du souci. Pritkin a hurlé « C'est bon ! » et toute la maison s'est mise à trembler.

Une minute plus tard, on s'enfonçait en plein roc, au cœur des fondations de la MAGIC. Le studio forait, en zigzaguant, un méandre de tunnels. Je crois qu'on allait relativement vite, mais c'était difficile à dire : je me concentrais à mort pour ne pas lâcher Pritkin, lui-même crispé au comptoir. En revanche, j'ai bel et bien vu une forme noire assez floue s'engager à notre poursuite dans la galerie qu'on venait d'excaver. Et, une seconde plus tard, Kit Marlowe a dégringolé dans la pièce, qui continuait sa chevauchée sauvage.

Il avait l'air grave et déterminé. Un parfum menaçant se dégageait de lui. On s'était croisés, lorsque j'étais petite, mais je ne me souvenais pas de lui comme ça. D'un autre côté, à l'époque, il savourait l'hospitalité de Tony : il n'avait pas le corps en sang.

— Par le diable ! ai-je entendu Pritkin marmonner.

Il m'a dégagée de son dos et m'a hurlé « Tenez-vous » en refermant mes mains sur le comptoir. Il a crié si fort que mes tympans ont failli crever. Ensuite, il a lâché le comptoir et s'est laissé voler à travers la pièce pour faire face à Marlowe.

Ils se sont pris à la gorge. Sans magie, ils en étaient réduits à une bonne vieille baston des familles. Tout dans les muscles. Et, apparemment, ils étaient à forces égales. Marlowe me hurlait quelque chose, mais je ne l'entendais pas à travers le boucan provoqué par notre forage. Et le *geis* me parcourait de vagues de douleur si intenses que ça m'était complètement égal.

Plus je m'éloignais de Mircea, plus ça empirait. Et j'ai fini par avoir une conscience très vague de ce qui se passait. Aveuglée de larmes, je souffrais de crampes à l'estomac et je respirais avec de plus en plus de difficulté. Je me suis rappelé ce qu'avait dit Casanova. Il arrivait que les personnes soumises à un *geis* préfèrent se suicider pour éviter de souffrir de la séparation. Je commençais à comprendre pourquoi.

Marlowe a cravaté Pritkin et ils se sont fracassés tous les deux contre le comptoir, manquant de me faire lâcher prise – déjà que j'avais du mal à m'accrocher... Ensuite, Pritkin a poignardé Marlowe à la poitrine et les deux hommes se sont séparés. Mais le mage, apparemment étourdi par le manque d'air dû à sa chute, n'a pas poussé plus loin son avantage. Pour une raison ou une autre, Marlowe non plus. Il s'est contenté d'arracher le poignard en grimaçant. Soudain, sans crier gare, la boutique s'est immobilisée.

Mes genoux ont percuté le comptoir et j'ai eu toutes les peines du monde à ne pas passer par-dessus. Mais c'était le cadet de mes soucis. D'un seul coup, le *geis* avait disparu. Comme quand on appuie sur le bouton « power » d'une chaîne hi-fi. Complètement essoufflée, j'ai pris une bouffée d'air et je me suis rendu compte avec stupéfaction que j'arrivais de nouveau à respirer normalement. Le soulagement et l'afflux d'oxygène m'ont complètement étourdie. J'ai aussitôt pris conscience d'une autre sensation : j'avais faim.

Maintenant que le lien avait disparu, je mesurais sa véritable ampleur. J'avais envie de pleurer et de rire en même temps. Je n'avais plus mal, mais en même temps ce plaisir interminable et dévorant avait pris fin. Et la faim m'avait presque aussitôt taraudée.

J'ai contourné le comptoir en titubant. Je me sentais bizarrement vide. Creuse. C'est à ce moment-là que j'ai regardé par la vitre. Je n'en croyais pas mes yeux. À la vue du paysage, j'ai tout oublié, même le *geis*. Devant nous, plus aucune trace de grès. Pas non plus d'étendue désertique. À la place, j'admirais une vaste prairie couverte d'herbe grasse que le vent courbait mollement sur la gauche. À en croire la position du soleil, il devait être midi. Pourtant, la clarté était si diffuse que c'était difficile à dire. Au loin, on distinguait la silhouette bleutée de montagnes couronnées de neige. Pourtant, la bise qui entrait par la porte de la boutique était tiède et sentait légèrement les fleurs sauvages. C'était magnifique.

Mac a passé une tête entre les pans du rideau, blasé, mais il a vite poussé un jappement de joie pure.

— Excellent ! Et ils disaient que c'était impossible ! Sacré bon sang !

J'ai remarqué que ses talismans avaient arrêté de bouger. Ils étaient figés, comme de vrais tatouages. Et d'un seul coup j'ai eu le déclic. Ce grand malade de Mac avait réussi à faire passer sa boutique de tatouage par la porte de Faerie !

Chapitre 10

J'ai laissé Mac et Pritkin s'occuper de Marlowe et je me suis précipitée dans l'arrière-boutique. Tomas était ligoté sur le plan de travail capitonné dont Mac se servait pour faire ses tatouages. Ça n'avait pas l'air très confortable, mais ça lui avait évité de valser à travers la pièce. C'était la première fois que je voyais correctement ses blessures. J'ai crispé les lèvres pour éviter de traiter Jack de tous les noms. Et puis je me suis dit « rien à braire » et je me suis lâchée.

Tomas a poussé un grognement. Il a essayé de se redresser, mais les attaches l'en empêchaient. Ça tombait plutôt bien, en fait : s'il s'était levé, il aurait sans doute perdu un bout d'organe. Jack l'avait entièrement écorché des tétons au nombril. Il ressemblait à un spécimen d'autopsie. Ou à un animal préparé pour une lecture divinatoire. Les yeux fixés sur les vestiges de son corps magnifique, j'ai été parcourue de frissons. J'aurais vraiment préféré qu'Augusta l'achève, ce salaud de Jack.

J'ai dégluti et détourné le regard. Déjà parce que, à force de regarder, j'allais finir par vomir ; ensuite pour trouver quelque chose qui fasse office de bandage. Les vampires ont une capacité de récupération assez hallucinante : avec le temps, Tomas allait certainement guérir. Mais, si j'arrivais à recoller ensemble les deux bouts de la plaie, ça aiderait. Et pour ça j'avais besoin de tissu. De beaucoup de tissu. J'ai balayé le lit de camp du regard. Il était couvert d'une couverture et d'un drap assortis. Ça pourrait aller. Je m'apprêtais à les prendre lorsque j'ai buté sur quelque chose. J'ai atterri sur les genoux, à côté d'un homme brun portant une chemise rouge vif. Je l'ai dévisagé, stupéfaite. Comment avait-on pu embarquer un passager clandestin sans que je m'en rende compte ? Mais il a tourné son visage vers moi et j'ai compris qu'il avait toujours été là. Pas sous cette forme, c'est tout.

— Je vais t'dire un truc, m'a déclaré Billy. (Il s'est mis en position assise et a pris sa tête entre ses mains.) J'me suis pas senti aussi vaseux depuis ce concours de boisson avec ces deux salauds de Russes.

Il a poussé un grognement et s'est recouché. J'ai approché la main avec précaution pour le tâter du doigt. Il était aussi solide que moi. J'ai soulevé son poignet pour sentir son pouls. Sous mes doigts, je le sentais battre aussi fort et régulièrement que le mien. J'ai lâché sa main et titubé en arrière. Avec pour seul résultat de tomber sur quelque chose d'encore plus improbable. J'ai senti un objet rigide derrière mon dos. Quand je me suis retournée, j'ai vu qu'il s'agissait d'une main brun orange, étendue au sol. La main était reliée à un bras de même couleur, menant au torse nu d'une créature que mon cerveau a fini par identifier comme étant le golem de Pritkin. Mais il n'avait plus de glaiseux que la couleur.

Je n'avais pas besoin de vérifier son pouls : il avait l'air de respirer. Sa poitrine avait une drôle de teinte, mais à part ça elle se soulevait et s'abaissait tout à fait normalement. Enfin, normalement pour un être humain. Étant donné que c'était censé n'être qu'un tas de glaise animée par magie, ça n'avait rien de normal. J'ai jeté un coup d'œil totalement involontaire – je vous assure – un peu plus bas, et je me suis rendu compte qu'il était anatomiquement correct. Pourtant, j'étais sûre qu'il n'avait jamais rien eu de tout ça avant. Et l'entité qui avait opéré sa transformation, quelle qu'elle soit, avait été particulièrement généreuse. Une seconde plus tard, ses yeux – de vrais yeux – se sont ouverts et m'ont considérée avec la plus parfaite perplexité. C'est impoli de dévisager les gens, mais j'ai remarqué qu'ils étaient marron et dénués de cils et de sourcils. En fait, le golem avait l'air d'être totalement imberbe.

Je me suis retournée vers Billy. Il était livide et il aurait eu besoin d'un bon coup de rasoir – il faisait traîner depuis des siècles – mais à part ça il avait l'air bien portant. Il avait juste retrouvé son corps. Ce qui était complètement absurde étant donné que son corps servait de pâture aux poissons depuis des années.

— C'est quoi, ce bordel ?

J'ai senti le sol trembler sous mes pieds et j'ai regardé autour de moi, affolée. La dernière chose dont j'avais besoin, c'était d'une nouvelle chevauchée sauvage façon Mac. Mais, au bout de une minute, je me suis rendu compte qu'on n'allait nulle part. La pièce bougeait – ça, c'était clair – et je commençais à me demander s'il y avait des tremblements de terre en Faerie lorsque Billy s'est redressé. Il avait le regard fou et ses traits reflétaient une panique totale. Il a tâté sa poitrine et poussé un hurlement de surprise. Ensuite, il s'est mis à se frapper la tête, le ventre et les jambes, comme si son corps était une espèce d'horrible insecte bizarre qui s'amusait à lui courir dessus.

Il a bondi sur ses pieds et s'est mis à danser à travers la pièce et à pousser des cris stridents en arrachant ses vêtements. Ses singeries, associées aux trépidations de la pièce, ont fini par paniquer le golem, qui était passé de l'hébétement à la peur. Ses yeux se sont élargis et ses lèvres se sont entrouvertes pour émettre un cri haut perché encore plus insupportable pour les oreilles que les hurlements de Billy. J'ai slalomé maladroitement entre eux pour m'emparer du drap. Après en avoir déchiré quelques bandelettes, j'ai fait mon possible pour refermer les blessures de Tomas. Avec le golem et Billy dans les pattes, c'était loin d'être évident. Ils passaient leur temps à se cogner partout, voire l'un dans l'autre, et s'énervaient de plus en plus.

Pour éviter qu'un des deux percute Tomas, je l'ai détaché et je l'ai planqué sous le plan de travail. Je m'y suis engouffrée à mon tour et me suis bouché les oreilles : j'avais l'impression qu'elles allaient se mettre à saigner d'un moment à l'autre. Je comptais laisser à quelqu'un d'autre le soin de gérer la situation : j'avais eu ma dose.

Mais, lorsque le toit s'est arraché, j'ai su que ça n'allait pas être possible. L'espace d'un instant, on ne voyait rien d'autre, à travers, qu'un carré de ciel bleu dans lequel voletaient quelques papillons jaunes. Et je commençais à me demander si les minuscules insectes n'étaient pas responsables du ravage lorsqu'une tête de la taille d'une voiture a fait son apparition. Elle était toute verte et recouverte d'écailles étincelantes et irisées. La créature avait une gueule énorme, capable d'engloutir un être humain d'une seule bouchée. Pas besoin de narines fumantes pour deviner ce que c'était. Ses yeux orange étaient dotés d'étroites pupilles rouges qui se sont dilatées en me regardant, comme un chat à la vue d'une nouvelle race de souris.

Le dragon bavait à travers le trou formé dans le toit. Sa tête pendait au bout d'un cou interminable et sa mâchoire colossale s'est fendue pour exhiber des crocs acérés et jaunis. J'étais pétrifiée. Son haleine chaude et acide me baignait le visage. Il était si près que mes yeux se sont couverts de larmes. C'est à ce moment-là que le golem a pété un câble. Il s'est mis à courir, nu, dans le champ de vision du dragon. Et les yeux orange de ce dernier se sont concentrés sur lui. Le golem a poussé un cri strident et plongé de l'autre côté du rideau, suivi du dragon. Le cou de ce dernier est passé devant moi, comme une rivière d'écailles, et le dragon a entrepris, à grands coups de griffes, de pratiquer dans le toit un passage assez large pour son corps disproportionné.

Je me suis dégagée péniblement de sous la table et me suis ruée sur Billy Joe. Il avait déchiré sa chemise et entrepris d'écorcher sa poitrine nue, qui arborait déjà de longues éraflures rouges.

— Billy !

J'ai essayé de l'attraper par le poignet pour l'entraîner avec moi sous la table, mais il a été plus rapide. Il s'est précipité au fond de la pièce, en direction d'une petite porte située juste à côté du lit de camp. Je ne l'avais jamais vue ouverte. D'ailleurs, elle ne s'est pas ouverte. J'avais l'impression qu'il ne s'agissait que d'une déco, mais Billy ne pigeait pas. Il la martelait et tirait de toutes ses forces sur la poignée, qu'il a fini par arracher.

Je le dévisageais sans savoir que faire. Je ne l'avais jamais vu dans un état pareil et je n'étais pas sûre d'être capable de le calmer par de douces paroles. Pour ne rien gâcher, sous forme humaine, Billy devait bien faire un mètre quatre-vingt-dix de haut : pas moyen de le maîtriser à l'aide d'une arme. D'autant que les deux dont je disposais – mon pistolet et mon bracelet – risquaient de le tuer, maintenant qu'il avait un corps.

Dans l'autre partie de la boutique, j'ai entendu des cris d'agonie, des jurons et des détonations. Soudain, une bourrasque s'est levée, accompagnée d'un boucan digne d'une armée d'hélicoptères en train de décoller. J'ai levé les yeux et j'ai vu le dragon prendre son envol de ses sombres ailes parcheminées. Il poussait des cris stridents et se tâtait la tête du bout des griffes. Il lui manquait la moitié de la gueule. À sa place fumait un trou noir, et ses gigantesques ailes, qui battaient l'air comme un petit cyclone, étaient généreusement perforées. Une seconde plus tard, la créature était partie. Elle s'était élevée, très haut, dans les cieux dominant les vertes prairies paisibles, en direction des lointaines collines couvertes d'arbres.

Billy s'est affaissé contre la porte. Ses mains aux doigts ensanglantés ont glissé sur le bois raviné. Il était agité de gros sanglots frénétiques mais, au moins, il n'était plus hystérique. Je m'apprêtais à le raisonner lorsque Pritkin a traversé le rideau en coup de vent, Mac et Marlowe sur les talons. Ma colère a augmenté d'un cran lorsque j'ai vu qu'ils n'avaient pas maîtrisé le vamp. Et la première chose qu'il a faite en entrant, c'est de se ruer sur Tomas.

— Pritkin ! Arrêtez-le ! (J'ai traversé la pièce à toute vitesse, mais le mage n'a pas bougé d'un pouce. Il dévisageait Billy, incrédule. J'ai plongé sous la table et saisi le poignet de Marlowe avant qu'il sorte Tomas de sa planque.) Laissez-le tranquille !

Il avait l'air surpris. Logique. Un être humain ? Empêcher un maître vampire de tourner en rond… en lui prenant gentiment le bras ? C'était à hurler de rire. J'ai reculé et levé mon poignet équipé du bracelet, en espérant que ça ferait l'affaire. Je ne le saurai jamais : il n'a pas fonctionné. J'ai secoué le bras et fusillé l'argent inerte du regard. C'était quoi le problème, maintenant ?

— Notre magie est inopérante, ici, m'a informée Marlowe avec douceur. Je ne lui ferai aucun mal, Cassie. Croyez-moi ou non, je veux vous aider.

Mais bien sûr. C'est pour ça qu'il était resté assis sans rien faire pendant que Tomas se faisait charcuter. Marlowe s'était forgé une détestable réputation à l'époque élisabéthaine, en tant qu'espion de la reine. Depuis, cette réputation n'avait cessé de croître. Si ne serait-ce qu'un faible pourcentage des anecdotes circulant sur lui étaient vraies, je ne voulais pas qu'il s'approche de Tomas.

— Allez-vous-en ! ai-je répété, tout en me demandant ce que je pourrais bien répliquer s'il disait « non ».

Mais il n'a pas protesté. Il s'est redressé pour s'éloigner avec grâce de la table. J'ai jeté un coup d'œil aux blessures de Tomas. Apparemment, son état ne s'était pas aggravé. Ses yeux étaient entrouverts et il a même réussi à redresser la tête.

— Je ne l'entends plus, a-t-il déclaré, énigmatique.

Ses traits se sont animés d'une expression de pur bonheur. Ensuite, ses paupières se sont refermées et sa tête est retombée en se cognant abruptement sur le sol.

Mon cœur s'est arrêté. Comme une folle, je me suis mise à tâter son pouls. Bien entendu, il n'en avait pas. Le fait que j'aie essayé en disait long sur mon état mental. Il était soit évanoui, soit en transe. Impossible d'en être sûr. Un jour, Tony s'était lancé dans une vendetta clandestine et on ne peut plus illégale contre un autre maître. Lors de ce microconflit, un de nos vamps avait perdu un bras et s'était fait à moitié éviscérer. Quand on l'avait ramené, j'avais cru qu'il était mort, mais Eugénie m'avait expliqué qu'il était en transe de guérison. Il était resté plusieurs semaines complètement immobile, sans bouger. Et d'un seul coup, une nuit, il s'était relevé et il avait demandé si on avait gagné. J'espérais vraiment que Tomas était en transe, mais même si ce n'était pas le cas je ne pouvais rien faire pour lui. Parfois, les vamps guérissent d'eux-mêmes, parfois pas. Très peu de remèdes magiques ou humains fonctionnent sur leur système. Il fallait juste que je le maintienne en lieu sûr le temps qu'il se remette.

J'ai jeté un coup d'œil à Pritkin.

— Pourquoi vous n'avez pas ligoté Marlowe ? Ou un truc du genre ?

— Parce qu'on a besoin de lui, a-t-il répondu, peu amène.

— Vous savez à qui on a affaire ?

— Mieux que vous.

Il a arraché son regard de Billy, qui oscillait d'avant en arrière, face au mur, les yeux vides, pour se concentrer sur moi. Le mage n'avait pas l'air en colère – ça ne m'aurait pas inquiétée : j'avais l'habitude –, c'était autre chose. Il était comme diminué. Son regard était si intense que ses yeux faisaient penser à deux lasers. Il avait le visage d'un prédateur conscient d'être en danger de mort : grave, austère et parfaitement concentré.

— Laissez-moi vous exposer la situation, a-t-il lancé. (Ses mots étaient plus rapides et hachés que d'ordinaire, comme s'il n'avait aucune seconde à perdre.) Nous sommes bien parvenus en Faerie, mais pas de manière furtive, comme je l'avais prévu. La plus grande part de notre magie est inopérante et nous disposons d'un nombre limité d'armes communes. L'un des membres de notre groupe est dans une situation critique, et deux autres sont peu fiables psychologiquement. Pour ne rien arranger, ce dragon était le gardien de la porte. N'ayant pas réussi à nous défaire seul, il est allé chercher des renforts. Si les Faes ne se sont pas encore rendu compte de notre présence, elles ne manqueront pas d'en être averties. Et, pour des raisons assez évidentes, nous ne saurions franchir de nouveau la porte.

— Le Sénat va-t-il nous poursuivre ? ai-je demandé.

Je n'étais pas sûre d'avoir envie d'entendre la réponse.

Pritkin a émis une sorte d'aboiement qui se voulait un rire. Mais il n'avait pas l'air amusé.

— Bien sûr que non. Sauf s'ils obtiennent un sauf-conduit. S'introduire en Faerie sans autorisation est un crime passible de la peine de mort. Et c'est ce que nous venons de faire.

— Ce qu'il veut dire, c'est que nous sommes dans la même galère, a conclu Marlowe. Je suis également clandestin. Et les Faes ne sont pas réputées pour être spécialement compréhensives. Si elles m'attrapent, elles pourraient m'exécuter. (Il m'a souri.) Donc, elles ne m'attraperont pas. Et je mettrai tout en œuvre pour qu'elles ne vous attrapent pas non plus.

Mac a reniflé bruyamment.

— Le truc, c'est que plus on est de fous, plus on vit. Les choses étant ce qu'elles sont, on serait incapables de survivre seuls une journée en Faerie.

Marlowe a haussé les épaules.

— Très juste. D'ailleurs, pour vous démontrer ma bonne volonté, puis-je vous suggérer de quitter cet endroit au plus vite ? Nous disposons de très peu de temps.

Pritkin venait de relever Billy en le tirant par le poignet. Il a giflé l'ancien fantôme.

—Il a raison. Si les Faes nous trouvent, soit elles nous tueront à vue, soit elles demanderont une rançon au Cercle ou au Sénat. (Pritkin a de nouveau giflé Billy, qui a essayé de répliquer. Mais le mage lui a bloqué le bras et l'a tordu sans ménagement derrière son dos, avant de pousser Billy dans ma direction.) Et veuillez maîtriser votre serviteur, a-t-il ajouté sèchement. Je m'occuperai du mien. Partons.

J'ai passé les quelques minutes qui ont suivi à faire examiner mon talisman par Mac, tout en essayant de rassurer Billy Joe, qui était dans tous ses états.

—De quoi tu te plains ? Tu as un corps. (Je lui ai légèrement pincé le bras. Il a sursauté, le pauvre chou.) C'est tout ce dont tu rêvais, non ?

En tout cas, chaque fois qu'il empruntait le mien, il avait l'air de s'éclater. Billy était toujours aussi sonné, mais ses joues reprenaient peu à peu leurs couleurs. Soudain, sans crier gare, il s'est penché vers moi et m'a embrassée fougueusement sur la bouche. J'ai bondi en arrière et je l'ai giflé. L'impact a été beaucoup plus violent que j'aurais voulu, mais il s'est contenté d'éclater de rire. Il a passé délicatement la main sur sa joue piquante. Ses yeux luisaient de larmes contenues, mais il avait l'air euphorique.

—C'est vrai ! C'est vraiment vrai ! a-t-il lancé, aux anges.

Brusquement, ses yeux se sont élargis et il s'est mis à fouiner dans le sac à dos de Mac. Il en a extrait une bière et l'a prise amoureusement entre ses mains, comme s'il venait de découvrir un trésor constitué d'or pur. Elle n'était pas décapsulée. Il l'a tripotée dans tous les sens pour essayer de l'ouvrir à mains nues.

—Tu ne peux pas comprendre, Cass', m'a-t-il dit. (Il avait les yeux fiévreux.) OK : je te garde ton corps de temps en temps, mais c'est pas vraiment vrai. Tu vois ce que je veux dire ? C'est un peu comme si tout était recouvert d'un film en plastique. Je ne fais que toucher par-ci, goûter par-là…

Il a poussé un cri de frustration et entrepris de casser la bouteille sur la table. Comme la table était capitonnée, la bière n'a fait que rebondir.

Apparemment, s'il ne buvait pas, il n'allait jamais retrouver son état normal.

— Donne-moi ça, lui ai-je ordonné, agacée.

Il m'a passé la bouteille marron foncé sans la quitter des yeux. Je l'ai ouverte sur le cadre en métal du lit de camp. Il me l'a arrachée des mains et en a englouti la moitié d'une traite.

— Oh, Seigneur ! a-t-il dit avec révérence, en tombant à genoux. Oh, mazette.

Je m'apprêtais à lui demander d'arrêter sa comédie lorsque Mac m'a interrompue pour me donner des nouvelles.

— Il n'y a rien qui cloche avec ton talisman, donc ça doit être dû au *geis*. Ça a tendance à compliquer les choses. Et, plus le sort est puissant, plus les interférences sont importantes. Vu que le *dútracht* est grosso modo le sort le plus costaud qu'on puisse trouver...

— Mais mon talisman fonctionnait très bien, avant ! ai-je protesté. Pourtant, on a jeté le sort quand j'avais onze ans.

— C'est sans doute pour ça que tu t'en es tirée. Tu étais trop jeune pour que le *geis* s'active. Ce talisman est spécifiquement conçu pour coller à ton aura, comme un gant à une main. Mais il lui faut un terrain fiable pour adhérer correctement, et un *geis* actif est considéré comme une grave menace. Tes défenses naturelles en voient de toutes les couleurs pour repousser l'invasion. Ce faisant, elles empêchent les protections artificielles de faire leur boulot.

J'ai eu le déclic.

— C'est pour ça que Pritkin était si pénible avec Miranda ! Il savait que si elle n'enlevait pas le *geis*, son tatouage n'avait aucune chance de fonctionner.

J'ai aussitôt regretté d'avoir ouvert la bouche. Mac avait l'air de trouver tellement hilarante l'idée qu'une pauvre femelle gargouille de rien du tout fasse péter un câble à Pritkin qu'il a voulu que je lui raconte toute l'histoire. J'ai fini par le ramener à nos moutons, mais il ne m'a pas dit tout ce que je voulais entendre.

— C'est comme essayer de mettre un gant à un gamin qui gigote dans tous les sens. C'est pour ça qu'on leur met des moufles, aux mômes. C'est franchement trop pénible de les habiller.

Mac parlait d'expérience. D'un seul coup, je me suis demandé s'il avait une famille. Quelqu'un allait peut-être le pleurer, si Pritkin le conduisait à la mort.

— Donc, tu ne peux rien faire.

— Désolé, Cassie. Si tu te débarrasses de ce *geis*, je peux le rafistoler en moins de deux. Mais sinon…

— … je l'ai dans l'os.

— On peut dire ça comme ça.

Comme pour rester dans le thème de la journée, Billy a choisi ce moment pour vomir sa bière par terre, juste devant mes tennis. J'ai à peine eu le temps de reculer les pieds.

— Mais ça va pas, Billy ?

Il s'est assis en grognant.

— Crampes d'estomac, a-t-il sifflé, pantelant.

J'ai poussé un soupir avant d'aller lui chercher un verre d'eau.

— Bois lentement, l'ai-je prévenu. Tu as un estomac de nouveau-né. Les bébés, ça ne boit pas de bière. Tu devrais peut-être t'abstenir.

J'ai éloigné la bouteille. Il a grogné de plus belle.

— Tu n'as pas de cœur, Cass' !

J'ai soulevé la bouteille et l'ai agitée, faisant ballotter d'un côté à l'autre le liquide ambré.

— Si tu bouges tes fesses pour m'aider à sauver Tomas, je t'en donnerai peut-être encore.

— Le bourg dans lequel nous nous rendons dispose d'un pub, a dit Marlowe avec douceur.

— Comment savez-vous où on va ? ai-je demandé avec méfiance.

— Nous n'avons guère l'embarras du choix. (Billy regardait le vamp comme s'il venait de lui annoncer qu'il avait gagné au loto.) Des bières, de jolies donzelles – très typées – et de l'excellente musique, d'après mes souvenirs.

Billy s'est relevé d'un coup, comme éjecté de la bouche d'un canon.

— Où se trouve cette âme en détresse ? Il faut absolument mettre ce pauvre garçon en sécurité, a-t-il ajouté, tout miel. Lui laisser le temps de se reposer et de récupérer tranquille.

— De quel bourg parlez-vous ? ai-je interrogé Marlowe.

— Le village local ainsi que son château abritent des Faes des Ténèbres ayant par le passé rendu quelques services à mes espions. À l'origine, notre entente ne stipule qu'une collecte d'informations : elles espionnent les Faes de Lumière tandis que mes contacts du côté clair les espionnent, elles. Mais, de temps à autre, elles sont venues en aide à mes agents en détresse. Contre rétribution, cela va de soi.

— Vous espionnez les Faes ? ai-je demandé, stupéfaite.

Marlowe a esquissé un sourire.

— J'espionne tout le monde. C'est mon métier.

— On discutera de ça plus tard, est intervenu Pritkin en passant la tête par le rideau. (Le golem était à côté de lui. Il avait l'air relativement calme, mais il a eu un mouvement de recul lorsque le rideau a effleuré son bras.) Si les Faes des Ténèbres nous trouvent avant de nous laisser l'occasion de leur proposer un marché…

— Très juste, a chuchoté Marlowe.

Avec l'aide de Billy, il a extrait Tomas de sous la table et l'a emmailloté dans une sorte de hamac improvisé, bricolé avec la couverture du lit de camp. Je n'ai pas cru Marlowe quand il m'a dit que le soleil de Faerie ne faisait rien aux vampires. Mais Mac était du même avis. Et puisque Tomas ne s'est pas embrasé au moment où les rayons tombant du toit effondré l'ont atteint, j'ai dû me rendre à l'évidence.

Billy a pris une extrémité du hamac et Marlowe l'autre. Comme je doutais de la sincérité de sa collaboration, j'ai décidé de marcher à côté pour m'assurer qu'il ne profite pas d'un moment d'inattention pour faire du mal à Tomas. J'aurais préféré un autre allié. Mais bon : on n'avait pas l'embarras du choix. Je ne pensais pas être capable de supporter la moitié du poids de Tomas sur une grande distance. Surtout pas attifée d'un manteau bourré de vingt kilos de munitions. Et Pritkin, qui avait pris la tête de notre bataillon hétéroclite, était trop occupé à empêcher son serviteur de piquer une nouvelle crise de nerfs.

Le pauvre golem était tout tremblant. Il regardait partout, complètement éperdu, et sursautait au moindre bruit, depuis les gazouillis d'oiseaux jusqu'aux chansons de Billy – ce dernier s'était mis à chanter « À la tienne, Étienne » mais Pritkin l'avait menacé de le retransformer en fantôme s'il ne s'arrêtait pas tout de suite. C'était comme si le golem n'avait jamais rien vu de tout ça – c'était sûrement le cas, d'ailleurs ; avec des yeux humains, en tout cas – et ne savait pas ce qu'il devait considérer comme inoffensif ou dangereux. J'ignorais de quels sens il disposait mais, à en juger par son cri lorsqu'un nuage de pissenlits en suspension a effleuré sa poitrine nue, j'aurais parié qu'il ne s'agissait pas des cinq nôtres.

On a fini par atteindre la lisière de la forêt. Malheureusement, si j'étais capable de distinguer aussi clairement la bande d'herbe piétinée que nous avions laissée dans notre sillage, un pisteur expérimenté pourrait nous suivre les doigts dans le nez. J'ai contemplé avec effroi les bois profonds qui nous faisaient face, tout en espérant que quelqu'un avait un plan.

S'est ensuivie une bonne heure de cauchemar. On a sué sang et eau pour se frayer un chemin à travers une forêt certes splendide mais franchement effrayante. En comparaison, les arbres millénaires entourant la demeure de Tony n'étaient que de vulgaires buissons. En entrant, on est passé devant deux gigantesques chênes : s'ils avaient été creux, on aurait pu passer à travers en voiture. À condition de construire une rocade d'accès : le tronc prenait naissance bien au-dessus de ma tête, sur un enchevêtrement de racines plus imposant que la plupart des habitations humaines. Leur position, branches moussues levées comme pour nous saluer – ou nous éloigner –, faisait penser à des sentinelles postées devant la herse d'un château fort.

Leurs racines tortueuses avaient toutes l'air de s'arrêter au même endroit, formant un sentier menant Dieu sait où. Quand on s'est engagés tant bien que mal à travers les ronces et les sous-bois intriqués, quelque chose m'a effleuré l'épaule. Pendant une seconde, j'ai cru qu'une main griffue aux articulations noueuses se tendait vers moi et j'ai sursauté. Mais je me suis rendu compte qu'il ne s'agissait que d'une branche basse inoffensive, dont la mousse humide et visqueuse s'était frottée à ma peau.

Ce qu'il y avait de pire, c'était l'odeur. Dans la prairie paisible, ça sentait le frais et les fleurs. Dans la forêt, le doux fumet végétal avait disparu. Ça sentait l'humidité et les moisissures d'abord, le pourri et l'aigre ensuite. Tandis qu'on progressait laborieusement, j'essayais de savoir ce que ça m'évoquait. Ça m'est revenu d'un seul coup : j'avais l'impression d'être en présence d'un malade en phase terminale. L'hygiène a beau être parfaite dans les hôpitaux, il y a toujours un arrière-goût âcre qui émane d'eux. Une odeur qui ne ressemble à rien d'autre. La forêt empestait la mort. Et pas l'exécution rapide d'une proie, à coups de griffes sanglantes. Non : une lente et interminable agonie. Comme si la Faucheuse tournait autour d'une proie depuis une éternité. Je préférais de loin la prairie.

J'ai réprimé mon angoisse et me suis approchée de Tomas. Heureusement pour lui, il avait toujours l'air inconscient. Mais ces bois avaient bel et bien quelque chose d'anormal. Ça devait tenir de la lumière diffuse qui y régnait : elle nous avait instantanément baignés dans une sorte de crépuscule. L'âge des arbres devait jouer, aussi. Ils étaient si vénérables que je me sentais écrasée, comme si la gravité avait augmenté dès l'instant où nous avions quitté les prés. Quand je me disais « Impossible de trouver un arbre encore plus grand », la forêt se débrouillait pour me prouver le contraire. Et mon cerveau fatigué n'arrêtait pas de voir des visages dans les motifs formés par les écorces : de vieux visages ratatinés avec des champignons à la place des cheveux, du lichen en guise de barbe et des yeux vitreux.

Marlowe a essayé à plusieurs reprises de me faire la conversation, mais comme je l'ignorais il a fini par laisser tomber. J'avais d'autres sujets de préoccupation. Par exemple : comment allais-je retrouver Myra ? Et si je la retrouvais, qu'est-ce que j'allais faire d'elle ? Maintenant que j'étais en Faerie, je comprenais pourquoi elle avait décidé de s'y cacher. C'était un terrain de jeu totalement nouveau, et je n'avais absolument aucun repère. Si je ne pouvais plus me fier à ma magie, j'allais avoir du mal à m'approcher d'elle assez près pour l'attirer dans mon piège. Et je n'avais aucune idée du nombre d'alliés dont elle disposait. Pour ne rien gâcher, maintenant que j'avais vu ce qui était arrivé aux talismans de Mac, je n'étais plus si sûre de l'efficacité des armes du Sénat. Et si elles ne fonctionnaient pas, dans ce nouveau monde démentiel ?

Ajoutez à cela quelques considérations beaucoup plus triviales : ce satané manteau était beaucoup trop lourd ; j'aurais tout donné pour prendre un bain ; je mourais d'envie de revoir Mircea… Bref, j'étais de mauvaise humeur. La sensation de manque était toujours aussi vive. Elle était supportable, certes, mais ce n'était pas une partie de plaisir. Je me sentais comme un fumeur habitué à ses trois paquets par jour à la fin d'un vol de vingt-quatre heures. Mais, dans mon cas, la délivrance était loin d'être imminente.

Au bout d'un moment, on s'est enfin arrêtés pour reprendre notre souffle. Le vent bruissait au sommet des arbres, mais en bas il n'y avait pas un brin d'air. Billy, qui avait maugréé pendant tout le chemin en se plaignant du poids de Tomas, était persuadé qu'on avait passé la journée à marcher. En réalité, ça ne faisait pas plus de une heure. J'ai enlevé l'instrument de torture doublé de plomb que Pritkin m'avait collé. Ça m'a un peu aidée, mais aucune douce brise n'a balayé mes vêtements trempés.

J'étais pliée en deux, à bout de souffle et complètement éreintée. La sueur dégoulinait de mon visage et gouttait sur le sol de la forêt, jonché de feuilles. Soudain, j'ai eu la preuve, la toute première, que ces bois étaient effectivement enchantés. Une racine couverte de lichen rouge vif, comme un bras squameux, est sortie de terre et s'est positionnée sous mon nez. Je me suis écartée en poussant un cri de surprise et je l'ai regardée absorber toutes les feuilles qui avaient été en contact avec ma sueur.

— Qu… qu'est-ce que c'est que ça ?

J'ai reculé ma jambe pour éviter la racine. Elle se rapprochait de moi en fouinant dans les feuilles, comme un sanglier à la recherche de glands. Elle ne me voyait pas, mais elle était consciente de ma présence.

— Un espion, a dit Marlowe d'un ton blasé. (Le vamp s'était posté derrière moi.) Je savais qu'on ne pourrait pas les éviter, mais j'avais l'espoir qu'ils prendraient plus de temps à nous dénicher.

— Un espion envoyé par qui ?

— Les Faes des Ténèbres, a répondu Pritkin. (Il nous a rejoints.) Cette forêt leur appartient.

— Très certainement, a confirmé Marlowe. Je devrais tâcher de contacter nos alliés avant que…

— Pas question, l'a interrompu Pritkin. Donnez-moi votre sauf-conduit : j'irai moi-même.

— Où ça ? ai-je demandé.

Mais personne ne m'écoutait.

— Elles ne vous connaissent pas, a protesté Marlowe. Même avec mes recommandations, vous pourriez courir un grave danger.

Pritkin a esquissé un sourire cynique.

— Je prends le risque.

Mac s'est éclairci la voix.

— Ce serait peut-être mieux que ce soit moi qui y aille, a-t-il proposé. T'as assez de problèmes comme ça à contrôler ce gaillard. (Il a désigné le golem d'un hochement de tête. La créature passait ses mains sur l'écorce d'un arbre. Ses traits reflétaient une profonde perplexité.) Et il ne me connaît pas. Si ça se corse, je ne peux pas te promettre d'arriver à le maîtriser.

— Je l'emmène avec moi.

— Si tu dois te battre, il ne te servira à rien, dans son état, a avancé Mac, sceptique.

— Je n'aurai pas à me battre. (Pritkin m'a jeté un coup d'œil.) Je suppose que vous souhaitez rester là pour vous occuper de lui ?

Il n'a pas nommé Tomas, mais on savait tous les deux de qui il voulait parler. Avant de répondre, j'ai regardé Marlowe en coin. Il était en train d'ajuster les bandages qui enserraient sa chevelure bouclée, comme si ça lui faisait mal. Il a surpris mon regard et m'a souri.

— La tempête n'a rien arrangé à l'état de ma tête, a-t-il expliqué. (Sa main a effleuré un endroit où la peau était plus tendre et il a sursauté.) D'abord, Raspoutine me fracasse le crâne. Ensuite, ceci… Croyez-vous que les gens s'en prendraient à une autre partie de mon anatomie, pour changer ? Que nenni !

Je ne lui ai pas rendu son sourire. Soit Marlowe souffrait vraiment, soit il essayait de me convaincre qu'il était faible. Dans le dernier cas, il perdait son temps. J'avais vu assez de vamps blessés dans ma vie : je savais que, s'ils étaient conscients et mobiles, ils étaient dangereux. Je ne pouvais pas faire grand-chose pour Tomas, mais je pouvais quand même éviter que Marlowe lui arrache la tête. Je me suis retournée vers Pritkin et j'ai hoché la tête.

— Dans ce cas, je vous emprunte votre serviteur.

Billy, avachi par terre depuis le début de la pause, n'était plus qu'un tas transpirant. Il tâtait une de ses bottes noires du bout des doigts en jurant. J'imagine que ses pieds étaient aussi tendres que ceux d'un bébé. Ça devait aller de pair avec son estomac de nouveau-né.

— Vous êtes sûr ? Ce n'est pas un foudre de guerre, niveau baston.

— Je vais juste l'emmener au cas où les choses tournent mal. Il pourra toujours faire demi-tour et vous prévenir.

— Si ce n'est que ça, il devrait s'en sortir. (J'ai donné un coup de coude à Billy.) Au boulot !

Il a fait tout un foin, bien entendu, mais l'argument « bière » a fini par l'emporter sur ses ampoules et il a accepté de partir.

Marlowe a griffonné quelques mots sur un bout de papier que Mac avait extrait de notre barda. Je trouvais ça un peu cavalier, de s'adresser aux Faes avec un Bic et une page de calepin. Mais ça n'a choqué personne.

— Je ne suis pas certain que mes contacts s'y trouvent encore, a précisé Marlowe en tendant sa missive à Pritkin. Le temps ne suit pas le même cours, ici. Il est arrivé à mes espions de s'introduire en Faerie à plusieurs mois d'intervalle et de débarquer le même jour. À d'autres occasions, plusieurs décennies s'étaient écoulées. Nous n'avons jamais réussi à dégager de schéma.

—Je me débrouillerai, a dit Pritkin en extrayant des munitions du manteau que je venais de délaisser.

Il a pris trois grandes boîtes. Je ne lui ai pas demandé pourquoi il pensait avoir besoin d'une telle quantité de cartouches. Je ne voulais pas savoir. Il avait troqué son manteau en cuir pour une cape noire à capuche et, au prix de grands efforts, il a réussi à forcer le golem à passer son propre manteau. Ce n'était pas parfait, comme déguisement : le golem était toujours orange, chauve, haut de deux mètres et nu-pieds. Mais c'était quand même mieux qu'avant.

—Il ne devrait pas rester ici ? ai-je fait remarquer, sceptique.

Pritkin ne m'a pas répondu, mais Marlowe a esquissé un sourire.

—Si le mage ne leur offre aucun présent, il n'obtiendra jamais audience. Protocole Faerique oblique.

—Un présent ? (Je n'ai pas capté tout de suite.) Vous voulez dire… Mais c'est de l'esclavage !

—Ce n'est pas vraiment un être vivant, Cassie, a rétorqué Mac.

J'ai regardé la créature enfantine qui clignait lentement des yeux tandis que Pritkin lui boutonnait son énorme manteau. Il avait l'air fasciné par les boutons : il n'arrêtait pas d'appuyer dessus avec son doigt, certes orange mais parfaitement humain.

—Moi, je le trouve très vivant, ai-je dit.

—Je le récupérerai plus tard. Il va simplement me faire entrer ! a répliqué sèchement Pritkin. Mais peut-être préférez-vous que nous offrions *votre* serviteur.

Billy m'a jeté un regard paniqué. J'ai soupiré.

—Bien sûr que non.

—Dans ce cas, abstenez-vous de dispenser vos conseils. Vous n'y comprenez rien, m'a-t-il réprimandée avant de disparaître furtivement dans les feuillages, suivi de ses deux compagnons.

Pendant les quelques heures qui ont suivi, une accumulation de petites choses a nettement contribué à m'user les nerfs. Le plus horripilant, c'étaient les racines baladeuses qui me suivaient partout, comme des chiots aveugles. J'étais morte de fatigue, mais vous croyez que j'aurais pu m'asseoir cinq minutes ? C'était trop demander ! Je devais jouer à cache-cache avec la flore locale. Sans compter que je me faisais mater par la faune.

Peu après le départ de Pritkin, j'ai eu l'impression que tous les oiseaux de la forêt – huards, aigles, chouettes et même des vautours – ainsi que quelques mammifères ont convergé vers les arbres nous entourant. Ils ne faisaient aucun bruit. On n'entendait que le bruissement de quelques ailes, de temps à autre, lorsque les anciens faisaient de la place aux nouveaux venus. Au bout de quelques minutes, le cumul de leurs poids a fini par faire ployer les branches les plus basses sur lesquelles ils avaient élu domicile. Mais aucune ne s'est cassée. C'était surréaliste. On aurait dit des spectateurs rassemblés pour assister à je ne sais quel divertissement. Étant donné qu'on ne faisait absolument rien, je me suis dit que le spectacle allait commencer plus tard, et cette pensée m'a encore plus plombé le moral.

Déjà qu'il n'était pas au beau fixe… Ça me stressait énormément de ne rien pouvoir faire pour Tomas. Il était là, allongé sur sa couverture, complètement inerte. Non seulement j'étais incapable de le guérir – d'ailleurs, c'était justement ce qu'il était en train de faire –, mais en plus je ne pouvais pas m'approcher de lui, de crainte d'embarquer mes copines végétales. Vu qu'elles absorbaient la sueur, j'avais peur de ce qu'elles pouvaient ingérer d'autre.

Mais la palme de l'énervement revenait très nettement à Marlowe, qui était de nouveau d'humeur badine. À peine

Pritkin sorti de notre champ de vision, il m'a décoché un sourire chaleureux.

— Discutons, Cassie. Je suis sûr de parvenir à éloigner vos craintes.

J'ai sauté pour éviter une racine menaçant de s'enrouler autour de ma cheville.

— Bizarrement, j'en doute.

— Le problème, c'est que vous n'avez jamais entendu notre version des faits, a-t-il rétorqué en me gratifiant d'un sourire chaleureux et bienveillant qui m'a complètement hérissée. Nous vous aurions volontiers informée plus tôt, mais lorsque vous êtes revenue de cette mission en compagnie de Mircea, vous ne nous en avez guère laissé l'occasion.

— Quand les gens menacent de me tuer, j'ai tendance à éviter le dialogue.

Marlowe avait l'air stupéfait.

— Je ne vois absolument pas ce que vous voulez dire. Pour ma part, il est certain que je ne souhaite pas votre mort. Pas plus que mes pairs du Sénat. C'est tout le contraire.

— Vous avez baratiné la même chose à Agnès, j'imagine.

Les sourcils de Marlowe se sont rejoints.

— Je ne suis pas sûr de vous suivre.

J'ai sorti le charme que Pritkin m'avait donné. Comme il ne l'avait jamais réclamé, je l'avais fourré dans ma poche. Je l'ai fait osciller devant les yeux de Marlowe, comme un pendule.

— Vous reconnaissez ce machin ?

— Bien évidemment, a-t-il répondu après y avoir jeté un rapide coup d'œil. (Je l'ai dévisagé. Ça ne m'étonnait pas d'apprendre que Marlowe avait manigancé lui-même cette tentative d'assassinat – ça collait à sa réputation –, mais je n'imaginais pas qu'il l'avouerait aussi facilement. Pensait-il que je lui serais reconnaissante d'avoir écarté Agnès ? De m'avoir laissé le champ libre ?) C'est une médaille de saint Sébastien. (Il me l'a prise des mains. J'avais les doigts tout engourdis.

Mac s'était approché sans rien dire. S'il s'attendait, comme moi, à des aveux, il a été déçu.) Cela fait des années que je n'en ai pas vu de semblable. Bien sûr, nous n'en avons plus guère l'usage.

— Et quel est leur « usage » ? a demandé Mac.

Son visage reflétait la même expression que Pritkin dans ses grandes heures de méfiance.

— De protéger contre la peste, mage, a répondu Marlowe d'un ton agacé. D'après les croyances, saint Sébastien avait le pouvoir d'éloigner la maladie. À mon époque, ces médailles étaient encore très populaires sur le continent, même si la plupart d'entre elles avaient été forgées au XIVe siècle, quand l'Europe était ravagée par l'épidémie.

Je me suis penchée pour regarder la médaille de plus près.

— Mais qu'est-ce que c'est, alors ? Une sorte de porte-bonheur ?

Marlowe a souri.

— Vous pouvez l'appeler ainsi. Les gens voulaient croire être en mesure d'agir pour se protéger. Et protéger leur famille.

— C'est plutôt ironique, ai-je lancé. (Mac a opiné du chef mais Marlowe était perplexe.) Cette médaille a servi à tuer quelqu'un, récemment.

Marlowe a haussé les sourcils. C'était la première fois que je voyais, chez lui, une expression qui n'avait pas l'air feinte.

— La Pythie aurait été assassinée ?

Mac a poussé un des jurons habituels de Pritkin.

— Et comment pouvez-vous le savoir ? À moins d'être coupable ? a-t-il demandé avec hargne.

Marlowe a haussé les épaules.

— De qui étions-nous en train de parler ? (Il a fait tourner l'objet entre ses doigts en fronçant les sourcils.) Quelqu'un l'a incisée pour l'ouvrir.

— Nous, a dit Mac en lui arrachant la médaille des mains. Il y avait de l'arsenic à l'intérieur !

Il a prononcé ces derniers mots comme s'il avait voulu faire flancher le vamp. Mais Marlowe n'a pas eu l'air impressionné.

— Bien sûr qu'il y avait de l'arsenic à l'intérieur. (Devant mon regard médusé, il a développé.) Poudre de crapaud, arsenic... Il était d'usage d'enfermer toutes sortes de substances à l'intérieur de ces objets, avant d'en souder les deux parties. On croyait qu'ils avaient la vertu d'éloigner la maladie. Les poisons donnaient plus de valeur à la médaille, qu'on vendait alors plus cher, naturellement.

— Vous voulez dire que c'est normal qu'il y ait eu du poison là-dedans ? (Je me suis retournée vers Mac.) Tu es sûr qu'elle a été assassinée ?

— Cassie..., m'a-t-il réprimandée.

Apparemment, il ne voulait pas qu'on parle de ça devant Marlowe, mais je ne voyais pas où était le mal. Si Marlowe avait commandité le meurtre de la Pythie, il était déjà au courant. Dans le cas contraire, il pourrait nous fournir de précieux indices.

— On a trouvé une médaille similaire à côté du cadavre, ai-je informé Marlowe. Aurait-on pu, d'une manière ou d'une autre, s'en servir pour la tuer ?

Il avait l'air de réfléchir profondément.

— Tout ce qui entre en contact avec la peau peut s'avérer dangereux. La reine Élisabeth a failli mourir d'un poison dont on avait badigeonné le pommeau de sa selle. Moi-même, j'ai tué un catholique en imbibant son chapelet d'arsenic, a-t-il ajouté avec légèreté.

Il était vraiment effrayant, mais apparemment je m'étais adressée à la bonne personne.

— Admettons qu'on utilise cette méthode pour tuer quelqu'un. Est-ce que ça prendrait du temps ?

— À peu près une heure.

— Ah... ! Je pensais plutôt à un truc genre six mois.

Marlowe a secoué la tête.

— Supposons qu'on ait imbibé son collier d'une solution fortement diluée, et que la Pythie ait eu l'habitude de le tripoter. Ça n'aurait pas marché… Avec le temps, l'arsenic provoque des rougeurs et des cloques sur la peau : elle s'en serait aperçue. Si on souhaite empoisonner lentement une personne, on utilise d'ordinaire la nourriture. Le poison n'a ni goût ni odeur. Par ailleurs, à petites doses, ses symptômes sont similaires à ceux d'une simple intoxication alimentaire.

— Sa nourriture était préparée avec soin et consciencieusement goûtée, nous a appris Mac. Et dame Phemonoe était particulièrement… attentive aux poisons. On pourrait presque dire… enfin, le terme « paranoïaque » est un peu exagéré, mais…

— Ce n'est pas ce qu'on m'a rapporté, est intervenu Marlowe, aux anges. (Apparemment, il adorait parler boutique.) D'après les rumeurs, elle serait devenue extrêmement superstitieuse avec l'âge et aurait acquis une myriade de remèdes douteux. Un couteau censé prendre une couleur verte quand on le passe sur un mets louche ; un vieux verre vénitien supposé exploser une fois rempli d'un liquide empoisonné ; un calice contenant un bézoard serti en son culot de…

— Peut-être avait-elle eu une vision ?

Agnès avait été un très bon oracle. J'ai frissonné. Ça devait être vraiment atroce de voir sa propre mort et d'être incapable d'y faire quoi que ce soit.

— Peut-être. (Marlowe s'était remis à sourire. Ça ne me disait rien qui vaille.) Mais, dans ce cas précis, cette vision lui aura été de peu d'utilité. Ce qui était la théorie que j'essayais de vous exposer. Les mages ayant été incapables de protéger votre prédécesseur, ils sont peu à même de vous maintenir hors de danger. Nous saurons être plus prudents, je vous le certifie.

Mac a fusillé le vamp du regard.

— Ne l'écoute pas, Cassie. Si tu ne veux pas lui parler, ne te sens pas obligée. Avec moi dans les parages, il ne peut pas te forcer.

— N'en soyez pas si sûr, mage. J'ai eu vent de votre réputation, mais votre pouvoir est fort diminué en ces lieux, tandis que ma force est indemne. Mais je n'ai jamais pensé contraindre Cassie à agir contre son gré. Je lui suggère simplement d'apprendre à connaître son nouvel allié, ainsi que ses intentions.

— Mêlez-vous de vos affaires, a craché Mac.

— Mais ce sont également les siennes, a rétorqué Marlowe. Elle a le droit d'en savoir plus sur ses fréquentations. (Il s'est retourné vers moi.) Mais peut-être savez-vous déjà que Pritkin est l'assassin suprême du Cercle ? m'a-t-il demandé innocemment.

Chapitre 11

Mac s'est étouffé avec le contenu de la flasque qu'il était en train de siroter.

— Mais c'est n'importe quoi ! a-t-il haleté après avoir retrouvé son souffle, ne faisant que confirmer les propos de Marlowe.

Marlowe ne lui a pas adressé le moindre regard. Ses yeux étaient fichés dans les miens.

— Dois-je en conclure que vous ne saviez pas ? m'a-t-il susurré.

— Dites-moi tout.

— Cassie ! Tu ne vas quand même pas croire ce que déblatère un vamp ! Tout ça, c'est des con…, a commencé Mac.

Mais je l'ai coupé.

— Je n'ai pas la force de polémiquer, Mac, lui ai-je soufflé d'un ton las.

C'était la vérité. Tout ce que je voulais, c'était trouver un tapis de mousse bien moelleux, pas trop humide, sans aucun bout d'arbre gigoteur… et dormir douze heures d'affilée. J'étais à deux doigts de l'épuisement physique et mental. Émotionnellement, c'était encore pire. Mais Marlowe avait raison : il fallait que je sache. Je déciderais après d'y croire ou pas.

Marlowe ne s'est pas fait prier.

— Nous nous demandions pourquoi le Cercle avait mandaté un chasseur de démons auprès de nous, en tant qu'agent de liaison. Ils avaient pourtant de nombreux experts en vampirisme à leur disposition. Et la plupart d'entre eux sont bien plus… diplomates… que ce John Pritkin. Par ailleurs, le fait qu'ils rappellent leur ancien agent de liaison et nous assignent Pritkin quelques heures avant votre apparition nous est apparu comme la plus étrange coïncidence. S'ils avaient anticipé votre présence et souhaité que Pritkin soit parmi nous pour cette occasion, ils ne s'y seraient pas pris autrement.

— Ils espéraient qu'il me prendrait pour un démon et me tuerait, ai-je rétorqué.

C'était loin d'être un scoop. Mircea avait tout de suite compris. Ça avait failli marcher, d'ailleurs. Pritkin ne savait pas grand-chose sur les vamps, mais c'était un expert en démons. Et certains de mes pouvoirs, comme la possession, avaient éveillé ses soupçons.

— J'ai eu vent de cette théorie. Mais il me semblait tout de même étrange que le Cercle parte du principe que vous feriez nécessairement montre d'un pouvoir susceptible d'alarmer Pritkin au point qu'il s'en prenne à vous. Si les choses s'étaient déroulées comme nous l'avions prévu – si vous ne vous étiez pas enfuie et si Tomas ne nous avait pas trahis –, la soirée aurait été particulièrement calme. (L'analyse de Marlowe m'a fait bondir : ma première rencontre avec le Sénat avait été tout sauf calme. Mais je l'ai laissé continuer.) Je me suis dit que l'affaire devait être plus complexe. Et j'ai mené discrètement mon enquête.

— Vous ne savez rien, a dit Mac avec hargne.

Marlowe a haussé un sourcil. Il a jeté au mage un regard digne d'un roi considérant un paysan en train de couvrir de boue le sol de son palais.

— Au contraire. J'en sais bien assez. Par exemple, je sais que Pritkin a plus d'un millier d'assassinats à son actif. Je sais que le Cercle fait appel à lui lorsqu'il veut être absolument certain qu'un tel ou une telle trouve la mort. Je sais qu'il est réputé utiliser les méthodes les moins orthodoxes pour abattre ses proies. (Il m'a jeté un regard en coin.) Comme demander à l'une de ses cibles de l'aider à en localiser une autre…

Mac a poussé un juron.

— Ne l'écoute pas, Cassie. (Il s'est interrompu pour piétiner une racine menaçant de s'enrouler autour de ma cheville. Le végétal s'est replié furtivement dans la forêt, mais j'étais persuadée qu'il allait récidiver. J'aurais tout donné pour une bonne hache.) Tu ne nous connais peut-être pas bien, mais tu connais les vamps. Ils mentent comme ils respirent. John est un type bien.

Marlowe a éclaté d'un rire méprisant.

— Parlez-en à ses victimes !

Il m'a regardée du coin de l'œil, comme pour mesurer l'impact de sa révélation. Mais je venais d'atteindre le seuil de surmenage survenant en général après un effort trop intense dans un laps de temps trop court. J'avais beau essayer, je n'arrivais pas à me sentir concernée par le fait que Pritkin cherchait à me tuer. Ce n'était pas nouveau. J'étais même partie de ce principe.

Je me suis mise à fouiller le sac à dos de Mac, à la recherche d'une paire de chaussettes sèches. J'en avais mis une dans mon sac de marin, mais Mac ne s'était pas fatigué à la prendre. Quand vos potes n'emmènent en promenade que des bières, des flingues et une tonne de munitions, c'est le signe que vous avez de mauvaises fréquentations.

Marlowe avait l'air légèrement déçu que sa bombe n'ait pas provoqué le remous escompté, mais il ne s'est pas découragé pour autant.

— Vous vous êtes placée sous la protection de Pritkin, mais vous ne savez absolument rien de lui ! C'est évident que le Cercle l'a envoyé vous tuer.

— C'est un parfait exemple de ce dont les vamps sont capables, Cassie ! a grondé Mac. Ils bidouillent des bouts de vérité pour s'en sortir blancs comme neige et débiner les autres !

— Il a besoin de votre aide pour localiser l'autre renégate, poursuivait Marlowe, infatigable. Mais, dès qu'il se sera emparé d'elle, vous êtes morte. Sauf si vous me laissez vous aider. Tout ce que souhaite le Sénat...

— ... c'est contrôler tes moindres faits et gestes ! l'a coupé Mac. Cassie ! Je te jure. John était outré lorsqu'il a appris ce que tramait le Cercle. Le pouvoir les a rendus dingues ! Admettons qu'ils s'arrangent pour vous faire disparaître, Myra et toi. Comment peuvent-ils être sûrs que leur élue deviendra la Pythie ? De par le monde, il existe des centaines, voire des milliers de voyantes inconnues, sans aucune formation. Et si le Cercle noir la trouvait avant eux ?

J'ai esquissé un sourire.

— On sait ce qu'on perd, on ne sait pas ce qu'on gagne. C'est ça ?

Lorsqu'il s'est rendu compte de ce que sous-entendaient ses paroles, Mac s'est pétrifié. Mais, vu qu'il ne m'avait pas lancé de fleurs, j'avais tendance à le croire. J'ai regardé Marlowe du coin de l'œil.

— Mac a raison. Pritkin est considéré comme un renégat depuis qu'il m'est venu en aide, ce matin. Et il a failli se faire tuer dans la foulée. Un peu extrême pour quelqu'un qui veut juste me rouler dans la farine.

— Il est connu pour user de ce genre de stratagèmes, a rétorqué Marlowe en secouant la main, comme pour éloigner mon argument. (Il m'a regardée avec intensité. Ses yeux brillaient de sincérité.) Cassie, nous n'avons aucun désir de vous manipuler. Notre objectif est de vous proposer une alternative. Libérez-vous du joug des mages. Depuis des générations, toutes les Pythies en souffrent, mais vous n'êtes pas obligée de vous plier à cette tradition. Vous pouvez...

Je l'ai interrompu d'un geste de la main. Tout d'abord parce que je n'avais pas envie d'entendre ça. Ensuite, parce que le visage de Mac rougissait à vue d'œil : j'avais peur qu'il explose.

— Économisez votre salive, Marlowe. Je suis au parfum. Je n'ai l'intention de tomber sous le joug de personne.

— Vous ne savez que des bribes de vérité, s'est-il empressé de répliquer. Et vous aurez besoin d'alliés, Cassie. Aucun chef ne gouverne entièrement seul. Élisabeth est entrée dans l'histoire car c'était une reine exceptionnelle, c'est vrai, mais l'un de ses plus grands accomplissements a été de s'entourer de conseillers capables. Sa grandeur est en partie le fait de celle de son entourage. Vous ne pouvez pas vous permettre de vivre isolée. C'est impossible de fonctionner de cette manière. À long terme…

— Le long terme ne m'intéresse pas, Marlowe.

Je me serais contentée de passer la journée.

— Vous avez besoin d'alliés. Vous le comprendrez bien assez tôt. Et le Sénat répondra « présent ». Contrairement aux mages, nous souhaitons une véritable collaboration, et non vous dicter vos moindres décisions.

— Mais bien sûr. C'est pour ça que Mircea m'a lancé un *dútracht*, peut-être ?

J'étais dans le brouillard pour plein de choses. Mais ça, c'était limpide. Un *geis*, ça ne servait pas à conseiller. Ça servait à contrôler. À en juger par son expression, Marlowe en était bien conscient.

— Nous trouverons une façon de le briser, m'a-t-il promis. Entre-temps, le Sénat vous offre sa protection.

J'ai levé les yeux au ciel. Mac a poussé un grognement de dépit.

— Ouais, c'est ça… T'as qu'à remplacer le mot « protection » par le mot « prison » et…

— Réfléchissez, a poursuivi Marlowe, tout miel. Éludons le manque de jugement dont a fait preuve le seigneur Mircea. Le Sénat ne vous a-t-il pas toujours protégée ? Au contraire, l'examen des faits nous pousse à conclure que les mages feraient tout pour voir leur candidate accéder au trône de la Pythie. Ils ne reculeront devant rien, pas même votre mort.

— C'est un tissu de mensonges ! s'est exclamé Mac en bondissant sur ses pieds.

Il avait l'air tellement furieux qu'il aurait pu sauter à la gorge de Marlowe. Mais il n'en a pas eu l'occasion. On a entendu un bruissement et, en moins de temps qu'il n'en faut pour le dire, les racines qui me harcelaient se sont étroitement refermées sur Mac. Il a essayé de parler, mais je n'ai rien compris : en l'espace de quelques secondes, des racines – certaines aussi larges que mon bras – se sont embobinées autour de son corps. On ne voyait plus de lui que ses yeux étincelant de rage. Il avait l'air de se débattre, mais c'était parfaitement inutile.

Marlowe était dans le même pétrin, mais il ne faisait aucun effort pour se dégager. Il restait bien calmement assis. J'ai remarqué qu'il était moins fermement ligoté que Mac : les racines ne lui arrivaient qu'à hauteur de poitrine. Pourtant, c'était le plus fort des deux. Sans doute se resserraient-elles d'autant plus qu'on leur résistait ? J'ai suivi son exemple, en espérant qu'elles continueraient à m'ignorer. À ce moment-là, j'ai compris qu'on avait un autre problème.

— Nous ne sommes pas des espions, a déclamé Marlowe dans le vide.

— Vous vous êtes introduits dans nos contrées sans autorisation, lui a-t-on répondu. Par conséquent, c'est nous qui déciderons de vos intentions.

» Qui es-tu ? a-t-on ajouté à mon adresse, d'une voix impérieuse.

Une créature ressemblant à une poupée a fait son apparition derrière Marlowe et s'est mise à voleter devant mon visage. Elle mesurait à peu près soixante centimètres de haut et sa tignasse rouge rivalisait de couleur avec ses grandes ailes d'un vert vif. Ça m'a pris un moment, mais j'ai fini par la reconnaître. C'était la pixie que j'avais rencontrée au *Dante*, une semaine auparavant. À cette époque, elle ne mesurait que vingt centimètres, mais ça ne faisait aucun doute. Quand vous rencontrez une Fae pour la première fois, vous ne risquez pas de l'oublier.

—Ne lui dites pas votre nom ! s'est empressé de m'avertir Marlowe.

La pixie l'a regardé en fronçant les sourcils, et une immense racine noueuse s'est frayé un chemin jusqu'à ses lèvres. Heureusement que les vampires ne respirent pas : d'autres racines ont imité la première et se sont enroulées si étroitement autour de son visage qu'on ne voyait plus qu'une touffe de boucles brunes. Terriblement efficace, comme bâillon : de toute évidence, il ne pourrait plus m'aider.

—Je suis la Pythie, ai-je répondu en me disant qu'un titre, c'était mieux qu'un nom. (À ma connaissance, on ne pouvait pas utiliser les titres pour lancer des sortilèges.) On s'est rencontrées au *Dante*, si tu…

—Je recevrai une belle récompense pour cette prise ! a-t-elle poursuivi, coupant court à ma tentative de faire jouer notre brève rencontre en ma faveur. Emparez-vous d'eux !

Tout un bataillon de créatures hirsutes a émergé de derrière les arbres. Elles étaient armées de bâtons et de boucliers couverts de camouflage. Je ne sais pas pourquoi elles se fatiguaient à porter des armes : la puanteur qui émanait d'elles aurait incommodé n'importe quel adversaire.

Deux machins très bizarres se sont approchés de moi. On aurait dit des arbres effroyables ayant eu l'idée soudaine de se déraciner pour faire une balade. Le premier avait l'air presque humain. Enfin, si l'être humain moyen mesurait deux mètres de haut sur deux mètres de large. Mais ses cheveux étaient d'un rouge aussi vif que le lichen recouvrant ses racines, malgré la boue qui les badigeonnait, et ses yeux avaient la même teinte jaune crasseux que ses dents. Sa peau était aussi noueuse et grêle qu'un vieux bouleau, et sa couleur était assortie au sol argileux de la forêt. Pour seul vêtement, il portait un cache-sexe en feuilles de chêne, presque entièrement camouflé par les replis de son énorme ventre.

Son camarade le dépassait d'une tête, mais il était loin d'être aussi épais. Il avait une chevelure crasseuse et grise lui tombant jusqu'aux genoux, et dont la consistance et l'apparence faisaient penser à un plant de barbe espagnole. Sous la peau de ses bras indécemment longs, d'un gris verdâtre, saillaient des muscles fins. Son corps ressemblait plus à un tronc tarabiscoté qu'à un être humain, avec ses excroissances noueuses un peu partout, comme autant de moignons de branches. Il ne portait aucun vêtement, mais il était couvert de lambeaux de mousse grise peu ragoûtante avec, çà et là, quelques fougères lui poussant à même la peau.

Je me suis couvert la bouche. J'aurais bien aimé pouvoir me dispenser de respirer, moi aussi.

— C'est quoi, ces choses ?

— Des Faes des Ténèbres, a fini par articuler Marlowe. Des géants et des hommes-chênes. (Les racines se sont retirées aussi rapidement qu'elles étaient venues, lui dégageant les épaules. J'ai compris pourquoi lorsqu'un géant de trois mètres s'est approché de lui à grands pas pour l'assommer à la tempe, d'un coup de son gourdin aussi grand qu'un arbrisseau. Marlowe a poussé un soupir.) Pourquoi toujours la tête ? a-t-il marmonné avant de s'évanouir, les yeux révulsés.

J'ai reculé en levant les mains, pour bien leur montrer que j'étais totalement inoffensive. Malheureusement, c'était la stricte vérité. Le sac contenant mon pistolet était beaucoup trop loin, et je n'avais pas d'autre arme. La plus petite des deux créatures a ricané avant de prononcer quelques mots gutturaux dans une langue que je ne comprenais pas. D'ailleurs, vu son expression, ce n'était peut-être pas plus mal. Les hommes-chênes s'approchaient tous deux à grands pas, tandis que je reculais tout en essayant de garder mes assaillants *et* le sol parsemé de racines à l'œil. Peine perdue. Je me suis retrouvée étalée dans les feuilles, les quatre fers en l'air. À peine avais-je touché la terre que les racines m'avaient entravé les poignets. Une seconde plus tard, la plus grande des deux créatures me toisait. Je sentais son haleine sur mon visage, son odeur de compost en état de putréfaction avancée.

— Cassie !

Lorsque j'ai entendu la voix de Mac, j'ai levé les yeux. Juste à temps pour le voir se défaire des racines devenues lâches et se ruer sur moi. J'avais l'impression que tout se passait au ralenti. Comme quand vous savez ce qui va arriver, mais que vous êtes incapable de l'empêcher. Les racines ont plongé sur lui, et avant que j'aie le temps de prendre mon souffle pour crier l'une d'entre elles l'a transpercé comme une lance douée de vie. Je ne pouvais rien faire d'autre que rester allongée, impuissante, à le regarder se tordre de douleur. Un bout de bois aussi acéré qu'un couteau lui dépassait du haut de la cuisse. Il a titubé et s'est fracassé au sol, à genoux. Ensuite, seulement, il s'est mis à crier.

J'ai senti des doigts rugueux glisser sur mes jambes, trouver la fermeture Éclair de mon short et la casser dans leur hâte de me déshabiller. J'y ai à peine fait attention. J'étais totalement horrifiée à la vue de Mac se tortillant par terre en essayant de retirer l'excroissance végétale qui lui avait perforé la cuisse. Il a réussi à enlever la pointe lisse, d'un geste ferme, indifférent au sang qui s'était mis à jaillir de la blessure, mais une autre racine s'est immédiatement enroulée autour de son cou, menaçant de l'étouffer.

— Non ! Laissez-le tranquille ! Vous êtes en train de le tuer !

Soit les racines ne comprenaient pas, soit elles n'en avaient rien à faire. La créature que j'avais sur moi tirait sur mon short béant, me dénudant le haut des cuisses, et dans un mouvement sec l'a fait descendre le long de mes jambes. Je lui ai donné des coups de pied, mais j'avais l'impression de taper sur du bois, pas sur de la chair, et je crois qu'elle ne s'en est même pas rendu compte. J'ai regardé autour de moi, dans l'espoir de trouver de l'aide, mais ils avaient fourré le corps inerte de Tomas dans un sac, sans ménagement, et Marlowe avait beau avoir repris conscience, il était aux prises avec trois géants, tandis qu'un autre drille était en train d'essayer de lui mettre la tête dans un sac.

Mac avait réussi à arracher la racine mais, d'une seule main, il avait toutes les peines du monde à l'enlever de son cou. Son autre main était plaquée contre la vilaine blessure qu'il avait à la jambe. Le sol, sous ses pieds, était déjà trempé de sang, comme si le coup avait touché une artère. Mais au moins les autres racines s'étaient retirées. Il n'avait plus l'air de les intéresser, maintenant qu'il ne se débattait plus. J'espérais vraiment qu'il allait rester à terre et faire le mort, avant de mourir pour de vrai.

D'un seul coup, j'ai senti une montée d'adrénaline. J'étais toute seule, et aucune de mes protections habituelles ne fonctionnait. Mon bracelet en était réduit à l'état d'ornement et mon talisman ne valait pas un kopeck. Sheba avait disparu depuis qu'elle s'en était prise à la Consule, et le *geis* faisait profil bas. Soit son pouvoir était inopérant en Faerie, soit ces créatures étaient trop étranges pour qu'il les considère comme une menace. Mon amulette aurait peut-être pu m'aider, mais elle était coincée sous mon tee-shirt, et comme j'avais les bras tendus au-dessus de la tête je ne pouvais pas l'atteindre.

La créature rachitique a déchiré mon short pour l'enlever. Elle l'a jeté par terre, pendant que son copain trapu entreprenait de tripoter mon haut. Le débardeur était en stretch, une matière résistant aux déchirures : apparemment, ses gros doigts balourds n'arrivaient pas à l'enlever. Il s'est arrêté pour lécher mon visage, comme pour le goûter, et un filet de salive a dégouliné de sa bouche sur ma joue. Il a coulé, très lentement, dans mon cou.

C'était froid et visqueux, pas du tout comme un fluide corporel normal. J'ai voulu crier, mais je n'ai pas réussi à prendre mon souffle : ma bouche était obstruée par ses cheveux âcres.

Pendant un moment, prisonnière de la masse étouffante de sa tête, j'étais totalement aveugle. Mais j'ai senti qu'on tirait sur ma culotte. Et lorsque le tissu s'est arraché, la sensation de l'air sur ma peau m'a fait un choc. J'ai essayé de me téléporter – les conséquences m'importaient peu. J'ai bien ressenti un vague sursaut de pouvoir, mais ça ne suffisait pas. Il était insaisissable. Comme une bouée de sauvetage flottant à l'horizon, hors de ma portée.

J'ai tourné mon visage vers le sentier, aussi loin que possible, dans l'espoir d'arriver à prendre mon souffle, et je l'ai vue… Elle n'était pas tout près, mais il me restait bel et bien une arme. La rune avait dû tomber de mon short lorsque l'homme-chêne l'avait envoyé valdinguer dans les fourrés. Comme elle était minuscule, personne n'y avait prêté attention. L'os formait une petite tache argentée à moitié ensevelie sous les feuilles humides. Juste à côté de ma tête, terriblement tentante. Mais, elle avait beau n'être qu'à quelques centimètres, j'étais incapable de la saisir.

Pendant que je réfléchissais à une façon de franchir ces quelques centimètres, j'ai senti deux racines souples mais fermes s'entortiller autour de mes chevilles et remonter de concert le long de mes jambes. Une fois arrivées aux genoux, elles se sont mises à les écarter de force. Comme des cordes douées de vie, elles se sont enroulées autour de mes cuisses et se sont mises à mordre ma peau tout en m'ouvrant les jambes avec une telle violence que j'ai cru qu'elles voulaient m'écarteler. Mais elles se sont arrêtées lorsqu'elles ont constaté que mes hanches bloquaient. J'ai essayé de lutter, mais rien à faire. J'avais beau m'agiter, ça ne changeait rien. Et j'étais tellement paniquée que je n'arrivais presque plus à réfléchir. C'est alors qu'une brindille dotée de quelques feuilles encore vertes s'est décrochée de la frondaison pour tomber sur mon visage, comme une caresse. Au-dessus de mon corps, les deux créatures se battaient pour savoir laquelle d'entre elles me violerait en premier.

Le combat a été de courte durée. La plus maigre a soulevé son camarade et l'a jeté contre un arbre, dont les branches l'ont piégé comme les barreaux d'une cage en bois. Ensuite, elle s'est retournée et s'est affalée sur moi. Deux mains rêches et noueuses m'ont saisie violemment par les épaules, et lorsque j'ai levé les yeux j'ai croisé les siens. Ils étaient d'un gris terne qui n'avait rien d'humain. L'homme-chêne s'est fait glisser le long de mon corps et j'ai senti sa peau rude et calleuse m'écorcher partout où mon débardeur ne faisait pas écran.

Indifférente à la douleur que m'infligeaient ces mouvements, j'ai pris la brindille entre mes dents. C'était mon seul espoir. J'ai louché sur le cordon qui passait à travers l'extrémité de l'os circulaire. Ce n'était pas une mince affaire : il était marron et se confondait presque avec le tapis de feuilles. Je savais que je n'aurais probablement qu'une seule chance : je devais me concentrer. J'ai réussi à passer le bout de la brindille dans la petite boucle et j'ai essayé de rapprocher la rune. Si j'arrivais à lui faire toucher ma peau, ou ne serait-ce que mon aura, ça devrait suffire. C'est à ce moment-là que j'ai entendu un bruit vaseux : un truc lisse et suintant m'a frôlé le ventre. Je me suis figée d'horreur.

J'avais l'impression de sentir une chose ancienne, abandonnée sous terre pendant des siècles, toute gonflée de moisissure et de mousse. Mais ça bougeait très mollement et ça se contractait contre mon bas-ventre. À part l'épaule de mon agresseur et un bout de sentier, je ne voyais absolument rien, mais mon cerveau m'envoyait des images d'une énorme larve blanche ou d'une limace de la taille d'un poing. Quand j'ai senti l'organe suintant et glacial sinuer entre mes jambes, j'ai cru que mon cœur allait s'arrêter.

J'étais paralysée de terreur. Je ne pouvais plus rien faire. Je suis restée bêtement allongée tandis que cette chose inhumaine gonflait contre moi, comme un fruit pourri sur le point d'éclater, froid et détrempé. Tout mon corps s'est couvert de chair de poule. C'était comme s'il aspirait ma chaleur. J'étais tellement frigorifiée que mes membres étaient engourdis. Comme si on frottait mon intimité avec un glaçon. J'étais profondément dégoûtée, au point de frissonner, mais j'ai quand même compris que si cette excroissance gélatineuse bougeait autant, c'était pour essayer de prendre une forme compatible avec mon anatomie. Et elle a fini par en trouver une, qui ne ressemblait en rien à un organe humain. D'un seul coup, la chose s'est solidifiée. Elle a perdu sa consistance gluante pour se figer en une grosse tige rigide aussi peu souple qu'un pieu en bois. S'il me pénétrait avec ça, je n'y survivrais pas. Je le savais. Cette chose allait aspirer ma chaleur et m'envahir de son froid humide. *L'homme vert...* Une partie de mon cerveau s'est souvenue. Autrefois, les Celtes sacrifiaient l'un des leurs à la terre, pour que sa chair la fertilise, l'enrichisse. Apparemment, cette forêt préférait une femme verte.

Lorsque cette parodie d'organe s'est mise en action, je suis sortie de ma torpeur. Son mouvement était tellement humain, si éminemment mâle. J'ai secoué violemment la tête en hurlant. Ce n'était pas voulu – j'avais presque oublié ce que j'étais en train de faire – mais ce mouvement a fait tomber un petit objet dur sur ma joue. Lorsque j'ai louché dessus et identifié la rune circulaire, mon cœur s'est remis à battre. Je n'étais pas sûre de savoir comment la lancer. Je n'étais même pas convaincue qu'elle allait fonctionner. Mais, comme ma bouche avait l'air HS, j'ai hurlé son nom mentalement.

Ce n'était peut-être pas la méthode appropriée, mais ça a fait l'affaire. Plus ou moins. Sans crier gare, je me suis retrouvée non pas vingt minutes plus tôt, mais deux minutes plus tôt. Les hommes-chênes s'approchaient de moi et Mac bondissait pour leur barrer le chemin. Il était tellement obnubilé par ma sécurité qu'il n'a pas vu les racines se tendre, comme autant de lances, prêtes à l'embrocher. Cette fois, je n'ai pas hésité. J'ai hurlé « Attention ! » et je me suis enfuie sur le sentier en direction du sac à dos abandonné.

Maintenant que j'arrivais à respirer correctement, je sanglotais à moitié, et mes mains tremblaient tellement que je n'étais pas sûre de parvenir à ouvrir le sac. La plus petite des deux créatures m'a atteinte avant que je défasse la seconde attache. Elle m'a attrapée par l'avant du débardeur. Cette fois, elle avait sans doute plus d'aplomb, parce que le top s'est bel et bien arraché, révélant mon amulette, qui partageait le creux de mes seins avec le collier de Billy. L'amulette a gigoté devant mon agresseur, qui a lâché un cri strident avant de bondir en arrière. Il a pris la main qui venait d'effleurer le charme au creux de son autre paume, comme si elle était brûlée, et une marque noire ayant la forme de la croix en sorbier est apparue sur sa peau. J'ai fouillé le sac à moitié ouvert et j'ai fini par attraper le pistolet.

Le moins qu'on puisse dire, c'est que je ne suis pas une fine gâchette. En fait, je suis carrément nulle. Mais même moi je suis capable d'atteindre mes cibles quand elles sont à deux mètres. Je n'ai pas pris la peine de viser. Je me suis contentée d'envoyer une rafale de balles en direction des hommes-chênes. Leur peau semblable à une écorce de bouleau s'est fendue, comme si je tirais sur du bois. Le plus grand est revenu sur ses pas en poussant un cri strident, tandis que son camarade s'est recroquevillé par terre, en protégeant sa tête moussue de ses grandes mains. De toute évidence, les balles en fer leur faisaient mal. Pourtant, un liquide sirupeux avait beau suinter de leurs blessures, lorsque mon chargeur s'est vidé ils bougeaient encore. Et ils étaient bien vivants. Je les ai dévisagés, éberluée. Que fallait-il faire pour arrêter une de ces choses ?

Le manteau que Pritkin m'avait donné était par terre, juste à côté, à l'endroit où je l'avais ôté quand on s'était arrêtés. Mais je n'ai pas eu le temps d'aller chercher les balles adéquates. La plus petite des Faes s'est aperçue que j'avais arrêté de tirer et elle s'est emparée de moi. Je lui ai aplati le charme en sorbier sur le front et j'ai appuyé de toutes mes forces. Autour de la croix, la chair s'est immédiatement mise à noircir et à fumer, exhalant une odeur de feu de camp.

L'homme-chêne s'est dégagé. Il s'est tâté la tête en hurlant. Je ne saurai jamais s'il s'apprêtait à réitérer : la pixie s'est interposée. Le géant avait beau être momentanément inoffensif, elle l'a frappé du plat de son épée. Le coup était plus violent qu'il en avait l'air. La créature a valdingué dans la forêt et percuté une branche en surplomb. Elle s'est fracassée par terre, inconsciente, voire morte. Je n'ai pas attendu d'en avoir le cœur net. Je ne pensais qu'à une chose : aller voir Mac.

Des mains énormes se sont posées sur moi, et un cri a retenti dans les bois. J'ai baissé les yeux sur le sentier, juste à temps pour voir une racine aussi massive qu'un jeune arbre émerger subitement de la terre labourée, pile sous les pieds de Mac. J'ai eu l'impression que le temps s'était arrêté – je ne sentais plus mon cœur battre – avant d'accélérer de nouveau. La racine s'est arrachée du sol et a perforé le mage en plein milieu du dos.

— Non ! ai-je soufflé.

Mais personne ne m'a entendue. Personne n'a fait attention à moi. Le corps de Mac s'est soulevé – sa colonne vertébrale ne touchait plus l'herbe –, ses doigts se sont enfoncés dans les mottes de terre compactes, et la racine a fait irruption de son torse, produisant un monumental jet de sang.

La pixie a fait un signe de tête aux gardes, qui m'ont relâchée. Je me suis précipitée le long du sentier. Mais lorsque j'ai atteint Mac, il était déjà inerte. Ses yeux aveugles me regardaient sans me reconnaître.

— Mac. (J'ai secoué doucement son corps inanimé.) Mac… Je t'en prie…

Ma tête a fléchi. Elle s'est affaissée sur le côté, tandis qu'une cascade dorée tombait par terre. Lorsque j'ai compris ce qui venait de se passer, mon sang s'est glacé : les talismans de Mac s'étaient solidifiés et détachés de lui. Entre les feuilles inertes, sa peau était aussi rose et immaculée que celle d'un nouveau-né. J'ai ramassé une des petites formes d'une main tremblante. C'était le minuscule lézard. Il s'était figé en plein saut. Près de mon genou reposait un serpent aussi long que mon bras. Il avait été délogé de son abri habituel : le cou de Mac. À côté de sa poitrine transpercée, j'ai trouvé un aigle de la taille de ma main.

Je les ai contemplés, complètement pétrifiée. Ses talismans venaient de le déserter, et je savais très bien ce que ça voulait dire. Mais mon cerveau n'arrivait pas à le formuler. Les spectateurs rassemblés autour de nous ont émis un vacarme assourdissant, mais je n'ai pas adressé un seul regard à la source des grognements et autres couinements. Jusqu'à ce que les racines reviennent.

Je trouvais déjà qu'il y en avait trop, mais là, j'ai vraiment pris conscience du nombre de racines nécessaires pour alimenter une forêt de taille moyenne. D'un seul coup, elles étaient partout. Elles émergeaient de la forêt, elles s'extrayaient du sol, elles rampaient dans les sous-bois. Quelques-unes se sont arrêtées pour laper le sang de Mac, répandu dans une mare ayant presque tapissé le sentier, mais la plupart se sont jetées sur lui, comme un ban de requins affamés. Leur masse grouillante et douloureuse me flagellait comme autant de martinets couverts d'écorces et, sous le corps de Mac, l'humus bouillonnait d'activité. Des dizaines et des dizaines de racines se sont agglomérées autour de lui et l'ont enveloppé comme un linceul. Ensuite, un immense spécimen noueux m'a percuté l'estomac, expulsant l'air de mes poumons, et je suis tombée à genoux. Lorsque j'ai relevé les yeux, Mac avait disparu. Le seul signe de sa présence, c'étaient les talismans dorés, qui émergeaient çà et là de la terre retournée.

La pixie a dit quelque chose au géant lourdaud posté derrière elle. Il faisait dix fois sa taille, mais il lui a obéi sans broncher. La dernière chose que j'ai vue avant d'être plongée dans l'obscurité, c'est cette énorme masse qui s'approchait de moi, sur le sentier. Ensuite, j'ai compris qu'on venait de me fourrer dans un sac. Je me souviens d'avoir été trimballée sur le dos de quelqu'un, et puis mon cerveau s'est complètement déconnecté et je me suis évanouie.

Lorsque je me suis réveillée, j'étais glacée de sueur, j'avais du mal à respirer et je sentais mon cœur battre à tout rompre dans ma poitrine. La bouche sèche de terreur, je ne voyais rien d'autre que les ténèbres. J'étais persuadée qu'une créature quelconque allait me tomber dessus d'un instant à l'autre, et que ça allait repartir pour un tour. Mais le temps s'est écoulé sans que rien de la sorte se produise. Je n'entendais aucune respiration, à part mon propre souffle laborieux. J'avais des élancements dans la poitrine, comme si je venais de courir sur plusieurs kilomètres, et une seule envie : me recroqueviller le temps que la douleur se résorbe. Mais c'était un luxe que je ne pouvais pas m'offrir. Je devais savoir où je me trouvais. Je devais apprendre ce qui s'était passé.

En tâtant, j'ai compris que j'étais sur une paillasse grossière, dans une cellule en pierre. J'étais nue. Je n'avais sur moi qu'une rêche couverture en laine : mon débardeur avait dû être bon à jeter. J'avais la tête lourde, les yeux bouffis et je tremblais à la pensée de ce qui avait failli m'arriver. Je me suis examinée : j'avais l'air indemne. Si ce n'est que j'étais complètement traumatisée, pleine de bleus, toute crasseuse, et que les contusions pratiquées par les racines battaient en rythme avec la marque de griffe d'aigle que j'avais à la main. J'avais l'impression que les battements affolés de mon cœur me faisaient vibrer des pieds à la tête.

J'aurais tout donné pour un bon bain. J'ai fouillé les lieux à tâtons et j'ai découvert un petit tonneau rempli d'eau, qu'on avait laissé à côté de la porte. Il était agrémenté d'une éponge, d'un savon artisanal et d'une serviette. Le sol était nu, à l'exception d'une bande de paille en provenance de la paillasse déchirée. Une petite rigole d'évacuation avait été pratiquée dans la pierre, au centre de la pièce légèrement inclinée. Je me suis défaite de la couverture et je me suis astiqué la peau jusqu'au sang. À la fin de ma toilette, je ne sentais plus que l'odeur âcre du savon.

J'ai versé ce qui restait d'eau sur mon visage, mais malgré mes efforts je n'arrivais pas à me sentir propre. Je me suis séchée en essayant de ne pas penser à Mac, mais c'était impossible. Les Faes avaient dû ramasser ses charmes : ils étaient en vrac au pied de la paillasse. Leurs formes étaient reconnaissables mais ils étaient inertes sous mes doigts. Je me suis demandé si les Faes me les avaient laissés en guise de message, pour me rappeler à quel point même la fine fleur de notre magie était totalement inopérante en Faerie. Si c'était le cas, c'était une précaution inutile.

J'étais toute désorientée. Je n'arrivais pas à croire que Mac était mort. Pourtant, son image était gravée dans mon esprit. Je l'entendais encore pousser son dernier cri. Je voyais encore ses doigts s'enfoncer dans le sol, à la recherche d'une arme qu'il n'avait pas, pour la bonne raison qu'il m'avait donné son seul charme Faerique.

Et je l'avais perdu.

J'ai encore essayé d'invoquer mon pouvoir. Je le sentais. Il était là, comme une gigantesque vague s'abattant sur une falaise, mais il ne pouvait pas m'atteindre. Il y avait peut-être un moyen de compenser l'effet tampon de Faerie, mais je ne savais pas comment m'y prendre. Mes yeux s'étant adaptés à l'obscurité, j'ai vu une lumière diffuse émaner de l'encadrement de la porte. Mais elle était si ténue qu'il a suffi que je cligne des yeux pour qu'elle disparaisse. Niveau évasion, c'était fichu. Et cette cellule nue n'était pas une grande source d'inspiration. Elle n'avait que cette paillasse en guise de mobilier, et pas d'autre issue que la porte verrouillée et une grande fenêtre à barreaux. Je me suis emmitouflée dans la couverture, histoire d'avoir l'impression d'être habillée, et j'ai déplacé la paillasse de quelques centimètres. J'ai grimacé lorsqu'elle a grincé sur les pierres. Une fois juchée dessus, j'ai réussi à atteindre le banc de fenêtre, mais lorsque j'y ai passé les doigts je n'ai senti qu'une couche de poussière et ce qui ressemblait à une araignée morte. On ne voyait ni lune ni étoile. J'ai touché les barreaux : ils avaient l'épaisseur de mon poignet.

Je me suis assise sur la paillasse et j'ai serré les bras autour de mon corps pour me protéger de la fraîcheur de l'air nocturne. Ça m'avait occupé l'esprit de me laver et de chercher une issue. Mais maintenant, mes pensées dérivaient de nouveau vers les événements atroces qui s'étaient déroulés dans la forêt. Plus j'évitais de penser à Mac, plus mon cerveau croulait sous les flash-backs. Je sentais l'haleine fétide des hommes-chênes sur mon visage. Je lisais la cupidité sur leurs traits. Je sentais cette masse pourrie s'agiter entre mes jambes, cherchant aveuglément, violemment, à me pénétrer.

Malgré mes efforts, j'étais de nouveau toute tremblante. À tel point que mes dents se sont mises à claquer. Je me suis réfugiée dans la colère pour endiguer ma panique, reprendre mon souffle, retrouver le fil de mes pensées. J'étais seule, j'étais démunie, et je détestais ça. J'avais l'habitude d'avoir peur. J'avais domestiqué ce sentiment. Dans un certain sens, il m'était devenu familier. Mais ça, ce n'était pas de la peur. Il n'y a pas de mots pour décrire ce que je ressentais. J'allais peut-être m'en sortir, mais j'avais l'impression que je ne me sentirais plus jamais en sécurité.

J'ai resserré la couverture autour de moi, mais ça n'a pas aidé. Le froid qui s'était insinué en moi ne venait pas de l'extérieur. J'ai quand même fait les cent pas dans ma cellule pour essayer de relancer la circulation sanguine au centre de mon être frigorifié. Ça ne m'a pas réchauffée mais ça m'a éclairci les idées. Je reviendrais sur mes erreurs plus tard. Je pleurerais Mac plus tard. Pour le moment, il fallait que je sorte de là. Et il fallait que je me débrouille, d'une façon ou d'une autre, pour ne plus jamais me retrouver démunie à ce point.

J'étais sur le point d'essayer d'accéder à mon pouvoir lorsque j'ai entendu, tout près, une voix familière. Plaintive et roucoulante, elle chantait faux.

— « Je traverserai les océans, Kathleen. Contre vents et marées, Je te ramènerai. »

Les paroles étaient étouffées, presque inintelligibles, mais j'aurais reconnu cette voix entre mille.

— Billy ! ai-je hurlé.

Je n'en croyais pas mes oreilles. La chanson s'est arrêtée abruptement.

— Cassie ! Ma p'tite chérie ! J'en ai une bien bonne ! Je l'ai composée au pub.

« Y a un spectre qui s'appelle Billy,
I' s'est mis dans une galère de folie,
S'est trouvé un joli p'tit bout
S'est mis à lui faire du g'nou
Mais il avait que gninte à la place du kiki »

— Où sommes-nous ? ai-je hurlé. Qu'est-ce qui se passe ? (Pour seule réponse, j'ai eu droit au refrain de *La Belle de Belfast*. C'était du Billy tout craché : j'avais envie de l'étrangler et on n'était même pas dans la même pièce.) Mais tu es bourré !

— Bourré, je suis, a-t-il acquiescé. Mais conscient ! J'en dirais pas autant de notre copain orange. Il tient pas l'alcool, le coco.

— Billy !

— C'est bon, Cass' ! Ne monte pas sur tes grands chevaux ! Tonton Billy va tout te raconter. On s'est fait chourer par les Faes des Ténèbres. Elles m'ont arraché à ce charmant p'tit pub et elles m'ont jeté dans ce trou à rat, tout seul comme un malpropre, en attendant le bon plaisir du roi.

J'ai poussé un soupir de soulagement. Au moins, on n'allait pas être décapités à l'aube, ou autre châtiment médiéval du même acabit. Ce qui laissait le temps aux autres de nous retrouver. En partant du principe qu'ils étaient encore libres.

— Où sont les autres ?

J'espérais qu'ils s'en étaient mieux tirés que moi, sinon on était vraiment dans la mouise.

— Pritkin et Marlowe sont en train d'essayer de convaincre la capitaine de la garde de nous laisser partir. Mais c'est pas gagné. C'est une sale pixie. (Il a marqué une pause, avant d'enchaîner, sur un autre ton :) Dis-moi, Cass'. Qu'est-ce que tu crois qu'il m'arrivera si je me fais tuer ici ? Ils n'ont pas de fantôme. T'as remarqué ?

J'ai repensé à Mac. À son visage affaissé, inerte. À ses yeux morts. Je n'avais pas vu la moindre trace de son esprit. Pas le moindre soupçon d'étincelle autour de lui. Rien. Une nouvelle série de frissons m'a parcourue. Oh, Seigneur. Dans quel monde nous étions-nous aventurés ?

— Si ça se trouve, je reviendrai pas, a poursuivi Billy. Si ça se trouve, c'est la fin. Si ça se trouve, cette fois, il n'y a pas de porte de secours. Si ça se trouve…

— Billy ! (J'avais essayé de ne pas hurler comme une hystérique, mais ce n'était pas très convaincant. J'ai dégluti et repris plus calmement.) Tu ne vas pas mourir, Billy.

C'était plus pour me rassurer, moi, que pour le calmer, lui. Mais, dans un cas comme dans l'autre, ça n'a pas fonctionné. Soudain, j'ai entendu un cliquetis de clés dehors, devant ma cellule, et l'énorme porte a pivoté sur ses gonds vétustes. Lorsque la lumière de la lanterne a inondé la pièce, j'ai presque été aveuglée. Mais, en plissant les paupières et en m'abritant derrière mes mains, j'ai vu ce que le gardien transportait.

— Tomas !

Le gardien, qui ne mesurait pas plus d'un mètre cinquante, portait un vampire d'un bon mètre quatre-vingts comme s'il ne pesait rien. Il a déversé son fardeau sur la couchette et s'est tourné vers moi. Ce n'est qu'à ce moment-là que j'ai remarqué les défenses de sanglier qui saillaient de son énorme bouche. *Ogre*, m'a soufflé une partie de mon cerveau tandis qu'il posait sans ménagement son doigt trapu sur ma poitrine en grognant. Sa voix faisait le même bruit qu'un tank en train de broyer du gravier. Sa phrase contenait peut-être des mots, mais je ne les ai pas compris.

— Il veut que vous le soigniez, a dit une voix en provenance du seuil.

Derrière le geôlier trapu se tenait une petite brune menue vêtue d'une robe verte sophistiquée couverte de broderies rouges. Je ne l'ai pas reconnue tout de suite.

— Françoise ?

Bizarre. Où que j'aille, elle était toujours dans les parages. La première fois qu'on s'était rencontrées, c'était dans la France du XVIe siècle : avec Tomas, on l'avait délivrée de l'Inquisition. Ensuite, elle s'était radinée au *Dante*, avec la pixie. Elle avait failli se faire vendre aux Faes ; je l'avais libérée ; mais apparemment dame Fortune lui collait au train à peu près autant qu'au mien, parce qu'elle avait quand même fini par atterrir en Faerie.

— Qu'est-ce que vous faites ici ? ai-je demandé, stupéfaite.

— Vous m'avez aidée, avec le *monsieur* [1], a-t-elle répondu avec empressement. Disons que je vous rends une faveur. C'est comme ça qu'on dit, n'est-ce pas ?

— Et les autres ? ai-je poursuivi sur le même ton. Je suis venue avec un groupe de...

— *Oui, je sais*. Le mage. Il est en train de sceller un pacte avec Radella. C'est la capitaine de la garde de nuit. *Une grande baroudeuse*. Une combattante émérite.

1. En français dans le texte. (*NdT*)

— Quel genre de pacte ?

— Le mage possède une rune de pouvoir. Ça fait longtemps que Radella en cherche. Elle ferait tout pour avoir un enfant, mais elle est *inféconde*, stérile. Le mage lui dit qu'il pourra lancer cette rune si elle nous aide.

— Jera.

Elle nous serait peut-être utile, finalement…

— *C'est ça*. (Elle a regardé l'ogre du coin de l'œil. Il nous observait l'une après l'autre avec méfiance. J'avais l'impression qu'il ne parlait pas anglais. En tout cas, pas assez bien pour suivre la conversation.) Elles ne savent pas pourquoi *le vampire* ne se réveille pas. Je leur ai dit que vous étiez une grande guérisseuse. Que vous pourriez le sauver.

— Il est en transe de guérison. Il se sauvera lui-même. Enfin, espérons.

— Peu importe, a-t-elle dit en minaudant en direction de l'ogre. Je voulais juste que vous soyez tous les deux à côté du portail. Je reviendrai bientôt, au moment de la relève.

— Le portail ? Mais…

— Je ferai ce que je peux, a-t-elle ajouté. (L'ogre lui est passé devant, de sa démarche lourde. Apparemment, il avait décidé que la conversation avait duré assez longtemps.) Mais vous devez me promettre de m'emmener avec vous. S'il vous plaît. Je suis ici depuis si longtemps…

— Vous êtes ici depuis une semaine, ai-je rétorqué, complètement perdue. (J'avais envie de lui expliquer que je n'avais pas besoin du portail. J'avais besoin de trouver Myra, pas de retourner à la case départ. Surtout pas avec un *geis* encore actif et un Sénat doublé d'un Cercle aux trousses. Pire : si on s'en allait maintenant, Mac serait mort pour rien. Mais l'ogre, après une courte pause pour poser la lanterne par terre, avait entrepris de fermer la porte. Françoise m'a dévisagée par-dessus son épaule, paniquée.) OK ! Je vous le promets !

Même une semaine, ça doit sembler une éternité, ici. Et je n'aurais jamais laissé personne affronter ce qui avait failli m'arriver.

Je suis restée debout au milieu de la pièce. Dans le couloir, les pas de l'ogre ont continué à résonner. J'avais envie de vérifier l'état de Tomas mais j'avais trop peur. Et s'il n'allait pas mieux ? Et s'il n'était pas du tout en transe ? Et si on s'était trimballé un cadavre ?

Au bout d'une minute, j'ai pris mon courage à deux mains et je me suis approchée de la paillasse. Tomas était allongé sur le dos, nimbé de la lueur de la lanterne, mais je ne voyais ni sa poitrine ni son abdomen, dissimulés sous des couches et des couches de bandages. Contrairement à moi, qui lui avais prodigué des soins de fortune, les Faes avaient fait du bon boulot : depuis les tétons jusqu'en haut de ses cuisses musclées, le vamp ressemblait presque à une momie. Il ne portait rien d'autre que ces bandages, mais j'y ai à peine prêté attention : j'ai décelé l'étincelle ténue de ses yeux noirs à travers ses paupières entrebâillées.

— Tomas !

Je me suis penchée sur lui et j'ai senti sa peau glacée. Ce n'était pas un bon signe. Je ne sais pas d'où vient cette rumeur selon laquelle les vampires seraient froids. Ils sont aussi chauds que des êtres humains. Sauf quand ils sont affamés. Après tout, ils se nourrissent de notre sang. Je me suis débarrassée de la couverture pour l'y envelopper. J'ai fait mon possible pour couvrir la moindre parcelle de peau nue.

Il a souri et m'a mollement tiré la main pour que je m'approche. Il y avait à peine assez de place pour deux sur cette paillasse, mais il a insisté.

— Pour une fois que tu es nue dans mon lit, je suis trop faible pour faire quoi que ce soit, a-t-il plaisanté.

J'aurais pu pleurer de soulagement. J'ai positionné mon poignet contre sa joue, mais il s'est dégagé. Il savait ce que je lui offrais, et il en avait désespérément besoin. J'ai remis mon poignet en le regardant d'un air grave.

—Mange. Sinon, tu ne guériras pas.

—Il faut que tu gardes tes forces.

—Alors n'en prends pas trop. Mais tu dois guérir.

La porte de cette cellule était massive mais, si Tomas avait été au mieux de sa forme, il aurait pu l'arracher de ses gonds. Étant donné les circonstances, je me serais contentée de le savoir capable de courir – ou tout au moins de marcher – quand Françoise reviendrait. Je n'étais pas un ogre : je ne pouvais pas le porter.

Tomas était buté, mais il avait dû parvenir aux mêmes conclusions que moi : une minute plus tard, j'ai senti mon pouvoir réagir brièvement. Je me suis laissé aller et il s'est mis à aspirer mon sang, en cadence. Je sentais son système exténué se rétablir peu à peu. J'ai poussé un léger soupir de plaisir. Lorsque les vamps vous sucent le sang, ça peut être une expérience très sensuelle, mais ça ne l'était pas. C'était chaud et confortable, comme lorsqu'on se calfeutre dans une bonne vieille couette molletonnée par une nuit froide. J'avais aussi un sentiment de familiarité, et d'un seul coup je me suis rappelé la raison pour laquelle j'en voulais tant à Tomas.

Lorsqu'on était colocataires, il avait pris mon sang à mon insu. Il l'avait fait à travers la peau, sans laisser ces légendaires marques de crocs, avec juste ce qu'il fallait d'hypnose pour m'obscurcir l'esprit. Il avait prétendu que c'était seulement pour ne pas perdre ma trace – une partie de son job était de garantir ma sécurité, et le fait de se nourrir du sang de quelqu'un crée une sorte de lien – mais ça ne m'empêchait pas de considérer son acte comme un viol. Techniquement, j'aurais été en droit de porter plainte contre lui auprès du Sénat. Mais bon. Dans l'état actuel des choses, c'était superflu. Si le Sénat lui avait mis la main dessus, il se serait empressé de le tuer : pas la peine d'en rajouter une couche.

Il me regardait. La lumière de la lanterne irisait ses cils sombres et j'ai senti une langueur tiède se diffuser dans mes veines. J'avais de plus en plus de mal à lui en vouloir. Après ce qui venait de m'arriver, une petite aspiration de rien du tout, ça ne volait pas bien haut. Et cette sensation de sérénité et de familiarité était la bienvenue, quelle qu'en soit la cause. De toute manière, on n'avait pas le choix : si le sang de Fae était du même acabit que leurs autres fluides vitaux, j'étais presque sûre qu'il ne profitait pas aux vampires. Sinon, Tomas se serait déjà nourri sur leur dos.

— Ça va ? lui ai-je demandé lorsqu'il m'a lâchée, beaucoup trop tôt pour un véritable repas. Je ne savais pas si tu étais en transe de guérison ou si…

— Non, ça ne va vraiment pas. Mais grâce à toi je vais m'en sortir. (Effectivement, il avait l'air d'avoir déjà repris des forces. Ce n'était pas étonnant. Il existait peu de vampires du premier niveau dans le monde. Et ils étaient capables de faire des choses miraculeuses.) Cet endroit est spécial, a-t-il ajouté, émerveillé. Comme si chaque minute qui s'écoule ici correspond à une de nos années. Jamais encore je n'ai guéri aussi vite.

Soudain, j'ai eu la réponse à la question qui me titillait depuis plusieurs jours. C'était dingue que je n'y aie pas pensé plus tôt. Puisque Myra se cachait en Faerie, le pays où le temps s'écoule de façon totalement imprévisible, elle n'avait pas eu une semaine, mais des mois, voire des années, pour se remettre de ses blessures. Pas étonnant qu'elle ait eu si bonne mine !

Tomas m'a embrassé la joue, la seule partie de mon corps qu'il pouvait atteindre, et m'a regardée avec gravité.

— Tu n'aurais pas dû revenir me chercher. Tu as pris des risques inconsidérés. Tu dois me promettre de ne plus jamais faire ça.

— Je n'en aurai pas besoin, ai-je dit en dégageant les cheveux qui couvraient ses yeux. (Sa chevelure était toujours aussi magnifique. Longue, noire, et aussi douce que celle d'un enfant. J'ai enlevé les feuilles qui s'y étaient prises, d'une main légèrement tremblante. J'étais tellement heureuse de le savoir en vie que j'en avais presque le vertige.) On trouvera un moyen de te cacher pour que le Sénat ne te retrouve pas.

Je n'avais pas encore fini ma phrase que Tomas secouait déjà la tête.

— Ma splendide Cassie, a-t-il murmuré. Ça fait une éternité que plus personne n'a risqué sa vie pour moi. Et ce n'est pas arrivé souvent. Je me souviendrai toujours de ce que tu as tenté de faire.

— Mais puisque je te dis que nous allons trouver un endroit où te cacher ! Tu pourras échapper au Sénat.

Il a éclaté d'un rire plein de lassitude et s'est arrêté abruptement, comme si ça lui faisait mal.

— Ne comprends-tu pas ? Cette fois, ce n'est pas le Sénat qui m'a trouvé. Je me suis rendu à eux. À lui. J'ai cru que je pouvais lutter. Mais je me trompais.

Inutile de lui demander de qui il parlait. Le « propriétaire » de Tomas, c'était Louis-César, détaché par le Sénat européen. Un siècle auparavant, Louis-César avait vaincu en duel son ancien maître, Alejandro. Un vampire haï de tous. Après quoi il avait revendiqué la propriété de Tomas. Ce dernier était un maître du premier niveau, mais même parmi eux on note des différences de puissance. Et Louis-César était tout simplement meilleur. Depuis, Tomas n'avait jamais réussi à rompre leur lien.

Le vamp a tressailli. Je ne l'ai pas vu, mais j'ai senti un léger tremblement contre ma peau.

— Je l'entendais à chaque instant. Son appel ne cessait jamais. Sa voix s'insinuait au plus profond de mon esprit. Ça me rendait fou ! Impossible de se détendre, ne serait-ce qu'une seconde. Je savais pertinemment qu'un jour ou l'autre ma volonté céderait. Que je retournerais tôt ou tard me traîner à ses pieds comme un chien battu. Je m'étais dit que la guerre allait bientôt occuper toutes ses pensées, qu'il me laisserait libre.

Mais, cette nuit, je me suis réveillé dans les cachots du Sénat. Un garde m'a informé que j'étais arrivé dans leur quartier général pour me rendre, à pied. Pourtant, je ne me souviens de rien, Cassie ! De rien ! (Des convulsions plus violentes l'ont parcouru. Ses membres ont tremblé. Visiblement, cette fois.) Il m'a attiré comme une vulgaire marionnette. Et il le refera.

J'étais perdue.

— Tu veux dire qu'en ce moment même, il t'appelle à lui ?

Tomas a souri comme un bienheureux.

— Non. C'est lié à Faerie. Depuis que je suis ici, je ne l'ai pas entendu une seule fois. Le fait de ne plus avoir à le repousser a largement contribué à ma guérison : je peux y consacrer toute mon énergie. Depuis une semaine, ses appels incessants sapaient mes forces : impossible de guérir mes blessures les plus superficielles. Mais ici, toutes mes plaies ont cicatrisé !

— Tu ne l'entends plus depuis que tu es ici ?

— Non. Je suis libéré de son emprise. C'est la première fois en un siècle, a-t-il dit. (Sa voix était empreinte de stupéfaction, comme s'il n'arrivait pas à y croire.) Je n'ai plus de maître. (Il m'a regardée. Ses traits reflétaient une joie sauvage.) Depuis quatre siècles et demi, je suis l'esclave d'un autre. La voix de mon maître a toujours contrôlé mes moindres gestes. Je désespérais de jamais me libérer ! (Il a parcouru des yeux la cellule froide et humide, émerveillé.) Mais ici, les règles de notre monde ne semblent pas s'appliquer.

J'ai senti mes yeux piquer.

— Ouais, j'ai remarqué.

Si notre magie avait fonctionné, Mac aurait repeint les murs avec du sang de Faes.

— Qu'y a-t-il ?

J'ai secoué la tête. Je n'avais pas envie de penser à ça. Et encore moins d'en parler. Mais, d'un seul coup, c'est sorti tout seul. Et en moins d'une demi-heure j'avais mis Tomas au courant de ce qui s'était passé depuis la dernière fois qu'on s'était vus. Bizarre de résumer autant de douleur en si peu de mots. Mais Tomas n'avait pas l'air de comprendre.

— MacAdam était un guerrier. Il était conscient des risques. Vous l'étiez tous.

Je l'ai regardé d'un air affligé.

— Oui. C'est pour ça qu'il n'était pas censé nous accompagner. Ce n'était pas ce qu'on avait prévu.

Tomas a haussé les épaules.

— En temps de guerre, on ne peut rien prévoir. C'est le B.A.BA du combattant.

— Tu ne le connaissais pas ! Si tu l'avais connu, tu ne serais pas si… indifférent, ai-je aboyé.

Une étincelle a traversé son regard.

— Je ne suis pas indifférent, Cassie. Ce mage a contribué à mon évasion. C'est grâce à lui que je suis ici. Je lui dois beaucoup. Et je ne serai jamais capable de lui rendre la pareille. La seule chose que je puisse faire, c'est honorer sa mémoire sans le diminuer.

— Je ne suis pas en train de le diminuer !

— Ah non ? (Tomas a soutenu mon regard sans ciller.) C'était un guerrier vénérable. Il avait du courage et de l'expérience. Il savait ce qu'il faisait. Et il est mort au service d'une cause en laquelle il croyait : toi. Ce n'est pas en remettant son jugement en cause que tu lui rends honneur.

— Son jugement l'a conduit à la mort ! Il aurait dû faire profil bas. (Et j'aurais dû aller chercher Myra toute seule. Je m'étais promis de ne plus jamais laisser mourir quelqu'un par ma faute, et pourtant je n'arrêtais pas d'incrémenter le compteur de cadavres.) Il n'aurait pas dû me faire confiance. Personne ne devrait me faire confiance.

— Et pourquoi ça ?

Tomas avait l'air sincèrement éberlué. J'ai lâché un rire mi-amer, mi-hystérique.

— Parce que, s'approcher de moi, ça revient à acheter un aller simple pour Catastropheville. Tu es bien placé pour le savoir.

Tomas s'était mis tout seul dans un certain nombre de pétrins, mais je me demandais s'il aurait fait les mêmes erreurs s'il ne m'avait jamais rencontrée. Tomas a secoué la tête.

— Tu prends trop sur toi, Cassie. Tout n'est pas ta faute. Tu n'as pas le devoir de résoudre tous les conflits.

— Je sais bien !

Pourtant, même si je détestais cette idée, j'étais responsable de ce qui était arrivé à Mac. C'était à cause de moi s'il avait atterri en Faerie. C'était à cause de moi s'il s'était retrouvé sans défense. Et c'était encore à cause de moi s'il était mort.

— Tu es sûre ? (J'ai senti le bras de Tomas se poser doucement sur mes épaules.) Alors tu as bien changé. (Il a promené ses lèvres tièdes dans mes cheveux.) Quand tu seras, comme moi, un guerrier expérimenté, tu y verras plus clair.

— Je ne suis pas un guerrier. Point à la ligne.

— C'est ce que j'ai cru à une époque. Mais quand les Espagnols ont envahi notre village, je me suis battu avec les autres. Je me suis battu pour préserver le blé qui devait nous nourrir l'hiver suivant. J'ai perdu de nombreux amis, Cassie. L'homme que je considérais comme mon père a été fait prisonnier. Et, parce qu'il ne voulait pas dévoiler l'endroit où nous avions caché nos récoltes, ils l'ont donné en pâture aux chiens, morceau par morceau. Ensuite, ils ont enlevé nos femmes et ils ont incendié le village. (Il avait un ton si désinvolte que j'en étais hébétée. Il a esquissé un sourire triste.) Je l'ai honoré en me battant pour la cause qu'il avait défendue. En préservant la cohésion et la liberté de notre petit groupe.

Il s'est interrompu. Et je savais pourquoi. C'était un des rares événements de sa vie qu'il m'avait racontés. Au bout d'un moment, Alejandro avait fini ce que les conquistadors avaient commencé. Ils avaient anéanti le village de Tomas. Plus ou moins par jeu. Je n'avais jamais su l'histoire complète, seulement des fragments, mais je n'avais pas envie qu'il la revive. J'ai décidé de changer de sujet.

— Louis-César a dit que ta mère était noble. Comment t'es-tu retrouvé dans un village ?

— Après la conquête, il n'y avait plus ni nobles ni gens du peuple. Il y avait les Européens et les autres. Ma mère avait été prêtresse d'Inti, le dieu Soleil. Elle avait fait vœu de chasteté. Mais un conquistador l'avait prise en trophée lors de la chute de Cuzco. Elle s'était attendue à être traitée avec honneur, selon les règles de la guerre. Mais il ne connaissait pas nos coutumes. Et, même s'il les avait connues, il ne s'en serait pas soucié. Ce n'était qu'un fils de fermier d'Extrémadure parti chercher fortune. La méthode lui importait peu. Ma mère le haïssait.

— Comment s'est-elle échappée ?

— Personne ne la pensait capable d'escalader un mur de trois mètres de haut. D'autant qu'elle était enceinte de sept mois. Ils ne l'ont pas surveillée de près. Elle s'est donc évadée, mais elle n'avait pas d'argent, et la profanation dont elle avait été l'objet faisait d'elle une paria : elle ne pouvait plus vivre sa vocation. Et de toute manière le temple dans lequel elle officiait avait été pillé, et ses terres ravagées par les guerres et les maladies. Elle a donc gagné la capitale, que les Espagnols se disputaient, mais la ville n'avait rien à envier aux campagnes environnantes. (Tomas a esquissé un sourire amer.) Les Espagnols avaient oublié qu'on ne pouvait pas se nourrir d'or. La plupart des fermiers survivants s'étaient enfuis et la famine régnait partout. Le blé est vite devenu plus précieux que toutes ces richesses tant convoitées par les conquistadors.

— Malgré tout, ta mère a trouvé un village prêt à l'accueillir ?

— Elle s'est cachée dans la *chullpa* de sa famille. Une crypte remplie de nourriture et d'offrandes destinées aux ancêtres momifiés. C'est un des serviteurs du palais qui l'a trouvée. Il avait longtemps été amoureux d'elle, mais les prêtresses étaient considérées comme étant les épouses d'Inti. C'était un crime terrible de coucher avec l'une d'entre elles. Pour le punir, on enchaînait le sacrilège à un mur, entièrement nu, et on attendait qu'il meure de faim.

— Alors il l'avait adulée de loin ?

Tomas a souri.

— De très loin. Mais, dès qu'il avait su qu'elle s'était enfuie, il était parti à sa recherche. Il l'a convaincue de le suivre dans son village. C'était presque à quatre-vingts kilomètres de la capitale. Et l'agglomération était si minuscule que ses habitants espéraient passer inaperçus. Ils y ont vécu jusqu'à ce que j'aie huit ans. C'est à ce moment-là que la variole a emporté ma mère. Et la moitié de notre village.

— Je suis désolée.

Apparemment, c'était impossible de trouver un sujet de conversation léger. J'ai tripoté le charme en forme d'aigle que j'avais ramassé sans faire attention. Je ne pouvais pas me proposer de remonter dans le temps pour mettre la mère de Tomas à l'abri, avant que la maladie la terrasse. Je ne pouvais même pas venir en aide à ma propre mère, de peur de chambouler le fil du temps. En fait, j'avais beau avoir un pouvoir démentiel, je ne pouvais pas faire grand-chose.

Tomas s'est soulevé pour m'embrasser tendrement. Ses lèvres étaient douces et tièdes. Avant de m'en apercevoir, je l'embrassais à mon tour. J'en avais envie depuis si longtemps. Ça semblait aller de soi. Le simple fait de le toucher éloignait mes souvenirs du viol, purifiait la partie de moi que l'eau du bain n'avait pas pu atteindre. Le baiser de Tomas s'est fait plus intense et je l'ai ressenti des pieds à la tête. J'avais l'impression que des rayons de soleil se répandaient à travers mon corps. Il avait le goût du vin. Sombre, sucré, brûlant. J'en voulais toujours plus.

Mais au bout d'un moment je me suis dégagée. Ça n'a pas été facile. Non seulement le *geis* avait reconnu Tomas, mais le pouvoir de la Pythie était d'accord avec lui : ils le considéraient tous deux comme un bon moyen d'accomplir le rituel. Leurs besoins conjugués passaient outre à mon aversion ne serait-ce qu'à l'idée d'avoir une relation sexuelle à ce moment précis. J'avais envie de me remplir l'esprit de pensées et de sensations n'impliquant ni horreur ni douleur. J'avais envie que ses longues mains élégantes me touchent. De sentir sa bouche brûlante et avide sur la mienne. Son regard était une caresse en soi. Une invitation. Mais le prix à payer pour quelques instants de passion était beaucoup trop élevé.

Tomas m'a lâchée. Une expression indicible s'est affichée sur son visage.

— Je suis désolé, Cassie. Je sais que ce n'est pas moi que tu veux.

Comment Tomas pouvait-il savoir ce que je voulais ? La plupart du temps, je ne le savais pas moi-même.

— La question, ce n'est pas de savoir ce que je veux, ai-je répliqué en essayant d'ignorer sa main, joueuse et sensuelle, qui glissait avec langueur sur mon flanc, de ma poitrine à mes hanches.

Mon pouls s'accélérait et j'avais de plus en plus de mal à respirer, comme si quelqu'un s'amusait à aspirer tout l'oxygène de la pièce. Ouais : le *geis* l'aimait bien.

— Que veux-tu dire ?

La main de Tomas s'est immobilisée sur ma hanche, ce qui n'arrangeait pas ma pression sanguine. J'avais beau m'être éloignée, on n'était pas à plus de trente centimètres l'un de l'autre. Je me suis efforcée de ne pas baisser les yeux, mais j'ai échoué lamentablement. La couverture avait glissé du buste de Tomas. Ses longues jambes avaient bougé dans l'obscurité. Entre elles se dressait la preuve de son rétablissement.

— Je ne peux pas faire ça, ai-je répondu en essayant de me rappeler pourquoi, au juste.

Mes doigts ont dessiné un trait le long de son front haut, jusqu'à son nez fier, ses lèvres chaudes et pulpeuses, en passant par ses cils, qui ont palpité lorsque je les ai effleurés. Son profil était hiératique. À la lueur de la lanterne, il avait un teint de bronze et ressemblait à un portrait sur une pièce antique. Mais ce n'était pas son apparence qui m'avait attirée. C'était sa gentillesse, sa force et son honnêteté – en tout cas, c'était ce que j'avais cru à l'époque. Maintenant, j'aurais juste tout donné pour sentir un corps chaud, une peau douce contre la mienne. Un visage familier et affectueux.

— Tu m'as sauvé la vie, Cassie. Pourtant, j'ai mis la tienne en danger. Laisse-moi faire quelque chose pour toi.

La voix de Tomas était à son sommet de sensualité. Profonde et rauque, comme de l'or fondu transformé en son, par magie. Sa voix avait toujours été un de ses traits les plus séduisants, en partie parce qu'elle était naturelle. Contrairement à ses tenues soigneusement étudiées et autres tentatives artificielles, elle représentait le vrai Tomas. Et elle était si aguicheuse que je me demandais pourquoi il s'était embêté avec le reste. Enfin, en réalité, je savais très bien pourquoi : parce que Louis-César lui avait ordonné de le faire quand Mircea l'avait choisi pour accomplir le rituel de la Pythie. J'imagine qu'ils devaient avoir peur que je reconnaisse les hommes de Mircea, après toutes ces années passées à la cour de Tony où ils n'arrêtaient pas d'aller et venir. Mais ça n'avait pas été très juste pour Tomas. Pour la première fois, je me suis dit qu'il avait peut-être détesté se faire utiliser.

— Je ne vois pas très bien ce que tu pourrais faire, ai-je rétorqué. À part convaincre le roi de nous relâcher ou t'arranger pour que mon pouvoir fonctionne.

Tomas a souri.

— Ou bien lever le *geis*.

Chapitre 12

Mon cerveau s'est arrêté net.

— Euh… Tu me la refais ?

— Je sais qu'on a lancé un *geis* pour protéger ta vertu. De la même façon qu'on t'a mis un talisman pour protéger ta vie. Mais, au cas où ça tourne mal, on a prévu une issue de secours. Si tu fais l'amour avec Mircea ou une personne de son choix, le sort sera levé.

Mon esprit a bondi. C'était juste ça ? C'était ça, le grand secret ? Ça avait l'air ridiculement simple. Sans compter que ça n'avait aucun sens.

— Mais pourquoi aurait-il fait une chose pareille ? Je croyais qu'il voulait me contrôler !

Tomas a esquissé un sourire plein d'amertume.

— Aucun doute là-dessus. Mais crois-tu vraiment qu'il s'abaisserait à utiliser un artifice aussi vulgaire qu'un simple sortilège ? (Il a secoué la tête.) Il est trop orgueilleux pour ça. Sans compter qu'il pourrait s'avérer extrêmement dangereux de contrôler la Pythie par le biais d'un stratagème aussi maladroit. Pourquoi crois-tu que les mages enrôlent des initiées si jeunes et se fatiguent à leur faire un lavage de cerveau dès l'enfance ? Je suis sûr qu'ils préféreraient leur jeter un sort pour les faire rentrer dans le rang, si c'était possible. Mais le pouvoir de la Pythie pourrait le court-circuiter. Et le contrôleur devenir le contrôlé. Je ne peux pas imaginer Mircea prendre un tel risque !

— Dans ce cas, pourquoi me lancer un *geis* s'il n'avait pas l'intention de s'en servir ?

— Pour préserver tes chances de devenir la Pythie. Une amourette aurait pu tout compromettre. Pour toi comme pour lui. Le *geis* était tout simplement le moyen le plus simple de s'assurer que ça n'arriverait pas. Et ça te donnait une deuxième couche de protection chez Antonio. Tu n'étais pas au courant ?

— La première fois que j'ai entendu parler de ce *geis*, c'était hier !

J'ai rapidement passé en revue les conséquences de cette information. Alors comme ça, coucher avec Tomas me délivrerait du *geis* ? S'il disait vrai, c'était d'une simplicité crasse. D'un autre côté, Tomas n'avait jamais eu besoin de recourir à des mensonges pour attirer une femme dans son lit. Et son explication tenait la route. J'avais toujours trouvé bizarre que Mircea ait besoin d'un coup de pouce magique pour manipuler une personne aussi jeune et naïve que moi. Sans compter que j'en pinçais déjà pour lui. Il existait des moyens de contrôle beaucoup plus subtils. Et il y était passé maître.

D'un autre côté, en admettant que Tomas ait raison, je n'avais aucun moyen d'être sûre que la carte « sortez de prison » de Mircea marcherait sur un double sortilège. Et, même si elle fonctionnait, il y avait un hic. Un gros hic. Si je brisais le *geis*, j'accomplirais le rituel, je me retrouverais coincée sur le trône de la Pythie pour le restant de mes jours, et je pourrais dire adieu à l'idée de transférer mon pouvoir à quelqu'un d'autre. Ou de m'arranger avec le Cercle. On pouvait démettre une héritière – Myra l'avait appris à ses dépens – mais la Pythie gardait son poste à vie. Si j'accomplissais le rituel, les mages n'auraient pas d'autre choix que de me tuer s'ils voulaient mettre leur candidate sur le trône. Même chose pour Pritkin, s'il était effectivement du côté de Myra.

Malheureusement, si je gardais le *geis*, tout n'était pas rose non plus. Tôt ou tard, le Sénat allait me retrouver. Ça ne faisait pas un pli. Ils avaient bien trop de ressources – parmi lesquelles le réseau d'espionnage de Marlowe – pour me laisser le moindre espoir. En plus, même si Tomas avait raison, si Mircea ne pouvait effectivement pas se servir du *geis* pour me contrôler – et, comme on dit, « avec des si… » –, il ne pouvait pas non plus le lever. Le *dúthracht* avait été à la hauteur de sa réputation : il s'était détraqué. Et personne n'aurait pu prévoir ce qui se passerait si le lien s'accomplissait. Normalement, il est contrôlé par l'un des participants. Mais dans le cas présent il était en roue libre. Qu'allait-il se passer ? Je ne savais pas de quoi était capable un *geis* autogéré. Et je n'avais pas l'intention de le découvrir.

Une chose était sûre : si on se voyait encore, avec Mircea, le lien s'accomplirait. Cette pensée était très embarrassante, mais la seule raison pour laquelle on ne l'avait pas déjà fait – devant des milliers de spectateurs, qui plus est –, c'était sa maîtrise de soi, à lui. Pas la mienne. Donc le rituel s'accomplirait, et je me retrouverais à la case départ.

— Et merde !

Je ne pouvais accepter aucun des deux scénarios, mais il n'y en avait pas de troisième. Pas moyen de se débarrasser du *geis* sans accomplir le rituel. Enfin : il y avait peut-être un moyen, mais je ne risquais pas de le découvrir en restant scotchée en Faerie.

J'avais beau examiner toutes les possibilités, je me heurtais chaque fois à un mur de briques. Je détestais ne pas avoir le choix. Et je détestais qu'on décide pour moi. Et, d'aussi loin que remontaient mes souvenirs, ça avait été comme ça. Quand ce n'était pas Tony, c'était le Sénat ou ces saloperies de Faes qui faisaient joujou avec moi. Je n'avais pas le droit de faire mes propres choix. Je n'avais jamais eu la capacité de contre-attaquer, de prendre ma vie en main. Ni même, tout simplement, de protéger les personnes que j'aimais. De me protéger moi. Je n'étais même pas capable de régler son compte à une initiée en cavale ! Et, au train où allaient les choses, ça ne risquait pas de changer.

— Qu'y a-t-il ?

Tomas passait doucement sa main dans la cambrure de mon dos. Une caresse qui se voulait réconfortante, apaisante. Je devais admettre que je me sentais réconfortée, mais pas du tout apaisée. Ni le rituel ni le *geis* ne s'embarrassait de considérations comme : « Est-ce que Tomas va souffrir ? » Ou : « est-ce que j'ai envie de faire l'amour dans un cachot insalubre, avec Billy en train d'écouter aux portes ? » Je me sentais poussée à capituler. L'envie d'accepter l'offre que Tomas me faisait depuis notre toute première rencontre était trop forte. Il a fallu que je crispe les poings dans la couverture rêche sur laquelle j'étais assise pour les empêcher de trembler.

Je me suis fait violence pour me pencher de nouveau sur le problème. J'avais essayé de me convaincre que je pouvais transférer le pouvoir à quelqu'un d'autre. Mais à qui, exactement ? De toute évidence, il n'y avait aucune autre candidate émancipée du Cercle. Ou des partisans de Pritkin. Et aucune de ces parties n'était fiable, de toute façon. On était en guerre : la simple pensée que le pouvoir passe entre les mains de quelqu'un comme Myra me glaçait le sang.

Tomas a mis son bras sur mes épaules pour m'attirer contre son corps doux et sensuel. Ma main s'est mise à bouger d'elle-même, à caresser sa peau dorée et chaude, à hauteur de son genou, là où prenait naissance sa longue cuisse galbée. Ça aurait été si facile de se laisser aller, de rassasier ce désir qui m'animait depuis si longtemps. Après tout, ça n'aurait pas fait une si grande différence. Le Cercle essayait déjà de me tuer. Pourquoi seraient-ils devenus accommodants ? N'avaient-ils pas intérêt à éradiquer toutes les concurrentes, plutôt que d'en laisser une dans la nature ? Si je devais les avoir à mes trousses de toute manière, je préférais nettement être en position de force. Et ça valait aussi pour ma confrontation avec Myra.

— Tu as bien pesé le pour et le contre ? ai-je demandé d'un ton grave. Si tu m'aides à accomplir le rituel, il pourrait y avoir des conséquences fâcheuses. Les mages…

Tomas a léché l'intérieur de mon poignet du bout de la langue.

— J'ai bien pesé le pour et le contre.

— Mais…

Il a esquissé un sourire sarcastique.

— Cassie, tu sais très bien qui j'ai à mes trousses. Crois-tu vraiment que je me soucie du Cercle ?

Il marquait un point. Et j'avais beau ne pas vouloir l'admettre, j'avais des sentiments pour lui. Pour être exacte, j'avais des sentiments pour la personne que j'avais cru être Tomas. Je doutais qu'il ressemble de près ou de loin au gosse des rues que j'avais pensé connaître : il était assez vieux pour avoir assisté à la chute de l'Empire inca ! Je ne connaissais pas le vrai Tomas, ni la personne qu'il était lorsque le Sénat le manipulait comme un pion. Mais une chose était sûre : le Sénat n'était plus là. Nous étions tout deux prisonniers d'une tierce personne, mais le Sénat n'avait plus aucune prise sur lui. Et pourtant, il avait l'air d'avoir toujours envie de moi.

— C'est à toi de voir, Cassie. Tu connais mes sentiments.

Je l'ai dévisagé avec intensité.

— Tu crois ? Tu es venu me voir sur ordre de Louis-César. Pendant tout ce temps, pendant des mois, tu ne faisais que ton boulot.

Les mains de Tomas se sont figées.

— Et tu penses peut-être que je suis toujours en train de faire mon boulot, c'est ça ? Tu crois que ce n'est qu'un stratagème pour te forcer à accéder à une responsabilité que tu n'es pas prête à endosser ?

— Non.

Les vamps avaient beau ne pas réagir à la douleur comme les simples mortels, personne ne se laisserait volontairement dépecer comme ça. Pas sans une bonne raison.

Il m'a attirée contre lui. Ses yeux étaient brûlants.

— Tu crois que j'essaie de rentrer dans les bonnes grâces de la Consule en menant à bien la mission qu'elle m'avait confiée à l'origine, c'est ça ?

Je n'ai pas répondu tout de suite. Tomas m'avait déjà trahie. Et, même si j'avais essayé de me convaincre que ses intentions étaient bonnes, était-ce vraiment si sûr ? Je savais que c'était un très bon acteur – comme la plupart des vieux vampires : si ce n'était pas inné chez eux, ils acquéraient cette compétence au bout de quelques siècles de pratique – mais je ne voyais pas pourquoi il aurait essayé de me doubler. C'était absurde. Même si le Sénat avait été prêt à faire table rase et à reprendre Tomas sous son aile, ce n'était pas ce qu'il voulait. Son objectif premier était de se libérer de l'emprise de son maître pour être capable de se venger d'Alejandro. Le Sénat voulait me récupérer, certes. Mais pas au point de se mettre à dos un autre organisme souverain. Surtout pas avec un conflit sur les bras. Ils ne pouvaient pas accepter les termes de Tomas. Et je ne le croyais pas capable de me vendre pour moins que ça.

— Non, ai-je fini par admettre. Ce n'est pas ça.

— Mais tu ne me fais pas confiance.

Ce n'était pas une question. Donc, je n'ai pas répondu. Qu'aurais-je pu dire ? Il avait raison.

Tomas a éclaté d'un rire sans joie.

— Je ne peux pas t'en vouloir. Tu m'as fait confiance une fois, et je t'ai menti. Quoi que je dise maintenant, ce ne seront pour toi que des paroles en l'air.

— Mais j'ai quand même envie de les entendre, lui ai-je glissé pour lui tendre une perche.

Tomas m'avait expliqué la raison de sa trahison, mais il n'avait jamais parlé de nous. J'avais besoin d'entendre que toute notre relation n'avait pas été qu'un tissu de mensonges.

Il m'a embrassée doucement, juste à la naissance du cou.

— Toute ma vie, les gens ont attendu des choses de moi. Lorsque j'étais jeune, je représentais la sécurité. Et une possibilité de vengeance. Si Alejandro m'a transformé en vampire, c'était uniquement pour mes compétences de combat et ma connaissance du territoire qu'il cherchait à conquérir. Quant à Louis-César, il me considère comme un trophée vivant. Une preuve de son pouvoir. (Il a caressé mes cheveux, doucement, presque avec révérence.) Toi, tu es la seule à m'avoir aimé pour moi, sans rien vouloir en retour. *Te amo*, Cassie. *Te querré para siempre.*

Je ne parle pas espagnol, mais j'ai compris l'idée générale. À une époque, j'aurais tout donné pour entendre ces mots, dans n'importe quelle langue. Mais maintenant, mes sentiments étaient tellement embrouillés que je ne savais pas par quel bout les prendre pour les démêler. Je ne savais pas ce que je ressentais. Et encore moins ce que je devais dire.

— Tomas, je…

— Ne dis rien. Je veux me souvenir de cet instant tel qu'il est. Bientôt, je devrai retourner là-bas, et je ne veux pas emporter de mensonges : c'est le petit-lait du Sénat. Tandis que ça… (Il a posé sa joue sur ma poitrine.)… ça, c'est vrai.

— Tu n'es pas obligé d'y retourner, Tomas ! Je te dis qu'on trouvera un endroit où tu pourras te cacher.

Il a éclaté de rire. Sincère, cette fois.

— Ma petite Cassie, toujours en train de prendre soin de tout le monde. C'est moi qui suis censé venir à ton secours, rappelle-toi. Ce n'est pas comme ça, dans les contes de fées ? (Soudain, ses traits sont devenus plus sombres.) Mais pourquoi penserais-tu une chose pareille ? Jusqu'ici, je ne t'ai pas été d'une grande utilité !

— Tu m'as sauvée des gorilles de Tony. Mais ça ne compte peut-être pas…

Tony avait envoyé une escouade m'éliminer, au club où je travaillais. S'ils avaient échoué, c'était en partie parce que le Sénat avait envoyé Tomas me protéger. Malgré tout ce qui s'était passé, je n'avais pas oublié qu'il m'avait sauvé la vie.

Apparemment, lui si. Il a éloigné cette pensée d'un geste agacé de la main.

— Tu t'en serais sortie toute seule. Tu t'en sors toujours toute seule. (Un éclair féroce a traversé son visage.) Cassie! Si tu doutes de mes sentiments, laisse-moi te les prouver. Laisse-moi te rendre ce service!

J'ai passé négligemment la main dans la masse soyeuse de sa chevelure. Le poste de Pythie était peut-être une cage, mais au moins j'avais mon mot à dire. Même si on me forçait à exercer cette responsabilité, je gardais le contrôle sur le reste de ma vie. Alors que le *geis* me le refusait.

— Tu pourrais te faire mal! ai-je protesté tandis que la respiration de Tomas se faisait plus rapide.

Un maître du premier niveau pouvait se remettre de presque n'importe quelle blessure, mais Tomas n'avait sûrement pas guéri: c'était impossible.

Son rire a grondé à mon oreille.

— Ce qui faisait mal, c'était de te voir tous les jours, de sentir ton odeur partout, sans avoir le droit de te toucher. J'ai vécu une année entière avec toi, et je n'ai jamais vu ton corps. Je me souviendrai toujours de ce moment, a-t-il dit, émerveillé, en glissant sa main le long de mon ventre.

— Je ne prendrai pas le risque de te faire souffrir, ai-je insisté, en essayant d'avoir l'air sûre de moi.

Tomas a ri de plus belle, avant de m'allonger sur la paillasse. Il s'est penché sur moi. Ses cheveux couvraient nos deux visages, comme une tente. Mais ce n'était pas étouffant, c'était juste intime. Je ne voyais plus que ses yeux, qui brillaient de malice.

— Je crois que ça peut aller, a-t-il chuchoté. Je te promets d'être doux.

Je n'ai pas pu m'empêcher d'éclater de rire. Mais, une seconde plus tard, il m'embrassait avec une telle fougue que j'en ai eu le souffle coupé. J'ai fait glisser mes bras sous son impressionnante masse de cheveux, et je les ai enroulés derrière sa nuque. Son étreinte était douce mais ferme, et même si je sentais le poids de sa virilité, chaude, dure et prête à l'action, il se retenait. Il attendait que je fasse le premier pas. D'un seul coup, je n'avais plus aucun doute. Ce n'était pas seulement à cause du *geis*. Ce n'était pas seulement parce que j'avais envie de sortir de cette galère. J'avais envie de lui.

— Vas-y, lui ai-je dit. Vite. Pendant qu'il est encore temps.

— Je ne veux pas faire ça vite, a rétorqué Tomas en fronçant les sourcils. C'est la première fois.

— On n'a pas le temps, ai-je insisté, agacée.

Pour une fois que le *geis* et le pouvoir étaient d'accord entre eux, Tomas faisait sa diva.

J'ai refermé la main sur son sexe, et j'ai senti avec bonheur sa chair brûlante et soyeuse trembler au creux de ma paume.

Je n'avais qu'un seul désir : voir son épaisse verge s'engouffrer en moi. Je savais que sa présence m'envahirait complètement, qu'elle m'épouserait étroitement, que la friction me rendrait folle, que ce serait parfait. Je voulais le sentir se frayer un chemin à l'intérieur de mon corps. Je mourais d'envie de cette sensation de pression, de brûlure.

— Ça va te faire mal, a-t-il protesté d'une voix rauque.

J'ai passé ma langue sur son cou.

— Parfait.

Tomas tremblait, mais il refusait obstinément de se laisser aller. Je me suis dit que j'avais assez parlé. Il y avait d'autres façons de le convaincre. Je l'ai embrassé. Ma bouche était avide de la sienne. Ensuite, j'ai gentiment enfoncé mes dents au creux de son cou, là où il rejoint l'épaule. Exactement à l'endroit où un vampire aurait mordu. Mais je me suis contentée de sucer sa peau tendue et de l'aspirer entre mes lèvres jusqu'à lui faire une marque. J'ai promené mes mains au hasard. Je les ai laissé mémoriser les contours de chaque muscle, de chaque ligament sous-jacent à sa peau chaude et satinée. Et d'un seul coup, sans prévenir, je l'ai mordu.

Jusque-là, le souffle de Tomas était rauque et guttural, mais lorsqu'il a senti mes dents percer sa peau il a poussé un grognement. À en juger par la violence et la rapidité avec lesquelles son sexe en érection s'est étiré contre ma hanche, ce n'était pas un grognement de douleur. Lorsque j'ai fini par libérer son cou, une étincelle a traversé ses yeux mi-clos.

— Tu triches, a-t-il protesté. (Sa voix était profonde et ténébreuse. Il a inspiré puis expiré profondément, avant d'enfoncer son doigt à l'intérieur de moi. Mon souffle s'est coupé tant l'invasion était soudaine. Je me suis cambrée pour mieux le serrer convulsivement.) Tu n'es qu'une sale tricheuse, a-t-il poursuivi d'une voix rauque.

Son doigt a cédé la place à une langue experte. Il a pris ma chair à l'intérieur de sa bouche et s'est mis à sucer, entraînant irrésistiblement mes hanches dans son rythme effréné. Pour y accéder plus facilement, il a écarté mes jambes. L'une d'entre elles pendait le long de la paillasse, sans aucune dignité. Mais ça m'était égal. Voir Tomas en train de me dévorer me coupait le souffle, presque autant que le sentir.

Plus rien n'existait d'autre que cette bouche sensuelle, que son glissement lent et humide. Rien d'autre que ces grandes mains fermes. Que ces paumes rêches et chaudes qui massaient, insatiables, les muscles de mon abdomen. Enfin, elles se sont positionnées sur mes hanches pour en pétrir les muscles tressaillant. Mon Dieu ! Quelle fille ne tomberait pas amoureuse de ces mains ?

Sa bouche aventureuse me faisait l'effet d'une flamme liquide. Lorsqu'elle explorait certains recoins de mon corps, des vagues de plaisir me submergeaient. Pantelante, j'étais émerveillée par son examen minutieux, par ses douces caresses. Je me suis laissé retomber sur la paillasse, m'abandonnant aux délices que me procuraient ces attouchements humides. Sous l'action de ces caresses intimes, ma colonne vertébrale était parcourue d'élans de plaisir. D'un seul coup, tout était parfait : l'angle comme la pression. J'avais l'impression que sa bouche était partout. Qu'elle me goûtait, me suçait, me touchait, me remplissait. Il s'est très vite perfectionné. Aux réactions de mon corps, il a compris ce qui me faisait crier et s'est mis à répéter ses gestes avec frénésie, jusqu'à ce que des étincelles de plaisir se mettent à papillonner sous mes paupières. Chaque mouvement de ses lèvres se répercutait le long de mes nerfs. J'avais presque l'impression que mon crâne allait exploser !

— Tomas ! Je t'en supplie…

Je n'avais pas fini ma phrase qu'il avait déjà changé de position. Il était sur moi. Il s'est arrêté, luttant pour garder le contrôle de son corps. J'ai protesté en poussant un gémissement. Au bout d'un moment, il s'est avancé et s'est enfoncé à l'intérieur de mon corps, lentement. Comme c'était bon ! Non. C'était mieux que bon, si j'en croyais les étincelles qui dansaient devant mes yeux. Avec ses mains et sa langue, il m'avait ouverte à un monde de sensations vertigineuses, mais le sentir bouger au creux de moi était encore plus intense. Il étirait ma chair, la remplissait à merveille, la réinventait. Et je l'épousais comme un gant.

Son sexe était assez large pour que je me referme étroitement sur lui, mais sa chair ferme était souple et douce. Elle se fondait en moi. Lorsqu'il s'est enfoncé, l'hymen s'est un peu érodé mais je n'ai senti qu'une légère douleur. Pourtant, il s'est mordu les lèvres. Il tenait sa formidable puissance en lice. Il haletait laborieusement, tout à son effort pour ne pas me blesser. Il avançait millimètre par millimètre. Il m'échauffait peu à peu. Pourtant, je n'avais qu'une seule envie, le sentir se déployer en moi, dans toute son ampleur. Et soudain, il était là. Niché en moi, insufflant sa chaleur au plus profond de mon corps. Il avait les yeux fermés. Ses longs cils effleuraient ses joues rouges. Il est resté un long moment immobile. Il se retenait. J'avais le souffle court.

Quand il m'avait pénétrée, ça ne m'avait pas fait mal. Mais l'attendre, ça, c'était douloureux. Attendre qu'il bouge, attendre qu'il change de position, attendre qu'il fasse quelque chose avant que je devienne folle. Lorsqu'il a commencé à se retirer, avec cette même lenteur exaspérante, j'ai perdu patience. Je me suis collée à lui lorsqu'il a voulu partir, et je suis allée à sa rencontre, l'aspirant brutalement à l'intérieur de moi. Le choc nous a arraché un gémissement de plaisir.

Tomas avait l'air à la fois surpris et immensément soulagé. Il a expiré en chuintant de plaisir. Il a compris le message et s'est mis à prendre de la vitesse. J'ai bougé les hanches et elles se sont mises à tourner d'elles-mêmes. Tomas a épousé mon rythme et s'est mis à adopter un lent mouvement circulaire. Son sexe me remplissait, me caressait et me faisait hurler de plaisir.

J'ai vite compris que je ne pouvais pas contrôler les sons que j'émettais. J'étais consumée de délices, vaincue par mes sensations. Je sanglotais d'extase. J'avais le vertige, le souffle de plus en plus court. Un voile noir commençait à couvrir mes yeux. Une tempête charnelle se formait en moi, et, avant que j'aie le temps de comprendre ce qui se passait, l'orgasme a emporté mon corps, qui se tortillait frénétiquement sous le rythme soutenu de Tomas. Soudain, une magnifique lueur jaune s'est diffusée dans la pièce, d'une couleur si pure, si riche que j'avais l'impression qu'on avait concentré du bonheur pour le modeler. L'espace d'un instant, j'ai cru que cette lueur faisait partie de la vague de plaisir qui me parcourait, mais son intensité continuait à croître, noyant vite la faible lumière de la lanterne. Comme si une petite étoile venait d'éclater à la vie, tout autour de nous. Des tornades frénétiques de filaments d'énergie blanche et dorée se contorsionnaient en crépitant. De plus en plus lumineuses, elles ont fini par m'éblouir, comme autant d'éclairs criblant le sol.

Sans crier gare, la terre s'est défilée sous mes pieds, et j'ai plongé dans un maelström de formes, de sons et de couleurs si enchevêtrés les uns aux autres, si rapides que je n'arrivais pas à les suivre. Je ne sentais plus la présence de Tomas. Je ne pouvais plus ni le toucher ni le percevoir. Un tourbillon s'est précipité sur moi à toute vitesse et je n'ai rien pu faire pour l'éviter.

Soudain, tout était fini. Aussi brutalement que ça avait commencé. Lorsque les images fantômes se sont suffisamment estompées pour que je recouvre la vue, je me suis rendu compte que j'étais seule sur une colline, les yeux levés sur un temple. Derrière le temple, une mer scintillait sous un soleil de plomb, parfaitement jaune. J'ai senti des lèvres effleurer mon cou et une voix d'homme, très grave, a éclaté de rire à mon oreille.

— Je trouve mon avatar très satisfaisant, ai-je entendu. (Je savais que ces mots provenaient de l'homme posté derrière moi, mais ils semblaient émaner de partout à la fois, comme si le temple, le ciel et la mer parlaient de concert.) Le fils d'une de mes prêtresses : c'est une attention des plus touchantes.

J'ai cligné des yeux, étourdie de stupéfaction. Mais la scène n'a pas changé.

— L'une de vos quoi ? ai-je fini par émettre.

— L'élu intervenant dans la cérémonie devient temporairement mon avatar. Lorsqu'il s'unit à l'héritière, notre mariage est consommé et l'héritière devient la Pythie légitime.

J'ai failli m'étouffer.

— Je ne suis pas votre femme !

Il a de nouveau éclaté d'un rire cristallin. C'était un rire chaleureux, contagieux.

— N'aie pas peur, Hérophile. Notre union est spirituelle. Tu ne survivrais pas à ma présence physique.

— Je n'ai pas peur, ai-je rétorqué. (C'était la vérité. Comparée aux visions dont j'avais l'habitude, celle-ci était une promenade de santé. Jusque-là.) Et je m'appelle Cassandra.

— Plus maintenant.

J'ai essayé de me retourner, mais des bras fermes m'ont maintenue immobile. Ils avaient la couleur du pollen printanier : d'un jaune vif et véritable, qui scintillait comme s'il était couvert de poussière d'or. La lumière dansait autour de sa peau comme le soleil sur l'eau. Et l'éblouissement était si intense que j'avais mal aux yeux. Ce phénomène aurait dû faire très bizarre sur un corps humain, mais ça n'avait rien d'étrange. D'un seul coup, j'ai compris où je me trouvais.

— C'est pas un peu cliché, tout ça ?

— C'est ton esprit qui choisit la façon dont il me représente. Si clichés il y a, ce sont donc les tiens, m'a-t-il corrigée.

— Qui êtes-vous ? ai-je demandé.

— Quelqu'un qui a attendu très longtemps de rencontrer une personne comme toi. Enfin, tout peut s'accomplir.

— Et « tout », c'est quoi ?

— Tu verras. Je nourris de grands espoirs à ton égard.

— Ça veut dire que vous êtes fou, lui ai-je rétorqué, blasée. Je ne sais pas comment me servir du pouvoir que vous m'avez refilé, et Myra va me tuer d'un instant à l'autre.

— J'espère sincèrement que non. Et, en ce qui concerne ton premier souci, le pouvoir va où il veut. À partir du moment où je l'ai mis entre les mains des êtres humains, j'ai perdu tout contrôle sur lui.

— Mais Myra...

— Effectivement, pour le moment, tu dois te débarrasser de ta rivale. Nous nous reparlerons lorsque ce sera fait.

— Mais ce n'est pas ça, le problème ! Je ne sais pas comment...

Je n'ai pas eu l'occasion de finir ma phrase. J'ai senti une bourrasque brûlante, et un pouvoir très ancien s'est mis à sourdre du sol en grondant, projetant à travers mon corps une série d'ondes crépitantes. Soudain, j'étais de retour dans la cellule. La lumière était tellement tamisée que j'ai cligné plusieurs fois des paupières. J'avais du mal à comprendre ce qui venait de se passer.

Tomas avait arrêté de se retenir. En le sentant, j'ai perdu mon souffle et les questions qui agitaient mon esprit se sont évanouies. Il m'a soulevée pour me coller à sa poitrine. Son sexe, à l'intérieur de moi, a changé de position. Pantelante, j'ai senti ses cheveux trempés de sueur tomber autour de moi, et ses dents s'enfoncer dans mon cou. Mon corps entier s'est tendu sous sa morsure, et lorsque mes muscles se sont crispés autour du sexe de Tomas, il a grogné de plaisir. Il a agrippé mes hanches de ses grandes mains et s'est enfoncé en moi aussi profondément que possible. Il a lâché mon cou sans se nourrir et passé la langue sur la coupure. Ensuite, ses lèvres se sont faites plus rapides et son visage s'est affaissé sous l'effet du désir. Pendant les quelques minutes qui ont suivi, j'ai perdu toute capacité à réfléchir.

Lorsqu'il a éjaculé en moi, j'ai senti une vague de délice se répandre. Elle m'a semblé brûlante en comparaison avec les glaçons qui s'attardaient au centre de mon corps. Il a englouti ce froid, l'a consumé. En balayant ses derniers vestiges, il m'a remplie d'une chaleur languissante qui s'est répandue dans tout mon corps. Mon plaisir était moins intense qu'avant, mais plus profond, plus tenace, plus doux. J'avais l'impression d'être complètement molle. Tomas m'enveloppait entièrement, comme une immense bouillotte.

Au bout d'un long moment, Tomas s'est retiré pour regarder fixement mes yeux mi-clos. Il me dévisageait, essayant de déchiffrer mon expression, mais il n'a pas eu l'air de trouver ce qu'il cherchait. Il m'a tout de même embrassée et je me suis cambrée pour mieux sentir la chaleur de sa bouche sensuelle. Je me sentais comme démunie qu'il se détache si tôt de moi.

— Je suis désolé, a-t-il dit brièvement en caressant ma lèvre inférieure de son pouce.

J'ai effleuré du doigt l'un de ses sourcils noirs.

— Il y a quelque chose qui ne va pas ?

Il a pris ma tête entre ses mains, délicatement, et m'a embrassé le front.

— Tout va bien, Cassie. Tout va bien se passer.

— Tout quoi ?

Mon plaisir s'est estompé très vite…

Tomas a hésité. Au bout d'un moment, il a fini par soupirer profondément.

— Je sens encore le *geis* sur toi. Comme un nuage. (Sa mâchoire s'est crispée.) Apparemment, Mircea n'a pas l'intention de lâcher prise.

J'ai secoué la tête.

— Le sort s'est détraqué. Mircea non plus n'a pas réussi à le lever.

J'avais toujours su que ça risquait de ne pas fonctionner. Mais la déception n'en était pas moins cruelle.

Tomas s'apprêtait à ajouter quelque chose, mais tout à coup la porte s'est ouverte et Françoise a fait irruption, les mains sur les hanches, l'air agacé. Elle m'a jeté des vêtements à la figure.

— Ce n'est pas trop tôt. C'est censé être un rituel, pas un marathon !

Je me suis remise sur pied en titubant. En comparaison avec ma peau échauffée, j'avais l'impression que l'air était glacé.

— Hein ?

— Eh bien, vas-y ! Habille-toi ! Le roi te demande et il n'apprécie pas qu'on le fasse attendre. Si tu l'énerves, aucun d'entre vous ne sortira d'ici en vie.

— Françoise ?

Ça ne me disait rien qui vaille. Son accent avait disparu comme par magie, et l'expression qui se dessinait sur ce visage ne ressemblait en rien à la nervosité habituelle de la Française.

Elle a esquissé un sourire narquois.

— Françoise n'est pas là pour l'instant. Tu veux lui laisser un message ? (J'étais en train de réfléchir à une réponse lorsqu'elle s'est accrochée au mur en grimaçant. Elle a crispé les doigts, comme si elle voulait les enfoncer dans la pierre, et ses articulations ont blanchi.) Mais c'est pas vrai ! C'est vraiment pas le moment, ma chérie ! Sauf si tu tiens à rester ici jusqu'à la fin de tes jours.

Le regard de Tomas faisait des va-et-vient entre nous. Mais je me suis contentée de lui décocher un signe de tête circonspect. Je n'avais aucune idée de ce qui se passait.

— Euh… Françoise ? ai-je fini par demander. (Elle s'était mise à vibrer, comme si son doigt s'était coincé dans une prise.) Est-ce que je peux… faire un truc pour t'aider ?

Soudain, elle s'est arrêtée de vibrer, elle s'est figée et m'a dévisagée. Ses traits reflétaient l'impatience.

— Oui ! Habille-toi ! Combien de fois faut-il que je te le dise ?

Sans le corps de Tomas, j'étais glacée. J'ai donc décidé de lui obéir. La robe était trop large et tout raide à cause des nombreuses broderies, mais la laine rouge foncé était bien chaude. Je me suis dit que je ferais mieux de résoudre un problème à la fois. Et les sautes d'humeur de Françoise étaient loin d'être la priorité.

— Françoise, est-ce que tu as des amis, ici ? Des gens susceptibles de t'aider ?

Elle a plissé les paupières.

— Pourquoi ?

— C'est Tomas. S'il quitte Faerie, il mourra. Il ne peut donc pas repartir. Mais il ne va pas non plus rester ici à attendre de se faire exécuter. Tu ne connaîtrais pas quelqu'un qui pourrait le cacher ?

— Cassie. (Tomas m'a effleuré l'épaule.) Qu'est-ce que tu fais ?

— Il faut que je m'arrange pour te mettre à l'abri. Qu'est-ce qui se passera si le roi donne l'ordre de nous reconduire à la MAGIC ? Si tu y retournes, ils te tueront !

La Consule m'avait offert sa vie, mais seulement en échange d'informations dont je ne disposais pas, étant donné que ce n'était pas moi qui avais jeté un *geis* sur Mircea, j'étais mal placée pour le lever.

— Mais si tu te rends sans moi auprès du roi, il te mettra mon évasion sur le dos. Je ne prendrai pas le risque de te placer encore une fois en danger, a-t-il rétorqué sèchement.

J'aurais pu essayer de le convaincre mais, à en croire sa mâchoire crispée, ça aurait été une perte de temps. Sans compter que Françoise avait l'air de friser l'apoplexie.

— Tu te fais du souci pour un *vampire* ? Et *maintenant*, en plus ! (Elle a secoué la tête.) Cassie, ce vampire n'était qu'un moyen d'arriver à tes fins. Il t'a été utile. Maintenant, laisse-le s'occuper de ses problèmes. Ils se débrouillent très bien tout seuls, tu sais ?

J'ai enfin eu le déclic. Françoise n'était pas devenue schizo.

— Bon, tu vas me dire qui tu es ? Parce que je n'ai jamais dit mon nom à Françoise. Sans compter qu'avant, elle parlait français.

— On n'a pas de temps à perdre avec ça !

Je me suis assise sur la paillasse et l'ai dévisagée d'un air buté.

— Je n'irai nulle part tant que tu ne m'auras pas expliqué qui tu es et ce qui se passe.

J'en avais vraiment marre de faire toujours tout au débotté. Après ce qui m'était arrivé cette semaine, je savais que ce n'était pas ma façon de faire.

Elle a levé les mains en l'air. Ce geste m'était bizarrement familier. Un jour, j'avais vu quelqu'un faire ce mouvement précis. Mais je ne savais plus où.

— Tu te rappelles, quand je t'ai dit que tu serais soit la meilleure, soit la pire d'entre nous ? Devine pour quel scénario je suis en train de pencher.

Je n'ai pas compris tout de suite. Et, même quand ça a fait « tilt », je n'y ai pas cru.

— *Agnès* ? Qu'est-ce… qu'est-ce que tu fais là ?

— J'existe, a-t-elle répondu avec amertume. C'est une sorte… de vie après la mort.

— Mais… mais… Je ne savais pas que tu étais capable de posséder les gens ! Les mages m'ont dit que…

— Depuis quand on raconte tout aux mages ? (Elle a remis les mains sur ses hanches. Ce geste était aussi étrangement familier que le premier.) Moins le Cercle a vent de nos capacités, mieux on se porte ! Tu croyais vraiment être capable de faire quelque chose que je ne pouvais pas faire ?

— Mais… mais tu n'as pas Billy Joe, ai-je protesté. (Je m'étais toujours demandé pourquoi ni elle ni Myra n'avait de familier.) Comment peux-tu voyager dans le temps sans esprit pour garder ton corps en ton absence ?

Agnès m'a dévisagée un instant, avant de secouer la tête.

— Ça, je dois admettre que c'est une approche intéressante, a-t-elle marmonné. On retourne dans notre corps à peu près au moment où on l'a quitté, Cassie. Notre corps ne meurt pas, parce qu'il n'a jamais l'impression d'avoir été abandonné.

— Mais… ton corps… (Je l'ai dévisagée sans trop savoir comment formuler ça, mais je n'avais pas l'embarras du choix…) Agnès, je suis désolée de te dire ça, mais… il est mort.

Elle m'a regardée comme si j'étais une parfaite abrutie.

— Bien entendu qu'il est mort ! Qu'est-ce que tu crois que je fabrique dans celui-là ?

— Aucune idée, lui ai-je dit, sincère.

— Je t'assure que ce n'était pas mon intention. (Elle avait vraiment l'air en colère.) C'est ma vie bonus ! Je suis censée me détendre, pour changer ! Lorsque je t'ai quittée, j'ai réintégré mon corps dans l'idée de reprendre des forces avant de migrer à l'intérieur d'une jeune Allemande très gentille qui devait mourir dans un éboulis, pendant une randonnée. J'avais fait tous les arrangements nécessaires pour prendre sa place...

— Prendre sa place ?

J'ai dû faire une drôle de tête, parce qu'Agnès a laissé échapper un fou rire.

— Elle allait mourir, Cassie ! Tout bien considéré, tu ne crois pas qu'elle aurait préféré partager sa vie avec moi, plutôt que de finir comme ça ?

J'avais le vertige.

— Je ne pige pas.

Tomas a pris la parole sans crier gare. J'ai failli sursauter.

— Une vie pour servir, une vie pour exister, a-t-il murmuré.

Agnès lui a décoché un regard qui n'avait rien d'aimable.

— Je ne sais pas où tu as entendu ça, mais je te conseille d'oublier.

— Donc, c'est bien vrai, a-t-il poursuivi, apparemment stupéfait. Des rumeurs circulaient comme quoi... Mais personne ne croit que...

— Et ça restera une rumeur, a insisté Agnès.

C'était à mon tour de les dévisager l'un après l'autre.

— Vous allez vous décider à m'expliquer ?

— D'après une vieille rumeur, m'a dit Tomas en ignorant la moue d'Agnès, la Pythie reçoit une vie en récompense de ses bons et loyaux services. Une sorte de compensation pour celle qu'elle a sacrifiée à sa vocation.

Ma bouche s'échinait à rester ouverte, sous le choc. Je l'ai fermée et, pendant une seconde, j'ai dévisagé Agnès sans rien dire.

— C'est vrai ? ai-je fini par articuler.

— Est-ce que tu veux sortir d'ici, oui ou non ? a-t-elle réitéré.

— Réponds-moi !

Elle a poussé un soupir et levé les mains, encore une fois. Je commençais à me demander si c'était vraiment un tic ou si elle ne faisait ça qu'en ma présence.

— OK. Donc, pour faire court : oui, c'est vrai. On trouve quelqu'un condamné à mourir jeune et on passe un marché avec cette personne. On la possède, on pompe son énergie et en échange on l'aide à éviter la catastrophe devant lui arriver, quelle qu'elle soit.

— Mais c'est horrible !

— Non. C'est pratique. Mieux vaut une vie partagée que pas de vie du tout.

— Mais, si vous pouvez le faire une fois, a commencé Tomas en mâchant ses mots, pourquoi ne pas le faire vie après vie, siècle après siècle ?

— C'est pour ça que je déteste les vampires, a rétorqué Agnès sans s'adresser spécialement à lui. Ce sont des paranos de première !

— Mais vous en êtes capables, non ? a-t-il insisté.

— Bien sûr que non ! a-t-elle aboyé. Réfléchis un peu : dès que le pouvoir nous déserte, il passe à quelqu'un d'autre. Sans ce pouvoir, nous n'avons aucune façon de savoir qui est censé mourir. Et donc aucune façon de choisir un autre corps. C'est un *one shot*.

Tomas a émis un rire bref.

— Vous voulez nous faire croire que personne n'a jamais essayé de tromper la mort ? De vivre plusieurs existences d'affilée en s'emparant de n'importe qui, condamné ou pas ?

Agnès a haussé les épaules.

— C'est une des nombreuses responsabilités de la Pythie en exercice : s'assurer que ça ne se produise pas.

J'ai secoué la tête. Les informations arrivaient trop vite. Mon cerveau ne suivait pas.

— Mais pourquoi Françoise ?

— Comme j'ai dit : je n'avais pas le choix ! Je m'apprêtais à rejoindre mon corps, mais je me suis aperçue que j'avais gâché trop d'énergie pour t'aider. Je n'avais pas prévu de figer le temps : ce n'est pas du gâteau, surtout après un saut de trois cents ans. Et j'ai compris qu'il ne me restait plus assez d'énergie pour refranchir plusieurs siècles d'un coup.

— Mais j'aurais pu te ramener avec moi !

Agnès m'avait aidée à combattre Myra. Sans elle, j'aurais été morte à l'heure qu'il était. Je n'aurais jamais refusé de la prendre en auto-stop.

— Si tu te rappelles bien, Cassie, tu étais au beau milieu d'une pièce remplie de fantômes affamés, avec une petite tendance à dévorer tous les esprits en vue ! Je ne pouvais pas prendre ce risque. Une fois le temps reparti, il fallait que je sorte très vite. Je me suis donc rendue auprès de la personne la plus proche dont je savais la mort imminente. Une personne susceptible d'accepter mon offre.

— Et elle a accepté ?

Françoise n'était pas une norm' comme les autres. C'était une sorcière. À en juger par un des sorts que je l'avais vue utiliser, c'était même une puissante sorcière. Et j'avais l'impression qu'elle luttait contre la possession.

Comme si elle avait lu dans mes pensées, Agnès a fait une nouvelle grimace et sa main s'est crispée sur son ventre.

— Si on veut.

— Et comment avez-vous atterri ici ? a demandé Tomas, m'épargnant l'embarras de poser une question encore plus nébuleuse.

— Une fois en possession d'un corps me protégeant des esprits, j'avais prévu de retourner voir Cassie avant qu'elle quitte le XVIIe siècle. Mais c'est le moment qu'ont choisi ces satanés mages noirs pour débarquer.

— Et ils vous ont kidnappée pour vous vendre aux Faes, a-t-il conclu. Vous êtes ici depuis ce temps-là ? Mais c'était il y a des siècles !

— Des années, pour être exacte, a rectifié Agnès.

— Le temps s'écoule différemment ici, lui ai-je rappelé. (Marlowe m'avait prévenue, mais je ne m'étais pas attendue à une telle différence.) Tu veux dire que tu es en Faerie depuis que tu as quitté la France ?

Agnès a hoché la tête, mais elle a levé la main pour m'empêcher d'ajouter un commentaire.

— Si tu nous as vues depuis, ne dis rien. Françoise peut nous entendre. Je ne veux pas qu'elle soit influencée par son avenir.

Son avenir, ai-je pensé, à deux doigts de m'évanouir, *mais mon passé*. Une semaine auparavant, au *Dante*, elle avait tué un mage noir pour m'aider à m'échapper. Ou plutôt, elle allait en tuer un... Je commençais à avoir mal à la tête.

— Est-ce que tu veux sortir d'ici, oui ou non ? m'a demandé Agnès.

— Oui. Mais après, il faudra qu'on ait une petite discussion, ai-je rétorqué.

Quand j'aurais eu le temps de tout cogiter. Quand j'aurais les idées plus claires.

— S'il y a un « après », a-t-elle auguré. N'oublie pas les talismans. Je me suis vraiment foulé la rate pour te les rapporter !

Elle s'est emparée de la lanterne et s'est engouffrée dans le couloir, dans un froissement de jupons. Avec Tomas, on s'est regardés un moment avant de lui emboîter le pas. Tout en courant, Tomas continuait à enfiler les vêtements qu'Agnès lui avait apportés, tandis que je fourrais les talismans dans toutes les poches que je pouvais trouver.

Au bout du couloir, on a tourné pour prendre une longue volée de marches, éclairées çà et là par quelques torches peu lumineuses. L'escalier donnait sur une autre porte en chêne, tout aussi épaisse, mais Françoise l'a à peine poussée qu'elle s'est ouverte. Derrière se trouvaient Pritkin, Billy et Marlowe. Ils étaient debout autour d'une grande ouverture circulaire pratiquée dans le mur de pierre et donnant sur une masse scintillante de couleurs psychédéliques.

— Tout le monde est là ? a demandé la pixie, en nous regardant à peine. Le cycle est presque terminé.

Billy avait l'air nerveux.

— Cass', tu crois que je pourrai garder ce corps une fois qu'on sera partis ?

— On part ?

— Dès que ce machin sera sur « bleu ». Mais on n'aura que trente secondes pour le traverser au bon endroit. On doit descendre au *Dante*, mais le Sénat se trouve juste après, dans la rotation. Il faudra qu'on saute avant que ça vire au rouge.

J'avais du mal à suivre.

— Mais pourquoi on part ?

— Pour aller me chercher quelque chose, a dit une voix de baryton qui s'est réverbérée contre les parois.

D'un seul coup, j'ai compris que ce que j'avais pris pour un pilier enveloppé de tissu était une jambe. La plus grande jambe que j'avais jamais vue. J'ai levé les yeux, encore et encore, jusqu'à entrevoir un visage de la taille d'un projecteur de mirador, me contemplant depuis les ténèbres du plafond. Ce dernier faisait bien neuf mètres de haut, mais le géant était légèrement courbé, comme gêné par le manque de place. J'y ai regardé à deux fois. Je ne pouvais pas m'empêcher de le dévisager.

L'énorme tête s'est penchée sur moi pour mieux m'observer. Elle était presque entièrement dissimulée sous une chevelure brune frisée, dont ne dépassaient qu'un nez épaté et des yeux bleus de la taille d'une balle de base-ball.

— Voici donc la nouvelle Pythie.

— On a passé un marché avec le roi, m'a chuchoté Billy. On ne pourra plus utiliser nos runes avant le mois prochain. Pritkin a essayé de lancer Hagalaz mais ça n'a pas marché. Et on s'est retrouvés avec une flaque de neige fondue. Les bombes à néant, c'est génial, sauf que ça ne fonctionne que contre la magie. Et les Faes n'ont pas besoin de faire « wazi waza » : elles sont déjà beaucoup plus fortes que nous, et carrément plus nombreuses. Il nous faut plus d'armes et plus d'alliés. Sinon, la seule chose qu'on arrivera à faire ici, c'est se faire tuer. Marlowe a promis d'aller nous chourer des armes dans la planque du Sénat. Comme ça, on sera parés quand on reviendra.

— Quelle générosité. C'est quoi, le piège ?

Pour une fois, Marlowe n'a pas fait le malin avec une réponse à deux balles. Il s'est contenté de rester planté là à me regarder, complètement ahuri. Ensuite, il a très lentement mis un genou à terre.

— C'est toujours un plaisir pour le Sénat de venir en aide à la Pythie, a-t-il fini par cracher au bout de plusieurs essais.

— Ce n'est pas la Pythie, a rétorqué Pritkin, qui a enfin daigné remarquer ma présence.

Mais il s'est arrêté net. Sa bouche avait l'air de fonctionner, mais aucun son n'en sortait. Sa main était figée en plein mouvement, comme s'il avait tout simplement oublié de la baisser.

— Ma dame. Comment souhaitez-vous qu'on vous appelle ? a demandé Marlowe avec révérence.

— Non ! (Pritkin est sorti de sa transe. Son regard allait du vamp agenouillé à ma personne.) C'est une ruse ! Ça ne peut être qu'une ruse !

J'ai regardé Tomas du coin de l'œil.

— Qu'est-ce qui se passe ?

Il a esquissé un sourire.

— Ton aura a changé.

J'ai essayé de regarder, mais je n'arrivais pas à me concentrer et je me suis simplement retrouvée en train de loucher.

— Elle ressemble à quoi ?

Marlowe a répondu à sa place.

— Elle ressemble au pouvoir, a-t-il murmuré, visiblement émerveillé.

— Il faut que tu proclames ton nom de règne, Cassie, m'a dit Tomas. Il ne commencera officiellement qu'à partir de ce moment. Dame Phemonoe a pris le nom de la première Pythie. Tu peux choisir le même titre. Ou celui de ton choix. Comme tu veux.

Pritkin avait émergé. Il traversait la pièce à grands pas, visiblement hors de lui.

— Hérophile, me suis-je empressée de répondre. (Le nom que j'avais entendu dans ma vision m'est venu automatiquement à l'esprit. J'ai regardé Tomas avec anxiété.) Ça irait ?

La main menaçante de Pritkin s'est figée en plein mouvement, avant de retomber le long de sa cuisse.

— Où est le golem ? ai-je demandé à Billy tout en gardant le mage à l'œil.

Il avait l'air d'un athée venant tout juste d'avoir une visite de Dieu : ahuri, incrédule et vaguement malade.

— Mieux vaut ne pas savoir, a répondu Billy, les yeux fixés sur le portail.

Il déglutissait avec nervosité.

— C'est-à-dire ?

Le roi a répondu à sa place. Ça peut paraître incroyable mais, l'espace d'un instant, j'avais complètement oublié cet immense personnage.

— C'est mon intendant qui l'a reçu en guise d'offrande. Il me l'a généreusement prêté.

— Ils l'ont lâché il y a quelques heures, a expliqué Billy. Ils lui donnent encore une heure avant de se lancer à sa poursuite. Une histoire d'entraînement de chiens de chasse.

— Quoi ? (J'étais horrifiée.) Mais il pourrait se faire tuer !

— Techniquement, il n'est pas vivant, a fait remarquer Billy. Donc, il ne peut pas mourir.

— Il n'était peut-être pas vivant avant, mais maintenant, si ! (J'ai regardé autour de moi, dans l'espoir de trouver un peu de soutien. Peine perdue. Marlowe s'était posté à côté de Pritkin. Il avait l'air mal à l'aise. Billy contemplait les couleurs qui tourbillonnaient à l'intérieur du portail tout en se mordant les lèvres. Le sort du golem n'avait pas l'air de figurer en tête de ses préoccupations.) On ne peut pas le laisser !

— Bien entendu, a murmuré le roi… (Pour n'importe qui d'autre, ça aurait été un mugissement.)…, si vous souhaitez le sauver, vous le pouvez.

J'avais très peur.

— Et comment ?

Le roi a souri, dévoilant des dents aussi grandes que des balles de golf.

— On pourrait faire un marché.

— Fais attention, Cassie, a marmonné Billy. Il attend quelque chose de toi, mais il n'a pas voulu nous dire quoi.

— Silence, résidu ! a tonné le roi. Rentre ta langue et ferme bien tes dents, si tu ne veux pas te la faire arracher ! (Puis, sans transition, son humeur s'est adoucie et il m'a gratifiée d'un sourire innocent.) Ce n'est qu'un livre, ma dame. Une affaire on ne peut plus triviale.

— Leur destination se profile. C'est la suivante, l'a averti la pixie.

Soudain, Pritkin a repris ses esprits.

— Où est Mac ?

Je l'ai regardé avec de grands yeux, incrédule. *Oh, mon Dieu.* Personne ne lui avait dit.

La pixie ne m'a pas laissé le temps de réfléchir à une réponse. Elle m'a devancée.

— La forêt a demandé un sacrifice pour nous laisser passer. Elle s'en est prise à la fille, mais Mac s'est offert à sa place.

D'un seul coup, c'est elle que je regardais avec de grands yeux. Elle avait dû voir Mac faire quelque chose pour attirer délibérément l'attention sur lui. Il avait compris : la forêt ne m'aurait jamais laissé partir. La forêt n'aurait jamais cessé de nous attaquer, à moins de recevoir un sacrifice.

Donc, il lui en avait offert un.

Tomas m'a serré l'épaule pour compatir tacitement, mais je l'ai à peine senti. Lorsqu'on était partis, il n'y avait pas une goutte de sang au sol. La terre l'avait absorbé. La terre avait absorbé Mac. Soudain, les talismans que je transportais dans mes poches me pesaient comme des briques.

Le commentaire désinvolte de la pixie a complètement sidéré Pritkin. Mais apparemment, en jaugeant mon regard, il a trouvé une explication satisfaisante. Un éclair de compréhension a traversé ses yeux.

— Vous aviez tout planifié, a-t-il déclamé d'une voix étrangement morte. Vous nous avez piégés. Vous nous avez forcés à libérer cette… chose afin d'accomplir le rituel. Le *geis* ne vous laissait aucun autre candidat.

— Je n'ai rien planifié, ai-je rétorqué.

Je voulais lui dire à quel point j'étais désolée. Je voulais dire quelque chose qui soit à la hauteur de Mac, mais mon cerveau n'avait pas l'air en état de marche.

— Pour en revenir à ce livre…, a marmonné le roi.

J'ai levé les yeux sur lui, complètement perdue.

— Quel livre ?

Son visage s'est légèrement déformé, et j'ai compris qu'il essayait de paraître innocent. À en juger par le résultat de cette tentative, ce n'était pas une expression qu'il revêtait très souvent.

— Le *Codex Merlini*.

— Le quoi ?

Ce titre ne me disait rien, mais Pritkin a sursauté et Marlowe a pris un air intrigué.

— Vous pouvez en trouver un exemplaire dans n'importe quelle boutique de magie.

Le roi a émis un son se rapprochant du bruit que feraient deux roches frottées l'une contre l'autre. Au bout d'un moment, j'ai compris qu'il riait.

— Je ne parle pas de celui-ci. Je parle du volume égaré. (Il a baissé ses yeux avides sur moi.) Si vous me rapportez le second volume du *Codex*, vous pourrez reprendre la créature. Vous avez ma parole.

— Non!

Pritkin s'est rué sur moi sans crier gare, vert de rage. Une seconde plus tard, il glissait sur le sol: Tomas lui avait assené un crochet magistral. Le mage a percuté le mur mais s'est vite remis sur pied, dans un mouvement leste, et s'est de nouveau précipité sur nous. Ses yeux étaient de glace, comme s'il voulait tuer quelqu'un.

— Interromps-moi encore une fois, mage, et je mangerai ton foie pour le dîner, l'a averti le roi.

Le ton de sa voix ne laissait planer aucun doute: ce n'étaient pas des paroles en l'air. Pritkin s'est arrêté en dérapant.

Mon regard passait des traits furieux de Pritkin à ceux, nettement intéressés, de Marlowe.

— J'ai raté un épisode.

— Le *Codex* est… le livre de base, si vous voulez, m'a expliqué Marlowe. L'ouvrage sur lequel repose toute la magie moderne. C'est Merlin qui l'a composé, en s'appuyant sur ses propres travaux d'une part, sur ses recherches dans les textes magiques disponibles à l'époque d'autre part. Et la plupart de ces textes ont aujourd'hui disparu. Il avait peur que tout ce savoir se perde si personne n'en faisait l'inventaire pour les générations futures. Mais, d'après la légende, nous n'aurions qu'une partie de son travail. Il y aurait eu, à l'origine, un second volume. (Il a jeté un coup d'œil au roi.) Supposons qu'il existe, quelle utilité en auriez-vous ? La magie humaine est inopérante, ici.

— Quelquefois, si, a rétorqué le roi, évasif. (Il essayait de faire comme si cette conversation l'intéressait à peine, mais il n'était pas très convaincant. Ses énormes pupilles dansaient presque d'excitation, et ses pommettes, au-dessus de sa barbe frisée, étaient nettement rouges.) Merlin a divisé les sortilèges en deux parties, par mesure de sécurité. Il a rassemblé les sorts en tant que tels dans le premier volume, et les contre-sorts dans le second. La plupart des contre-sorts ont été découverts au cours des années, de façon pragmatique ou par erreur. À l'exception du lot dépareillé, comme ce *geis* que vous avez récolté. Ce que je veux, c'est…

En entendant le mot magique, mon cerveau s'est arrêté brusquement.

— Attendez une seconde… Vous êtes en train de me dire que le *Codex* contient une formule susceptible de lever le *geis* ?

— Le *Codex* est censé contenir tous les antidotes aux sorts de Merlin. Puisque c'est lui qui a inventé le *dúthracht*, ça devrait y figurer, oui. (Il m'a décoché un regard malicieux.) Seriez-vous d'autant plus motivée, oracle ?

J'ai fait l'air de rien. En espérant être plus douée que lui.

— Un peu. Mais je ne vois vraiment pas comment vous aider. Si le livre a disparu…

— Vous êtes la Pythie, oui ou non ? s'est-il exclamé d'une voix tonitruante. Remontez dans le temps et retrouvez-le avant qu'il disparaisse !

J'ai bien capté la cupidité reflétée par son énorme visage : je n'ai pas hésité une seconde.

— Je pourrais essayer, ai-je acquiescé. Mais le prix que vous m'offrez est bien trop bas. Vous n'avez rien d'autre à me proposer ?

Pritkin a bondi vers moi en poussant un cri outragé. Son visage était rouge betterave et j'avais peur que ses veines éclatent. Tomas a fait un pas en avant, mais c'est Marlowe qui a refermé son poing autour du cou de Pritkin, l'étouffant à moitié. J'avais à peine vu bouger le vamp. J'ai croisé le regard furieux et impuissant du mage. J'allais avoir une discussion avec Pritkin. J'allais tout lui expliquer. Mais ce n'était pas le moment.

Le roi regardait Pritkin comme s'il voulait l'ajouter à son menu du soir, mais je l'ai coupé dans ses pensées.

— Nous étions en train de marchander, majesté. Et le temps nous est compté.

J'ai gesticulé en direction du portail. Il était tout à fait bleu, désormais. Avec des nuances marine, canard, turquoise et nuit qui tournoyaient paresseusement, formant à sa surface des motifs chatoyants.

— Que voulez-vous ? s'est-il empressé de demander.

Après toutes ces années passées à assister aux petites magouilles de Tony, c'était presque trop facile.

— J'ai besoin de localiser un vampire, ai-je demandé. Il s'appelle Antonio. Mais il utilise peut-être un pseudonyme. D'après les rumeurs, il se trouverait quelque part en Faerie. En plus du golem, je veux connaître l'endroit exact où se trouve Antonio, et une aide de votre part pour le récupérer. (*Ainsi que les personnes se trouvant en sa compagnie*, ai-je ajouté en pensée.) Par ailleurs, je voudrais que vous donniez l'asile à Tomas. Ici, à votre cour. Aussi longtemps qu'il le voudra.

— En ce qui concerne la vie du golem et la demande d'asile, c'est assez simple. Pour le reste..., a-t-il commencé, hésitant. Je sais de quel vampire vous parlez, a-t-il fini par admettre. Mais il est difficile – et dangereux – de le débusquer.

— Il est tout aussi difficile et dangereux de trouver ce livre, ai-je fait remarquer.

Il s'est tâté, mais le bord de la spirale commençait à virer au violet. Il jouait contre la montre, et j'étais la seule personne capable de retrouver le livre qu'il convoitait tant.

— Marché conclu. Rapportez-moi ce livre et vous aurez votre vampire.

J'ai hoché la tête et m'apprêtais à avancer lorsque j'ai percuté Billy, qui reculait.

— Il… il faut que je réfléchisse, a-t-il bafouillé. Je vais prendre le prochain.

— C'est quoi ton problème ? ai-je demandé.

Son visage était livide et ses mains gesticulaient frénétiquement, formant des motifs dans le vide.

— Et si je perdais mon corps en arrivant là-bas ? Je viens à peine de le retrouver, Cassie !

— Mais je croyais que tu avais peur de ce qui t'arriverait si tu restais ici !

— Eh bien, maintenant, j'ai peur de ce qui m'arrivera si je repars. (Il avait l'air sincèrement terrifié.) Tu ne comprends pas ce qui pourrait se produire si on traverse ce truc !

— Billy ! On n'a pas le temps ! Tu as déjà traversé ce portail à l'aller.

— Ouais ! Et regarde ce que ça m'a fait ! Réfléchis, Cass' !

Je ne comprenais pas où il voulait en venir et je n'allais pas avoir le temps de jouer aux devinettes.

— Franchis ce portail, résidu ! a ordonné la pixie. Nous n'avons que faire d'êtres en ton genre, ici.

— C'est pas tes oignons, Barbie, l'a menacée Billy en la gratifiant d'un coup de chapeau.

Soudain, une silhouette floue est passée à toute vitesse devant nos yeux et s'est dirigée vers le portail. J'ai à peine eu le temps de reconnaître Françoise qu'elle avait déjà disparu, dans un éclair éblouissant. Le roi a émis un gémissement de rage.

— Ramenez-la ! a-t-il ordonné.

La pixie a dégainé sa petite épée. J'avais vu de quoi cette chose était capable, mais pas Billy. Il n'a même pas fait mine de l'éviter. Le tranchant de la lame l'a atteint à l'estomac, le soulevant en l'air et le propulsant en arrière. J'ai à peine vu ses yeux s'écarquiller de surprise qu'il avait également disparu. La pixie s'est jetée au beau milieu du portail, immédiatement après lui. Leurs deux corps ont produit des éclairs si proches qu'on les confondait presque.

J'ai fait volte-face. Pritkin était à genoux, Marlowe sur le dos. J'ai avancé d'un pas, prête à m'interposer, mais Pritkin a frappé le vamp à la tempe tout en lui décochant un violent coup dans les côtes de son coude libre. Marlowe l'a lâché et a titubé en arrière, en plein dans le vortex. Pritkin est resté un moment par terre, une main à sa gorge douloureuse, essayant de retrouver son souffle. D'après les chuintements haletants qui émanaient de sa gorge, l'étreinte de Marlowe s'était plus rapprochée d'une strangulation.

— Cassie. Il faut que tu y ailles, m'a encouragée Tomas. (Il s'est interrompu. Son visage reflétait un mélange de tendresse et de douleur.) Essaie de ne pas te faire tuer.

— Ouais. Pareil.

J'aurais préféré faire mes adieux correctement, mais je n'avais pas le temps. Je l'ai embrassé furtivement, j'ai pris mon élan et je me suis lancée dans le tourbillon coloré. À la dernière minute, Pritkin a plongé à côté de moi. J'ai vu un éclair de lumière, puis un autre, et les ténèbres se sont refermées sur moi.

Chapitre 13

J'ai repris conscience à cause du vacarme assourdissant qui retentissait dans mon crâne. J'ai compris trois choses en même temps. D'une : j'étais de retour au *Dante*. De deux : le vacarme provenait de deux immenses baffles en formes de gigantesques Tikis. De trois : même pour un mec mort, Elvis avait mauvaise mine. J'ai plissé les paupières. Kit Marlowe m'a fourré un verre dans la main.

— Essayez d'avoir l'air normale, a-t-il murmuré tandis qu'Elvis entonnait le refrain de *Jailhouse Rock*.

J'ai regardé autour de moi, hébétée, mais, avec ce grand type en train de se déhancher d'une façon qui se voulait sensuelle, j'avais du mal à me concentrer sur quoi que ce soit. La balle ayant récemment scalpé le chanteur décédé était sûrement du gros calibre : je n'étais pas certaine que la perruque de secours tiendrait bien longtemps. Pourtant, les filles occupées à lancer sur scène tout ce qui leur tombait sous la main – depuis le jeu de clés jusqu'aux petites culottes – n'avaient pas l'air de remarquer. L'amour doit vraiment être aveugle.

J'avais envie de demander ce qui se passait, mais la connexion entre mon cerveau et ma bouche avait l'air hors service. Je suis donc restée assise sur ma chaise, en me balançant légèrement. Comme la moitié de la salle, d'ailleurs. À cette différence près que les spectateurs imitaient inconsciemment la performance, tandis que moi, je me posais la question conceptuelle de savoir où se trouvait le haut et où se trouvait le bas. *Pourquoi est-ce que je me sens si mal ?* me suis-je demandé. Mais à peine avais-je pensé cela que mes souvenirs ont rejailli : le portail. Contrairement à la transition depuis la MAGIC, ce voyage-là avait été une vraie claque. C'était Tony tout craché de faire des économies de bouts de ficelle. À en juger par l'état de ma pauvre tête, j'étais sûre qu'il avait opté pour une fin de série : il n'avait pas imaginé utiliser lui-même ce portail. J'espérais que ça lui avait filé la migraine du siècle, tiens !

Marlowe a décroché un string bleu en dentelle de son oreille – une offrande au dieu du rock'n roll ayant raté la scène – et l'a jeté derrière son épaule.

— On a un souci, a-t-il dit, comme si c'était nécessaire.

J'ai haussé un sourcil. *Et sinon, quoi de neuf ?* Marlowe, muni d'un mélangeur de cocktail, titillait la tête rétrécie, de la taille d'un poing, qui trônait au milieu de la table. Le fait que l'horrible chose reposait au milieu de palmes vert sombre et de fleurs d'oiseaux de paradis orange ne la mettait pas en valeur. Au contraire. Elle a tourné vers le vamp un œil fripé, au faux air de raisin sec.

— Ça peut pas attendre ? C'est ma chanson préférée.

— Il me faut un autre verre, lui a répondu Marlowe, laconique. Sers-moi la même chose.

La tête a fermé les yeux mais ses lèvres ont continué à bouger.

— Qu'est-ce que... (Je me suis interrompue – j'avais l'impression que ma langue avait doublé de volume – avant de faire une seconde tentative.) Qu'est-ce qu'elle fait ?

— Elle communique avec le bar, a répondu Marlowe en observant les lieux du coin de l'œil.

— Je vais m'évanouir, l'ai-je informé. Maintenant.

Marlowe m'a réprimandée du regard.

— Vous ne ferez rien de la sorte. Le Cercle nous a cernés. Deux de leurs agents ont repéré les éclairs générés par notre retour. Et maintenant, tout le personnel qu'ils avaient laissé au casino se trouve ici même. Ils ont trop peur des défenses internes et de vos talents pour tenter quoi que ce soit avant de recevoir des renforts, mais ce n'est qu'un répit. Nous devons nous tenir prêts à partir.

— À partir où ? Je croyais qu'on était cernés.

— Casanova va provoquer une diversion. En attendant, on n'a qu'une chose à faire : rester assis. Et prendre un verre, a-t-il ajouté tandis que je tentais courageusement d'empêcher mes yeux de loucher. En général, l'alcool aide, dans ce genre de situations.

J'ai hoché la tête, mais ses mots ont moins captivé mon cerveau lobotomisé que la petite tête au centre de la table. Elle avait fini de passer commande et s'était mise à fredonner au rythme de la musique. Pour un bout de plastique, c'était quand même fort. J'imagine que les touristes normaux devaient croire qu'il y avait des micros cachés à l'intérieur de ces machins, pour relayer les commandes, mais je n'étais pas dupe. J'avais déjà vu ces artefacts.

On était attablés au Bar des Zombies du *Dante*, mieux connu sous le nom de Têtes d'Affiche, à cause de ses décorations morbides... qui se trouvaient également être ses attractions vedettes – malheureusement décédées. D'expérience, je savais que les têtes faisant office de centres de table étaient fausses. Mais pas comme l'entendaient les touristes. C'étaient des copies ensorcelées, conçues pour ressembler à la seule véritable tête de l'établissement, dont les restes disséqués pendaient derrière le comptoir, entre deux masques en bois. D'après les rumeurs, elle aurait appartenu à un flambeur ayant eu le malheur d'annuler un pari. Je l'avais entendue dire à un client : « Dans ce casino, il vaut mieux s'abstenir de demander des rallonges : c'est un coup à se faire raccourcir. »

La propriétaire du string bleu, une blonde plantureuse – à deux kilos d'un adjectif moins flatteur –, a ramassé son bien avec énervement tout en fusillant Marlowe du regard. Elle s'est postée devant la scène et s'est mise à agiter son bout de dentelle comme un mouchoir, mais Elvis avait les yeux trop vitreux pour remarquer quoi que ce soit. Son visage avait un teint de coulis moisi et sa perruque bleu corbeau avait glissé sur le côté, révélant la bande de chair blanc verdâtre s'étendant au-dessus de son oreille gauche. Fort heureusement, il a enchaîné sur *Love Me Tender*, qui nécessite beaucoup moins de rotations. Sa perruque allait peut-être tenir toute la nuit, finalement...

La tête s'est arrêtée de fredonner dès la fin de la chanson. Elle s'est tournée brusquement vers moi.

— Tu sais pourquoi les garous invitent toujours des comiques à leurs soirées ? a-t-elle demandé, badine. (Marlowe et moi, on l'a ignorée.) Pour mieux se poiler !

Un serveur zombie, vêtu d'une chemise hawaïenne contrastant avec sa peau grisâtre et d'un bermuda révélant des jambes rachitiques, était en train de se frayer un chemin vers nous, en slalomant entre les tables. Tout en le regardant s'approcher, je me suis rendu compte que j'avais déjà descendu le martini que Marlowe m'avait donné, par réflexe. Apparemment, l'alcool avait quelque peu remédié à mon mal de tête, mais la boisson n'avait fait qu'aggraver mon humeur. Il faut dire que j'avais des raisons : Tomas avait vu juste. Le *geis* était toujours là.

Cette exigence impérieuse et constante était de retour. Je la sentais. Ça ressemblait à une corde chatoyante, tendue à travers le désert. Entre la MAGIC et moi. J'ai essayé de renforcer mes boucliers, mais les fibres lumineuses passaient à travers. Cette fois, au moins, je ne souffrais plus le martyre. Soit je m'étais blindée en devenant la Pythie, soit le *geis* avait besoin d'un peu de temps pour s'adapter au surplus de pouvoir. En tout cas, je n'allais pas cracher sur ce petit sursis.

— Où sont les autres ? ai-je demandé.

Billy aurait pu nous être utile. En nous prévenant au moment où les renforts du Cercle se pointeraient, par exemple.

— Je n'ai vu ni la pixie, ni la fille. Mais le mage a traversé le portail juste derrière vous, a dit Marlowe en gardant un œil sur les six silhouettes venant de se déployer de chaque côté de l'entrée. (Elles portaient toutes de longs pardessus en cuir qui avaient l'air horriblement chauds, même avec la climatisation, et ressemblaient à s'y méprendre à celui de Pritkin. J'ai remarqué d'autres mages postés autour de la petite sortie latérale.) Je l'ai assommé et enfermé dans la remise.

— Ça ne le retiendra pas très longtemps.

— Si nous moisissons ici, Pritkin sera le cadet de nos soucis, Cassie.

Le serveur a posé un pichet de martini et un ramequin d'olives sur la table. Marlowe s'est emparé du pichet, me cantonnant à une noix de coco sculptée en forme de tête rétrécie remplie de piña colada. Une bouteille de rhum l'avait peut-être vaguement survolée, mais sans réussir à y faire tomber la moindre goutte. J'ai poussé un soupir et décidé de boire quand même.

La tête s'est remise à déblatérer.

— Allez ! Une petite devinette ! Pour un vampire, quel est le comble de l'amitié ? (Elle a marqué une pause de quelques secondes.) Avoir le cœur sur la main !

La blonde opulente, dont les efforts pour attirer l'attention d'Elvis étaient devenus de plus en plus hystériques, a décidé de tenter le tout pour le tout : elle s'est mise à escalader la scène. Malgré ses talons aiguilles, elle a réussi à s'approcher à moins de un mètre de son idole. Mais les vigiles du bar sont venus la cueillir, ni vu ni connu. Casanova, posté à côté de la scène, a évité l'esclandre en dépêchant un magnifique Latino. L'homme, très probablement possédé par un incube, a escorté la groupie à l'extérieur du bar en lui décochant un sourire prometteur : bientôt, elle aurait oublié sa lubie pour les stars décédées.

— Si c'est ce que Casanova appelle une diversion, il n'est pas à la hauteur de sa réputation.

— Ce n'était pas la diversion.

Marlowe avait l'air sûr de lui.

— Comment le savez-vous ?

— Parce que, si je ne m'abuse, la cavalerie vient de débarquer.

J'ai suivi son regard. Un terrifiant trio d'anciennes déesses grecques venait tout juste de faire irruption, les bras chargés de cadeaux. Elles n'étaient pas entrées par la porte principale, flanquée de mages – d'ailleurs, ils se sont sensiblement raidis à leur vue – mais par une porte dérobée, à côté du comptoir. Un des barmans, un type alléchant vêtu uniquement d'un casque colonial et d'un short kaki, s'est mis à renverser son Chivas sur le zinc à la vue de la triplette. Lorsqu'il s'est aperçu de sa maladresse, la bouteille était déjà à moitié vide.

— Ah, je vois. Vous n'êtes pas très bon public, a remarqué la tête. OK, OK. Alors... vous savez quel est le comble de l'amour pour un exorciste ? Devenir possessif ! Elle est pas marrante, celle-là ? Dites-moi qu'elle est pas marrante !

— Elle est pas marrante, a grondé Marlowe en dépliant sa serviette.

— Hé ! Attendez ! J'en ai des milliers d'autres ! Est-ce que vous connaissez celle du...

Dieu merci, les replis de la lourde serviette en coton lui ont coupé la chique. Un peu plus et je la balançais de l'autre côté de la pièce.

Dino s'est approchée de notre table, un sourire édenté aux lèvres.

— Joyeux 'niversaire ! a-t-elle dit en me regardant, rayonnante.

Je l'ai dévisagée, complètement éberluée. C'étaient les premiers mots que je l'entendais prononcer. Et elle était visiblement très fière. J'aurais été beaucoup plus admirative si elle n'avait pas enchaîné en posant sur la table, sans ménagement, un seau rempli d'entrailles sanguinolentes. Pile devant mon nez. J'ai regardé Marlowe, pétrifiée d'horreur.

— Ce ne sont pas des entrailles humaines, a-t-il dit en plissant le nez. Je crois qu'il s'agit de boyaux de vache.

Pemphrédo s'est délestée d'un bout de papier journal rempli de jetons du casino. Il n'y avait ni rouge ni bleu – ceux que j'utilise d'habitude. Il s'agissait essentiellement de jetons noirs avec, çà et là, quelques violets. À vue d'œil, il devait y avoir 4 000 dollars. J'ai fermé les yeux, désespérée. Exactement ce qui me fallait : la police humaine au train. Ényo ne voulait pas être en reste : elle a posé un immense gâteau à trois étages à côté des deux autres cadeaux. La pâtisserie était couverte d'une substance verte glutineuse. Je me suis dit que ça devait être un glaçage et j'ai décidé de ne pas lui demander pourquoi ça sentait le pesto.

Dino a vidé le reste de ma piña colada pour remplir ma noix de coco d'une bonne mesure de sang et d'intestins. Elle me l'a fourrée sous le nez et s'est exclamée, toujours aussi rayonnante.

— 'niversaire !

Je me suis efforcée de ne pas éclater d'un rire nerveux.

— Pourquoi elles font ça ? ai-je demandé à Marlowe, qui avait l'air presque aussi dégoûté que moi.

Les vamps ne boivent pas le sang des animaux. Ça ne leur fait absolument rien. Et beaucoup d'entre eux le trouvent proprement répugnant.

— Vous ne devinez pas ? Elles vous font une offrande. Dans les temps anciens, les sacrifices de ce genre étaient courants. À votre place, je leur saurais gré de ne pas vous avoir découpé de vierge à même la table. Mais peut-être ont-elles été incapables d'en dégotter une à Las Vegas ?

— Ah ! ah ! Et qu'est-ce que je suis censée faire avec…

Je n'ai pas eu le temps de finir ma phrase. Sans mon haut-le-cœur, je me serais aperçue que l'Elvis zombie avait arrêté de chanter au beau milieu d'une version mollassonne de *All Shook Up* et entrepris de descendre laborieusement de la scène.

Marlowe a bondi sur ses pieds.

— Nous devons nous débarrasser de ce seau !

J'ai regardé autour de nous. Les tables étaient bondées de touristes innocents.

— Comment ?

Après avoir écarté la poignée de vigiles qui s'était ruée sur lui, Elvis s'est précipité vers notre table. Ses yeux n'avaient plus rien de vitreux : ils brillaient de convoitise pour le seau rempli de sang. Un des videurs, plus musclé que malin, l'a pris par l'épaule pour essayer de le cravater, mais ça n'a rien donné. À part faire tomber la perruque pour de bon, révélant le sommet d'un cerveau à vif. Les sorciers vaudous de Casanova avaient sûrement eu un problème de planning après l'assaut : ils avaient dû bâcler les travaux de réfection. Pas très malin, comme stratégie commerciale…

Les spectateurs assis aux tables les plus proches ont complètement paniqué à la vue de ce zombie au visage grisâtre et à la mâchoire flasque, dont les yeux fous lançaient des éclairs et dont le cerveau sanguinolent gigotait. C'était la débandade. Seules quelques personnes ont poussé des hurlements, mais tout le monde s'est entendu pour envoyer promener sa chaise et marcher sur son voisin. Les autres clients, trop loin pour avoir une vue correcte des choses, se sont mis à applaudir, persuadés que ça faisait partie des animations de la soirée. Mais au moment où Elvis, qui venait d'ingurgiter son entrée, s'est mis à lorgner sur le plat principal, ils ont dû avoir quelques doutes…

— Cassie !

La voix de Billy était diffuse. Comme l'écho d'un écho. J'ai regardé autour de moi, mais avec ce tohu-bohu je n'ai pas réussi à le repérer.

Marlowe m'a tirée en arrière. Mais, comme je n'avais pas encore retrouvé l'équilibre, j'ai perdu pied. Je me suis retenue à la table, tandis que la main d'Elvis se refermait sur la poignée du seau. Dino a poussé un cri strident et tenté de lui arracher son offrande. Et ils se sont lancés dans une partie de tir à la corde. Des caillots de sang coagulé ont aspergé la magnifique robe que m'avait donnée Françoise. Par réflexe, j'ai attrapé une serviette en papier, et j'allais m'essuyer lorsqu'un vampire énervé m'a interrompue.

— Oubliez cela ! (Marlowe m'a secouée gentiment.) Il faut que nous sortions d'ici.

J'ai gesticulé en direction du raz de marée de mages commençant à déferler par la porte. Nous n'étions pas les seuls à avoir une cavalerie prête à dévaler la colline.

— Comment ? ai-je hurlé.

— Ne pouvez-vous pas nous téléporter ?

D'un seul coup, je me suis rendu compte que je n'avais plus aucune raison de ne pas utiliser mon pouvoir. Que je le veuille ou non, j'étais devenue la Pythie. J'ai opiné du chef, mais avant d'arriver à visualiser la rue, à l'extérieur du casino, j'ai entendu de nouveau la voix de Billy. Il avait l'air terrifié.

— Billy ! Reviens tout de suite !

— Qu'y a-t-il ? a demandé Marlowe.

— Silence ! (J'avais déjà du mal à entendre. Si en plus on me hurlait dans l'oreille... Billy avait encore dit quelque chose, mais je n'avais pas saisi.) Billy ! Est-ce que tu m'entends ?

— Ne te téléporte pas ! Je suis coincé !

— Il dit qu'il est coincé, ai-je annoncé à Marlowe au moment précis où la blonde a filé entre les doigts de son chaperon pour se ruer sur son idole.

Un garde l'a interceptée, mais, en essayant de se libérer, elle m'est rentrée dedans. J'ai perdu l'équilibre et je suis tombée par terre, juste à temps pour éviter une boule de feu en provenance d'un des mages. Le sort m'a frôlée en crépitant. Je l'avais échappé belle ! Le projectile a détruit le bar décoré de Tikis, non sans enflammer le pourpoint de Marlowe dans sa course. Le vamp a enlevé son habit en un clin d'œil et s'est mis à regarder frénétiquement autour de lui, à la recherche d'un endroit où s'en débarrasser. Étant donné qu'un feu magique brûle comme du phosphore, il n'avait pas trente-six solutions. Il a résolu son dilemme en faisant un retour à l'expéditeur, et le vêtement s'est aplati en grésillant contre les boucliers du mage.

Marlowe n'avait pas l'air blessé, mais il avait les crocs étirés et le regard hargneux.

— Ça ne va pas tarder à chauffer, Cassie. C'est le moment ou jamais de tirer notre révérence. Le fantôme pourra toujours nous rejoindre.

Billy avait dû entendre, parce qu'il s'est mis à déblatérer. Je n'ai compris qu'un mot sur deux, mais j'ai saisi l'idée générale.

— Billy ne veut pas qu'on se téléporte.

Marlowe avait l'air ahuri, mais il a dû comprendre, à mon expression, qu'il ne pourrait pas me convaincre.

— Soit. Ne bougez pas. Je vais tenter quelque chose, a-t-il dit sobrement, avant de s'évanouir dans un rai de couleurs.

Je me suis recroquevillée sous la table pour échapper à la foule en furie. À travers le plateau transparent, j'ai vu que la groupie blonde avait réussi, bon an mal an, à se frayer un chemin jusqu'à son idole. Son visage était radieux de dévotion. Soit elle était saoule, soit elle était strictement aveugle, au choix. Parce que franchement, l'objet de toutes ces attentions n'était pas ragoûtant. Mais il avait beau avoir les yeux luisants, le cerveau en compote et la bouche écumante, ça ne suffisait pas à lui faire entendre raison. Elle a fait un bond en avant pour le toucher. Pile au moment où Dino a fini par récupérer le seau en le tirant brusquement vers elle. Son geste avait été si violent que le contenu du seau s'est déversé sur la femme. Elle était trempée des pieds à la tête et elle avait ce qui ressemblait à un bout de foie coincé dans le décolleté.

Elle a hurlé. Elle n'aurait rien pu faire de pire : l'attention du zombie s'est immédiatement reportée sur elle. Ignorant Dino, qui lui criait dessus dans une langue inconnue tout en le martelant avec le seau vide, il a plongé sur la femme couverte de sang grumeleux.

Casanova essayait de faire évacuer la salle et d'éloigner de la zone de combat les norm' encore présents.

— Qui va se décider à appeler ces satanés marabouts ? l'ai-je entendu mugir tandis que trois vigiles se jetaient sur Elvis.

Ce dernier a atterri à un mètre à peine de ma table, plaquant la femme sur le sol sanglant. Je ne savais pas ce que fabriquaient les ouvriers vaudous qui le contrôlaient d'habitude, mais, s'ils ne se radinaient pas très vite, la blonde servirait de quatre-heures au King.

— Aidez-la ! ai-je hurlé aux Grées.

Ényo ne s'est pas fait prier. En un clin d'œil, elle a quitté le mode « vieille mamie » pour incarner son alter ego. Sa couverture de sang est censée être constituée des restes de chaque ennemi qu'elle a occis. Est-ce leur quantité ou leur qualité qui a tapé dans l'œil d'Elvis ? En tout cas, il s'est relevé, malgré les trois vigiles qui s'accrochaient à lui, et s'est dirigé en titubant vers sa nouvelle proie. Il n'a pas lâché la femme pour autant : il l'a simplement prise sous le bras.

Captant mon regard paniqué, Pemphrédo a récupéré la fille et l'a lancée à Dino, avant de sauter sur le dos du zombie. Lorsqu'elle s'est mise à tripoter l'intérieur de son crâne pour en extraire des poignées de cervelle sanguinolente, Elvis a émis un chuintement qui n'avait rien de musical. Ényo, qui restait à une distance respectable, entraînait la créature chancelante dans une course-poursuite entre les tables, tandis que sa sœur continuait sa lobotomie improvisée.

Marlowe a fait irruption derrière mon épaule. Il avait les cheveux en bataille et la culotte déchirée, mais il avait l'air indemne. J'ai agrippé sa chemise à deux mains.

— Dites-moi que vous avez un plan !

— Il y a une trappe sous la scène. Nous devons seulement nous assurer qu'aucun des mages ne nous verra la traverser.

Je ne pensais pas que ce serait un problème. Les zombies n'ont pas une technique de combat très au point, mais ils compensent par leur endurance. Au moment même où Marlowe disait ces mots, un mage a enfoncé toute la longueur de son bras dans le ventre d'un des serveurs. Le poing est ressorti de l'autre côté, mais ça n'a pas ralenti le mort-vivant. En revanche, Elvis s'est bêtement immobilisé à trois ou quatre tables de nous, soit victime d'un petit surmenage, soit trop diminué en termes de fonctions cognitives pour se rappeler ce qu'il faisait là. Ényo et Pemphrédo l'ont abandonné au profit des mages, laissant aux vigiles qui venaient de débarquer le soin de s'occuper du King.

Casanova a délaissé sa brigade d'intervention pour foncer vers nous.

— Qu'est-ce que vous attendez ? a-t-il crié d'une voix stridente, absolument pas sexy. Filez !

— Je vais vérifier l'issue de secours pour m'assurer que nous ne ferons pas de mauvaise rencontre, a dit Marlowe en s'évanouissant dans la foule.

Je m'apprêtais à lui emboîter le pas lorsqu'une vision d'horreur m'a stoppée net. Pritkin était posté devant le comptoir déliquescent. Le visage livide, il balayait la salle du regard. La culotte rouge vif de Marlowe a dû attirer son attention, parce qu'il s'est focalisé sur lui. Une seconde plus tard, ses yeux étaient sur moi.

La tuile...

Casanova a suivi mon regard. Il a émis quelques mots, plus fort cette fois, et m'a décoché un regard paniqué.

— Mircea m'a ordonné de t'aider, mais il y a des limites ! Enfermer le mage dans mon bureau le temps qu'il se remette, c'est une chose. Lui infliger de réelles blessures, c'est une autre histoire ! Je ne m'amuserais jamais à faire un truc pareil, quitte à finir un pieu dans le cœur !

Je l'ai dévisagé, ahurie.

— De quoi tu parles ?

Je n'ai jamais eu de réponse. Plusieurs mages ont réussi à percer les défenses zombies et se sont précipités droit sur nous. Casanova a fait signe à ses vigiles – des vampires, pour la plupart – de les intercepter. Il s'apprêtait à les rejoindre, mais je l'ai retenu par le bras.

— Quand as-tu parlé avec Mircea ?

— Il a appelé il y a quelques heures, juste après ton petit numéro, à la MAGIC. Il m'a demandé si je t'avais parlé récemment, et ce qu'on s'était raconté. Je lui ai tout dit. (À la vue de mon expression, la sienne s'est muée en une moue irritée.) Tu crois vraiment que je vais mentir ? Je sers peut-être deux maîtres, mais j'essaie de le faire correctement.

Sur cette remarque sibylline, il est parti, me laissant toute seule avec Pritkin sur les bras. J'ai estimé la distance qui me séparait de la scène : pas moyen d'y arriver à temps. Les quelques tables qui n'avaient pas encore pris feu étaient renversées, et certaines avaient commencé à se liquéfier sous l'action des sorts : le sol était jonché, çà et là, de rivières de verre fondu. Je n'allais pas y couper. Avertissement de Billy ou pas, j'allais devoir me téléporter. J'ai invoqué mon pouvoir, mais il était tout raplapla. C'était peut-être à cause du portail : ça m'avait ramolli le cerveau. Ou encore du visage de Pritkin, que je regardais se frayer un chemin à travers le chaos de la bataille. En tout cas, si mon niveau de concentration était aussi bas, j'étais mal barrée.

J'ai senti quelqu'un me tapoter l'épaule. J'ai fait volte-face et j'ai vu Dino, aux anges. Ses sœurs étaient toujours occupées à combattre les mages guerriers, ce qui les rendait visiblement euphoriques, mais elle avait décidé de ne pas me lâcher. Elle avait toujours le grappin sur la groupie à moitié folle, qu'elle a poussée sans ménagement vers moi.

— 'niversaire ! s'est-elle exclamée joyeusement.

Son précédent cadeau avait été massacré, mais elle avait l'air très contente d'avoir trouvé un ersatz.. J'ai secoué violemment la tête : je n'avais jamais commandé de sacrifice humain !

— Vous savez pourquoi les golems ne prennent jamais de vacances à la mer ? a demandé une voix étouffée, sous la serviette de Marlowe. Parce qu'ils ont peur de lézarder.

La fille, qui était tombée en vrac par terre, a eu la présence d'esprit de commencer à s'éloigner à quatre pattes. Dino, totalement exaspérée, a regardé son cadeau se débiner. C'était le moment d'inattention qu'attendait Pritkin. Il lui a sauté dessus et l'a envoyée valser la tête la première dans le tas de baffles renversés. Pendant une seconde, il m'a décoché un regard furibond, mais il n'est pas allé au bout de sa pensée. Il s'est retourné pour projeter une boule de feu sur les têtes de Tikis mugissantes. Les enceintes sculptées ont explosé, projetant sur la scène une grêle de bouts de bois enflammés et de pièces électroniques, criblant la surface polie de rainures disgracieuses. Très vite, les flammes ont transformé la partie de l'estrade soutenant les baffles en un véritable feu de joie, qui s'est propagé immédiatement au piano.

Je n'ai pas eu le temps de crier que la tête carbonisée de Dino émergeait déjà des flammes. Apparemment, elle n'avait pas souffert de la moindre brûlure. Elle avait juste l'air énervée. Une seconde plus tard, elle m'a donné un aperçu de la gamme de pouvoirs des Grées, en jetant un bête sort. Contrairement à ce que j'avais à moitié redouté, Dino n'a pas changé d'apparence. Elle n'a pas non plus forcé Pritkin à se tirer une balle dans la tête. Elle s'est contentée de braquer ses yeux aveugles sur lui et il s'est pétrifié, comme s'il venait de percuter un mur invisible. Il a lâché le pistolet qu'il venait à peine de lever – pour le braquer sur moi, probablement – et il est juste resté là, debout, à regarder la salle, complètement désemparé. Il n'avait pas l'air blessé : il ne savait tout simplement plus où il était, voire qui il était.

Le piano en flammes s'est affaissé derrière son dos, dans un fracas musical, mais il n'a même pas cillé.

Dino a éloigné les statues embrasées d'un coup de pied et s'est mise à traverser la salle d'un pas décidé pour me rejoindre. Un mage participant au combat le plus proche lui a décoché une boule de feu, mais elle la lui avait violemment renvoyée. Elle a tapoté l'épaule de Pritkin, et, lorsqu'il s'est retourné, elle l'a assommé. Maintenant que j'étais plus près, je voyais que les replis de peau couvrant ses orbites n'étaient pas si vides que ça. Ils renfermaient une brume d'un noir trouble, qui ne ressemblait en rien à des yeux mais donnait malgré tout l'impression qu'elle voyait.

— Très efficace, au cours d'une bataille, ai-je commenté, admirative. (Ça doit être compliqué de lancer un sort quand on a oublié comment faire. Et pourquoi on se bat. Dino était rose de plaisir.) Est-ce que ça va se dissiper ?

Elle a fait un haussement d'épaules évasif et m'a embrassé la joue, en répétant « 'niversaire », avant de rejoindre ses sœurs. Les mages avaient mis les zombies en miettes. Des membres de morts-vivants – encore animés – étaient éparpillés par terre autour de la porte. Les mages étaient donc passés aux vampires, et ils avaient l'air de ne pas trop mal se débrouiller. Mais quelque chose me disait que ça n'allait pas durer.

Je m'apprêtais à emboîter le pas à Marlowe lorsque Pritkin est brutalement revenu à lui. Mon regard est passé de ses yeux verts, qui brillaient d'une lueur glaciale, au pistolet qu'il venait de ramasser.

— Être un mage présente quelques avantages, a-t-il craché. Entre autres, le fait d'être immunisé contre les manipulations mentales.

J'ai décidé de ne pas essayer d'ouvrir le dialogue. J'ai pris les devants et lui ai décoché un coup de pied en plein dans le genou. Dans des circonstances normales, ça n'aurait fait que l'énerver, mais grâce à l'effet de surprise combiné à la rivière de sang et aux entrailles visqueuses tapissant le sol, il s'est étalé par terre. Il a glissé jusqu'à un tas de tables et l'a renversé, comme une boule de bowling percutant un jeu de quilles. Les plateaux en verre massif ont dégringolé partout. Certains se sont mis à rouler sur la tranche, mais la plupart se sont fracassés sur lui.

Les sorts orange fusaient de tous côtés, de plus en plus denses et rapides. Le dernier a explosé sur la scène, enflammant le dais de feuilles soyeuses. C'était la goutte d'eau qui faisait déborder le vase : toute la décoration en bambou s'est affaissée comme un jeu de mikado. J'ai échappé de justesse à l'éboulis en plongeant sous l'une des seules tables encore debout. J'ai eu peur que le plateau en verre cède, mais aucune des colonnes les plus massives ne l'a heurté, et les autres n'ont fait que l'effleurer.

Lorsque j'ai de nouveau levé les yeux, Pritkin avait disparu. Un instant, j'ai cru voir la robe vert vif de Françoise, près de l'entrée principale, mais elle s'est évanouie dans la fumée noire se propageant à l'intérieur du club en ruine. En revanche, j'ai aperçu avec certitude un autre visage familier.

— Billy !

La silhouette presque transparente d'un cow-boy venait d'apparaître près de la porte. Il m'a vue à peu près au même moment, et ses traits ont reflété un profond soulagement. Il s'est rué vers moi. Je m'apprêtais à lui demander ce qu'il avait fait, mais il s'est insinué en moi sans cérémonie. Je n'ai eu droit qu'à une espèce de charabia hystérique. Après avoir jeté un coup d'œil au champ de bataille, je l'ai immédiatement oublié.

Casanova a envoyé valser le mage avec lequel il s'empoignait. Le guerrier s'est emplâtré dans deux de ses collègues. Lorsque l'incube m'a vue, il a crié quelque chose. Avec tout ce raffut, je ne comprenais pas un traître mot, mais ce n'était pas vraiment nécessaire – la nature du problème était assez évidente : les Grées avaient tiré leur révérence.

J'ai rapidement passé en revue les derniers événements, et je me suis rendu compte que chacune des trois sœurs m'avait sauvé la vie. Ényo avait tenu à distance les mages, chez Casanova. Ensuite, Pemphrédo était venue à mon secours dans la cuisine. Et maintenant que Dino venait de s'interposer, le compte était bon : elles avaient payé leur dette. Je devais me débrouiller toute seule. Casanova hurlait de plus belle. Je ne pouvais toujours pas l'entendre, mais je n'ai eu aucune difficulté à lire « va-t'en ! » sur ses lèvres.

J'ai hoché la tête. Les Grées étaient sous ma responsabilité, mais elles devraient attendre leur tour. Je ne savais pas si ça posait encore problème que je me téléporte, mais je ne pouvais rien tirer de Billy. Je m'apprêtais à me dégager de sous la table lorsqu'une poigne de fer s'est refermée sur mon pied. D'une main, Pritkin essayait de s'extraire de la table en miettes ; de l'autre, il me retenait. *Et mince!*

— Cassie !

En entendant cette voix familière, j'ai brusquement tourné la tête et j'ai vu la touffe frisée de Marlowe émerger des vestiges de la scène. Je ne comprenais pas ce qu'il faisait encore ici. Il y avait des flammes partout, et les vampires sont à peu près aussi inflammables que de l'essence à briquet. Il m'a fait signe de me plaquer au sol et je me suis exécutée sans poser de question. J'ai jeté un coup d'œil derrière moi, juste à temps pour voir une main invisible soulever Pritkin du sol et le projeter contre le monceau de tables renversées. Marlowe m'a fait signe de le rejoindre, mais il n'en était pas question. Une pluie de soie verte enflammée tombait partout autour de la scène, générant un champ de mines magique. Ce feu était aussi dangereux pour moi que des flammes ordinaires pour un vamp. C'était trop risqué.

J'ai jeté un rapide coup d'œil autour de moi, mais je n'avais pas beaucoup d'options. Vu l'intensité des combats se déroulant derrière moi, je pouvais oublier la sortie principale ; la remise, c'était un cul-de-sac ; et maintenant qu'une boule de feu venait de s'abattre sur le rideau en bambou, la porte latérale n'était plus qu'un rideau de flammes : la moitié du mur était en train de brûler. Je n'avais pas le choix. J'ai fait la seule chose que je pouvais faire : j'ai invoqué mon pouvoir.

Cette fois, il est arrivé tout de suite : il a instantanément émané de mes doigts, comme si quelqu'un venait d'ouvrir une écluse. Ivre de soulagement, j'ai essayé de réfléchir : quelle était la meilleure destination ? C'est le moment qu'a choisi Pritkin pour émerger du tas de tables et me sauter dessus, les mains en avant. J'ai paniqué et je me suis téléportée sans aucun endroit en tête. Je ne pensais qu'à une chose : retrouver Myra. Je ne savais pas où cette pensée allait me projeter, mais ce serait toujours mieux qu'au *Dante*. Surtout maintenant que le casino faisait honneur à son nom.

Cette fois, l'atterrissage n'a rien eu de décoiffant. La scène d'apocalypse s'est peu à peu assombrie, jusqu'à disparaître complètement pour céder la place à une rue plongée dans l'obscurité. Au bout d'une minute, mes yeux se sont accommodés aux ténèbres, assez pour distinguer une immense bâtisse. Le Lyceum Theatre, d'après l'enseigne. Je n'avais aucune idée de l'heure qu'il était – la rue était déserte – mais ça pouvait être n'importe quand entre minuit et juste avant l'aurore.

— Je pensais bien que tu me suivrais, a dit Myra, derrière mon dos.

J'ai fait volte-face. Au son de sa voix suffisante et enfantine, ma main s'est levée instinctivement et deux dagues ont filé droit sur elle. Mais elle est restée debout, au milieu de la rue, imperturbable. Une fraction de seconde plus tard, j'ai compris pourquoi : mes armes sont revenues vers moi. Elles ne m'ont pas blessée, mais elles m'ont percutée avec une telle violence que j'ai culbuté en arrière et glissé sur le revêtement crasseux de la rue. Myra a tendu la main. Un bracelet étincelant, qui ressemblait fort au mien, pendait à son poignet fin. Mais tandis que le mien était constitué de petites dagues, le sien était fait de boucliers emboîtés les uns dans les autres.

— C'est un cadeau de mes nouveaux amis. Pour que le combat soit équitable.

Je me suis remise maladroitement debout.

— Depuis quand tu te soucies que le combat soit équitable ?

Elle a esquissé un sourire narquois.

— C'est vrai. (Elle m'a observée avec attention. Peu à peu, son visage a changé d'expression.) Alors, comme ça, tu t'es débrouillée pour accomplir le rituel ? Félicitations. Malheureusement, ton règne passera à la postérité comme le plus court de l'histoire.

Je l'ai dévisagée à mon tour. C'était la première fois que je la voyais sous forme solide. Logique : lors de notre dernière rencontre, j'avais attaqué son esprit. Mais ses yeux étaient toujours aussi effrayants.

— Je peux te poser une question ? ai-je demandé avec lassitude. Pourquoi toujours Londres ? Pourquoi 1889 ? Ça commence à devenir lassant.

— Parce que le Concile a eu lieu à Londres, cette année-là, a-t-elle répondu avec complaisance. Le Concile, c'est le rassemblement biennal du Sénat européen.

— Je sais !

— Oh, bien sûr. J'oublie tout le temps que tu as été élevée à la cour d'un vampire. Donc, tu dois sans doute être au courant que le Sénat se réunit à Paris, d'habitude. Mais, cette année-là, ils se sont rendus à Londres pour régler un petit problème. Ils pensaient que les crimes que les journaux attribuaient à Jack l'Éventreur étaient en réalité perpétrés par Dracula. Comme il s'était échappé de leur asile pour vampires peu avant le premier meurtre, ça paraissait plausible.

— En quoi ça me concerne ? Et qu'est-ce que ça a à voir avoir Mircea ?

Myra avait l'air excessivement contente d'elle.

— Tout ! Mircea et cette vampire envoyée en renfort par le Sénat nord-américain...

— Augusta.

— Exactement. Ils ont prouvé que ces crimes étaient l'œuvre d'un être humain, en capturant l'homme se faisant appeler Jack.

— Et Jack a été puni.

J'avais personnellement assisté à une partie de son châtiment. En direct.

— Oui. Mais apparemment, Jack a lancé sa vaste campagne d'homicides dans le seul but d'impressionner Dracula. Il rêvait de faire partie du casting de son prochain film. Donc le Sénat continue à incriminer Dracula.

— Et ils veulent sa mort.

— Enfin ! Tu commences à piger ! (Myra a applaudi, faussement admirative.) Mircea a réussi à convaincre le Consul européen de lui accorder quelques jours pour capturer son frère, avant la mise en œuvre de ces mesures drastiques. Mais ce n'est pas du goût de tout le monde. Apparemment, au cours des années, Dracula s'est fait quelques ennemis.

J'avais la désagréable impression d'avoir déjà entendu cette histoire. Et ça ne se finissait pas très bien pour Dracula. Quelques sénateurs rancuniers l'avaient lynché, à Londres, par une nuit brumeuse. Cette nuit-là.

— Ils vont le tuer.

Myra a éclaté de rire.

— Rectification : ils le tuent. Ça fait partie de cette trame temporelle. Celle que tu essaies si désespérément de protéger, Cassie. Mais cette fois, grâce au petit coup de main que je lui ai donné, Mircea a réussi à trouver Dracula avant eux. Et mon petit doigt me dit qu'ils n'hésiteront pas à se débarrasser de ton vampire chéri s'il se met en travers de leur vendetta.

Et c'est ce qu'il ferait. Pendant des années, Mircea avait intrigué pour que je devienne la Pythie, dans le seul but que je sauve son autre frère. Je ne pouvais pas l'imaginer fermer les yeux pendant qu'on massacrerait son cadet.

— C'est très simple, Cassie, a déclaré Myra, rayonnante. Tu veux ce job ? Pas de problème. Tu dois juste prouver que tu es meilleure que moi.

Sur ces mots, elle a disparu dans un éclair. À ce moment précis, on m'a plaquée par-derrière. Je suis de nouveau tombée sur le pavé, la tête la première cette fois. Mais ce n'est pas pour ça que j'ai crié. Le *geis* était encore là. Ça ne faisait pas un pli. Et il n'avait pas changé d'idée à propos de John Pritkin. À en juger par l'intensité de la douleur lancinante qui s'est propagée de son corps au mien, je pariais que le sortilège confondait colère et passion. Le mage était trop macho pour crier comme une petite fille, mais il m'a lâchée aussitôt.

Lorsque je me suis retournée, il était allongé sur le trottoir, complètement sonné. Sur le moment, il n'a fait aucune tentative pour se jeter de nouveau sur moi, mais ça ne m'a pas spécialement rassurée : il attendait probablement de se remettre, tout simplement. Lorsque je m'étais téléportée, il avait dû être assez proche pour se raccrocher au wagon. *Génial.*

— Je ne vous laisserai pas faire, a-t-il dit, pantelant. Qu'importe le prix à payer !

Soudain, j'étais très contente d'avoir un *geis* : Pritkin avait vraiment l'air d'avoir envie de me tuer. Cela dit, il avait beau être incapable de me toucher, je n'étais pas en sécurité pour autant : il pouvait toujours me tirer dessus, sans se faire mal. J'ai décidé de me débiner avant qu'il tire la même conclusion.

J'ai fracturé une des fenêtres du théâtre pour me faufiler à l'intérieur. Ce faisant, je me suis coupé la main, j'ai déchiré ma robe et j'ai failli me déboîter l'épaule. Les cambrioleurs ont remonté dans mon estime ! Heureusement, j'ai réussi à entrer avant que Pritkin se remette à mes trousses. Malheureusement, je n'ai pas réussi à entrer en silence.

— Tiens ! Mais qui voilà ? a susurré la voix d'Augusta à mon oreille.

Une seconde plus tard, mes pieds se sont soulevés de terre et j'ai percuté le mur. Une petite main aux veines bleues saillantes m'y a plaquée sans effort. De quelques chiquenaudes du poignet, elle a remis en place les plis parfaits de sa jupe en feutre bleue. Le long de l'ourlet, un galon noir formait un motif assorti aux attaches chinoises et à la broche en obsidienne ornant l'avant de la jupe.

— Jolie robe, ai-je craché.

— Merci. La tienne n'est pas mal non plus. (Elle m'a examinée de la tête aux pieds.) C'est un habit de Fae. En revanche, toi… (Elle a serré sa main autour de ma gorge. Ma vision a commencé à s'obscurcir.)… tu n'as rien de Faerique.

Je n'ai pas tergiversé : Augusta pouvait me tordre le cou avec moins d'effort qu'il m'en aurait fallu pour briser une brindille. Mais, à défaut de la combattre, je pouvais l'utiliser. Pritkin serait beaucoup moins dangereux avec Augusta dans mon camp.

Je n'aime pas posséder les gens. Sur le moment, ça me hérisse. Et après, je me sens sale. Pas surprenant : une possession, même pour la bonne cause, ça reste un viol. Je m'étais promis d'éviter d'y recourir, autant que possible. Mais c'était une question de vie ou de mort. Il n'y avait qu'un seul problème : en étais-je capable ?

J'avais déjà possédé un mage noir – qui m'avait expulsée au bout de cinq minutes –, mais avec l'aide de Billy Joe. C'était la première fois que je l'emmenais avec moi dans le temps. J'avais bêtement espéré qu'il me serait utile, mais je ne l'ai pas senti très coopératif. Il était tout dans un tas et n'arrêtait pas de bredouiller. Je pouvais oublier l'idée de lui demander de l'aide.

Mais mince ! Si Myra en était capable, moi aussi !

Heureusement, le niveau d'Augusta en talismans défensifs était rudimentaire. Elle pouvait peut-être ériger des boucliers à base de plusieurs éléments, mais ce n'était pas flagrant. Certes, ses protections étaient impressionnantes – des gigantesques plaques de métal rivées les unes aux autres comme une coque de croiseur – mais, en les regardant de près, on apercevait des endroits tellement grignotés par la rouille qu'ils en étaient presque transparents. C'est ce qui arrive lorsqu'on ne médite pas au moins une fois par jour pour en prendre soin. Si ses protections avaient été aussi puissantes qu'elles en avaient l'air, elle aurait pu m'éjecter avant que je prenne le dessus. Mais elles étaient dans un tel état que mes flammes les ont transpercées avec une étonnante facilité.

Soudain, tout était plus brillant, plus net et plus près qu'avant. Et je me suis retrouvée à scruter mes propres yeux terrifiés. J'ai mis une main devant ma bouche pour éviter que Billy Joe fasse un esclandre. Mauvaise idée : il est devenu complètement hystérique. J'ai dû me résoudre, en serrant les dents, à gifler mon propre visage. J'avais essayé d'y aller mollo, mais j'avais dû mal doser : les yeux de Billy se sont révulsés. Pendant une seconde, j'ai bien cru qu'il allait s'évanouir.

— C'est moi, ai-je sifflé.

Il a lentement hoché la tête et il a fini par faire fonctionner ses lèvres d'emprunt.

— Il me faut un verre, m'a-t-il déclaré en tremblant. Il me faut toute une satanée brasserie.

— Ça va ? (Il n'avait pas l'air d'aller. Mon visage était pâle comme un cachet d'aspirine et ma bouche tremblait.) Si tu te sens mal, dis-le-moi tout de suite.

Billy a éclaté de rire. Un rire teinté d'un brin d'ironie.

— Mal ? Ouais, on peut dire ça comme ça. Fantôme, humain, fantôme, humain… Tout baigne.

Je l'ai dévisagé avec anxiété.

— Je ne comprends pas…

— Y a rien à comprendre ! Je viens de mourir, c'est tout !

— Billy, ai-je murmuré. Ça fait une éternité que tu es mort !

— Ça fait une éternité que je suis mort, a répété Billy, cynique. Je suis mort *aujourd'hui*, Cassie, au cas où tu ne l'aurais pas remarqué ! Un *bis repetita* « avec les compliments de Faerie ». Oh, Seigneur…

Son visage s'est affaissé et il s'est avachi par terre, agité de convulsions. Je l'ai pris dans mes bras. Je comprenais enfin ce qui le mettait dans tous ses états. Lorsqu'on avait traversé le portail, on lui avait repris son nouveau corps. J'avais toujours su que ça arriverait tôt ou tard, mais je n'avais pas mesuré l'ampleur des conséquences. Il passait son temps à posséder des gens, moi y compris. Et ça n'avait jamais eu l'air de l'embêter de se retirer. Mais habiter son propre corps, ça devait être différent. Ce n'était pas une possession. C'était une résurrection. Et, lorsqu'il avait traversé le portail, il était mort une seconde fois. Je l'ai serré plus fort dans mes bras, oubliant la force du corps que je venais d'emprunter. Billy a émis un bêlement de protestation et je l'ai relâché.

— J'ai bien failli ne pas revenir, cette fois, Cass', a-t-il dit d'une voix fluette. Ce n'est pas systématique, tu sais ?

— Qu'est-ce qui n'est pas systématique ?

— Le fait de se transformer en fantôme. Il n'y a pas de statistiques là-dessus – ou en tout cas, s'il y en a, je ne suis pas au courant – mais c'est plutôt carrément rare ! Et j'ai failli… Je me suis perdu… Je n'étais plus là. Je n'étais plus là et je ne voyais plus rien. Tout ce que je sentais, c'était un truc qui me tirait, qui essayait de m'emmener à la dérive. Et la seule chose à laquelle je pouvais m'accrocher, c'était le son de ta voix. Quand tu t'es mise à parler de te téléporter, je me suis rendu compte…

Il s'est interrompu en poussant un soupir étranglé.

— Billy… Je suis désolée.

Cette remarque me semblait un peu décalée, mais que dire à quelqu'un qui vient de mourir pour la seconde fois ? Eugénie avait beau m'avoir donné une parfaite éducation, j'avoue que je séchais.

Il s'est accroché à moi. Je ne savais pas que mes bras étaient si musclés.

— Ne. Pars. Plus. Jamais.

J'ai acquiescé. Mais mon dilemme était à peine moins délicat que celui de Billy. Si je voulais éviter d'avoir un maître vampire très énervé au train, je ne pouvais pas quitter le corps d'Augusta. D'un autre côté, Billy avait beau être complètement traumatisé, avec Myra en cavale, je ne pouvais pas passer la nuit à m'occuper de lui.

Je m'apprêtais à me relever et à hisser Billy contre moi lorsque j'ai senti quelqu'un me tirer par les cheveux et me mettre un couteau sous la gorge. C'était agaçant. Les oreilles d'Augusta pouvaient entendre le bruit des rats trottinant à l'intérieur des murs, le cocher en bisbille avec un client éméché, à quelques rues de là, et même une fuite dans le toit. Je ne comprenais vraiment pas pourquoi je n'avais pas entendu qu'on s'approchait subrepticement de moi.

— Si vous faites le moindre geste, je vous tue, a déclaré Pritkin.

J'ai levé les yeux au ciel. *Évidemment.*

— Ils vous apprennent quoi, à l'école des mages ? lui ai-je demandé. Pour tuer une maître vamp, il faut lui enfoncer un pieu dans le cœur – en bois, pas en métal –, la décapiter entièrement, réduire son corps en cendres et les répandre sur un cours d'eau. Si vous lui coupez la gorge, ça va juste l'énerver.

Pritkin m'a ignorée.

— Vous devrez vous trouver une autre proie, cette nuit. Parce que la fille vient avec moi.

— Quelle fille ?

Billy était assis par terre, le dos contre le guichet, les genoux relevés. La robe était si lâche qu'elle le camouflait presque.

Il a levé les yeux vers moi et sa bouche a émis des paroles légèrement surréalistes.

— Il parle de moi, Cass'.

C'est à ce moment-là que j'ai compris.

— Je ne sais pas si le *geis* fonctionne quand je suis sous cette forme, ai-je dit à Pritkin, mais j'aimerais autant que vous me libériez avant qu'on en fasse l'expérience.

Il m'a lâchée si précipitamment que j'ai trébuché.

— Je ne vous laisserai pas faire ça, a-t-il affirmé en braquant sa carabine sur moi.

— Ça ne me tuera pas non plus, l'ai-je informé avant de lui arracher l'arme des mains pour la briser en deux. En revanche, ça risque de faire un trou disgracieux. (Pritkin a froncé les sourcils en considérant son fusil HS. Je l'entendais presque faire le point. J'ai décidé de lui donner un coup de pouce.) Écoutez. Que vous le vouliez ou non, que je le veuille ou non, c'est moi la Pythie, maintenant. Et pour votre information, j'ai peut-être fait des erreurs, mais je suis saine d'esprit. Franchement : on ne peut pas en dire autant de votre chère Myra.

Pritkin était hébété, et je devais reconnaître que sa surprise avait l'air sincère.

— De quoi parlez-vous ?

Je n'arrivais pas à croire qu'il essayait de faire l'innocent.

— Vous voulez que Myra devienne la Pythie. J'ai toujours su que c'était votre objectif, alors vous pouvez arrêter de faire semblant de débarquer.

— J'aimerais autant qu'aucune d'entre vous ne remplisse cette fonction. Dame Phemonoe devait être sénile pour envisager d'avoir affaire à l'une d'entre vous !

— Donc Marlowe avait raison ! Vous travaillez bel et bien pour le Cercle ! (Tout ce bazar au *Dante*, ça n'avait été qu'une mise en scène. J'ai secoué la tête, mi-incrédule, mi-admirative.)

Vous êtes malade ! Vous avez failli vous faire saigner à mort, tout ça pour que je vous fasse confiance ?

Pritkin a ratissé ses cheveux avec ses doigts, comme pour éviter de m'étrangler.

— Je ne travaille pas pour le Cercle, a-t-il articulé très lentement, comme s'il parlait à un enfant de quatre ans. Et je n'ai qu'un seul « objectif », comme vous dites.

Je l'ai scruté, méfiante.

— Et c'est quoi, cet objectif ?

— Faire en sorte que la personne occupant cette fonction soit dotée d'intelligence, de compétence et d'expérience ! a-t-il répliqué avec hargne. De toute évidence, Myra est folle. Et, d'après ce que j'ai vu en Faerie, je commence à douter de votre santé mentale.

— Et qu'avez-vous vu, exactement ?

Il a froncé les sourcils.

— Vous vous êtes engagée auprès du roi des Faes à retrouver le *Codex*.

— Et alors ? Vous l'avez dit vous-même : la plupart des contre-sorts ont déjà été découverts.

— Mais pas tous.

— Et alors ? Il y a un sortilège mystérieux que vous ne voulez pas qu'on retrouve ? (Je n'ai eu droit qu'à un silence buté. J'ai soupiré.) Laissez-moi deviner : vous n'avez pas le droit d'en parler.

— Vous n'avez pas besoin de le savoir. Vous ne donnerez pas ce livre au roi. Nous trouverons un autre moyen de vous mener jusqu'à votre vampire.

— Ouais, c'est ça. Parce que, la dernière fois, on s'en est tirés comme des chefs. (Notre bref séjour m'avait au moins appris une chose : sans l'aide des Faes, je ne survivrais jamais assez longtemps dans cet enfer appelé communément « Faerie » pour retrouver Tony. Et je n'avais qu'un seul moyen d'obtenir cette aide. Je me suis résolue à essayer de raisonner ce malade :

la seule solution, c'était la force, et avec le pouvoir d'Augusta je redoutais le pire.) Vous ne trouvez pas que c'est quand même un peu disproportionné d'essayer de me tuer pour m'empêcher de trouver un bouquin ?

Pritkin avait l'air écœuré.

— Si j'avais voulu vous éliminer, vous seriez déjà morte, a-t-il répliqué, blasé. Je souhaite simplement vous faire entendre raison. Ce livre est dangereux. Il ne doit jamais être retrouvé !

— Eh bien il le sera quand même. Je n'ai pas le choix. (Les yeux de Pritkin, d'ordinaire vert clair, étaient presque émeraude de rage.) Mais si vous m'aidez, ai-je aussitôt ajouté, je vous laisserai y jeter un petit coup d'œil d'abord. Comme ça, vous pourrez enlever tout ce qui vous semblera dangereux et me filer le contre-sort du *geis* avant qu'on refourgue le reste au roi.

Il m'a dévisagée comme si je parlais martien.

— Vous ne comprenez vraiment pas ce que vous avez fait ? Vous avez donné votre parole aux Faes. Ils vont vous tenir responsable.

— Je leur ai dit que j'allais leur donner le livre. On n'a jamais parlé du contenu.

— Et vous croyez vraiment que cet argument spécieux vous tirera d'affaire ?

— Ben ouais. (Je me suis vraiment demandé dans quel monde vivait Pritkin : ce n'était clairement pas le monde surnaturel.) Tout ce qui n'est pas explicitement formulé dans le contrat est sujet à interprétation. Si le roi n'avait pas envie que je dépouille son bouquin, il n'avait qu'à me le dire.

Pritkin m'a considérée pendant une longue minute.

— L'une des fonctions des mages guerriers est de protéger la Pythie à tout prix, a-t-il fini par lâcher. Mac croyait en vous. Sinon, il n'aurait pas donné sa vie pour sauver la vôtre. Mais vous avez été élevée par un vampire, un être sans aucun scrupule d'ordre moral. Et vous n'avez reçu aucune formation.

Pourquoi devrais-je me battre pour vous ? Quelle sorte de Pythie ferez-vous ?

Ça, c'était une bonne question. Je me posais la même. J'avais endossé le pouvoir dans l'espoir de briser le *geis*, et pour vaincre Myra. Jusque-là, je n'avais atteint aucun de ces objectifs. Pour être honnête, je ne savais pas quelle sorte de Pythie je ferais. Mais il y avait une chose qui ne faisait aucun doute.

— Je ferai une meilleure Pythie que Myra.

— J'ai donc le choix entre la peste et le choléra. Vous ne plaidez guère en faveur de votre cause.

— Je n'essaie pas de plaider en faveur de ma cause, ai-je rétorqué, sincère. (Certes, j'avais besoin de Pritkin : je n'avais aucune connaissance en histoire de la magie, et aucune idée de la façon de m'y prendre pour chercher ce bouquin. Mais je ne me sentais pas capable d'avoir un autre Mac sur la conscience.) Si j'étais vous, je me tiendrais à carreau le temps que je règle mes affaires toute seule comme une grande. Avec un peu de chance, Myra et moi, on va s'entre-tuer.

— Et pourquoi ne vous tuerais-je pas simplement toutes les deux, dans l'espoir que la prochaine soit meilleure ?

Billy a écarquillé les yeux, me rappelant que, si j'étais relativement en sécurité dans le corps d'Augusta, il était toujours vulnérable dans le mien. Je me suis postée devant lui.

— Il n'y a personne d'autre sur la liste, lui ai-je dit sèchement. S'il y avait un autre hôte capable de faire du bon boulot, ça ferait longtemps que je lui aurais refilé ce satané pouvoir ! Mais toutes les initiées sont sous la coupe de votre Cercle, qui ne m'inspire pas plus confiance que les mages noirs. Je ne vais pas transmettre un pouvoir instable à quelqu'un susceptible de se faire manipuler, contrôler et corrompre !

Pritkin m'a regardée en plissant les paupières.

— Donc, s'il existait un hôte opportun, vous seriez prête à abandonner votre pouvoir ? Comme ça ? Vous croyez vraiment que je vais vous croire ? Vous nous avez entraînés en Faerie pour accomplir le rituel : bien sûr que vous y tenez !

— Je ne vous ai entraînés nulle part ! Vous vous êtes portés volontaires !

— Pour retrouver la renégate !

J'ai pris une grande bouffée d'air. Augusta n'en avait pas besoin, mais moi si.

— Si je suis allée en Faerie, c'était pour mettre la main sur Myra avant qu'elle me tombe dessus. On a récupéré Tomas tout à fait par hasard et, si j'ai accompli le rituel, c'était uniquement pour essayer de rester en vie.

— Vous avez dit à Mac que vous étiez à la recherche de votre père.

— C'est vrai. C'est Tony qui le détient. Et je veux le retrouver. Mais mon objectif principal a toujours été Myra. J'ai de bonnes raisons de croire qu'elle est avec Tony. (J'espérais bien faire d'une pierre deux coups, mais je n'étais pas dupe : ma vie n'avait jamais été si simple.) Maintenant, elle est ici, et elle essaie de tuer Mircea. Si elle y parvient, il ne sera plus là pour me protéger pendant mon enfance, et je ne pense pas que je survivrai assez longtemps pour vous causer le moindre souci. Ni à vous ni à personne d'autre. Si vous voulez vous débarrassez de moi, c'est le moment où jamais.

— Pourquoi me dites-vous ça ? Je pourrais aussi bien aider Myra à vous détruire, vous et votre vampire.

— Je sais.

Et, très franchement, ça ne m'aurait pas étonnée. Je misais beaucoup sur la confiance que Mac avait en son pote. Elle n'était peut-être pas justifiée, mais ce n'était pas vraiment un pari : je n'avais pas le choix. J'avais Myra et la moitié du Sénat européen à mes trousses. Et mon seul allié, c'était un fantôme traumatisé dans un corps on ne peut plus vulnérable. Alors, à ce stade, un ennemi de plus ou de moins…

Pritkin m'a décoché un de ses fameux regards qui tuent maison.

— Croyez-vous vraiment pouvoir lutter seule contre le Sénat et Myra ?

Il avait donc entendu ma petite conversation avec Myra. J'ai haussé les épaules.

— Probablement pas. Auquel cas, votre problème est résolu. (J'ai baissé les yeux sur Billy.) Est-ce que tu peux rester seul un petit moment ?

Il a haussé les épaules.

— Pas de souci ! Au pire, je meurs deux ou trois fois. À force, je vais m'y faire.

— Je viens avec vous, a déclaré Pritkin.

— Vous optez pour le choléra ?

— Pour le moment.

Ce n'était pas vraiment un soutien indéfectible, mais ça ferait l'affaire.

— OK. Je vous embauche.

Chapitre 14

Même avec les yeux d'Augusta, la rue était obscure. Mais j'ai découvert d'autres façons de voir. Tout autour de l'artère, il y avait des gens : tapis dans la nuit, chez eux, trottinant sur les pavés, massés dans des pubs. La plupart n'étaient que des ombres informes en vêtements noirs, à peine visibles dans la pénombre, mais tous étaient dotés de battements de cœur. Et ces milliers d'organes, vivants, vibrants, m'hypnotisaient comme un chant de sirène. Derrière cette marée humaine, je distinguais des présences plus sombres. Elles n'étaient qu'à quelques rues en retrait, mais la sensation de leur pouvoir couvrait ma peau de frissons… Les vampires.

J'ai reculé pour ne pas voir le visage d'Augusta se refléter dans la vitre noire.

— Il y a plein de vamps dans le secteur, ai-je informé Pritkin. Une bonne vingtaine, je dirais.

J'avais réussi à prononcer ces mots sans que ma voix s'étrangle, mais mes mains avaient commencé à devenir moites. Même da0ns le corps d'Augusta, je ne faisais pas le poids. Et, malgré tous ses gadgets, Pritkin n'irait pas bien loin non plus.

— Ils seront là dans combien de temps ? a-t-il demandé d'une voix bien trop posée pour mes nerfs en compote.

— Qu'est-ce que ça change ? (J'ai dû me faire violence pour ne pas crier.) Il faut qu'on trouve Mircea et qu'on se cache en vitesse. C'est la seule chose sensée à faire.

Pritkin a franchi la sortie des artistes et descendu l'escalier. Je lui ai emboîté le pas et nous sommes retournés devant le bâtiment. Le mage s'est arrêté net et s'est mis à examiner la ruelle couverte de givre.

— Faites-moi plaisir : répondez juste à ma question.

— Au cas où vous auriez oublié, le Sénat n'est pas notre seul souci, ai-je rétorqué, assez bas pour éviter que les vamps vadrouillant dans le coin m'entendent. Je ne peux pas laisser Myra filer.

— Vous n'allez rien faire de la sorte. Vous vous occuperez de la renégate, et moi du Sénat.

— Vous vous occuperez du Sénat ? (J'avais posé la main sur un réverbère. En l'enlevant, je me suis aperçue que mes doigts s'étaient profondément enfoncés dans le métal. Je les ai retirés méticuleusement et j'ai adossé le lampadaire brimbalant contre un mur, pour l'empêcher de tomber sur la rue. Il fallait éviter de s'énerver, dans un corps de vampire.) Un cadavre, c'est assez moyen, comme partenaire ! ai-je lancé avec sincérité. Certains de ces vamps sont les membres du Sénat eux-mêmes. Je doute que vous arriviez à les ralentir. Il faut qu'on se cache.

— Ils peuvent nous pister à l'odeur. Se cacher n'est pas une solution envisageable.

— Parce que le suicide, c'en est une, peut-être ?

Je m'apprêtais à développer, mais on m'a attrapée par-derrière. Décidément… L'espace d'une fraction de seconde, j'ai cru qu'il s'agissait d'un vamp, mais j'ai senti un battement de cœur contre mon dos, et l'odeur d'un homme mal lavé empestant la bière. Je me suis dégagée, mais l'homme m'a suivie. Je l'ai vaguement poussé, sans faire le moindre effort, et il a valdingué jusqu'au trottoir d'en face, s'emplâtrant dans l'épaisse vitre d'un pub. J'ai vu distinctement la stupéfaction figer ses traits et les bris de verre transpercer sa peau. J'ai même vu son sang gicler.

Son acolyte, que je n'avais pas remarqué, s'est jeté sur moi en mugissant de rage et en brandissant le poing. J'ai esquivé et l'ai immobilisé en plaçant mon bras sur sa gorge, l'empêchant de respirer. C'était ridiculement simple. J'avais l'impression que les os de sa nuque épaisse d'ouvrier étaient aussi friables que ceux d'un oisillon. Je n'avais aucune difficulté à le tenir, mais toutes les peines du monde à éviter de lui casser quelque chose par mégarde.

Je n'avais jamais considéré les êtres humains comme étant fragiles. Surtout pas les hommes, dont la plupart me dépassent de trois têtes. Mais, d'un seul coup, j'ai compris les efforts que devaient faire les vamps pour ne pas laisser un sillage de cadavres derrière eux. L'homme était en train de se débattre violemment, mais j'avais l'impression de tenir un papillon délicat par les ailes, en faisant mon possible pour ne pas le mettre en lambeaux. Pour lui couper le souffle, je devais faire bien attention de ne pratiquer qu'une légère pression. Sinon, je risquais de pulvériser la trachée et de voir ce gros balèze s'effriter sous mes doigts comme du vulgaire papier.

Au bout d'un moment, il a perdu connaissance et je l'ai allongé par terre pour prendre son pouls. Lorsque je l'ai senti, j'ai poussé un soupir de soulagement.

— Apparemment, vous vous débrouillez très bien toute seule, a fait remarquer Pritkin.

— Contre des humains ! Ce ne sont pas des humains qui nous traquent !

— Non. Mais c'est le même principe. Quand ils vous ont aperçue, ces deux hommes n'ont vu en vous qu'une faible femme, alors qu'ils auraient dû vous considérer comme un prédateur. (Il m'a décoché un petit sourire sans joie.) Je dispose souvent du même avantage.

— Il n'y a pas de prédateur qui tienne ! Vous ne pouvez pas vous les faire tous !

— C'est le même principe, a-t-il répété. (Il a déraciné le lampadaire que j'avais malmené, et l'a enraciné de nouveau, violemment. La conduite souterraine a cédé et le gaz s'est enflammé subitement, projetant vers le ciel un panache de vive lumière. La terreur instinctive d'Augusta m'a traversée de part en part, et j'ai bondi en arrière. En revanche, un vamp que je n'avais pas vu a pris feu et s'est précipité sur un autre en hurlant. Pritkin a esquissé un sourire cruel.) Il suffit de les surprendre.

Il s'est lancé à la poursuite des deux vampires qui s'enfuyaient dans la rue en poussant des cris et en faisant le plus de raffut possible. Immédiatement, toutes les silhouettes sombres que je percevais se sont déplacées dans sa direction. Les vamps ne savaient pas ce qui se passait, mais ils cherchaient la bagarre, et Pritkin avait l'air tout disposé à les satisfaire. Et dire qu'il me trouvait folle…

Je suis retournée à toute vitesse à l'intérieur du théâtre. Billy était recroquevillé derrière le guichet. Je lui ai fait un signe de tête approbateur. Il ne pouvait être en sécurité nulle part, mais c'était toujours mieux que de le savoir en ma compagnie. Ou avec les fous furieux qui se baladaient dehors.

J'ai focalisé toute mon attention sur Myra. Je devais la retrouver. Parmi les trois personnes présentes dans le bâtiment, il n'y avait qu'un être humain, dont j'entendais le cœur battre vigoureusement, régulièrement. Je le sentais dans ma gorge, comme une substance épaisse et sucrée. Les deux vamps ne s'embarrassaient pas de bagatelles aussi triviales qu'un pouls, mais je les sentais quand même. Malgré la distance, l'odorat affûté d'Augusta détectait la vive odeur de pin de Mircea.

J'ai suivi le chemin que m'indiquait l'appétit d'Augusta, m'efforçant de localiser Myra le plus précisément possible. Mais la piste m'a entraînée derrière la scène : un véritable dédale de pièces exiguës et de culs-de-sac, encombré d'accessoires entreposés à la diable. Après m'être extraite laborieusement d'une forêt d'arbres peints, je me suis retrouvée dans les coulisses. Le théâtre était plongé dans l'obscurité. Un œil humain n'aurait pas vu grand-chose. Je distinguais à peine quelques accessoires – un coffre, deux ou trois drapeaux et quelques lances émoussées – attendant la prochaine représentation. Mais il n'y avait aucun signe d'activité, et le battement de cœur se trouvait encore à une distance respectable.

J'ai fini par localiser ma proie. Elle était dans une pièce située au-dessus de la scène, au bout d'un couloir plein de poussière et de vieilles armures. J'ai gardé les chevaliers cabossés à l'œil tout en leur passant devant, mais aucun n'a bronché. J'ai traversé une première pièce aménagée de façon à ressembler à une salle à manger. À l'intérieur trônait une immense table en chêne empestant la cire d'abeille. Elle faisait écho au lambris des murs et aux poutres du plafond. Çà et là, on avait accroché des portraits, et il y avait une grande cheminée en pierre. Très gothique. Le décor parfait pour une bande de vamps. Mais il n'y en avait aucun.

D'après les braises ardentes de l'âtre et la carafe posée sur la table, assortie de deux verres sales, ça ne faisait pas longtemps qu'ils étaient partis. J'ai jeté un coup d'œil à la pièce attenante, intriguée par l'odeur qui s'en dégageait. J'avais bien trouvé l'être humain, mais ce n'était pas Myra.

Un grand type replet aux cheveux noirs et à la barbe bizarrement rousse était assis au bar. Sa chemise était ouverte sur un ventre blafard et poilu. Il tenait une bougie. J'ai identifié la nature de l'odeur : de la chair humaine grillée. Apparemment, il essayait de se calciner le torse et le ventre, qui étaient déjà rouge homard. Des cloques commençaient même à apparaître par endroits, là où ses mains s'étaient attardées. Il pleurait en silence – des larmes sillonnaient ses joues et trempaient sa barbe – mais ne s'arrêtait pas.

Je me suis précipitée sur lui et j'ai renversé la bougie par terre. Elle a roulé un moment, et s'est éteinte. Il l'a regardée, éberlué, avant d'en prendre une autre sur l'étagère derrière lui. Il a fait mine de l'allumer, mais je la lui ai arrachée des mains. J'ai essayé de croiser son regard. En vain : il avait les yeux vides. Il était sous hypnose. Une hypnose particulièrement intense. Je l'ai giflé, mais ça n'a pas eu l'air d'arranger les choses. J'ai essayé de captiver son attention, mais sa concentration était trop limitée : impossible de garder le contact. Les vampires ont toutes les peines du monde à hypnotiser les personnes complètement saoules, droguées ou folles, parce que leur esprit ne fonctionne pas correctement. De toute évidence, c'est également le cas des gens déjà sous hypnose.

J'ai fini par jeter ses bougies et ses allumettes dans le seau à ordure. Comme je l'empêchais de les récupérer, il a fini par remarquer ma présence et reprendre conscience, très vaguement. Juste assez pour me voir et ressentir la douleur. Comme son esprit était encore tout embrumé, cette dernière n'était pas encore insupportable, mais ça n'allait pas tarder.

— Où est Myra ? ai-je demandé. (Il m'a dévisagée comme s'il avait du mal à se souvenir qu'il parlait anglais.) Avez-vous vu une fille plus petite que moi, avec des yeux bizarres, qui…

— Le maître se bat en duel contre le seigneur Mircea, a-t-il rétorqué avec tristesse.

J'ai essayé de répéter ma question, mais il s'est contenté de me dévisager avec stupéfaction. Il n'avait qu'une seule pensée en tête, et ce n'était pas Myra.

— Où se déroule ce duel ?

Après tout, inutile de retrouver Myra : si je repérais Mircea, c'est elle qui me tomberait dessus.

— Sur scène.

— J'en viens. C'est vide.

— Ils sont allés dans les quartiers de Mircea chercher les armes.

La douleur a déformé ses traits, moins à cause des brûlures qu'à cause du danger que courait son maître. Je n'avais jamais rencontré le plus jeune frère de Mircea, et je n'étais pas très enthousiaste à cette idée. Mais, ce qui me tracassait, c'était surtout ce duel. Ils avaient la moitié du Sénat aux trousses et ils prenaient le temps de s'affronter ?

— Pourquoi se battent-ils ?

— Si mon maître gagne, il sera libre. Son frère lui en a fait la promesse. Mais si Mircea l'emporte, mon maître restera captif. Pour l'éternité, probablement.

Le gros type s'est mis à sangloter comme un beau diable. J'ai soupiré. J'aurais dû m'en douter. Bien sûr que Dracula ne voudrait jamais retourner en prison ! Ou plutôt, dans cet hospice où le Sénat envoyait les vamps tarés. Mais, pendant qu'il combattait Mircea, Myra et ses nouveaux potes trancheraient le débat en les tuant tous les deux.

J'ai incliné son visage épais vers moi.

— Pourquoi vous brûlez-vous ?

— Le seigneur Dracula me l'a ordonné. C'est ma faute si le seigneur Mircea a retrouvé sa trace. Il est venu ici il y a une heure. Je ne voulais rien lui dire, mais il m'a soutiré tout ce que je savais.

— Mircea peut s'avérer très persuasif.

— J'ai été faible. Mon maître a fait preuve d'une grande générosité en ne mettant pas fin à mes jours.

Ses yeux brillaient d'une telle dévotion que je n'ai pas essayé de le convaincre que son idole n'était en réalité qu'un monstre.

— Comment vous appelez-vous ?

— Abraham Stoker, madame. Je dirige ce théâtre.

J'ai d'abord cru avoir mal compris. Mais c'était bien ça. OK. Ça expliquait beaucoup de choses.

— Il doit être tard. Rentrez chez vous et faites soigner vos blessures. Si on vous pose des questions, vous n'avez qu'à répondre que vous êtes allé faire un tour en cuisine et que vous avez renversé de la sauce sur vous.

Il a hoché la tête mais il avait l'air partagé. J'ai donc augmenté l'intensité hypnotique d'Augusta. Ça m'a demandé beaucoup d'énergie. Sans compter que j'ai dû résister à la tentation de l'attirer à moi histoire de le grignoter. Occuper le corps d'un vampire présente certains inconvénients…

Stoker a fait mine de partir, mais il s'est arrêté net, à mi-chemin de la sortie. Le corps toujours face à la porte, il a pivoté la tête vers moi. Un centimètre de plus et il se brisait la nuque.

— Dites-moi. Quel type d'esprit êtes-vous, pour posséder si facilement un maître vampire ?

— Je vous ai dit de rentrer chez vous ! ai-je répliqué en le dévisageant avec méfiance.

Il avait une voix bizarre. Plus grave et plus assurée.

— Mais moi, je lui ai demandé de rester. Nous voyons bien qui est le plus fort, à ce petit jeu. N'est-ce pas ?

J'avais un pressentiment. Mon ventre s'est serré.

— Qui êtes-vous ?

— « Je suis un homme, mon suzerain, que les coups avilissants et les rebuffades du monde ont tellement exaspéré que je ferais n'importe quoi pour braver le monde [1]. »

J'ai cligné des yeux.

— Quoi ? (Il a éclaté d'un rire profond et séduisant. Aucun doute : il ne provenait pas du type que j'avais surpris en train de sangloter sur ses bougies.) M'avez-vous oublié si vite ? Nous nous sommes rencontrés la nuit dernière.

— La nuit dernière ? (Je n'ai pas compris tout de suite.) C'était vous, l'esprit du bal ?

— Je vous en prie, très chère. L'incube. (J'ai tressailli de surprise. C'était donc ça ? J'avais vu des tonnes d'incubes, mais jamais hors de leur hôte.) Puis-je me permettre de vous

---

1. *Macbeth*, William Shakespeare. Acte III – Scène 1. Traduction de François-Victor Hugo. (*NdT*)

demander, puisque nous nous connaissons bien, la raison de votre présence ?

— Vous d'abord.

Il a soupiré.

— Je préférerais ne pas utiliser ce corps plus longtemps que nécessaire. Il est dans un état de grande souffrance. C'est le maître tout craché de contrecarrer mes plans sans connaître leur nature.

— Quels plans ?

Le simple fait de regarder son cou me faisait mal. Je me suis approchée de Stoker pour éviter que sa nuque se torde dans cet angle improbable.

— C'est précisément ce dont on doit discuter.

— Écoutez. Je n'ai vraiment pas le temps de bavarder ! (J'ai essayé de le contourner, mais son corps massif me bloquait l'accès à la porte.) Laissez-moi passer.

J'aurais pu le pousser, bien entendu – même si elle ne venait pas de se nourrir, Augusta était plus forte qu'un être humain – mais je ne voulais pas faire de mal à Stoker. Il avait eu son quota de souffrance pour la nuit.

— Je ne crois pas, non. Si mes souvenirs sont bons, je vous ai fait une faveur, lors de notre dernière entrevue. Et j'attends que vous me rendiez la pareille.

— Comment ?

Je n'aimais pas le tour que prenait cette conversation.

— J'ai besoin d'un corps pour la soirée. Et celui-ci est inutilisable. Il va s'effondrer d'un instant à l'autre. J'ai besoin d'un corps vigoureux. Le vôtre ferait parfaitement l'affaire.

J'ai fait un pas en arrière.

— Vous ne pouvez pas posséder les vampires !

— Non. Mais vous pouvez me voir sous forme astrale, comme vous l'avez prouvé la nuit dernière. Très bien. Je vais vous donner mes instructions et vous allez les suivre. De cette façon, nous laisserons ce pauvre hère regagner son lit douillet et son épouse acariâtre.

— Je n'ai pas le temps de vous aider. J'ai du boulot.

Il m'a décoché un sourire amical.

— Oui. Vous voulez aider le seigneur Mircea à emprisonner son frère et à protéger encore une fois l'Europe de ses terribles exactions, n'est-ce pas ? (Devant mes yeux ébahis, il a éclaté de rire. J'ai frissonné de plus belle.) Je vous ai vue en compagnie de Mircea, au bal. Et je sens sa marque sur vous.

Il s'est interrompu. Nous avons tous les deux entendu la même chose : un cliquetis métallique. Le bruit ne venait pas de très loin. Il ne manquait plus que Dracula tue Mircea avant même que Myra ait le temps de le faire ! J'ai bousculé Stoker. Il m'a retenue par le bras.

— J'ai raison, n'est-ce pas ? Vous êtes bien là pour ça ? Pour lui sauver la vie ?

Je l'ai repoussé sans ménagement. Cette fois, lorsque j'ai entendu la main de Stoker percuter le mur dans un craquement d'os, ça ne m'a fait ni chaud ni froid.

— Oui ! Maintenant, laissez-moi passer !

Je suis passée à toute vitesse devant lui et j'ai atteint les coulisses en un temps record. J'avais l'impression d'avoir volé. Sur les planches, deux personnes croisaient le fer. Je n'avais jamais vu un combat pareil. Tout autour d'eux, des nuées de pouvoir crépitaient et grésillaient, plus brillantes que les étincelles jaillissant des épées. J'ai examiné Mircea, mais il n'avait pas l'air blessé. Il portait une chemise blanche ouverte à partir de la gorge. Et je n'y voyais aucune goutte de sang. Ses cheveux s'étaient échappés de leur barrette habituelle : ils suivaient les mouvements de son corps et claquaient autour de sa silhouette élancée comme autant de fouets. Il enchaînait les gestes complexes avec une terrifiante grâce. J'ai détourné un moment le regard, le temps de retrouver ma concentration, et lorsque mes yeux se sont posés de nouveau sur la scène de duel j'ai aperçu son légendaire frère. Pour la première fois.

D'habitude, en présence d'un vamp, j'ai des sortes de frissons. Cette fois, ça n'avait rien à voir. Était-ce à cause du corps d'Augusta ? Ou parce que mon cerveau était trop occupé à hurler pour y prêter attention ? Aucune idée. Toujours est-il qu'il émanait du vamp une impression d'anormalité d'une intensité inouïe. Comme si toutes les particules de danger présentes dans cette pièce s'étaient agrégées en un nuage de brume rouge. Comme s'il y avait du sang en suspension dans l'air. Ça cadrait parfaitement avec son visage d'une pâleur mortelle et avec ses pupilles vertes, aussi brûlantes que des émeraudes incandescentes, mais beaucoup moins avec les instincts d'Augusta, qui me suppliaient presque littéralement de prendre la fuite.

Les mouvements martiaux des deux vampires dessinaient dans le vide une sorte de poésie tacite et mortelle. Même avec les sens d'Augusta, j'avais du mal à les suivre. Leurs épées s'entrechoquaient si rapidement ! Le fracas métallique se réverbérait dans le théâtre, comme des tirs de carabine. Et, le temps que je cligne des yeux, ils avaient déjà franchi plusieurs mètres.

Lorsque Mircea s'est plaqué au sol, évitant de peu la violente fente de son frère, je me suis accrochée au rideau. Il a porté un coup tranchant aux chevilles de Dracula, mais ce dernier a esquivé aisément d'un saut. À peine avait-il de nouveau les pieds sur terre que Mircea était debout. Et c'était reparti pour un tour.

— « Éteins-toi, éteins-toi, court flambeau ! La vie n'est qu'un fantôme errant, un pauvre comédien qui se pavane et s'agite durant son heure sur la scène et qu'ensuite on n'entend plus [1]. »

1. *Macbeth*, William Shakespeare. Acte V – Scène 5. Traduction de François-Victor Hugo. (*NdT*)

J'étais tellement focalisée sur le combat que je n'avais pas entendu Stoker arriver. Jusqu'à ce qu'il se mette à citer Shakespeare.

— Que voulez-vous ?

— Je vous l'ai déjà dit, madame. Votre aide.

— Je suis occupée, ai-je répliqué sèchement.

Dracula a fait une pirouette et s'est élevé à hauteur de la tête de son frère. Si Mircea n'avait pas esquivé plus rapidement que les yeux d'Augusta étaient capables de voir, ça aurait été la fin.

— Vous comptez rester bras ballants à attendre qu'ils s'entre-tuent ?

La lame de Dracula a éraflé l'épaule de son frère, éclaboussant de sang son épaule et son buste. Ça ne serait sûrement pas la dernière fois. Mircea avait la réputation de se battre en duel mieux que la plupart des vamps, mais, d'après ce que je voyais, son cadet était plus rapide. Il n'y avait qu'une infime différence entre les deux frères. C'était peut-être dû à la blessure que Dmitri avait infligée à Mircea la veille au soir. En tout cas, au bout d'un moment, cette différence suffirait à les départager. Et si Mircea perdait, je n'étais pas certaine que Vlad le destinait à une quelconque prison.

— « Pourtant qui aurait cru, a doucement murmuré l'incube à mon oreille (c'était comme une caresse soyeuse), que le vieil homme eût en lui tant de sang[1] ? »

Leurs ombres projetées vacillaient sur le décor, grimpant le long du mur comme les personnages d'une danse macabre. En les regardant, j'ai eu le déclic. J'avais déjà vu cette scène. C'était celle de ma vision. Celle qui se terminait par la mort atroce de Mircea. J'ai dégluti péniblement avant de me tourner vers l'incube.

1. *Macbeth*, William Shakespeare. Acte V – Scène 1. Traduction de François-Victor Hugo. (*NdT*)

— Vous avez un plan ?

Il a désigné une boîte familière, camouflée derrière le rideau. Je m'en suis emparée avec un profond soulagement. Je m'étais justement demandé comment j'allais gérer Myra, sachant que j'avais laissé ma boîte dans un sac à dos, quelque part en Faerie. L'oracle avait beau vouloir un combat sans merci, je n'étais pas très enthousiaste à l'idée d'avoir une autre mort sur la conscience. Même la sienne.

— Qu'avez-vous à y gagner ? ai-je demandé une fois en possession du piège.

— La même chose que vous. Nous avons beaucoup de points communs, vous savez ? Nous aimons tous deux les créatures dangereuses.

— Vous êtes l'amant de Dracula ?

Bram Stoker n'avait pas tout faux, finalement. Si ce n'est que son roman faisait mention d'un succube. Une concession à la morale du XIXe siècle, j'imagine.

— J'ai attendu des années la libération de mon maître, a expliqué l'esprit. Mais ça ne nous profitera guère s'il se fait tuer peu de temps après. Le Sénat sait qu'il n'est pas loin. J'ai passé la nuit à semer des fausses pistes, mais ça ne fonctionnera plus très longtemps. Ils se rapprochent. Mon maître n'a pas l'air de croire que l'emprisonnement est préférable à la mort. Mais je suis d'un autre avis.

Soudain, tout faisait sens.

— C'est donc pour ça que vous m'avez aidée, au bal ! Vous vouliez que Mircea reste en vie pour prendre Dracula au piège.

L'incube m'a scrutée avec les yeux de Stoker.

— Dans un an, dans dix ans, je trouverai un moyen de le libérer. Tant qu'il est en vie, il y a de l'espoir.

— Vous voulez le prendre au piège pour le sauver ? Il ne va pas vous être reconnaissant.

— Peut-être pas. En quoi est-ce votre problème ?

Il avait raison. Et, avec Dracula en sécurité derrière les barreaux, Mircea n'aurait plus aucune raison de se promener autour de ce piège à rat. J'ai tendu la boîte.

— OK. Expliquez-moi comment fonctionne ce truc.

Quelques minutes plus tard, je rampais derrière les décors, la boîte en main et quelques doutes à l'esprit. Si l'incube s'était moqué de moi, j'étais dans le pétrin. Sinon, j'étais quand même dans le pétrin, mais j'aurais au moins résolu un problème. Toutefois je ne me faisais pas d'illusion : jusque-là, dès que j'avais colmaté quelque chose, une autre tuile m'était tombée dessus.

Cette fois n'a pas fait exception à la règle. Myra est apparue, si près des deux adversaires qu'elle aurait pu se faire embrocher s'ils ne s'étaient pas séparés à ce moment précis, pour se dégager d'un corps à corps. Dracula a déstabilisé Mircea – ça s'est passé trop vite : je n'ai pas vu comment il s'y est pris – et pivoté pour faire face à la nouvelle menace. C'est alors qu'une forme noire a dégringolé des poutres. Si Dracula n'avait pas eu des réflexes aiguisés, la forme aurait atterri sur lui et l'aurait assommé.

— Pritkin !

Il m'a aperçue.

— Ils arrivent !

— Et merde !

J'ai regardé autour de moi. Aucune horde de vamps en vue. Mais Pritkin avait sorti toute sa quincaillerie et érigé ses boucliers : il ne faisait pas ça à la légère. J'ai enfin eu l'occasion de voir le chef-d'œuvre de Mac en action. L'épée qui s'agitait, menaçante, à hauteur de la tête du mage, ressemblait à celle que j'avais vu Mac incruster laborieusement dans sa peau. À cette différence près qu'elle était plus longue – elle faisait facilement la moitié de ma taille – et aussi solide et rutilante qu'une véritable épée. Et elle avait l'air particulièrement vicieuse. Lorsqu'elle a porté un coup à Dracula, le vamp a reculé de trois mètres. S'il n'avait pas paré, elle l'aurait tranché en deux.

Brusquement, Dracula et Mircea se battaient côte à côte, oubliant leur querelle face à cette nouvelle menace. Heureusement, les deux frères étaient trop concentrés sur le mage et son essaim d'armes volantes pour me remarquer. Malheureusement, ils avaient aussi oublié Myra, qui s'était tapie dans l'ombre, les mains crispées chacune sur un objet différent. Lorsque je suis arrivée à sa hauteur, elle venait tout juste de lancer la sphère qu'elle avait dans la main gauche. J'ai senti son effet me percuter comme un raz de marée. *Génial.* Myra s'était dégotté une bombe à néant.

On est tombées toutes les deux, empêtrées dans les volumineux jupons d'Augusta. Myra hurlait autant que je pestais. L'objet qu'elle avait dans la main droite s'est avéré être une autre sphère. Noire, mate et de la taille d'une balle de base-ball. Je ne l'ai pas reconnue mais, puisque toute magie était inopérante, je n'y ai pas prêté attention. Myra a ratissé ma joue avec ses ongles. Augusta a bien failli devoir se coltiner un bandeau disgracieux sur l'œil pendant le restant de ses jours, mais j'ai pivoté la tête au dernier moment, évitant le pire. Ça n'a pas empêché la griffure de me faire un mal de chien.

— Écoute, chérie, lui ai-je dit en clignant les paupières pour éviter d'avoir du sang dans les yeux. Il vaut mieux éviter de me chercher des noises, aujourd'hui.

Elle m'a dévisagée un instant avec stupéfaction, avant de reprendre son air assassin.

— Toi!

Myra n'avait pas l'air d'apprécier que je me sois procuré un corps plus puissant. Elle s'est jetée sur mon cou, prête à m'égorger de ses mains. J'ai réussi à me dégager sans nous infliger trop de dégâts, ni à l'une ni à l'autre. Mais, en guise de remerciement, j'ai eu droit à un grognement assorti d'un coup de pied à la mâchoire.

Je l'ai giflée, assez violemment pour que sa tête parte en arrière et que ses yeux voient momentanément flou. Ces quelques secondes de répit m'ont permis de jeter un coup d'œil au combat. L'épée avait disparu et une partie des couteaux de Pritkin gisaient à terre, figés par l'effet de la bombe. Les deux vamps avaient éliminé l'autre partie de son arsenal en laissant les lames s'enfoncer si profondément dans leur chair qu'il aurait été impossible de les enlever. Les frères étaient dans un état épouvantable, ils perdaient leur sang, mais ils allaient s'en sortir. Je n'aurais pas pu en dire autant de Pritkin. Il avait dégainé son revolver, mais ses balles en acier n'allaient pas faire grand-chose contre des maîtres vampires. Sans compter qu'il fallait déjà réussir à les toucher.

Soudain, Billy est apparu sur scène. Il avait beau être dans mon corps, il avait sa démarche de paon habituelle. Il a levé les yeux. Myra l'a imité et a éclaté de rire. Un simple coup d'œil m'a suffi pour comprendre la raison de son hilarité : les poutres grouillaient de vamps. Il en sortait de partout : du toit, des fenêtres, des portes. *Seigneur!* Il devait y en avoir une centaine. Je n'arrivais pas à détacher mes yeux de cette vision d'horreur. Dans ma tête, la voix d'Augusta me disait ce que je savais déjà : on était foutus.

Un vamp a dégringolé de la charpente, sur facilement trois étages, et atterri devant moi sans même perdre l'équilibre. À peine l'avais-je vaguement regardé que Billy a lancé vers nous un objet qu'il venait de sortir de sa poche. J'ai entraperçu une forme miroitante et dorée jaillir dans l'air. Et elle s'est transformée.

L'aigle de Mac a fondu avec grâce sur le vamp. Ses plumes grises se voyaient à peine dans l'obscurité baignant le théâtre, mais ses yeux étincelants étaient plus vifs que jamais. Et soudain, le vampire a disparu. J'ai entendu un cri, un bruit sourd, et il a de nouveau atterri à mes pieds. Cette fois, il lui manquait une bonne partie du cou. C'était un maître : il allait survivre, mais il n'allait plus se battre avant un petit moment.

Un essaim de vamps est passé à l'attaque. En un instant, ils avaient envahi la scène. Billy a lancé en l'air le reste des talismans, qui ont formé un arc-en-ciel radieux. Une vague de créatures hurlantes, chuintantes et crachotantes a déferlé sur les vamps. Une tornade miniature en a éliminé cinq ou six : elle les a entraînés jusqu'à la charpente, et a disséminé leurs corps un peu partout, avant de s'évanouir. Un serpent de la taille d'un anaconda a atterri sur les épaules d'un vamp : il s'est enroulé autour de son cou, puis de ses yeux, et le vampire, aveuglé par les écailles, s'est mis à tituber jusqu'à la fosse de l'orchestre, dans laquelle il a fini par tomber. Un gigantesque loup a bondi sur un autre vamp et s'est mis à lui dévorer le torse par énormes bouchées, tout en poussant d'horribles hurlements. Pendant ce temps, une araignée de la taille d'une camionnette s'affairait consciencieusement à en envelopper un autre dans sa toile, avant de l'accrocher à la charpente, avec un plaisir manifeste.

Myra m'a ramenée à la réalité en tentant de m'enfoncer un pieu dans le cœur. Heureusement, Augusta ne jurait que par les véritables fanons de baleine pour ses corsets – et pas qu'un peu. On s'en est tirées avec une côte douloureuse pour ma pomme et un pieu cassé pour Myra. Je le lui ai arraché des mains.

— C'est moi, la Pythie, maintenant ! Tu n'y changeras rien !

Myra s'est contentée d'éclater de rire.

— J'ai déjà tué une Pythie, a-t-elle rétorqué avec cruauté. Une de plus ou une de moins…

— Tu as tué Agnès ?

J'étais tellement surprise que j'ai failli la laisser filer. Je la croyais tout à fait capable de le faire, mais que faisait-elle de l'interdit ?

— Dans ce cas, pourquoi t'en prends-tu à moi ? Même si je meurs, tu ne deviendras jamais la Pythie !

— Avec un peu de jugeote, on arrive à contourner à peu près tous les obstacles. (Elle a jeté un coup d'œil aux combattants.) Voyons voir ! Est-ce qu'on peut changer la donne ?

La seconde sphère s'était prise dans les pans de ma robe, mais Myra lui a donné un coup de pied et elle a commencé à rouler à travers la pièce, vers l'endroit où se déroulait la bataille. J'ai attrapé la renégate par les cheveux. Ça devait lui faire mal, mais elle souriait en suivant la boule noire des yeux, comme si l'objet contenait la clé de tous ses rêves. Étant donné qu'elle rêvait d'apocalypse et de massacres – et que ce bidule provenait sûrement de son super copain Raspoutine – je n'avais pas envie que la boule atteigne son but.

C'était exactement comme dans ma vision : Mircea couvert de sang en train de se battre pour sauver sa peau, tandis qu'une personne tapie dans l'ombre lui lançait une arme. Je savais ce qui allait suivre, mais, avec Myra dans les pattes, je n'arriverais jamais à récupérer la sphère à temps. Impossible de changer les événements. J'ai envoyé valser la voyante pour me précipiter sur son petit engin.

Je n'avais pas fait deux pas qu'elle m'a plaquée au sol. J'avais l'impression de lutter contre une pieuvre enragée : où que j'aille, elle y arrivait en premier. En temps normal, Augusta aurait été capable de l'attraper et de l'embarquer avec elle ; ou de l'assommer. Mais la première option était hors de question – ça m'aurait ralentie – et je ne pouvais pas risquer la seconde : je ne maîtrisais pas assez bien la force d'Augusta.

Je me suis approchée bon an mal an de la balle, mais je n'étais pas assez rapide. C'est alors que j'ai aperçu une aura bleue du coin de l'œil. Je n'ai pas hésité.

— Elle va détruire le théâtre ! ai-je hurlé en désignant Myra.

Myra m'a dévisagée comme si j'étais devenue folle. Mais les fantômes du théâtre m'ont très bien comprise. À la vue des dégâts infligés à sa scène adorée, le visage de la femme était déjà déformé par la haine. Maintenant, elle avait quelqu'un à blâmer ! Elle a lancé la tête arrachée – soudain très antipathique – en plein sur Myra. Lorsque le fantôme s'est insinué en elle, la renégate a lâché un cri, avant d'être prise de convulsions. Je l'ai repoussée sans ménagement, tandis que la femme rejoignait son minuscule compagnon. Une minitempête s'est levée autour de Myra et, bientôt, elle a disparu dans une violente tornade bleue et blanche.

Ce n'était pas une simple agression. Apparemment, les fantômes étaient passés du stade des avertissements à celui de l'action. Logiquement, les êtres vivants sont plus forts, mais ils étaient deux contre une, et ils avaient des générations d'ancêtres enterrés sous ce théâtre. Pour un fantôme, ça revient à avoir une batterie supplémentaire. Myra l'a découvert à ses dépens. La seconde fois qu'ils ont fondu sur elle, elle s'est mise à hurler, de rage autant que de frayeur. Et elle a disparu pour de bon.

Je me suis jetée sur la sphère, mais un vamp m'a barré le passage. Je lui ai lancé le pieu de Myra – plus pour le retarder qu'autre chose, étant donné mes compétences au lancer – mais apparemment Augusta était meilleure que moi, et le pieu a fait mouche.

Un Stoker livide et tremblant a émergé des coulisses et s'est approché de la sphère d'une démarche hésitante, aussi rapidement que ses jambes mal assurées le lui permettaient. Ça n'a pas suffi. La petite balle venait d'atteindre la scène de la bataille et roulait sous les pieds des deux frères, occupés à affronter tout un groupe de membres du Sénat. Elle ricochait de l'un à l'autre, au gré de leurs déplacements. Le visage de Stoker était déformé par la terreur. Il ne m'en a pas fallu plus : je me suis précipitée de plus belle sur la bombe.

Je suis arrivée juste à temps... pour me prendre un sac de sable sur la tête. C'était un des quatre sacs attachés par des cordes à la charpente, et qui se balançaient depuis le début de la bataille. La plupart des vamps étaient arrivés à les esquiver facilement. Moi pas : je n'y avais pas du tout fait attention. Le sac devait bien peser vingt kilos et il avait pris une énergie cinétique considérable. Quand je l'avais remarqué, il était déjà trop tard. Je m'étais contentée d'encaisser. Le choc m'a renversée et j'ai glissé plusieurs mètres sur le dos.

— Disloquateur !

Stoker s'était effondré sur scène – sur le ventre : pas de bol – et hurlait inlassablement ce mot bizarre.

J'ai reculé en titubant légèrement. Les duellistes se sont interrompus et ont baissé les yeux sur le petit globe à leurs pieds. Pendant une fraction de seconde, tout le monde s'est immobilisé. Et puis les sénateurs se sont évanouis, évacuant le théâtre aussi rapidement qu'ils l'avaient envahi. Mircea a attrapé Billy avant de bondir sur les poutres, tandis que Dracula s'est empressé de récupérer Stoker. Pritkin m'a saisie lestement par la taille et a sauté de la scène, s'envolant presque. On a atterri dans la fosse. Pritkin s'est retourné au dernier moment pour encaisser le choc.

Ça l'a complètement assommé et mes dents ont claqué violemment. Une seconde plus tard, une vague de pouvoir s'est élevée de la scène, nous frôlant de peu. La bombe avait dû rencontrer un obstacle. Un vamp à terre, probablement. Auquel cas, il ne se relèverait plus jamais. Le souffle ne ressemblait en rien à celui de la bombe à néant. C'était sombre et presque huileux. Impossible de confondre la sphère avec une arme défensive.

Lorsque j'ai levé la tête, je me suis retrouvée nez à nez avec Dracula. Il m'a regardée d'un air étrangement satisfait. Et, devant mes yeux ahuris, il a extrait de ma poitrine un couteau qu'il y avait enfoncé jusqu'au manche, juste entre la troisième et la quatrième côte. Ça faisait mal, mais pas autant que je pensais. La douleur n'avait rien d'insoutenable et il y avait très peu de sang. Peut-être parce qu'Augusta ne s'était pas nourrie récemment. Ou parce que ce salaud avait raté son cœur de quelques millimètres.

Vlad s'apprêtait à la décapiter. Pourquoi ? Aucune idée. Peut-être parce qu'elle aidait Mircea ? Peut-être parce qu'il était juste taré ? Qui sait ? Toujours est-il qu'il dégainait, sans se presser, le long couteau qu'il portait au côté. Celui qu'il avait utilisé contre moi était un des poignards de Pritkin – il avait dû l'ôter de son propre corps – mais celui-ci ressemblait à une arme de famille. Avec une poignée ouvragée et une lame très fine, polie avec art. Dommage : je n'allais pas lui laisser le temps de s'en servir.

— Billy ! Tu vas avoir de la compagnie ! (Mon cri s'est réverbéré contre les murs du théâtre.) Descends un peu !

— Vous m'avez causé assez de problèmes, m'expliquait Dracula tandis que mon corps traversait la scène pour me rejoindre. Je vais prendre beaucoup de plaisir à vous tuer.

— J'en doute, ai-je rétorqué.

Et je me suis téléportée.

Une fraction de seconde plus tard, encore toute désorientée, j'ai manqué de tomber de la scène. Billy a crié dans ma tête, et je me suis arrêtée juste au bord. Aux premières loges pour assister à la rencontre officielle entre Dracula et la sénatrice Augusta. Il aurait dû la décapiter quand il en avait eu le temps, plutôt que de fanfaronner : elle avait l'air enchantée de lui montrer ce qui avait fait d'elle un membre du Sénat. Elle compensait des compétences de combat médiocres par un opportunisme et un sens pratique très prononcés. Elle a arraché le poignard de Pritkin de sa poitrine, sans se soucier du bruit de chair déchirée, pour embrocher Dracula, toujours occupé à pavoiser.

Contrairement à lui, elle n'a pas raté sa cible.

J'ai vu la stupéfaction se lire sur son visage lorsque son cœur a été transpercé, et j'ai entendu le bruit du métal fendant le bois quand le couteau s'est enfoncé dans le plancher. Augusta l'a enraciné profondément, pour prendre Dracula au piège, comme un insecte épinglé. Ensuite, elle a arraché l'accoudoir d'un des sièges du premier rang et a entrepris de le tailler en pointe avec l'arme de famille du comte. Le couteau en métal n'avait pas l'air de lui faire du bien, mais il ne pouvait pas le tuer. En revanche, un pieu ferait l'affaire. Augusta a levé les yeux sur moi, comme si elle pensait que j'allais intervenir. Mais je me suis contentée de la regarder. J'avais déjà sauvé un des frères de Mircea. Je ne lui en devais pas deux.

Le bras d'Augusta s'est abattu sur sa proie, si rapidement que j'ai eu du mal à le voir. Mais le pieu artisanal n'a heurté que le plancher du théâtre, avec une telle violence que l'écho s'est longuement propagé dans l'immense pièce vide. Dracula avait tout simplement disparu. J'étais médusée. Tout comme Augusta. Et puis j'ai vu Stoker agripper une petite boîte. Il a esquissé un sourire dans ma direction, avant de s'affaisser sur le côté, inconscient. L'incube s'est échappé de sa poitrine. Il avait l'air aussi suffisant qu'un esprit plus ou moins informe peut l'être.

Augusta a ramassé la boîte, mais, lorsqu'elle a vu l'expression de l'esprit se transformer, elle a hésité. Son regard a fait des va-et-vient entre le visage du démon et le mien. Et elle a de nouveau fait preuve d'esprit pratique : elle a lâché la boîte et s'est enfuie.

J'ai regardé autour de moi. Il n'y avait aucun vampire en vue. Bizarrement, sans l'accoudoir cassé et quelques traces de sang répandues çà et là sur la scène, on aurait pu croire qu'il ne s'était rien passé, dans ce théâtre. Mais il manquait quelque chose.

— Où sont les talismans ? ai-je demandé à Billy.

Il a lentement émergé de mon corps, comme s'il n'aimait pas l'idée de quitter son abri, et balayé la scène du regard. Heureusement, il n'y avait plus aucun signe des fantômes du théâtre. Ils étaient sûrement en train de se régénérer. Je ne savais pas ce qu'ils avaient fait à Myra, mais ça leur avait probablement pompé pas mal d'énergie.

— Le disloquateur les a détruits.

— Ils ont disparu ? Ils ont tous disparu ?

— Ils n'auraient pas duré très longtemps, de toute manière, Cass'. Ce n'étaient pas des talismans offensifs. Ils étaient conçus pour protéger un corps précis, pas pour servir d'armes. Ce qu'ils ont fait devant nous, c'était du suicide. (J'ai repensé au plongeon final de l'aigle et ma gorge s'est serrée.) Cassie ! (La voix de Billy m'a fait l'effet d'une gifle.) Ne fais pas ça. Pas maintenant ! Nous n'avons plus de talismans et les vamps seront de retour d'un instant à l'autre. Il faut qu'on bouge.

J'ai cherché Myra des yeux, mais sans les sens affûtés d'Augusta c'était peine perdue. Je ne pensais pas une seule seconde que les fantômes l'avaient tuée. Déjà, un fantôme – OK : un fantôme et demi – serait incapable de saper toute l'énergie d'un être humain en bonne santé. Ensuite, j'avais toujours la poisse. Pendant un bref instant, j'ai pensé remonter dans le temps pour m'interposer avant sa sortie théâtrale. Mais la présence de cette seconde bombe m'a fait hésiter. Dans ma vision, j'avais vu de quoi était capable un disloquateur, et je n'avais pas envie d'y assister en direct.

Je suis descendue maladroitement de la scène – rien à voir avec la grâce vampirique d'Augusta – et j'ai ramassé la boîte noire. Elle ne pesait pas plus lourd qu'avant. Je l'ai secouée, incrédule, mais l'incube s'est contenté de sourire. Il avait l'air plutôt bizarre, avec ses yeux injectés de sang et ses crocs…

— Je vous assure qu'il se trouve à l'intérieur.

— Et maintenant ? ai-je demandé.

Ses traits se sont adoucis à mesure qu'ils devenaient plus flous.

— J'attends, a-t-il répondu avec un calme dont j'aurais été incapable à sa place.

Mais bon : quand on est immortel, j'imagine qu'un contretemps de quelques dizaines d'années, ce n'est pas la mer à boire.

Les paupières de Pritkin ont commencé à s'agiter.

— Myra a disparu, l'ai-je informé en devançant sa question.

Il n'a rien dit. Il s'est contenté de hocher la tête. J'ai reporté mon attention sur mon allié nébuleux.

— Avez-vous vu Mircea ?

Je supposais qu'il avait survécu – on avait coupé le fil des événements tels qu'ils s'étaient déroulés dans ma vision – mais je devais en avoir le cœur net.

— Je pense qu'il va revenir.

Il a commencé à se dissiper, mais j'ai levé la main pour le retenir.

— Merci de votre aide. Je sais bien que vous n'avez pas fait ça pour moi, mais quand même. (Soudain, je me suis rendu compte d'un détail.) Je ne connais même pas votre nom. Moi, c'est Cassie Palmer.

Son aura a viré au pastel.

— Peu de gens pensent à me poser cette question, a-t-il déclaré, visiblement flatté. J'ai utilisé de nombreux noms au cours des siècles, en fonction du sexe et de la culture d'origine de la personne possédée. En Irlande, on m'a appelé Aisling. En Inde, Sapna. En France, Amets. Appelez-moi comme vous voulez, Cassie.

Sa silhouette s'est estompée, virant au rose. Ça tombait bien, parce qu'il s'est remis à citer Shakespeare.

— « Quand nous réunirons-nous de nouveau toutes les trois, en coup de tonnerre, en éclair ou en pluie ? Quand le hourvari aura cessé, quand la bataille sera perdue et gagnée[1]. »

---

1. *Macbeth,* William Shakespeare. Acte I – Scène 1. Traduction de François-Victor Hugo. (*NdT*)

Il s'est de nouveau dissipé. Cette fois, je l'ai laissé faire.

Pritkin s'est agrippé au rebord de la fosse et s'est hissé sur scène. Il s'est retourné pour me tendre la main, mais je l'ai ignoré. Quelque chose me tracassait. J'avais l'impression d'avoir découvert une nouvelle pièce du puzzle, sans savoir laquelle, ni comment elle s'imbriquait au reste.

— Êtes-vous blessée ?

Sa voix m'est parvenue à travers un nuage.

— Non.

Je me suis résolue à prendre sa main pour grimper sur scène. À ce moment précis, des hurlements stridents ont retenti derrière moi, dans la fosse. Stoker était revenu à lui. Et, sans incube pour l'atténuer, la douleur de ses brûlures l'a submergé, dans toute sa violence. Une brûlure, c'est toujours douloureux, et celles qu'il s'était infligées avaient l'air particulièrement abominables. Pritkin a bondi dans la fosse mais le pauvre homme a crié de plus belle.

Je m'apprêtais à imiter Pritkin lorsqu'une boîte noire, que quelqu'un venait de brandir devant mon visage, a rempli mon champ de vision.

— Bonsoir, charmante empoisonneuse, a susurré, à mon oreille, une voix riche et profonde.

Chapitre 15

Terrassée par une immense vague de soulagement, je n'ai pas répondu tout de suite. C'était si bon d'entendre cette voix, de le voir indemne. J'ai serré les dents en attendant que le *geis* fasse effet, mais il ne s'est rien produit. En sachant Mircea près de moi, j'ai ressenti une poussée de plaisir tiède, et un frisson de bonheur m'a parcouru la peau, mais rien de dramatique. J'avais oublié qu'à cette époque, notre terrible malédiction sortait encore de l'œuf. Elle n'avait pas encore fait ses dents.

Mais ça viendrait. Et elle aurait de grandes dents.

J'ai attrapé la boîte. Elle ressemblait exactement à la mienne.

— Qu'est-ce que c'est ?

Ses yeux noirs ont croisé les miens. Ils brillaient de malice.

— Je vous propose un marché.

Stoker, rendu fou par la douleur, s'est extrait laborieusement de la fosse et s'est mis à remonter l'allée centrale. Pritkin l'a poursuivi. Pourquoi ? Aucune idée. Peut-être pour demander à Mircea de lui effacer la mémoire ? Ça ne semblait pas indispensable : lorsque Stoker rapporterait les faits, plusieurs années plus tard, ça passerait pour de la fiction.

— Dépêchez-vous ! me suis-je exclamée.

Pritkin m'a fait un signe de la main avant de franchir les portes menant au hall et de disparaître.

Mircea, pourtant couvert de sang – le sien, principalement –, s'est efforcé de sourire.

— Seriez-vous tentée de régler la querelle vous opposant à ce jeune garçon manqué qui était ici il y a peu ?

— Quoi ?

Pendant quelques instants, j'ai scruté la boîte avec scepticisme. Lentement, ses mots ont fait sens. *Non*. C'était impossible. Depuis le temps que je m'échinais à retrouver Myra, quelqu'un me l'apportait sur un plateau d'argent ? Ou plutôt, dans une boîte noire ? Je n'arrivais pas à y croire.

— J'avais l'intention d'y enfermer mon frère, a expliqué Mircea. Mais quand j'ai vu qu'on l'avait déjà pris au piège, j'ai décidé de faire un autre usage de cet objet. La jeune... femme... a commis l'erreur de se réfugier aux balcons pour mieux observer les effets de son arme. C'est là que je l'ai cueillie.

Il a posé la boîte de Myra sur le plancher et posé la main sur celle de Dracula.

— Les sénateurs vont bientôt revenir, ai-je dit, incapable de détacher le regard du petit coffret contenant ma rivale. (J'avais les oreilles qui sifflaient, sans raison apparente.) Ils vont le tuer, de toute manière.

— Tuer qui ? (Mircea avait l'air très vaguement intrigué.) Vous ne voulez pas parler de mon frère : il est mort dans l'explosion. C'est une tragédie.

— Ils le sentiront.

— Pas dans cette boîte. (Mircea avait l'air de savoir de quoi il parlait. Et ils n'allaient certainement pas le fouiller. Déclencher une guerre à cause de Dracula, c'était une chose ; sur la base d'un simple doute, c'en était une autre.) Pourquoi pleurez-vous ?

Soudain, sa main était sur ma joue. De son pouce, il a séché une larme. Je ne m'étais pas rendu compte que je pleurais. Il n'avait fait que m'effleurer, mais le contact a suffi à éveiller le *geis*. J'ai retenu mon souffle. Mircea a écarquillé les yeux. Je me suis dégagée.

— S'il vous plaît... Ne me touchez pas...

Contrairement à ce qui se produisait à notre époque, je n'ai pas ressenti de douleur physique en m'éloignant de lui. Mais le prix émotionnel à payer restait élevé.

Mircea a attendu, mais je ne lui ai pas donné d'explication. À ma grande surprise, il a laissé courir.

— Si je ne m'abuse, vous avez gagné, a-t-il lancé en guise de commentaire. En cas de victoire, il est d'usage de se réjouir. Non de pleurer.

— Mais cette victoire a un prix. Et le prix est élevé.

Beaucoup trop élevé.

— C'est souvent le cas.

J'ai senti quelque chose se déplacer sur mon bras. Ça m'a fait sursauter. Lorsque j'ai baissé les yeux, j'ai aperçu un petit lézard. Il tremblait de peur sur mon avant-bras. Il m'a dévisagée de ses gros yeux, avant de courir se cacher derrière mon coude. Mircea a éclaté de rire.

— D'où vient-il ?

C'était un des talismans de Mac. Je le reconnaissais.

— Il a dû se planquer, Cass', a marmonné Billy. J'imagine qu'il s'est accroché à moi quand j'ai lâché les autres. On n'a peut-être pas tout perdu, après tout.

Lorsqu'il est remonté le long de mon bras, sa queue m'a chatouillée, mais je l'ai laissé tranquille. Je savais depuis bien longtemps qu'il valait mieux un allié minuscule que pas d'allié du tout.

Pritkin a ouvert bruyamment les portes du théâtre. Il traînait derrière lui la masse imposante de Stoker. J'ai saisi la boîte de Myra avec empressement. Mircea a pris celle contenant son frère. Je n'ai pas protesté. D'après ce que je savais, ça s'était passé comme ça, à l'origine. Peut-être Mircea ramènerait-il secrètement son frère chez lui, tout en prétendant l'avoir éliminé comme prévu ? De toute manière, je n'aurais pas gagné cette bataille. Et, avec Pritkin dans les parages, je ne pouvais pas prendre de risques. Le mage m'avait dit qu'il ne voulait pas que Myra devienne la Pythie. Et, après ce qu'elle venait de faire, ça m'aurait étonné qu'il change d'avis. Mais je ne lui faisais pas confiance pour autant. Il y avait beaucoup trop de questions en suspens au sujet du mage Pritkin.

J'ai fourré Myra dans une des poches de la robe volumineuse de Françoise. Hors de vue. Mircea a remarqué mon geste, mais n'a fait aucun commentaire. Il s'est approché du bord de la scène pour prendre Stoker des bras de Pritkin. Il l'a soulevé comme s'il ne pesait rien.

— Encore une chose, a-t-il ajouté après avoir étendu Stoker sur les planches.

Il a sorti quelque chose de son manteau et me l'a passé au pied.

— Ma chaussure.

Elle luisait de tout son lustre à 14,99 dollars.

— Vous l'avez perdue lors de notre précédente rencontre, dans votre empressement à vous enfuir. Quelque chose me disait que j'allais avoir l'occasion de vous la rendre. (Nos regards se sont croisés, et son sourire s'est fait dangereusement malicieux.) Cette robe est très élégante, mais je dois dire que je préfère votre autre tenue. Ou plutôt, votre absence de tenue.

J'ai enlevé la chaussure en esquissant un sourire las. Ce dont j'avais vraiment besoin, c'était de bottes de combat, pas de talons hauts. Et Cendrillon n'a jamais eu le Cercle, le Sénat et les Faes des Ténèbres à ses trousses : ce n'était pas de sitôt que j'allais vivre heureuse pour le restant de mes jours. Je lui ai rendu la chaussure en faisant bien attention de ne pas le toucher.

— Gardez-la.

Il m'a jeté un regard éberlué.

— Que pourrais-je bien faire d'une telle chose ?

J'ai haussé les épaules.

— On ne sait jamais.

Mircea m'a dévisagée un instant, et a fait mine de me prendre la main. Je l'ai retirée avec empressement. Son front s'est plissé.

— Puis-je supposer que nous nous reverrons ?

J'ai hésité. C'était sûr qu'il allait me revoir, et commettre l'erreur qui nous mettrait dans ce pétrin. Mais si j'allais le revoir, moi, c'était une autre question. Tant que je n'arrivais pas à lever ce *geis*, je ne pourrais pas prendre le risque. À cette pensée, mon ventre s'est serré et mes entrailles ont fait des nœuds. J'étais tellement tentée de l'avertir de ne jamais lancer ce *geis* que j'ai dû me mordre les joues pour ne rien dire. Mais, j'avais beau haïr ce sortilège, il avait joué un rôle dans mon existence. Si j'en étais arrivée là, c'était en grande partie grâce à lui. Il m'avait évité de subir les avances de personnes indésirables pendant mon adolescence ; il avait aidé Mircea à me retrouver avant Tony une fois que j'étais devenue adulte ; et il l'avait convaincu de me laisser paraître devant le Sénat. Si j'enlevais cet élément de ma vie, que deviendrait-elle ? Je n'en avais tout bonnement aucune idée.

J'ai opté pour une interprétation littérale.

— On peut dire ça.

Mircea a hoché la tête. Il a ramassé Stoker et s'est incliné devant moi. Il s'est débrouillé pour être élégant, malgré cet homme de plus de cent kilos qui lui pendouillait à l'épaule.

— Je m'en réjouis d'avance, petite sorcière.

— Je ne suis pas une sorcière.

Il a esquissé un sourire.

— Je sais.

Sur ce, il est descendu de scène. Je l'ai laissé partir en serrant les dents.

— Vous contractez des alliances intéressantes, m'a lancé Pritkin en sautant sur scène. Comment avez-vous convaincu cette créature de vous aider ? D'ordinaire, ils ne servent que leurs propres intérêts. (J'ai cru qu'il parlait de Mircea. Je m'apprêtais à lui dire qu'il était extrêmement malavisé de parler d'un vamp de cette façon, surtout s'il s'agissait d'un membre du Sénat, mais, à la vue de mon air outragé, il s'est expliqué :) L'incube. Celui qui se fait nommer « Rêve ».

Mon cerveau s'est arrêté net.

— Quoi ?

— Vous ignoriez de quoi il s'agissait ? a demandé Pritkin. (Il n'en revenait pas.) C'est dans vos habitudes de solliciter l'aide d'esprits inconnus ?

Billy a éclaté de rire.

— Non, ai-je rétorqué en ignorant le fantôme. Ce nom… Comment avez-vous dit qu'il s'appelait ?

— Que « ça » s'appelait, a-t-il rectifié.

— Oui, mais son nom…

— « Rêve ». Effectivement, il se prête parfaitement à un incube, a-t-il admis. (Je l'ai fusillé du regard. Il a froncé les sourcils.) C'est ce que signifient tous les noms qu'il vous a donnés. Ce sont des variations sur le même terme. Pourquoi posez-vous la question ?

J'étais abasourdie par la révélation. J'entendais encore cet accent espagnol me dire qu'il s'appelait Chavez, et m'expliquer la signification de son nom. Je me suis laissé tomber sur le dos et je suis restée un moment le regard vide, braqué sur le haut plafond. J'avais confié trois des boîtes du Sénat aux mains manucurées de Chavez. Bien entendu, ça aurait été trop beau qu'aucune des trois ne contienne Dracula.

Je me suis demandé si l'incube s'était joué de moi tout le temps, ou si c'était par pure coïncidence qu'il s'était retrouvé être mon chauffeur. Mais ça n'avait aucune importance. Dans les deux cas, je l'avais dans l'os. Pas moyen que ces boîtes soient arrivées jusqu'à Casanova. Ce qui voulait dire que Dracula allait se faire la malle d'un instant à l'autre. Et ce serait ma faute.

— Enfin ! a dit quelqu'un, derrière moi. (Au début, je n'ai pas bien capté – j'étais trop occupée à ajouter une ligne « Dracula » à ma liste de choses à faire, en évitant de penser à la longueur considérable que cette dernière commençait à prendre – mais cette voix avait un accent familier.) J'ai cru qu'il n'allait jamais partir, ce vampire ! Allez. Finissons-en !

Je me suis retournée, et j'ai aperçu le halo fantomatique d'une jeune fille brune, en lévitation à quelques centimètres du sol. Je me souvenais de ces grands yeux bleus et de cette longue robe blanche. La première fois que j'avais rencontré cet esprit, il ressemblait exactement à ça. Elle m'avait expliqué qu'elle préférait revêtir son ancienne apparence lorsqu'elle voyageait sous forme astrale, plutôt que de dupliquer son véritable aspect. Par conséquent, elle avait l'air d'avoir quinze ans.

— Agnès. (Bizarrement, je n'étais même pas surprise. Peut-être mes nerfs étaient-ils usés au point de ne plus réagir ?) Comment es-tu arrivée ici ?

— Elle a fait de l'autostop. (Billy avait l'air contrarié.) Elle m'a empêché de te le dire, mais elle se trouvait déjà dans le collier quand j'ai lutté pour retrouver ton corps. Elle s'est sûrement cachée quand on était au Têtes d'Affiche. Et elle a dû délaisser Françoise pour te rejoindre.

— Pourquoi ?

Il a haussé les épaules.

— On n'a pas vraiment discuté. J'imagine qu'il doit y avoir une histoire de vengeance dans le lot.

— Ça figure carrément en tête de liste, a-t-elle admis. Libère-la.

C'était un ordre. Et, d'après le timbre de sa voix, elle n'avait pas l'habitude qu'on lui désobéisse. Je n'ai pas essayé de faire l'imbécile.

— Toi aussi, tu veux la peau de Myra ?

Agnès a croisé ses bras presque transparents et m'a jeté un regard maussade.

— Je ne sais pas pourquoi, mais ça m'a un peu énervée qu'elle m'assassine.

J'ai secoué la tête.

— Elle m'a avoué son crime, mais je ne comprends toujours pas pourquoi elle a fait ça.

— Juste avant de disparaître, elle m'a offert un cadeau pour le solstice d'hiver. Elle m'a dit que c'était pour me protéger.

Les lèvres d'Agnès ont esquissé un sourire sardonique.

— La médaille de saint Sébastien, je sais. Elle contenait de l'arsenic… Les mages l'ont retrouvée et l'ont ouverte. Mais je ne comprends pas comment ça a pu te tuer : le poison était à l'intérieur !

— Myra y avait percé un trou minuscule avant de me la donner. Elle connaissait mes habitudes. Elle savait que je plongeais toujours un charme dans mes boissons, avant de boire. Cette précaution m'avait été inculquée par la Pythie précédente. Elle était persuadée que je mourrais empoisonnée si je ne faisais pas attention ! Mais bon… (Agnès s'est approchée de moi en flottant.)… elle m'avait aussi conseillé d'acheter des actions en 1929. Elle avait un grain, Hérophile.

— Hérophile ?

— Oui. Elle avait pris le nom de la deuxième Pythie de Delphes. D'après ce qu'on sait, elle en tenait une couche, aussi.

On m'avait donné le nom d'une folle. *La routine habituelle, quoi.*

— Mais je ne vois toujours pas pourquoi Myra aurait voulu te tuer. Si le pouvoir ne peut être dévolu à la meurtrière d'une Pythie…

— Techniquement, elle ne m'a pas tuée.

— Elle t'a donné une médaille en sachant pertinemment ce que tu en ferais !

Je trouvais que ça ressemblait quand même à un meurtre.

— Mais elle ne m'a pas forcée à l'utiliser, a fait remarquer Agnès. (Je m'apprêtais à protester, mais elle a levé la main.)

Oui. Je sais. N'importe quel tribunal l'incriminerait, de nos jours. Mais le pouvoir est bien plus ancien que les preuves imparfaites et les présomptions. Elle ne m'a pas tuée d'un coup d'épée. Elle ne m'a pas fracassé la tête d'un coup de matraque. Elle n'a même pas empoisonné mon vin : je l'ai fait toute seule. De son point de vue, elle n'a rien à se reprocher.

— Et maintenant ?

Je ne savais pas ce qu'Agnès voulait dire par « finissons-en », mais ça avait l'air assez draconien.

— J'ai seulement dit que le pouvoir ne lui reprochait rien. Mais moi, si, a-t-elle lancé avec hargne. Cette petite salope m'a tuée. Pourquoi crois-tu que je sois venue jusqu'ici ?

— Et que comptes-tu faire ?

Maintenant qu'elle était un esprit désincarné, elle n'avait pas beaucoup de possibilités.

— Libère-la. Tu verras bien.

D'un seul coup, je me suis rendu compte qu'il y avait effectivement un moyen. Si elle arrivait à posséder Myra, elle pourrait utiliser son pouvoir pour remonter dans le temps et changer le cours des événements. J'espérais sincèrement que ce n'était pas son intention, parce que je n'avais aucune idée de la façon de l'en empêcher. J'avais déjà du mal à gérer son héritière… Contre moi, Agnès l'emporterait les doigts dans le nez.

— Tu ne vas pas me dire que tu as l'intention de saccager la trame temporelle ! ai-je articulé. Tu as passé ta vie à la protéger !

— Ne m'embête pas avec cette histoire de fil du temps ! a-t-elle rétorqué sèchement.

— À qui parlez-vous ? a demandé Pritkin.

J'ai soupiré. L'espace d'un instant, j'avais oublié qu'Agnès n'était qu'un esprit. Puisque le mage ne pouvait ni voir ni entendre Billy, il n'avait aucun moyen de percevoir Agnès.

— Si je vous le disais, vous ne me croiriez pas.

— Essayez toujours.

Il a essuyé le sang qui coulait d'une entaille à son arcade sourcilière. J'imagine que c'était pour mieux voir, mais il n'a fait que se barbouiller un peu plus. Il avait l'air de porter des peintures de guerre. J'ai décidé de ne pas le contrarier.

— OK. Agnès est parmi nous sous forme spectrale. Et elle veut se venger. Vous comprenez mieux, maintenant ?

— Oui. (Il a immédiatement posé un genou à terre.) Dame Phemonoe. C'est toujours un honneur.

Je l'ai fusillé du regard. Il me remettait clairement à ma place. Agnès l'a à peine remarqué. Elle m'a souri, mais ce n'était pas un sourire débonnaire.

— Myra m'a ôté une vie. Elle m'en doit une autre. C'est ma façon de voir les choses.

J'ai enfin eu le déclic.

— C'est donc ça, le pacte que tu as passé avec Françoise ? Tu voulais qu'elle t'emmène jusqu'ici pour te permettre de posséder le corps de Myra au lieu du sien ? (J'ai plissé les yeux.) L'a-t-elle fait de son plein gré, au moins ?

— Sans mon aide, elle ne se serait jamais dépêtrée des elfes de Lumière, a rétorqué Agnès en éludant ma question. Elle n'aurait probablement pas survécu ! C'est mon expérience qui nous a maintenues en vie, toutes les deux. Elle me doit bien quelques années de sa vie en contrepartie !

— Ça, c'était à elle de voir !

— En parlant de dettes, qui a envoyé les talismans à ton secours, tout à l'heure, d'après toi ? Ton fantôme ne savait pas comment s'en servir. Une fois de plus, c'est moi qui t'ai sauvée. (Elle m'a regardée avec insistance.) Alors laisse-la sortir !

J'ai serré la boîte contre moi. Je sentais mon pouls battre au fond de ma gorge.

— Et si tu n'arrives pas à la contrôler ? Tu étais censée passer dans le corps d'une norm', pas de quelqu'un comme elle. Même avec Françoise, tu avais du mal, de temps en temps. Alors un oracle de l'autorité de Myra…

— C'est mon problème.

— Pas si elle t'échappe ! (J'ai brandi la boîte devant ses yeux.) As-tu la moindre idée de l'enfer que ça a été de la mettre là-dedans ? Myra a essayé de tuer Mircea pour l'empêcher de me protéger. Dans la foulée, elle a failli mettre le fil du temps sens dessus dessous ! Et me tuer ! Tu as le culot de me dire que ce n'est pas mon problème ?

Je hurlais, mais ça m'était égal.

— Relâche-la, m'a ordonné Agnès.

— Sinon quoi ? Tu me feras la même chose qu'à Françoise ?

— Ne dis pas de bêtises. Je serais incapable de te contrôler.

— Mais Myra, si ? (J'ai secoué la tête.) Je ne crois pas, Agnès. Elle est dangereuse. Si j'ai réussi à la mettre là-dedans, c'est uniquement parce que j'ai eu du bol. C'est tout. Pas question que je la relâche.

Agnès a soupiré.

— Tu ne comprends pas…

À cet instant, Pritkin m'a arraché la boîte de la main.

— Pritkin ! Non !

J'ai essayé de rattraper le piège, mais à peine avais-je posé un doigt dessus que le flash de lumière habituel est apparu, cédant vite la place à Myra.

Agnès n'a pas perdu une seconde. Dès que son ancienne apprentie a pris corps, elle m'est passée devant à toute vitesse, et elle a foncé sur les boucliers de Myra. Ces derniers se sont mis à crépiter et à crachoter. Les deux oracles se sont affrontés : Myra se protégeait tandis qu'Agnès luttait pour s'infiltrer en elle.

— Vous vous rendez compte de ce que vous venez de faire ? ai-je soufflé à Pritkin, complètement abasourdie. Elle n'arrivera jamais à la contrôler. Pas très longtemps, en tout cas.

— Elle n'en aura pas besoin, a-t-il répondu en observant la lutte d'un air sinistre.

Je m'apprêtais à lui demander ce qu'il voulait dire, mais Myra a poussé un cri et Agnès a disparu. Elle avait dû s'insinuer par une faille qu'elle avait détectée dans l'armure de la jeune fille. Son corps menu a été pris d'une seule convulsion, particulièrement violente, et s'est calmé aussitôt. D'un seul coup, je me suis rendu compte qu'à l'exception de leur couleur de cheveux, et de quelques différences faciales minimes, les deux femmes auraient pu être jumelles. Elles avaient la même constitution fragile, les mêmes os délicats, le même air de petite fille. Si ce n'est que les yeux de Myra, d'ordinaire froids et opaques, étaient désormais étincelants de vie.

— J'ai réussi ! a déclamé Agnès, comme s'il y avait lieu de se réjouir.

Elle m'a regardée avec joie. Je ne lui ai pas rendu son sourire. Tout ce travail. Tous ces sacrifices… J'avais fait tout ça pour rien. Agnès avait beau être puissante, ce n'était pas son corps. Tôt ou tard, elle perdrait le contrôle. Ne serait-ce qu'un instant. Un instant de trop.

— Tu es folle, lui ai-je lancé.

Pritkin s'est avancé vers elle, mais Agnès l'a arrêté d'un geste de la main.

— Vous n'avez pas le droit, s'est-elle contentée de lui dire.

Il a plissé les paupières. Ses pupilles se sont étrécies.

— Elle ne le fera pas.

— Elle doit le faire, a rétorqué Agnès avec calme. Vous, vous avez donné votre parole.

Pritkin s'est avancé vers moi et s'est agenouillé à mon côté. J'ai senti un objet froid contre ma peau. Lorsque j'ai baissé les yeux, j'ai vu qu'il avait placé un de ses couteaux dans ma main.

— Faites vite, a-t-il dit à contrecœur. Tranchez proprement la jugulaire.

Je l'ai dévisagé.

— Quoi ?

Il a refermé ma main autour du manche.

— Myra s'est accusée elle-même. De sa propre bouche. Vous l'avez entendue. En vertu des lois humaines, magiques et vampiriques, elle mérite la mort.

Soudain, toutes les pièces du puzzle se sont imbriquées. Et je n'aimais pas le dessin qu'elles formaient.

— Alors, c'est pour ça que vous vouliez que je vous accompagne ?

Il n'a pas essayé de nier.

— J'ai prêté serment de protéger la Pythie et son héritière. Au péril de ma vie, si nécessaire. Le Cercle a cru que j'allais me dédire pour suivre leurs ordres. Que j'allais tuer Myra, avec ou sans preuve de sa culpabilité. Mais, quand je donne ma parole, je la tiens. (Ses lèvres ont esquissé un sourire plein d'amertume.) C'est pour cette raison que je la donne rarement.

— Vous ne m'avez pas embarquée pour que j'empêche Myra de se téléporter ! Mais pour que je la tue ! l'ai-je accusé.

Son visage est resté de marbre, comme si on parlait de la pluie et du beau temps. Ou d'un match de foot. C'était surréaliste.

— Si je pouvais le faire à votre place, je n'hésiterais pas, a-t-il répliqué avec calme. Mais Agnès a raison : seule la Pythie est en mesure de corriger une initiée.

— Mais ce n'est pas une simple correction ! On ne me demande pas d'envoyer Myra se coucher sans dessert ! (J'ai regardé Agnès dans l'espoir qu'elle me soutienne.) C'est une exécution !

Elle a haussé les épaules menues de Myra, impassible. Elle avait passé des années à la former, et elles avaient été très proches. Pourtant, il n'y avait aucune once de regret dans son regard.

— Comme tu l'as si bien dit, je ne la contrôlerai pas très longtemps.

— Si cette fonction fait de moi ce que tu es devenue, ça ne me dit vraiment rien de l'exercer.

Elle a croisé mon regard de ses yeux bleus. Ils étaient soudain empreints d'une profonde tristesse.

— Tu l'exerces déjà.

J'ai senti la morsure de la lame dans le creux de ma paume. Ma main avait glissé du manche. Cette douleur soudaine m'a ramenée à la réalité. J'ai secoué violemment la tête.

— Non. On va trouver un autre moyen.

Agnès m'a regardée avec bienveillance. C'était très bizarre de voir cette expression dans les yeux de Myra.

— Il n'y en a pas. Que pensais-tu faire ? La garder sous le coude ? La trimballer partout ? Tôt ou tard, elle se serait échappée. Je lui ai tout appris : je sais de quoi je parle. (Ses traits se sont assombris.) Et s'occuper des renégates, ça fait partie du boulot. C'est la règle.

— Ce n'est pas *ma* règle, ai-je rétorqué d'une voix rauque.

— Il faut bien que quelqu'un le fasse, a réitéré Agnès, implacable. Quelqu'un doit prendre cette responsabilité. Et, que tu le veuilles ou non, ce quelqu'un, c'est toi.

J'ai dégluti péniblement. Les larmes que je m'étais efforcée jusque-là de réprimer dégoulinaient le long de mes joues, mais ça m'était égal. Une autre mort ? Cette fois, non seulement à cause de moi, mais de ma propre main ? Ce n'était pas du tout ce que je voulais faire. En fait, c'était même tout l'inverse. J'avais toujours souhaité vaincre Myra, mais pas comme ça. J'en avais assez de voir mourir les gens. Alors y contribuer ! J'avais un goût amer dans la bouche.

— J'en suis incapable.

Agnès s'est penchée sur moi. Elle a pris mon visage entre ses mains délicates.

— Tu ne sais pas encore de quoi tu es capable. Mais ça viendra. (Elle a fait un pas en arrière, un sourire timide et triste sur le visage.) J'aurais beaucoup aimé t'avoir pour élève,

Cassie. (Puis, s'adressant à Pritkin :) Elle aura besoin de votre aide, a-t-elle conclu simplement.

Pritkin s'est remis à genoux. Son visage était livide.

— Je sais.

Agnès a hoché la tête et m'a regardée de nouveau. Son visage a été traversé d'un court spasme, mais elle a repris le contrôle.

— La plupart des leçons dont tu auras besoin, je ne pourrai pas te les enseigner, a-t-elle poursuivi. Mais j'ai quand même le temps de t'en donner une.

Je me suis rendu compte que mon couteau avait disparu lorsque je l'ai vu dans sa petite main.

— Agnès ! Non !

Je me suis relevée tant bien que mal, mais c'était trop tard. Elle n'a pas hésité une seule seconde. Lorsque je suis arrivée près d'elle, elle était déjà tombée à genoux. La robe blanche de Myra, jusque-là immaculée, était trempée de sang. Elle est tombée par terre, presque avec grâce. Au milieu de tout ce rouge, son corps formait une tache claire.

J'ai regardé frénétiquement autour de moi. Mais il n'y avait aucune trace de son esprit. Ni de celui de Myra. Je me suis ruée sur Pritkin. Toujours à genoux, il regardait la flaque de sang s'étendre. Pendant une seconde, il a eu l'air abasourdi, comme un enfant perdu. Mais cette expression l'a déserté si rapidement que je n'étais pas sûre d'avoir bien vu.

— Où est-elle ? ai-je demandé. (Ma voix tremblait de peur.) Je ne la vois pas ! (Il a levé la tête vers moi, mais j'avais l'impression qu'il ne me voyait pas vraiment. Je me suis retournée vers le corps recroquevillé de Myra. Je voyais tellement flou que je distinguais à peine la limite entre le plancher couvert de sang et la robe rougie.) Pritkin !

— Elle est partie.

Je l'ai secoué comme un pommier. J'étais complètement sonnée.

— Comment ça, « elle est partie » ? Elle est partie où ? Elle a trouvé un autre hôte ?

— Non.

Il s'est levé et s'est approché du cadavre. Il a marmonné quelque chose et des flammes écarlates ont instantanément fait irruption sur la partie du plancher se trouvant sous le corps. Le feu a moiré les vieilles planches de la scène et projeté des éclats rouges sur les décors dorés, mais ce n'était pas un feu normal. La fine silhouette qui se trouvait au centre de la combustion s'est consumée en quelques secondes, ne laissant derrière elle qu'une trace carbonisée sur le sol. Pritkin s'est retourné vers moi, les yeux pleins de tristesse. C'est ce regard, plus que ses mots, qui m'a fait comprendre. J'ai fermé les paupières et secoué la tête.

— Non ! On aurait pu trouver une autre prison pour Myra. Agnès aurait pu trouver un autre hôte. Je l'aurais aidée. On n'était pas obligés d'en arriver là !

Il m'a prise violemment par le bras.

— Vous ne comprenez toujours pas ?

— Qu'est-ce qu'il y a à comprendre ? Elle est morte pour rien ! (Je pleurais. Mais ce n'étaient pas les larmes qui me brouillaient la vue. C'était la panique. J'avais l'impression que le monde n'était plus qu'un kaléidoscope de couleurs. Je n'arrivais pas à croire qu'Agnès soit morte ! J'avais toujours été seule contre tous, mais je n'avais jamais mesuré l'ampleur de la tâche à accomplir. Maintenant que j'en avais conscience, je savais que je ne faisais pas le poids.) Je vais remonter dans le temps. Je vais la sauver…, ai-je commencé.

Mais Pritkin m'a secouée comme un prunier, si violemment que mes dents ont claqué.

— Dame Phemonoe est morte en faisant son devoir. Elle était l'une des plus grandes Pythies de sa lignée. Ce serait la déshonorer.

— La déshonorer ? Je veux la sauver !

—Il y a certaines choses que la Pythie elle-même ne saurait changer, a-t-il dit. (Ses traits se sont adoucis.) Myra devait mourir. Et quelqu'un devait s'assurer qu'elle n'utilise pas son propre pouvoir pour posséder un autre corps avant que son esprit disparaisse. Et le seul moyen de faire ça…

J'ai enfin compris.

—C'était de la suivre, ai-je chuchoté.

J'ai regardé le plancher carbonisé. Je n'arrivais pas à y croire. Ça s'était passé tellement vite. Une Pythie correctement formée n'aurait probablement pas été torturée par les doutes et les craintes. Ni remis en cause ses décisions, et le pouvoir dont elle était investie. Mais je n'avais reçu aucune formation et je ne savais pas quoi faire. La panique me serrait la gorge, m'engourdissait le cerveau. J'étais toute seule. J'étais terrifiée.

—J'imagine que vous partirez à la recherche du *Codex*, quelle que soit ma décision ? m'a demandé Pritkin.

Mon cerveau n'a pas tout de suite analysé les informations en provenance de mes oreilles. Et, même analysées, elles n'avaient toujours aucun sens. Pourquoi me posait-il cette question maintenant ? J'étais tiraillée entre des centaines de problèmes différents. À tel point que je n'arrivais à me concentrer sur aucun. Je ne pensais qu'à une chose : Agnès n'était plus et c'était à moi de jouer.

—Quoi ? ai-je balbutié, ahurie.

—Le *Codex*, a-t-il répété patiemment. Vous êtes déterminée à le retrouver ?

—Je n'ai pas le choix, ai-je répondu, encore dans le brouillard. Je n'ai aucun moyen de me débarrasser de ce *geis* ! Si la situation s'aggrave, je ne serai plus bonne à rien.

À ce moment-là, je n'étais pas sûre d'être bonne à grand-chose, de toute façon. Il a hoché la tête une seule fois. Vers le haut puis vers le bas.

—Dans ce cas, je vous y aiderai.

Je sentais les larmes sécher sur mon visage, mais je n'avais pas la force de les essuyer.

— Je me suis toujours demandé si vous aviez des tendances suicidaires. Maintenant, je suis fixée.

— J'ai promis à dame Phemonoe de vous aider.

Je me suis dégagée violemment, folle de rage.

— Agnès est morte ! Je n'ai pas envie de me retrouver avec un autre cadavre sur les bras. J'ai assez de sang sur les mains.

J'ai voulu reculer, m'éloigner des planches brûlées, mais je me suis pris le pied dans l'ourlet de ma robe et j'ai atterri à quatre pattes.

— Je ne solliciterai pas votre avis, m'a-t-il informée avec flegme.

Je l'ai regardé à travers une mèche de cheveux en bataille.

— Je n'arriverai jamais à la hauteur d'Agnès, l'ai-je averti. Il se pourrait même que je fasse une Pythie exécrable.

Pour la première fois, j'ai cru voir un sourire sincère se dessiner sur les lèvres de Pritkin.

— Eh bien, voilà qui est encourageant. (Il m'a hissée sur mes pieds.) Quiconque convoite le pouvoir ne devrait jamais être autorisé à l'exercer.

— Dans ce cas, je fais parfaitement l'affaire, ai-je rétorqué avec amertume. Personne ne le convoite moins que moi.

Pritkin n'a pas répondu. Au lieu de ça, à ma grande surprise, il est tombé à genoux devant moi. Ses habits étaient déchirés et sanguinolents. Son visage était maculé de suie. Mais il dégageait une aura de solennité.

— Je ne me souviens pas de la formulation exacte, a-t-il dit. Et il devrait y avoir des témoins.

— Et moi ? Je compte pour du beurre ? s'est écrié Billy avec indignation tout en regagnant mon collier.

Pritkin ne l'a pas entendu.

— Mais je crois que c'est quelque chose comme : « Je fais le serment de vous protéger, vous et votre dauphine, contre toute personne malintentionnée, maintenant et à jamais, en temps de paix comme en temps de guerre, tant que durera mon existence et que vous resterez fidèle aux idéaux de votre fonction. »

J'ai baissé les yeux sur lui. Soudain, j'ai eu l'impression qu'on m'enlevait un fardeau des épaules. Pritkin avait beau être exaspérant, agaçant, et parfois franchement bouché, c'était un allié de choix en cas de conflit armé. Et quelque chose me disait que l'avenir m'en réservait un certain nombre.

— J'imagine que vous allez m'appeler « dame Hérophile II », maintenant.

— Hérophile VII. (Il était à genoux, mais il m'a quand même décoché un regard arrogant de ses yeux verts.) Et n'y comptez pas.

La porte principale s'est ouverte violemment, laissant passer un raz de marée de vamps en furie. J'ai attrapé Pritkin par l'épaule et l'ai gratifié d'un sourire fatigué.

— Ça me va.

Sur ce, je me suis téléportée.

EN AVANT-PREMIÈRE

Découvrez un extrait de la suite des aventures
de Cassandra Palmer :

L'ÉTREINTE DE LA NUIT

(version non corrigée)

Traduit de l'anglais (États-Unis) par Marie-Aude Matignon

Chapitre premier

Un ange pleureur s'est fendu dans une profusion de poussière grise, et ses ailes ont valsé chacune dans une direction opposée. Au bout d'une seconde, j'ai compris que je n'étais pas morte, et j'ai bondi pour me mettre à couvert d'un obélisque. Je me suis plaquée au sol (j'ai senti la boue imprégner mes vêtements déjà trempés) au moment même où une rafale de coups de feu s'est abattue sur le monument en granit, à grands renforts d'étincelles, juste au-dessus de ma tête. Bizarrement, je commençais à me demander si ma petite descente au cimetière n'allait pas s'avérer beaucoup moins rigolote que prévue.

Ces derniers temps, j'avais une petite tendance à cumuler. Par un enchaînement de circonstances qu'on pourrait qualifier de catastrophes – pour rester polie – on m'avait collé le poste de Pythie. La Pythie étant l'oracle en chef de la communauté surnaturelle, le Cercle d'argent, un groupe d'utilisateurs de magie blanche, aurait préféré que ce soit l'une de leurs adeptes, bien obéissante, qui hérite de son sacerdoce. Comme le voulait une coutume vieille de quelques milliers d'années. Et ils n'avaient pas été ravis que le pouvoir me revienne à moi, Cassie Palmer : voyante autodidacte ; ancienne protégée d'un vampire accessoirement ponte du crime ; et connue pour ses liens avec un mage guerrier renégat.

L'ironie de la situation avait dû leur échapper.

Pour exprimer leur mécontentement, les mages avaient essayé de m'envoyer explorer les mystères insondables de la vie après la mort. Comme je n'étais pas spécialement curieuse de savoir ce que nous réservait l'au-delà, j'avais décidé de passer inaperçue. Mais apparemment, je me débrouillais plutôt mal.

Il fallait que je me mette à couvert. J'ai jeté mon dévolu sur une crypte, et j'y étais presque arrivée lorsqu'un choc m'a fait mordre la poussière. J'avais l'impression d'avoir été percutée par une masse. Un éclair s'est abattu sur un arbre, tout près de moi. Sous l'impact, l'air s'est mis à scintiller et à vibrer d'électricité, et des serpents bleutés se sont enchevêtrés en sifflant entre les racines dénudées. Le crâne palpitant d'horreur à l'idée d'avoir failli y passer, je me suis éloignée de l'arbre fendu en deux et de son cœur noirci comme du vieux bois de chauffage. L'air était chargé d'ozone et le ciel parcouru de grondements de tonnerre menaçants. Très efficace, comme effet sonore. Dans un film, j'aurais adoré.

Pour rester dans le thème de l'ironie, ça aurait été vraiment tordant que Mère Nature double le Cercle et s'arrange pour me tuer elle-même. Je me suis mise à ramper en direction de la crypte. Enfin, étant momentanément aveugle, tant à cause de l'obscurité que des images fantômes que j'essayais désespérément de réprimer en clignant des paupières, j'espérais que c'était bien la direction de la crypte. J'ai enfin compris pourquoi les pistolets ont des poignées rugueuses : pour vous permettre de garder votre arme en mains même quand votre paume est moite de terreur indicible.

Je ne maniais pas mon nouveau 9 millimètres aussi bien que le précédent, mais je commençais doucement à m'habituer à son poids. Au début, je m'étais convaincue que ce n'était pas dramatique de me balader armée si je me contentais de tirer sur des méchants surnaturels ayant ouvert le feu. Mais j'avais récemment repoussé mon seuil de tolérance : maintenant, je m'en servais dès que ma vie était en jeu. Je m'orientais de plus en plus vers une conduite située quelque part entre l'autodéfense proactive et le dogme du « ils-l'ont-bien-cherché-ces-salopards ». En admettant que je survive assez longtemps, j'avais bien l'intention d'accuser mon équipier dérangé d'avoir déteint sur moi.

J'ai trouvé la crypte en lui rentrant dedans la tête la première, m'éraflant la joue sur sa façade râpeuse en chaux. J'ai tendu l'oreille, mais il n'y avait plus aucun signe de mes agresseurs. Une rafale de balles s'est abattue sur le chemin, juste à côté de moi. Elles ont ricoché sur les pavés et se sont éparpillées dans toutes les directions. Bon : aucun signe de mes agresseurs excepté le fait qu'ils continuaient à me canarder.

Je me suis plaquée contre le mur en me raisonnant pour éviter de réagir de façon disproportionnée : je ne devais pas gâcher mes munitions. J'avais déjà lobotomisé un angelot parce qu'une bourrasque avait soulevé quelques feuilles devant lui, produisant une illusion de mouvement. Et à ce moment-là, on y voyait assez bien : la lune était presque pleine ! Maintenant que le vent l'avait voilée de nuages, c'était trois fois pire. D'autant qu'avec les clapotis de la pluie, j'étais incapable d'entendre le moindre bruit de pas feutré.

Au bout d'un moment, les coups de feu ont cessé mais je tremblais toujours. Au point de laisser tomber le chargeur que je venais maladroitement d'extraire de ma poche. L'ancien chargeur contenait encore quelques balles, mais je n'avais pas envie d'être à sec à un instant critique. Un autre coup de feu a touché l'angelot que j'avais décapité, le dépouillant sans cérémonie d'une de ses petites fesses. J'ai eu un mouvement de recul et j'ai buté sur quelque chose, le renversant dans une flaque. Je me suis agenouillée dans l'herbe pour le chercher à tâtons, tout en essayant de fulminer le plus silencieusement possible.

— Un peu plus à gauche.

J'ai fait volte-face, le pistolet levé, le cœur battant à tout rompre. Mais ça n'a pas eu l'air d'impressionner l'homme brun adossé à la fontaine couverte de mousse. C'était sans doute dû au fait qu'il ne devait plus se faire de soucis pour son corps.

Je me suis un peu détendue. Les fantômes, c'était mon affaire. Je m'étais même attendue à en voir. Le Père Lachaise n'est pas le plus vieux cimetière de Paris, mais il est immense. J'avais dû renforcer mes boucliers pour arriver à voir à travers la luminescence verdâtre des milliers de traces spectrales zébrant le paysage, comme une gigantesque toile d'araignée. C'était la principale raison pour laquelle je n'avais pas embarqué mon propre assistant fantôme. Billy Joe avait beau être un enquiquineur de première, je n'avais pas envie qu'il serve de quatre-heures à une bande de spectres affamés.

— Merci.

— Vous êtes américaine ?

— Euh Ouais. (Une balle a ricoché contre une grille en métal, juste à côté. J'ai sursauté.) Comment vous savez ?

— D'après vous ?

Il a regardé avec insistance mon jean boueux, mes tennis autrefois blancs et mon tee-shirt gris détrempé. Je l'avais acheté sur un coup de tête quelques jours auparavant, pour le porter à la salle de tir et rappeler à mon entraîneur exigeant que je venais seulement de m'y mettre. La petite blague imprimée dessus – « Je n'ai pas le permis de tuer, seulement celui d'apprendre à tirer » – faisait assez ironique, dans les circonstances actuelles.

Lara Croft aurait porté des vêtements un peu moins barbouillés et ses cheveux auraient été coiffés de façon à lui dégager le visage tout en restant sexy. Mais ma tignasse en était au stade où elle était trop longue pour rester sagement en arrière et trop courte pour être portée en queue-de-cheval. Résultat : des mèches blondes et dégoulinantes tombaient devant mes yeux et collaient à mes joues, ce qui ajoutait une couche à mon style tout sauf classe.

— Les bons Américains choisissent Paris pour mourir, a dit le fantôme après avoir tiré sur sa petite cigarette. Mais vous n'êtes pas morte. La question, c'est donc de savoir si vous êtes une bonne Américaine.

J'ai fini par mettre la main sur le chargeur et je l'ai enfourné dans l'arme. J'ai regardé le fantôme du coin de l'œil pour essayer de déterminer si une réponse me vaudrait son aide.

— Ça dépend à qui vous posez la question, ai-je répondu après avoir considéré sa longue veste en velours, sa cravate en soie et son sourire nonchalant.

— Fabuleux ! Des mœurs corrompues ! Je m'entends toujours mieux avec les dépravés.

— Dans ce cas, peut-être pourriez-vous me dire à combien de personnes j'ai affaire.

Un autre fantôme a fait irruption du sol. Il ne portait qu'un jean taille basse. Il me disait vaguement quelque chose, avec ses cheveux bruns jusqu'aux épaules, ses traits réguliers et son expression légèrement exubérante.

— Une bonne dizaine. Ils viennent de pulvériser ma stèle ultra moche.

L'autre fantôme a reniflé de mépris.

— Vos légions de fans vous en installeront une autre en moins d'une semaine

— Est-ce ma faute si je suis populaire ?

— pour mieux la vandaliser. Ainsi que toutes les autres stèles se trouvant à proximité.

— Hé ! Cool, Raoul !

L'aîné des fantômes s'est raidi.

— Ne me faites pas la leçon, infâme imposteur ! J'étais cool. J'étais le « cool » incarné ! En fait, c'est moi qui ai inventé le concept de « cool » !

— Pouvez-vous parler moins fort ? ai-je demandé, d'une voix légèrement stridente.

Une goutte de sueur a dégouliné le long d'une de mes tempes avant d'entrer dans mon œil, qui s'est mis à piquer. Je l'ai évacuée d'un clignement de paupières et j'ai reporté mon attention sur les silhouettes qui s'approchaient furtivement. Je les voyais seulement du coin de l'œil. C'était comme si elles disparaissaient dès que je regardais droit dans leur direction. Soudain, un sort a explosé au-dessus de ma tête, illuminant les alentours comme une fusée éclairante. D'un seul coup, j'avais une visibilité parfaite. Malheureusement, mes agresseurs bénéficiaient du même avantage. L'arche gothique me surplombant s'est instantanément mise à résonner sous une salve de coups de feu. Je me suis précipitée à l'intérieur de la crypte, sous une pluie de gravats.

— C'est ridicule ! Vous êtes encore pires que ces fous furieux qui viennent voir Kardec ! (Bien sûr, les fantômes m'avaient suivie.) Mystique ? Mon œil ! Il ne s'est jamais relevé d'entre les morts ! Pourtant, pas un jour ne se passe sans quelqu'un pour chanter des psaumes, ou prier, ou le couvrir de fleurs

— Qu'est-ce que t'en sais ? Il croyait en la réincarnation. Il est peut-être revenu !

Je me suis dépêtrée d'une immense toile d'araignée et j'ai réussi à ne pas glisser sur les dalles en pierre, glissantes de pluie et de feuilles en décomposition.

— La ferme ! ai-je chuchoté méchamment.

Le vieux fantôme a reniflé.

— Au moins, les mystiques sont polis.

J'ai essayé de l'ignorer pour me concentrer sur les gribouillis censés représenter une carte. Ça aurait sans doute été plus simple si je n'avais pas été trempée jusqu'aux os et sujette à une épouvantable migraine. Je n'avais qu'une envie, c'était de me faire la malle. Malheureusement, grâce à un certain maître vampire particulièrement retors, c'était hors de question.

Si je me retrouvais à roder dans un cimetière au milieu de la nuit en slalomant entre les chiens de garde, éclairs et autres mages guerriers, c'était à cause d'un sortilège appelé *geis*. Le vamp en question, Mircea, me l'avait jeté des années auparavant, sans se soucier de me demander la permission, ni se fatiguer à m'informer. Les maîtres vamps sont un tantinet cavaliers. Mais dans ce cas précis, ce n'était peut-être pas un simple manque de considération.

D'une part, le sortilège m'avait protégée pendant mon enfance : il m'avait estampillée comme étant sa propriété. Autrement dit, aucun vampire doué de raison n'aurait touché à un de mes cheveux. D'autre part, le *geis* était conçu pour susciter une fidélité exclusive, indéfectible et intégrale. Maintenant que nous étions tous deux adultes, le sortilège voulait nous lier l'un à l'autre pour l'éternité, et mon manque de coopération l'irritait. C'était problématique étant donné qu'il arrivait fréquemment que les gens deviennent fous ou préfèrent se suicider plutôt que d'être rongés par la douleur lancinante qu'utilise le *geis*, entre autres artifices, pour éviter qu'on contrecarre ses plans. Mais je n'allais pas me faire balader sans rien faire !

Si notre lien se formait pour de bon, nos deux vies seraient irrémédiablement soumises aux caprices du partenaire dominant – Mircea en l'occurrence, aucun doute là-dessus. Par conséquent, je deviendrais son esclave consentante, et puisqu'il était membre d'honneur du Sénat des Vampires, l'organisme dirigeant l'ensemble des vampires d'Amérique du Nord, je me retrouverais sûrement à faire leurs basses besognes. Je frissonnais d'avance à l'idée de ce qu'ils pourraient me demander. C'était précisément la crainte du Cercle : que la Pythie soit sous le joug des vamps. J'avais beau désapprouver leur méthode pour éviter que ça se produise, j'étais bien obligée de leur donner raison sur un point : ce serait catastrophique.

Depuis que j'étais devenue la Pythie, j'étais dans le collimateur de tous les membres de la communauté surnaturelle un tant soit peu avide de pouvoir – c'est-à-dire à peu près tout le monde. En revanche, sur le front du *geis*, ça m'avait fait gagner du temps. Combien de temps ? Aucune idée. D'où mon acharnement à dégotter le contre-sort qui, d'après la rumeur se trouvait dans un grimoire, dont l'unique copie aurait été ensevelie dans les parages.

Bien entendu, si j'avais réussi à lire cette maudite carte, ça m'aurait facilité les choses. J'avais beau la scruter, rien à faire. La seule source de lumière provenait de la lune, filtrée par les vestiges de vitraux autrefois magnifiques. Une demi-madone assise regardait par la fenêtre, les yeux rivés sur le ciel gris anthracite parcouru de temps à autre par un éclair auréolant les épais nuages. J'avais une lampe torche, mais si je l'allumais, je deviendrais une proie encore plus

Quelque chose a fait irruption des ténèbres et s'est approché de moi.

— Ne tirez pas ! a chuchoté un homme.

Il sentait la sueur, le métal et la poussière, et il émanait de lui une énergie nerveuse et crépitante, reconnaissable entre toutes. J'ai braqué la lampe torche dans sa direction. Sans surprise, j'ai vu une touffe de cheveux clairs en bataille défiant la gravité de façon éhontée, une mâchoire carrée, un nez légèrement épaté et des yeux verts étincelant de colère. Il s'agissait bien du renégat le plus célèbre du Cercle et de mon équipier malgré lui : John Pritkin.

J'ai soupiré de soulagement et enclenché la sécurité de mon pistolet. Dès notre première rencontre, j'avais eu envie de le tuer. Mais jusque-là, j'avais résisté à la tentation.

— Vous n'avez pas idée de débarquer comme ça, par-derrière ! ai-je chuchoté.

— Pourquoi ne m'avez-vous pas tiré dessus ? a-t-il demandé.

— Vous m'avez dit de ne pas le faire.

— Je… C'est…

Comme Pritkin avait l'air d'avoir perdu le fil, j'ai pressé le canon de mon pistolet contre son ventre. En tout cas, ce que je pensais être son ventre. Je voulais seulement lui montrer que je n'étais pas complètement démunie, mais en un clin d'œil, je me suis retrouvée plaquée contre la paroi de la crypte, le bras armé épinglé au mur, le corps pris en étau entre la surface âpre un et un mage guerrier très énervé. Je devais admettre à contrecœur avoir quelques fantasmes commençant de cette façon, mais je doutais que la soirée finisse aussi bien.

— Je savais que c'était vous, ai-je rétorqué après avoir recouvré toutes mes facultés de langage. Vous sentez la poudre et la magie.

C'était encore plus vrai que d'habitude : le cuir de son manteau, un épais pardessus dont il se servait pour camoufler son arsenal, était en partie roussi et gondolé. Apparemment, un sort l'avait manqué de peu.

— Ça grouille de mages, dehors ! a-t-il murmuré avec hargne. Ils sentent tous la même chose ! Et par le diable : que faites-vous encore ici ?

— J'ai la carte, lui ai-je rappelé.

— Donnez-la-moi et fuyez !

— Vous voulez que je vous laisse tout seul ? Ils sont au moins douze !

— Si vous ne partez pas *immédiatement*…

J'ai dressé le menton. Mais comme je venais d'éteindre la lampe torche, il ne l'a probablement pas remarqué.

— Que comptez-vous faire ? M'abattre ?

Sa main s'est crispée sur mon épaule. Il m'a presque fait mal. *Ne pas provoquer le mage guerrier psychopathe !* me suis-je rappelé, au moment précis où une balle faisait irruption du seuil de la crypte. Elle a ricoché à plusieurs fois contre les parois intérieures de la crypte, avant de démolir le peu qui restait de la madone.

—Si vous traînez ici plus longtemps, je n'aurai pas à me donner cette peine, a-t-il rétorqué, hors de lui.

—On n'a qu'à récupérer ce satané machin et s'enfuir tous les deux, ai-je dit pour tenter de le raisonner.

—Au cas où ce détail vous aurait échappé, il s'agissait d'un piège !

—Mince alors ! Si on ne peut plus faire confiance à personne ! (Le vieux mage français que nous avions rencontré dans sa petite fermette m'avait semblé tellement digne de confiance, avec son charme européen et ses yeux doux Pourtant, sa carte pourrie nous avait lancés dans une course-poursuite infernale. C'était quand injuste : les méchants ne devraient pas ressembler à un gentil grand-père !) Manassier avait l'air tellement

—Si le prochain mot à franchir vos lèvres est le mot « gentil », je ferai de votre vie un enfer, à notre retour. Un véritable enfer.

Je ne me suis pas abaissée à lui répondre. Pritkin était juste Pritkin. Avec le temps, j'avais appris à laisser courir. Je me demandais souvent s'il était aussi pénible avec le Cercle avant de rompre les ponts avec eux pour me suivre. Si c'était le cas, ils me remercieraient probablement chaudement. Ils prévoyaient peut-être même d'acheter un joli bouquet pour mon enterrement.

—Écoutez. La seule chose dont on soit sûrs, c'est qu'une partie des mages étaient déjà là à notre arrivée. On a peut-être tous décidé de piller cet endroit la même nuit !

Je n'y croyais pas vraiment – ils nous avaient attaqués dès notre arrivée et on n'avait encore rien trouvé. Mais je n'aimais pas l'idée d'abandonner notre meilleure piste. Et il n'était pas question que je laisse Pritkin la suivre tout seul. Il avait un instinct de survie du niveau de l'insecte voletant à proximité d'un pare-brise reluisant.

Une main s'est refermée sans ménagement sur mon bras.

—Aï-euh ! ai-je protesté.

—Donnez-moi cette satanée carte !

—Pas moyen.

—Hé ! (J'ai levé les yeux. Le jeune fantôme nous dévisageait.) Au cas où vous ne l'auriez pas remarqué, des gens essaient de vous tuer !

—Des gens essaient toujours de me tuer, ai-je répliqué avec agacement.

—Pas question que vous mouriez cette nuit, m'a informée Pritkin. Sauf de mes mains.

—Je me suis souvent retrouvé dans ce genre de liaisons, a compati le fantôme.

—Nous n'avons pas de liaison, ai-je marmonné.

—Vous ne faites qu'entraver quoi ? (Les imprécations de Pritkin, que je n'écoutais pas, de toute manière, se sont arrêtées net. Il a regardé autour de lui, aux aguets.) Que se passe-t-il ?

—Tu veux dire que tu lui laisses te parler comme ça et que tu prends même pas ton pied ? C'est l'arnaque, quoi !

—Rien. Juste deux fantômes, ai-je répondu en fusillant le fantôme numéro deux du regard.

—Hé ! On n'est pas sourds !

—Qui plus est, a ajouté son collègue, je ne suis pas d'accord avec le terme « juste ». Nous sommes les deux esprits les plus actifs de l'ensemble de

—Actifs ? (Une main descendait le long de mon bras. Une main douce et rugueuse, calleuse à force de brandir des pistolets et de faire des pompes et de tordre le coup des gens.) N'y pensez même pas, ai-je prévenu Pritkin avant de reporter mon attention sur le fantôme. Actifs comment ?

Visiblement flatté, le vieux fantôme a expliqué.

—Nous voyons tout ce qui se passe dans les environs. Je pourrais vous en raconter, des choses…

— Donc, s'il existe des passages dérobés, vous les connaissez ? ai-je demandé tandis que Pritkin trouvait mon poignet. (L'instant d'après, il m'avait arraché la carte des mains.) Je ne m'en vais pas pour autant, l'ai-je informé.

— Oh ! C'est ce bidule que vous cherchez ? a demandé le jeune fantôme.

J'ai décidé de ne pas lutter pour récupérer la carte des mains de Pritkin. Ça n'aurait pas été très digne. Et surtout, ça n'aurait pas marché.

— Quel bidule ?

— Le bidule avec le machin, a-t-il ajouté en faisant un geste nonchalant de la main.

Je commençais à croire que si on mourrait complètement stone, on restait dans le même état une fois devenu fantôme.

— Tu ne pourrais pas être un chouia plus spécifique ?

Avant qu'il puisse répondre, un bruit étrange a retenti à l'extérieur de la crypte. C'était un gémissement strident, à demi étouffé. J'ai senti une main dans mon dos et on m'a attirée au sol sans ménagement. Une seconde plus tard, Pritkin était juché sur moi et me maintenait plaquée, en position fœtale. Tout autour de nous, des projectiles explosaient en crachant une pluie de feu.

Pendant d'interminables secondes, des tâches rouges et violettes ont dansé sous mes paupières crispées. Ensuite, le sol a tremblé pendant une bonne minute, comme parcouru par les ondes de choc d'un tremblement de terre, et le surplus d'énergie m'a donné la chair de poule. Au bout d'un moment, j'ai ouvert les yeux avec précautions, et j'ai vu la lumière des étoiles passer par un énorme trou dans le toit, filtrant à travers des nuages de particules de pierre.

Pritkin était déjà debout. Il tirait sur les mages, qui ripostaient, et les détonations se réverbéraient contre les grands monuments, serrés les uns contre les autres, comme autant de pétards. Souvent, je le trouvais un peu trop rapide à la détente, dans le genre « Tire et croise les doigts pour que ça crève ». Mais parfois, je trouvais ça pratique. Surtout quand on essayait de transformer ma tête en passoire.

—Par ici, nous a indiqué le jeune fantôme en désignant un endroit sur la droite. Vite!

Toujours aussi amorphe, il a ignoré le sentier qui serpentait non loin et opté pour un raccourci entre les tombes hérissant le sol.

—Un des fantômes sait où se trouve le passage secret! ai-je informé Pritkin.

Il a eu l'air surpris. J'ai fait la moue. Certes, je ne connaissais pas trente-six façons de tuer un type d'un simple coup de coude, mais je n'étais pas *totalement* inutile.

Pritkin avait l'air sur le point de dire qu'il était dangereux de faire confiance à des esprits inconnus, voire de mettre en doute mon état mental, lorsque les mages m'ont fait la faveur inattendue de lancer un sortilège. Le sort s'est fracassé en fanfare contre un marronnier tout proche, dont le tronc embrasé s'est affalé, détruisant la moitié de la crypte dans sa chute. Heureusement, ce n'était pas notre moitié.

—Et bien allons-y! a hurlé Pritkin.

Il m'a attrapé la main et s'est carapaté en me tirant derrière lui, comme si l'idée venait de lui.

—Par ici!

Je l'ai orienté sur les traces du fantôme tandis qu'une nouvelle rafale de balles s'abattait sur les décombres derrière nous.

Notre fuite était infernale: le sol vaseux aspirait mes chaussures à chaque pas tandis que la pluie m'empêchait presque de suivre des yeux la silhouette floue et vacillante de notre guide. Pourtant, ce salopard de Pritkin slalomait entre les obstacles en granit comme s'il les avait posés lui-même.

—Comment faites-vous? ai-je demandé après m'être fracassé le genou, pour la quatrième fois, contre une stèle très dure.

—Quoi donc?

—Vous voyez très bien! lui ai-je reproché.

—Attendez...

Il a effleuré ma joue pendant une fraction de seconde, et il a marmonné. J'ai cligné des yeux et d'un seul coup, tout a revêtu un étrange aspect plat et granuleux, comme une télévision qui reçoit mal. Le vent a agité un arbre, nous aspergeant de gouttelettes et emportant quelques feuilles, dont les ombres ont glissé sur le visage de Pritkin. Je voyais parfaitement les contours de son visage, qui me gratifiait de son rictus habituel.

— Pourquoi vous n'avez pas fait ça plus tôt ? ai-je demandé.

— Parce que je croyais que vous alliez partir !

— Bon ! Vous y tenez, à ce passage secret ? a demandé le fantôme, les mains posées sur ses hanches sans substance.

Il s'était arrêté devant la statue d'une femme agenouillée, l'air blasé, devant une stèle. Sa robe était tellement tapissée de mousse qu'elle en était presque verte. Verte et gluante, comme j'ai pu le constater en tâtant son genou à trois reprises, à l'invitation du fantôme. Rien ne s'est passé.

— Et maintenant ?

— Tu dois dire le mot magique.

— S'il te plaît !

Il a éclaté de rire.

— Non. Je veux dire : le vrai mot magique. Pour faire bouger la statue.

Au-dessus de nous, un sortilège a explosé sur un chêne et une gerbe de feuilles embrasées est tombée autour de moi, manquant de m'enflammer les cheveux.

— Et c'est quoi ?

— Aucune idée. (Le fantôme a haussé négligemment les épaules.) Ce n'est pas comme si j'en avais besoin.

— Quel est le problème ? a demandé Pritkin en projetant tout son arsenal d'armes volantes en direction de la rangée de silhouettes sombres s'approchant de nous.

Ses lames plongeaient et dansaient, grignotant à chaque passe les boucliers de nos assaillants, à grands renforts d'étincelles. Mais ça n'avait pas l'air de les ralentir plus que ça.

— Le fantôme ne connaît pas le mot de passe !

Pritkin m'a décoché un de ses regards qui tuent les plus savants avant de marmonner une bizarre insulte britannique. Je ne crois pas qu'il s'agissait du « Sésame, ouvre-toi » en question, mais la formule qu'il a chuchotée juste après a eu plus ou moins le même résultat. La statue s'est fendue en deux en plein milieu, révélant une grotte béante.

À l'intérieur, il faisait sombre comme dans un four. La grotte n'était qu'un trou noir se détachant sur le ciel électrique. J'ai sorti ma lampe torche et l'ai allumée, mais son rayon a à peine entamé les ténèbres. Le pire, c'était qu'il n'y avait pas d'escalier. Juste des échelons en acier plantés dans la pierre, et descendant dans un tunnel oppressant creusé à même la roche.

— J'ai vu beaucoup de chasseurs de trésors descendre là-dedans, a fait remarquer le vieux fantôme qui venait d'apparaître à mes côtés. Mais peu en remontent. Et ils reviennent bredouilles.

— Ça ne nous arrivera pas.

— C'est ce qu'ils disent tous, a-t-il murmuré au moment où un sortilège explosait au-dessus de nos têtes.

J'ai fourré mon pistolet et ma lampe dans ma ceinture, agrippé le premier échelon rouillé et descendu, en me laissant à moitié glisser, jusqu'en bas de la grotte. Pritkin m'a suivie illico, manquant me tomber dessus, avant de lancer un sort en haut du tunnel pour provoquer un éboulement et boucher l'entrée.

Avec pour conséquence de bloquer nos assaillants, mais également de nous priver du peu de lumière dont on disposait. Une fois les grondements de l'éboulement apaisés, on était plongés dans le silence le plus parfait. Et dans d'insondables ténèbres. Apparemment, la formule d'amélioration de la vue avait besoin d'une base, parce que je n'y voyais absolument rien.

Achevé d'imprimer en août 2010
Par CPI Brodard & Taupin - La Flèche (France)
N° d'impression : 59010
Dépôt légal : septembre 2010
Imprimé en France
81120391-1